POLÍCIA

Obras do autor publicadas pela Editora Record

Headhunters
Sangue na neve
O sol da meia-noite
Macbeth
O filho

Série Harry Hole
O morcego
Baratas
Garganta vermelha
A Casa da Dor
A estrela do diabo
O redentor
Boneco de Neve
O leopardo
O fantasma
Polícia
A sede
Faca

JO NESBØ

POLÍCIA

Tradução de
Kristin Garrubo

3ª edição

EDITORA RECORD
RIO DE JANEIRO • SÃO PAULO
2021

CIP-BRASIL. CATALOGAÇÃO NA PUBLICAÇÃO
SINDICATO NACIONAL DOS EDITORES DE LIVROS, RJ

Nesbø, Jo, 1960-
N371p   Polícia / Jo Nesbø; tradução Kristin Garrubo. – 3ª ed. –
3ª ed.   Rio de Janeiro: Record, 2021.

Tradução de: Politi
ISBN: 978-85-01-10958-3

1. Romance norueguês. I. Garrubo, Kristin. II. Título.

17-41515

CDD: 839.82
CDU: 821.111(481)

Título original:
Politi

Copyright © Jo Nesbø, 2013
Publicado mediante acordo com a Salomonsson Agency.

Texto revisado segundo o novo Acordo Ortográfico da Língua Portuguesa.

Todos os direitos reservados. Proibida a reprodução, no todo ou em parte, através de quaisquer meios. Os direitos morais do autor foram assegurados.

Direitos exclusivos de publicação em língua portuguesa somente para o Brasil adquiridos pela
EDITORA RECORD LTDA.
Rua Argentina, 171 – Rio de Janeiro, RJ – 20921-380 – Tel.: (21) 2585-2000, que se reserva a propriedade literária desta tradução.

Impresso no Brasil

ISBN 978-85-01-10958-3

Seja um leitor preferencial Record.
Cadastre-se no site www.record.com.br e receba informações sobre nossos lançamentos e nossas promoções.

Atendimento e venda direta ao leitor:
sac@record.com.br ou (21) 2585-2002.

Prólogo

Ela estava adormecida ali, atrás da porta.
 A parte de dentro do armário de canto cheirava a madeira antiga, resíduo de pólvora e óleo lubrificante para arma de fogo. Quando os raios do sol entravam pela janela da sala e atravessavam o buraco da fechadura, o feixe de luz adquiria a forma de uma ampulheta. E, se o sol estivesse no ângulo certo, a pistola, que estava na prateleira do meio, ganhava um brilho fosco.
 A arma era uma Odessa russa, uma cópia da famosa Stechkin.
 Ela tinha levado uma existência errante, viajando com os cossacos da Lituânia à Sibéria, deslocando-se entre os diversos quartéis-generais dos *urkas* no sul da região antes de pertencer a um *ataman,* um líder cossaco, que foi morto pela polícia com a Odessa em punho. Então ela foi parar na casa de um diretor de prisão de Nizhny Tagil, que era colecionador de armas. Por fim, a arma foi levada para a Noruega por Rudolf Asaiev, que, antes de desaparecer, monopolizou o mercado de drogas de Oslo com o violino, um opioide parecido com a heroína. Era nessa mesma cidade que a arma se encontrava no momento, mais especificamente em Holmenkollveien, na casa de Rakel Fauke. A Odessa tinha um pente que comportava vinte balas do calibre Makarov 9 × 18 milímetros, e era capaz tanto de dar um único tiro quanto de disparar rajadas de balas. Havia doze balas no pente.

Três balas foram disparadas contra traficantes albano-kosovares, da concorrência. Apenas uma delas havia penetrado a carne.

Os dois tiros seguintes mataram Gusto Hanssen, um jovem ladrão e traficante que tinha embolsado o dinheiro e a droga de Asaiev.

A pistola ainda guardava o cheiro dos últimos três disparos, os tiros que atingiram a cabeça e o peito do ex-policial Harry Hole durante a investigação do assassinato de Gusto Hanssen. O local do crime foi o mesmo: Hausmanns Gate, 92.

A polícia ainda não havia solucionado o caso Gusto, e o rapaz de 18 anos que inicialmente tinha sido preso já fora libertado. Sobretudo porque não conseguiram encontrar a arma do crime nem estabelecer ligação entre ele e qualquer outra arma. O rapaz se chamava Oleg Fauke e acordava todas as noites olhando para a escuridão e ouvindo os tiros. Não aqueles com que tinha matado Gusto, mas os outros. Aqueles que havia disparado contra o policial que tinha sido como um pai para ele durante a infância. Com quem ele chegara a sonhar que sua mãe, Rakel, se casaria. Harry Hole. Os olhos de Oleg queimavam na noite, e ele pensava na pistola guardada num armário distante, torcendo para que nunca mais a visse. Para que ninguém a encontrasse. Para que ela dormisse para sempre.

Ele estava adormecido ali, atrás da porta.

O quarto de hospital vigiado pela polícia cheirava a remédios e tinta. O monitor a seu lado registrava as batidas do coração.

Isabelle Skøyen, da Secretaria Municipal de Assuntos Sociais da Prefeitura de Oslo, e Mikael Bellman, o recém-nomeado chefe de polícia, torciam para que nunca mais o vissem.

Para que ninguém o encontrasse.

Para que ele dormisse para sempre.

Parte Um

1

Tinha sido um dia longo e quente de setembro, com aquela luz que transforma as águas do fiorde de Oslo em prata derretida e faz resplandecer as suaves colinas, que já adquiriam os primeiros matizes outonais. Um daqueles dias que fazem os habitantes de Oslo jurarem que nunca, jamais, se mudarão da cidade. O sol estava prestes a se pôr atrás da colina de Ullern, e os últimos raios percorriam a paisagem, passando sobre os prédios baixos e sóbrios, testemunhas das modestas origens da cidade, sobre as coberturas suntuosas com terraços que eram fruto da aventura do petróleo e da transformação repentina do país em uma das nações mais ricas do mundo, sobre os viciados no alto de Stensparken — um dos parques daquela pequena e bem-organizada cidade, onde havia mais mortes por overdose do que em cidades europeias oito vezes maiores. Sobre jardins onde os pula-pulas eram equipados com telas de proteção e não havia mais de três crianças pulando ao mesmo tempo, conforme a recomendação do manual de instruções. E sobre as colinas e a floresta que circundavam metade do chamado Oslogryta, ou Caldeirão de Oslo. O sol não queria deixar a cidade; seus raios eram como os dedos que tocam a janela de um trem em uma despedida prolongada.

O dia tinha começado com um ar frio e límpido e uma luz penetrante que lembrava a das lâmpadas nas salas de cirurgia. No decorrer do dia, a temperatura subiu, o céu adquiriu seu tom de azul mais profundo, e o ar ganhou a materialidade afável que tornava setembro o mês mais agradável do ano. À chegada do crepúsculo, suave e gentil, o ar das áreas residenciais das ladeiras que levavam ao lago Maridal exalava o perfume de maçãs e abetos aquecidos.

Erlend Vennesla se aproximava do topo da última ladeira. A essa altura, ele sentiu o ácido lático, mas se concentrou em acertar a pedalada e manter os joelhos ligeiramente voltados para dentro. Afinal, a técnica certa era importante. Sobretudo quando se ficava cansado e o cérebro queria que o corpo mudasse de posição para diminuir o esforço muscular, embora isso também acarretasse menor eficiência. Ele sentiu como a estrutura rígida da bicicleta absorvia e aproveitava cada watt que suas pedaladas passavam a ela, como ganhava velocidade quando mudava para uma marcha mais pesada, se levantava e ficava em pé enquanto tentava manter a mesma frequência, por volta de noventa pedaladas por minuto. Ele conferiu o relógio com monitor cardíaco. Cento e sessenta e oito. Direcionou a lanterna no capacete para o mostrador do GPS que ele havia colocado no guidom. Incluía um mapa detalhado de Oslo e arredores e um transmissor ativado. A bem da verdade, a bicicleta e os acessórios tinham lhe custado mais do que um investigador de homicídios recém-aposentado deveria gastar. Mas era importante se manter em forma agora que a vida oferecia outros desafios.

Menos desafios, para ser sincero.

O ácido lático parecia queimar suas coxas e panturrilhas. Era doloroso, mas também uma deliciosa promessa do que estava por vir. Endorfinas fazendo a festa. Músculos doloridos. Consciência tranquila. Uma cerveja com sua esposa no terraço se a temperatura não despencasse depois do pôr do sol.

Num instante, ele chegou ao topo. A estrada ficou mais plana, e o lago Maridal estava diante dele. Erlend desacelerou. Já estava no campo. Na verdade, era inacreditável que, depois de quinze minutos de pedalada do centro de uma capital europeia, você de repente se visse cercado de sítios, campos e densas florestas com trilhas que desapareciam na escuridão da noite. O suor causava uma leve coceira no couro cabeludo sob o capacete Bell cinza-carvão — o qual, sozinho, havia custado o mesmo que a bicicleta infantil que ele comprara para o aniversário de 6 anos de Line Marie, sua neta. Mas Erlend Vennesla não tirou o capacete. A maioria das mortes entre ciclistas era causada por lesões na cabeça.

Ele olhou para o monitor cardíaco. Cento e setenta e cinco. Cento e setenta e dois. Uma breve lufada de vento bem-vinda trouxe o som distante de gritos de torcida da cidade lá embaixo. Deveria ser o Estádio de Ullevål, que recebia o jogo da seleção aquela noite. Noruega contra Eslováquia ou Eslovênia. Por alguns segundos, Vennesla imaginou que os gritos da torcida eram para ele. Fazia algum tempo que ele não recebia aplausos de alguém. A última vez devia ter sido durante a cerimônia de despedida na Kripos, em Bryn. Pão de ló com chantilly e frutas, com direito a discurso do chefe, Mikael Bellman — que desde então tinha continuado sua ascensão rumo ao cargo de chefe de polícia. Erlend foi aplaudido, encarou todos eles e até sentiu um nó na garganta na hora de proferir seu discurso de agradecimento, simples, breve e factual, assim como ditava a tradição na Kripos. Ele tivera seus altos e baixos como investigador de homicídios, mas nunca cometera grandes erros. Pelo menos até onde sabia; afinal, nunca era possível ter certeza absoluta nas respostas. Agora, com o rápido avanço da tecnologia de análise de DNA, os chefões pretendiam usá-la para examinar alguns casos encerrados, e o risco era de que encontrassem exatamente isso. Respostas. Novas respostas. Conclusões. Desde que se tratassem de casos não solucionados, tudo bem, mas Erlend não entendia por que queriam gastar recursos para retomar investigações que estavam encerradas fazia tempo.

A escuridão já estava mais densa, e, apesar da luz dos postes, foi por pouco que ele não passou direto pela placa de madeira que apontava para dentro da floresta. Mas ela estava ali. Do jeito que Erlend lembrava. Ele saiu da estrada e entrou numa trilha da floresta, o solo bem macio. Pedalou mais devagar, sem perder o equilíbrio. O feixe de luz da lanterna do capacete iluminou a trilha, detendo-se na parede escura de abetos dos dois lados. As sombras corriam à sua frente, assustadas e fugidias, mudando de forma e mergulhando na escuridão em busca de abrigo. Foi assim que ele visualizou as coisas ao tentar se colocar na posição dela. Correndo, fugindo com uma lanterna na mão depois de ter sido trancafiada e estuprada durante três dias.

E, quando viu uma luz se acender de repente na escuridão adiante, Erlend Vennesla pensou por um momento que era a lanterna dela, que ela estava fugindo outra vez, que ele estava na moto que a havia alcançado. A luz oscilou antes de ser apontada diretamente para ele. Erlend parou e desceu da bicicleta. Focou a lanterna presa em seu capacete no monitor cardíaco. Já abaixo de cem. Nada mal.

Abriu então o fecho embaixo do queixo, tirou o capacete e coçou o couro cabeludo. Nossa, como era bom. Em seguida, desligou a lanterna, pendurou o capacete no guidom e começou a empurrar a bicicleta em direção à luz à sua frente. Sentiu o capacete balançar e bater contra a estrutura.

Ele parou diante da lanterna. A luz forte fez seus olhos arderem. E, atordoado pela luz, ele pensou que ouvia a própria respiração pesada. Era estranho sua pulsação estar tão baixa. Detectou um movimento, algo que foi erguido atrás de si, fora do grande e oscilante círculo de luz. Ouviu um assobio baixinho no ar, e, no mesmo instante, um pensamento lhe ocorreu. Que ele não deveria ter feito aquilo. Que ele não deveria ter tirado o capacete. Que a maioria das mortes entre ciclistas...

Era como se o pensamento gaguejasse, como um deslocamento no tempo, como se a transmissão da imagem tivesse sido interrompida.

Erlend Vennesla olhou surpreso para a frente e sentiu uma gota quente de suor escorrer pela testa. Ele falou algo, mas as palavras não faziam sentido; parecia haver uma falha na conexão entre o cérebro e a boca. Mais uma vez ele ouviu o assobio baixinho. Então os sons desapareceram. Todos os sons; ele nem conseguiu ouvir a própria respiração. E logo descobriu que estava de joelhos e que a bicicleta lentamente tombava numa vala. Diante dele, a luz amarela dançava, mas ela desapareceu assim que a gota de suor atingiu o dorso do nariz, escorrendo para dentro dos olhos, cegando-o. Foi quando percebeu que não era suor.

O terceiro golpe foi como um sincelo cravando-se em sua cabeça, passando pelo pescoço, pelo corpo. Tudo congelou.

Não quero morrer, pensou ele, tentando levantar o braço para proteger a cabeça. Porém, incapaz de movimentar um único membro, percebeu que estava completamente paralisado.

O quarto golpe, ele não registrou, mas pelo cheiro de terra molhada deduziu que já estava deitado no chão. Piscou várias vezes e conseguiu recuperar a visão de um olho. Bem em frente ao rosto, viu um par de botas grandes e sujas na lama. Os calcanhares se levantaram, e as botas se ergueram um pouco do chão. Pousaram. A mesma coisa se repetiu: os calcanhares se levantaram, e as botas se ergueram do chão. Como se aquele que o atacava estivesse pulando. Pulando para aumentar a força dos golpes. E o último pensamento que passou por sua mente foi de que precisava se lembrar do nome dela, de que não podia jamais esquecer o nome dela.

2

O agente Anton Mittet tirou o copinho de plástico cheio até a metade da pequena Nespresso D290 vermelha, inclinou-se e o colocou no chão. Não havia nenhuma mobília onde pudesse apoiá-lo. Então pegou outra cápsula de café, conferiu automaticamente se a folha de metal fininha não estava perfurada, assegurando-se de que a cápsula de fato era nova, e a introduziu na máquina de espresso. Colocou um copinho de plástico vazio embaixo e apertou um dos botões iluminados.

Verificou o relógio enquanto a máquina começava a bufar e suspirar. Quase meia-noite. Troca de plantão. Ela estava esperando por ele em casa, mas ele achou que deveria primeiro instruir a garota nova sobre os procedimentos; afinal, ela era apenas uma estudante da Academia de Polícia. Silje, era esse seu nome? Anton Mittet olhou para a abertura da máquina. Será que ele teria se oferecido para buscar café se o colega fosse um homem? Ele não sabia, e, na verdade, tanto fazia; já desistira de responder essas perguntas a si mesmo. O silêncio era tanto que ele conseguiu ouvir as últimas gotas, quase transparentes, caírem dentro do copinho de plástico. Não havia mais cor nem sabor a ser extraído da cápsula, mas era fundamental aproveitar cada gotinha; o turno da noite seria longo para a moça. Sem companhia, sem nada acontecendo, sem nada para fazer além de olhar para as paredes de concreto, nuas e sem pintura, do Hospital Universitário. Por isso, ele pensou que era melhor tomar um café com ela antes de ir embora. Pegou os dois copinhos e foi andando de volta. As paredes ecoavam o som de seus passos. Ele passou por portas fechadas e trancadas. Sabia que não havia nada nem ninguém atrás delas, somente mais paredes nuas. Pelo menos no caso do Hospital Universitário, os noruegueses tinham construído algo pensando no futuro, bem conscientes de que a população estava se tornando mais numerosa, com mais idosos, mais doentes e mais necessitados. Pensaram a longo prazo, assim como os alemães fizeram com suas autoestradas e os suecos com seus aeroportos. Mas será que os poucos motoristas alemães — que passavam pela paisagem rural em majestosa solidão nas estradas mastodônticas de concreto na década de 1930 — ou os passageiros suecos — que se apressavam pelos saguões superdimensionados do aeroporto de Arlanda lá nos anos 1960 — tinham sentido a mesma coisa naquela época, que havia fantasmas ao redor? Que, apesar de serem totalmente novos, imaculados, ainda sem nenhuma morte por acidente rodoviário ou aéreo, as autoestradas e o aeroporto eram assombrados? Que os faróis do carro a qualquer momento poderiam captar uma família à beira da estrada olhando fixa e inexpressivamente para a luz, ensanguentada, pálida, o pai empalado, a mãe com a cabeça virada ao avesso, uma criança com membros apenas de um lado do corpo? Que, através da esteira de bagagens no saguão de desembarque de repente chegariam corpos carbonizados, ainda incandescentes, chamuscando a borracha, com gritos surdos saindo das bocarras abertas e fumegantes? Nenhum dos médicos tinha sido capaz de lhe dizer para que essa ala seria usada no futuro; a única coisa certa era que pessoas iriam morrer atrás dessas portas. Já estava no ar; corpos invisíveis com almas inquietas já tinham dado entrada ali.

    Anton dobrou uma esquina, e um novo corredor se estendeu diante dele, parcamente iluminado, tão nu e tão simétrico que criava uma curiosa ilusão de ótica: a menina de uniforme que estava sentada na cadeira bem ao fundo do corredor parecia um pequeno quadro numa parede lisa logo à sua frente.

    — Trouxe um copo para você também — anunciou ele assim que se colocou diante dela. Uns 20 anos? Um pouco mais. Talvez 22.

    — Obrigada, mas já tenho o meu — respondeu a jovem, tirando uma garrafa térmica da pequena mochila na cadeira ao lado. Havia uma peculiaridade quase imperceptível em sua entonação; os vestígios de um sotaque do norte, talvez.

— Esse é melhor — insistiu ele, ainda com a mão estendida.

Ela hesitou, mas acabou aceitando.

— E é de graça — continuou Anton, pondo a mão discretamente nas costas, esfregando as pontas dos dedos aquecidas pelo café no tecido frio da jaqueta. — Na verdade, temos a máquina só para nós. Fica no corredor ali embaixo, perto...

— Sim, eu vi quando cheguei — disse ela. — Mas, de acordo com as instruções, não devemos sair da porta do paciente em momento algum, por isso trouxe este de casa.

Anton Mittet tomou um gole do próprio copinho de plástico.

— Bem pensado, mas só tem um corredor que leva até aqui. Estamos no quarto andar, e não há nenhuma porta para outras escadas ou entradas entre esse ponto e a máquina de café. É impossível passar por nós.

— Parece seguro, mas acho que vou seguir as instruções.

Ela lhe dirigiu um breve sorriso. E então, talvez como uma compensação à repreensão implícita, tomou um gole do copinho de plástico.

Anton sentiu uma pontada de irritação e estava prestes a dizer alguma coisa sobre a independência que viria com o passar dos anos na profissão quando algo chamou sua atenção mais adiante no corredor. Uma figura branca parecia vir flutuando em sua direção. Ele ouviu Silje se levantar. A figura assumiu um feitio mais sólido até se tornar uma loira rechonchuda que usava o uniforme folgado das enfermeiras do hospital. Ele sabia que ela estava no plantão noturno e que estaria de folga amanhã à noite.

— Boa noite — disse a enfermeira com um sorriso simpático. Mostrou duas seringas, foi em direção à porta e pôs a mão na maçaneta.

— Espere um pouco — disse Silje, dando um passo à frente. — Lamento, mas preciso conferir seu crachá. Você tem a senha do dia?

A enfermeira olhou surpresa para Anton.

— A não ser que meu colega aqui possa autorizá-la — continuou Silje.

Anton fez que sim.

— Pode entrar, Mona.

A enfermeira abriu a porta, e Anton a seguiu com o olhar. No quarto pouco iluminado, ele viu os aparelhos em torno da cama e os dedos dos pés que despontavam do cobertor ao pé do leito. O paciente era tão alto que precisaram arranjar uma cama mais comprida. A porta se fechou.

— Muito bem — disse Anton. Abriu um sorriso para Silje, mas logo viu que ela não gostou disso. Percebeu que ela o julgava um machista por ter avaliado e dado sua aprovação a uma colega mais jovem. Mas, pelo amor de Deus, ela era estudante! A ideia era que ela aprendesse com policiais mais experientes durante o ano de estágio. Ele ficou se balançando para a frente e para trás sobre os calcanhares, inseguro sobre como lidar com a situação. Silje se antecipou a ele:

— Como eu disse, li as instruções. Imagino que tenha uma família esperando por você em casa.

Ele levou o copo de café à boca. O que ela sabia sobre seu estado civil? Será que estava insinuando alguma coisa, algo sobre ele e Mona, por exemplo? Que ele a tinha levado para casa depois do plantão algumas vezes e que a coisa não havia parado por aí?

— O adesivo de ursinho na sua mochila — explicou, sorrindo.

Anton tomou um longo gole de café e pigarreou.

— Tenho tempo. Já que está no seu primeiro plantão, você deveria aproveitar a oportunidade para tirar dúvidas. Nem sempre tudo está escrito nas instruções.

Ele trocou o pé de apoio. Esperava que ela entendesse nas entrelinhas.

— Como preferir — disse ela, com aquela autoconfiança irritante que só alguém com menos de 25 anos é capaz de se permitir. — O paciente lá dentro. Quem é ele?

— Não sei. Isso também está escrito nas instruções. Ele é anônimo e vai continuar assim.

— Mas você sabe alguma coisa.

— Sei?

— Mona. Você não trata uma pessoa pelo primeiro nome sem ter pelo menos trocado algumas palavras com ela. O que ela disse a você?

Anton Mittet olhou para a jovem. Era bonita, é verdade, mas não tinha vivacidade nem charme. Um pouco magra demais para o gosto dele. Cabelo desgrenhado e um lábio superior erguido demais, o que deixava dois dentes levemente tortos à mostra. Mas a garota tinha a juventude a seu favor. Um corpo firme e atlético por baixo daquela armadura; disso ele tinha toda certeza. Então, se contasse a ela o que sabia, seria porque, inconscientemente, sua boa vontade aumentaria em 0,01 por cento a chance de levá-la para a cama? Ou porque jovens como Silje se tornariam inspetoras ou investigadoras em cinco anos? Ela poderia se tornar sua chefe um dia, já que o caso de Drammen sempre estaria ali, como uma barreira, uma mancha impossível de ser removida, e ele não passaria de um mísero agente.

— Tentativa de homicídio — disse Anton. — Perdeu muito sangue, dizem que mal estava com pulso ao chegar aqui. Ficou em coma o tempo todo.

— Por que a vigilância?

Anton deu de ombros.

— Possível testemunha. Se sobreviver.

— O que ele sabe?

— Algo sobre drogas. Informação de alto nível. Se ele acordar, provavelmente dará à polícia informações que podem derrubar gente importante no tráfico de heroína de Oslo. Além de quem tentou acabar com ele.

— Então acham que o assassino vai voltar e terminar o trabalho?

— Se descobrirem que ele está vivo e onde se encontra, sim. É por isso que a gente está aqui.

Ela assentiu.

— E será que ele vai sobreviver?

Anton meneou a cabeça.

— Os médicos acham que podem mantê-lo vivo por alguns meses, mas a chance de que saia do coma é bem pequena. De qualquer forma... — Anton mudou de posição outra vez; o olhar penetrante da jovem o incomodava. — Até lá ele vai continuar sob proteção.

Com uma sensação de derrota, Anton Mittet desceu a escada da recepção e saiu para a noite de outono. Somente ao se sentar no carro dentro do estacionamento ele percebeu que seu celular estava tocando.

Era da Central de Operações.

— Maridalen, homicídio — disse 01. — Sei que você terminou por hoje, mas estão precisando de ajuda para isolar o local do crime. E como você já está de uniforme...

— Quanto tempo?

— Alguém o substituirá em três horas, no máximo.

Anton estava surpreso. Hoje em dia, faziam qualquer coisa para evitar que as pessoas fizessem horas extras; a combinação de regras rígidas e orçamentos apertados não permitia exceções nem por razões de praticidade. Ele desconfiava de que houvesse algo de especial nesse assassinato. Só torcia para que não fosse uma criança.

— Tudo bem — respondeu Anton.

— Vou passar as coordenadas pelo GPS.

Esta era a novidade: GPS com mapa detalhado de Oslo e arredores e um transmissor ativo que possibilitava sua localização pela Central de Operações. Provavelmente por isso ligaram para ele, por estar mais próximo.

— Ok — disse Anton. — Três horas.

Laura já estava dormindo, mas ela gostava de que ele avisasse que horas mais ou menos sairia do trabalho. Por isso, enviou um SMS antes de engatar a marcha do carro e seguir rumo ao lago Maridal.

Anton nem precisou olhar para o GPS. Na saída para a Ullevålseterveien, quatro viaturas da polícia estavam estacionadas e, um pouco mais adiante, fitas de isolamento nas cores laranja e branca indicavam o caminho.

Anton pegou a lanterna no porta-luvas e foi até o agente que estava do lado de fora da barreira. Ele observou os feixes de luz tremeluzentes dentro da mata, mas também as lanternas dos peritos, que sempre o faziam pensar em uma cena de filme. Algo que não era tão longe da realidade. Nos dias de hoje, eles não só tiravam fotos, mas usavam câmeras de vídeo HD, que, além das vítimas, registravam toda a cena do crime. Assim, poderiam rever tudo mais tarde, congelar as imagens e detectar detalhes cuja relevância não tinham percebido num primeiro momento.

— O que houve? — perguntou ele ao agente de braços cruzados que tremia diante da fita de isolamento.

— Assassinato. — A voz do agente saiu um pouco engrolada. Os olhos, avermelhados, num rosto estranhamente pálido.

— Foi o que ouvi dizer. Quem está no comando?

— A perícia. Lønn.

Anton ouviu o burburinho de vozes dentro da mata. Eram muitas.

— Ninguém da Kripos ou da Divisão de Homicídios ainda?

— Eles estão chegando aos poucos, o corpo acabou de ser encontrado. Você vai assumir meu lugar?

Mais gente. E ainda assim ele vai fazer hora extra. Anton estudou o agente mais de perto. Ele usava um casaco grosso, mas seu tremor só aumentava. Nem fazia frio.

— Você foi o primeiro a chegar ao local do crime?

O agente fez que sim e olhou para baixo. Bateu os pés com força no chão.

Merda, pensou Anton. Criança. Ele engoliu em seco.

— E aí, Anton, o 01 te mandou?

Anton ergueu os olhos. Não tinha ouvido os dois se aproximarem, apesar de terem saído do matagal cerrado. Já havia visto isso antes, o jeito como o pessoal da perícia se movimentava na cena do crime; pareciam dançarinos um pouco desajeitados, abaixando-se e desviando de tudo, pondo os pés no chão como se fossem astronautas na lua. Ou talvez fossem os macacões brancos que davam essa impressão.

— Sim, é para eu substituir alguém — disse ele para a mulher. Ele sabia quem ela era; todos sabiam. Beate Lønn, chefe da Perícia Técnica, tinha fama de ser uma espécie de "Rain Man" por causa de sua habilidade em reconhecer rostos, que ela usava para identificar assaltantes em vídeos de circuito interno de TV com imagens granuladas e entrecortadas. Diziam que ela era capaz de reconhecer até assaltantes mascarados caso tivessem antecedentes, pois tinha uma base de dados com milhares de fotografias de fichas criminais armazenadas em sua pequena cabeça com cabelos loiros. Logo, deveria ter alguma coisa de especial nesse homicídio; eles não mandavam os chefões para a cena do crime no meio da noite.

Ao lado do rosto pálido e quase translúcido da mulher delicada, o do outro homem parecia estar em brasa. Suas faces sardentas eram adornadas por costeletas que formavam duas penínsulas avermelhadas. Os olhos eram levemente esbugalhados, como se houvesse muita pressão dentro deles, o que lhe conferia uma expressão um tanto embasbacada. Mas o que saltava mais à vista era o gorro, que apareceu assim que ele tirou o capuz branco — um gorro rastafári nas cores da Jamaica: verde, amarelo e preto.

Beate Lønn pôs uma mão no ombro do agente trêmulo.

— Pode ir, Simon. Não fale para ninguém que eu disse isso, mas sugiro uma bebida forte e cama.

O agente assentiu com a cabeça, e, três segundos depois, já tinha sumido na escuridão.

— O negócio foi feio? — perguntou Anton.

— Você não trouxe café? — perguntou Gorro Rastafári, abrindo uma garrafa térmica. Com aquelas poucas palavras, Anton conseguiu identificar que ele não era de Oslo. De algum lugar do interior, com certeza. Mas, como a maioria dos noruegueses que viviam na cidade, Anton conhecia muito pouco os dialetos e não se interessava muito por eles.

— Não — respondeu.

— É sempre bom trazer seu próprio café para o local de crime — retrucou Gorro Rastafári. — Nunca se sabe quanto tempo vai demorar.

— Calma, Bjørn, ele já trabalhou com homicídios antes — disse Beate Lønn. — Drammen, não foi?

— Sim — respondeu Anton, balançando para a frente e para trás sobre os calcanhares. *Costumava trabalhar* com homicídios seria mais correto. Infelizmente desconfiava do motivo pelo qual Beate Lønn se lembrava dele. Ele respirou fundo. — Quem achou o corpo?

— Foi ele — respondeu Beate, fazendo um gesto em direção ao carro do agente, que no mesmo instante ligou o motor e acelerou.

— Quer dizer, quem deu parte do ocorrido?

— A esposa ligou porque ele não voltou de um passeio de bicicleta — disse Gorro Rastafári. — Era para demorar no máximo uma hora, e ela estava preocupada com o coração dele. Ele levava um GPS com transmissor, por isso foi encontrado logo.

Anton fez um gesto de compreensão, visualizando a situação. Dois policiais tocando a campainha, uma mulher e um homem. Os policiais pigarreiam, olhando para a esposa com aquela expressão séria, que pretende transmitir o que logo será dito com palavras, palavras impossíveis. O rosto da mulher que resiste, não quer acreditar, mas que depois parece virar ao avesso, mostrando o lado de dentro, mostrando todas as emoções.

A imagem de Laura, sua própria esposa, surgiu em sua mente.

Uma ambulância vinha em sua direção, sem sirenes e sem luzes piscantes.

Anton começou a entender. A reação rápida a uma ligação normal sobre uma pessoa desaparecida. O GPS com transmissor rapidamente encontrado. Todo aquele movimento. Horas extras. O colega que estava tão abalado com a descoberta que teve de ser mandado para casa.

— É um policial — disse ele baixinho.

— Meu chute é que a temperatura aqui deve estar quase uns dois graus abaixo da temperatura na cidade — disse Beate Lønn, digitando um número no celular.

— Concordo — respondeu Gorro Rastafári, tomando um gole do copo da garrafa térmica. — Nenhuma descoloração da pele ainda. Portanto, algo entre oito e dez horas?

— Um policial — repetiu Anton. — É por isso que todos estão aqui, não é?

— Katrine? — perguntou Beate. — Você pode conferir uma coisa para mim? É sobre o caso Sandra Tveten. Certo.

— Droga! — exclamou Gorro Rastafári. — Pedi a eles que aguardassem até a chegada dos sacos mortuários.

Anton se virou e viu dois homens se esforçando para sair do matagal com uma das macas da equipe da perícia. Um par de sapatilhas de ciclismo saía do cobertor.

— Ele conhecia a vítima — disse Anton. — Era por isso que estava tão trêmulo, né?

— Ele disse que trabalharam juntos em Økern antes de Vennesla começar na Kripos — explicou Gorro Rastafári.

— Você tem a data aí? — perguntou Lønn ao telefone.

Eles ouviram um grito.

— Mas que... — disse Gorro Rastafári.

Anton se virou. Um dos maqueiros tinha escorregado em uma vala. O feixe de luz de sua lanterna passou pela maca. Pelo lençol, que tinha caído para o lado. Pelo... pelo quê? Anton arregalou os olhos. Aquilo era uma cabeça? Aquilo, que estava no topo do que sem dúvida era um corpo humano, tinha sido uma cabeça de verdade? Nos anos em que Anton trabalhou na Divisão de Homicídios, antes do Grande Erro, ele havia visto muitos cadáveres, mas nada igual a isso. Aquilo o fez pensar no café da manhã em família aos domingos, nos ovos levemente cozidos de Laura com restos de casca ainda grudando, rachados de tal forma que a gema amarela tinha vazado e coagulado por fora da clara já solidificada, mas ainda macia. Será que realmente poderia ser uma... *cabeça*?

Anton ficou piscando na escuridão enquanto observava as luzes traseiras da ambulância desaparecerem. E ele se deu conta de que aquilo era uma reprise, de que ele já havia visto isso antes. As figuras vestidas de branco, a garrafa térmica, os pés saindo do lençol; ele tinha acabado de ver tudo isso no Hospital Universitário. Como se tivesse sido um presságio. A cabeça...

— Obrigada, Katrine — disse Beate.

— O que foi? — perguntou Gorro Rastafári.

— Trabalhei com Erlend exatamente aqui, neste lugar — disse Beate.

— Aqui? — perguntou Gorro Rastafári.

— Exatamente aqui. Ele era o chefe da investigação. Deve fazer uns dez anos. Sandra Tveten. Estuprada e morta. Apenas uma criança.

Anton engoliu em seco. Crianças. Reprises.

— Eu me lembro desse caso — disse Gorro Rastafári. — O destino é curioso, morrer em sua própria cena de crime. Imagine isso. Também foi no outono, não foi, o caso Sandra Tveten?

Beate não respondeu, apenas fez que sim com um gesto lento de cabeça.

Anton continuou incrédulo. Não era verdade, ele *tinha* visto um cadáver como aquele.

— Merda! — xingou Gorro Rastafári baixinho. — Você não quer dizer que...?

Beate Lønn pegou o copo da garrafa térmica da mão dele. Tomou um gole. Devolveu o copo. Fez que sim.

— Porra... — murmurou Gorro Rastafári.

3

— *Déjà-vu* — disse Ståle Aune, olhando para fora, para a densa nevasca sobre Sporveisgata, onde a escuridão matutina de dezembro estava prestes a ceder espaço para um dia breve. Então ele se virou outra vez para o homem na cadeira do outro lado de sua mesa. — *Déjà-vu* é a sensação de já ter visto algo antes. Nós não sabemos o que é.

Por "nós" ele quis dizer os psicólogos, em geral, não apenas os terapeutas.

— Alguns acham que, quando estamos cansados, ocorre um atraso na transmissão da informação para a parte consciente do cérebro, de modo que, no instante em que ela chega lá, já esteve no subconsciente há algum tempo. E por isso nossa sensação é de reconhecimento. O cansaço pode explicar por que o *déjà-vu* é mais comum no fim de uma semana de trabalho. Mas isso é tudo o que a pesquisa científica tem a nos oferecer. Sexta-feira é o dia do *déjà-vu*.

Ståle Aune talvez esperasse por um sorriso. Não que ele tivesse qualquer importância em seus esforços profissionais para levar as pessoas a consertarem a si mesmas, mas porque o ambiente estava precisando disso.

— Não quero dizer esse tipo de *déjà-vu* — disse o paciente. O cliente. O freguês. A pessoa que, dali a cerca de vinte minutos, pagaria o valor da sessão à recepcionista e contribuiria para cobrir as despesas gerais dos cinco psicólogos que tinham consultórios no edifício de quatro andares sem personalidade e fora de moda em Sporveisgata, uma rua razoavelmente chique na zona oeste de Oslo. Ståle Aune aproveitou para olhar de soslaio para o relógio na parede atrás da cabeça do homem. Dezoito minutos.

— É mais como um sonho que se repete várias vezes.

— *Como* um sonho?

Ståle Aune voltou a passar os olhos pelo jornal que ele tinha guardado dentro da gaveta aberta da mesa, de um jeito que não fosse visível para o paciente. Hoje em dia, os terapeutas geralmente ficavam sentados numa cadeira bem em frente ao paciente. Por isso, quando a mesa maciça foi colocada dentro do escritório de Ståle, os colegas tiraram sarro dele, confrontando-o com as teorias da terapia moderna, que pregavam a redução das barreiras físicas entre o terapeuta e o paciente. A resposta de Ståle foi curta: "Melhor para o paciente, talvez."

— É um sonho. Eu sonho.

— É comum ter sonhos repetitivos — disse Aune, passando uma das mãos pela boca para dissimular o bocejo. Pensou com saudades no velho e querido sofá que foi tirado de seu consultório e que agora se encontrava na recepção, onde, ao lado de um suporte para halteres e embaixo de uma barra de musculação, se tornou uma piada interna entre os psicoterapeutas. Quando os pacientes ficavam sentados no sofá, a leitura do jornal era mais fácil.

— Mas esse é um sonho que não quero ter. — Sorriso discreto, presunçoso. Cabelo fino, bem-cuidado.

Bem-vindo ao exorcista dos sonhos, pensou Aune, tentando dar um sorriso igualmente discreto. O paciente estava de terno risca de giz, gravata cinza e vermelha e sapatos pretos, lustrados. Aune, por sua vez, usava um paletó de tweed, uma alegre gravata-borboleta embaixo de sua papada e um par de sapatos marrons que não via graxa fazia algum tempo. — Talvez você possa me contar como é o sonho?

— Foi o que acabei de fazer.

— Exatamente. Mas talvez você pudesse me dar mais alguns detalhes?

— Como já disse, começa no fim de *Dark Side of the Moon*. "Eclipse" termina com David Gilmour cantando que tudo está em harmonia...

— E é isso que você sonha?

— Não! Sim. Quer dizer, o álbum termina assim na vida real também. Otimista. Depois de quarenta e cinco minutos de morte e loucura. Então você pensa que tudo vai acabar bem. Tudo está em harmonia outra vez. Mas aí, quando o álbum vai terminando, é possível ouvir uma voz no fundo ruminando alguma coisa. Você precisa aumentar o volume para ouvir as palavras. E então você consegue distinguir muito bem: ela diz que tudo está na escuridão. Você entende?

— Não — respondeu Aune. De acordo com o manual, ele deveria ter perguntado: "É importante para você que eu entenda?" ou algo assim. Mas ele não queria se aborrecer.

— O mal não existe porque tudo é mau. O universo é sombrio. Nascemos maus. O mau é o ponto de partida, o natural. Aí, de vez em quando, surge uma luzinha bem pequena no fim do túnel. Mas ela é apenas temporária, temos que voltar à escuridão. E é isso que acontece no sonho.

— Continue — disse Aune, girando a cadeira e olhando para fora da janela com um ar pensativo, que pretendia apenas esconder o fato de que só tinha vontade de olhar para outra coisa que não fosse a expressão no rosto do paciente, uma mistura de autocomiseração e satisfação. O homem claramente via a si mesmo como único, um caso capaz de entusiasmar qualquer psicólogo. Sem dúvida, já havia feito terapia. Lá embaixo, na rua, Aune viu um guarda de trânsito caminhando a passos firmes como um xerife, e ele se perguntou que outras profissões poderia ter seguido na vida. E concluiu rapidamente: nenhuma. Além do mais, ele amava a psicologia, amava navegar no limbo entre o conhecido e o desconhecido, combinar sua enorme bagagem de conhecimentos factuais com intuição e curiosidade. Pelo menos era isso o que ele dizia a si mesmo toda manhã. Por que então apenas desejava que aquela pessoa calasse a boca e caísse fora de seu consultório, de sua vida? O problema era o paciente ou o trabalho como terapeuta? Ou a mudança tinha sido provocada pelo ultimato de Ingrid, exigindo que ele trabalhasse menos e estivesse mais presente na vida dela e da filha, Aurora? Ele abriu mão da pesquisa, que demandava muito tempo, do trabalho de consultoria para a Divisão de Homicídios e das palestras na Academia de Polícia. Passou a ser apenas um terapeuta com horário fixo de trabalho. As novas prioridades haviam parecido uma boa ideia. Mas, afinal, do que sentia falta de verdade? Será que sentia falta de traçar os perfis das almas doentes que matavam seres humanos praticando atos tão cruéis que tiravam seu sono? E, nas noites em que dormia, sentia falta de ser acordado pelo inspetor Harry Hole exigindo respostas rápidas a perguntas impossíveis? Será que ele sentia falta de como Hole o havia transformado em um caçador faminto, insone e monomaníaco como ele próprio, que rosnava para todos os que perturbavam seu trabalho, a única coisa que tinha alguma importância e que o afastava dos colegas, da família e dos amigos?

Porra, ele sentia falta daquilo... Ele sentia falta da *importância* que aquilo tinha.

Sentia falta da sensação de salvar vidas. E, dessa vez, não a vida do suicida que pensa de modo racional e que poderia levá-lo a se perguntar: se a vida é uma experiência tão dolorosa e não podemos mudá-la, por que uma pessoa não pode simplesmente ter permissão para morrer? Ele sentia falta de ser o agente, aquele que intervém, aquele que salva o inocente do culpado, que faz o que mais ninguém podia fazer porque ele, Ståle Aune, era o melhor. Era simples assim. Sim, ele sentia falta de Harry Hole. Ele sentia falta do homem alto, carrancudo, bêbado, de coração grande, ao telefone, incentivando-o a cumprir seu dever cívico — ou melhor, ordenando que ele o fizesse —, exigindo que sacrificasse a vida em família e as noites de sono para pegar um dos marginais da sociedade. Só que não havia mais um inspetor na Divisão de Homicídios chamado Harry Hole, e nenhum dos outros tinha telefonado para ele. Seu olhar pousou sobre as páginas do jornal outra vez. Houve uma coletiva de imprensa. Quase três meses se passaram desde o assassinato do policial em Maridalen, e a polícia ainda não tinha pistas ou suspeitos. No passado, era o tipo de caso em que teriam telefonado para ele. O assassinato ocorrera no mesmo local e na mesma data de um caso antigo que não tinha sido solucionado. A vítima era um policial que havia participado da investigação.

Mas aquilo era passado. Agora, estava tratando a insônia de um homem de negócios sobrecarregado por um trabalho do qual ele não gostava. Logo, Aune começaria a fazer as perguntas que provavelmente excluiriam transtornos de estresse pós-traumático. O homem diante dele não se encontrava totalmente paralisado por seus pesadelos; ele só estava preocupado em conseguir elevar a própria produtividade ao nível máximo outra vez. Aune então lhe daria uma cópia do artigo "Terapia de ensaio da imagem", de Krakow e... ele não lembrava mais os outros nomes. Pediria que escrevesse o pesadelo e o trouxesse para a próxima sessão. A partir disso, eles criariam juntos um final alternativo e feliz para o pesadelo, o qual ensaiariam mentalmente depois, de modo que o sonho se tornasse mais agradável ou simplesmente desaparecesse.

Aune ouviu o murmúrio constante e soporífero da voz do paciente e pensou que a investigação do assassinato de Maridalen estava emperrada desde o primeiro dia. Nem mesmo as óbvias coincidências com o caso Sandra — a data e o local — fizeram a Kripos e a Divisão de Homicídios progredirem. E agora eles incentivavam as pessoas a entrarem em contato caso tivessem alguma informação, não importando sua aparente irrelevância. Esse foi o motivo da coletiva de imprensa do dia anterior. Aune suspeitava de que tudo não passava de encenação; a polícia só precisava mostrar que estava fazendo alguma coisa, que não estava parada. Mas a impressão que ela dava era exatamente essa: a de uma gestão investigativa impotente e duramente criticada, que, resignada, se dirige ao público com um "vamos-ver-se-vocês--conseguem-algo-melhor".

Ele olhou para a foto da coletiva de imprensa. Reconheceu Beate Lønn. Gunnar Hagen, o chefe da Divisão de Homicídios, parecia cada vez mais um monge com os cabelos abundantes formando uma coroa de louros em torno de sua careca lustrosa. Até Mikael Bellman, o novo chefe de polícia, estivera ali; afinal, tratava-se da morte de um deles. Rosto tenso. Mais magro do que Aune lembrava. O cabelo ondulado, que ficava tão bem na mídia e que um dia foi quase comprido demais, aparentemente desapareceu em algum lugar entre os cargos de chefe da Kripos, da CrimOrg e da força policial. Aune pensou na beleza de Bellman, quase feminina, ressaltada pelos longos cílios e a pele bronzeada, com as características manchas brancas. Nada disso era visível na foto. Era óbvio que um assassinato não solucionado de um policial era o pior início imaginável para um recém-nomeado chefe de polícia que havia baseado sua carreira meteórica em sucessos. Ele tinha feito a faxina nos cartéis de drogas de Oslo, mas isso facilmente poderia cair no esquecimento. De fato, o aposentado Erlend Vennesla não havia sido formalmente morto em serviço, mas quase todo mundo sabia que, de uma forma ou de outra, sua morte tinha a ver com o assassinato de Sandra. Por isso, Bellman havia mobilizado todo seu pessoal e todos os recursos externos, sem exceção. Exceto ele, Ståle Aune. Ele tinha sido riscado de suas listas de contatos. O que era natural, uma vez que ele mesmo havia pedido que fizessem isso.

O inverno chegou cedo e, com ele, a sensação de que a neve cobriria as pistas. Pistas frias. Nenhuma pista. Foi o que Beate Lønn disse na coletiva de imprensa: uma ausência quase notável de pistas. Evidentemente, aqueles que de alguma forma participaram do caso Sandra foram verificados. Suspeitos, familiares, amigos, até colegas de Vennesla que trabalharam no caso. Tudo sem resultados.

O silêncio se instalou na sala, e Ståle Aune percebeu pela expressão do paciente que ele tinha acabado de fazer uma pergunta e esperava sua resposta.

— Hum — disse Aune, apoiando o queixo no punho fechado e encarando o outro. — O que *você* pensa em relação a isso?

Havia confusão nos olhos do homem e, por um instante, Aune temeu que ele tivesse pedido um copo d'água ou qualquer coisa assim.

— O que penso sobre o sorriso dela? Ou sobre a luz forte?

— Os dois.

— Às vezes acho que ela sorri porque gosta de mim. Outras, penso que ela faz isso porque quer que eu faça alguma coisa. Mas, quando ela para de sorrir, aquela luz forte nos olhos dela se apaga, e aí é tarde demais para saber por que ela não quer falar mais comigo. Por isso acho que talvez seja o amplificador. Ou o quê?

— Hã... o amplificador?

— Sim. — Pausa. — Aquele que mencionei. Aquele que meu pai costumava desligar quando entrava no meu quarto, dizendo que eu já tinha tocado tanto aquele disco que ele estava à beira da loucura. E aí eu dizia que era possível ver a luzinha vermelha do lado do botão de desligar ficar mais fraca e depois desaparecer. Como um olho. Ou um pôr do sol. E então eu pensava que ela estava escapando de mim. É por isso que ela fica muda no fim do sonho. Ela é o amplificador que emudece quando meu pai o desliga. Não consigo mais falar com ela.

— Você colocava discos para tocar e pensava nela?

— Sim. O tempo todo. Até eu fazer uns 16 anos. E não discos. O disco.

— *Dark Side of the Moon*?

— Isso.

— Mas ela não queria ficar com você?

— Não sei. Provavelmente não. Não naquela época.

— Hum. Nosso tempo já acabou. Vou te dar algo para ler até a próxima sessão. E quero que façamos um novo final para a história do sonho. Ela tem que falar. Ela tem que falar alguma coisa para você. Algo que você queria que ela dissesse. Que ela gosta de você, talvez. Você pode pensar um pouco nisso até a próxima sessão?

— Tudo bem.

O paciente se levantou, pegou o sobretudo e foi em direção à porta. Aune se sentou à mesa, olhou para a agenda iluminada na tela do computador à sua frente. Estava tão cheia que chegava a ser deprimente. Ele se deu conta de que estava acontecendo de novo: tinha esquecido totalmente o nome do paciente. Ele o encontrou na agenda. Paul Stavnes.

— O mesmo horário na semana que vem. Tudo bem, Paul?

— Sim.

Ståle inseriu a informação na agenda. Ao erguer os olhos, viu que o paciente já tinha saído.

Ele se levantou, pegou o jornal e foi até a janela. Onde estava aquele tão prometido aquecimento global, caramba? Olhou para a página do noticiário, mas de repente não conseguiu se conter e jogou o jornal longe. Semanas, meses com aquela mesma baboseira já bastavam. Espancado até a morte. Golpes fatais na cabeça. Erlend

Vennesla deixa esposa, filhos e netos. Amigos e colegas estão em choque. "Uma pessoa calorosa e gentil." "Impossível não gostar dele." "Solícito, honesto, tolerante; não tinha um único inimigo." Ståle Aune respirou fundo.

Ele olhou para o telefone. Eles tinham seu número. Mas o telefone estava mudo. Assim como a menina do sonho.

4

Gunnar Hagen, o chefe da Divisão de Homicídios, passou a mão pela testa, e ela prosseguiu pelas entradas no cabelo até a laguna calva. O suor que se acumulou na palma da mão foi absorvido pelo denso atol de mechas na parte de trás da cabeça. Diante dele, estava a equipe de investigação criminal. No caso de um homicídio normal, haveria ali umas doze pessoas. Mas o assassinato de um colega era algo atípico, e a sala K2 estava cheia até a última cadeira — quase cinquenta pessoas. Contando com os que estavam de licença médica, a equipe consistia em cinquenta e três integrantes. E logo um número maior estaria de licença médica, tamanha era a pressão da mídia. A única coisa boa que se podia dizer sobre esse caso era que ele tinha aproximado as duas grandes entidades de investigação de assassinatos da Noruega: a Divisão de Homicídios e a Kripos. Qualquer rivalidade fora deixada de lado, e pelo menos dessa vez eles cooperaram como uma só equipe sem qualquer outra intenção além de descobrir quem matou seu colega. Nas primeiras semanas, eles se uniram com uma intensidade e uma paixão que Hagen se convenceu de que o caso teria uma solução rápida, apesar da falta de pistas, de testemunhas, de possíveis motivos, de possíveis suspeitos e de possíveis indícios. Simplesmente porque a força de vontade coletiva era tão formidável, todos estavam tão unidos, os recursos eram praticamente ilimitados... Ainda assim, nada.

Os rostos cinzentos e cansados olhavam para ele com uma apatia que se tornara cada vez mais aparente no decorrer das últimas semanas. E a coletiva de imprensa do dia anterior — que mais parecera uma rendição, um clamor por ajuda — não elevara o moral. Mais cedo tinham chegado mais dois avisos de licença médica, e esse pessoal não jogava a toalha por causa de um resfriadinho. Além do caso Vennesla, havia ainda o caso Gusto Hanssen, que tinha sido reaberto depois que Oleg Fauke foi solto e que Chris Reddy, o Rebite, retirou sua confissão. Bem, havia um aspecto positivo no caso Vennesla: o assassinato do policial ofuscava de tal forma o assassinato do belo e jovem traficante que a mídia não havia escrito uma palavra sobre o fato de que aquele caso estava aberto outra vez.

Hagen olhou para o papel no púlpito à sua frente. Tinha duas linhas. Só isso. Uma reunião matinal com duas linhas.

Gunnar Hagen pigarreou.

— Bom dia, pessoal. Como a maioria de vocês já sabe, recebemos diversas chamadas depois da coletiva de imprensa ontem. Ao total, oitenta e nove ligações, e várias pistas estão sendo conferidas agora.

Ele não precisava dizer o que todos sabiam: depois de quase três meses, eles estavam sem alternativa, já que 95 por cento das ligações eram papo furado. Havia os malucos de plantão que sempre telefonavam, os balbucios dos bêbados, as pessoas que queriam lançar suspeitas sobre alguém que tinha roubado sua namorada, sobre um vizinho que tirava o corpo fora na hora de lavar a escada, trotes, ou apenas gente precisando de um pouco de atenção, alguém com quem conversar. Por "várias", Gunnar Hagen quis dizer quatro. Quatro pistas. E, ao dizer "estão sendo conferidas", também mentiu. Elas já tinham sido conferidas. E levaram exatamente aonde eles estavam naquele momento: a lugar nenhum.

— Temos uma visita ilustre hoje — disse Hagen e logo percebeu que isso poderia ser interpretado como sarcasmo. — O chefe de polícia está aqui para dizer algumas palavras. Mikael...

Hagen fechou sua pasta, ergueu-a e colocou-a na mesa como se contivesse uma pilha de documentos novos e interessantes em vez de uma única folha A4, torcendo para que tivesse amenizado o "ilustre" ao usar o primeiro nome de Bellman, e fez um gesto para o homem que estava junto à porta no fundo da sala.

Encostado na parede e de braços cruzados, o jovem chefe de polícia esperou um breve momento para que todos se virassem e olhassem para ele, e então, com um movimento vigoroso e ágil, começou a andar a passos largos e decididos em direção ao púlpito. Bellman exibia um meio-sorriso, como se estivesse pensando em algo engraçado naquele momento, e, na hora em que se virou com um movimento rápido e descontraído para o púlpito, apoiou os antebraços nele, inclinou-se para a frente e olhou diretamente para os policiais como se quisesse destacar o fato de que não tinha nenhum manuscrito preparado, Hagen torceu para que ele entregasse ao público o que sua entrada prometia.

— Alguns de vocês talvez saibam que pratico alpinismo — disse Mikael. — E, quando acordo em dias como este, quando olho pela janela e há zero visibilidade e previsão de mais neve e ventos fortes, penso numa montanha que eu a certa altura tive planos de escalar.

Bellman fez uma pausa, e Hagen constatou que a introdução inesperada tinha funcionado. O chefe de polícia atraíra a atenção dos demais. Por enquanto. Mas Hagen sabia que a tolerância da equipe sobrecarregada a conversas-fiadas era zero e que eles não se esforçariam para esconder isso. Bellman era muito jovem, estava no comando há pouquíssimo tempo e tinha chegado ali rápido demais para que o deixassem testar a paciência deles.

— Por acaso a montanha tem o nome desta sala. O mesmo nome que alguns de vocês deram ao caso Vennesla. K2. É um bom nome. A segunda montanha mais alta do mundo. A Montanha Selvagem. A montanha mais difícil do mundo. Nela, a cada quatro alpinistas, um morre. Planejamos escalar a face sul da montanha. Isso só foi feito duas vezes antes e por muitos é considerado suicídio. Uma leve mudança no tempo e nos ventos, e você e a montanha estarão cobertos de neve, a uma temperatura à qual nenhum de nós seria capaz de sobreviver. Com tanto oxigênio quanto se tem embaixo d'água. E, como estamos falando do Himalaia, todo mundo sabe que mudanças no tempo e nos ventos são coisas que certamente vão acontecer.

Breve pausa.

— Então, por que eu escalaria justamente essa montanha?

Nova pausa. Mais longa, como se ele estivesse esperando que alguém fosse responder. Ainda aquele meio-sorriso. A espera ficou longa. Longa demais, pensou Hagen. Os policiais não são adeptos de recursos dramáticos.

— Porque... — Bellman bateu um indicador no púlpito. — ... *porque* é a mais difícil do mundo. Física e mentalmente. Não há um segundo de alegria na subida, somente preocupação, sacrifício, angústia, falta de oxigênio, medo de altura, pânico letal e a apatia, que pode ser mais letal ainda. E, quando você chega ao cume, não se trata de saborear o momento do triunfo, mas sim de conseguir uma prova de que você de fato esteve ali, uma ou duas fotos, de não se iludir e pensar que o pior já passou, de não se permitir o agradável descanso, de manter a concentração, de realizar as tarefas de modo sistemático, tal qual um robô programado, e, ao mesmo tempo, não parar de avaliar a situação. Avaliar a situação *constantemente*. Como estão as condições meteorológicas? Que sinais o corpo está dando? Onde estamos? Há quanto tempo estamos aqui? Como estão os outros integrantes da equipe?

Ele se afastou do púlpito, dando um passo para trás.

— Pois o K2 é extenuante em todos os sentidos. Mesmo na descida. E era *por isso* que queríamos tentar.

Havia silêncio na sala. Silêncio absoluto. Nada de bocejos ou pés se arrastando embaixo das cadeiras. Meu Deus, pensou Hagen, ele prendeu a atenção de todo mundo.

— Duas palavras — disse Bellman. — Não três, apenas duas. Perseverança e união. Pensei em incluir ambição, mas essa não é uma palavra que tenha tanta importância, não tem a mesma grandeza das outras. Vocês talvez possam me perguntar qual é o sentido de se ter perseverança e união se não houver uma meta, uma ambição. Lutar só por lutar? Honra sem recompensa? Sim, eu digo, lutar só por lutar. Honra sem recompensa. Se o caso Vennesla for comentado daqui a alguns anos, será por causa da adversidade. Por parecer impossível. Porque a montanha era alta demais, o tempo era ruim demais, o ar, rarefeito demais. Porque tudo deu errado. E são as *adversidades* que tornarão esse caso mítico, que farão com que seja uma das histórias contadas em torno da fogueira. Assim como a maioria dos alpinistas nunca chegam sequer ao sopé do K2, é possível ter uma vida profissional inteira como investigador sem jamais ter a oportunidade de fazer parte de um caso como este. Vocês já chegaram a pensar que, se este caso tivesse sido solucionado nas primeiras semanas, ele seria esquecido em poucos anos? O que todos os casos criminais lendários da história têm em comum?

Bellman esperou. Assentiu com a cabeça como se tivessem lhe dado a resposta e repetiu:

— Eles *demoraram* a ser solucionados. Houve *adversidades*.

Uma voz sussurrada soou ao lado de Hagen:

— Churchill, toma essa.

Ele se virou e viu Beate Lønn, que havia se posicionado ao lado dele com um sorriso irônico.

Hagen fez um breve gesto de assentimento e olhou para a plateia. Velhos truques, talvez, mas que ainda funcionavam. Há poucos minutos, ele só tinha visto ali uma fogueira apagada, mas Bellman conseguira reavivar as chamas. No entanto, Hagen sabia que não queimariam por muito tempo se não houvesse resultados.

Três minutos depois, Bellman encerrou o discurso motivacional e deixou o púlpito com um sorriso amplo, arrancando aplausos. Hagen também bateu palmas, por educação, enquanto receava subir ao púlpito outra vez para ser um desmancha-prazeres e informar a todos que a equipe seria reduzida a trinta e cinco integrantes. Ordem de Bellman, mas eles tinham concordado que o chefe de polícia não lhes contaria isso. Hagen subiu, colocou novamente a pasta no púlpito, pigarreou, fingiu folhear a pasta. Ergueu os olhos. Pigarreou novamente e ensaiou um sorriso.

— Senhoras e senhores, o show acabou.

Silêncio, nenhuma risada.

— Bem, temos diversos assuntos a tratar. Alguns de vocês vão ser transferidos para outras funções.

Tudo quieto. A empolgação tinha acabado.

Assim que Mikael Bellman saiu do elevador no saguão da sede da polícia, viu de relance uma figura desaparecendo dentro do elevador ao lado. Era Truls? Provavelmente, não; ele ainda estava suspenso depois do caso Asaiev. Bellman saiu pela porta principal e, em meio à nevasca, foi até o carro que o aguardava. Quando ele assumiu o cargo de chefe de polícia, disseram-lhe que, em teoria, teria um motorista à sua disposição, mas seus três antecessores abriram mão desse benefício, pois acreditavam que isso passaria a mensagem errada. Afinal, cabia a eles encabeçarem os cortes em todas as outras áreas. Bellman havia subvertido essa prática, dizendo claramente que não deixaria esse tipo de mesquinharia social-democrata impedir a eficiência de seu trabalho e que era mais importante sinalizar aos escalões inferiores que o trabalho duro e a promoção implicavam certas vantagens. Depois, o diretor de Relações Públicas o chamou de lado e sugeriu que, se a imprensa lhe fizesse perguntas a respeito disso, ele deveria limitar a resposta à eficiência do trabalho e cortar a parte sobre as vantagens.

— Para a Prefeitura — disse Bellman ao se sentar no banco de trás.

O carro se afastou do meio-fio, contornou a Igreja de Grønland e rumou para o Hotel Plaza e o edifício dos Correios — que, apesar da revitalização em torno da Ópera, ainda dominava a suave paisagem de Oslo. Mas hoje não havia paisagem, somente neve, e três pensamentos sem qualquer relação entre si passaram pela cabeça de Bellman. Maldito dezembro. Maldito caso Vennesla. E maldito Truls Berntsen.

Mikael não havia falado com Truls nem o havia visto desde que tivera de suspendê-lo, seu amigo de infância e subalterno, no início de outubro. Quer dizer, Mikael pensou tê-lo visto na frente do Grand Hotel na semana anterior, num carro estacionado. Foram as entradas de somas vultosas na conta de Truls que levaram à suspensão. Como ele não soube — ou não quis — explicar a origem do dinheiro, Mikael, enquanto chefe, não teve opção. Evidentemente, ele próprio sabia de onde vinha o dinheiro: da sabotagem de provas, de seus trabalhos como queimador para a quadrilha de Rudolf Asaiev. Dinheiro que aquele idiota tinha depositado diretamente em sua conta. O único consolo era que nem a grana nem Truls levariam a Mikael. Havia só duas pessoas no mundo que poderiam revelar a cooperação de Mikael com Asaiev. Uma era a assessora da Secretaria Municipal de Assuntos Sociais e sua cúmplice, e a outra se encontrava em coma, moribunda, numa ala fechada do Hospital Universitário.

Passavam por Kvadraturen. Fascinado, Bellman olhou para o contraste entre a pele negra das prostitutas e a neve branca em seus cabelos e ombros. Ele também viu que novos grupos de traficantes tinham ocupado o espaço deixado por Asaiev.

Truls Berntsen. Ele seguira Mikael durante toda sua infância e juventude em Manglerud como as rêmoras seguem o tubarão. Mikael, com o cérebro, a ambição de líder, o dom da palavra, a aparência. Truls "Beavis" Berntsen, com a valentia, os punhos e a lealdade quase infantil. Mikael, que fazia amizades por toda parte. Truls, que era tão difícil que todos queriam evitá-lo. Mesmo assim, eles eram inseparáveis, Bellman e Berntsen. Seus sobrenomes vinham em sequência na chamada da sala de aula e, mais tarde, na Academia de Polícia — Bellman primeiro, Berntsen a reboque. Mikael começou a namorar Ulla, mas Truls continuou ali em sua cola. No decorrer dos anos, ele foi ficando para trás; carecia da vontade de subir na vida particular e na carreira, algo que era natural em Mikael. Em geral, Truls era um homem fácil de influenciar e decifrar. Se Mikael dissesse "pule", ele pularia. Mas ele também tinha aquele olhar sombrio, e então se tornava alguém que Mikael não conhecia. Por exemplo, naquela vez com o detento, o garoto em quem Truls bateu com o cassetete até ficar cego. Ou com o sujeito da Kripos que deu uma cantada em Mikael. Vários colegas tinham sido testemunhas, e Mikael precisou tomar uma atitude para não parecer que permitiria esse tipo de coisa. Por isso, marcou um falso encontro com o cara na sala do aquecimento central da Kripos, e lá Truls atacou o homem com o cassetete. Primeiro, de forma contida, depois, com selvageria cada vez maior, enquanto a escuridão tomava conta de seu olhar. Ele parecia em estado de choque com aqueles olhos arregalados e negros, e Mikael foi obrigado a segurá-lo para que não matasse o sujeito. Sem dúvida, Truls era leal. Mas ele também era um porra-louca, e era justamente isso que preocupava Mikael Bellman. Quando Mikael contou a ele que o Conselho de Pessoal decidira que ele seria suspenso até que fosse averiguado de onde vinha o dinheiro de sua conta, Truls só repetiu que era um assunto particular, deu de ombros como se aquilo não importasse e foi embora. Como se Truls "Beavis" Berntsen tivesse uma vida fora do trabalho ou algo assim. E Mikael viu a escuridão em seus olhos. Foi como acender um pavio, vê-lo queimar dentro de uma mina e nada acontecer. Mas você não sabe se o pavio simplesmente é longo ou se ele se apagou, por isso fica aflito, esperando, pois algo lhe diz que, quanto mais tempo a explosão demorar, mais estragos ela causará.

O carro parou nos fundos da Prefeitura. Mikael saiu e subiu os degraus que levavam à entrada. Alguns alegavam que essa era a verdadeira entrada principal, pois assim foi projetada pelos arquitetos Arneberg e Poulsson na década de 1920. Segundo eles, o desenho fora invertido por engano. Quando se descobriu isso, nos anos 1940, a construção já tinha avançado tanto que abafaram o equívoco, na esperança de que quem chegasse à capital da Noruega navegando pelo fiorde de Oslo não percebesse que se deparava com os fundos do prédio.

As solas de couro italiano faziam um ruído suave no piso de pedra enquanto Mikael Bellman caminhava até a recepção. A mulher atrás do balcão lhe dirigiu um sorriso radiante.

— Bom dia, senhor chefe de polícia. Pode subir. Décimo andar, no final do corredor à esquerda.

Bellman estudou a própria imagem no espelho do elevador enquanto subia. E pensou que era isso mesmo que estava fazendo; estava subindo na vida. Apesar desse caso de homicídio. Ele ajustou a gravata de seda que Ulla tinha comprado para ele em Barcelona. Nó duplo de Windsor. Ele tinha ensinado Truls a fazer o nó da gravata na época do colegial, mas só o nó simples, fininho. A porta no final do corredor estava entreaberta. Mikael a abriu com um empurrão.

O escritório estava vazio. A mesa, desocupada, as prateleiras, esvaziadas, e o papel de parede tinha manchas onde os quadros estiveram pendurados. Ela estava sentada no parapeito. Seu rosto tinha aquela beleza convencional que as mulheres geralmente chamam de "imponente", mas carecia de qualquer doçura ou graça, apesar dos cabelos loiros de boneca penteados em cachos cômicos. Ela era alta e atlética, com ombros e quadris largos — os quais, para a ocasião, haviam sido enfiados em uma saia justa de couro. As pernas estavam cruzadas. A masculinidade de seu rosto, ressaltada por um nariz aquilino pronunciado e um par de olhos lupinos azuis e frios que tinham um ar provocante, autoconfiante e brincalhão, levara Bellman a tirar algumas conclusões rápidas quando a vira pela primeira vez: Isabelle Skøyen era uma loba que tomava a iniciativa e estava disposta a assumir riscos.

— Tranque a porta — ordenou.

Ele não tinha se enganado.

Mikael fechou a porta e deu uma volta na chave. Foi até uma das outras janelas. A Prefeitura se agigantava sobre as modestas construções de Oslo, com edifícios de quatro ou cinco andares. Do outro lado da Rådhusplassen, a Fortaleza de Akershus, com seus setecentos anos, erguia-se sobre os altos baluartes com antigos canhões danificados por guerras apontando para o fiorde, que, por sua vez, parecia arrepiado de frio com as gélidas rajadas de vento. Tinha parado de nevar, e, sob as nuvens cinzentas como chumbo, a cidade estava banhada em uma luz branco-azulada. Feito a cor de um cadáver, pensou Bellman. A voz de Isabelle ecoou pelas paredes nuas.

— E então, querido. O que está achando da vista?

— Impressionante. Se não me engano, a antiga secretária municipal de Assuntos Sociais tinha um gabinete menor e ficava num andar mais baixo.

— Não essa vista — disse ela. — Essa aqui.

Ele se virou para ela. A recém-nomeada secretária municipal de Assuntos Sociais de Oslo estava de pernas abertas. A calcinha, no peitoril a seu lado. Isabelle tinha dito várias vezes que não sabia qual era a graça de uma boceta depilada, mas, ao fitar aquele matagal, Mikael pensou que deveria existir um meio-termo e repetiu num murmúrio a descrição da vista. Simplesmente impressionante.

Os calcanhares de Isabelle bateram no assoalho, e ela foi até ele. Tirou um grão de pó invisível de sua lapela. Mesmo sem salto alto, ela seria um centímetro mais alta, mas agora, com os saltos, avultava sobre ele. Não era algo que o intimidava, pelo contrário; a altura e a personalidade dominante dela representavam um desafio interessante. Exigia mais dele como homem do que a delicada figura suave e dócil de Ulla.

— Nada mais justo do que você inaugurar o meu escritório. Sem a sua... cooperação, eu não teria conseguido este cargo.

— E vice-versa — respondeu Mikael Bellman. Ele inspirou a fragrância do perfume dela. Era familiar. Era... de Ulla? Aquele perfume Tom Ford, como se chamava mesmo? Black Orchid. Ele sempre era incumbido de comprá-lo para ela quando ia a Londres ou Paris, pois era impossível consegui-lo na Noruega. A coincidência parecia completamente improvável.

Mikael viu o olhar divertido de Isabelle quando ela percebeu seu espanto. Ela entrelaçou os dedos atrás de sua nuca e se inclinou para trás, dando uma risada.

— Sinto muito, não resisti.

Mas que diabos. Depois da festa de inauguração da casa nova, Ulla de fato tinha reclamado do sumiço do perfume, alegando que deveria ter sido roubado por um de seus célebres convidados. Ele próprio teve certeza de que se tratava de um dos nativos de Manglerud, mais especificamente Truls Berntsen. Mikael sabia que Truls era perdidamente apaixonado por Ulla desde a juventude. Algo que ele, por motivos óbvios, nunca havia mencionado nem para ela nem para Truls. Também não havia feito qualquer comentário sobre o perfume. Afinal, era melhor que Truls roubasse o perfume de Ulla do que suas calcinhas.

— Você já pensou que esse talvez seja o seu problema? — perguntou Mikael. — Que você não resiste aos seus impulsos?

Ela deu uma risada suave. Fechou os olhos. Seus dedos longos e largos percorreram a nuca, deslizaram pela parte inferior das costas e esgueiraram-se para dentro do cinto. Ela o observou com leve decepção nos olhos.

— Qual é o problema, garanhão?

— Os médicos disseram que ele não vai morrer — respondeu Mikael. — E as últimas notícias são de que ele está mostrando sinais de querer sair do coma.

— Como assim? Ele está se mexendo?

— Não, mas há mudanças no eletroencefalograma, por isso começaram a fazer exames neurofisiológicos.

— E daí? — Os lábios dela estavam bem perto dos lábios dele. — Você tem medo dele?

— Não tenho medo *dele*, mas do que ele pode contar. Sobre nós.

— Por que ele faria algo tão idiota? Ele está sozinho; não tem nada a ganhar com isso.

— É o seguinte, querida — disse Mikael, afastando a mão dela. — A ideia de que existe alguém capaz de testemunhar que eu e você colaboramos com um traficante para conseguirmos uma promoção...

— Escuta aqui — disse Isabelle. — Tudo o que fizemos foi uma cuidadosa intervenção para não deixar as forças do mercado dominarem a cidade. Isso é a boa e velha política social-democrata, querido. Permitimos que Asaiev tivesse o monopólio do tráfico e prendemos todos os outros chefões das drogas, porque a droga de Asaiev causava menos mortes por overdose. Qualquer outra abordagem seria uma péssima política antidrogas.

Mikael teve que sorrir.

— Pelo jeito você andou praticando naqueles cursos de retórica.

— Vamos mudar de assunto, querido?

Ela segurou a gravata dele.

— Você entende como isso seria apresentado num processo judicial? Diriam que eu ganhei o cargo de chefe de polícia e você ganhou a pasta de Assuntos Sociais porque, aparentemente, fomos responsáveis pela faxina nas ruas de Oslo e pela redução no número de mortes por overdose. Mas, na verdade, deixamos Asaiev destruir provas, matar a concorrência e vender uma droga que é quatro vezes mais potente e viciante do que a heroína.

— Ah, você me deixa tão excitada quando fala assim...

Ela o puxou para si. Sua língua entrou na boca dele, e Mikael ouviu o som das coxas roçando em sua calça. Andando de costas, Isabelle o conduziu pela gravata até a mesa.

— Se ele acordasse no hospital e começasse a falar...

— Cala a boca, não te chamei aqui para conversar.

Seus dedos moviam-se rapidamente na fivela do cinto.

— Temos um problema que precisamos resolver, Isabelle.

— Entendo, mas agora que virou chefe de polícia, precisa ter prioridades, querido. E, neste momento, *essa* é a prioridade da Prefeitura.

Mikael conseguiu deter a mão dela.

Isabelle suspirou.

— Tudo bem. Diga, então, o que você pensou?

— Que ele deve ser ameaçado de morte. De maneira convincente.

— Por que *ameaçar*, por que não matá-lo de uma vez?

Mikael riu. Até entender que ela estava falando sério. E que ela não tinha pensado duas vezes antes de sugerir aquilo.

— Porque...

Mikael a encarou e manteve a voz firme. Tentou ser tão brilhante quanto o Mikael Bellman que estivera à frente da equipe de investigação de homicídio fazia meia hora. Tentou formular uma resposta. Mas ela se antecipou a ele:

— Porque não tem coragem. Vamos tentar encontrar alguém que faça eutanásia ativa nas Páginas Amarelas? Você dá a ordem de suspender a guarda policial, mau uso de recursos, blá-blá-blá, e depois o paciente recebe uma visitinha inesperada. Quer dizer, inesperada para ele. Ou, não; pensando melhor, você pode mandar sua sombra até lá. Beavis. Truls Berntsen. Ele faz qualquer coisa por dinheiro, não faz?

Incrédulo, Mikael fez que não com a cabeça.

— Em primeiro lugar, foi o chefe da Divisão de Homicídios que ordenou a vigilância. Se o paciente for morto logo depois de eu suspender a ordem de Hagen, meu filme vai ficar queimado, ou coisa pior. Em segundo lugar, não vamos matar ninguém.

— Escuta aqui, querido. Nenhum político é melhor que seus assessores. Por isso, o pré-requisito para chegar ao topo é sempre se cercar de pessoas que são mais espertas do que você. E eu estou começando a duvidar de que você é mais esperto do que eu, Mikael. Em primeiro lugar, você não consegue prender o assassino desse policial. E agora não sabe como resolver um problema simples com um homem em coma. Então, se você também não quer trepar comigo, preciso me perguntar: "O que devo fazer com ele?" Você pode me responder?

— Isabelle...

— Estou interpretando isso como um não. Então, escuta aqui, vamos fazer o seguinte...

Era preciso admirá-la. Era uma profissional fria, que tinha tudo sob controle, mas, ao mesmo tempo, era disposta a se arriscar, imprevisível, que fazia seus colegas ficarem inquietos em suas cadeiras. Alguns a consideravam uma bomba-relógio, mas eles não entendiam que a sensação de insegurança era parte do jogo de Isabelle Skøyen. Ela era daquele tipo que chegava mais longe e subia mais alto que todos os outros. Mas, se caísse, o tombo seria mais feio. Não que Mikael Bellman não se reconhecesse em Isabelle Skøyen, mas ela era uma versão extrema dele. E o curioso era que, em vez de arrastá-lo consigo em sua loucura, ela o tornava mais cauteloso.

— Por enquanto, o paciente não acordou, então não vamos fazer nada — disse ela. — Conheço um anestesista de Enebakk. Um sujeito de caráter muito duvidoso. Ele me fornece as pílulas que eu, como uma pessoa envolvida na política, não posso comprar na rua. Assim como Beavis, ele faz quase tudo por dinheiro. E qualquer coisa por sexo. Por sinal...

Ela já estava apoiada na beirada da mesa. Ergueu-se, sentou-se nela, abriu as pernas e desabotoou a calça dele com um único puxão. Mikael agarrou seus pulsos com força.

— Isabelle, vamos esperar até quarta no Grand Hotel.

— *Não* vamos esperar até quarta no Grand Hotel.

— Vamos, sim. Meu voto é que devemos esperar.

— É mesmo? — disse ela, soltando as mãos e abaixando a calça de Mikael. Olhou para baixo. Sua voz soou gutural: — A contagem dos votos mostra dois contra um, querido.

5

A noite e a temperatura tinham caído, e uma lua pálida brilhava na janela do quarto de Stian Barelli quando ele ouviu a voz da mãe vinda da sala lá embaixo.

— É para você, Stian!

Stian havia escutado o telefone fixo tocar, torcendo para que não fosse para ele. Deixou de lado então o controle do Wii. Estava doze abaixo do par e faltavam três buracos. Em outras palavras, estava numa ótima posição para se qualificar para o Masters. Ele jogava como Rick Fowler, já que era o único jogador descolado do Tiger Woods Masters e com mais ou menos a idade dele, 21. E ambos gostavam de Eminem e Rise Against e de usar cor laranja. Era óbvio que Rick Fowler podia bancar seu próprio apartamento, enquanto Stian ainda morava com os pais. Mas era temporário, só até ele conseguir a bolsa para a Universidade do Alasca. Todos os esquiadores noruegueses minimamente bons entravam naquela universidade com base nos resultados do Campeonato Júnior de Esqui Nórdico e coisas assim. É claro que, depois de ir para lá, ninguém havia se tornado um esquiador melhor, mas e daí? Mulheres, vinho e esqui. Poderia ser melhor? Talvez uma avaliação ou outra, se desse tempo. Um diploma que pudesse lhe render um emprego razoável. Dinheiro para um apartamento próprio. Uma vida melhor do que essa, sem que precisasse dormir em uma cama pequena sob os retratos de Bode Miller e Aksel Lund Svindal, comer as almôndegas da mãe, seguir as regras do pai, treinar fedelhos metidos a besta que, de acordo com seus pais cegos pela neve, tinham talento para se tornar um Aamodt ou um Kjus. Sem que precisasse monitorar o teleférico de esqui de Tryvannskleiva por uma mixaria de salário que ninguém se atreveria a oferecer às vítimas de trabalho infantil na Índia. E, por isso, Stian sabia que era o presidente do clube de esqui que estava ligando agora — a única pessoa que ele conhecia que evitava ligar para o celular dos outros porque era um *pouco* mais caro e preferia fazê-los descer as escadas das casas pré-históricas que ainda tinham telefones fixos.

Stian pegou o telefone que a mãe lhe estendeu.

— Pois não?

— Olá, Stian, aqui é Bakken. — Bakken significa "rampa" e, por incrível que pareça, esse era o nome dele. — Fiquei sabendo que o teleférico de Kleiva está funcionando.

— A essa hora? — perguntou Stian, conferindo o relógio. Onze e quinze da noite. O horário de fechamento é às nove.

— Você pode dar um pulo lá e ver o que está acontecendo?

— *Agora?*

— A não ser que esteja extremamente ocupado, claro.

Stian ignorou a ironia na voz do presidente. Ele sabia que as últimas duas temporadas tinham sido decepcionantes, e que o presidente considerava que isso não se devia à falta de talento de Stian, mas ao excesso de tempo que ele preenchia da melhor forma possível com o ócio.

— Não tenho carro — disse Stian.

— Você pode pegar o meu emprestado — retrucou a mãe depressa. Ela não tinha se afastado; continuava ali do seu lado, de braços cruzados.

— Me desculpe, Stian, mas ouvi isso — disse o presidente secamente. — Provavelmente alguns vândalos do clube Heming arrombaram a porta. Com certeza devem ter achado isso bem engraçado.

Stian levou dez minutos para percorrer o caminho sinuoso até Tryvannstårnet. A torre de TV parecia uma lança de 118 metros de comprimento cravada no topo da colina de Oslo, na parte noroeste da cidade.

Ele parou o carro no estacionamento coberto de neve e notou que o outro único carro ali era um Golf vermelho. Stian tirou os esquis do bagageiro de teto e os colocou. Passou esquiando pela sede e subiu até o ponto onde o teleférico principal Tryvann Ekspress sinalizava o topo da estação de esqui. De lá, ele podia enxergar o lago e o teleférico menor, Kleivaheisen, que era de arrasto. Apesar do luar, estava escuro demais para ele conseguir ver se as barras em forma de T estavam se movendo, mas o barulho lhe dizia que sim. O ronco da maquinaria lá embaixo.

Ao começar a descida, fazendo curvas longas e preguiçosas, ele se impressionou com o estranho silêncio que havia ali em cima à noite. Era como se a primeira hora após o fechamento ainda guardasse os ecos dos gritos alegres das crianças, dos gritinhos apavorados das meninas, dos urros cheios de testosterona dos garotos querendo chamar atenção, das pontas dos bastões de aço batendo na neve e no gelo. Mesmo quando desligavam os refletores, era como se a luz permanecesse por um tempo. Mas depois, pouco a pouco, tudo ficava mais silencioso. E mais escuro. E ainda mais silencioso. Até o silêncio preencher todas as depressões do terreno e a escuridão sair de seu esconderijo na floresta. E então era como se Tryvann se transformasse em outro lugar; um lugar que, até para Stian, que o conhecia como a palma da mão, era tão estranho que poderia ser um outro planeta. Um planeta frio, escuro e despovoado.

A falta de luz o obrigou a esquiar com cautela para tentar prever as ondulações da neve e do terreno. Mas esse era justamente o seu dom, o que fazia com que ele sempre se saísse melhor quando havia baixa visibilidade, nevasca, nevoeiro ou pouca luz: ele era capaz de *sentir* aquilo que não conseguia ver. Tinha aquele tipo de clarividência que alguns esquiadores simplesmente têm e outros, a maioria, não. Ele acariciava a neve, descia devagar para prolongar o prazer. Finalmente chegou lá embaixo e parou diante da cabine de controle do teleférico.

A porta tinha sido arrombada.

Havia lascas de madeira na neve, e a porta estava escancarada. Foi só então que Stian se deu conta de que estava sozinho. De que, no meio da noite, ele estava naquele lugar ermo, onde um crime tinha acabado de ser cometido. Provavelmente só se tratava de um ato de vandalismo, mas mesmo assim... Ele não podia ter certeza absoluta. Com certeza *era* só um ato de vandalismo. Com certeza ele *estava* sozinho.

— Olá! — gritou Stian por cima do ronco do motor e do chacoalhar das barras que chegavam e saíam no cabo de aço acima dele.

No mesmo instante, arrependeu-se de ter gritado. O eco retornou da encosta, trazendo com ele o som de seu próprio medo. Ele estava com medo. Porque o cérebro não tinha parado em "crime" e "sozinho"; tinha seguido em frente. Tinha se lembrado da velha história. Não era algo que ocupava seus pensamentos durante o dia, mas às vezes, quando ele trabalhava no turno da noite e quase não havia esquiadores, a história vinha à tona como a escuridão que sai da floresta. Acontecera tarde da noite, em uma noite sem neve de dezembro. A menina provavelmente fora dopada em algum lugar do centro e levada de carro até lá em cima. Algemas e capuz. Alguém a carregou do estacionamento até ali embaixo, onde a porta foi arrombada, e ela foi estuprada dentro da cabine. Stian ouviu falar que a adolescente de 15 anos era tão pequena e delicada que, se ela estivesse inconsciente, teria sido fácil para o estuprador, ou os estupradores, carregá-la do estacionamento até ali. Só se podia torcer para que de fato ela estivesse inconsciente o tempo todo. Mas Stian também ouviu falar que a menina tinha sido empalada na parede com dois grandes pregos na altura dos ombros, embaixo de cada clavícula, de modo que ele, ou eles, pudesse estuprá-la em pé com o mínimo de contato físico com a parede, o chão e a menina. Foi por isso que a polícia não encontrou nenhum DNA, nenhuma impressão digital ou fibras de roupa. Mas talvez não fosse verdade. O que ele sabia era que a menina foi encontrada em três locais diferentes. No fundo do lago Tryvann, acharam o tronco e a cabeça. Dentro da floresta, no final da trilha Wyller, uma metade da parte inferior do corpo. Na margem do lago Aurtjern, a outra metade. E foi pelo fato de as últimas duas partes terem sido encontradas tão distantes uma da outra e em direções opostas com relação ao local onde ela tinha sido estuprada que a polícia cogitou a possibilidade de haver dois estupradores. Mas não passou disso, de uma teoria. Os homens, se é que eram homens — não havia sêmen para confirmar isso —, nunca foram pegos. Mas o presidente do clube e outros engraçadinhos gostavam de contar aos jovens integrantes, antes de seu primeiro turno da noite na estação de esqui, que, em noites tranquilas, as pessoas dizem ouvir sons vindos da cabine de controle do teleférico. Gritos. O som de pregos sendo martelados na parede.

Stian soltou as botas das presilhas do esqui e caminhou em direção à porta aberta. Dobrou os joelhos de leve e contraiu as panturrilhas, tentando ignorar o pulso acelerado.

Meu Deus, o que ele esperava ver? Sangue e entranhas? Fantasmas?

Ele esticou a mão, encontrou o interruptor, acendeu-o.

Olhou para dentro da sala iluminada.

Na parede de pinus sem pintura, pendurada num prego, havia uma garota. Ela estava quase nua, apenas com um biquíni amarelo cobrindo as partes íntimas de seu corpo bronzeado pelo sol. O mês era dezembro, e o calendário era do ano passado. Em uma noite muito tranquila, algumas semanas antes, Stian tinha se masturbado em frente àquela foto. Ela era bastante sexy, mas o que o deixara excitado foram as meninas do lado de fora da janela, na passagem entre a cabine e o teleférico. O fato de ele estar sentado ali com o pau duro na mão apenas a um metro de distância delas. Principalmente as meninas que pegavam a barra em formato de T e, com mãos experientes, posicionavam-na entre as coxas, pressionando-as. A barra erguendo suas nádegas. As costas arqueadas no momento em que a mola esticada, presa entre a barra e o cabo do teleférico, se encolhia outra vez, afastando-as dele com um puxão, levando-as para fora de seu campo de visão, fazendo-as seguir a trajetória do teleférico.

Stian entrou na cabine. Não havia dúvida de que alguém estivera ali. O interruptor de plástico que eles giravam para ligar e desligar o teleférico estava partido em dois pedaços no chão, e apenas o pino de metal do interruptor despontava da mesa de controle. Stian segurou o pino frio entre o polegar e o indicador e tentou girá-lo, mas ele escorregou entre seus dedos. O jovem foi então até a pequena caixa de fusíveis no canto. A porta de metal estava trancada, e a chave que ficava pendurada num barbante na parede ao lado tinha sumido. Estranho. Ele voltou para a mesa de controle. Tentou remover o revestimento de plástico dos interruptores que controlavam os refletores e a música, mas percebeu que só os estragaria; eles estavam bem-colados. Stian precisava de alguma coisa que pudesse mover aquele pino de metal, um alicate ou algo assim. Ao abrir uma gaveta na mesa diante da janela, teve um pressentimento. O mesmo pressentimento de quando esquiava às cegas. Ele podia *sentir* aquilo que não conseguia ver, que havia alguém lá fora na escuridão olhando para ele.

Ele ergueu os olhos.

E se deparou com um rosto que o fitava com os olhos arregalados.

Seu próprio rosto, seus próprios olhos apavorados na imagem em dupla exposição refletida na janela.

Stian respirou aliviado. Meu Deus, como ele se assustava com facilidade.

No entanto, assim que seu coração começou a bater novamente e ele baixou o olhar para a gaveta, teve a impressão de ter captado um movimento lá fora, um rosto que se desprendeu da imagem refletida e desapareceu depressa, saindo do seu campo de visão. Ele ergueu os olhos outra vez. Nada, apenas sua própria imagem refletida. Mas não estava em dupla exposição como antes. Ou estava?

Ele sempre havia tido uma imaginação exagerada. Foi o que Marius e Kjella lhe disseram quando ele confessou que pensar na menina estuprada o deixava excitado. Obviamente, sua excitação não se devia ao fato de que a jovem tinha sido estuprada e morta. Ou, talvez, sim, aquela parte do estupro era... bem, ele pensava naquilo, foi o que ele disse. Mas pensava em primeiro lugar que ela era bonita, tipo legal e bonita. E que tinha estado ali na cabine, nua, com um pau na boceta... Aquilo sim, aquilo era uma ideia capaz de deixá-lo excitado. Marius disse que ele era doente, e Kjella, aquele sacana, espalhou a fofoca, é claro, e, quando a história voltou para Stian, ela dizia que ele gostaria de ter participado do estupro. Isso que é amigo, pensou ele, remexendo na gaveta. Passes para o teleférico, um carimbo, uma almofada para o carimbo, canetas, fita adesiva, uma tesoura, uma faca, um bloco de recibos, parafusos, porcas. Que merda! Ele continuou na próxima gaveta. Nada de alicate, nada de chaves. E então se deu conta de que podia simplesmente acionar a barra de emergência. Ela ficava fincada na neve do lado de fora da cabine. Se alguma coisa acontecesse, a pessoa responsável pelo teleférico poderia pará-lo rapidamente, apertando o botão vermelho na extremidade da barra. E coisas aconteciam toda hora mesmo: crianças batiam a cabeça na barra em T, novatos caíam para trás com o puxão e mesmo assim se agarravam à barra e eram arrastados para cima e alguns idiotas queriam se exibir soltando as mãos da barra e mijando em pleno movimento às margens da floresta.

Ele procurou nos armários. Deveria ser fácil encontrar a barra; tinha mais ou menos um metro de comprimento, feita de metal em forma de pé de cabra, com uma ponta afiada que poderia ser cravada na neve compacta e no gelo. Stian afastou luvas, gorros e óculos de esqui perdidos. No próximo armário, extintor de incêndio. Balde e panos de chão. Kit de primeiros socorros. Uma lanterna. Mas nenhuma barra.

É claro que poderiam ter esquecido de guardar a barra quando fecharam a estação de esqui.

Levando a lanterna consigo, ele saiu e deu uma volta em torno da cabine.

Também não havia nenhuma barra ali. Caralho, será que ela foi *roubada*? E deixaram os passes para o teleférico? Stian pensou ter escutado alguma coisa e se virou para a floresta. Direcionou a luz para as árvores.

Um pássaro? Um esquilo? Às vezes, aparecia um alce ali, mas eles não faziam muito esforço para se esconder. Se pelo menos conseguisse desligar o maldito teleférico, poderia *ouvir* melhor.

Stian entrou na cabine de novo, percebendo que se sentia melhor lá dentro. Pegou os dois pedaços do interruptor de plástico do chão, tentou uni-los novamente, colocá-los de volta ao pino de metal e girar, mas eles só escorregavam.

Ele deu uma olhada no relógio. Quase meia-noite. Queria terminar a partida de golfe do Augusta antes de dormir. Avaliou se deveria ligar para o presidente do clube de esqui. Droga, tudo o que ele precisava era girar aquele pino de metal!

Ergueu a cabeça, e seu coração parou de bater por um instante.

Passou tão rápido que ele não teve certeza de se tinha visto aquilo ou não. O que quer que fosse, *não* era um alce. Stian digitou o número do presidente, mas os dedos tremiam e ele errou várias vezes antes de finalmente acertar.

— Pois não?

— Aqui é o Stian. Alguém arrombou a porta e estragou o interruptor, e a barra de emergência sumiu. Não consigo desligar o teleférico.

— A caixa de fusíveis...

— Trancada, e a chave sumiu.

Ele ouviu o presidente praguejar baixinho. Um suspiro de resignação.

— Fique aí, estou indo.

— Traga um alicate ou qualquer coisa assim.

— Alicate ou qualquer coisa assim — repetiu o presidente, sem disfarçar o desdém.

Fazia tempo que Stian havia percebido que o respeito do presidente por uma pessoa era sempre proporcional à sua classificação nos campeonatos de esqui. Ele enfiou o telefone no bolso, olhou para a escuridão lá fora e se deu conta de que, com a luz acesa na cabine, ele podia ser visto, mas não via ninguém. Então se levantou, bateu a porta e apagou a luz. Esperou. As barras em T vazias que desciam da pista lá em cima pareciam acelerar no momento em que faziam a curva no final do teleférico, antes de iniciarem a subida outra vez.

Stian piscou.

Por que não tinha pensado nisso antes?

Ele girou todos os interruptores da mesa de controle. E, quando os refletores se acenderam na pista, "Empire State of Mind", do Jay-Z, ressoou dos alto-falantes e inundou o vale. Agora estava mais aconchegante.

Stian tamborilou os dedos, olhando para o pino de metal outra vez. Ele tinha um buraco na ponta. Ele se levantou, tirou o barbante do lado da caixa de fusíveis, dobrou-o e passou-o pelo furo. Amarrou-o no pino e o puxou com cuidado. Isso realmente poderia dar certo. Ele puxou um pouco mais. O barbante resistiu. Ainda um pouco mais forte. O pino se moveu. Ele deu um puxão.

O barulho das engrenagens do teleférico cessou com um gemido prolongado que culminou em um guincho.

— Toma essa, filho da puta! — gritou Stian.

Ele se debruçou sobre o telefone para ligar para o presidente do clube de esqui e avisar que a missão tinha sido cumprida. Lembrou que o presidente provavelmente não gostaria de que ele tocasse rap no último volume pelos alto-falantes à noite e desligou a música.

Prestou atenção ao toque do telefone. Era só o que ouvia agora, porque de repente tudo ficou muito silencioso. Atende, anda! E então ela veio de novo. A sensação. A sensação de que havia alguém ali. De que alguém estava olhando para ele.

Stian Barelli ergueu os olhos devagar.

A sensação de frio se espalhou pela nuca, como se ele se petrificasse, como se estivesse olhando para o rosto de Medusa. Mas não era ela. Era um homem vestido com um longo casaco preto de couro. Ele tinha os olhos arregalados de um louco e a boca aberta de um vampiro, com fios de sangue descendo dos cantos. Parecia pairar no ar.

— Pois não? Alô? Stian? Você está aí? Stian?

Mas Stian não respondeu. Havia se levantado abruptamente, derrubando a cadeira, e agora esbarrava com as costas na parede, arrancando a Miss Dezembro do prego e deixando-a cair no chão.

Ele tinha encontrado a barra de emergência. Estava saindo da boca do homem que fora pendurado em uma das barras em formato de T.

— Quer dizer que ele ficava dando voltas no teleférico de esqui? — perguntou Gunnar Hagen, inclinando a cabeça e analisando o cadáver pendurado diante deles. Tinha alguma coisa errada com o formato do corpo, como se fosse uma figura de cera derretendo, esticada na direção do chão.

— Foi o que o rapaz nos contou — disse Beate Lønn, batendo os pés na neve e olhando além do trajeto iluminado do teleférico, onde seus colegas vestidos de branco quase se confundiam com a neve.

— Encontraram alguma coisa? — perguntou Hagen, num tom que indicava que ele já sabia a resposta.

— Sim — disse Beate. — O rastro de sangue sobe quatrocentos metros até o topo do teleférico e volta.

— Estou me referindo a rastros que mostram outra coisa a não ser o óbvio.

— Pegadas na neve do estacionamento, percorrendo o atalho e vindo diretamente para cá — disse Beate. — O formato é compatível com o do sapato da vítima.

— Ele andou até aqui usando *sapatos*?

— Sim. E ele veio sozinho, só havia as pegadas dele. Tem um Golf vermelho no estacionamento. Estamos verificando quem é o dono.

— Nenhum vestígio do autor do crime?

— O que você acha, Bjørn? — perguntou Beate, virando-se para o colega, que estava vindo em sua direção com um rolo de fita de isolamento na mão.

— Por enquanto, nada — disse ele ofegante. — Nenhuma outra pegada. Mas um monte de marcas de esqui, obviamente. Nenhuma impressão digital, cabelo ou tecido visível até agora. Talvez a gente encontre algo em seu palito de dentes. — Bjørn Holm fez um gesto indicando a barra que saía da boca do cadáver. — Fora isso, vamos torcer para os legistas encontrarem alguma coisa.

Gunnar Hagen sentiu um arrepio dentro do sobretudo.

— Vocês falam como se já tivessem perdido a esperança de encontrar algo importante.

— Bem... — disse Beate Lønn, um "bem" que Hagen já conhecia: era a palavra que Harry Hole geralmente usava para entabular notícias ruins. — Também não havia DNA ou impressões digitais no local do crime anterior.

Hagen se perguntou se era a temperatura, o fato de que acabara de sair da cama ou aquilo que a chefe da Perícia Técnica acabara de dizer que o fez sentir calafrios.

— O que você quer dizer? — perguntou ele, preparando-se para ouvir algo desagradável.

— Quero dizer que sei quem ele é — disse Beate.

— Você disse que não encontraram nenhum documento de identidade com a vítima.

— Tem razão. E demorei um pouco a reconhecê-lo.

— Você? Pensei que você nunca esquecesse um rosto...

— O giro fusiforme fica confuso quando um rosto é destruído. Mas esse daí é Bertil Nilsen.

— Quem?

— Foi por isso que liguei para você. Ele é... — Beate Lønn suspirou. Não diga isso, pensou Hagen.

— Policial — completou Bjørn Holm.

— Trabalhou na delegacia de Nedre Eiker — informou Beate. — Tivemos um caso de homicídio lá antes de você começar na Divisão de Homicídios. Nilsen entrou em contato com a Kripos, sugerindo que havia semelhanças com um caso de estupro no qual ele tinha trabalhado em Krokstadelva e se ofereceu para ir até Oslo ajudar.

— E?

— Fracasso total. Ele veio, mas na verdade só atrasou o caso. O autor do crime nunca foi pego. Ou os autores.

Hagen fez um gesto de compreensão.

— Onde...

— Aqui — disse Beate. — A vítima foi estuprada na cabine de controle do teleférico e desmembrada. Uma parte do corpo foi encontrada no lago aqui; outra, um quilômetro ao sul; e a terceira, sete quilômetros ao norte, perto do lago Aurtjern. Por isso levantaram a hipótese de que havia mais de uma pessoa envolvida.

— Entendi. E a data...

— ... é exatamente a mesma.

— Quanto tempo...

— Faz nove anos.

Eles ouviram o chiado de um walkie-talkie. Hagen viu Bjørn Holm erguer o aparelho e falar baixinho. Ele abaixou o aparelho outra vez.

— O Golf do estacionamento está registrado em nome de Mira Nilsen. Mesmo endereço de Bertil Nilsen. Deve ser esposa dele.

Hagen soltou a respiração com um gemido, e seu hálito saiu da boca feito uma bandeira branca.

— Preciso informar o chefe de polícia. Não falem nada sobre o assassinato da menina.

— A imprensa vai descobrir essa informação.

— Eu sei. Mas vou aconselhar o chefe de polícia a deixar essas especulações por conta da imprensa por enquanto.

— Parece sensato — concordou Beate.

Hagen sorriu rapidamente para ela, agradecendo o apoio bem-vindo. Olhou para a encosta em direção ao estacionamento; o caminho de volta o aguardava. Voltou-se para o cadáver. Sentiu um arrepio de novo.

— Sabem em quem eu penso quando vejo um homem alto e magro assim?

— Sei — respondeu Beate Lønn.

— Gostaria que ele estivesse aqui agora.

— Ele não era alto e magro — disse Bjørn Holm.

Os outros dois se viraram para ele.

— Harry Hole não...

— Estou me referindo a esse cara aqui — disse Holm, fazendo um gesto em direção ao cadáver preso no cabo. — Nilsen. Ele meio que esticou durante a noite. Se vocês tocarem seu corpo, vão ver que parece gelatina. Já vi isso acontecer com pessoas que sofreram grandes quedas e quebraram todos os ossos. Com o esqueleto destruído, o corpo não tem uma estrutura, e a carne se submete à força da gravidade até que o *rigor mortis* a refreie. Curioso, né?

Eles observaram o cadáver em silêncio. Então Hagen se virou e foi embora.

— Excesso de informação? — perguntou Holm.

— Talvez detalhes demais — respondeu Beate. — Eu também gostaria que ele estivesse aqui.

— Você acha que ele vai voltar? — perguntou Bjørn Holm.

Beate faz que não com a cabeça. Bjørn Holm não sabia se era uma resposta à pergunta ou uma reação à situação como um todo. Ele se virou, e seu olhar captou um ramo de abeto que balançou de leve na orla da floresta. O grito gélido de uma ave preencheu o silêncio.

Parte Dois

6

A campainha sobre a porta tilintou furiosamente no instante em que Truls Berntsen entrou no ambiente quente e úmido, deixando a rua gelada para trás. O lugar cheirava a cabelo mofado e tônico capilar.

— Um corte? — perguntou o jovem com um penteado preto reluzente que, segundo a forte convicção de Truls, ele tinha adquirido em outro salão de cabeleireiro.

— Duzentas coroas? — perguntou Truls, tirando a neve dos ombros. Março, o mês das promessas quebradas. Ele apontou com o polegar para o cartaz do lado de fora, a fim de verificar se ainda estava correto. Homens, 200. Crianças, 85. Aposentados, 75. Truls já tinha visto pessoas levarem seus cachorros ali dentro.

— O mesmo de sempre, meu camarada — disse o cabeleireiro, com sotaque de paquistanês, e indicou com a mão uma das duas cadeiras vagas do salão. Na terceira, havia um homem que Truls rapidamente julgou ser árabe. Olhos escuros de terrorista sob uma franja colada à testa. Olhos que fugiram, assustados, ao encontrar os de Truls no espelho. Talvez o homem sentisse o cheiro de bacon ou reconhecesse o olhar de policial. Se fosse a segunda opção, ele provavelmente era um dos traficantes da Brugata. Só maconha; os árabes eram cautelosos com drogas mais pesadas. Talvez o Corão colocasse a anfetamina e a heroína no mesmo saco que a carne de porco? Talvez fosse cafetão; a corrente de ouro poderia indicar isso. Um peixe pequeno, no caso. Truls conhecia o rosto de todos os grandes.

Hora de colocar o babador.

— Está cabeludo, meu camarada.

Truls não gostava de ser chamado de "meu camarada" por paquistaneses, muito menos por paquistaneses gays, e menos ainda por paquistaneses gays que logo iriam tocar nele. Mas a vantagem de ir até ali era que eles não encostavam a coxa em seu ombro, não inclinavam a cabeça, não passavam a mão por seu cabelo enquanto encontravam seu olhar no espelho e perguntavam se você queria cortar assim ou assado. Eles simplesmente cortavam o cabelo. Não perguntavam se você queria lavar seus fios oleosos; apenas lhe davam uma borrifada de água, ignoravam eventuais instruções e mandavam ver com pente e tesoura como se fosse o campeonato australiano de tosquia de ovelhas.

Truls olhou para a manchete do jornal que estava na prateleira abaixo do espelho. Era o mesmo assunto: qual seria a motivação do assassino de policiais? A maioria das especulações girava em torno de um louco que odiava a polícia ou um anarquista. Alguns mencionavam terroristas estrangeiros, mas eles costumavam reivindicar o crédito por um ataque bem-sucedido, e ninguém tinha se manifestado. Todos acreditavam que havia uma ligação entre os dois assassinatos. As datas e os locais dos crimes excluíam qualquer dúvida, e, por algum tempo, a polícia procurou alguém que tivesse sido preso, interrogado ou constrangido de alguma forma tanto por Vennesla quanto por Nilsen, mas não encontraram nada. Então, passaram a trabalhar com a teoria de que a morte de Vennesla foi um ato de vingança pessoal por uma detenção ou por algum outro motivo, como inveja ou questões de herança, e que Nilsen foi morto por outra pessoa, que foi esperta o suficiente para copiar o primeiro crime e, assim, induzir a polícia a pensar em um assassino em série e não procurar nos lugares óbvios. Mas então a polícia fez exatamente isso: procurou nos lugares mais óbvios, como se se tratasse de dois assassinatos isolados. E não encontraram nada do mesmo jeito.

Então a polícia voltou ao ponto de partida. Um assassino de policiais. A imprensa fez o mesmo e continuou a bater na mesma tecla: por que a polícia não conseguia descobrir quem matou dois de seus integrantes?

Ao ver as manchetes, Truls se sentiu satisfeito e irritado ao mesmo tempo. Mikael com certeza torceu para que, com a proximidade do Natal e do Ano-Novo, a imprensa focasse em outros assuntos, esquecesse os casos de homicídio e os deixasse trabalhar em paz. Ou melhor: para que o deixasse continuar com a imagem de novo xerife bonitão de Oslo, de menino prodígio, de guardião da cidade. E não com a imagem de um fracassado, um atrapalhado, que fica diante dos flashes com cara de perdedor, irradiando a mesma incompetência resignada do órgão que administra o sistema ferroviário norueguês.

Truls não precisava abrir os jornais, ele os havia lido em casa. Dera gargalhadas ao ver as fracas declarações de Mikael sobre o andamento da investigação. "No momento atual, não é possível dizer..." "Não há informações sobre..." Essas eram frases tiradas diretamente do capítulo sobre como lidar com a mídia do livro *Métodos de investigação*, de Bjerknes e Hoff Johansen, que fazia parte do programa de estudos da Academia de Polícia. Nele também estava escrito que os policiais deveriam usar essas frases genéricas porque os jornalistas ficavam muito frustrados com "nada a declarar". E que os policiais em geral também deveriam evitar adjetivos.

Truls tentou procurar a expressão desesperada de Mikael nas imagens. Aquela que ele sempre fazia quando os meninos mais velhos de Manglerud achavam que estava na hora de calar a boca grande daquele frangote de beleza feminina. Quando precisava de ajuda. Da ajuda de Truls. E era claro que Truls sempre se dispunha a ajudar. E era ele quem voltava para casa com o olho roxo e o lábio inchado, não Mikael. Não, o rosto de Mikael permanecia ileso e lindo. Lindo para Ulla.

— Não corte *demais* — disse Truls. No espelho, ele analisou o cabelo que caía de sua testa pálida, alta e um pouco proeminente. A testa e a mandíbula fortemente prognata muitas vezes faziam as pessoas pensarem que ele era bobo. O que poderia ser uma vantagem. Às vezes. Ele fechou os olhos. Tentou decidir se Mikael de fato tinha uma expressão desesperada nas fotos ou se Truls a via ali simplesmente porque queria ver.

Suspensão. Expulsão. Rejeição.

Ele ainda recebia o salário. Mikael tinha lamentado a situação. Ele colocou uma das mãos em seu ombro e disse que era para o bem de todos. O de Truls, inclusive. Até que fosse decidido quais seriam as consequências de um policial receber dinheiro cuja origem ele não podia ou não queria explicar. Mikael tomou as providências para que Truls continuasse a receber alguns de seus benefícios. Portanto, não era por isso que ele precisava ir a salões de cabeleireiros baratos. Sempre fora freguês dali. Mas gostava disso ainda mais agora. Gostava de ter exatamente o mesmo corte que o árabe da cadeira do lado. Corte de terrorista.

— Está rindo do quê, meu camarada?

Truls parou abruptamente ao ouvir a própria risada de grunhido. Aquela que lhe deu o apelido de Beavis. Não, foi Mikael quem lhe deu aquele apelido. Durante a festa no colégio, para a diversão de todos que finalmente descobriram que, caramba, Truls Berntsen é a cara do personagem do desenho animado da MTV, e sua risada é exatamente igual à dele! Ulla, será que ela estava lá? Ou será que Mikael tinha abraçado outra garota? Ulla, com o olhar meigo, a blusa branca, a mão delicada que ela uma vez tinha colocado em sua nuca para trazer sua cabeça para perto e gritar em seu ouvido, abafando os roncos das Kawasakis num domingo em Bryn. Ela só queria perguntar se ele sabia onde estava Mikael. Ele ainda era capaz de se lembrar do calor da mão dela. Era como se fosse derretê-lo, como se fosse capaz de fazê-lo desmoronar ali mesmo, na passarela acima da rodovia, ao sol da manhã. E a respiração dela em seu ouvido e em seu rosto deixava seus sentidos à flor da pele. Mesmo em meio ao cheiro de gasolina, de fumaça de escapamento e de borracha queimada que vinha das motos lá embaixo, ele era capaz de identificar a pasta de dente dela, o aroma de morango do gloss e da blusa lavada com sabão Milo. Era capaz de saber que Mikael a tinha beijado. E possuído. Ou será que tinha imaginado aquilo? Truls lembrava-se de ter respondido que não sabia onde Mikael estava. Mas ele sabia. E uma parte dele queria contar a ela. Queria esmagar sua meiguice, sua pureza, sua inocência, a ingenuidade em seu olhar. Queria esmagar Mikael.

Mas, evidentemente, ele não fez isso.

Por que ele faria? Mikael era seu melhor amigo. Seu único amigo. E o que Truls ganharia se contasse que ele estava na casa de Angelica? Ulla poderia escolher quem ela quisesse, e ela não estava a fim de Truls. E, enquanto ela namorasse Mikael, ele pelo menos teria a chance de ficar perto dela. Truls teve a oportunidade de acabar com tudo, mas não o motivo.

Não naquele momento.

— Assim, meu camarada?

Truls viu a parte de trás de sua cabeça no espelho redondo de plástico que a bicha segurava.

Corte de terrorista. Penteado de homem-bomba. Ele grunhiu. Levantou-se, jogou a nota de 200 coroas em cima do jornal para não correr o risco de tocar na mão do cabeleireiro. Saiu para o dia de março, que continuava a ser apenas um boato não confirmado sobre a primavera. Lançou um olhar para a sede da polícia lá em cima. Começou a andar em direção à estação de metrô de Grønland. O corte havia demorado nove minutos e meio. Ele ergueu a cabeça, apertou o passo. Não tinha compromisso nenhum. Nada. Sim, na verdade, ele tinha algo a fazer. Mas não exigia muito, só coisas de que ele já dispunha: tempo para planejar, ódio, disposição de pôr tudo a perder. Truls olhou de relance para a vitrine de um dos mercadinhos asiáticos da vizinhança. E constatou que finalmente tinha a aparência do que, de fato, era.

Gunnar Hagen se sentou, observando o papel de parede sobre a mesa e a cadeira vazia do chefe de polícia. Olhou para as áreas mais escuras deixadas pelos retratos que antes ficavam pendurados ali. Eram fotografias dos ex-chefes de polícia e deveriam servir de inspiração, mas pelo visto Mikael Bellman os dispensara. Dispensara os olhares inquisidores com que fitavam seus sucessores.

Hagen quis tamborilar os dedos no braço da cadeira, mas ela não tinha braço. Bellman trocou as cadeiras também. Cadeiras baixas e duras de madeira.

Hagen tinha sido convocado por Mikael Bellman, e a secretária o mandara entrar dizendo que o chefe de polícia chegaria logo.

A porta se abriu.

— Aí está você!

Bellman contornou a mesa e se deixou cair na cadeira. Pôs as mãos na nuca.

— Alguma novidade?

Hagen pigarreou. Sabia que Bellman estava ciente de que não havia novidade nenhuma, já que Hagen tinha ordens restritas de transmitir qualquer progresso nas investigações dos dois casos de homicídio. Logo, esse não poderia ser o motivo de sua convocação. Mas ele respondeu à pergunta, explicou que ainda não haviam encontrado nenhuma pista nos casos isoladamente nem nada que ligasse os dois assassinatos além do óbvio: as vítimas eram policiais que investigaram homicídios não solucionados e que foram encontrados nos mesmos lugares onde esses crimes ocorreram.

Bellman se levantou no meio do relatório de Hagen e se posicionou perto da janela, de costas para ele. Balançou sobre os calcanhares, fingindo escutar por um tempo antes de interrompê-lo.

— Você tem que dar um jeito nisso, Hagen.

Gunnar Hagen parou. Aguardou a continuação.

Bellman se virou. As listras brancas de acromatose adquiriram uma coloração avermelhada.

— Sou obrigado a questionar o fato de que você prefere manter uma pessoa sob vigilância vinte e quatro horas por dia no Hospital Universitário quando policiais honestos estão sendo assassinados. Você não deveria usar todo o pessoal na investigação?

Hagen olhou para Bellman com perplexidade.

— Não é o meu pessoal que está no hospital, é a delegacia do Centro e estudantes da Academia de Polícia que fazem estágio. Acho que a investigação não está sendo prejudicada, Mikael.

— Não? Mesmo assim, quero que você faça uma reavaliação do esquema de vigilância. Não vejo qualquer risco de que alguém vá matar o paciente a essa altura, depois de todo o tempo que se passou. Sabem que, de qualquer forma, ele não será capaz de depor.

— Dizem que há sinais de melhora.

— O caso Gusto Hanssen não tem mais prioridade. — A resposta do chefe de polícia veio rápida, quase com raiva, antes de ele respirar fundo e ativar aquele seu sorriso charmoso. — Mas a vigilância é sua decisão, óbvio. Não vou me meter nisso de jeito nenhum. Entendeu?

Hagen estava prestes a dizer que não, mas conseguiu conter a resposta e fez um breve gesto de assentimento enquanto tentava deduzir quais eram as intenções de Mikael Bellman.

— Bom — disse o chefe de polícia, batendo as palmas das mãos como um sinal de que a conversa havia acabado. Hagen fez menção de se levantar, tão confuso quanto ao chegar ali, mas permaneceu sentado.

— Estamos pensando em tentar uma abordagem um pouco diferente.

— Ah, é?

— Sim — confirmou Hagen. — Dividir a equipe de investigação em vários grupos menores.

— Por quê?

— Para dar mais espaço a ideias alternativas. Equipes grandes são muito competentes, mas não têm a mesma facilidade para pensar fora da caixa.

— E é preciso pensar fora da... caixa?

Hagen ignorou o sarcasmo.

— Começamos a andar em círculos e estamos ficando cegos.

Hagen olhou para o chefe de polícia. Como ex-investigador de homicídios, Bellman naturalmente conhecia bem o fenômeno: o grupo se prendia aos pontos de partida, as suposições se enrijeciam, transformando-se em fatos, e a capacidade de enxergar hipóteses alternativas se perdia. Mesmo assim, Bellman fez que não com a cabeça.

— Com grupos pequenos, você perde a capacidade de execução, Hagen. A responsabilidade se pulveriza, as pessoas se atrapalham, e a mesma tarefa é feita várias vezes. Um grupo grande e bem-coordenado de investigação é sempre melhor. Pelo menos enquanto houver um líder forte e capaz...

Hagen cerrou os dentes, sentindo as irregularidades na superfície de seus molares, e torceu para que o efeito da insinuação de Bellman não transparecesse em seu rosto.

— Mas...

— Se um líder começa a mudar de tática, é fácil interpretar isso como desespero. O que é meio caminho andado para que ele admita seu fracasso.

— Mas *já* fracassamos, Mikael. Já estamos em março. O primeiro policial foi assassinado há seis meses.

— Ninguém quer seguir um líder fracassado, Hagen.

— Meus colegas não são cegos nem idiotas, eles sabem que estamos emperrados. E também sabem que bons líderes precisam ter a capacidade de mudar de tática.

— Bons líderes sabem como inspirar sua equipe.

Hagen engoliu em seco. Engoliu aquilo que tinha vontade de dizer. Que, enquanto Bellman brincava com seu estilingue, ele dava aulas de liderança na Academia Militar. Que, se Bellman era tão capaz de inspirar seus subordinados, que tal inspirar ele, Gunnar Hagen? Contudo, Hagen estava cansado demais, frustrado demais para engolir as palavras que, ele sabia, irritariam o chefe de polícia ainda mais.

— Tivemos sucesso com o grupo independente liderado por Harry Hole, lembra? Aqueles assassinatos em Ustaoset não seriam solucionados se não...

— Acho que você me escutou, Hagen. Prefiro avaliar mudanças na gerência da investigação. A gerência é responsável pela cultura entre seus subordinados, e agora ela não parece suficientemente focada nos resultados. Se você não se importar, tenho uma reunião daqui a pouco.

Hagen mal acreditou no que estava ouvindo. Ele se levantou, tentando manter o equilíbrio; era como se o sangue não tivesse circulado por suas pernas durante o breve tempo em que ficou sentado na cadeira estreita e baixa. Cambaleou em direção à porta.

— Aliás... — disse Bellman, atrás dele, e Hagen o ouviu abafar um bocejo. — Alguma novidade sobre o caso Gusto?

— Como você mesmo disse... — respondeu Hagen sem se virar, apenas seguindo em direção à porta para não ter que mostrar a Bellman o rosto vermelho, onde os vasos sanguíneos, ao contrário do que acontecia em suas pernas, pareciam estar sob alta pressão. Mas a voz tremeu de raiva mesmo assim. — Esse caso não tem mais prioridade.

Mikael Bellman esperou a porta bater e ouviu Hagen se despedir da secretária. Então afundou na cadeira com espaldar alto de couro. Ele não havia convocado Hagen para interrogá-lo sobre os assassinatos dos policiais, e ele suspeitava de que o chefe da Divisão de Homicídios tinha percebido isso. O motivo foi o telefonema de Isabelle Skøyen que ele recebera fazia uma hora. Obviamente, Isabelle tinha repetido a mesma ladainha de como esses assassinatos de policiais faziam os dois parecerem incompetentes e impotentes. E, ao contrário dele, ela de fato dependia das boas graças do eleitorado. Bellman respondia com monossílabos neutros, esperando que ela terminasse para que pudesse desligar, quando ela soltou a bomba.

— Ele está acordando do coma.

Bellman colocou os cotovelos sobre a mesa e apoiou a testa nas mãos. Olhou fixamente para o verniz brilhante da mesa, onde podia ver contornos distorcidos de si mesmo. As mulheres o achavam bonito. Isabelle tinha dito sem rodeios que gostava de homens bonitos, que foi por isso que o escolheu, porque gostava de homens atraentes. Foi por isso que ela transou com Gusto. O belo jovem parecido com o Elvis. As pessoas muitas vezes se enganavam quanto aos homens bonitos. Mikael pensou no sujeito da Kripos, aquele que tinha dado em cima dele, que queria beijá-lo. Pensou em Isabelle. E Gusto. Imaginou os dois juntos. Os três juntos. Ele se levantou da cadeira de repente. Foi até a janela outra vez.

Tudo estava em andamento. Ela havia dito isso. *Estava em andamento.* Tudo que ele precisava fazer era esperar. Isso deveria fazer com que se sentisse mais calmo, mais bem-disposto com relação ao mundo. Então, por que será que havia colocado Hagen contra a parede? Para vê-lo espernear? Para ver outro rosto atormentado, tão atormentado quanto aquele refletido no verniz da mesa. Mas logo aquilo iria acabar. Tudo estava nas mãos dela agora. E, quando aquilo que precisava ser feito fosse feito, eles poderiam continuar como antes. Poderiam esquecer Asaiev, Gusto e aquele homem sobre o qual ninguém conseguia parar de falar: Harry Hole. Mais cedo ou mais tarde, tudo e todos cairiam no esquecimento, até esses assassinatos de policiais.

Mikael Bellman desejava se certificar de que era isso que ele queria. Mas decidiu que não. Sabia que era isso que ele queria.

7

Ståle Aune respirou fundo. Esse era um ponto crucial na terapia, um momento em que precisava fazer uma escolha. Ele escolheu:
— Talvez haja algo mal resolvido em sua sexualidade.
O paciente olhou para ele. Sorriso discreto. Olhos semicerrados. As mãos delgadas, com dedos tão compridos que eram quase anormais, se levantaram, fizeram menção de ajustar o nó da gravata sobre o paletó risca de giz, mas desistiram. Ståle já tinha visto esse movimento no paciente algumas vezes, e ele o lembrou de outros que conseguiram se livrar de atos compulsivos específicos, mas que não podiam evitar o movimento inicial, a mão prestes a fazer algo, um ato inacabado, involuntário e, definitivamente, interpretável. Assim como uma cicatriz, um andar coxo. Um eco. Um lembrete de que nada desaparece por completo, de que tudo se sedimenta de alguma forma, em algum lugar. Tal como a infância. Pessoas que você conheceu. Algo que comeu e te fez passar mal. Uma paixão. Memória celular.
A mão do paciente pousou no colo outra vez. Ele pigarreou, e a voz saiu tensa e metálica:
— Que diabos você quer dizer? Vamos começar com aquela merda de Freud agora?
Ståle olhou para o homem. Ele tinha visto de relance um seriado na TV em que o policial deduzia, por meio da linguagem corporal, como era a vida emocional das pessoas. Linguagem corporal, tudo bem, mas era a voz que realmente entregava as pessoas. Os músculos de nossas cordas vocais e da garganta são tão afinados que podem criar ondas sonoras na forma de palavras identificáveis. Quando Ståle lecionava na Academia de Polícia, ele costumava frisar para os estudantes que

isso por si só era um milagre. E havia um instrumento ainda mais sensível: o ouvido humano. Que não apenas era capaz de distinguir as ondas sonoras como vogais e consoantes, mas detectar a temperatura, o nível de excitação, as emoções de quem fala. Em interrogatórios, era mais importante ouvir do que ver. Uma leve subida no tom ou uma vibração quase imperceptível eram sinais mais significativos que braços cruzados, mãos fechadas, a dilatação das pupilas e todos aqueles fatores a que a nova safra de psicólogos atribuía tanto peso, mas que, na experiência de Ståle, confundia e despistava o investigador. Era fato que o paciente diante dele tinha falado um palavrão, mas foi a pressão nas membranas dos ouvidos de Ståle que lhe revelou que o paciente tinha reforçado a guarda e estava com raiva. Normalmente, isso não causaria preocupação a um psicólogo experiente. Pelo contrário, emoções fortes muitas vezes indicavam que estavam diante de um avanço significativo na terapia. Mas o problema com esse paciente era que as coisas estavam na sequência errada. Mesmo depois de vários meses de sessões regulares, Ståle não conseguira estabelecer uma relação com ele, nada de cumplicidade, nada de confiança. Na verdade, as sessões tinham sido tão improdutivas que Ståle chegou a cogitar uma interrupção na terapia ou encaminhar o paciente a um colega. Em uma atmosfera segura e confiante, raiva era uma coisa boa, mas nesse caso poderia significar que o paciente se fecharia ainda mais, cavaria uma trincheira ainda mais profunda.

Ståle suspirou. Evidentemente, tinha tomado a decisão errada, mas já era tarde demais, e ele optou por seguir em frente.

— Paul — disse ele. As sobrancelhas cuidadosamente feitas e as duas pequenas cicatrizes embaixo do queixo, que indicavam um *facelift*, fizeram com que Ståle soubesse que tipo de pessoa ele era em menos de dez minutos da primeira sessão de terapia. — A homossexualidade reprimida é muito comum, mesmo em nossa sociedade aparentemente tolerante — continuou, prestando atenção no paciente para ver sua reação. — Eu sou muito requisitado por policiais. Um dos pacientes que fez terapia comigo me contou que era assumidamente homossexual, mas que não podia assumir sua sexualidade no trabalho, pois seria excluído. Eu perguntei se ele realmente tinha tanta certeza disso. A repressão muitas vezes tem a ver com as expectativas que criamos para nós mesmos e as que interpretamos como sendo das pessoas à nossa volta. Especialmente as mais próximas, amigos e colegas.

Ele ficou em silêncio.

Não houve qualquer dilatação nas pupilas do paciente, nenhuma mudança na coloração da pele, nenhuma relutância a manter o contato visual, nenhuma parte do corpo se esquivando. Pelo contrário, um sorrisinho de escárnio se desenhou em seus lábios finos. Mas, para sua surpresa, Ståle Aune sentiu as bochechas arderem. Meu Deus, como ele odiava esse paciente! Como ele odiava esse trabalho.

— E o policial? — perguntou Paul. — Ele seguiu seu conselho?

— Nosso tempo acabou — disse Ståle sem olhar para o relógio.

— Estou curioso, Aune.

— E eu estou sob sigilo profissional.

— Então vamos chamá-lo de X. Posso ver no seu rosto que não gostou da pergunta. — Paul sorriu. — Ele seguiu seu conselho e se saiu mal, não é?

Aune suspirou.

— X exagerou, interpretou mal uma situação e tentou beijar um colega no banheiro. E acabou sendo excluído. A questão é que *poderia* ter dado certo. Você pode pelo menos refletir sobre isso para a próxima sessão?

— Mas eu não sou gay. — Paul ergueu as mãos em direção à gravata, mas baixou-as outra vez.

Ståle Aune fez um breve gesto com a cabeça.

— Mesmo dia e horário na semana que vem?

— Não sei. Não estou fazendo progressos, né?

— Está indo devagar, mas está progredindo — disse Ståle. A resposta veio tão automática quanto o movimento da mão do paciente em direção ao nó da gravata.

— Pois é, você já disse isso algumas vezes — respondeu Paul. — Mas tenho a sensação de que estou pagando por nada. De que você é tão imprestável quanto aqueles policiais que nem conseguem prender a porra de um assassino em série, um estuprador... — Ståle registrou com espanto que a voz do paciente tinha ficado mais baixa. Mais calma. Tanto a voz quanto a linguagem corporal comunicavam algo diferente do que ele de fato dizia. Como se estivesse no piloto automático, o cérebro de Ståle começou a refletir sobre os motivos de o paciente ter usado justamente esse exemplo, mas a solução era tão óbvia que não precisava ir muito fundo. Os jornais que estiveram na mesa de Ståle desde o outono. Sempre ficavam abertos nas páginas sobre os assassinatos dos policiais.

— Não é fácil pegar um assassino em série, Paul. Tenho certo conhecimento sobre o assunto. É a minha especialidade, na verdade. Como isso que estamos fazendo agora. Mas, se você tiver vontade de parar a terapia, ou preferir tentar com um dos meus colegas, tudo bem. Tenho uma lista de psicólogos muito competentes, e posso ajudar a...

— Você está terminando comigo, Ståle? — Paul inclinou a cabeça um pouco para o lado, as pálpebras com os cílios incolores se fechando um pouco, o sorriso se tornando mais amplo. Ståle não conseguiu avaliar se aquilo era ironia por causa de sua sugestão de homossexualidade ou se Paul deixava transparecer um vislumbre de seu verdadeiro eu. Ou os dois.

— Não me interprete mal — disse Ståle, ciente de que não estava sendo mal-entendido. Ele queria se livrar do paciente, mas terapeutas profissionais não mandavam pacientes difíceis embora. Eles apenas se esforçavam ainda mais, não é? Ele ajustou sua gravata-borboleta. — Gostaria de tratá-lo, mas é importante que haja confiança entre nós. E agora me parece que...

— Só estou tendo um dia ruim, Ståle. — Paul gesticulou. — Desculpa. Sei que você é bom. Trabalhou com assassinatos em série na Divisão de Homicídios, não foi? Você ajudou a pegar aquele que desenhava os pentagramas... Você e aquele inspetor.

Ståle avaliou o paciente, que já havia se levantado e estava abotoando o paletó.

— Sim, você é mais do que suficiente para mim, Ståle. Até a semana que vem. Enquanto isso vou avaliar se sou gay ou não.

Ståle permaneceu sentado. Ele ouviu Paul cantarolar no corredor enquanto aguardava o elevador. Havia algo familiar com a melodia.

Havia também algo familiar no que Paul tinha dito. Ele havia se referido à Divisão de Homicídios e tinha chamado Harry Hole de inspetor, e a maioria das pessoas não fazia a menor ideia da estrutura da polícia. Geralmente, elas lembravam certas partes sangrentas das reportagens no jornal, não pormenores insignificantes como um pentagrama que tinha sido desenhado em uma viga ao lado do cadáver. No entanto, o que mais chamou a atenção de Ståle, pelo fato de que poderia ter importância para a terapia, foi que Paul o tinha comparado aos "policiais que nem conseguem prender a porra de um assassino em série, um estuprador..."

Ståle ouviu a porta do elevador se abrir e fechar. Lembrou-se de qual era a música. De fato, ele tinha escutado *Dark Side of the Moon* para descobrir se havia alguma pista ali para o sonho de Paul Stavnes. A música se chamava "Brain Damage". Falava sobre os malucos. Os malucos que estão na grama, que estão no corredor. Que estão se aproximando.

Estuprador.

Os policiais assassinados não foram estuprados.

Era óbvio que ele poderia estar tão pouco interessado no caso que tinha confundido os policiais assassinados com as vítimas anteriores que foram mortas nos mesmos locais. Ou ele acreditava que, como regra geral, assassinos em série estupravam. Ou sonhava com policiais estuprados, algo que evidentemente reforçava a teoria sobre a homossexualidade reprimida. Ou...

Ståle Aune parou no meio do movimento, olhando surpreso para a mão que estivera a caminho da gravata-borboleta.

Anton Mittet tomou um gole de café e olhou para o homem que estava dormindo no leito hospitalar. Ele também não deveria se sentir contente? O mesmo contentamento que Mona manifestou com o que ela chamou de "um dos pequenos milagres que fazem valer a pena trabalhar duro como enfermeira"? Com certeza era ótimo que um paciente, tido por todos como moribundo, de repente mudasse de ideia, se arrastasse de volta à vida e acordasse. Mas a pessoa ali na cama, com aquele rosto pálido e devastado no travesseiro, não significava nada para ele. Aquilo só indicava que o trabalho estava chegando ao fim. Naturalmente, não indicava o fim de seu relacionamento. Afinal, não foi ali que eles passaram as horas mais quentes juntos. Pelo contrário; agora não precisavam mais se preocupar com os colegas, se eles percebiam os olhares ternos trocados entre os dois toda vez que ela entrava e saía do quarto do paciente, as conversas um pouco prolongadas demais, interrompidas de forma abrupta demais quando outras pessoas apareciam. Mas Anton Mittet tinha a sensação de que essa era justamente a graça do relacionamento. O segredo. A ilicitude. A emoção de ver, mas não poder tocar. Ter de esperar, ter de sair de casa às escondidas, contar a Laura mais uma vez aquela mentira sobre um plantão extra, uma mentira que se tornara cada vez mais simples de ser dita, mas que mesmo assim crescia em sua boca, e, mais cedo ou mais tarde, o sufocaria. Ele sabia disso. Sabia que a infidelidade não o tornava um homem melhor do que os outros aos olhos de Mona. Ela provavelmente acreditava que ele lhe contaria as mesmas mentiras no futuro. Ela lhe disse uma vez que já havia passado por isso antes, com outros homens que a haviam traído. E naquela época ela era mais esbelta e mais jovem do que agora; por isso, se ele quisesse largar a mulher gorda de meia-idade em que ela havia se transformado, ela não ficaria chocada. Anton tentou argumentar que Mona não deveria falar esse tipo de coisa. Que isso a tornava menos atraente. Que isso o tornava menos atraente. Que isso o tornava um homem que se envolvia com qualquer uma que estivesse disponível. Mas, a essa altura, ele já estava aliviado por ela ter dito aquilo. Teria de haver um fim, e ela tinha facilitado as coisas.

— Onde você pegou esse café? — perguntou o novo enfermeiro, ajustando os óculos redondos enquanto lia o prontuário que acabara de despendurar da grade da cama.

— Tem uma máquina de espresso no corredor aqui perto. Eu sou o único que costumo usá-la, mas pode ficar à...

— Obrigado — disse o enfermeiro. Anton percebeu que tinha algo estranho na maneira como ele pronunciava as palavras. — Mas não bebo café. — Ele havia tirado uma folha de papel do bolso de seu jaleco e estava lendo. — Vamos ver... Ele tem que tomar propofol.

— Não sei o que isso significa.

— Significa que ele vai dormir por um bom tempo.

Anton estudou o enfermeiro que, com a agulha hipodérmica, perfurou um pequeno frasco contendo um líquido transparente. O enfermeiro era pequeno e franzino. Parecia-se com um ator famoso. Não um dos bonitões, mas um daqueles que faz sucesso mesmo assim.

Com dentes feios e um nome italiano que era impossível de se lembrar. Assim como o nome que o enfermeiro usou para se apresentar, o qual Anton já havia esquecido.

— É complicado lidar com pacientes comatosos que acabam de acordar — disse o enfermeiro. — São extremamente vulneráveis e precisam ser conduzidos cuidadosamente para o estado consciente. Uma injeção mal-aplicada, e a gente corre o risco de mandar eles de volta para onde estavam.

— Entendi — disse Anton. O homem havia lhe mostrado o crachá, dito a senha e aguardado um pouco enquanto Anton telefonava para a sala de enfermagem e recebia a confirmação de que aquele enfermeiro estava escalado para o plantão.

— Você tem bastante experiência com anestesia e coisas assim, então? — perguntou Anton.

— Já trabalhei no departamento de anestesiologia por muitos anos, sim.

— Mas você não trabalha lá agora?

— Passei uns dois, três anos viajando. — O enfermeiro direcionou a agulha hipodérmica para a luz. Lançou um esguicho que se dissolveu em uma nuvem de gotas microscópicas. — Esse paciente parece ter levado uma vida difícil. Por que não consta nenhum nome no prontuário?

— Ele deve permanecer no anonimato. Ninguém te disse isso?

— Não me contaram nada.

— Deveriam ter contado. Acredita-se que alguém pode tentar acabar com ele. É por isso que eu fico no corredor aqui fora.

O outro se inclinou sobre o rosto do paciente. Fechou os olhos. Parecia estar inalando o hálito do doente. Anton sentiu calafrios.

— Ele não me é estranho — disse o enfermeiro. — Ele é de Oslo?

— Fiz um juramento de confidencialidade.

— E o que você acha que eu fiz? — O enfermeiro arregaçou a manga da roupa do paciente. Bateu com os dedos na parte interna do antebraço. Havia algo no modo de falar dele, algo que Anton não conseguiu identificar com exatidão. Sentiu calafrios novamente ao ver a agulha entrando na pele e, no silêncio absoluto, achou que conseguiu *ouvir* o ranger da fricção na carne. O ruído do líquido sendo comprimido na seringa no instante em que o êmbolo foi apertado.

— Ele morou vários anos em Oslo antes de fugir para o exterior — disse Anton, engolindo em seco. — Mas aí ele voltou. Dizem que foi por causa de um menino. Ele era drogado.

— Que história triste.

— Pois é, mas parece que vai ter um final feliz.

— É um pouco cedo para saber — disse o enfermeiro, tirando a seringa. — Muitos pacientes comatosos têm recaídas súbitas.

Anton conseguiu perceber agora. O que havia no modo de falar do enfermeiro. Mal era audível, aquela pronúncia do "s". Ele ceceava.

Os dois saíram do quarto, e, depois de o enfermeiro se afastar pelo corredor, Anton entrou no quarto do paciente outra vez. Estudou o monitor que mostrava os batimentos cardíacos. Prestou atenção aos bipes ritmados; pareciam sinais sonares de um submarino nas profundezas do oceano. Ele não sabia o porquê, mas fez exatamente o que o enfermeiro tinha feito e se inclinou sobre o rosto do homem. Fechou os olhos. Sentiu a respiração dele em seu rosto.

Altman. Anton tinha examinado atentamente o crachá dele antes de ir embora. O enfermeiro se chamava Sigurd Altman. Era uma intuição, só isso. Mas ele decidiu que buscaria mais informações sobre ele no dia seguinte. Não seria como no caso de Drammen. Dessa vez, ele não cometeria nenhum erro.

8

Katrine Bratt estava com os pés na mesa e o telefone preso entre o ombro e o ouvido. Gunnar Hagen estava atendendo outra ligação e a deixara esperando. Os dedos percorriam o teclado à sua frente. Ela sabia que atrás dela, do lado de fora da janela, a cidade de Bergen estava banhada em sol. As ruas brilhavam, molhadas por causa da chuva que tinha caído desde a manhã até dez minutos atrás. E, levando-se em consideração as estatísticas da cidade de Bergen, logo começaria a chuviscar de novo. Mas naquele exato momento havia sol, e Katrine Bratt torcia para que Gunnar Hagen logo terminasse a ligação na outra linha, para que pudesse retomar a conversa que os dois estavam tendo. Ela só queria repassar o que tinha de informação e ir embora da delegacia. Sair no ar fresco do Atlântico, que era muito melhor do que aquele que seu ex-chefe de seção, naquele exato momento, estava inalando em seu escritório lá na região leste, na capital. E ele logo o soltou na forma de um grito indignado:

— O que você quer dizer com essa história de que não podemos interrogá-lo ainda? Ele saiu do coma ou não? Sim, entendo que ele está frágil, mas... O quê?

Katrine torcia para que suas descobertas dos últimos dias deixassem Hagen mais bem-humorado. Ela folheou as páginas, só para conferir outra vez o que já sabia de cor.

— Estou *pouco* me lixando para o que o advogado dele diz — continuou Hagen. — E estou *pouco* me lixando para o que o médico diz. Quero interrogá-lo *já*!

Katrine Bratt o ouviu bater o telefone fixo. Logo ele finalmente estava de volta.

— O que foi isso? — perguntou ela.

— Nada.

— É ele?

Hagen suspirou.

— É ele, sim. Está saindo do coma, mas eles ficam dopando o cara e dizem que a gente tem que esperar pelo menos dois dias antes de poder falar com ele.

— Não seria prudente esperar?

— Imagino que sim. Mas, como você deve saber, estamos precisando de alguns resultados logo. Esse caso dos assassinatos dos policiais está acabando com a gente.

— Dois dias não vão fazer uma grande diferença, vão?

— Eu sei, eu sei. Mas me deixe gritar um pouco. É a graça de ser chefe. É ou não é?

Katrine Bratt não tinha resposta para isso. Ela nunca quis ser chefe. E, mesmo se quisesse, suspeitava de que policiais com histórico de internação em hospitais psiquiátricos não estavam entre os mais cotados quando o assunto era a chefia dos grandes departamentos. O diagnóstico tinha mudado de maníaco-depressiva com personalidade borderline e bipolar para curada. Pelo menos enquanto ela tomasse as pequenas pílulas cor-de-rosa que a mantinham nos eixos. As pessoas que criticassem o uso de medicamentos na psiquiatria o quanto quisessem; para Katrine, eles significavam uma vida nova e melhor. Mas é claro que ela percebia que o chefe ficava sempre de olho nela e que não era incumbida de mais trabalho em campo do que o necessário. Mas estava tudo bem; ela gostava de ficar em sua sala apertada com um computador moderno, senhas e acesso exclusivo a ferramentas de busca que nem a polícia conhecia. Procurar, buscar, encontrar. Rastrear pessoas que aparentemente haviam desaparecido da face da Terra. Ver padrões onde os outros só viam acasos. Era essa a especialidade de Katrine Bratt, e mais de uma vez ela a usara em benefício da Kripos e da Divisão de Homicídios de Oslo. Então eles que aguentassem a psicose ambulante.

— Você disse que tinha algo para mim?

— As coisas têm estado calmas aqui no departamento nas últimas semanas, por isso dei uma olhada nos homicídios dos policiais.

— Seu chefe na Delegacia de Bergen pediu a você que...

— Não, nada disso. Só pensei que isso era melhor do que ficar assistindo a vídeos pornô e jogando paciência.

— Sou todo ouvidos.

Katrine percebeu que Hagen tentou parecer otimista, mas não conseguia esconder a resignação. Ele devia estar cansado de ver suas esperanças serem frustradas.

— Analisei os dados para ver se havia algum nome recorrente nos primeiros casos de estupro e homicídio em Maridalen e no lago Tryvann.

— Muito obrigado, Katrine, mas a gente também fez isso. Até não poder mais, eu diria.

— Eu sei, mas eu trabalho de uma maneira um pouco diferente.

Suspiro profundo.

— Vamos lá.

— Vi que houve equipes diferentes nos dois casos, só dois agentes da Perícia Técnica e três investigadores participaram de ambos. E nenhum dos cinco poderia saber os nomes de todos os interrogados. Como nenhum dos casos foi resolvido, as investigações acabaram se estendendo, e os arquivos dos dois são enormes.

— Enormes, com certeza. E é óbvio que ninguém pode estar totalmente a par de tudo que aconteceu durante a investigação. Mas é claro que os nomes de todos os interrogados constam do Registro Nacional de Processos Penais.

— É aí que está — disse Katrine.

— Aí que está o quê?

— Quando as pessoas são convocadas para depor, elas são registradas, e o interrogatório é arquivado naquele caso específico. Mas pode acontecer de algo se perder no meio do caminho. Como, por exemplo, quando o interrogado já está preso, e às vezes o interrogatório é feito de modo informal na cela. A pessoa não será registrada por já constar do registro.

— Mas mesmo assim as anotações do interrogatório constarão do arquivo do caso.

— Normalmente, sim, mas não se o interrogatório se referir a outro caso em que o sujeito é o principal suspeito, e, por exemplo, o estupro e o homicídio de Maridalen só constituírem uma pequena parte do interrogatório, um tiro no escuro. Então, o interrogatório inteiro constará do arquivo do primeiro caso, e uma eventual busca pelo nome da pessoa não a ligará ao caso de Maridalen.

— Interessante. E você encontrou...?

— Uma pessoa que foi interrogada como suspeito principal de um caso de estupro em Ålesund enquanto cumpria pena por agressão e tentativa de estupro contra uma menor em um hotel em Otta. Durante o interrogatório, ele também foi questionado sobre o caso de Maridalen, mas o interrogatório foi registrado nos arquivos do caso de Otta. O interessante é que essa pessoa também foi intimada com relação ao caso de Tryvann, mas foi um procedimento-padrão.

— E? — Pela primeira vez, ela notou sinais de interesse na voz de Hagen.

— Ele tinha um álibi para todos os três casos — disse Katrine, e sentiu que o balão de esperança que havia enchido para Hagen começara a esvaziar.

— Ah, é? Alguma outra história engraçada que você acha que devo escutar hoje?

— Tem mais — continuou.

— Tenho uma reunião em...

— Verifiquei o álibi do interrogado. É o mesmo em todos os três casos. Uma testemunha que confirmou que ele estava em casa, na pensão onde os dois moravam. A testemunha era uma jovem que, àquela altura, era considerada confiável. Nada de antecedentes criminais, nenhuma conexão com o suspeito além de morarem na mesma pensão. Mas, se pesquisarmos sobre ela, coisas interessantes veem à tona.

— Como?

— Como desvio de fundos, tráfico de drogas e falsificação de documentos. Se você analisar com mais atenção os interrogatórios a que ela foi submetida depois, há uma coisa que se repete. Adivinhe o quê?

— Falso testemunho.

— Infelizmente, é raro usar esse tipo de coisa para analisar casos antigos sob um novo foco. Pelo menos não em casos tão antigos e intrincados como os de Maridalen e Tryvann.

— Pelo amor de Deus, qual é o nome dessa mulher?

O entusiasmo estava de volta em sua voz.

— Irja Jacobsen.

— Você tem algum endereço?

— Tenho. Ela está no registro de antecedentes criminais, no registro civil e em dois outros registros...

— Caramba, vamos chamá-la para depor agora mesmo!

— ... como, por exemplo, no de pessoas desaparecidas.

Houve um longo silêncio vindo de Oslo. Katrine teve vontade de fazer uma longa caminhada até os barcos pesqueiros de Bryggen, comprar um saco de cabeças de bacalhau, voltar para o apartamento em Møhlenpris, fazer um jantar com calma e assistir a *Breaking Bad* enquanto a chuva começava a cair.

— Tudo bem — disse Hagen. — Pelo menos você nos deu algo por onde começar. Como se chama o sujeito?

— Valentin Gjertsen.

— E onde ele se encontra?

— É aí que está — disse Katrine Bratt, percebendo que estava ficando repetitiva. Os dedos percorreram o teclado. — Não consigo encontrá-lo.

— Desaparecido também?

— Não está na lista dos desaparecidos. E é estranho, porque parece que foi varrido da face da Terra. Nenhum endereço conhecido, nenhum telefone registrado, nenhum uso de cartão de crédito nem registro de conta bancária. Não votou na última eleição, não pegou trem ou avião no último ano.

— Já tentou o Google?

Katrine riu até entender que Hagen não estava brincando.

— Relaxe — disse ela. — Vou encontrar esse cara.

Eles desligaram. Katrine se levantou e pôs o casaco depressa; as nuvens já estavam a caminho de Askøy. Ela estava prestes a desligar o computador quando se lembrou de uma coisa. Uma coisa que Harry Hole lhe dissera. Que muitas vezes a gente se esquece de verificar o óbvio. Ela digitou depressa. Aguardou a página aparecer.

Ela percebeu que as cabeças dentro do escritório panorâmico se viraram em sua direção no instante em que ela soltou alguns palavrões típicos de Bergen. Mas não se deu ao trabalho de tranquilizá-los e dizer que não estava à beira de um ataque psicótico. Como sempre, Harry tinha razão.

Ela pegou o telefone outra vez e apertou a tecla de rediscagem. Gunnar Hagen atendeu no segundo toque.

— Achei que você tinha uma reunião — disse Katrine.

— Adiada, estou pondo gente nesse tal de Valentin Gjertsen.

— Não precisa. Acabei de encontrá-lo.

— Ah, é?

— Não é de estranhar que ele tenha sumido da face da Terra. Quer dizer, ele de fato *sumiu* da face da Terra.

— Você está dizendo que...?

— Está morto, sim. Está bastante claro no Registro Civil. Peço desculpas por essas besteiras. Vou para casa comer cabeça de peixe até passar a vergonha.

Quando ela desligou o computador e ergueu os olhos, a chuva tinha começado.

Anton Mittet ergueu o olhar da xícara de café assim que Gunnar Hagen entrou no refeitório quase deserto do sétimo andar da sede da polícia. Anton contemplava a vista fazia algum tempo. Pensando. Em como as coisas poderiam ter sido. No fato de que ele havia parado de pensar em como as coisas poderiam ser. Talvez envelhecer fosse isso. Você já pegou as cartas que lhe foram dadas, já olhou para elas. Não pegou outras. Então só lhe restava jogar com aquelas que tinha em mãos da melhor maneira possível. E sonhar com as cartas que *poderia* ter ganhado.

— Peço desculpas pelo atraso, Anton — disse Gunnar Hagen e se instalou na cadeira logo a sua frente. — Um telefonema sem importância de Bergen. Como vai?

Anton deu de ombros.

— Trabalho sem parar. Vejo os jovens passarem por mim ao subirem os degraus na hierarquia. Tento dar alguns conselhos a eles, mas acredito que eles pensem que não vale a pena prestar atenção em um homem de meia-idade que não conseguiu nada na carreira. Eles acham que a vida é um tapete vermelho que foi estendido exclusivamente para eles.

— E em casa? — perguntou Hagen.

Anton deu de ombros novamente.

— Tudo indo. A mulher reclama que trabalho demais. Mas, quando estou em casa, ela reclama do mesmo jeito. Soa familiar?

Hagen emitiu um som neutro que poderia significar qualquer coisa.

— Você lembra a data do seu casamento?

— Lembro — disse Hagen, lançando um olhar discreto para o relógio, não porque não sabia a hora, mas para dar um toque a Anton Mittet.

— O pior é que você realmente está falando sério quando sobe ao altar e diz "sim" para toda a eternidade. — Anton deu uma risada e balançou a cabeça.

— Você queria falar comigo sobre um assunto específico? — perguntou Hagen.

— Queria. — Anton passou o indicador no dorso do nariz. — Apareceu um enfermeiro no plantão ontem. Ele parecia um pouco suspeito. Não sei exatamente o que era, mas você sabe que velhas raposas como a gente percebem essas coisas. Por isso verifiquei algumas informações sobre ele. Acontece que ele esteve envolvido em um caso de homicídio uns três ou quatro anos atrás. Foi solto depois que o caso foi esclarecido. Mas mesmo assim...

— Entendi.

— Pensei que fosse melhor passar isso a você. Você pode falar com a direção do hospital. Talvez conseguir uma transferência discreta.

— Vou cuidar disso.

— Obrigado.

— Eu que agradeço. Bom trabalho, Anton.

Anton Mittet inclinou a cabeça em uma breve reverência. Feliz, porque Hagen agradeceu a ele. Feliz, porque o chefe de seção com jeito de monge era o único homem da polícia por quem ele sentiu gratidão. Foi Hagen quem o salvou depois do Caso. Foi ele quem ligou para o chefe de polícia de Drammen dizendo que Anton estava sendo punido com dureza excessiva, e, se Drammen não precisava de sua experiência, eles, na sede da polícia de Oslo, precisavam. E assim foi. Anton começou no primeiro andar em Grønland, mas continuou morando em Drammen, uma condição imposta por Laura. Ao descer outra vez no elevador para o primeiro andar, Anton Mittet sentiu seus passos um pouco mais ágeis, a coluna um pouco mais ereta. Tinha até um sorriso nos lábios. E ele sentiu, sim, ele realmente sentiu, que isso poderia ser o começo de algo bom. Ele deveria comprar flores para... Ele pensou bem. Para Laura.

Katrine espreitou pela janela ao digitar o número. Seu apartamento ficava no que os noruegueses chamavam de térreo elevado. Elevado o suficiente para que ela não tivesse que ver as pessoas passarem na calçada lá fora. Baixo o suficiente para que ela conseguisse ver seus guarda-chuvas abertos. E, atrás das gotas de chuva que tremiam na vidraça da janela com as rajadas do vento, ela vislumbrou a Puddefjordsbroen, a ponte que ligava a cidade a um buraco na montanha para os lados de Laksevåg. Mas nesse exato momento ela já estava olhando para a TV de 50 polegadas logo à sua frente, na qual um professor de química com câncer preparava metanfetamina. Ela achava aquilo estranhamente interessante. Havia comprado aquele aparelho sob o lema "Por que os homens solteiros devem ter as maiores TVs?" e tinha organizado os DVDs em duas prateleiras embaixo dela de acordo com critérios altamente subjetivos. O primeiro e o segundo lugar mais à esquerda na prateleira de clássicos eram ocupados por *Crepúsculo dos deuses* e *Cantando na chuva*, enquanto os filmes mais recentes na prateleira de baixo tinham ganhado um novo líder surpreendente: *Toy Story 3*. A terceira prateleira era reservada aos CDs cujo conteúdo ela havia copiado no disco rígido do computador, mas, por motivos sentimentais, não os havia doado ao Exército de Salvação. Katrine tinha um gosto bem específico, havia unicamente glam rock e pop progressivo, de preferência britânico e do tipo levemente andrógino: David Bowie, Sparks, Mott the Hoople, Steve Harley, Marc Bolan, Small Faces, Roxy Music e Suede, este último usado como um suporte de CDs moderninho.

O professor de química começou uma de suas cenas recorrentes de briga com a mulher. Katrine acelerou a reprodução do aparelho de DVD enquanto telefonava para Beate.

— Lønn. — A voz era aguda, quase infantil. E a saudação não revelou mais do que o necessário. Na Noruega, não atender o telefone dizendo o sobrenome indicava que você pertencia a uma família grande e que havia a necessidade de especificar com qual dos Lønn você gostaria de falar. Mas, nesse caso, a família Lønn se resumia à viúva Beate Lønn e seu filho.

— Aqui é Katrine Bratt.

— Katrine! Quanto tempo. O que você está fazendo?

— Vendo TV. E você?

— Levando uma surra do meu garoto no Banco Imobiliário. Comendo pizza para me sentir melhor.

Katrine pensou um pouco. Com quantos anos o menino estava? Pelo menos com idade suficiente para vencer a mãe no Banco Imobiliário. Mais um lembrete de como o tempo passa com uma rapidez chocante. Katrine estava prestes a acrescentar que ela, por sua vez, estava comendo cabeças de bacalhau também para se sentir melhor. Mas se deu conta de que aquele comentário tinha se tornado um lugar-comum entre as mulheres solteiras, uma daquelas falas irônicas e meio deprimidas que se esperam delas em vez da verdade. O fato era que Katrine não sabia se conseguiria viver sem liberdade total. Ao longo dos anos, ela às vezes pensou em entrar em contato com Beate só para conversar. Da mesma forma que fazia com Harry. As duas, ela e Beate, eram policiais maduras, não tinham um relacionamento, eram filhas de policiais, pessoas realistas, bem mais inteligentes que a média, que não desejavam um príncipe montado em um cavalo branco. Bem, talvez o cavalo fosse conveniente, se ele as levasse para onde queriam ir.

Elas tinham muitos assuntos em comum.

Mas Katrine nunca chegou a telefonar para Beate. Sem que se tratasse de trabalho, claro.

Provavelmente, elas eram parecidas nisso também.

— É sobre um certo Valentin Gjertsen — disse Katrine. — Condenado por crime sexual, falecido. Você sabe algo a respeito dele?

— Espere um pouco — disse Beate.

Katrine ouviu o som de dedos ágeis no teclado e notou mais uma coisa que as duas tinham em comum. Estavam sempre conectadas.

— Ah, ele — disse Beate. — Já vi esse cara algumas vezes.

Katrine entendeu que Beate Lønn havia encontrado uma fotografia. Diziam que o giro fusiforme de Beate Lønn, aquela parte do cérebro que reconhece rostos, continha um registro de todas as pessoas que ela já vira na vida. No caso dela, a afirmação "nunca esqueço um rosto" era literal. Aparentemente ela já havia sido objeto de estudo de neurocientistas por ser uma das trinta e poucas pessoas no mundo com essa capacidade.

— Ele foi interrogado tanto no caso de Tryvann como no caso de Maridalen — disse Katrine.

— Sim, lembro vagamente — respondeu Beate. — Mas, pelo que me lembro, ele tinha um álibi para os dois.

— Uma das moradoras da pensão onde ele morava jurou que esteve com ele na noite em questão. O que gostaria de saber é: vocês colheram o DNA dele?

— Acredito que não, pois ele tinha um álibi. Naquela época, a análise de DNA era um procedimento complexo e caro. Na melhor das hipóteses, era feita no suspeito principal e somente se a gente não tivesse mais nenhuma prova.

— Eu sei, mas, depois de vocês ganharem a própria unidade de análise de DNA no Instituto de Medicina Forense, vocês analisaram o DNA de antigos casos não solucionados, não é?

— Tem razão, mas não havia vestígios de DNA nos casos de Maridalen e Tryvann. E, se não me engano, Valentin Gjertsen com certeza recebeu sua punição.

— Ah, é?

— Sim, ele foi espancado até a morte.

— Sabia que estava morto, mas não...

— Foi, sim. Enquanto estava cumprindo pena em Ila. Foi encontrado em sua cela. Espancado até virar picadinho. Os presidiários não gostam de gente que se mete com menininhas. O culpado nunca foi pego. Provavelmente ninguém fez muito esforço para descobrir quem foi.

Silêncio.

— Lamento não poder ajudar — disse Beate. — E agora acabo de cair no Sorte ou Revés, então...

— Espero que ela mude — disse Katrine.

— Como?

— A sorte.

— Eu também.

— Só uma última coisa — disse Katrine. — Gostaria de ter uma conversa com Irja Jacobsen, a pessoa que forneceu o álibi a Valentin. Ela consta como desaparecida. Mas eu fiz algumas buscas na internet.

— E?

— Nenhuma mudança de endereço, nenhum pagamento de imposto, nenhum pagamento de seguro social ou compra com cartão de crédito. Nenhuma viagem ou registro de celular. Quando há tão pouca informação relacionada a uma pessoa, ela geralmente se encaixa em uma das duas categorias. A primeira, que é o que geralmente acontece, é na categoria dos mortos. Mas então encontrei uma coisa. Uma entrada nos registros da loteria. Uma única aposta. Vinte coroas.

— Ela jogou na loteria?

— Deve estar apostando na sorte. De qualquer forma, isso significa que ela pertence à segunda categoria.

— Que é?

— Das pessoas que tentam se esconder de propósito.

— E agora você quer minha ajuda para encontrá-la?

— Tenho o último endereço conhecido dela em Oslo e o endereço da casa lotérica onde ela fez o jogo. E sei que ela usava drogas.

— Ok. Vou conferir com nossos policiais infiltrados.

— Obrigada.

— Sem problema.

Pausa.

— Algo mais?

— Não. Sim. O que você acha de *Cantando na chuva*?

— Não gosto de musicais. Por quê?

— É difícil encontrar almas gêmeas, não acha?

Beate riu baixinho.

— É. Vamos conversar sobre isso uma hora dessas.

Elas desligaram.

Anton estava de braços cruzados, esperando. Escutou o silêncio. Passou os olhos pelo corredor.

Mona estava lá dentro com o paciente e logo iria sair. Daria a ele aquele sorriso travesso. Talvez pousasse a mão em seu ombro. Acariciasse seu cabelo. Talvez lhe desse um beijo rápido, mal deixando-o sentir a língua que sempre tinha gosto de menta, e depois seguiria pelo corredor. Balançaria o traseiro voluptuoso, provocando-o. Talvez não fosse um gesto consciente, mas ele gostava de pensar que era. Que ela retesava os músculos, rebolava, desfilava para ele, para Anton Mittet. Sim, ele tinha muito a agradecer, como diziam.

Anton deu uma olhada no relógio. Logo haveria a troca de turno. Fez menção de bocejar quando ouviu um grito.

Isso foi o suficiente para que ele ficasse de pé. Abriu a porta com um movimento brusco. Passou o olhar pelo quarto, da esquerda para a direita, e constatou que Mona e o paciente eram os únicos ali.

A enfermeira estava do lado da cama com a boca aberta e uma das mãos erguida à sua frente. Seus olhos estavam fixos no paciente.

— Ele está...? — começou Anton, mas não terminou a frase, pois o som ainda estava ali. O som da máquina que registrava os batimentos cardíacos era bem estridente, e o silêncio era tão absoluto que ele conseguia ouvir os bipes breves e regulares mesmo quando estava sentado no corredor.

As pontas dos dedos de Mona pousavam naquele ponto onde as clavículas se articulam com o esterno, que Laura chamava de "cova da joia", pois era onde ficava o coração de ouro que ele lhe dera em um dos aniversários de casamento, os quais eles, a seu modo, não deixavam passar em branco. Talvez o coração das mulheres pulasse até aquele ponto quando elas se assustavam, ficavam agitadas ou ofegantes, pois Laura costumava pôr os dedos exatamente no mesmo local. E essa postura, tão parecida com a da esposa, roubou todo seu foco. Até que Mona lhe deu um sorriso radiante e cochichou, como se tivesse medo de acordar o paciente; as palavras pareciam vir de outro lugar.

— Ele falou. Ele *falou*.

Katrine demorou menos de três minutos para se esgueirar sorrateiramente pelos velhos atalhos e entrar no sistema do Distrito Policial de Oslo, mas foi difícil encontrar as gravações dos interrogatórios do caso de estupro no Otta Hotel. A digitalização obrigatória de todas as gravações de áudio e vídeo estava bem avançada, mas a indexação era outra história. Katrine tentou todas as palavras de busca que ela poderia imaginar: Valentin Gjertsen, Otta Hotel, estupro, etc., mas sem resultado, e estava prestes a desistir quando uma voz aguda de homem saiu pelo do alto-falante, tomando conta da sala.

— Ela estava pedindo aquilo, não estava?

Katrine sentiu o corpo estremecer, como acontecia quando ela e o pai estavam no barco e ele dizia calmamente que um peixe estava mordendo sua isca. Ela não sabia o motivo, só sabia que essa era a voz. Era ele.

— Interessante — disse outra voz. Baixinha, quase lisonjeira. A voz de um policial em busca de resultados. — Por que diz isso?

— Elas querem que aconteça, não é? De uma forma ou de outra. E depois ficam com vergonha e fazem uma denúncia à polícia. Mas isso vocês já sabem.

— Então, essa menina no Otta Hotel, ela pediu que você fizesse aquilo, é isso?

— Ela teria me pedido.

— Se você não a tivesse estuprado antes?

— Se eu tivesse estado lá.

— Você acabou de admitir que estava lá naquela noite, Valentin.

— Só para fazer você descrever aquele estupro com um pouco mais de detalhes. É meio entediante estar preso, sabe. Você precisa... apimentar o cotidiano da melhor forma possível.

Silêncio.

Em seguida, a risada aguda de Valentin. Katrine se arrepiou na cadeira e fechou mais o cardigã.

— Você está com cara de quem comeu e não... Como é mesmo que se diz, policial?

Katrine fechou os olhos e se lembrou do rosto dele.

— Vamos deixar o caso de Otta por enquanto. E a menina de Maridalen, Valentin?

— O que tem ela?

— Foi você, não foi?

Risada alta dessa vez.

— Você precisa praticar um pouco mais, policial. A fase de confrontação no interrogatório deve ser uma marretada no suspeito, não um petelequinho na orelha.

Katrine notou que o vocabulário de Valentin era mais extenso que o da média dos presidiários.

— Então você nega ter feito aquilo?

— Não.

— Não?

— Não.

Katrine sentiu a empolgação do policial quando ele tomou fôlego e disse com calma forçada:

— Isso significa... que você confessa o estupro e o homicídio em Maridalen em setembro?

Pelo menos ele era experiente o suficiente para especificar de modo adequado a pergunta à qual esperava que Valentin dissesse "sim". Dessa forma, o advogado de defesa não poderia alegar que, no interrogatório, o réu havia se enganado com relação ao que eles estavam falando ou a qual caso o policial se referia. Mas Katrine também ouviu o divertimento na voz do suspeito quando ele respondeu:

— Isso significa que não preciso negar.

— O que v...

— Começa com "a" e termina com "i".

Breve pausa.

— Como você pode ter certeza de que tem álibi para aquela noite, Valentin? Já faz um bom tempo.

— Porque pensei nisso quando ele me contou. Pensei no que eu estava fazendo exatamente naquela hora.

— Quem contou o quê?

— O estuprador da menina.

Longa pausa.

— Você está brincando com a gente, Valentin?

— O que você acha, agente Zachrisson?

— O que faz você pensar que esse é o meu nome?

— Snarliveien, 41. Certo?

Nova pausa. Nova risada e a voz de Valentin:

— Não gostou, é assim que se diz. Comeu e...

— Como ficou sabendo do estupro?

— Isso aqui é uma prisão para pervertidos, policial. Você acha que o pessoal fala sobre o quê? Obrigado por compartilhar, é assim que a gente diz. É claro que ele achou que não estava revelando muita coisa, mas eu leio o jornal e me lembro bem daquele caso.

— Então, quem foi, Valentin?

— Então, quando será, Zachrisson?

— Quando será?

— Quando será que vou sair daqui se eu dedurar ele?

Katrine teve vontade de avançar a gravação, de pular as repetidas pausas.

— Volto já.

Uma cadeira arranhou o chão. Uma porta se fechou suavemente.

Katrine aguardou. Ouviu a respiração do homem. E notou algo estranho. Ela estava com dificuldade para respirar. Era como se ele absorvesse todo o ar da sala pelos alto-falantes.

O policial não havia se ausentado mais do que dois minutos, mas pareceu meia hora.

— Tudo bem — disse ele, e a cadeira arranhou o chão outra vez.

— Foi rápido. E minha pena será reduzida em quanto tempo?

— Você sabe que não somos nós que cuidamos da redução da pena, Valentin. Mas vamos conversar com um juiz, está bem? Então, qual é o seu álibi e quem estuprou a menina?

— Eu fiquei em casa a noite inteira. Estava com minha senhoria, e, a não ser que ela tenha ficado com Alzheimer, ela vai confirmar isso.

— Por que você lembra...

— Tenho mania de me lembrar de datas de estupros. Quando vocês não encontram o felizardo de imediato, sei que mais cedo ou mais tarde vão vir perguntar onde eu estava.

— Bem. E agora a pergunta que vale um milhão de coroas. Quem foi?

A resposta foi pronunciada devagar e com dicção exagerada.

— Ju-das Jo-han-sen. Um velho conhecido da polícia, como dizem.

— Judas Johansen?

— Você trabalha no Departamento de Crimes Sexuais e não conhece um estuprador tão notório, Zachrisson?

O som de pés sendo arrastados.

— O que faz você pensar que não conheço o nome?

— Seu olhar está vazio feito o universo, Zachrisson. Johansen é o estuprador mais talentoso desde... Bem, desde mim. E ele tem um assassino dentro de si. Ele não sabe disso ainda, mas é só uma questão de tempo antes que ele desperte, pode crer.

Katrine pensou ter ouvido o clique da mandíbula do policial quando ele ficou boquiaberto. Ela escutou com atenção o silêncio crepitante. Imaginou o pulso do policial disparando, o suor brotando da testa enquanto ele tentava conter o entusiasmo e o nervosismo ao perceber que estava prestes a viver aquele momento, o da grande virada, o de sua grande façanha como investigador.

— On-ond... — gaguejou Zachrisson, mas foi interrompido por um som uivante que estrondeou pelos alto-falantes, e demorou um pouco para Katrine entender que se tratava de uma gargalhada. A gargalhada de Valentin. Depois de um tempo, os uivos penetrantes se tornaram soluços.

— Estou brincando com você, Zachrisson. Judas Johansen é gay. Ele está na cela ao lado.

— O quê?

— Você quer escutar uma história que é mais interessante do que a que você me contou? Judas transou com um jovem, e eles foram pegos em flagrante pela mãe. Infelizmente para Judas, o menino ainda não tinha saído do armário, e a família era rica e conservadora. Então eles denunciaram Judas por estupro. Judas, que nunca fez mal a uma mosca. Ou será que é outro inseto? Mosca, barata. Barata. Mosca. De qualquer forma, o que você acha de retomar esse caso se receber mais informações? Posso te dar algumas dicas sobre as coisas em que aquele moleque se envolveu depois disso. Minha pena seria reduzida, correto?

O som dos pés da cadeira raspando no chão. O estrondo dela sendo derrubada. Um clique e silêncio. O gravador foi desligado.

Katrine ficou sentada, olhando para o monitor do computador. Percebeu que a escuridão já caíra lá fora. As cabeças de bacalhau estavam frias.

— Isso mesmo — disse Anton Mittet. — Ele *falou*.

Anton Mittet estava no corredor com o telefone ao ouvido enquanto conferia os crachás dos dois médicos que tinham acabado de chegar. Seus rostos mostravam uma mistura de surpresa e irritação. Com certeza se lembrava deles, não?

Anton acenou para que passassem, e eles se apressaram a entrar no quarto do paciente.

— Mas o que ele disse? — perguntou Gunnar Hagen ao telefone.

— Ela só o escutou murmurar alguma coisa, não exatamente o quê.

— Ele está acordado agora?

— Não, foi só o murmúrio, aí ele voltou a dormir outra vez. Mas os médicos dizem que agora ele pode acordar a qualquer momento.

— Está bem — disse Hagen. — Por favor, me mantenha informado. Pode ligar a qualquer hora. Qualquer hora.

— Certo.

— Muito bem. Muito bem. Por sinal, o hospital também tem ordens de me informar sobre qualquer avanço, mas... Bem, eles têm as próprias preocupações.

— Claro.

— Não é mesmo?

— É.

— Pois é.

Anton prestou atenção ao silêncio. Será que Gunnar Hagen queria dizer alguma coisa?

O chefe da Divisão de Homicídios desligou.

9

Katrine pousou no Gardermoen às nove e meia da manhã e embarcou no trem expresso do aeroporto que atravessava a cidade de Oslo. Mais especificamente, que passava por baixo da cidade de Oslo. Ela já havia morado ali, mas os poucos vislumbres que teve da cidade não evocaram qualquer sentimento. Uma silhueta tímida. Colinas baixas, delicadas, suavizadas pela neve, uma paisagem domesticada. Nos assentos do trem, rostos fechados, inexpressivos, nada dos diálogos espontâneos e fúteis entre estranhos com que ela estava acostumada em Bergen. Então houve mais uma falha de sinal em um dos trechos ferroviários mais caros do mundo, e eles ficaram parados na escuridão de um dos túneis.

Como justificativa para sua viagem até Oslo, ela alegou que em seu próprio distrito policial, o de Hordaland, havia três registros de estupro não solucionados que tinham certas semelhanças com os casos que possivelmente eram obra de Valentin Gjertsen. Ela argumentou que, se conseguissem ligar esses casos a Valentin, isso poderia ajudar de alguma forma a Kripos e o Distrito Policial de Oslo na investigação dos assassinatos dos policiais.

— E por que não podemos deixar a polícia de Oslo fazer isso por conta própria? — perguntara Knut Müller-Nilsen, chefe da Divisão de Homicídios da polícia de Bergen.

— Porque eles têm um percentual de solução de 20,8 por cento, e o nosso é de 41,1 por cento.

Müller-Nilsen soltou uma gargalhada, e Katrine sabia que a passagem aérea estava garantida.

O trem pôs-se em movimento novamente com um solavanco, e o vagão foi tomado por suspiros: alívio, irritação, frustração. Ela desembarcou em Sandvika e de lá pegou um táxi para Eiksmarka.

O veículo parou em frente à Jøssingveien, 33. Ela saiu do carro, pisando na neve encharcada e cinzenta. Fora a cerca alta em torno do edifício vermelho de alvenaria, pouca coisa revelava que a Penitenciária e Casa de Detenção de Ila abrigava alguns dos piores assassinos, traficantes e estupradores do país. Entre outros. Os estatutos da prisão alegavam que se tratava de um estabelecimento penitenciário nacional para presidiários do sexo masculino com "necessidade de assistência especial".

Assistência para não fugir, pensou Katrine. Assistência para não mutilar outro preso. Assistência para realizar aquilo que, na opinião insondável dos sociólogos e criminologistas, seria um desejo compartilhado por todos os seres humanos: o de se tornarem bons, de contribuírem para o grupo, de se ajustarem à sociedade lá fora.

Katrine já havia ficado internada numa ala psiquiátrica em Bergen por tempo suficiente para saber que até os loucos, mesmo aqueles que não tinham cometido crimes, não tinham qualquer interesse no bem--estar da sociedade e não conheciam outra comunhão a não ser aquela que estabeleceram consigo mesmos e seus demônios. Além disso, eles só queriam ser deixados em paz. O que nem sempre significava deixar os outros em paz.

Ela passou pelas comportas de segurança, mostrou sua identidade e a carta que tinha recebido por e-mail autorizando sua visita e foi conduzida para a área interna.

O agente penitenciário que a aguardava estava de pé, com as pernas afastadas, os braços cruzados e as chaves a chacoalhar. Exagerava um pouco na presunção e na autoconfiança simulada porque a visitante era uma policial, uma brâmane da lei e da ordem pública, que sempre recebia tratamento especial de agentes penitenciários, guardas de segurança e até de guardas de trânsito.

Katrine fez o que sempre fazia nesses casos: era ainda mais educada e gentil do que sua natureza pedia.

— Bem-vinda ao esgoto — disse o agente penitenciário; uma frase que Katrine tinha quase certeza absoluta de que ele não usava diante de visitantes comuns, mas que preparara bem antes, uma frase que continha a dose certa de humor negro e cinismo realista.

Na verdade, a metáfora até que não era ruim, pensou Katrine enquanto percorriam os corredores da prisão. Ou deveria chamar aquele lugar de intestino do sistema? O lugar onde a digestão da lei decompunha seus indivíduos condenados, transformando-os numa massa marrom e fedorenta, que, em algum momento, teria de ser expelida outra vez. Todas as portas estavam fechadas, os corredores, vazios.

— A ala dos pervertidos — disse o agente penitenciário e destrancou mais uma porta de ferro no fim do corredor.

— Quer dizer que eles têm uma ala própria?

— Isso mesmo. Com os molestadores reunidos em um só lugar, há menos chances de os vizinhos acabarem com eles.

— Acabarem com eles? — disse Katrine com surpresa simulada, fingindo que não sabia.

— Pois é, os molestadores são tão odiados aqui quanto lá fora. Senão mais. E temos assassinos aqui que não conseguem controlar seus impulsos tanto quanto eu e você. Então, em um dia ruim... — Num gesto teatral, ele passou a chave que estava segurando sobre a garganta.

— São *assassinados*? — exclamou Katrine com um tom de voz escandalizado, perguntando-se por um momento se tinha exagerado na atuação. Mas o agente penitenciário não pareceu se incomodar.

— Bem, talvez não assassinados. Mas eles apanham. Sempre tem um monte de pervertidos na enfermaria com braços e pernas quebrados. Dizem que caíram na escada ou escorregaram no chuveiro. Nem têm coragem de dedurar os agressores, entende? — O segurança trancou a porta atrás deles e inspirou. — Está sentindo o cheiro? É esperma no radiador quente. Seca imediatamente. O cheiro meio que fica impregnado no metal e é impossível de tirar. Parece carne humana queimada, não é?

— Homúnculo — disse Katrine, inspirando. Só sentiu o cheiro de paredes recém-pintadas.

— Como?

— No século XVII, acreditava-se que o esperma continha pessoas minúsculas — disse ela. Viu o olhar carrancudo do agente e percebeu que foi um erro, que ela deveria apenas ter se fingido de chocada. — Então — apressou-se a dizer —, Valentin estava seguro aqui, junto com outros da sua laia?

O agente meneou a cabeça.

— Espalharam um boato de que ele estuprou as meninas em Maridalen e Tryvann. O tratamento é diferente com presidiários que abusaram de menores de idade. Até um estuprador notório odeia um fodedor de criancinhas.

Katrine estremeceu. Dessa vez não foi uma simulação. Foi mais por causa da naturalidade com que ele falou aquilo.

— Então Valentin levou uma surra?

— Pode ter certeza.

— E esse boato, alguma ideia de onde surgiu?

— Sim — respondeu o guarda enquanto destrancava a próxima porta. — De vocês.

— De nós? Da polícia?

— Um cara da polícia veio aqui e fingiu interrogar os presidiários sobre os dois casos. Mas, pelo que ouvi, ele falava mais do que perguntava.

Katrine entendeu. Tinha ouvido comentários sobre isso: nos casos em que a polícia tinha certeza de que um preso era culpado de ter abusado sexualmente de uma criança, mas não conseguia provar, eles tomavam as providências para que ele recebesse seu castigo de outra forma. Era só informar aos prisioneiros certos. Aqueles com mais poder. Ou que não conseguiam controlar seus impulsos.

— E vocês aceitaram isso?

O agente penitenciário deu de ombros.

— O que nós, carcereiros, podemos fazer? — E acrescentou em voz baixa: — Nesse caso específico, talvez a gente nem tivesse nada contra...

Passaram por uma sala de convivência.

— O que você quer dizer?

— Valentin Gjertsen era um doente. Era simplesmente mau. O tipo de pessoa que você quer saber por que Deus colocou na Terra. Tínhamos uma agente aqui que ele...

— Olá, olha só o que temos aqui.

A voz era suave, e Katrine se virou automaticamente para a esquerda. Dois homens estavam ao lado de um alvo de dardos. Ela viu o olhar sorridente daquele que tinha falado, um homem franzino, 30 e tantos anos, talvez. Os últimos fios de cabelo loiro que lhe restavam tinham sido penteados para trás sobre um couro cabeludo vermelho. Alguma doença de pele, pensou Katrine. Ou talvez tivessem bronzeamento artificial ali, já que precisavam de assistência especial.

— Achei que nunca fosse ver uma coisa dessas por aqui — continuou o homem. Ele tirou os dardos lentamente do alvo enquanto mantinha os olhos fixos nela. Pegou um dos dardos e atirou-o no centro do alvo, vermelho como sangue. Arreganhou os dentes enquanto retorcia o dardo para retirá-lo. Fez sons estranhos com a boca. O outro homem não riu do jeito que Katrine havia esperado. Em vez disso, ele olhou para seu parceiro de jogo com uma expressão preocupada.

O agente pegou o braço de Katrine de leve para afastá-la, mas ela se soltou, enquanto o cérebro dava voltas a toda a velocidade em busca de um revide. Ela rejeitou as réplicas óbvias sobre dardos e o tamanho do órgão sexual.

— Que tal diminuir a quantidade de soda cáustica no tônico capilar?

Ela apertou o passo, ciente de que, se não havia acertado na mosca, tinha sido por pouco. O rosto do homem ficou vermelho antes de ele abrir um sorriso ainda maior e bater uma espécie de continência.

— Valentin conversava com alguém? — perguntou Katrine enquanto o guarda destrancava a porta da cela.

— Jonas Johansen.

— É o tal de Judas?

— Esse mesmo. Estava cumprindo pena por estuprar um homem. Realmente não há muitos desse tipo.

— Onde ele está agora?

— Ele fugiu.

— Como?

— Não sabemos.

— Não sabem?

— Escuta, tem um monte de gente ruim aqui, mas não somos uma prisão de segurança máxima como Ullersmo. Além do mais, nesta ala, temos presos com penas reduzidas. Havia vários atenuantes na sentença de Judas. E Valentin estava preso apenas por tentativa de estupro. Os estupradores em série ficam em outros presídios. Por isso, não gastamos recursos para vigiar os presos desta ala. Fazemos a contagem toda manhã, e raras vezes acontece de faltar alguém, e então todos precisam entrar nas celas para que a gente possa descobrir quem está faltando. Mas, se o número bater, tudo continua na mesma. Enfim, descobrimos que Judas Johansen tinha sumido e notificamos a polícia. Não pensei muito mais nisso, porque logo depois já estávamos atolados por causa do outro caso.

— Você quer dizer...?

— Sim. O homicídio de Valentin.

— Quer dizer que Judas não estava aqui quando isso aconteceu?

— Correto.

— Quem pode ter matado Valentin, na sua opinião?

— Não sei.

Katrine fez um gesto de compreensão. A resposta tinha saído um pouco automática demais, um pouco rápida demais.

— Isso não vai ser comentado com ninguém, prometo. Estou perguntando quem você *acha* que matou Valentin?

O agente respirou fundo, e seus olhos perscrutaram Katrine. Como se ele quisesse verificar que não havia nada ali que tinha lhe escapado na primeira inspeção.

— Muitos aqui odiavam Valentin e morriam de medo dele. Talvez alguns tivessem se dado conta de que era ou ele ou eles... Valentin tinha sede de vingança. Quem o matou devia estar sentindo um ódio insano. Ele estava... como posso falar? — Katrine viu o pomo de adão do agente subir e descer acima da gola do uniforme. — O corpo era como uma massa de gelatina, nunca vi nada igual.

— Foi espancado com algum instrumento arredondado, talvez?

— Não sei nada sobre essas coisas, mas ele pelo menos foi espancado até ficar irreconhecível. O rosto era apenas uma polpa. Se não fosse a tatuagem horrível no peito, não sei se a gente teria sido capaz de identificá-lo. Não sou um cara muito sensível, mas devo admitir que tive pesadelos com aquilo.

— Que tipo de tatuagem era?

— Que *tipo*?

— É, que... — Katrine percebeu que estava prestes a se afastar do papel de policial amigável e fez um esforço para esconder a irritação. — Como era a tatuagem?

— Bem, quem sabe? Era um rosto. Assustador pra caramba também. Tipo esticado para os lados. Como se estivesse preso e tentasse se libertar.

Katrine fez um gesto lento com a cabeça.

— Querendo sair do corpo dentro do qual está preso.

— Isso. Isso mesmo. Você conhece...?

— Não — disse Katrine. Mas conheço a sensação, pensou. — E vocês não acharam Judas, então?

— *Vocês* não acharam Judas.

— Tudo bem. Na sua opinião, por que *nós* não achamos Judas?

O agente deu de ombros.

— E eu lá vou saber? Mas entendo que alguém como ele não seja prioridade para vocês. Como eu já disse, havia circunstâncias atenuantes, e o risco de reincidência era mínimo. De fato, ele tinha cumprido quase toda a pena, mas o idiota deve ter sido vítima da febre.

Katrine fez que sim. A febre pré-soltura. Aquela que se instalava quando a data se aproximava, quando o preso começava a pensar na liberdade, e, de repente, parecia insuportável passar um único dia atrás das grades.

— Tem mais alguém aqui que pode falar sobre Valentin?

O agente fez que não com a cabeça.

— Com exceção de Judas, ninguém mais queria papo com ele. Porra, ele assustava as pessoas. Era como se o ar ficasse mais pesado quando ele aparecia.

Katrine fez mais perguntas até entender que só estava ali tentando justificar seu tempo e o valor da passagem aérea.

— Você tinha começado a contar algo sobre Valentin, algo que ele fez — disse ela.

— É mesmo? — disse ele com pressa, e olhou para o relógio. — Nossa. Eu preciso...

Quando voltaram, eles passaram pela sala de convivência novamente, e Katrine viu apenas o homem magro com a cabeça vermelha. Ele estava em pé, com os braços caídos, olhando para o alvo vazio. Os dardos não estavam ali. Ele se virou lentamente, e Katrine não conseguiu deixar de encará-lo. O sorriso tinha sumido, e os olhos estavam apagados e cinzentos como águas-vivas.

Ele gritou alguma coisa. Cinco palavras, que ele repetiu em seguida. Em voz alta e estridente, como uma ave alertando sobre o perigo. Depois riu.

— Não se preocupe com ele — disse o agente.

A risada atrás deles se tornou mais distante conforme caminhavam depressa pelos corredores.

Enfim ela estava do lado de fora, inspirando o ar frio e úmido.

Ela pegou o telefone, desligou o gravador que tinha ficado ligado durante sua visita e telefonou para Beate.

— Estou saindo de Ila — avisou. — Tem tempo agora?

— Vou ligar a cafeteira.

— Ah, você não tem...

— Você é policial, Katrine. Você toma café de máquina, ok?

— Escuta, eu costumo comer no Café Sara, na Torggata, e você precisa sair desse seu laboratório. Vamos almoçar. Eu pago.

— Você vai pagar, sim.

— O quê?

— Achei ela.

— Quem?

— Irja Jacobsen. Ela está viva. Pelo menos se formos rápidas.

Elas combinaram de se encontrar dentro de quarenta e cinco minutos e desligaram. Enquanto esperava o táxi, Katrine deu play na gravação. Avançou até o fim e ouviu o grito repetitivo de alerta do Cabeça Vermelha:

— Valentin está vivo. Valentin mata. Valentin está vivo. Valentin mata.

— Ele acordou hoje de manhã — disse Anton Mittet enquanto ele e Gunnar Hagen se apressavam pelo corredor.

Silje se levantou da cadeira assim que os viu chegar.

— Você pode ir para casa agora, Silje — disse Anton. — Eu assumo daqui.

— Mas seu plantão só começa daqui a uma hora.

— Já disse que pode ir embora. Tire uma folga.

Ela olhou para Anton com ar avaliador. Depois, para o outro homem.

— Gunnar Hagen — apresentou-se ele, estendendo a mão. — Chefe da Divisão de Homicídios.

— Sei quem você é — disse ela, e pegou sua mão. — Silje Gravseng. Espero poder trabalhar para você um dia.

— Muito bem — respondeu ele. — Você pode começar fazendo o que Anton diz.

Ela fez que sim para Hagen.

— É o seu nome que consta em minha ordem de serviço, então, obviamente...

Anton a viu juntar as coisas na bolsa.

— Por sinal, é meu último dia de estágio — disse ela. — Agora preciso começar a pensar nas provas finais.

— Silje é uma aspirante — explicou Anton.

— Hoje em dia se chama estudante da Academia de Polícia — corrigiu Silje. — Tenho uma dúvida, inspetor-chefe.

— Pois não? — respondeu Hagen, dando um sorriso torto por causa de seus modos cerimoniosos.

— Aquele detetive lendário que trabalhou para você, Harry Hole. Dizem que ele não pisou na bola uma única vez. Que ele solucionou todos os homicídios que investigou. É verdade?

Anton pigarreou para adverti-la e olhou para Silje, mas ela o ignorou. O sorriso torto de Hagen tornou-se amplo.

— Em primeiro lugar, é possível ter casos não solucionados na consciência sem que isso signifique que você *pisou na bola*. Não é?

Silje Gravseng não respondeu.

— Quanto a Harry e casos não solucionados... — Ele esfregou o queixo. — Bem, acho que as pessoas têm razão. Mas depende do seu ponto de vista.

— Ponto de vista?

— Ele veio de Hong Kong para investigar um homicídio pelo qual o enteado dele havia sido preso. E, embora tenha conseguido a soltura de Oleg e a confissão de outra pessoa, o assassinato de Gusto Hanssen nunca foi solucionado de verdade. Pelo menos não oficialmente.

— Obrigada — disse Silje e deu um breve sorriso.

— Boa sorte com a carreira — respondeu Gunnar Hagen.

Ele ficou parado, vendo-a se afastar no corredor. Não porque os homens sempre gostam de olhar para uma jovem bonita, mas para adiar por mais alguns segundos o que estava por vir, pensou Anton. Ele tinha percebido o nervosismo do chefe da Divisão de Homicídios. Hagen então se virou para a porta fechada. Abotoou a jaqueta. Balançou para a frente e para trás sobre os calcanhares, como um jogador de tênis que aguarda a jogada do adversário.

— Vou entrar então.

— Faça isso — disse Anton. — Eu fico vigiando aqui.

— Isso — disse Hagen. — Isso.

No meio do almoço, Beate perguntou a Katrine se ela e Harry chegaram a fazer sexo há alguns anos atrás.

Inicialmente, Beate havia explicado como um dos policiais infiltrados reconheceu a foto da mulher dos falsos testemunhos, Irja Jacobsen. Ele contou que ela passava a maior parte do tempo em casa, numa pensão perto de Alexander Kiellands, que era mantida sob vigilância por ser um ponto de venda de anfetamina. Mas a polícia não tinha grande interesse nela; ela não vendia drogas. Na pior das hipóteses, era cliente.

Depois, o assunto mudou para a situação atual no trabalho e na vida particular e, finalmente, para os bons e velhos tempos. Por educação, Katrine protestou quando Beate alegou que, naquela época, ela causava torcicolo em metade da Divisão de Homicídios. Ao mesmo tempo, a policial de Bergen pensou que essa era a maneira que as mulheres encontravam de colocar as outras em seu devido lugar, frisando como elas *foram* bonitas um dia. Especialmente aquelas que nunca foram grandes beldades. Contudo, apesar de a própria Beate jamais ter causado torcicolo em alguém, ela tampouco fazia o tipo venenoso. Era quieta, tímida, trabalhadora, leal, uma pessoa que jogava limpo. Mas algo obviamente tinha mudado. Talvez fosse aquela taça de vinho branco que as duas se permitiram. Pelo menos antes dela, Beate não tinha o costume de fazer perguntas pessoais tão diretas.

De qualquer forma, Katrine sentia-se feliz por sua boca estar cheia de pão sírio, de forma que lhe restou apenas fazer que não com a cabeça.

— Mas tudo bem — disse ela, depois de ter engolido. — Admito que isso me passou pela cabeça. Harry chegou a comentar alguma coisa?

— Harry me contava quase tudo — disse Beate, e levantou a taça de vinho para dar o último gole. — Só queria saber se ele estava mentindo quando negou que você e ele...

Katrine fez um gesto para pedir a conta.

— Por que você achou que a gente havia tido um caso?

— Reparei no jeito como vocês olhavam um para o outro. Ouvi como falavam um com o outro.

— Eu e Harry *brigávamos*, Beate!

— Exatamente.

Katrine riu.

— E vocês dois?

— Harry e eu? Imagina! Muito amigo. Aí, eu comecei a namorar Halvorsen...

Katrine assentiu. O parceiro de Harry, um jovem investigador de Steinkjer, o pai do filho de Beate, morto em serviço.

Pausa.

— O que é isso?

Katrine deu de ombros. Pegou o telefone e tocou a última parte da gravação.

— Há muita gente louca em Ila — disse Beate.

— Eu já fiquei internada num hospital psiquiátrico, então sei o que esperar — comentou Katrine. — Mas fico me perguntando como ele soube que eu estava ali por causa de Valentin.

Anton Mittet estava sentado na cadeira e percebeu que Mona se aproximava. Gostou do que viu. Pensou que talvez fosse uma das últimas vezes.

Ela estava sorrindo já de longe. Vinha em sua direção. Anton reparou como ela colocava um pé na frente do outro, como se estivesse andando sobre uma corda bamba. Talvez fosse simplesmente seu jeito de andar. Ou ela andava assim por sua causa. E então ela chegou e olhou para trás em um gesto automático, a fim de verificar que não havia ninguém ali. Passou a mão pelo cabelo dele. Ele ficou sentado, envolveu as coxas dela com os braços e ergueu a vista para a enfermeira.

— E aí? — disse ele. — Ficou com esse plantão também?

— Sim — respondeu ela. — Perdemos Altman, ele foi mandado de volta para a unidade de oncologia.

— Então vamos vê-la com mais frequência.

Anton sorriu.

— Não tenha tanta certeza disso. Pelo visto, os exames mostram que o paciente está se recuperando bem rápido.

— Mas a gente vai se encontrar de qualquer jeito.

Ele fez o comentário em tom de brincadeira. Mas não era brincadeira. E ela devia saber. Será que foi por isso que Mona se enrijeceu, que seu sorriso se transformou numa careta e que ela se desvencilhou dos braços dele e olhou novamente para trás, como se demonstrasse preocupação com o fato de que alguém poderia vê-los juntos?

— O chefe da Divisão de Homicídios está lá dentro com ele agora.

— O que ele está fazendo lá?

— Está falando com o paciente.

— Sobre o quê?

— Não posso falar — disse Anton, em vez de responder "não sei". Meu Deus, como ele era ridículo.

No mesmo instante, a porta se abriu, e Gunnar Hagen saiu do quarto. Seu olhar foi de Mona para Anton, de Anton para Mona. Como se eles tivessem mensagens codificadas grafadas no rosto. Mona, pelo menos, tinha uma demão de tinta vermelha ao passar depressa pela porta atrás de Hagen.

— E então? — perguntou Anton, tentando parecer impassível. No mesmo instante, percebeu que o olhar de Hagen não era o de alguém que havia compreendido tudo, mas sim o de alguém que não tinha entendido nada. Ele fitou Anton como se fosse um alienígena; era o olhar confuso de um homem cujas concepções de mundo haviam acabado de virar do avesso.

— Aquele homem lá dentro... — disse Hagen, e apontou para trás com o polegar. — Você vai ficar de olho nele, Anton. Está me ouvindo? Vai ficar de olho nele.

Anton viu Hagen se afastar a passos rápidos pelo corredor, repetindo as últimas palavras para si mesmo num tom exaltado.

10

Ao ver o rosto no vão da porta, Katrine primeiro pensou que tinha ido ao lugar errado, que a mulher velha de cabelos grisalhos e rosto abatido não tinha como ser Irja Jacobsen.

— O que vocês querem? — perguntou ela, olhando para as duas com desconfiança.

— Eu telefonei hoje mais cedo — disse Beate. — A gente queria falar sobre Valentin.

A mulher bateu a porta.

Beate esperou um pouco até ouvir o som de passos arrastados se afastando dentro do apartamento. Então girou a maçaneta e abriu a porta novamente.

Roupas e sacos plásticos estavam pendurados em ganchos no corredor. Sempre sacos plásticos. Por que será que os viciados sempre viviam cheios de sacos plásticos?, pensou Katrine. Por que insistiam em armazenar, proteger, transportar tudo que possuíam dentro da embalagem mais frágil e menos confiável possível? Por que roubavam lambretas, cabideiros e jogos de chá, qualquer coisa, mas nunca artigos como malas e bolsas?

O apartamento estava sujo, embora não estivesse tão deplorável quanto a maioria dos antros de viciados que ela já tinha visto. Talvez Irja, a mulher da casa, cuidasse de impor certos limites e da limpeza pessoalmente. Pois Katrine imediatamente tirou a conclusão de que ela era a única mulher ali. Ela seguiu Beate até a sala. Num divã velho, mas inteiro, um indivíduo do sexo masculino estava dormindo. Sem dúvida, chapado. O lugar cheirava a suor, cigarro, madeira impregnada de cerveja e um odor adocicado que

Katrine não conseguiu, nem quis, identificar. Ao longo da parede, amontoava-se o estoque de coisas roubadas; pilhas e mais pilhas de pranchas de surfe infantis, todas embaladas em plástico transparente e estampadas com o mesmo tubarão branco de boca aberta e a mesma marca preta de dentada na ponta, criando a ilusão de que o tubarão tinha dado uma mordida na prancha. Só Deus sabia como eles conseguiriam vender aquilo.

Beate e Katrine passaram para a cozinha, onde Irja estava sentada à mesa diminuta enrolando um cigarro. A mesa estava coberta por uma toalha pequena, e no parapeito havia um açucareiro com flores de plástico.

Katrine e Beate se sentaram do outro lado da mesa.

— Não param nunca — disse Irja, fazendo um gesto em direção a Uelands, a rua movimentada lá fora. Sua voz tinha a rouquidão que Katrine esperava depois de ter visto o apartamento e o rosto da mulher já idosa aos 30 e poucos anos. — Sempre em movimento. Aonde será que todos estão indo?

— Para casa — sugeriu Beate. — Ou estão saindo de casa.

Irja deu de ombros

— Você também saiu de casa, né? — perguntou Katrine. — O endereço que consta do Registro Civil...

— Vendi minha casa — respondeu Irja. — Eu a recebi de herança, mas era grande demais. Era... — Ela pôs a língua seca e esbranquiçada para fora e passou-a pelo papel de fumo enquanto Katrine concluía a frase mentalmente: "... tentador demais ter o dinheiro da venda da casa quando não restaram outros meios de financiar o vício."

— ... cheia de lembranças ruins.

— Que tipo de lembranças? — perguntou Beate, e Katrine estremeceu. Beate era perita criminal, não especialista em interrogatórios, e agora estava abrindo muito o leque, querendo saber de uma só vez de todos os acontecimentos trágicos da vida de Irja. E ninguém relataria isso com mais detalhes do que um viciado cheio de autocomiseração.

— Valentin.

Katrine se endireitou na cadeira. Talvez Beate soubesse o que estava fazendo, afinal de contas.

— O que ele fez?

Irja deu de ombros outra vez.

— Ele alugou o apartamento no porão. Ele... estava lá.

— Estava lá?

— Vocês não conhecem Valentin. Ele é diferente. Ele... — Ela tentou acender o isqueiro, que fez um clique, mas a chama não apareceu. — Ele... — Ela tentou acendê-lo repetidas vezes.

— Ele era louco? — sugeriu Katrine, impaciente.

— Não!

Irja arremessou o isqueiro com raiva.

Katrine se xingou mentalmente. Agora, a amadora era ela, fazendo aquele tipo de pergunta.

— Todos dizem que Valentin era louco! Isso ele *não é*! Mas ele faz algo... — Ela olhou pela janela para a rua lá embaixo. Baixou a voz. — Ele faz algo com o ar. E isso assusta as pessoas.

— Ele batia em você? — perguntou Beate.

Novamente uma pergunta sugestiva. Katrine tentou fazer contato visual com Beate.

— Não — disse Irja. — Ele não batia em mim. Ele me estrangulava. Se eu o contradissesse. Ele era tão forte que só precisava usar uma das mãos para segurar meu pescoço e apertá-lo. Ele ficava com a mão ali até tudo girar, e era impossível tirá-la.

Katrine pressupôs que o sorriso que se espalhou no rosto de Irja era uma espécie de humor mórbido. Até que a mulher continuou:

— E o mais estranho era que aquilo me dava um barato. E me deixava excitada.

Katrine fez uma careta involuntária. Ela tinha lido que a falta de oxigênio no cérebro poderia causar esse efeito em algumas pessoas, mas mesmo com um criminoso sexual?

— E aí vocês faziam sexo? — perguntou Beate, abaixando-se para pegar o isqueiro do chão. Acendeu-o e segurou-o diante de Irja, que se apressou a pôr o cigarro entre os lábios, inclinou-se para a frente, acendeu-o na chama instável e tragou-o. Ela soltou a fumaça, se recostou na cadeira e pareceu implodir, como se seu corpo fosse um saco que o cigarro tinha acabado de perfurar.

— Nem sempre ele queria transar — disse Irja. — Aí ele saía. Enquanto eu ficava esperando, torcendo para que ele voltasse logo.

Katrine teve de fazer um esforço para não demonstrar seu desprezo.

— O que ele fazia fora?

— Não sei. Ele não dizia nada, e eu... — Mais uma vez, aquele dar de ombros. Aquela era a forma como Irja encarava a vida, pensou Katrine. A resignação como analgésico. — ... Acho que eu não queria saber, talvez.

Beate pigarreou.

— Você deu a ele um álibi para as duas noites em que as meninas foram mortas. Maridalen e...

— É, é, blá-blá-blá — interrompeu Irja.

— Mas ele não estava em casa com você, como disse nos interrogatórios, estava?

— Porra, não vou me lembrar disso. Recebi ordens, entendeu?

— Ordens de fazer o quê?

— Valentin disse na noite que passamos juntos... Você sabe, na primeira noite... Que a polícia iria me fazer esse tipo de pergunta toda vez que uma pessoa fosse estuprada, só porque ele tinha sido suspeito num caso e eles não conseguiram condená-lo. E, se ele não tivesse álibi, a polícia iria tentar outras condenações, apesar de ele ser inocente. Valentin disse que a polícia costuma fazer isso com gente que, na opinião deles, escapou impune de outros casos. Então eu precisava jurar que ele estava em casa, independentemente da data e do horário que eles falassem. Ele disse que isso nos livraria de um monte de encrenca e perda de tempo. Eu achei que fazia sentido.

— E você realmente pensou que ele fosse inocente de todos esses estupros? — perguntou Katrine. — Mesmo sabendo que ele já havia estuprado uma pessoa antes?

— Eu não sabia de porra nenhuma! — gritou Irja, e elas ouviram um grunhido baixo vindo da sala. — Eu não sabia de nada!

Katrine estava prestes a pressioná-la quando sentiu a mão de Beate apertar seu joelho embaixo da mesa.

— Irja — disse Beate com a voz meiga. — Se você não sabia de nada, por que quer falar com a gente agora?

Irja olhou para Beate enquanto pegava fiapos imaginários de fumo da ponta da língua branca. Refletiu. Tomou a decisão.

— Ele foi condenado, não foi? Por tentativa de estupro, né? E, enquanto eu limpava o apartamento para alugar para outra pessoa, achei umas... umas... — Era como se a voz dela tivesse esbarrado em uma parede e não fosse capaz de seguir em frente. — Umas... — As lágrimas brotaram de seus olhos grandes injetados de sangue. — Umas fotos.

— Que fotos?

Irja soluçou.

— Moças. Meninas, garotinhas. Amarradas, e com uma coisa na boca...

— Pedaço de pano? Mordaça?

— Isso, estavam amordaçadas. Elas estavam sentadas em cadeiras ou camas. Dava para ver que tinha sangue no lençol.

— E Valentin? — perguntou Beate. — Ele está nas fotos?

Irja fez que não com a cabeça.

— Isso quer dizer que elas podem ter sido montadas — disse Katrine. — Na internet, circulam falsas fotos de estupro feitas por profissionais para quem tem interesse nesse tipo de coisa.

Irja fez que não com a cabeça outra vez.

— Elas estavam apavoradas demais. Você podia ver o medo nos olhos delas. Eu... reconheci aquele medo, era o mesmo de quando Valentin ia... queria...

— O que Katrine está dizendo é que talvez Valentin não tenha tirado essas fotos.

— Os sapatos.

Irja soluçou.

— O quê?

— Valentin tinha aqueles sapatos compridos e pontudos de caubói com fivela na lateral. Em uma das fotos, dá para ver os sapatos no chão do lado da cama. E aí eu percebi que poderia ser verdade. Que ele realmente poderia ser um estuprador, como diziam. Mas isso não era o pior...

— Não?

— Nas fotos era possível ver o papel de parede atrás da cama. E era aquele papel de parede, o mesmo desenho. A foto foi tirada no apartamento do porão. Na cama onde ele e eu tínhamos... — Ela fechou os olhos com força, liberando duas gotículas de água.

— Então, o que você fez? — perguntou Katrine.

— O que você acha? — vociferou Irja, e passou o antebraço pelo nariz escorrendo. — Procurei vocês! Vocês, que supostamente deveriam nos proteger.

— E o que *nós* dissemos? — perguntou Katrine sem conseguir disfarçar o ressentimento.

— *Vocês* disseram que iam verificar o caso. Então foram procurar Valentin com as fotos, mas é óbvio que ele inventou uma história. Disse que tinha sido uma brincadeira voluntária, que não se lembrava dos nomes das meninas, que nunca tinha visto elas outra vez e perguntou se alguma o havia denunciado. É claro que elas não tinham feito isso, e o negócio parou por aí. Quer dizer, parou para *vocês*. Para mim, mal tinha começado...

Ela passou o nó do indicador cuidadosamente embaixo de cada olho, como se não quisesse borrar a maquiagem.

— Ah, é?

— Eles têm permissão de telefonar uma vez por semana de Ila. Recebi uma mensagem telefônica dizendo que ele queria falar comigo. Por isso fiz uma visita a ele.

Katrine não precisou ouvir o resto.

— Fiquei na sala de visitas esperando por ele. E, quando Valentin entrou na sala, ele só olhou para mim. Foi como se eu sentisse a mão no meu pescoço outra vez. Que merda, eu não conseguia respirar. Ele se sentou e falou que, se eu dissesse uma única palavra sobre os álibis a alguém, ele iria me matar. Se eu falasse com a polícia sobre qualquer coisa, não importava o quê, ele iria me matar. E, se eu pensava que ele iria ficar na cadeia por muito tempo, estava enganada. Aí ele se levantou e foi embora. E eu não tive mais dúvida. Ele iria me matar de qualquer jeito, na primeira oportunidade, porque eu sabia demais. Fui direto para casa, tranquei todas as portas e chorei de medo durante três dias. No quarto dia, uma suposta amiga me ligou pedindo dinheiro emprestado. Ela tinha o costume de fazer isso de vez em quando, porque estava viciada num tipo de heroína que tinha acabado de aparecer naquela época, uma coisa que eles mais tarde chamaram de violino. E eu tinha o costume de desligar na cara dela, mas dessa vez não fiz isso. Na noite seguinte, ela estava na minha casa me ajudando a injetar a droga. Meu Deus, como aquilo me ajudou. Violino... aquilo resolveu tudo... aquilo...

Katrine viu o brilho de uma velha paixão no olhar da mulher arruinada.

— E aí você também ficou viciada — disse Beate. — Você vendeu a casa...

— Não só pela grana — disse Irja. — Eu precisava fugir. Tinha que me esconder dele. Tudo que poderia levá-lo até mim tinha que ser eliminado.

— Você parou de usar cartão de crédito, não mandou qualquer notificação de mudança de endereço — disse Katrine. — Você nem pegou o dinheiro do seguro social.

— Claro que não.

— Nem mesmo depois da morte de Valentin.

Irja não respondeu. Não piscou. Ficou imóvel enquanto a fumaça espiralava da guimba já queimada entre os dedos amarelos de nicotina. Ela lembrava um animal capturado pelos faróis de um carro, pensou Katrine.

— Você deve ter ficado aliviada quando ouviu a notícia? — Beate sondou com delicadeza.

Irja balançou a cabeça mecanicamente, feito uma boneca.

— Ele não está morto.

Katrine imediatamente percebeu que ela estava falando sério. O que foi a primeira coisa que ela tinha dito sobre Valentin? *Vocês não conhecem Valentin, ele é diferente.* Não era. É.

— Por que acham que estou contando isso a vocês? — Irja apagou o cigarro. — Ele está chegando perto. A cada dia, posso sentir isso. Algumas manhãs eu acordo e sinto a mão dele no meu pescoço.

Katrine estava prestes a dizer que isso se chamava paranoia, a companheira inseparável de um viciado em heroína. Mas de repente ela não tinha mais tanta certeza. E, quando a voz de Irja se transformou em um sussurro fraco, quando seu olhar começou a vagar pelos cantos escuros da cozinha, Katrine também sentiu. A mão na garganta.

— Vocês precisam encontrá-lo. Por favor. Antes que ele me encontre.

Anton Mittet conferiu o relógio. Seis e meia. Ele bocejou. Mona tinha vindo dar uma olhada no paciente umas duas vezes, junto com um dos médicos. Fora isso, nada havia acontecido. Para quem ficava sentado assim, havia muito tempo para pensar. Tempo de sobra, na verdade. Pois, a certa altura, os pensamentos tinham a tendência de se tornarem negativos. Isso não seria um problema se ele pensasse em coisas que pudessem ser remediadas. Mas ele não tinha como mudar o caso de Drammen, a decisão de não informar sobre o cassetete que ele havia encontrado na floresta perto do local do crime. Ele não tinha como voltar no tempo e desdizer, desfazer as vezes em que havia magoado Laura. E ele não tinha como reverter a primeira noite com Mona. Nem a segunda.

Ele levou um susto. O que era aquilo? Um ruído? Parecia vir de um lugar distante do corredor. Ele escutou atentamente. Agora estava quieto. Mas ele tinha ouvido um barulho, e, além dos chiados regulares do monitor cardíaco no quarto do paciente, não era para ter *nenhum* ruído ali.

Anton se levantou silenciosamente, soltou a tira que prendia a coronha de sua pistola, sacou a arma. Soltou a trava. *Você vai ficar de olho nele, Anton.*

Ele esperou, mas ninguém veio. Então começou a andar devagar pelo corredor. Apertou com força a maçaneta de todas as portas no caminho, mas elas estavam trancadas, como deveriam estar. Ele dobrou o corredor, viu-o se estender a sua frente. Todo iluminado. Não havia ninguém ali. Anton parou outra vez e escutou. Nada. Não devia ter sido nada mesmo. Ele pôs a pistola de volta no coldre.

Não tinha sido nada? Tinha, sim. *Algo* tinha criado ondas no ar, que atingiram a membrana sensível de seu ouvido, fazendo-a vibrar bem pouco, mas o suficiente para que seus receptores sensoriais as captassem e mandassem os sinais para o cérebro. Era um fato. Mas poderia ter sido provocado por mil coisas. Um rato ou uma ratazana. Uma lâmpada que queimou com um estalo. A temperatura que caía a essa hora da noite e fazia o madeiramento da construção se contrair. Um pássaro que tinha voado e batido em uma das janelas.

Só agora, depois de se acalmar, Anton se deu conta de como seu pulso havia acelerado. Ele devia começar a se exercitar de novo. Entrar em forma. Restaurar seu corpo, aquilo que *ele* era de verdade.

Anton estava prestes a voltar quando lembrou que, como já estava ali, poderia aproveitar para pegar um café. Foi até a máquina vermelha de espresso, girou o cilindro com as cápsulas de café. Uma única cápsula verde com tampa brilhante caiu, e nela lia-se Fortissio Lungo. E a ideia lhe ocorreu: será que o ruído poderia ter sido de alguém entrando às escondidas para roubar o café deles? Afinal, aquele cilindro não estava cheio ontem? Ele colocou a cápsula na máquina, mas de repente notou que havia sido perfurada. Ou seja, usada. Não, não poderia ser, porque, depois de usada, a tampa ficava com aquele padrão de xadrez. Ele ligou a máquina. O zumbido começou, e no mesmo instante ele se deu conta de que, durante os próximos vinte segundos, o som iria abafar qualquer outro ruído mais baixo. Ele deu dois passos para trás a fim de não ficar muito perto do barulho.

Assim que o copinho ficou cheio, ele olhou para o café. Cor preta e consistência perfeita — a cápsula não fora usada.

No instante em que a última gota caiu da máquina dentro do copinho, ele achou que o ouviu de novo. O ruído. O mesmo ruído. Mas dessa vez vindo do outro lado, da direção do quarto do paciente. Será que ele tinha deixado alguma coisa passar despercebida no caminho? Anton transferiu o copinho de café para a mão esquerda e pegou a pistola outra vez. Fez o caminho de volta com passos longos e regulares. Tentou equilibrar o copinho de café sem olhar para ele, mas sentiu a bebida escaldante queimar a mão. Virou o corredor. Ninguém. Ele respirou fundo. Continuou até a cadeira. Fez menção de se sentar. Então gelou. Foi até a porta do paciente, abriu-a.

Era impossível vê-lo, o cobertor tampava sua visão.

Mas os sinais sonares do monitor cardíaco eram constantes, e ele pôde ver a linha que deslizava da esquerda para a direita na tela verde, dando um pulinho toda vez que havia um bipe.

Ele ia fechar a porta.

Mas algo o fez mudar de ideia.

Ele entrou, deixou a porta aberta, contornou a cama.

Olhou para o rosto do paciente.

Era ele.

Ele franziu a testa. Inclinou a cabeça em direção à boca do paciente. Será que não estava respirando?

Sim, estava sim. Sentiu o movimento do ar e o cheiro enjoativo e adocicado que provavelmente era dos remédios.

Anton Mittet saiu. Fechou a porta. Deu uma conferida no relógio. Bebeu o café. Deu outra conferida no relógio. Percebeu que estava contando os minutos. Que ele queria que esse plantão em especial acabasse logo.

— Que bom que ele aceitou falar comigo — disse Katrine.

— Aceitou? — disse o agente penitenciário. — A maioria dos caras nessa ala daria a mão direita para passar alguns minutos a sós com uma mulher. Rico Herrem é um estuprador em potencial, você tem certeza de que não quer ninguém lá dentro?

— Sei me cuidar.

— Foi o que nossa dentista disse. Mas, tudo bem, você pelo menos está de calça.

— Calça?

— Ela estava de saia e meias de náilon. Valentin sentou-se na cadeira odontológica sem a presença de um agente. Você pode imaginar...

Katrine tentou imaginar.

— Ela pagou o preço por se vestir como... Ok, já chegamos! — Ele destrancou a porta da cela e a abriu. — Estou aqui fora; se precisar, é só gritar.

— Obrigada — disse Katrine e entrou.

O homem da cabeça vermelha estava sentado à escrivaninha e se virou na cadeira.

— Bem-vinda ao meu humilde aposento.

— Obrigada — respondeu Katrine.

— Pode sentar aqui.

Rico Herrem se levantou, levou a cadeira até ela, voltou e se sentou na cama arrumada. A uma boa distância. Ela se acomodou na cadeira, ainda sentindo o calor do corpo dele no assento. O prisioneiro chegou mais para trás na cama assim que Katrine aproximou um pouco a cadeira, e ela pensou que talvez fosse um daqueles homens que, na realidade, têm medo de mulheres. Que era por isso que ele não as estuprava, mas se limitava a observá-las. A se exibir para elas. Ele telefonava e dizia todas as coisas que tinha vontade de fazer com elas, mas obviamente nunca teve coragem de pôr nada em prática. Os antecedentes criminais de Rico Herrem eram mais nojentos do que realmente assustadores.

— Você gritou que Valentin não estava morto — disse ela, inclinando-se para a frente. Ele chegou ainda mais para trás. A linguagem corporal era defensiva, mas o sorriso era o mesmo. Atrevido, cheio de ódio. Obsceno. — O que você quis dizer com isso?

— O que você acha, Katrine? — Voz nasalizada. — Que ele está vivo, claro.

— Valentin Gjertsen foi encontrado morto aqui na prisão.

— É o que todo mundo acredita. O cara ali no corredor contou o que Valentin fez com a dentista?

— Alguma coisa a ver com saia e meias de náilon. Parece que esse tipo de coisa deixa vocês bem acesos.

— No caso de Valentin, sim. E aí estou falando no sentido literal. Ela costumava vir aqui dois dias por semana. Muita gente reclamava de dor de dente naquela época. Valentin usou uma daquelas brocas para forçá-la a tirar a meia de náilon e enfiá-la na cabeça. Ele fodeu a dentista na cadeira odontológica. Mas, como ele disse depois, "ela só ficou ali, feito um animal abatido". Ela não devia ter recebido instruções sobre como se comportar caso algo acontecesse. Valentin pegou o isqueiro e pôs fogo na meia de náilon. Você já viu como náilon derrete quando queima? Aquilo deixou a mulher doida. Gritaria e estocadas frenéticas, sabe? O cheiro do rosto dela frito na meia de náilon ficou impregnado nas paredes lá dentro durante semanas. Não sei onde ela foi parar, mas aposto que não precisa mais ter medo de ser estuprada.

Katrine olhou para ele. Cara de bravateador, pensou ela. Um daqueles tipos que levaram tanta surra na vida que o sorriso forçado tinha se tornado uma defesa automática.

— Se Valentin não está morto, onde ele está então? — perguntou ela.

O sorriso dele ficou mais amplo. O homem puxou o cobertor sobre os joelhos.

— Por favor, me avise se estou perdendo meu tempo aqui, Rico. — Katrine suspirou. — Passei tanto tempo em manicômios que pessoas loucas me deixam entediada, ok?

— Você não está pensando que vou fornecer essa informação de graça, está, agente?

— Meu cargo é inspetora. Qual é o preço? Redução da pena?

— Vou sair na semana que vem. Quero 50 mil coroas.

Katrine deu uma boa gargalhada. A melhor que conseguiu. E viu a raiva no olhar dele.

— Então já encerramos aqui — disse ela e se levantou.

— Trinta mil. Estou sem dinheiro, e quando sair vou precisar de uma passagem aérea que me leve para longe daqui.

Katrine balançou a cabeça.

— A gente só paga informantes quando se trata de revelações bombásticas sobre um caso. Um caso *grande*.

— E se esse for um caso assim?

— De qualquer modo, eu teria que falar com meus superiores sobre isso. Mas achei que você tinha algo para me contar. Não estou aqui para negociar uma coisa que não tenho.

Katrine foi até a porta, levantou a mão para bater nela.

— Espera — disse o Cabeça Vermelha. Sua voz parecia bem fina. Ele tinha puxado o cobertor até o queixo. — Posso te contar um pouco...

— Não tenho nada para você, já falei.

Katrine bateu na porta.

— Você sabe o que é isso? — Ele segurou um instrumento cor de cobre que fez o coração de Katrine dar um salto. Por um nanossegundo, ela imaginou ser a coronha de uma pistola, mas, na verdade, era uma máquina de tatuagem improvisada, com uma agulha na ponta.

— Sou o tatuador deste lugar — disse ele. — Um baita de um tatuador, por sinal. E você sabe como identificaram o cadáver que encontraram aqui dentro como sendo o de Valentin?

Katrine olhou para ele. Para os olhos semicerrados, cheios de ódio. Os lábios finos, úmidos. A pele vermelha que brilhava debaixo do cabelo ralo. A tatuagem. O rosto demoníaco.

— Continuo sem nada a oferecer, Rico.

— Você poderia...

Ele fez uma careta.

— O quê?

— Se você pudesse desabotoar a blusa, para eu ver...

Katrine olhou incrédula para seu próprio corpo.

— Você quer dizer... isso aqui?

No momento em que colocou as mãos nos seios, pôde sentir o calor irradiar do corpo do homem sentado na cama.

Ela ouviu o chacoalhar de chaves do lado de fora.

— Agente — disse ela em voz alta, sem tirar os olhos de Rico Herrem —, pode nos dar mais uns dois minutos, por favor.

Ela ouviu o farfalhar de chaves parar, ouviu o agente dizer alguma coisa e, em seguida, o som de passos se afastando.

O pomo de adão do homem diante dela parecia um pequeno alienígena movendo-se para cima e para baixo sob a pele, lutando para sair do corpo.

— Continue — disse ela.

— Não antes de...

— Essa é minha oferta. A blusa vai ficar abotoada. Mas vou apertar um mamilo, para você ver o contorno. Se o que você me contar for bom...

— Combinado!

— Se você se tocar, acabou. Está bem?

— Está bem.

— Então, diga.

— Fui eu que tatuei aquele rosto de demônio no peito dele.

— Aqui? Na prisão?

Ele tirou uma folha de papel de baixo do cobertor.

Katrine foi andando em sua direção.

— Pare!

Ela parou. Olhou para ele. Ergueu a mão direita. Tateou até pegar o mamilo embaixo do tecido fino do sutiã. Prendeu o bico do peito entre o indicador e o polegar. Apertou. Não tentou ignorar a dor, mas a recebeu de bom grado. Ficou parada. Arqueou a coluna. Notou que o sangue fluiu para o mamilo, que ele estava bem visível. Deixou que ele o visse. Ouviu sua respiração se tornar mais acelerada.

Ele estendeu o papel. Katrine deu alguns passos para a frente e agarrou-o. Depois se sentou na cadeira.

Era um desenho. Ela o reconheceu das descrições do agente penitenciário. O rosto do demônio. Esticado para os lados como se estivesse preso. Gritando de dor, gritando para ser libertado.

— Achei que ele já tinha essa tatuagem muitos anos antes de morrer — disse ela.

— Eu não diria isso.

— O que você quer dizer?

Katrine estudou as linhas do desenho.

— Que ele foi tatuado depois de estar morto.

Ela ergueu os olhos. Viu o olhar dele ainda fixo em sua blusa.

— Você tatuou Valentin *depois* de ele estar morto, é isso que você está dizendo?

— Você está surda, Katrine? Valentin não está morto.

— Mas... quem...?

— Dois botões.

— O quê?

— Abra dois botões.

Ela desabotoou três. Abriu a blusa. Deixou que ele visse o sutiã com o mamilo ainda rígido.

— Judas. — A voz dele era sussurrante, rouca. — Eu tatuei Judas. Valentin o guardou dentro da mala durante três dias. Ele ficou simplesmente trancado dentro da mala, imagine.

— Judas Johansen?

— Todos achavam que ele tinha fugido, mas Valentin o espancou até a morte e escondeu o corpo na mala. Ninguém procura por um homem em uma mala, não é? Valentin tinha estropiado ele de um jeito que até eu me perguntei se aquele era realmente Judas. Uma massa disforme. Poderia ser qualquer um. A única coisa dele que estava mais ou menos intacta era o peito, onde eu ia fazer a tatuagem.

— Judas Johansen. Foi o corpo dele que os agentes encontraram.

— E, agora que eu disse isso, eu também sou um homem morto.

— Mas por que ele matou Judas?

— Valentin era um homem odiado aqui dentro. Obviamente porque ele trepou com menininhas menores de 10 anos. E ainda teve aquela história da dentista. Muitos aqui gostavam dela. Os guardas também. Era só uma questão de tempo antes de ele sofrer algum acidente fortuito. Uma overdose. Um aparente suicídio, talvez. Então ele tomou suas providências.

— Ele poderia simplesmente ter fugido, não?

— Eles o teriam encontrado. Ele precisava simular a própria morte.

— E o amigo dele, Judas, foi...

— Útil. Valentin não é como a gente, Katrine.

Ela ignorou o uso das palavras inclusivas "a gente".

— Por que você quis me contar isso? Afinal, você foi cúmplice.

— Eu só tatuei um homem morto. Além do mais, vocês precisam pegar Valentin.

— Por quê?

O Cabeça Vermelha fechou os olhos.

— Tenho sonhado muito ultimamente, Katrine. Ele está vindo. Está voltando ao mundo dos vivos. Mas primeiro ele precisa eliminar o passado. Todos que representam um impedimento. Todos que sabem. E eu sou um deles. Vou sair da prisão na semana que vem. Vocês precisam pegar ele...

— ... antes que ele pegue você — completou Katrine, sem olhar para o homem diante dela. Era como se visualizasse mentalmente a cena descrita por Rico, em que ele fazia a tatuagem no homem morto há três dias. Aquilo era tão perturbador que ela não se deu conta de mais nada, não ouviu nem viu nada. Não até sentir uma gota minúscula em seu pescoço. Ouviu a respiração rouca do Cabeça Vermelha, baixou os olhos. E levantou-se da cadeira num salto. Cambaleou em direção à porta, sentindo a náusea subir.

Anton Mittet acordou.

O coração batia disparado, e ele respirava com dificuldade.

Piscou confuso por um instante antes de conseguir focar a vista.

Olhou para a parede branca do corredor logo à sua frente. Ele ainda estava sentado na cadeira, a cabeça encostada na parede. Tinha dormido. Tinha dormido em serviço.

Isso nunca havia acontecido antes. Anton ergueu a mão esquerda. Ela parecia pesar 20 quilos. E por que será que o coração batia tão acelerado, como se ele tivesse corrido meia maratona?

Ele olhou para o relógio. Onze e quinze. Tinha dormido por mais de uma hora! Como isso podia ter acontecido? Sentiu que o coração se acalmava lentamente. Devia ser o estresse das últimas semanas. Os plantões, a irregularidade de horários. Laura e Mona.

O que o havia despertado? Outro ruído?

Ele escutou.

Nada, apenas silêncio. E a vaga recordação onírica de que o cérebro tinha registrado algo inquietante. Era como quando dormia em sua casa em Drammen, perto do rio. Ele sabia que barcos a motor passavam rugindo bem ao lado da janela aberta, mas o cérebro não os registrava. No entanto, se detectasse um leve rangido da porta do quarto, ele se levantava num pulo. Laura afirmou que era algo que ele tinha começado a fazer depois do caso de Drammen, quando encontraram o jovem René Kalsnes perto do rio.

Ele fechou os olhos. Escancarou-os de novo. Meu Deus, estivera prestes a adormecer de novo! Ele se levantou. Ficou tão tonto que teve de se sentar outra vez. Piscou. Que merda de névoa, ela ficava pairando sobre seus sentidos como uma película.

Ele olhou para o copinho vazio de café ao lado da cadeira. Era melhor fazer um espresso duplo. Ah, não, que droga, as cápsulas tinham acabado. Ele precisava ligar para Mona e pedir que ela lhe trouxesse uma xícara; não deveria faltar muito para a próxima visita do médico. Ele pegou o telefone. Ela estava registrada em sua agenda como GAMLEM HOSPITAL UNIVERSITÁRIO. Uma medida de precaução caso Laura conferisse o registro de chamadas em seu celular e descobrisse as ligações frequentes para esse número. Era claro que ele deletava qualquer mensagem de texto na hora. Anton Mittet estava prestes a apertar a ligar para Mona quando seu cérebro conseguiu identificá-lo.

O som errado. O ranger da porta do quarto.

Era o silêncio.

Era a ausência do som que estava errado.

O bipe do sonar. O som da máquina que registrava os batimentos cardíacos.

Anton se pôs de pé. Cambaleou até a porta e a abriu de uma vez. Piscou para tentar afastar a tontura. Olhou para o verde cintilante da tela. Para a linha reta e morta que era traçada ao longo do monitor.

Ele correu para a cama. Olhou para o rosto pálido que estava deitado ali.

Ouviu o som de passos correndo, aproximando-se lá fora, no corredor. Um alarme deve ter sido disparado na sala de enfermagem assim que a máquina parou de registrar os batimentos cardíacos. Automaticamente, Anton pôs uma das mãos na testa do homem. Ainda quente. Mesmo assim, tinha visto corpos suficientes para não ter dúvida. O paciente estava morto.

Parte Três

11

O enterro do paciente foi um evento rápido e eficiente com pouquíssimos participantes. O padre nem sequer tentou sugerir que o homem no caixão era amado, que tinha levado uma vida exemplar ou que certamente ia para o paraíso. Por isso ele foi direto ao encontro de Jesus, que, de acordo com ele, tinha dado passe livre a todos os pecadores.

Não havia nem voluntários suficientes para carregar o caixão, de modo que ele permaneceu diante do altar enquanto o público saía para a neve do lado de fora da Igreja de Vestre Aker. Em sua maioria, os presentes eram policiais. Para ser mais exato, eram quatro, e eles entraram no mesmo carro e foram até o restaurante Justisen, que havia acabado de abrir e onde um psicólogo os aguardava. Bateram as botas no chão para tirar a neve, pediram uma cerveja e quatro garrafas de água, que não era nem mais limpa nem mais saborosa do que a que saía das torneiras de Oslo. Fizeram um brinde, xingaram o falecido, conforme o costume, e beberam.

— Ele morreu cedo demais — disse o chefe da Divisão de Homicídios, Gunnar Hagen.

— Nem tanto — comentou a chefe da Perícia Técnica, Beate Lønn.

— Tomara que ele queime no inferno — disse Bjørn Holm, o perito ruivo de jaqueta de camurça com franjas.

— Como psicólogo, diagnostico que vocês perderam o contato com suas emoções — declarou Ståle Aune e ergueu seu copo de cerveja.

— Obrigado, doutor, mas o diagnóstico é *polícia* — retrucou Hagen.

— Aquela necropsia... — comentou Katrine. — Não sei se a entendi direito.

— Ele morreu em decorrência de um AVC — explicou Beate. — Derrame. Esse tipo de coisa acontece.

— Mas ele tinha acordado do coma — argumentou Bjørn Holm.

— Pode acometer qualquer um de nós a qualquer hora — disse Beate com um tom de voz neutro.

— Muito obrigado — interveio Hagen com uma careta irônica. — E, já que encerramos o assunto do falecido, sugiro olharmos para a frente.

— A capacidade de superar rapidamente um trauma é uma característica de pessoas com baixo QI. — Aune tomou um gole do copo. — Estou só fazendo uma observação.

Hagen fitou por um instante o psicólogo antes de continuar:

— Achei que seria bom a gente se reunir aqui e não na sede.

— Falando nisso, por que estamos aqui mesmo? — perguntou Bjørn Holm.

— Para falar sobre o caso dos homicídios de policiais. — Ele se virou. — Katrine?

Katrine Bratt assentiu. Pigarreou.

— Breve resumo para atualizar o psicólogo também. Dois policiais foram mortos. Ambos em locais de crimes não solucionados, dos quais participaram da investigação. Até agora não tivemos nem pistas nem suspeitos nem nada que indicasse o motivo dos assassinatos. No que diz respeito aos homicídios originais, acreditamos que tiveram motivação sexual. Houve alguns vestígios periciais, mas nenhum que tenha apontado um suspeito específico. Quer dizer, várias pessoas foram interrogadas, mas todas foram eliminadas, ou porque tinham álibi, ou porque não se encaixavam no perfil. No entanto, agora uma delas se tornou elegível novamente...

Ela tirou algo da bolsa e o colocou sobre a mesa para que todos pudessem ver. Era uma fotografia de um homem sem camisa. A data e o número mostravam que a foto tinha sido feita pela polícia.

— Este é Valentin Gjertsen. Crimes sexuais. Homens, mulheres e crianças. A primeira acusação veio quando ele tinha 16 anos, por molestar uma menina de 9 anos que ele atraiu até um barco a remo. No ano seguinte, a vizinha o denunciou por tentativa de estupro na lavanderia no porão do prédio.

— E o que liga ele a Maridalen e Tryvann? — perguntou Bjørn Holm.

— Por enquanto, só o fato de que o perfil se encaixa e de que a pessoa que forneceu os álibis a ele para as datas dos homicídios acaba de nos contar que são falsos. Ela fez o que ele a mandou fazer.

— Valentin disse a ela que a polícia estava tentando condená-lo, apesar de ele ser inocente — explicou Beate Lønn.

— Ahn — disse Hagen. — Isso pode ser um motivo para odiar policiais. O que você diz, doutor? Isso é concebível?

Aune saboreou a ideia fazendo estalidos com a língua.

— Com certeza. Mas a regra geral a que me atenho é que, quando se trata da psique humana, absolutamente tudo que é concebível também é possível. E uma boa parte do que é inconcebível também.

— Enquanto Valentin Gjertsen cumpria pena por abuso de menores, ele estuprou e desfigurou uma dentista na penitenciária de Ila. Ele estava com medo de retaliação e decidiu que precisava fugir. Fugir de Ila não é exatamente difícil, mas Valentin queria simular sua própria morte para que ninguém fosse atrás dele. Por isso, matou um colega de prisão, Judas Johansen, espancando-o até ficar irreconhecível. Escondeu o cadáver, de modo que, quando Judas não apareceu para a conferência, ele foi registrado como fugitivo. Então Valentin forçou o tatuador da prisão a tatuar uma cópia do rosto de demônio na única parte do corpo de Judas que não estava estropiada, o peito. E ameaçou o tatuador e sua família caso algum dia ele revelasse isso para alguém. Então, na noite em que fugiu, ele vestiu o cadáver de Judas Johansen com suas próprias roupas, deitou-o no chão da cela e deixou a porta aberta para indicar que alguém havia entrado ali. Na manhã seguinte, ao supostamente encontrarem o corpo de Valentin, os agentes não ficaram muito surpresos. Era uma morte mais ou menos esperada; ele era o prisioneiro mais odiado da unidade. Era tão óbvio que eles nem pensaram em conferir as impressões digitais do cadáver, muito menos fazer um teste de DNA.

Por um momento, houve silêncio na mesa. Outro freguês entrou e fez menção de se sentar à mesa ao lado, mas um olhar de Hagen o forçou a ir mais para os fundos do estabelecimento.

— Então, o que você está dizendo é que Valentin fugiu e está vivo — disse Beate Lønn. — Que ele está por trás dos crimes originais e dos homicídios dos policiais. E que o motivo nesse último caso é se vingar da polícia. Que ele usa os locais de seus crimes anteriores para fazer isso. Mas por que exatamente ele quer se vingar? Porque a polícia está fazendo seu trabalho? Aí não haveria muitos de nós vivos.

— Não tenho certeza de que ele esteja atrás da polícia como um todo — disse Katrine. — O agente penitenciário me contou que um policial foi até a penitenciária de Ila e conversou com alguns detentos sobre os assassinatos de Maridalen e Tryvann. Ele falou com os internos que foram presos por homicídio, e tinha mais a contar do que perguntar. Eles passaram a chamar Valentin de... — Katrine tomou fôlego. — Fodedor de criancinhas.

Ela viu que todos, até Beate Lønn, estremeceram. Era estranho como algumas palavras poderiam ser mais impactantes do que as fotos mais horríveis de uma cena de crime.

— Se isso não é a mesma coisa do que dar a Valentin uma sentença de morte, não está muito longe.

— E quem era esse policial?

— O agente com quem falei não se lembra, e não há registro dele em lugar algum. Mas podemos chutar.

— Erlend Vennesla ou Bertil Nilsen — disse Bjørn Holm.

— As peças estão começando a se encaixar, não é verdade? — comentou Gunnar Hagen. — Esse Judas foi submetido à mesma agressão física extrema, como no caso dos homicídios dos policiais. Doutor?

— Pois é — disse Aune. — Assassinos são criaturas de hábito que se atêm a métodos comprovadamente eficientes de matar.

— Mas, no caso de Judas, havia um objetivo específico — interveio Beate. — Disfarçar a própria fuga.

— Se é que de fato foi isso que aconteceu — observou Bjørn Holm. — Afinal, o prisioneiro com quem Katrine conversou não é exatamente a testemunha mais confiável do mundo.

— Não — disse Katrine. — Mas *eu* acredito nele.

— Por quê?

Katrine deu um meio-sorriso.

— O que Harry dizia mesmo? A intuição é apenas a soma de coisas pequenas, mas bem específicas, que o cérebro ainda não teve tempo de articular.

— Que tal desenterrar o cadáver e verificar? — perguntou Aune.

— Adivinha — disse Katrine.

— Cremado?

— Valentin registrou um testamento uma semana antes, onde estava escrito que, se ele morresse, o corpo deveria ser cremado o mais rápido possível.

— E desde então ninguém teve notícias dele — disse Holm. — Antes de ele matar Vennesla e Nilsen.

— Essa é a hipótese que Katrine me apresentou — confirmou Gunnar Hagen. — Por enquanto é tênue e, para não dizer outra coisa, ousada. Mas, como nossa equipe de investigação está tendo grande dificuldade de avançar com outras hipóteses, pretendo dar uma chance a essa. Por isso reuni vocês aqui hoje. Quero que vocês formem uma pequena unidade especial para seguir essa pista, e apenas essa. O restante deve ser deixado para a equipe principal. Se vocês aceitarem a missão, vão se comunicar comigo e... — Ele tossiu, uma tosse breve e seca feito um tiro de pistola — ... apenas comigo.

— Ahã — disse Beate. — Quer dizer que...

— Sim, quer dizer que vocês vão trabalhar em segredo absoluto.

— E será segredo para quem? — perguntou Bjørn Holm.

— Para todos — disse Hagen. — Absolutamente todos. Menos eu.

Ståle Aune pigarreou.

— E para quem em particular?

Hagen beliscou a pele do pescoço e a retorceu de leve. As pálpebras estavam semifechadas, assim como as de um lagarto ao sol escaldante.

— Bellman — afirmou Beate. — O chefe de polícia.

Hagen ergueu as mãos em um gesto defensivo.

— Só quero resultados. Tivemos sucesso com um pequeno grupo independente na época em que Harry ainda estava entre nós. Mas o chefe de polícia bateu o pé dessa vez. Quer uma equipe grande, mas ela está ficando sem ideias, e *temos* que pegar esse assassino de policiais. Senão vai ser o inferno na Terra. Se por acaso houver algum conflito com o chefe de polícia, é óbvio que assumirei total responsabilidade.

Nesse caso, direi que não contei a vocês que ele não estava a par da existência desse grupo. Mas naturalmente entendo a posição em que estou colocando vocês, por isso fica a critério de cada um querer participar ou não.

Katrine percebeu como seu próprio olhar, assim como o dos outros, se voltou para Beate Lønn. Eles sabiam que a decisão era dela. Se ela topasse, todos topariam. Se ela dissesse não...

— O rosto de demônio no peito... — disse Beate. Ela havia pegado a foto da mesa e estava estudando-a. — Ele precisa sair. Sair de uma prisão. Sair de seu próprio corpo. Ou de seu próprio cérebro. Assim como o Boneco de Neve. Talvez ele seja um demônio. — Ela ergueu os olhos. Sorriu rapidamente. — Estou dentro.

Hagen olhou para os outros. Recebeu gestos breves de confirmação de cada um deles.

— Bom, continuo chefiando a equipe principal de investigação como antes, enquanto Katrine é a líder formal deste grupo. Como ela pertence ao Distrito Policial de Bergen e Hordaland, vocês não precisam estar formalmente subordinados ao chefe de polícia de Oslo.

— Trabalhamos para Bergen — disse Beate. — Bem, por que não? *Skål* a Bergen, pessoal!

Todos ergueram os copos.

O grupo estava na calçada do lado de fora do Justisen, e uma chuva leve fazia subir o cheiro de halita, óleo e asfalto.

— Deixem-me aproveitar a oportunidade para agradecer a vocês o fato de me quererem de volta — disse Ståle Aune, abotoando o sobretudo da Burberry.

— Os intocáveis estão de volta. — Katrine sorriu.

— Vai ser como nos velhos tempos — disse Bjørn, passando a mão na barriga com satisfação.

— Quase — observou Beate. — Falta uma pessoa.

— Pode parar! — disse Hagen. — Decidimos não falar mais sobre ele. Ele não está mais aqui, e ponto final.

— Ele nunca vai deixar de estar aqui, Gunnar.

Hagen suspirou. Olhou para o céu. Deu de ombros.

— Talvez não. Tinha uma estudante da Academia de Polícia fazendo plantão no Hospital Universitário. Ela me perguntou se Harry Hole tinha fracassado alguma vez. Primeiro, pensei que ela só estivesse curiosa, porque deve ter passado muito tempo estudando as investigações dele. Respondi que o caso Gusto Hanssen nunca foi solucionado. E hoje ouvi minha secretária receber um telefonema da Academia de Polícia com um pedido de acesso às cópias dos documentos desse caso. — Hagen deu um sorriso triste. — Talvez ele esteja se tornando uma lenda, apesar de tudo.

— Harry sempre será lembrado — disse Bjørn Holm. — Insuperável, inigualável.

— Talvez não — disse Beate. — Mas nós quatro aqui chegamos perto. É ou não é?

Eles se entreolharam. Assentiram. Despediram-se com apertos de mão breves e firmes e saíram dali em três direções diferentes.

12

Mikael Bellman viu a silhueta sob a mira da pistola. Ele fechou um olho e puxou lentamente o gatilho, ouvindo os batimentos de seu coração. Tranquilos mas fortes. Sentiu o sangue ser bombeado até as pontas dos dedos. A silhueta não se movia; ele apenas tinha essa sensação. Tirou o dedo do gatilho, inspirou, focou outra vez. Colocou novamente a silhueta em sua mira. Disparou. Viu-a estremecer. Estremecer daquele jeito. Estava morta. Mikael Bellman sabia que tinha acertado na cabeça.

— Traga o corpo aqui para a necropsia — gritou ele, e baixou sua Heckler & Koch P30L. Arrancou a proteção auditiva e os óculos de segurança. Ouviu o zumbido elétrico e a cantoria dos cabos de aço e viu a silhueta se aproximar deles. Parou bruscamente a meio metro de distância.

— Bom — disse Truls Berntsen, soltando o botão. O zumbido cessou.

— Nada mal — disse Mikael, e estudou o alvo de papel com os furos na parte superior do tronco e na cabeça. Fez um gesto em direção ao alvo ao lado, que estava com a cabeça rasgada. — Mas não tão bom quanto você.

— Bom o suficiente para passar no teste. Ouvi falar que o índice de reprovação foi de 10,2 por cento esse ano.

Truls trocou seu próprio alvo com mãos hábeis, apertou o botão, e a nova figura voltou de ré ao seu lugar, cantarolando novamente. Ela parou diante da placa de metal manchada de verde a vinte metros de distância. Mikael ouviu risadas femininas agudas vindas de uma das pistas à sua esquerda. Viu duas jovens cochicharem e lançarem olhares em sua direção. Com certeza, eram estudantes da Academia de Polícia que o haviam reconhecido. Como todos os sons ali dentro tinham sua própria frequência, Mikael conseguiu ouvir o som da chicotada no papel e o estalido do chumbo batendo no metal em meio aos estampidos dos disparos. Em seguida, o pequeno clique metálico da bala caindo na caixa embaixo do alvo que captava os projéteis esmagados.

— Na prática, mais de dez por cento da força policial é incapaz de se defender ou de defender os outros. O que o chefe de polícia tem a dizer sobre isso?

— Nem todos os policiais têm a possibilidade de praticar tanto tiro quanto você, Truls.

— Eles não dispõem de tanto tempo sobrando, é isso que você quer dizer?

Truls deu aquela sua risada irritante de grunhido, e Mikael Bellman olhou para seu subalterno e amigo de infância. Os dentes empilhados aleatoriamente, que os pais nunca se deram ao trabalho de consertar com um aparelho, a gengiva vermelha. Aparentemente, tudo estava como antes, mas ainda assim algo tinha mudado. Talvez fosse apenas o cabelo recém-cortado. Ou será que foi a suspensão? Esse tipo de coisa era capaz de afligir pessoas que, aparentemente, não eram tão sensíveis. Talvez em especial aquelas que não tinham o costume de dar vazão a suas emoções, que as guardavam, esperando que passassem com o tempo. Era esse tipo de gente que poderia explodir. Colocar uma bala na têmpora.

Mas Truls parecia contente. Não parava de dar risada. Certa vez, na época do colegial, Mikael tinha explicado a ele que aquela sua risada irritava as pessoas. Que ele deveria rir de um jeito diferente, treinar para ter uma risada mais normal e simpática. Foi então que Truls passou a rir mais alto. Ele ria e apontava para Mikael sem dizer uma palavra, só dando aquela risada medonha.

— Você não vai perguntar sobre aquilo logo? — perguntou Truls enquanto enfiava os cartuchos no pente de sua própria arma.

— Sobre o quê?

— Sobre a grana na minha conta.

Mikael mudou de posição.

— Foi por isso que me convidou para vir aqui? Para que eu perguntasse sobre isso?

— Você não quer saber como a grana foi parar lá?

— Por que eu insistiria nisso agora?

— Você é o chefe de polícia.

— E você decidiu não falar nada. Achei idiota da sua parte, mas respeito sua decisão.

— É mesmo? — Truls colocou o pente no lugar com um clique. — Ou será que você não insiste nesse assunto porque já *sabe* de onde vem, Mikael?

Mikael Bellman olhou para o amigo de infância. Ele o viu agora. Percebeu o que havia mudado. Era aquele brilho doentio. Aquele da época da juventude, que ele tinha quando se zangava, quando os meninos mais velhos de Manglerud iam espancar o bonitão metido a besta que havia roubado Ulla, e Mikael tinha de empurrá-lo na sua frente. Tinha de mandar a hiena atacá-los. A hiena sarnenta, maltratada, que já havia aguentado muitas surras. Tantas que mais uma não faria diferença. Mas, com o tempo, os meninos aprenderam que espancar Truls era doloroso, que doía a ponto de não valer a pena. Pois, quando Truls tinha aquele brilho nos olhos, aquele brilho de hiena, isso significava que ele estava disposto a morrer. E, se conseguisse cravar os dentes em você, ele nunca, nunca mais, iria soltá-lo. Ele travaria as mandíbulas até que você sucumbisse ou que alguém o arrancasse dali. Com o passar dos anos, Mikael viu aquele brilho com menos frequência. Obviamente, ele o viu na vez que deram uma lição na bicha na garagem. E, mais recentemente, quando Mikael o informou sobre a suspensão. O que tinha mudado agora era que o brilho não o deixava mais. Ele estava ali o tempo todo, como se Truls estivesse com febre.

Mikael balançou a cabeça lentamente, como que incrédulo.

— Do que você está falando agora, Truls?

— Talvez o dinheiro tenha vindo indiretamente de você. Talvez você tenha me pagado esse tempo todo. Talvez você tenha trazido Asaiev até mim.

— Agora acho que você inalou muita fumaça de pólvora, Truls. Nunca tive nada com Asaiev.

— Talvez seja uma boa ideia perguntar a ele sobre isso?

— Rudolf Asaiev está morto, Truls.

— Conveniente pra caralho, não é? É muito conveniente que todos que poderiam contar alguma coisa por acaso estejam mortos.

Todos, pensou Mikael Bellman. Menos você.

— Menos eu — continuou Truls, forçando um sorriso.

— Preciso ir — disse Mikael.

Ele retirou seu alvo e o dobrou.

— Ah, é. O compromisso de quarta-feira.

Mikael gelou.

— O quê?

— Lembro que você sempre tinha que sair do escritório nesse horário às quartas-feiras.

Mikael o estudou atentamente. Isso era muito curioso: mesmo conhecendo Truls Berntsen há vinte anos, Mikael não tinha certeza sobre seu nível exato de burrice ou inteligência.

— Certo. Só quero dizer que, na minha opinião, é melhor você manter esse tipo de especulação para si mesmo. Do jeito que as coisas estão, isso só pode prejudicá-lo, Truls. E talvez seja melhor não ficar falando muito por aí. Isso pode me colocar numa posição delicada se eu for chamado como testemunha. Entendeu?

Mas Truls já havia colocado o protetor auricular e se virado para o alvo. Seus olhos estavam bem abertos atrás das lentes dos óculos. Um lampejo de luz. Dois. Três. A arma parecia tentar se soltar, mas Truls a segurava bem firme. Garras de hiena.

Lá fora, no estacionamento, Mikael sentiu o telefone vibrar no bolso da calça.

Era Ulla.

— Você conseguiu falar com o pessoal do controle de pragas?

— Consegui — respondeu Mikael, que nem tinha pensado no assunto, muito menos falado com alguém.

— O que disseram?

— Disseram que aquele cheiro que você acha que está sentindo no terraço pode muito bem ser um rato morto em algum lugar dentro da estrutura. Mas, como é concreto, a única coisa que vai acontecer é que o animal vai apodrecer por completo e o cheiro vai desaparecer automaticamente. Eles nos desaconselharam a quebrar o terraço. Tudo bem?

— Você deveria ter deixado profissionais construírem aquele terraço, não Truls.

— Ele fez aquilo no meio da noite sem eu pedir, você sabe disso. Onde você está, querida?

— Vou me encontrar com uma amiga. Você consegue chegar em casa para o jantar?

— Consigo, sim. E não se preocupe com o terraço. Tudo bem, querida?

— Tudo bem.

Ele desligou, pensando que tinha dito "querida" duas vezes, que tinha exagerado na dose. Que isso tinha feito com que soasse como uma mentira. Ele ligou o carro, pisou no acelerador, soltou a embreagem e sentiu a deliciosa pressão do encosto na parte de trás da cabeça no momento em que o recém-adquirido Audi acelerou no estacionamento aberto. Pensou em Isabelle. Em como ele se sentia. Já sentia o sangue pulsar. E pensou no estranho paradoxo: não tinha sido uma mentira. Seu amor por Ulla sempre parecia mais real quando ele estava prestes a transar com outra mulher.

Anton Mittet estava sentado na varanda. Ele fechou os olhos e sentiu o sol aquecer seu rosto bem de leve. A primavera se esforçava, mas por enquanto o inverno ainda estava ganhando o jogo. Então tornou a abrir os olhos, e mais uma vez eles se depararam com a carta na mesa à sua frente.

O logotipo do Centro de Saúde de Drammen estava estampado em azul.

Ele sabia o que era, o resultado do exame de sangue. Fez menção de abrir o envelope de uma vez, mas adiou o momento de novo. Em vez disso, ergueu os olhos e contemplou o Drammenselva. Quando viram o projeto dos novos apartamentos em Elveparken, do lado oeste de Åssiden, eles não pensaram duas vezes. Os filhos já haviam saído de casa, e, com o passar dos anos, ficava cada vez mais trabalhoso domar o jardim rebelde e fazer a manutenção da casa grande e velha de madeira que eles tinham herdado dos pais de Laura, em Konnerud. Se vendessem tudo e comprassem um apartamento moderno, fácil de manter, teriam mais tempo e mais dinheiro para fazer aquilo com que tinham sonhado durante tantos anos: viajar juntos. Visitar países distantes. Conhecer as coisas que a vida curta na Terra tem a oferecer.

Então por que não viajaram? Por que ele tinha adiado isso também? Anton ajustou os óculos de sol, mudou a carta de posição. Acabou tirando o telefone do bolso largo da calça.

Será que tinha sido por causa da correria do cotidiano, dos dias que só iam e vinham, iam e vinham? Será que tinha sido por causa do bendito efeito calmante da vista de Drammenselva? Ou talvez pela ideia de passar tanto tempo juntos, o medo do que isso poderia revelar sobre os dois, sobre seu casamento? Ou por causa do Caso, da Queda, a qual sugou sua energia e sua proatividade, deixando-o estacionado numa existência em que a rotina diária se apresentava como a única salvação do colapso total? Então Mona surgiu...

Anton olhou para a telinha. GAMLEM HOSPITAL UNIVERSITÁRIO. Havia três alternativas embaixo. Ligar. Enviar mensagem. Editar.

Editar. A vida também deveria ter esse botão. Como tudo poderia ter sido diferente... Ele teria relatado aquele cassetete. Não teria convidado Mona para um cafezinho. Não teria dormido em serviço.

Mas ele *tinha* dormido.

Tinha dormido no plantão, numa cadeira dura de madeira. Ele, que tinha dificuldade de dormir, mesmo em sua própria cama depois de um dia longo. Não dava para entender. E ele havia ficado tonto e com sono por um bom tempo depois; nem o rosto do morto nem o tumulto que se seguiu conseguiram acordá-lo. Pelo contrário, Anton estivera ali feito um zumbi com aquela névoa no cérebro, incapaz de fazer qualquer coisa ou de responder claramente às perguntas. Ele não necessariamente teria salvado o paciente se tivesse ficado acordado. A necropsia não mostrou nada além de um derrame cerebral como a possível causa da morte do paciente. Mas Anton não havia feito seu trabalho. Ninguém jamais iria descobrir isso, ele não tinha deixado escapar nada. Mas ele sabia. Sabia que tinha falhado de novo.

Anton Mittet olhou para os botões.

Ligar. Enviar mensagem. Editar.

Já estava na hora. Estava na hora de fazer alguma coisa. Fazer a coisa certa. Não procrastinar.

Ele apertou Editar. Mais alternativas surgiram.

Ele escolheu. Escolheu o certo. DELETAR.

Então pegou a carta, abriu-a rapidamente. Tirou a folha e leu. Ele tinha ido até o Centro de Saúde na manhã seguinte à morte do paciente. Explicou que era um policial, que estava a caminho do trabalho, que tinha ingerido um comprimido cuja composição desconhecia, que estava se sentindo estranho e que tinha medo de ir trabalhar sob efeito de alguma substância. Primeiro, o médico simplesmente queria lhe dar uma licença médica, mas Anton insistiu em fazer um exame de sangue.

Seus olhos perpassaram o papel. Ele não entendeu todos os termos e nomes nem o significado dos valores numéricos que os acompanhavam, mas o médico tinha acrescentado duas frases esclarecedoras que concluíram a breve carta:

... Nitrazepam é encontrado em soníferos fortes. Você NÃO *deve tomar mais comprimidos deste tipo sem primeiro consultar um médico.*

Anton fechou os olhos e inspirou o ar entre os dentes cerrados.

Merda.

Sua suspeita tinha fundamentos, então. Ele havia sido dopado. Alguém o dopou. Imediatamente desconfiou de quando isso aconteceu. O café. O ruído no fim do corredor. O cilindro onde só havia uma cápsula. Ele tinha se questionado se a tampa fora perfurada. A substância devia ter sido injetada no café com uma seringa pela tampa. Aí a pessoa só precisou aguardar até que Anton preparasse sua própria poção soporífera, espresso com Nitrazepam.

Eles disseram que o paciente havia morrido de causas naturais. Ou melhor, que não havia nenhuma indicação de conduta criminosa. Mas uma parte importante dessa conclusão obviamente se baseava na afirmação de Anton de que ninguém tinha entrado no quarto do paciente depois da última visita dos médicos, duas horas antes de o coração parar de bater.

Anton sabia o que deveria fazer. Deveria relatar isso. Agora. Pegou o telefone. Deveria informá-los sobre mais um lapso. Explicar por que não tinha dito que havia caído no sono. Ele olhou para a tela. Dessa vez, nem Gunnar Hagen poderia salvá-lo. Ele baixou o telefone. Ele *ia* ligar. Mas não nesse exato momento.

Mikael Bellman deu o nó na gravata diante do espelho.

— Você foi maravilhoso hoje — disse a voz da cama.

Mikael sabia que era verdade. Viu Isabelle Skøyen se levantar atrás dele e vestir a meia.

— É porque ele está morto?

Ela jogou a colcha de pele de rena sobre o edredom. Em cima do espelho, havia um chifre imponente, e as paredes eram decoradas com quadros de pintores *sámi*. Todos os quartos dessa ala do hotel tinham o nome de artistas do sexo feminino. Esse quarto específico era dedicado a uma cantora de *joik*, a música tradicional *sámi*. O único problema que o hotel teve com aquele quarto foi que alguns turistas japoneses se hospedaram nele e levaram o chifre. Pelo visto, acreditavam piamente nas propriedades afrodisíacas do extrato do chifre. O próprio Mikael tinha cogitado essa ideia nas últimas duas vezes. Mas hoje não. Talvez ela tivesse razão. Talvez fosse o alívio pelo fato de o paciente finalmente estar morto.

— Não quero saber como aconteceu — disse ele.

— Eu não teria como contar, de qualquer forma — retrucou ela, pondo a saia.

— Não vamos falar sobre esse assunto.

Ela se posicionou atrás dele. Mordeu seu pescoço.

— Não fique com essa cara de preocupado. Afinal, a vida é um jogo.

— Para você, talvez. Eu ainda tenho aqueles malditos assassinatos dos policiais.

— Você não precisa contar com o voto popular. Eu, sim. Mas pareço preocupada?

Mikael deu de ombros. Esticou-se para pegar o paletó.

— Você sai primeiro? — perguntou o chefe de polícia.

Ele sorriu quando ela lhe deu um beijo na cabeça. Ouviu seus sapatos batendo no chão em direção à porta.

— É possível que eu não consiga vir na próxima quarta — disse ela. — A reunião do Conselho Municipal foi remarcada.

— Tudo bem — disse ele, percebendo que estava tudo bem mesmo. Não, mais que isso. Ele se sentia aliviado. Com certeza.

Ela parou na porta. Como de costume, parou para verificar se havia algum barulho no corredor e se alguém estava ali por perto.

— Você me ama?

Ele abriu a boca. Olhou para si mesmo no espelho. Viu o buraco negro no meio do rosto de onde não saía som nenhum. Ouviu o riso baixinho dela.

— Estou brincando — sussurrou ela. — Ficou com medo? Dez minutos.

A porta se abriu e depois se fechou com um clique suave atrás de Isabelle.

Os dois tinham combinado que o segundo a sair só deixaria o quarto dez minutos após o primeiro. Mikael não lembrava mais se isso tinha sido ideia sua ou dela. Na época, eles talvez pensassem que o risco de se deparar com algum jornalista curioso ou algum rosto conhecido na recepção era iminente, mas até o momento isso não tinha acontecido.

Mikael pegou o pente e desembaraçou o cabelo um pouco comprido demais. As pontas ainda estavam molhadas. Isabelle nunca tomava banho depois de eles fazerem sexo; dizia que gostava de ficar com o cheiro dele em seu corpo. Ele conferiu o relógio. Hoje, o sexo tinha sido bom. Ele não precisou nem pensar em Gusto e até se demorou um pouco mais. Tanto que, se ele permanecesse ali por dez minutos, chegaria atrasado para a reunião com o presidente do Conselho Municipal.

Ulla Bellman olhou para o relógio. Era um Movado com design de 1947, presente de Mikael em um aniversário de casamento. Uma hora e vinte minutos. Ela se recostou na poltrona de novo e passou os olhos pelo salão. Perguntou a si mesma se iria reconhecê-lo. A bem da verdade, eles não tinham se visto mais de duas vezes. Na primeira, ela tinha ido visitar Mikael na delegacia de Stovner, e ele segurou a porta para ela e se apresentou. Um nortista charmoso, sorridente. Na segunda vez, na festa de fim de ano da delegacia de Stovner, os dois dançaram, e ele chegou a segurá-la mais perto do que deveria. Não que ela tivesse se importado; era um flerte inocente, algo que ela podia se dar ao luxo de ter. Afinal, Mikael estava em algum lugar do salão, e as outras esposas dos policiais também dançavam com homens que não eram seus maridos. E não foi Mikael, mas outra pessoa que ficou perto da pista de dança, com uma bebida na mão, acompanhando-os com o olhar atento. Truls Berntsen. Depois, Ulla perguntou a Truls se queria dançar com ela, mas ele recusou com um riso tolo. Disse que não sabia dançar.

Runar. Esse era o nome dele; havia escapado de sua mente. Afinal, ela não tinha ouvido falar dele nem o tinha visto mais. Até que ele ligou para ela e perguntou se podiam se encontrar hoje. Ele a lembrou de que se chamava Runar. Primeiro, Ulla rejeitou o convite, dizendo que estava sem tempo, mas ele disse que tinha algo importante para contar. Ela pediu que contasse por telefone, mas ele insistiu, dizendo que era preciso lhe mostrar uma coisa. Sua voz era estranhamente distorcida; Ulla não se lembrava dela dessa forma, mas isso talvez se devesse ao fato de que o sotaque dele se perdia entre o norte e a região leste. Afinal, isso muitas vezes acontecia com as pessoas do interior depois de morarem algum tempo na capital.

Ela tinha dito que sim, que eles poderiam tomar um café rápido, já que ela estava indo de qualquer forma para a cidade naquela manhã. Isso não era verdade, assim como não era verdadeira a resposta que Ulla tinha dado a Mikael quando ele lhe perguntou onde estava e ela respondeu que estava indo se encontrar com uma amiga. Ulla não tivera a intenção de mentir, mas a pergunta a pegou desprevenida, e na mesma hora se deu conta de que deveria ter contado a Mikael que ia tomar um café com um ex-colega dele. Então, por que ela não tinha feito isso? Será que, no fundo, ela desconfiava de que aquela revelação poderia ter algo a ver com Mikael? Ela já se arrependia de estar ali. Olhou para o relógio mais uma vez.

Percebeu que o recepcionista lançou alguns olhares para ela. Tinha tirado o casaco, e por baixo vestia um suéter e uma calça que acentuavam sua figura esguia. Não ia para o centro da cidade com muita frequência, e, por isso, demorou-se um pouco mais fazendo a maquiagem e penteando o cabelo loiro comprido — aquele que tinha atraído os olhares dos rapazes de Manglerud, que passavam por ela querendo verificar se a frente fazia jus ao que a parte de trás prometia. E Ulla tinha visto no rosto deles que sim. O pai de Mikael certa vez lhe disse que ela se parecia com a bela vocalista da banda The Mamas & The Papas, mas ela não sabia quem era nem tentou descobrir.

Ulla olhou para a porta giratória. As pessoas entravam toda hora, mas ninguém que parecesse estar à procura de outra pessoa.

Ela ouviu o som abafado das portas do elevador e viu sair a figura alta de uma mulher de casaco de pele. Pensou que, se um jornalista perguntasse à mulher se a pele era verdadeira, ela provavelmente diria que não, já que os políticos do Partido dos Trabalhadores preferiam sempre afagar o eleitorado. Isabelle Skøyen. Secretária municipal de Assuntos Sociais. Ela esteve em sua casa naquela festa depois da nomeação de Mikael. Na verdade, era uma festa de inauguração da casa nova, mas, em vez de amigos, Mikael tinha convidado pessoas que, em sua maioria, eram importantes para sua carreira. Ou "nossa" carreira, como ele a chamava. Truls Berntsen foi um dos poucos convidados que ela conhecia, e ele não era exatamente o tipo com quem ela poderia conversar a noite inteira. Não que tivesse tempo; o papel de anfitriã a deixou bastante ocupada.

Isabelle Skøyen lançou um olhar para ela e estava prestes a seguir em frente, mas Ulla percebeu a leve hesitação. Isso significava que ela havia reconhecido Ulla e agora precisava escolher entre fingir que não a tinha visto e ser obrigada a ir até ela para cumprimentá-la. Ela preferia evitar a segunda opção. Ulla conhecia a sensação. Por exemplo, com relação a Truls. De certa forma, ela gostava dele, afinal tinham crescido juntos e ele era gentil e leal. Por isso, torceu para que a mulher escolhesse a primeira opção e facilitasse a situação para as duas. Para seu alívio, viu que ela já estava se dirigindo à porta giratória. Mas pelo visto mudou de ideia, deu meia-volta, já com um grande sorriso e olhos cintilantes. Ela pareceu vir navegando em sua direção, sim, navegando, pois, para Ulla, Isabelle Skøyen lembrava uma figura de proa de grandes dimensões que abria caminho em meio às ondas.

— Ulla! — gritou ela a vários metros de distância, como se fosse um reencontro de duas grandes amigas que não se viam fazia muito tempo.

Ulla se levantou, já sentindo um leve constrangimento com a ideia de ter que responder à próxima pergunta quase inevitável: o que você está fazendo aqui?

— Que bom ver você, querida! *Adorei* aquela festinha na sua casa!

Isabelle Skøyen estava com uma das mãos no ombro de Ulla e lhe oferecia a face, de modo que Ulla foi obrigada a encostar a bochecha na dela. Festinha? Foram 32 convidados.

— Uma pena eu ter sido obrigada a ir embora tão cedo.

Ulla lembrou que Isabelle tinha bebido demais. Enquanto servia os convidados, a secretária municipal, alta e imponente, tinha sumido com Mikael no terraço por um tempo. Ulla até chegou a sentir uma pontada de ciúmes.

— Imagina, foi uma honra recebê-la... — Ulla torceu para que seu sorriso não estivesse tão rígido quanto ela o sentia. — Isabelle.

A secretária municipal de Assuntos Sociais olhou para ela. Estudou-a. Como se procurasse alguma coisa. A resposta à pergunta que ela ainda não tinha feito: "O que está fazendo aqui, querida?"

Ulla decidiu que falaria a verdade. Assim como contaria a verdade a Mikael mais tarde.

— Preciso ir — disse Isabelle sem fazer menção de se mexer ou de desviar os olhos de Ulla.

— Pois é, imagino que esteja com mais pressa do que eu — disse Ulla, ouvindo, para sua própria irritação, aquela sua risadinha idiota que ela havia decidido nunca mais dar. Isabelle continuou olhando para ela, e Ulla de repente pensou que era como se aquela mulher desconhecida quisesse forçá-la a dar uma resposta sem que precisasse perguntar: "O que você, a mulher do chefe de polícia, está fazendo aqui na recepção do Grand Hotel?" Meu Deus, será que ela pensou que Ulla ia encontrar um amante ali? Era esse o motivo de sua discrição? Ulla sentiu como a rigidez de seu sorriso se soltou, ficou mais leve. Agora ela sorria de verdade, do jeito que *queria* sorrir. Ela sabia que o sorriso tinha chegado aos olhos. Estava prestes a rir. Rir na cara de Isabelle Skøyen. Mas por que ela faria isso? O estranho era Isabelle parecer prestes a rir também.

— Espero que não demore muito para a gente se ver de novo, querida — disse ela, apertando com força a mão de Ulla entre seus dedos grandes.

Então Isabelle se virou, avançando novamente pela recepção rumo à saída. Ulla ainda teve tempo de vê-la pegar o celular e discar um número antes de desaparecer na porta giratória.

Mikael estava perto do elevador, que ficava a alguns passos do quarto da mulher *sámi*. Olhou para o relógio. Só haviam se passado uns três, quatro minutos, mas teria que ser o suficiente. Afinal de contas, o importante era que eles não fossem vistos *juntos*. Era sempre Isabelle quem alugava o quarto e chegava dez minutos antes dele. Ficava pronta na cama, aguardando. Do jeito que ela gostava. Será que era do jeito que ele gostava?

Por sorte, eram só três minutos de caminhada rápida do Grand Hotel até a Prefeitura, onde o presidente do Conselho Municipal o esperava.

As portas do elevador se abriram, e Mikael entrou. Apertou o botão com o número um. O elevador pôs-se em movimento e parou de novo quase imediatamente. As portas se abriram.

— *Guten Tag*.

Turistas alemães. Casal de idosos. Máquina fotográfica antiga dentro de um estojo marrom de couro. Ele sentiu que estava sorrindo. Que estava de bom humor. Abriu espaço para o casal. Isabelle tinha razão, ele realmente parecia mais bem-disposto agora que o paciente estava morto. Sentiu uma gota cair de um dos longos fios de cabelo da nuca e escorrer pela pele, molhando a gola da camisa. Ulla tinha sugerido que, com o novo cargo, ele deveria deixar o cabelo mais curto, mas por quê? O fato de ele parecer mais jovem, só isso já não destacava o mais importante? Que ele, Mikael Bellman, era o chefe de polícia mais jovem da história de Oslo?

O casal olhou um pouco preocupado para os botões do elevador. Era o mesmo problema de sempre: o número um significava o andar térreo ou o primeiro andar? Como era na Noruega?

— *It's the ground floor* — disse Mikael, e apertou o botão para fechar as portas.

— *Danke* — murmurou a mulher. O homem tinha cerrado os olhos e sua respiração era audível. *Das Boot*, pensou Mikael.

Desceram pelo prédio em silêncio.

Assim que as portas se abriram e eles saíram na recepção, Mikael sentiu algo tremer em sua coxa. A vibração do telefone, que estava com sinal outra vez depois de ter ficado sem cobertura no elevador. Ele pegou o celular e viu que havia uma chamada não atendida de Isabelle. Estava prestes a retornar a ligação quando houve outra vibração. Era um mensagem de texto.

Encontrei sua esposa na recepção. :)

Mikael parou abruptamente. Ergueu os olhos. Mas era tarde demais. Ulla estava numa poltrona bem diante dele. Estava linda. Tinha se produzido mais do que de costume. Estava linda e petrificada na poltrona.

— Olá, querida! — exclamou ele, notando imediatamente o quanto sua voz soava estridente e falsa. Viu isso no rosto dela.

Os olhos de Ulla estavam cravados nele, com um resquício de confusão que cedia rapidamente espaço a algo diferente. O cérebro de Mikael Bellman trabalhava. Captava e processava a informação, procurava conexões, conclusões. Ele sabia que não seria fácil justificar as pontas molhadas do cabelo. Ela tinha visto Isabelle. O cérebro dela, assim como o dele, processava as informações muito rápido. O cérebro humano é assim. Implacavelmente lógico ao encaixar as pequenas peças de um quebra-cabeça. E ele viu que outra coisa já tinha assumido o lugar da confusão. A certeza. Ulla baixou o olhar, e, quando ele ficou frente a frente com a esposa, ela baixou os olhos para a altura de seu abdome.

Ele quase não reconheceu a voz quando ela sussurrou:
— Recebeu a mensagem dela tarde demais, não é?

Katrine girou a chave na fechadura e empurrou a porta, mas ela estava emperrada.

Gunnar Hagen deu um passo à frente e a abriu com um tranco.

O ar úmido e abafado recepcionou as cinco pessoas.

— Aqui — disse Gunnar Hagen. — Deixamos o lugar intocado desde a última vez que foi usado.

Katrine entrou primeiro, acendeu a luz.

— Bem-vindos à filial de Bergen em Oslo — disse ela em tom neutro.

Beate Lønn passou pela soleira.

— Então é aqui que vamos ficar escondidos.

Uma luz fria e azulada incidia de lâmpadas fluorescentes em uma sala quadrada de concreto com linóleo cinza-claro no chão e nada nas paredes. A sala sem janelas tinha três mesas com cadeiras e um computador em cada uma. Em uma das mesas, havia uma cafeteira com manchas de café queimado e um garrafão d'água.

— Vamos ficar no *porão* da sede da polícia? — disse Ståle Aune, incrédulo.

— Formalmente, essa sala pertence à Penitenciária de Oslo — disse Gunnar Hagen. — O corredor subterrâneo atravessa o parque. Se você subir a escadaria de ferro ao lado dessa porta, vai acabar na recepção da prisão.

Como resposta, soaram as primeiras notas de "Rhapsody in Blue", de Gershwin. Hagen pegou o celular. Katrine olhou por cima do ombro e viu o nome Anton Mittet se acender na telinha. Hagen pressionou *ignorar* e pôs o telefone de volta no bolso.

— Temos uma reunião da equipe de investigação agora, portanto vou deixar o resto por conta de vocês — anunciou ele.

Os outros ficaram olhando um para o outro depois que Hagen saiu.

— Nossa, como está quente — disse Katrine, desabotoando o casaco. — Mas não estou vendo nenhum aquecedor.

— É porque o sistema de aquecimento central da prisão inteira fica na sala ao lado. — Bjørn Holm sorriu e pendurou a jaqueta de camurça no espaldar de uma das cadeiras. — A gente a chamava de "Sala das Caldeiras".

— Você já esteve aqui antes, então? — Aune afrouxou a gravata-borboleta.

— Com certeza. Éramos um grupo ainda menor aquela vez. — Ele fez um gesto em direção às mesas. — Três pessoas, como vocês podem ver. Puxa, solucionamos o caso mesmo assim. Mas o chefe era Harry... — Ele lançou um olhar rápido a Katrine. — Desculpe, não quis dizer...

— Sem problema, Bjørn — disse Katrine. — Eu não sou Harry, tampouco sou a chefe aqui. Tudo bem vocês formalmente se reportarem a mim para que Hagen se livre de qualquer responsabilidade, mas eu já tenho trabalho suficiente comigo mesma. Beate é a líder. Ela tem mais anos de serviço e experiência em gestão.

Os outros olharam para Beate, que deu de ombros.

— Se todos desejam isso e se for necessário, posso muito bem liderar o grupo.

— *Vai* ser necessário — disse Katrine.

Aune e Bjørn assentiram.

— Bem, vamos começar — disse Beate. — Temos cobertura de telefonia celular. Conexão à internet. Temos... xícaras de café. — Ela ergueu uma xícara branca de trás da cafeteira. Leu o que estava escrito com caneta hidrográfica. — Hank Williams?

— Minha — disse Bjørn.

Ela levantou outra.

— John Fante?

— Era do Harry.

— Ok, então vamos passar para as tarefas — continuou Beate, pondo a xícara na mesa. — Katrine?

— Vou monitorar a rede. Ainda nenhum sinal de vida de Valentin Gjertsen ou Judas Johansen. Permanecer escondido no mundo digital exige certa esperteza, e isso reforça a teoria de que não foi Judas Johansen que fugiu. Judas não é exatamente uma prioridade para a polícia, e seria improvável ele limitar sua própria liberdade a ponto de entrar na clandestinidade total apenas para se livrar de uns dois meses de prisão. Obviamente, Valentin tem mais a perder. De qualquer forma, se um deles estiver vivo e fizer qualquer movimento, estarei de olho.

— Ótimo. Bjørn?

— Vou examinar os relatórios de todos os casos em que Valentin e Judas foram indiciados, ver se encontro alguma ligação com Tryvann ou Maridalen. Pessoas em comum, provas periciais que escaparam da gente. Estou compilando uma lista de pessoas que conhecem os dois e que eventualmente podem nos ajudar. Falei com algumas sobre Judas Johansen, e elas foram bem receptivas. Valentin Gjertsen, por outro lado...

— Elas estão com medo?

Bjørn fez que sim.

— Ståle?

— Também vou examinar os casos de Valentin e Judas, mas com o objetivo de criar um perfil para cada um. Vou fazer uma avaliação deles como potenciais assassinos em série.

A sala ficou em silêncio de repente.

— Nesse caso, "assassino em série" é apenas um termo mecânico, não um diagnóstico — apressou-se a acrescentar. — Designa apenas um indivíduo que matou mais de uma pessoa e que pode ser capaz de matar de novo. Ok?

— Ok — disse Beate. — Eu vou conferir pessoalmente todas as imagens que temos das câmeras de vigilância perto dos locais dos crimes. Postos de gasolina, lojas 24 horas, radares eletrônicos. Já assisti a algumas gravações usadas nas investigações dos homicídios dos policiais, mas não todas. E há também os assassinatos originais.

— Temos um trabalhão pela frente — concluiu Katrine.

— Um trabalhão — repetiu Beate.

Os quatro ficaram olhando um para o outro. Beate pegou a xícara com o nome John Fante e a colocou atrás da cafeteira novamente.

13

— Está tudo bem? — perguntou Ulla, encostando-se na bancada da cozinha.

— Ah, sim — disse Truls, balançando a cadeira e erguendo a xícara de café da bancada. Tomou um gole. Dirigiu a ela aquele olhar que Ulla conhecia tão bem. Assustado e ansioso. Tímido e penetrante. Arisco e suplicante. Não e sim.

Ela se arrependeu imediatamente de ter concordado em recebê-lo. Foi pega desprevenida quando ele ligou de repente perguntando como as coisas estavam indo na casa nova, se havia algo que precisava de reparos. Afinal, os dias eram longos, pois não havia nada a fazer agora que estava cumprindo suspensão. Não, nada que precisava de conserto, mentiu ela. Não? Que tal um café então? Botar o papo em dia? Ulla tinha dito que não sabia se... Mas Truls fingiu não ouvir, disse que estava passando por ali, que um cafezinho cairia bem. E ela respondeu que ele podia vir, por que não?

— Como você sabe, continuo sozinho — disse ele. — Nada de novo aí.

— Você vai encontrar alguém, com certeza. Vai, sim.

Ela fez questão de olhar para o relógio; pensou na possibilidade de falar algo sobre ter de buscar as crianças. Mas mesmo um solteirão como Truls entenderia que era cedo demais.

— Talvez — disse ele.

Olhou para a xícara. Em vez de colocá-la de volta na mesa, tomou mais um gole. Como se estivesse tomando coragem, pensou ele, assustado.

— Como deve saber, sempre gostei de você, Ulla.

Ulla agarrou a bancada.

— Então, você sabe, se tiver alguma dificuldade e precisar... Hum, de alguém com quem conversar, sempre pode me procurar.

Ulla piscou. Ela tinha ouvido certo? *Conversar?*

— Obrigada, Truls — disse ela. — Mas eu tenho Mikael.

Lentamente, ele colocou a xícara na mesa.

— Sim, claro. Você tem Mikael.

— Por sinal, preciso começar a fazer o jantar para ele e as crianças.

— Ah, claro. Você está aqui preparando o jantar enquanto ele...

Truls fez uma pausa.

— Ele o quê, Truls?

— Come em outro lugar.

— Agora não estou entendendo o que você quer dizer, Truls.

— Acho que entende, sim. Veja bem, só estou aqui para ajudar. Só quero o melhor para você, Ulla. E para as crianças, claro. As crianças são importantes.

— Quero fazer algo bem gostoso para eles. E essas refeições em família demoram a ficar prontas, Truls, então...

— Ulla, só tem uma coisa que quero dizer.

— Não, Truls. Não, por favor, não diga.

— Você é boa demais para Mikael. Você sabe quantas outras mulheres ele...

— Não, Truls!

— Mas...

— Quero que você vá embora, Truls. E prefiro que não volte aqui tão cedo.

Ulla estava ao lado da bancada da cozinha e viu Truls sair pelo portão e ir até o carro que estava estacionado na rua de cascalho que ziguezagueava entre os casarões recém-construídos de Høyenhall. Mikael tinha dito que mexeria alguns pauzinhos, daria alguns telefonemas para as pessoas certas no Conselho Municipal, encontraria um jeito para que adiantassem a pavimentação, mas por enquanto nada tinha acontecido. Ela ouviu o breve bipe quando Truls apertou a chave eletrônica e o alarme do carro foi desligado. Viu quando ele entrou no carro e permaneceu imóvel, olhando para o espaço. Então seu corpo pareceu dar um sobressalto e ele começou a bater. Bateu no volante de tal forma que ela o viu vergar. Mesmo à distância, era tão violento que ela estremeceu. Mikael tinha lhe contado sobre os acessos de raiva de Truls, mas ela nunca os havia presenciado. De acordo com o marido, se Truls não tivesse se tornado policial, ele seria um criminoso. Chegou a dizer a mesma coisa sobre si próprio uma vez, quando quis se fazer de durão. Ela não o levou a sério; Mikael era certinho demais... adaptável demais. Truls, no entanto... Truls era feito de outra coisa, de algo mais sombrio.

Truls Berntsen. Simples, ingênuo, leal. Ulla tinha desconfiado dele, com certeza, mas não conseguia acreditar que ele pudesse ser tão astuto. Tão... criativo.

Grand Hotel.

Foram os segundos mais dolorosos de sua vida.

Não que às vezes não tivesse lhe passado pela cabeça que Mikael poderia tê-la traído. Principalmente depois que parou de transar com ela. Mas havia várias explicações possíveis para isso, o estresse ligado aos assassinatos dos policiais... Mas Isabelle Skøyen? Sóbrios, num hotel, em plena luz do dia? Ulla também se deu conta de que todo o flagrante foi orquestrado por alguém. O fato de que alguém sabia que os dois estariam ali exatamente naquele momento indicava que era uma rotina. Ela quase tinha ânsia de vômito toda vez que pensava nisso.

O rosto subitamente pálido de Mikael diante dela. Os olhos assustados, contritos, como os de um menino que é pego roubando frutas no pé de uma árvore. Como ele conseguia? Como ele, aquele canalha, conseguia parecer digno de pena? Ele, que tinha pisoteado tudo o que tinham de mais belo, que era pai de três filhos. Por que *ele* faria aquela cara de quem carregava uma cruz?

— Vou voltar cedo para casa — sussurrara ele. — Então vamos conversar. Antes de as crianças... Preciso estar no gabinete do presidente do Conselho Municipal daqui a quatro minutos.

Ele tinha uma lágrima no canto do olho? Aquele miserável se permitiu derramar uma lágrima?

Depois que ele foi embora, ela se recompôs com rapidez surpreendente. Talvez as pessoas se comportem dessa forma quando sabem que é necessário, quando um colapso não é uma opção. Com uma calma inerte, ela ligou para o número do homem que tinha se passado por Runar. Ninguém atendeu. Ela esperou mais cinco minutos e foi embora. Ao chegar em casa, conferiu o número do telefone com uma das mulheres que ela conhecia na Kripos. Ela informou a Ulla que era um celular não registrado. A questão era: quem seria capaz de fazer tanto esforço para conduzi-la ao Grand Hotel a fim de que visse aquilo com os próprios olhos? Um jornalista de um tabloide de fofocas? Uma amiga relativamente bem-intencionada? Alguém da parte de Isabelle, um rival de Mikael, alguém que quisesse se vingar dele? Ou alguém que não queria separá-lo de Isabelle, mas sim de Ulla? Alguém que a odiava, ou que odiava Mikael? Ou alguém que a amava? Que achava que teria uma chance se conseguisse separá-los? Ela só sabia de uma pessoa que a amava mais do que era saudável para qualquer um deles.

Ela não comentou suas suspeitas com Mikael quando conversaram naquele dia. Ele pareceu acreditar que sua presença na recepção tinha sido uma coincidência, uma daquelas bombas que estoura na vida de todo mundo, a improvável sequência de eventos que alguns chamam de destino.

Mikael não tentou mentir dizendo que não estivera lá com Isabelle. Isso ela reconhecia. Ele era esperto o suficiente para saber que ela sabia. Explicou que Ulla não precisava pedir a ele que terminasse o caso, pois havia acabado de terminá-lo por conta própria antes de Isabelle sair do hotel. Ele tinha usado exatamente aquele termo, "caso". Com certeza deliberadamente, para que parecesse algo muito pequeno, insignificante e sujo, algo que poderia ser varrido de sua vida, por assim dizer. Um "relacionamento", por outro lado, seria outra coisa. Ela não acreditou no término de jeito nenhum; Isabelle estava com um ar animado demais para isso. Mas a próxima coisa que ele disse era verdade. Se isso vazasse, o escândalo não só seria prejudicial a ele, mas às crianças também, e, indiretamente, a ela. Além do mais, o momento era o pior possível. O presidente do Conselho Municipal queria discutir um assunto político. Queriam que ele se filiasse ao partido, pois o viam como um possível candidato para um cargo a longo prazo. Ele era exatamente o tipo que eles procuravam, jovem, ambicioso, popular, bem-sucedido. Até esses homicídios dos policiais, é claro. Mas, assim que Mikael conseguisse resolvê-los, eles deveriam sentar e discutir seu futuro, se ele seria na polícia ou na política, onde Mikael achava que poderia ir mais longe. Não que já tivesse decidido o que fazer, mas era evidente que um escândalo de infidelidade agora fecharia aquela porta.

E então, claro, havia ela e as crianças. O que aconteceria com a carreira dele não tinha a menor importância comparado ao sofrimento deles. Ulla o interrompeu antes de sua autocomiseração atingir níveis exagerados, dizendo que tinha refletido sobre o assunto e que sua avaliação era parecida com a dele. A carreira dele. Seus filhos. A vida que tinham juntos. Ela simplesmente disse que o perdoava, mas que ele teria de prometer que nunca, jamais, teria contato com Isabelle Skøyen. Exceto como chefe de polícia em reuniões, com outras pessoas presentes. Mikael pareceu quase desapontado, como se tivesse se preparado para uma batalha e não uma escaramuça que acabou se transformando em um ultimato que não lhe custaria muito cumprir. Mas, naquela noite, depois de as crianças terem ido dormir, ele pelo menos tomou a iniciativa para fazer sexo pela primeira vez em vários meses.

Ulla viu Truls ligar o carro e ir embora. Ela não havia contado a Mikael sobre sua suspeita nem tinha a intenção de fazê-lo. Isso serviria de quê? Se ela estivesse certa, Truls poderia continuar a ser o espião que soava o alarme caso o tratado sobre não se encontrar com Isabelle Skøyen não fosse cumprido.

O carro sumiu, e o silêncio do bairro residencial veio junto com uma nuvem de poeira. E uma ideia passou por sua cabeça. Uma ideia absurda e totalmente inaceitável, mas a censura não é o ponto forte do cérebro. Ela e Truls. No quarto, ali. Só para se vingar, claro. Ela afastou a ideia com a mesma rapidez que havia surgido.

O gelo que atingia o para-brisa como cuspe cinza foi substituído pela chuva. Chuva torrencial. Os limpadores do para-brisa travavam uma batalha desesperada contra a muralha de água. Anton Mittet dirigia devagar. Estava um breu, e, além do mais, a água dava a impressão de fazer tudo boiar, distorcia tudo, como se ele estivesse bêbado. Olhou de relance para o relógio de seu Volkswagen Sharan. Quando compraram o carro há três anos, Laura insistira nesse modelo de sete lugares e, de brincadeira, ele perguntou se ela estava planejando ter uma família grande, mesmo que soubesse que a escolha da esposa se devia ao fato de não querer estar num carro pequeno em caso de acidente. Bein, Anton também não queria sofrer um acidente. Ele conhecia bem essas estradas e sabia que a chance de ter trânsito no sentido contrário era pequena a essa hora, mas ele não desejava correr riscos.

Sentia a pulsação nas têmporas. Principalmente por causa do telefonema que recebera havia vinte minutos. Mas também porque ele não tinha tomado seu café hoje. Havia perdido o gosto por café depois de receber o resultado do exame. Era algo idiota, claro. Agora as veias acostumadas à cafeína comprimiam-se de tal forma que a dor de cabeça estava ali como uma música de fundo incômoda, latejante. Ele tinha lido que os sintomas de abstinência dos viciados em cafeína desaparecem depois de duas semanas. Mas Anton não queria se livrar da dependência. Ele queria café. Ele queria que o café tivesse um gosto bom. Assim como o sabor de menta da língua de Mona. Mas a única coisa que ele sentia ao beber café agora era o ranço amargo de comprimidos para dormir.

Anton havia tomado coragem e telefonado a Gunnar Hagen a fim de contar que alguém o tinha dopado quando o paciente morreu. Que ele estava dormindo quando alguém entrou no quarto. Que, mesmo que os médicos digam que foi uma morte natural, não era verdade. Que precisavam fazer uma nova necropsia, mais meticulosa. Ele tinha ligado duas vezes. Ninguém atendeu. Não deixou nenhum recado na caixa postal. Ele tentou. Isso sim. E tentaria de novo. Porque as coisas sempre cobravam seu preço. Assim como agora. Havia acontecido de novo. Alguém tinha sido morto. Ele freou, saiu da rodovia principal e pegou a estradinha de terra que levava a Eikersaga, uma serraria abandonada. Tornou a acelerar e ouviu as pedrinhas estalarem nos aros das rodas.

Estava ainda mais escuro ali, e já havia água nos sulcos da pista. Logo seria meia-noite. O mesmo horário da primeira vez. Como o local ficava perto da divisa com o município vizinho de Nedre Eiker, um agente do posto policial de lá foi o primeiro a chegar à cena do crime depois de receber um telefonema de alguém que tinha ouvido um estrondo e achava que um carro havia caído no rio. Como se não bastasse o policial ter ido a um local fora de sua jurisdição, ele tinha feito uma bagunça na cena do crime, manobrando seu carro e destruindo potenciais vestígios.

Anton passou pela curva onde ele o havia encontrado: o cassetete. Foi o quarto dia depois do homicídio de René Kalsnes, e Anton finalmente estava de folga, mas se sentiu inquieto e foi dar uma volta na floresta. Afinal, um homicídio não era uma coisa que se via todo dia nem todo ano no distrito policial de Søndre Buskerud. Foi além da área onde a equipe de busca já havia passado o pente fino. E ali estava, embaixo dos abetos, logo depois da curva. Ali, Anton tomou a decisão, a decisão tola que tinha estragado tudo. Decidiu não relatar aquilo. Por quê? Primeiro, porque ficava tão longe do local do crime em Eikersaga que o cassetete dificilmente teria algo a ver com o homicídio. Mais tarde, perguntaram a ele por que estava procurando pistas ali se de fato achava que era longe demais para encontrar algo relevante para as investigações. Mas, naquele momento, tudo o que ele tinha pensado era que um cassetete semelhante ao usado pela polícia só atrairia atenção negativa e desnecessária para a instituição. As lesões infligidas a René Kalsnes poderiam ter sido causadas por qualquer instrumento pesado e também pelo fato de ele ter sido lançado de um lado para outro dentro do carro ao despencar no precipício e parar no rio quarenta metros abaixo. E, de qualquer forma, não era a arma do crime. René Kalsnes foi baleado no rosto com uma pistola calibre 9 milímetros, e isso tinha sido o fim da história.

Contudo, umas duas semanas mais tarde, Anton contou sobre o cassetete para Laura. E foi ela quem enfim o convenceu de que isso deveria ser relatado, de que não cabia a ele avaliar a importância da descoberta. E foi isso que ele fez. Foi até seu chefe e disse a verdade. "Um grave erro de avaliação", foi a sentença do chefe de polícia. E o agradecimento que ele recebeu por ter perdido um dia de folga para tentar ajudar num caso de homicídio foi que o tiraram do serviço ativo e o mandaram atender telefone em um escritório. De uma hora para outra, ele perdeu tudo. Por quê? Ninguém dizia em voz alta, mas René Kalsnes era conhecido como um filho da mãe frio e desalmado que enganava tanto amigos quanto desconhecidos, e, de acordo com a maioria, foi bom o mundo ter se livrado dele. No entanto, o mais mortificante foi que a Perícia Técnica não encontrou nenhum indício no cassetete que o ligava ao homicídio. Depois de três meses trancafiado no escritório, Anton podia escolher entre enlouquecer, se demitir ou conseguir uma transferência. Por isso, ele ligou para seu velho amigo e colega Gunnar Hagen, que lhe arranjou o emprego na polícia de Oslo. Ele sabia que a oferta de Gunnar foi um passo para trás em sua carreira, mas Anton pelo menos podia circular entre os habitantes e os criminosos da cidade de Oslo. Além disso, qualquer coisa era melhor do que aquela atmosfera viciada de Drammen, onde os policiais tentavam copiar Oslo, chamando sua delegaciazinha de "sede da polícia". Até o endereço, Grønland, 36, soava como um plágio da Grønlandsleiret de Oslo.

Anton passou pelo cume da colina, e seu pé direito pisou automaticamente no freio no instante em que viu a luz. Os pneus mastigaram o cascalho antes de o carro parar. A chuva batia na carroceria, quase abafando o barulho do motor. Vinte metros à sua frente, a lanterna foi abaixada. Os faróis captaram as faixas refletoras da fita de isolamento laranja e branca e o colete refletor da polícia usado pela pessoa que havia acabado de baixar a lanterna. O homem acenou para que ele se aproximasse, e Anton avançou. Foi exatamente ali, logo atrás da barreira, que o carro de René tinha saído da estrada. Eles usaram guincho e cabo de aço para rebocar o veículo até a serraria desativada, e lá conseguiram tirá-lo da água. Tiveram que ser habilidosos ao tirar o cadáver de René Kalsnes das ferragens, pois o bloco do motor havia sido empurrado para dentro do compartimento dos passageiros à altura do quadril.

Anton apertou o botão para abrir a janela do carro. Ar fresco e úmido da noite. Gotas grandes e pesadas de chuva atingiram a beirada da janela e borrifaram seu pescoço.

— Então? — perguntou ele. — Onde...

Anton piscou. Ele não soube dizer se havia terminado a frase. Foi como se houvesse um minúsculo salto no tempo, um corte malfeito num filme; ele não sabia o que tinha acontecido, apenas que estava perdendo a consciência. Olhou para o colo, havia cacos de vidro ali. Ergueu os olhos novamente e percebeu que a janela lateral estava quebrada. Abriu a boca para perguntar o que estava acontecendo. Ouviu um ruído sibilante no ar, pressentiu o que era, quis erguer o braço, mas foi lento demais. Ouviu um som crepitante. Entendeu que vinha de sua própria cabeça, que algo dentro dela se despedaçava. Ergueu o braço, gritou. Meteu a mão na alavanca de câmbio, tentando engatar a ré, mas parecia que a alavanca não obedecia; tudo estava muito devagar. Quis soltar a embreagem, acelerar, mas isso só o faria ir para a frente. Para o precipício. Direto para o rio. Quarenta metros. Uma simples... uma simples... Ele puxou a alavanca do câmbio com força. Ouviu a chuva mais nitidamente e sentiu o ar frio da noite em todo o lado esquerdo do corpo. Alguém tinha aberto a porta. A embreagem, onde estava o pé? Uma simples reprise. De ré. Assim.

Mikael Bellman olhou para o teto. Ouviu o tamborilar tranquilizador da chuva no telhado. Telhas holandesas. Com garantia de quarenta anos. Mikael queria saber quantas telhas a mais eles vendiam por causa de uma garantia assim. Mais do que o suficiente para pagar pelas que *não* duravam. Se havia algo que as pessoas queriam, era uma garantia de que as coisas durariam.

Ulla estava deitada com a cabeça apoiada em seu peito.

Os dois tinham conversado. Conversado longamente. Pela primeira vez em tanto tempo que ele nem lembrava mais. Ela havia chorado. Não aquele choro dolorido que ele odiava, mas o outro, o suave, que era menos dor, mais saudade, saudade de algo que tinha acontecido e que nunca mais poderia voltar. Aquele choro que revelava que algo em seu relacionamento fora tão precioso que valia a pena ter saudade. Ele não sentiu saudade antes de Ulla chorar. Era como se o choro dela fosse necessário para lhe mostrar isso. O choro afastou a cortina que sempre esteve ali, a cortina entre o que Mikael Bellman pensava e o que Mikael Bellman sentia. Ela chorou pelos dois, sempre fez isso. Também costumava rir pelos dois.

Ele a havia consolado. Acariciado seu cabelo. Deixado as lágrimas molharem a camisa azul-clara que ela tinha passado para ele no dia anterior. Em seguida, quase sem querer, ele a havia beijado. Ou será que foi consciente? Será que não foi por curiosidade? Curiosidade sobre como ela iria reagir, a mesma curiosidade que ele sentia quando era um jovem investigador e seguia o método de nove passos de Inbau, Reid e

Buckley, mais especificamente o passo em que apertavam o botão das emoções só para ver que reação teriam?

A princípio, Ulla não retribuiu o beijo, seu corpo apenas enrijeceu um pouco. Então ela reagiu de mansinho. Mikael conhecia os beijos dela, mas não esse. O indeciso, hesitante. Então ele a beijou com um pouco mais de avidez. E ela pegou fogo. Arrastou-o para a cama. Arrancou a roupa. E, na escuridão, ele teve aquele mesmo pensamento. Que ela não era ele. Gusto. E sua ereção desapareceu antes de os dois estarem embaixo dos lençóis.

Ele explicou que estava cansado demais. Que tinha preocupações demais. Que a situação estava confusa demais, a vergonha era grande demais. Mas acrescentou depressa que *ela*, a outra, não tinha nada a ver com aquilo. E pelo menos isso ele sabia que era verdade.

Mikael fechou os olhos. Mas era impossível dormir. Havia uma inquietação, a mesma inquietação que vinha tirando seu sono nos últimos meses, uma vaga sensação de que algo horrível havia acontecido ou estava prestes a acontecer, e, por algum tempo, ele desejou que fosse apenas um sonho repetitivo até lembrar o que era.

Algo o fez abrir os olhos outra vez. Uma luz. Uma luz branca no teto. Vinha do chão ao lado da cama. Ele se virou, olhou para a telinha do celular. Estava no silencioso, mas sempre ligado. Havia combinado com Isabelle que nunca mandariam mensagens durante a noite. O motivo de ela não querer mensagens noturnas, ele nunca perguntou. E ela aparentemente levou numa boa quando ele disse que não poderiam se ver por algum tempo. Mikael sabia que ela havia entendido o que ele queria dizer. Que, naquela frase, ela poderia riscar "por algum tempo".

Mikael ficou aliviado ao ver que a mensagem de texto era de Truls. Ele estranhou aquilo. Provavelmente Truls estava bêbado. Ou talvez fosse engano, talvez fosse para uma mulher. A mensagem só tinha duas palavras:

Durma bem.

Anton Mittet acordou.

A primeira coisa que registrou foi o som da chuva, que agora era só um leve murmúrio no para-brisa. Percebeu que o motor estava desligado, que sua cabeça doía e que não conseguia movimentar as mãos.

Ele abriu os olhos.

Os faróis ainda estavam acesos. A luz atravessava a chuva, apontando para a descida e a escuridão lá embaixo, onde o chão de repente sumia. O para-brisa molhado não permitia que Anton enxergasse a floresta de abetos do outro lado do precipício, mas ele sabia que ela estava ali. Erma. Silenciosa. Cega. Não houve testemunhas daquela vez. Desta vez, também não.

Ele olhou para as mãos. O motivo pelo qual não podia movimentá-las era que estavam presas ao volante com algemas descartáveis, as quais já substituíram quase por completo as algemas tradicionais da polícia. Era só colocar as tirinhas em volta dos pulsos do detido e apertá-las; elas eram capazes de conter até os mais fortes. Tudo o que um detido conseguiria em caso de resistência era que as presilhas de plástico penetrassem a pele e entrassem na carne. Chegariam até o osso, se ele não desistisse.

Anton apertou o volante, percebeu que tinha perdido a sensibilidade dos dedos.

— Acordou?

A voz soou estranhamente familiar. Anton se virou para o banco do carona. Fitou olhos que espreitavam pelos furos de uma balaclava. Do mesmo tipo que a Delta, a tropa de elite, usava.

— Então vamos soltar isso.

A mão esquerda enluvada agarrou o freio de mão entre eles e o soltou. Anton sempre gostou do ruído dos freios de mão de carros antigos; eles lhe davam uma noção da mecânica, das rodas dentadas e das correntes, do que realmente estava acontecendo. Hoje em dia, os freios de mão quase não emitiam ruído algum. Somente um leve clique. As rodas. Elas rolaram para a frente. Mas só uns dois metros. Anton automaticamente pisou no pedal do freio. Teve de pisar forte, pois o motor estava desligado.

— Bom reflexo, Mittet.

Anton olhou pelo para-brisa. A voz. Aquela voz. Ele soltou um pouco a pressão sobre o pedal. Houve um rangido, como o de dobradiças sem lubrificação. O carro se moveu, e ele pisou de novo no freio, mantendo o pé firme dessa vez.

A luz interna se acendeu.

— Você acha que René sabia que ia morrer?

Anton Mittet não respondeu. Tinha visto a própria imagem de relance no retrovisor. Pelo menos achava que era ele mesmo. O rosto estava coberto de sangue cintilante. O nariz pendia para um dos lados, deveria estar quebrado.

— Como é a sensação, Mittet? De saber? Você pode me contar?

— P... por quê? — A pergunta de Anton saiu automática. Ele nem sabia se queria saber o motivo. Só sabia que estava com frio. E que queria sair dali. Que queria voltar para Laura. Abraçá-la. Ser abraçado por ela. Sentir o cheiro dela. O calor dela.

— Você não entendeu, Mittet? Porque vocês não solucionaram o caso, obviamente. Estou dando uma nova chance para vocês. Uma possibilidade de aprender com os próprios erros.

— A... aprender?

— Você sabia que pesquisas na área de psicologia mostram que um feedback ligeiramente negativo no trabalho melhora o desempenho? Não muito negativo nem positivo, mas *ligeiramente* negativo. Punir vocês todos, matar apenas um dos investigadores do grupo por vez, seria o equivalente a uma série de feedbacks *ligeiramente* negativos, não acha?

As rodas chiaram, e Anton pisou no pedal outra vez. Olhando fixamente para a borda do precipício. Parecia que era necessário pisar ainda mais forte.

— É o fluido do freio — disse a voz. — Fiz um furo na mangueira. O fluido está escorrendo. Logo, você poderá pisar o quanto quiser que não vai adiantar nada. Você acha que vai ter tempo de pensar enquanto cai? Vai ter tempo de se arrepender?

— Me arrepender de qu... — Anton quis continuar, mas não saiu mais nada. Era como se a boca estivesse cheia de farinha. Cair. Ele não queria cair.

— De não ter comunicado sobre o cassetete — disse a voz. — De não ter ajudado a encontrar o assassino. Isso poderia salvá-lo agora, sabe.

Anton tinha a sensação de que, quanto mais fundo pisava no pedal, mais rápido o fluido se esvaía do sistema de frenagem. Soltou o pé de leve. Houve um chiado de cascalho embaixo dos pneus, e, em pânico, ele pressionou as costas contra o assento, ficando de pernas esticadas, os pés no pedal do freio. O carro tinha dois sistemas separados de frenagem hidráulica, talvez só um tivesse sido avariado.

— Se você se arrepender, talvez seus pecados sejam perdoados, Mittet. Jesus é generoso.

— E... eu me arrependo. Me tire daqui.

Risada baixa.

— Sem essa, Mittet, estou falando do Reino dos Céus. *Eu* não sou Jesus, de mim você não vai conseguir perdão algum. — Breve pausa. — E, sim, danifiquei os dois sistemas de frenagem.

Por um instante, Anton teve a impressão de conseguir *ouvir* o fluido do freio pingando embaixo do carro antes de se dar conta de que era seu próprio sangue que pingava da ponta do queixo, caindo em seu colo. Ele ia morrer. De repente, isso lhe pareceu um fato tão inalterável que o frio inundou seu corpo, dificultando os movimentos, como se o processo de *rigor mortis* já tivesse se iniciado. Mas por que o assassino continuava sentado ali a seu lado?

— Você está com medo de morrer — disse a voz. — É o seu corpo, ele está emitindo um cheiro. Consegue sentir? Adrenalina. Cheira a remédio e urina. É o mesmo cheiro de asilo de idosos e matadouros. O cheiro do medo da morte.

Anton arquejava; era como se não tivesse ar o suficiente para os dois lá dentro.

— Quanto a mim, eu não tenho medo algum de morrer — continuou a voz. — Não é estranho? Perder algo tão fundamentalmente humano quanto o medo de morrer? É óbvio que tem a ver com a vontade de viver, mas apenas em parte. Muitas pessoas passam a vida inteira onde não querem estar, com medo de que as alternativas sejam piores. Isso não é triste?

Anton tinha a sensação de que estava prestes a sufocar. Ele nunca teve asma, mas tinha visto Laura em suas crises, a expressão desesperada, suplicante, em seu rosto; havia sentido a aflição de não poder ajudá-la, de apenas ser o espectador de sua luta aterrorizante para respirar. Mas uma parte dele também tinha sentido curiosidade, também quis saber como era estar ali, à beira da morte, também quis sentir que não havia nada que você pudesse fazer, apenas que algo estava sendo feito *com* você.

Agora ele sabia.

— Na minha opinião, a morte é um lugar melhor — salmodiou a voz. — Mas não posso acompanhá-lo agora, Anton. Tenho trabalho a fazer.

Anton ouviu o chiado de novo. E não era possível pressionar ainda mais o pedal do freio; ele já estava no fundo.

— Adeus.

Ele sentiu o ar entrar pela porta do lado do carona assim que ela se abriu.

— O paciente — gemeu Anton.

Ele olhou diretamente para a beira do precipício, onde tudo desaparecia, mas percebeu que a pessoa no banco do carona se virou para ele.

— Que paciente?

Anton passou a língua pelo lábio superior, captando algo úmido com sabor adocicado e metálico. Conseguiu dizer algo.

— O paciente no Hospital Universitário. Fui dopado antes de ele ser morto. Foi você?

Houve uns dois segundos de silêncio durante os quais Anton só ouviu a chuva. A chuva lá fora na escuridão... Será que existia som mais bonito? Se Anton tivesse escolha, gostaria apenas de ficar sentado escutando aquele som dia após dia. Ano após ano. Escutando sem parar, saboreando cada segundo.

Então o corpo ao seu lado se moveu, e Anton sentiu o carro se erguer um pouco ao se livrar do peso do outro. A porta se fechou suavemente. Ele estava sozinho. O carro estava se mexendo. O ruído dos pneus se movimentando sobre o cascalho parecia um sussurro rouco. O freio de mão. Ele ficava a meio metro de sua mão direita. Anton tentou puxar as mãos com força. Nem sentiu dor quando a pele se rasgou. O sussurro rouco soava mais alto e mais rápido agora. Sabia que ele era muito alto e não tinha flexibilidade suficiente para conseguir pôr o pé embaixo do freio de mão, por isso inclinou o corpo. Abriu a boca. Conseguiu travar nos dentes a ponta do freio de mão, sentiu a pressão contra a parte de dentro da arcada superior, puxou-o para cima, mas o freio escapou. Tentou, sabendo que era tarde demais, mas ele preferia morrer assim, lutando, desesperado, vivo. Contorceu o corpo, conseguiu enfiar a alavanca do freio de mão na boca outra vez.

Tudo ficou em silêncio. A voz tinha se calado, e a chuva havia cessado de repente. Não, não havia cessado. Era ele. Ele caía. Sem peso, rodopiando numa valsa lenta, como a que dançara com Laura aquela vez, com todos os seus amigos assistindo ao redor. Girando em torno de seu próprio eixo, lentamente, um-dois-três. Mas agora ele estava absolutamente só. Caindo nesse silêncio estranho. Caindo com a chuva.

14

Laura Mittet olhou para eles. Quando tocaram a campainha, ela desceu até a porta da frente do prédio em Elveparken, e agora estava de braços cruzados, o frio penetrando seu roupão. Ela viu os primeiros raios de sol brilharem nas águas do Drammenselva. Um pensamento passou por sua mente; por uns dois segundos ela não estava ali, não os ouvia, não via nada além do rio atrás deles. Naqueles segundos, sozinha, ela pensou que Anton nunca tinha sido o homem certo para ela. Que ela nunca tinha encontrado o homem certo, ou pelo menos não tinha ficado com o homem certo, no fim das contas. E Anton a traiu no mesmo ano em que se casaram. Ele nunca soube que ela havia descoberto o caso. Na época, Laura tinha muito a perder. E, provavelmente, ele teve outro caso agora. Anton tinha a mesma expressão de trivialidade exagerada ao inventar desculpas tão fracas quanto daquela vez. Ordens repentinas para trabalhar horas extras. Engarrafamentos na volta para casa. Celular desligado por causa da bateria descarregada.

Eram dois. Um homem e uma mulher, ambos usando uniformes sem um único amassado, sem uma única mancha. Como se tivessem acabado de tirá-los do guarda-roupa para vestir. Olhares sérios, quase assustados. Chamavam-na de "Sra. Mittet". Ninguém fazia isso. E ela nem gostava disso. Era o sobrenome dele, e muitas vezes Laura havia se arrependido de tê-lo adotado.

Eles pigarrearam. Tinham algo a lhe contar. Então, o que estavam esperando? Ela já sabia. Eles já haviam lhe dado a notícia, com aquela expressão idiota, exagerada e trágica no rosto. Ela estava furiosa. Tão furiosa que sentiu o próprio rosto se contorcer, se transformar em algo que ela não queria ser, como se também tivesse sido forçada a representar um papel nessa tragédia cômica. Eles tinham dito alguma coisa. O que era? Era norueguês? As palavras não faziam sentido.

Ela nunca quis ter o homem certo. Ela nunca quis ter o nome dele. Não até agora.

15

O Volkswagen Sharan preto subia em círculos em direção ao céu azul. Como um míssil em câmera lenta, pensou Katrine enquanto observava a cauda que não era feita de fogo e fumaça, mas sim de água que escorria das portas e do porta-malas do carro destruído e que se dissolvia em gotas reluzentes à luz do sol, seguindo seu caminho para o rio.

— Da última vez, a gente rebocou o carro até aqui — disse o policial local.

Eles estavam diante da serraria desativada, com tinta vermelha descascando das paredes e todos os vidros das pequenas janelas quebrados. A grama murcha parecia a franja de Hitler, penteada na direção em que a chuva tinha caído na noite anterior. Nas sombras, havia pedaços cinzentos de neve parcialmente derretida. Uma ave migratória que retornara antes do tempo cantava otimista, e o rio gorgolejava contente.

— Mas, como esse estava preso entre duas pedras, foi mais fácil içá-lo de uma vez.

O olhar de Katrine acompanhou a correnteza do rio. Logo abaixo da serraria havia uma barragem, e a água corria num fio entre as grandes rochas cinzentas que tinham prendido o carro. Ela viu o sol se refletir em cacos de vidro aqui e ali. Então, seus olhos foram atraídos para o paredão vertical. Granito de Drammen. Aparentemente, era a designação de um tipo de rocha. Vislumbrou a parte de trás do guincho e o guindaste amarelo que despontava à beira do precipício lá em cima. Torceu para que alguém tivesse feito o cálculo correto para aquela suspensão.

— Mas, se vocês são investigadores, por que não estão lá em cima junto com os outros? — perguntou o policial que os tinha deixado passar pelas fitas de isolamento depois de analisar seus crachás com atenção.

Katrine deu de ombros. Não que fossem penetras. Quatro pessoas sem autorização para estar ali, cuja missão era de tal natureza que, por enquanto, deveriam se manter longe dos olhares do grupo principal de investigação.

— Estamos vendo o que precisamos ver daqui — disse Beate Lønn.
— Obrigada.
— Não há de quê.

Katrine Bratt desligou o iPad, que ainda estava logado no site das penitenciárias norueguesas, e se apressou a seguir Beate Lønn e Ståle Aune, que haviam passado pela fita de isolamento e seguiam em direção ao Volvo Amazon de Bjørn Holm, que já tinha seus 40 e tantos anos. O dono do carro estava descendo o íngreme caminho de cascalho num trote vagaroso e os alcançou assim que chegaram ao carro antiquado, sem ar-condicionado, airbag ou chave eletrônica, mas com duas listras de xadrez que passavam sobre o capô, o teto e a traseira. Pela respiração ofegante de Holm, Katrine concluiu que, no momento atual, ele dificilmente teria passado nas provas de admissão da Academia de Polícia.

— Então? — perguntou Beate.

— O rosto está parcialmente destruído, mas dizem que o corpo provavelmente é de um tal Anton Mittet — disse Holm. Arrancou o gorro rastafári e o usou para enxugar o suor do rosto redondo.

— Mittet — disse Beate. — Claro.

Os outros se viraram para ela.

— Um policial local. O mesmo que assumiu o plantão de Sivert lá em Maridalen, você se lembra, Bjørn?

— Não — respondeu Holm, sem qualquer vergonha. Katrine supôs que ele havia se acostumado a ter uma chefe alienígena.

— Ele era da polícia de Drammen. E teve uma participação mínima na investigação do homicídio anterior neste local.

Espantada, Katrine meneou a cabeça. Uma coisa era Beate reagir tão depressa ao chamado que apareceu nos registros da polícia sobre um carro no rio, a ponto de mandar todos irem para Drammen. Isso porque ela imediatamente lembrou que se tratava do local onde um tal René Kalsnes tinha sido assassinado havia vários anos. Outra coisa era ela lembrar o nome de um cara de Drammen que havia tido uma participação *mínima* na investigação.

— Foi fácil me lembrar dele, pois ele pisou feio na bola — disse Beate, que, pelo visto, tinha notado o espanto de Katrine. — Ficou calado sobre um cassetete que ele encontrou perto da cena do crime, com medo de que fosse comprometer a polícia. Eles disseram algo sobre a provável causa da morte?

— Não — respondeu Holm. — É evidente que ele teria morrido por causa da queda. Além disso, a alavanca do freio de mão atravessava sua boca e saía pela parte de trás da cabeça. Mas ele deve ter levado uns socos antes, porque o rosto estava cheio de pequenas escoriações.

— É possível que tenha dirigido o carro para o precipício por conta própria? — perguntou Katrine.

— Talvez. Mas suas mãos estavam presas ao volante com algemas descartáveis. Não havia marcas de freio, e o carro atingiu as pedras bem perto do paredão, por isso ele não devia estar em grande velocidade. Deve ter praticamente rolado no precipício.

— O freio de mão na boca? — perguntou Beate, enrugando a testa. — Como isso aconteceria?

— Suas mãos estavam presas, e o carro estava indo em direção ao precipício — disse Katrine. — Ele pode ter tentado puxar o freio com a boca, não?

— Talvez. De qualquer forma, é um policial, mais um morto no local de um crime anterior.

— De um homicídio que não foi solucionado — acrescentou Bjørn Holm.

— Sim, mas tem algumas diferenças importantes entre esse homicídio e os das meninas de Maridalen e Tryvann — destacou Beate, balançando o relatório que eles imprimiram às pressas antes de saírem do escritório do porão. — René Kalsnes era homem e não tinha nenhum histórico de abuso sexual.

— Tem uma diferença ainda mais importante — interveio Katrine.

— Tem?

Ela deu um tapinha no iPad debaixo do braço.

— Conferi o registro de antecedentes criminais e de detentos enquanto estávamos vindo para cá. Valentin Gjertsen estava cumprindo uma pena curta na penitenciária de Ila quando René Kalsnes foi morto.

— Merda! — exclamou Holm.

— Calma — disse Beate. — Isso não exclui a possibilidade de Valentin ter matado Anton Mittet. Ele talvez tenha quebrado o padrão nesse caso, mas ainda é o mesmo louco por trás de tudo. O que você diz, Ståle?

Os três se viraram para Ståle Aune, que se manteve excepcionalmente calado. Katrine percebeu que o homem gorducho também parecia excepcionalmente pálido. Ele se apoiava na porta do Amazon, e seu peito arfava.

— Ståle — repetiu Beate.

— Desculpe — disse ele, fazendo uma tentativa malsucedida de sorrir. — O freio de mão...

— Você acaba se acostumando — disse Beate com uma tentativa igualmente malsucedida de esconder sua impaciência. — Isso aqui é obra do nosso assassino de policiais ou não?

Ståle Aune se empertigou.

— Assassinos em série podem quebrar o padrão, se é o que você quer saber. Mas não acredito que isso seja obra de um imitador que decidiu continuar o trabalho do primeiro... hã... assassino de policiais. Como Harry costumava dizer, um assassino em série é uma baleia branca. Um assassino em série de policiais é uma baleia branca com pintas cor-de-rosa. Não há dois.

— Então concordamos que este é o mesmo assassino — afirmou Beate. — Mas o cumprimento da pena põe por terra a teoria de que Valentin procura seus velhos locais de crime e mata novamente.

— Mesmo assim — interveio Bjørn. — Essa é a única morte em que o próprio assassinato também é uma imitação. Os golpes no rosto, o carro no rio. Isso pode ter algum significado.

— Ståle?

— Isso pode significar que ele sente que está ficando melhor, que deve aperfeiçoar os assassinatos transformando-os em réplicas exatas.

— Pare com isso — esbravejou Katrine. — Você o faz parecer um artista.

— E? — disse Ståle, olhando para ela com ar interrogativo.

— Lønn!

Eles se viraram. Um homem se aproximava pela ladeira de cascalho com a camisa havaiana esvoaçando, a pança balançando, os cachos dançando. O ritmo relativamente acelerado parecia mais uma consequência da inclinação da ladeira do que do empenho do corpo.

— Vamos embora — disse Beate.

Eles conseguiram entrar no Amazon, mas, quando Bjørn fez a terceira tentativa de ligar o carro, o nó de um dedo indicador bateu na janela de Beate, do lado do carona.

Ela soltou um gemido fraco e baixou o vidro.

— Roger Gjendem — disse ela. — O jornal *Aftenposten* tem alguma pergunta para que eu possa responder "sem comentário"?

— Esse é o terceiro assassinato de policial. — O homem com a camisa havaiana ofegou, e Katrine constatou que, em termos de condição física, Bjørn Holm tinha encontrado alguém pior. — Vocês têm alguma pista?

Beate Lønn sorriu.

— S-e-m c-o-m... — disse Roger Gjendem pausadamente, enquanto fingia que estava fazendo anotações. — A gente perguntou por aí. O lugar é pequeno. O dono de um posto de gasolina disse que Mittet abasteceu o carro no posto bem tarde ontem à noite. Ele achou que Mittet estava sozinho. Isso significa...

— Sem...

— ... comentários. Vocês acham que o chefe de polícia vai ordenar que vocês andem com a arma de serviço carregada a partir de agora?

Beate franziu o cenho.

— O que você quer dizer?

— A arma de serviço no porta-luvas de Mittet, claro. — Gjendem se inclinou e olhou desconfiado para os outros. Será que eles realmente não tinham essa informação básica? — Descarregada, mesmo com uma caixa inteira de cartuchos ali. Se ele tivesse uma pistola carregada, talvez pudesse salvar sua vida.

— Sabe de uma coisa, Gjendem? — disse Beate. — Você pode repetir minha última resposta para todas as perguntas. Na verdade, eu preferiria que você não mencionasse de modo algum esse nosso encontro.

— Por que não?

O motor deu partida com um pequeno rugido.

— Bom dia, Gjendem. — Beate começou a fechar o vidro, mas não rápido o suficiente para que eles não ouvissem a última pergunta:

— Vocês sentem falta de vocês-sabem-quem?

Holm pisou na embreagem.

Katrine viu Roger Gjendem se encolher no espelho.

Mas esperou até eles terem passado por Liertoppen para verbalizar o que todos estavam pensando.

— Gjendem tem razão.

— Tem, sim. — Beate suspirou. — Mas não podemos mais contar com ele, Katrine.

— Eu sei, mas a gente precisa tentar!

— Tentar o quê? — perguntou Bjørn Holm. — Desenterrar um homem morto?

Katrine olhou para a floresta monótona ao longo da rodovia. Lembrou-se de uma vez que tinha sobrevoado aquele lugar, a região com maior densidade populacional da Noruega, num helicóptero policial, e como ela se dera conta de que mesmo ali predominavam a mata e os lugares ermos. Lugares que as pessoas não frequentavam. Esconderijos. De que mesmo ali as casas eram pequenos pontos iluminados na noite; a estrada, uma fina linha que atravessava o breu impenetrável. Que era impossível ver tudo. Que era preciso farejar. Escutar. Saber.

Eles estavam quase chegando a Asker, mas seguiam num silêncio tão categórico que, quando Katrine enfim respondeu, ninguém havia esquecido a pergunta.

— Sim.

16

Katrine Bratt atravessou a praça em frente ao Chateau Neuf, a sede da Associação dos Estudantes Noruegueses. Festas badaladas, shows descolados, debates intensos. Era assim que ela se lembrava do lugar. E, entre um evento e outro, eles se saíam bem nos exames.

Era surpreendente como o jeito de se vestir entre os estudantes tinha mudado pouco desde a época em que ela havia frequentado aquele lugar. Camisetas, calças largas, óculos de nerd, *puffer jackets* e jaquetas retrô do exército. Um estilo cheio de personalidade que tentava disfarçar a insegurança, o medo de fracassar social e academicamente. Mas pelo menos eles estavam muito contentes por não pertencerem ao grupo de pobres coitados do outro lado da praça, para onde Katrine estava indo.

A essa altura, alguns desses pobres coitados vinham em sua direção, saindo pelo portão que mais parecia o de um presídio: estudantes usando o uniforme preto da polícia, que sempre parecia um pouco grande demais, não importando o quanto fosse apertado. De longe, ela era capaz de reconhecer os calouros. Eles pareciam desajeitados no uniforme e puxavam a pala do quepe sobre a testa. Ou para encobrir a insegurança ou para evitar os olhares levemente desdenhosos, ou até compassivos, dos estudantes do outro lado da praça, os estudantes de verdade, os livres, os independentes, os críticos ao sistema, os intelectuais, os pensantes. Estes sorriam ironicamente por trás de seus cabelos compridos e oleosos e deitavam de costas na escada para tomar sol enquanto fumavam aquilo que os estudantes da Academia de Polícia sabiam que *poderia* ser um baseado.

Pois eles eram os jovens de verdade, os melhores da sociedade, os que tinham o direito de errar, os que ainda tinham as escolhas da vida pela frente.

Talvez apenas Katrine tivesse se sentido dessa forma durante sua passagem pela Academia de Polícia, talvez apenas ela tivesse sentido vontade de gritar que eles não sabiam quem ela era, o motivo de ela ter escolhido ser policial, o que ela queria fazer pelo resto de sua vida.

O velho vigia, Karsten Kaspersen, ainda estava na guarita junto à porta, mas, se lembrava da estudante Katrine Bratt, ele não deixou isso transparecer ao conferir a identidade dela e fazer um breve aceno com a cabeça. Katrine seguiu pelo corredor rumo ao auditório. Passou pela porta da sala de cena de crime, que estava mobiliada como um apartamento, com divisórias e uma galeria, de onde podiam observar os colegas treinando apreensão, buscando vestígios e interpretando sequências de eventos. Ela entreabriu a porta para a sala de exercícios físicos, com tatame e cheiro de suor, onde eles praticavam a fina arte de dominar suspeitos e algemá-los. Em seguida, entrou de mansinho no auditório 2. A aula estava em andamento, portanto, ela foi na ponta dos pés até uma cadeira vaga na última fileira. Sentou-se de modo tão discreto que nem foi notada pelas duas meninas da fileira da frente, que estavam num cochicho animado.

— Ela não bate bem, sabe. Ela tem uma foto dele na parede do quarto.

— *Sério?*

— Eu mesma vi.

— Meu Deus, ele é velho. E feio.

— Você acha?

— Você é cega? — Ela fez um gesto em direção à lousa, onde o professor estava de costas, escrevendo.

— Motivo! — O professor se virou para os estudantes, repetindo a palavra que havia escrito. — O custo psicológico de matar é tão alto para pessoas dotadas de pensamento racional e sentimentos normais que é preciso haver um motivo extremamente bom. Em geral, é mais fácil e mais rápido encontrar bons motivos do que a arma do crime, testemunhas e provas periciais. E, via de regra, eles apontam diretamente para o assassino. Por isso, todas as investigações de homicídio devem começar com a pergunta: "Por quê?"

Ele fez uma pausa enquanto os olhos percorriam a plateia, mais ou menos como um cão pastor que encurrala o rebanho e o mantém reunido, pensou Katrine.

O professor ergueu o dedo indicador.

— A simplificação grosseira é: encontre o motivo e você encontrou o assassino.

Katrine Bratt não o achava feio. Não era bonito, claro, não no sentido convencional da palavra. Era o que os ingleses chamavam de *acquired taste*. E a voz continuava a mesma, grave, calorosa, com um tom levemente rouco, atraente não apenas para as estudantes mais novinhas.

— Sim? — O professor hesitou por um momento antes de dar a palavra à estudante que havia levantado o braço.

— Por que mandamos equipes de perícia grandes e dispendiosas se um brilhante investigador de homicídios como o senhor pode solucionar o caso todo com algumas perguntas e deduções?

Não havia ironia audível no tom de voz da estudante, apenas uma franqueza quase infantil, além de um sotaque que revelou que ela deveria ter morado no norte.

Katrine viu as emoções passarem rapidamente pelo rosto do professor — vergonha, frustração, irritação — antes de ele se recompor para dar a resposta:

— Por que nunca é o suficiente *saber* quem é o criminoso, Silje. Durante a onda de assaltos a banco em Oslo uns dez anos atrás, a Divisão Antirroubo tinha uma agente que era capaz de reconhecer pessoas mascaradas pelo formato de seus rostos.

— Beate Lønn — disse a moça que ele tinha chamado de Silje. — A chefe de Perícia Técnica.

— Exatamente. E, em oito de dez casos, a Divisão Antirroubo sabia quem eram as pessoas mascaradas nos vídeos dos assaltos. Mas não tinha provas. Impressões digitais são provas. Uma arma disparada é uma prova. Um investigador convencido *não* é uma prova, não importando sua genialidade. Usei algumas simplificações hoje, mas aqui vai a última. A resposta à pergunta "por quê?" não vale nada se não descobrirmos a resposta à pergunta "como?" e vice-versa. Mas agora já estamos adiantando o processo. Folkestad vai dar aula sobre técnicas de investigação. — Ele olhou para o relógio. — Vamos falar melhor sobre o motivo na próxima aula, mas dá tempo de fazermos um aquecimento. Por que as pessoas matam?

Os olhos convidativos do professor percorreram o auditório mais uma vez. Katrine viu que, além da cicatriz que passava por seu rosto como um canal, indo do canto da boca até a orelha, ele tinha duas novas marcas. Uma parecia de uma facada no pescoço, e a outra, que ficava na lateral da cabeça, à altura das sobrancelhas, poderia muito bem ser de uma bala. Mas, fora isso, ela nunca o tinha visto tão bem. A figura de um metro e noventa e dois de altura parecia aprumada e ágil, e o cabelo loiro à escovinha ainda não apresentava sinal de fios grisalhos. E, por baixo da camiseta, ela viu que ele estava em boa forma, tinha carne em seus ossos. E o mais importante: havia vida em seus olhos. Aquela esperteza e aquela energia quase insana estavam de volta. Rugas de riso e uma linguagem corporal expansiva que ela não tinha visto nele antes. Katrine quase suspeitava de que ele tivesse uma vida boa. Seria a primeira vez desde que ela o conhecera.

— Porque elas têm algo a ganhar com isso — respondeu uma voz masculina.

O professor fez um gesto de afabilidade.

— A gente pensaria que sim, não é? Mas o homicídio com fins lucrativos não é o padrão, Vetle.

Uma voz grossa de Sunnmøre perguntou:

— Porque elas odeiam alguém?

— Elling sugere um homicídio passional — disse o professor. — Ciúmes. Rejeição. Vingança. Sim, certamente. Alguém mais?

— Porque elas são dementes. — A sugestão veio de um rapaz alto de costas arqueadas.

— Demente não é a palavra mais correta, Robert. — Era aquela menina de novo. Katrine viu apenas um rabo de cavalo loiro em forma de S sobre o espaldar da cadeira na primeira fileira. — A palavra é...

— Está tudo bem, a gente entendeu o que ele quis dizer, Silje. — O professor estava apoiado na frente da mesa, as pernas compridas esticadas à frente, os braços cruzados sobre uma camisa da Glasvegas. — Pessoalmente, acho que demente é um ótimo termo. Mas de fato isso não é uma causa muito comum de assassinatos. É óbvio que há aqueles que são da opinião de que matar alguém por si só é prova de insanidade, mas, em sua maioria, os homicídios são racionais. Assim como é racional buscar ganhos materiais, bem-estar emocional. O assassino pode pensar que o assassinato vai aplacar a dor que vem do ódio, do medo, do ciúme, da humilhação.

— Mas se matar é tão racional... — O primeiro rapaz. — Você pode me dizer quantos assassinos felizes você conheceu?

O CDF da sala, era o chute de Katrine.

— Poucos — respondeu o professor. — Mas o fato de o assassinato acabar se tornando uma frustração não quer dizer que não seja um ato racional, pois o assassino *acredita* que vai obter alívio para sua dor. Em geral, porém, a vingança é mais doce na imaginação, o crime passional leva ao remorso. O crescendo que o assassino em série cria tão meticulosamente quase sempre se transforma num anticlímax, de modo que ele precisa matar de novo. Em resumo... — Ele se levantou e voltou para a lousa. — Quando se trata de assassinatos, a afirmação de que o crime não compensa tem um fundo de verdade. Para a próxima aula, quero que cada um pense num motivo que poderia levá-lo a matar. Não quero nada de baboseira politicamente correta, quero que procurem a resposta em seus recônditos mais escuros. Talvez só escuros já seja o suficiente. E então *leiam* a dissertação de Aune sobre personalidades de assassinos e perfis criminais, ok? Vou fazer perguntas, sim. Então, fiquem com medo, estejam preparados. Estão liberados.

Houve uma cacofonia de cadeiras sendo arrastadas.

Katrine permaneceu sentada, observando os estudantes que passavam por ela. No fim, sobraram apenas três pessoas. Ela, o professor, que apagava a lousa, e o rabo de cavalo em forma de S que tinha se posicionado logo atrás dele com os pés juntos e as anotações debaixo do braço. Katrine constatou que ela era esbelta. E que sua voz soou diferente agora do que quando ela falou durante a aula.

— Você não acha que aquele assassino em série que você pegou na Austrália tinha satisfação em matar as mulheres? — Jeito afetado de menininha. Como uma garota que quer puxar o saco do pai.

— Silje...

— Quer dizer, ele estuprou as vítimas. Isso deve ter sido bom.

— Leia a dissertação, então podemos voltar ao assunto na próxima vez, tudo bem?

— Tudo bem.

Mesmo assim, ela ficou ali. Balançando para a frente e para trás sobre os calcanhares. Como se quisesse se esticar, pensou Katrine. Como se quisesse alcançá-lo. Enquanto isso, o professor reunia seus papéis numa pasta de couro sem prestar atenção nela. Então a jovem se virou bruscamente e subiu depressa os degraus em direção à saída. Ela desacelerou ao ver Katrine, examinando-a antes de se apressar outra vez para ir embora.

— Olá, Harry — disse Katrine baixinho.

— Olá, Katrine — cumprimentou ele, sem erguer os olhos.

— Você parece muito bem.

— Você também — respondeu ele, fechando o zíper da pasta de couro.

— Você me viu chegar?

— Eu *senti* você chegar. — Ele ergueu os olhos. E sorriu. Katrine sempre se surpreendera com a transformação no rosto de Harry quando ele sorria. Como o sorriso era capaz de fazer desaparecer a expressão dura, desdenhosa e cansada que ele trazia no rosto, carregando-a como um fardo. Como ele de repente poderia parecer um menino brincalhão e adulto, que parecia irradiar o brilho do sol. Como um dia ensolarado em Bergen em julho. Tão desejado quanto raro.

— E o que isso quer dizer? — perguntou ela.

— Que eu meio que esperava que você viesse.

— É mesmo?

— Sim. E a resposta é não. — Ele enfiou a pasta embaixo do braço, veio até ela em quatro passos largos e a abraçou.

Ela retribuiu o abraço, inspirando seu cheiro.

— Não para quê, Harry?

— Não, não posso ser seu — sussurrou ele ao ouvido dela. — Mas isso você já sabia, né?

— Ei! — exclamou ela e fingiu que tentava se soltar do abraço. — Se não fosse por causa daquela feiosa, você estaria aos meus pés em cinco minutos, cara. E eu não disse que você está *tão* bem assim.

Ele riu e a soltou. Katrine se deu conta de que queria que ele a abraçasse um pouco mais. Ela nunca soubera ao certo se realmente queria ficar com Harry; talvez isso fosse algo tão surreal que ela não se deu o trabalho de formar uma opinião a respeito. Com o tempo, aquilo havia se transformado numa brincadeira. Além do mais, ele tinha voltado com Rakel. Ou "aquela feiosa", como Katrine se permitia chamá-la, já que o epíteto era tão absurdo que só ressaltava a beleza irritante de Rakel.

Harry esfregou o queixo, a barba malfeita.

— Hum, se você não está atrás do meu corpinho irresistível, deve ter vindo... — Ele levantou o dedo indicador. — Já sei. Por causa da minha mente brilhante!

— Você tampouco ficou mais engraçado com o passar dos anos.

— E a resposta continua sendo não. E você sabia disso também.

— Você tem uma sala onde a gente possa conversar sobre isso?

— Sim e não. Tenho uma sala, mas não onde a gente possa conversar sobre minha ajuda naquele caso de homicídio.

— *Os casos* de homicídio.

— É um caso só, até onde percebi.

— Fascinante, não é?

— Não me venha com essa. Essa vida já acabou para mim, e você sabe disso.

— Harry, esse caso precisa de você. E você precisa desse caso.

O sorriso dele nem chegou aos olhos.

— Preciso de um caso de homicídio tanto quanto preciso de uma bebida, Katrine. Sinto muito. Poupe seu tempo e procure a próxima alternativa.

Ela olhou para ele. Pensou que a comparação com a bebida veio depressa. O que confirmou sua suspeita de que ele simplesmente estava com medo. Medo de que, se desse uma olhada no caso, a consequência seria a mesma de uma gota de álcool. Harry não seria capaz de parar; seria tragado, consumido por ele. Por um instante, Katrine ficou com peso na consciência, sentiu a surpreendente aversão que um traficante às vezes tem por si mesmo. Até ela visualizar a cena do crime outra vez. O crânio esmagado de Anton Mittet.

— Além de você, não há alternativa, Harry.

— Posso recomendar alguns nomes. Tem um sujeito que fez aquele curso do FBI comigo. Posso telefonar e...

— Harry... — Katrine agarrou seu antebraço e o conduziu para a porta. — Aquela sua sala tem café?

— Até tem, mas como eu já disse...

— Esquece o caso, vamos só bater um papo sobre os velhos tempos.

— Você tem tempo para isso?

— Preciso me distrair.

Ele olhou para ela. Fez menção de dizer algo, mas mudou de ideia. Depois assentiu.

— Tudo bem.

Subiram os poucos degraus até a porta e andaram pelo corredor rumo às salas dos professores.

— Pelo visto você rouba o conteúdo das aulas de psicologia de Ståle Aune — disse Katrine. Como sempre, ela teve que se apressar para acompanhar os passos gigantescos de Harry.

— Roubo o máximo que posso, afinal ele era o melhor.

— Como, por exemplo, que o termo "demente" é um dos poucos da medicina que é exato, compreensível de modo intuitivo e poético ao mesmo tempo. Mas os termos mais precisos sempre acabam caindo em desuso porque especialistas idiotas acham que as palavras de significado obscuro são melhores para o bem-estar do paciente.

— Exatamente.

— Por isso não sou mais maníaco-depressiva. Nem borderline. Sou bipolar tipo 2.

— Dois?

— Entendeu? Por que Aune não dá mais aula? Achei que ele adorava fazer isso.

— Ele queria ter uma vida melhor. Mais simples. Passar mais tempo com as pessoas que ele ama. Uma decisão sábia.

Ela o olhou de esguelha.

— Você deveria convencê-lo a voltar. Ninguém na sociedade deveria ter permissão para deixar de usar um talento tão superior quando todos precisam dele. Você não concorda?

Harry deu uma breve risada.

— Você não vai desistir, né? Acho que sou útil aqui, Katrine. E a escola não entra em contato com Aune porque querem ver mais policiais fardados dando aula, não civis.

— Você está à paisana.

— Aí está. De fato, não sou mais da polícia, Katrine. Foi uma escolha. O que significa que eu... que nós estamos de lados diferentes agora.

— Como você arranjou essa cicatriz na têmpora? — perguntou ela, e percebeu como Harry se encolheu de imediato, de modo quase imperceptível. Antes de ele conseguir responder, no entanto, uma voz ressoou no corredor:

— Harry!

Eles pararam e se viraram. Um homem corpulento de baixa estatura e barba ruiva bem cheia saiu de uma das salas e se aproximou deles meneando o corpo, com passos irregulares. Katrine seguiu Harry, que foi em direção ao homem mais velho.

— Você tem visita — trovejou o homem, muito antes de eles estarem a uma distância normal para falarem uns com os outros.

— Sim — disse Harry. — Katrine Bratt. Este daqui é Arnold Folkestad.

— Eu quis dizer que você tem uma visita aguardando na sua sala — emendou Folkestad. Parou e respirou fundo umas duas vezes antes de estender uma mão grande e sardenta a Katrine.

— Arnold e eu damos aulas de investigação de homicídios — explicou Harry.

— E, como ele fala sobre a parte divertida da matéria, é óbvio que, de nós dois, ele é o popular — disse Folkestad. — Eu preciso trazê-los de volta à realidade com metodologia, a parte técnica, ética, os regulamentos. O mundo é injusto.

— Por outro lado, Arnold sabe muito sobre pedagogia — disse Harry.

— Estou fazendo progressos. — Folkestad riu.

Harry enrugou a testa.

— A visita, por acaso não é...

— Relaxe, não é a Srta. Silje Gravseng, só velhos amigos. Eu servi café.

Harry olhou para Katrine com severidade. Então ele deu meia-volta e marchou em direção à porta da sala. Katrine e Folkestad o observaram.

— Caramba, será que eu disse alguma coisa errada? — perguntou Folkestad, surpreso.

— Entendo que isso talvez possa ser interpretado como um cerco — disse Beate, levando a xícara de café à boca.

— Com isso você quer dizer que *não* é um cerco? — perguntou Harry, inclinando-se na cadeira o máximo que a sala minúscula lhe permitia. Do outro lado da mesa, atrás das torres de pilhas de papel, Beate Lønn, Bjørn Holm e Katrine Bratt conseguiram se espremer cada um em uma cadeira. Cumprimentaram-se rapidamente. Breves apertos de mão, nenhum abraço. Nenhuma tentativa desajeitada de conversa fiada. Harry Hole não dava espaço a esse tipo de coisa. Com ele, deveriam ir direto ao assunto. E obviamente os três sabiam que Harry sabia qual ele era.

Beate tomou um gole, estremeceu sem querer e pousou a xícara na mesa com uma expressão de desgosto.

— Sei que você decidiu não se dedicar mais à investigação — disse Beate. — E também sei que você tem mais motivos para isso do que a maioria das pessoas. Mas, ainda assim, a pergunta é: você não pode fazer uma exceção agora? Afinal, você é nosso único especialista em assassinatos em série. O governo investiu dinheiro em você para te dar uma formação no FBI que...

— ... que, como você bem sabe, eu paguei com sangue, suor e lágrimas — interrompeu Harry. — E não apenas meu próprio sangue e minhas próprias lágrimas.

— Não esqueci que Rakel e Oleg acabaram na linha de fogo no caso do Boneco de Neve, mas...

— A resposta é não — disse Harry. — Prometi a Rakel que nenhum de nós vai voltar para aquilo. E para variar pretendo cumprir minha promessa.

— Como está Oleg? — perguntou Beate.

— Melhor — respondeu Harry, olhando desconfiado para ela. — Como você sabe, ele está numa clínica de reabilitação na Suíça.

— Fico feliz em ouvir isso. E Rakel conseguiu aquele trabalho em Genebra?

— Conseguiu.

— Ela vive na ponte aérea?

— Quatro dias em Genebra, três aqui em casa. É bom para Oleg ter a mãe por perto.

— Entendo isso perfeitamente — disse Beate. — Então eles de certa forma estão fora de qualquer linha de fogo, não? E você está sozinho durante a semana. E nesses dias você pode fazer o que quiser.

Harry riu baixinho.

— Querida Beate, talvez eu não esteja sendo claro o suficiente. É *isso* que eu quero. Dar aula. Transmitir meus conhecimentos.

— Ståle Aune está com a gente — disse Katrine.

— Bom para ele — retrucou Harry. — E para vocês. Ele sabe tanto sobre assassinatos em série quanto eu.

— Tem certeza de que ele não sabe mais? — provocou Katrine com um sorriso, erguendo uma das sobrancelhas.

Harry riu.

— Boa tentativa, Katrine. Ok. Ele sabe mais.

— Nossa — disse Katrine. — Para onde foi o espírito competitivo?

— Vocês três e Ståle Aune formam a melhor equipe que esse caso pode ter. Tenho outra aula agora, então...

Katrine meneou a cabeça devagar.

— O que aconteceu com você, Harry?

— Coisas boas. Coisas boas aconteceram comigo.

— Ok, entendido — disse Beate, levantando-se. — Mas mesmo assim gostaria de perguntar se podemos consultá-lo de vez em quando.

Ela viu que ele estava prestes a dizer não.

— Não responda agora — apressou-se a dizer. — Ligo para você mais tarde.

No corredor, três minutos depois, enquanto Harry andava a passos largos em direção ao auditório, onde os estudantes já entravam, Beate pensou que talvez fosse verdade; talvez o amor de uma mulher *fosse* capaz de salvar um homem. Nesse caso, ela duvidava de que o senso de dever de outra mulher pudesse levá-lo de volta ao inferno. Mas essa era sua tarefa. Ele estava com uma aparência saudável e feliz, e isso era chocante. Beate gostaria muito de deixá-lo em paz. Mas ela sabia que logo eles ressurgiriam, os fantasmas dos colegas mortos. E pensou: eles não são os últimos.

Assim que voltou à Sala das Caldeiras, ligou para Harry.

Rico Herrem acordou com um sobressalto.

Piscou no escuro antes de conseguir focar na tela branca três fileiras a sua frente, onde uma mulher gorda chupava um cavalo. Ele sentiu a pulsação desacelerar. Nenhum motivo para pânico; ele ainda estava na Peixaria, foi acordado apenas pela vibração de um recém-chegado sentando-se logo atrás dele. Rico abriu a boca, tentou inspirar um pouco do oxigênio daquele ar que fedia a suor, fumo e algo que poderia ser peixe, mas não era. Há quarenta anos, a Peixaria do Moen oferecia uma combinação original: peixe fresquinho em cima do balcão e revistas pornográficas fresquinhas às escondidas embaixo dele. Quando Moen se desfez da loja e se aposentou para poder beber até a morte, os novos proprietários abriram um cinema vinte e quatro horas no porão que exibia pornografia convencional. Mas à medida que os DVDs passaram a roubar seus clientes, eles se especializaram em adquirir e exibir filmes que as pessoas não conseguiam na internet, pelo menos não sem o risco de ter a polícia batendo à porta.

O som estava tão baixo que Rico pôde ouvir as punhetas ao seu redor. Já lhe explicaram que era proposital; era por isso que o som estava sempre bem baixo. Ele próprio já havia deixado para trás esse fascínio da juventude por bater punheta em grupo; não era esse o motivo de estar ali. Essa não foi a razão de ele ter vindo direto para esse lugar depois de ter sido libertado, de ter permanecido sentado ali durante dois dias e duas noites, apenas interrompidos por rápidas excursões a fim de comer, cagar e conseguir mais bebida. Ele ainda tinha quatro comprimidos de Rohypnol no bolso. Precisava fazer com que durassem.

É claro que não poderia passar o resto de sua vida na Peixaria. Mas ele conseguiu convencer a mãe de lhe emprestar 10 mil coroas, e, até a embaixada tailandesa estender seu visto de turista, a Peixaria oferecia a escuridão e o anonimato necessários para que ele não fosse encontrado.

Rico Herrem respirou, mas era como se o ar consistisse apenas em nitrogênio, argônio e dióxido de carbono. Ele olhou para o relógio. O ponteiro luminoso estava no seis. Da tarde ou da manhã? Ali dentro era noite eterna, mas devia ser da tarde. A sensação de sufocamento ia e vinha. Ele não poderia ter claustrofobia, não agora. Não antes de sair do país. Ir embora. Para longe de Valentin. Caralho, como ele sentia saudades da cela. Da segurança. Da solidão. Do ar que era possível respirar.

A mulher na tela continuava trabalhando duro, mas precisou acompanhar o cavalo, que deu alguns passos para a frente, e a imagem ficou fora de foco por um instante.

— Olá, Rico.

Rico ficou paralisado. A voz era baixa, sussurrante, mas o som era como um sincelo sendo cravado no ouvido.

— *Vanessa's Friends*. Um verdadeiro clássico dos anos 1980. Você sabia que Vanessa morreu durante a gravação? Ela foi pisoteada por uma égua. Você acha que foi por ciúmes?

Rico quis se virar, mas foi impedido por dedos que apertaram a parte superior de seu pescoço, imobilizando-o. Ele fez menção de gritar, mas a mão enluvada já se instalara sobre sua boca e seu nariz. Rico inspirou o cheiro azedo de lã molhada.

— Foi decepcionante a facilidade com que encontrei você. O cinema dos tarados. Meio óbvio, não? — Risada baixa. — Além do mais, sua cabeça vermelha brilha feito um farol aqui dentro. Parece que seu eczema piorou, Rico. O eczema piora com o estresse, não?

A mão na frente da boca aliviou um pouco a pressão, permitindo que Rico respirasse um pouco. Sentiu cheiro de cal e cera para esquis.

— Corre o boato de que você conversou com uma policial em Ila, Rico. Vocês tinham algo em comum?

A mão enluvada saiu de cima da boca de Rico.

— Eu não disse nada. — Rico arquejou. — Juro. Por que eu faria isso? Afinal, eu estava para sair em poucos dias.

— Dinheiro.

— Eu *tenho* dinheiro.

— Você gastou todo seu dinheiro com remédios, Rico. Aposto que há comprimidos no seu bolso agora.

— Não estou brincando! Estou indo para a Tailândia depois de amanhã. Você não vai ter nenhum problema comigo, prometo.

Rico ouviu que a última parte soou como a súplica de um homem aterrorizado, mas não importava. Ele *estava* aterrorizado.

— Relaxe um pouco, Rico. Não pretendo fazer mal ao meu tatuador. Afinal, você confia no homem que enfiou algumas agulhas em sua pele. Não?

— Você... você pode confiar em mim.

— Muito bem. Pattaya parece legal.

Rico não respondeu. Ele não tinha dito nada sobre o destino ser Pattaya. Como...? O outro apoiou-se no encosto da poltrona de Rico para se levantar, e ele acabou se inclinando um pouco para trás.

— Preciso ir, tenho um trabalho a fazer. Mas aproveite o sol, Rico. Ouvi falar que faz bem para o eczema.

Rico se virou e olhou para cima. O outro havia amarrado um lenço na parte de baixo do rosto, e estava escuro demais para ele ver os olhos direito. O homem de repente se inclinou para ele:

— Você sabia que, quando fizeram a necropsia na Vanessa, encontraram doenças venéreas cuja existência a ciência médica desconhecia? Fique com sua própria espécie, esse é meu conselho.

Rico observou o vulto seguir apressado rumo à saída. Viu-o tirar o lenço do rosto. Conseguiu vislumbrar a luz verde da placa de saída recaindo sobre o rosto antes de ele desaparecer atrás do pano preto. Era como se o fluxo de oxigênio tivesse voltado à sala, e Rico o aspirou avidamente enquanto olhava para o boneco prestes a sair correndo na placa.

Ele estava confuso.

Confuso porque ainda continuava vivo, e confuso com aquilo que acabara de ver. Não porque os tarados tinham a preocupação de assinalar a saída de emergência, isso eles sempre fizeram. Mas porque não era ele. A voz era a mesma, a risada também. Mas o homem que ele viu à luz da placa por uma fração de segundo *não* era ele. Não era Valentin.

17

— Você se mudou para cá, então? — perguntou Beate, o olhar percorrendo a cozinha espaçosa. Do lado de fora da janela, a escuridão já havia caído sobre a colina de Holmenkollen e os casarões vizinhos. Nenhuma das casas era igual à outra, mas todas tinham, no mínimo, o dobro do tamanho da casa que Beate havia herdado de sua mãe na zona leste, suas cercas vivas tinham o dobro da altura, as garagens tinham espaço para dois carros e os sobrenomes nas caixas postais também eram duplos, pois aquele era um local onde moravam as famílias mais tradicionais. Beate sabia que tinha certo preconceito contra a zona oeste da cidade, mas ainda assim era estranho ver Harry Hole naquele ambiente.

— Sim — respondeu Harry, servindo café para os dois.

— Não é muito... solitário?

— Pode ser. Você e o pequeno não moram sozinhos também?

— Moramos, mas...

Beate não continuou a frase. O que ela queria dizer era que morava em uma casa aconchegante pintada de amarelo, construída segundo o espírito socialista de reconstrução pós-Segunda Guerra do primeiro--ministro Gerhardsen, modesta e prática, sem o romantismo nacional que fez as pessoas endinheiradas construírem fortalezas que mais pareciam cabanas, como essa. Com toras horizontais de madeira tingidas de preto, que, mesmo em dias ensolarados, inspiravam uma atmosfera de eterna escuridão e melancolia sobre a casa que Rakel herdara de seu pai.

— Rakel passa os fins de semana aqui — disse ele, levando a xícara à boca.

— Então as coisas estão indo bem?

— As coisas estão indo muito bem.

Beate olhou para ele. Para as mudanças. Harry tinha rugas de expressão ao redor dos olhos, mas mesmo assim parecia mais jovem. A prótese de titânio que substituíra o dedo médio da mão direita tilintou levemente na xícara.

— E você? — perguntou Harry.

— Tudo bem. Vida corrida. O pequeno conseguiu alguns dias livres na escola para ficar com a avó em Steinkjer.

— É mesmo? É assustador como passa rápido... — Ele semicerrou os olhos e riu baixinho.

— É — retrucou Beate, e tomou um gole do café. — Harry, eu queria ver você porque gostaria de saber o que aconteceu.

— Eu sei. Eu queria mesmo ter entrado em contato com você. Mas precisava resolver as coisas com Oleg. E comigo mesmo.

— Diga, então.

— Certo — disse Harry, pondo a xícara na mesa. — Você foi a única pessoa que eu mantive informada do desenrolar das coisas. Você me ajudou, e sou muito grato por isso, Beate. E você é a única pessoa que vai saber de tudo. Mas tem certeza de que quer mesmo saber? Afinal, isso pode deixá-la num dilema.

— Eu me tornei cúmplice no instante em que te ajudei, Harry. A gente acabou com o violino. Não tem mais nada na rua.

— Fantástico — disse Harry secamente. — O mercado voltou para heroína, crack e *speedball*.

— E o homem por trás de violino já se foi. Rudolf Asaiev morreu.

— Sim, eu sei.

— Ah, é? Você *sabia* que ele estava morto? Sabia que ele ficou em coma usando um nome falso no Hospital Universitário durante vários meses antes de morrer?

Harry se mostrou surpreso.

— Asaiev? Achei que ele tivesse morrido num dos quartos do Hotel Leon.

— Ele foi encontrado lá. O sangue cobria todo o chão. Mas conseguiram mantê-lo vivo. Até agora. Como você sabe do Hotel Leon? Tudo aquilo foi mantido em segredo.

Harry não respondeu, apenas ficou girando a xícara de café na mão.

— Ah, não... — resmungou Beate.

Harry deu de ombros.

— Eu disse que talvez você não quisesse saber.

— Foi você que enfiou aquela faca nele?

— Ajuda se eu disser que foi em legítima defesa?

— Encontramos uma bala incrustada na madeira da cama. Mas o ferimento à faca era grande e profundo, Harry. O médico-legista disse que a lâmina deve ter sido girada diversas vezes.

Harry olhou para dentro da xícara.

— Bem, pelo visto, não fiz um trabalho bom o suficiente.

— Francamente, Harry, você... você... — Beate não tinha o hábito de erguer o tom de voz, e, por isso, ela soou como a lâmina trêmula de uma serra.

— Ele transformou Oleg em um viciado, Beate. — A voz de Harry era baixa, e ele não ergueu os olhos da xícara.

Eles ficaram calados, escutando o silêncio caro de Holmenkollen.

— Foi Asaiev quem deu aquele tiro na sua cabeça? — perguntou Beate, enfim.

Harry passou o dedo pela nova cicatriz do lado da testa.

— O que faz você pensar que é um tiro?

— Bem, sou só uma perita criminal, o que eu sei sobre ferimentos à bala?

— Tudo bem, foi um cara que trabalhou para Asaiev. Três tiros à queima-roupa. Dois no peito. O terceiro na cabeça.

Beate olhou para Harry. Percebeu que ele estava falando a verdade. Mas que não era toda a verdade.

— E como alguém sobrevive a isso?

— Eu usei um colete à prova de balas por dois dias. Então já estava na hora de ele ser útil. Mas o tiro na cabeça me derrubou. E teria me matado se não...

— Se não...?

— Se o cara que atirou em mim não tivesse ido correndo até o Pronto-Socorro de Storgata. Ele convenceu um dos médicos a ir me ver. Foi o que me salvou.

— O que você está dizendo? Por que não ouvi nada sobre isso?

— O médico me deu os pontos ali mesmo. Ele queria que eu fosse para o hospital, mas eu acordei a tempo e fiz questão de que me mandasse para casa.

— Por quê?

— Não queria nenhum alarde. E aí, como está Bjørn? Já arranjou alguma namorada?

— Esse sujeito... Primeiro ele atirou em você e depois ele prestou socorro? Quem...

— Ele não tentou me matar, foi um acidente.

— Acidente? Três tiros não são um acidente, Harry.

— Se você estiver com abstinência de violino e com uma Odessa na mão, pode acontecer.

— Uma Odessa?

Beate conhecia a arma. A cópia barata da Stechkin russa. Nas fotos, a Odessa parecia algo que tinha sido soldado em uma aula de metalurgia básica por um aluno mediano, um cruzamento ilegítimo entre uma pistola e uma submetralhadora. Mas era popular entre os *urkas* e o crime organizado russo, porque servia tanto para fazer disparos únicos quanto para rajadas. Um leve aperto no gatilho de uma Odessa e, de repente, você disparava dois tiros. Ou três. Na mesma hora ocorreu a Beate que a Odessa tinha o raro calibre Makarov 9 × 18 milímetros, o mesmo que matou Gusto Hanssen.

— Gostaria muito de ver essa arma — disse ela, devagar, e viu o olhar de Harry fugir automaticamente para a sala. Ela se virou. Não viu nada ali além de um armário de canto preto e antiquíssimo.

— Você não respondeu quem foi o sujeito — insistiu Beate.

— Não é importante. Já está fora de sua jurisdição faz tempo.

Beate fez um gesto de compreensão.

— Você está protegendo uma pessoa que quase tirou sua vida.

— Então é ainda mais louvável que ele a tenha salvado.

— É por isso que quer protegê-lo?

— O modo como escolhemos quem protegemos muitas vezes é um mistério, não acha?

— Sim — respondeu Beate. — Veja meu caso, por exemplo. Eu protejo policiais. Como trabalho com reconhecimento facial, participei do interrogatório do barman do Come As You Are, o bar onde aquele traficante do Asaiev foi morto por um sujeito alto e loiro com uma cicatriz do canto da boca até a orelha. Mostrei fotos para o barman e não parei de falar. Como você sabe, manipular a memória visual é muito fácil. As testemunhas não confiam em sua própria memória. No fim, o barman tinha certeza absoluta de que o homem do bar não era o tal Harry Hole das fotos que mostrei a ele.

Harry olhou para Beate. Então fez um gesto lento com a cabeça.

— Obrigado.

— Eu ia dizer que não precisa agradecer — emendou Beate, levando a xícara à boca. — Mas precisa. E eu tenho uma sugestão de como você pode fazer isso.

— Beate...

— Eu protejo policiais. Você sabe que, quando policiais morrem em serviço, isso mexe comigo de modo muito pessoal. Jack. Meu pai. — Ela percebeu que automaticamente levou a mão ao brinco. O botão da farda do pai, aquele que ela tinha mandado fundir novamente. — Não sabemos quem será o próximo, mas eu pretendo fazer qualquer coisa para deter esse desgraçado, Harry. Qualquer coisa. Entende?

Harry não respondeu.

— Desculpe, é claro que você entende — disse Beate, baixinho. — Você tem seus próprios mortos.

Harry esfregou o dorso da mão direita na xícara de café, como se estivesse com frio. Então se levantou e foi até a janela. Ficou ali por um tempo antes de começar a falar.

— Como você sabe, um assassino veio até aqui e quase matou Oleg e Rakel. E foi minha culpa.

— Faz muito tempo, Harry.

— Foi ontem. Sempre terá sido ontem. Nada mudou. Mas mesmo assim eu tento. Tento mudar a *mim* mesmo.

— E está conseguindo?

Harry deu de ombros.

— Tem altos e baixos. Já te contei que sempre esquecia de comprar um presente de aniversário para Oleg? Mesmo que Rakel me lembrasse da data com semanas de antecedência, sempre havia algum caso que me fazia esquecer aquela informação. Aí eu chegava em casa, percebia que estava decorada para o aniversário e tinha que repetir o mesmo velho truque. — Harry deu um meio sorriso. — Eu dizia que precisava sair para comprar cigarros, aí entrava no carro, dirigia feito louco até a loja mais próxima, comprava uns CDs ou coisa parecida. A gente sabia que Oleg suspeitava do que se passava, por isso eu e Rakel tínhamos um acordo. Quando eu passava pela porta, Oleg ficava ali me estudando com seus olhos escuros, acusadores. Mas, antes de ele ter tempo de me revistar, Rakel se apressava e me abraçava como se eu tivesse voltado de uma longa viagem. E, durante o abraço, ela tirava os CDs, ou qualquer outro presente, do cós na parte de trás da minha calça, escondia aquilo e se afastava enquanto Oleg se jogava em cima de mim. Dez minutos mais tarde, Rakel tinha embrulhado o presente, com um cartão e tudo o mais.

— E?

— E Oleg fez aniversário recentemente. Ele ganhou um presente meu, já embrulhado. Disse que não reconheceu a letra no cartão. Eu disse que era porque era minha.

Beate deu um breve sorriso.

— Uma história bonitinha. Final feliz e tudo.

— Escute aqui, Beate. Eu devo tudo a essas duas pessoas, e ainda preciso delas. E eu tirei a sorte grande por elas também precisarem de mim. Como mãe, você sabe que isso é, ao mesmo tempo, uma bênção e uma maldição, o fato de alguém precisar sempre de você.

— Eu sei. E o que estou tentando dizer é que a gente também precisa de você.

Harry voltou. Inclinou-se sobre a mesa na direção de Beate.

— Não como esses dois, Beate. E ninguém é indispensável no trabalho, nem mesmo...

— Tem razão, vamos conseguir substituir os que foram mortos. Por sinal, um deles era aposentado. E também vamos encontrar pessoas capazes de substituir os próximos que serão abatidos.

— Beate...

— Você viu estas aqui?

Harry não olhou para as fotos que ela tirou da bolsa e pôs sobre a mesa da cozinha.

— Despedaçados, Harry. Nenhum osso inteiro. Até eu tive dificuldade de identificá-los.

Harry permaneceu de pé. Como um anfitrião que sinaliza à sua visita que está ficando tarde. Mas Beate continuou sentada. Tomou um pequeno gole da xícara. Não se mexeu. Harry suspirou. Ela tomou outro gole.

— Oleg está pensando em estudar Direito quando voltar da reabilitação, não é? E depois se candidatar a uma vaga na Academia de Polícia.

— Como você sabe disso?

— Rakel. Conversei com ela antes de vir aqui.

Os olhos azul-claros de Harry se tornaram sombrios.

— Você *o quê?*

— Liguei para ela na Suíça e contei do que se tratava. É totalmente inapropriado, e lamento por isso. Mas, como eu já disse, estou disposta a fazer qualquer coisa.

Os lábios de Harry se moveram, formando palavrões inaudíveis.

— E o que ela respondeu?

— Que dependia de você.

— Sim, provavelmente ela disse isso.

— Então, agora eu peço a você, Harry. Por Jack Halvorsen. Por Ellen Gjelten. Por todos os policiais mortos. Mas, acima de tudo, por aqueles que ainda estão vivos. E por aqueles que talvez se tornem policiais no futuro.

Harry fez menção de falar, e ela viu suas mandíbulas se moverem furiosamente.

— Eu não pedi a você que manipulasse testemunhas por minha causa, Beate.

— Você nunca pede nada, Harry.

— Bem. Está tarde, por isso eu te peço..

— ... para ir embora.

Ela fez que sim com a cabeça. Harry tinha aquele jeito de olhar que fazia as pessoas obedecerem. Então Beate se levantou e foi até a entrada. Vestiu o casaco e o abotoou. Harry permaneceu no vão da porta, olhando para ela.

— Sinto muito por estar tão desesperada — desculpou-se ela. — Não agi corretamente ao me meter na sua vida desse jeito. A gente faz um trabalho. É só um trabalho. — Ela percebeu que a voz estava prestes a falhar e se apressou a dizer o resto. — E você tem razão, claro, tem que ter regras e limites. Adeus.

— Beate...

— Durma bem, Harry.

— Beate Lønn.

Beate já havia aberto a porta da frente; queria sair, ir embora antes que ele visse as lágrimas brotando em seus olhos. Mas Harry se posicionou logo atrás dela e segurou a porta com uma das mãos. Sua voz estava no ouvido dela.

— Vocês já pensaram em como o assassino conseguiu convencer os policiais a irem de livre e espontânea vontade até os locais dos crimes que eles investigaram nas mesmas datas em que os homicídios foram cometidos?

Beate soltou a maçaneta da porta.

— O que você quer dizer?

— Quero dizer que leio os jornais. Neles estava escrito que o agente Nilsen tinha ido para Tryvann num Golf que estava no estacionamento, e que suas pegadas na neve eram as únicas no caminho até a cabine de controle. E que vocês têm imagens de vídeo de um posto de gasolina em Drammen que mostram Anton Mittet sozinho em seu carro pouco antes do assassinato. Eles sabiam que policiais tinham acabado de ser mortos justamente dessa maneira. Mesmo assim foram até os locais.

— Naturalmente pensamos nisso. Mas não encontramos uma resposta. Sabemos que eles, pouco antes, receberam ligações feitas de telefones públicos próximos dos locais dos crimes, por isso pensamos que as vítimas teriam reconhecido o assassino e pensado que essa seria a chance de prendê-lo sozinhas.

— Não — disse Harry.

— Não?

— A equipe de perícia encontrou uma arma vazia e uma caixa de cartuchos no porta-luvas de Anton Mittet. Se ele achasse que o assassino estaria ali, no mínimo teria carregado a pistola primeiro.

— Talvez ele não tenha tido tempo para fazer isso antes de chegar lá, e o assassino partiu para o ataque antes de Anton conseguir abrir o porta-luvas, e...

— Ele recebeu o telefonema às dez e trinta e um e encheu o tanque às dez e trinta e cinco. Ou seja, ele teve tempo de abastecer o carro *depois* de ter recebido o telefonema.

— Talvez tenha ficado sem gasolina?

— Nada disso. O jornal *Aftenposten* publicou o vídeo do posto de gasolina em seu site com a manchete: "AS ÚLTIMAS IMAGENS DE ANTON MITTET ANTES DE SER EXECUTADO." Mostra um homem que abastece por apenas trinta segundos antes que o bocal da mangueira dê aquele clique indicando que o tanque está cheio. Isso quer dizer que Mittet tinha gasolina de sobra para ir e voltar do local do crime, o que, por sua vez, significa que não estava com pressa nenhuma.

— Tudo bem, então ele poderia ter carregado a pistola ali, mas não o fez.

— Tryvann — disse Harry. — Bertil Nilsen também tinha uma arma no porta-luvas do Golf. Que ele não levou consigo. Temos dois policiais com experiência em casos de homicídio que apareceram em locais de crimes não solucionados, mesmo sabendo que um colega tinha sido morto fazia pouco tempo exatamente daquela maneira. Eles poderiam ter levado a arma, mas não o fizeram, e, pelo visto, não pareceram muito apressados. Policiais veteranos que já passaram da fase de brincar de herói. O que isso significa para vocês?

— Ok, Harry — disse Beate e se virou, encostando-se na porta de modo que ela se fechasse. — O que isso *deveria* significar?

— Isso deveria significar que eles não achavam que iam capturar um assassino ali.

— Tudo bem, então eles não achavam isso. Talvez pensassem que era um encontro com uma mulher bonita que ficava excitada com sexo na cena de um crime.

Beate estava brincando, mas Harry respondeu sem pestanejar.

— As ligações foram feitas muito em cima da hora.

Beate pensou.

— E se o assassino se passou por um jornalista que queria conversar sobre os casos antigos por causa dos assassinatos recentes? E disse a Mittet que queria fazer a entrevista tarde da noite para conseguir o clima certo para as fotos?

— Não é fácil chegar aos locais dos crimes. Pelo menos, no caso de Tryvann. Pelo que entendi, Bertil Nilsen foi dirigindo desde Nedre Eiker, o que dá mais de meia hora de carro. E policiais sérios não trabalham de graça para que a imprensa consiga mais uma matéria chocante sobre homicídios.

— Quando você diz que não trabalham de graça, você quer dizer...

— Quero dizer isso, sim. Aposto que eles pensavam que tivesse algo a ver com o trabalho policial.

— Que era um colega que estava ligando?

— Isso.

— O assassino telefonava para eles se passando por um policial que trabalhava no local de crime porque... porque era um lugar onde o serial killer poderia atacar da próxima vez e... e.... — Beate puxou o botão de farda em sua orelha. — ... E disse que precisava de ajuda para reconstruir o assassinato original!

Ela sentiu que estava sorrindo como uma aluna que acabava de dar a resposta certa ao professor e corou feito uma colegial quando Harry riu.

— Está chegando perto. Mas, com as restrições no uso de horas extras, acho que Mittet estranharia ser convocado no meio da noite e não durante o expediente. Afinal, uma reconstrução funciona melhor à luz do dia.

— Desisto.

— Ah, é? — disse Harry. — Que tipo de telefonema de um colega faria você ir para qualquer lugar no meio da noite?

Beate levou as mãos à cabeça.

— Mas é claro! — exclamou. — Fomos uns idiotas!

18

— O que você está dizendo? — disse Katrine, arrepiada com as rajadas geladas de vento nos degraus da casa amarela em Bergslia. — Ele liga para as vítimas dizendo que o assassino de policiais acaba de atacar outra vez?

— É tão simples quanto genial — disse Beate. Constatou que era a chave correta, girou-a e abriu a porta. — Elas recebem um telefonema de alguém que se passa por investigador de homicídios. Ele diz que quer que os policiais se apresentem imediatamente porque conhecem o homicídio anterior e o local de crime, e que essas informações podem ser úteis para nortear a investigação enquanto as pistas ainda estão frescas.

Beate entrou primeiro. Obviamente, ela reconhecia o lugar. Uma perita criminal nunca esquece uma cena de crime; isso de fato era mais que um clichê. Ela parou na sala. A luz do sol entrava pela janela, incidindo sobre os retângulos tortos do piso nu de madeira esbranquiçada. Deveria fazer anos que não havia muita mobília ali. Os parentes provavelmente levaram a maior parte embora depois do homicídio.

— Interessante — disse Ståle Aune, que havia se posicionado junto a uma das janelas, de onde ele tinha vista para o bosque entre a casa e o que supunha ser o Colégio de Berg. — O assassino usa a histeria que ele mesmo criou como isca.

— Se eu recebesse um telefonema assim, acharia perfeitamente plausível — disse Katrine.

— E é por isso que eles chegam ali desarmados — continuou Beate. — Pensam que o perigo passou. Que a polícia já está no local, por isso podem parar para abastecer o carro no caminho.

— Mas... — disse Bjørn com a boca cheia de pão sueco com caviar. — Como o assassino sabe que a vítima não vai ligar para outro colega e descobrir que não houve assassinato algum?

— Provavelmente, o assassino deu instruções para que não falassem com ninguém por enquanto — respondeu Beate, lançando um olhar de reprovação para as migalhas de pão sueco que caíam no chão.

— Mais uma vez plausível — comentou Katrine. — Um policial com experiência em casos de homicídio não estranharia isso. Ele sabe que é importante manter a descoberta do corpo em sigilo pelo máximo de tempo possível.

— Por que isso seria importante? — perguntou Ståle Aune.

— O assassino pode baixar a guarda enquanto pensa que o assassinato não foi descoberto — disse Bjørn, dando mais uma mordida no pão sueco.

— E Harry simplesmente soltou tudo isso assim, sem mais nem menos? — perguntou Katrine. — Depois de só ter lido os jornais?

— Se não fosse assim, não seria o Harry — constatou Beate, e ouviu o bonde passar do outro lado da rua. Da janela, via o estádio Ullevål. As janelas eram finas demais para cortar o ruído constante do trânsito do anel rodoviário 3. E ela lembrou como a casa era gelada, e como haviam sentido frio mesmo com os macacões brancos por cima da roupa. Mas também se lembrou de ter pensado que não era apenas a temperatura do lado de fora que tornava impossível ficar naquela sala sem estremecer. Talvez por isso a casa tivesse ficado vazia por tanto tempo; potenciais inquilinos ou compradores ainda podiam sentir o ar gélido. O calafrio provocado pelas histórias e os boatos daquela época.

— Tudo bem — disse Bjørn. — Ele deduziu como o assassino atraiu as vítimas. Mas a gente já sabia que eles tinham ido até os locais dos crimes sozinhos e de livre e espontânea vontade. Então isso não é exatamente um salto quântico na investigação, é?

Beate foi até a outra janela, e os olhos perscrutaram a área. Deveria ser simples esconder a equipe Delta no bosque, na depressão do terreno em frente aos trilhos do metrô e eventualmente nas casas vizinhas. Ou seja, cercar a casa.

— Harry sempre tinha as ideias mais simples, aquelas que faziam você coçar a cabeça e se perguntar como não tinha pensado naquilo antes — disse ela. — As migalhas.

— O quê? — perguntou Bjørn.

— As migalhas do pão sueco, Bjørn.

Bjørn olhou para o chão. Tornou a olhar para Beate. Então rasgou uma folha de seu bloco de notas, se agachou e começou a juntar as migalhas com o papel.

Beate ergueu a vista e encontrou o olhar inquisidor de Katrine.

— Sei o que você está pensando — disse Beate. — Por que o alvoroço? Este não é um local de crime. Mas é. Qualquer lugar onde foi cometido um homicídio que não foi solucionado continua sendo um local de crime com possíveis pistas.

— Você acha que vai encontrar pistas do Serrador aqui agora? — perguntou Ståle.

— Não — respondeu Beate, olhando para o chão. — Eles devem ter lixado a superfície. Na época, havia tanto sangue e ele penetrou tão fundo na madeira que não teria adiantado nada esfregar o chão.

Ståle conferiu o relógio.

— Tenho um paciente daqui a pouco, que tal nos contar sobre essa ideia do Harry, então?

— Nunca demos qualquer informação à imprensa sobre isso — começou Beate. — Mas, ao encontrar o corpo nessa mesma sala onde estamos agora, a gente primeiro precisou verificar que realmente se tratava de um ser humano.

— Ahhh — disse Ståle. — Queremos ouvir a continuação?

— Queremos — afirmou Katrine com determinação.

— O corpo foi serrado em pedaços tão pequenos que à primeira vista não tínhamos como saber. O assassino colocou os seios numa das prateleiras do armário envidraçado ali. A única pista que encontramos foi a lâmina quebrada de uma serra tico-tico. E... bem, os interessados podem ler o resto no relatório que tenho aqui. — Beate indicou sua bolsa a tiracolo.

— Ah, obrigada — disse Katrine, com um sorriso que ela percebeu ser amável demais, voltando rapidamente à expressão séria.

— A vítima era uma moça que estava sozinha em casa — informou Beate. — E daquela vez a gente também chegou a pensar que o método tinha certas semelhanças com o homicídio de Tryvann. Porém o mais importante para o nosso caso é que se trata de um homicídio não solucionado. E que foi cometido no dia 17 de março.

O silêncio na sala foi tão absoluto que era possível ouvir os gritos alegres vindos do pátio da escola do outro lado do bosque.

Bjørn foi o primeiro a falar.

— É daqui a três dias.

— Sim — disse Katrine. — E Harry, aquele homem doentio, sugeriu que a gente montasse uma armadilha, não é?

Beate fez que sim.

Katrine meneou a cabeça lentamente.

— Por que nenhum de *nós* pensou nisso antes?

— Porque nenhum de nós entendeu exatamente como o assassino atrai as vítimas para o local do crime — respondeu Ståle.

— Talvez Harry esteja errado — disse Beate. — Tanto sobre o método para atrair as vítimas quanto sobre esse aqui ser o local do próximo crime. Desde o assassinato do primeiro policial já se passaram várias datas de homicídios não solucionados na região leste e nada aconteceu.

— Mas Harry viu a semelhança entre o Serrador e os outros homicídios — disse Ståle. — Um planejamento detalhado combinado com uma brutalidade aparentemente descontrolada.

— Ele diz que é um palpite — disse Beate. — Com isso, ele quer dizer...

— Uma análise baseada em fatos não estruturados — disse Katrine. — Também conhecido pelo Método de Harry.

— Então, segundo ele, daqui a três dias vai acontecer novamente — acrescentou Bjørn.

— Isso — disse Beate. — E ele veio com mais uma profecia. Assim como Ståle, ele observou que o último assassinato se parecia ainda mais com o original, a ponto de ele chegar a colocar a vítima num carro, fazendo-o despencar num precipício. O assassino vai continuar a aperfeiçoar seus crimes. O próximo passo lógico seria escolher exatamente a mesma arma do crime.

— Uma serra tico-tico — completou Katrine, prendendo a respiração.

— Seria típico de um serial killer narcisista — observou Ståle.

— E Harry tinha certeza de que seria aqui? — perguntou Bjørn, olhando em volta com uma careta.

— Na verdade, esse era o ponto sobre o qual ele estava menos seguro — explicou Beate. — O assassino teve livre acesso aos outros locais de crime. Essa casa está vazia há anos, já que ninguém quer morar na casa onde o Serrador esteve. Mas, apesar de tudo, o local fica trancado. A cabine de controle do teleférico de Tryvann também estava trancada, mas essa casa tem vizinhos. Atrair um policial até aqui implica um risco muito maior. Por isso Harry acha que ele talvez quebre o padrão e atraia a vítima para outro lugar. Mas vamos montar a armadilha aqui, e então é só aguardar para ver se o matador de policiais vai cair nela.

Houve uma breve pausa durante a qual todos pareceram ruminar o fato de que Beate havia se referido ao assassino com a alcunha que a imprensa tinha lhe dado: o matador de policiais.

— E a vítima...? — perguntou Katrine.

— Está aqui — respondeu Beate, indicando mais uma vez a bolsa a tiracolo. — Aqui estão todos os que trabalharam no caso do Serrador. Eles vão receber instrução de ficar em casa e manter o telefone ligado. Quem receber o telefonema vai fingir que está tudo bem e apenas confirmar que está a caminho. Em seguida, avisará à Central de Operações e informará o local, e então daremos início à ação. Se for outro local a não ser Berg, a Delta será transferida para lá.

— Então temos que fingir que está tudo bem quando recebermos a ligação de um assassino em série? — questionou Bjørn. — Não sei se eu conseguiria atuar tão bem.

— A pessoa em questão não precisa esconder o nervosismo — disse Ståle. — Pelo contrário, seria suspeito se um policial *não* ficasse com a voz trêmula ao receber um telefonema sobre a morte de um colega.

— Estou mais preocupada com a parte que se refere à Delta e à Central de Operações — disse Katrine.

— Eu sei — concordou Beate. — É muita coisa acontecendo sem que Bellman e o grupo principal de investigação fiquem cientes. Hagen está informando o chefe de polícia agora mesmo.

— E o que vai acontecer com nosso grupo quando ele ficar sabendo?

— Se isso tiver alguma chance de dar certo, essa parte é secundária, Katrine. — Beate puxou com impaciência o botão da farda em sua orelha. — Vamos embora, não faz sentido ficar por aqui e ser visto. E não deixem nada para trás.

Katrine deu um passo em direção à porta, mas deteve-se.

— O que foi? — perguntou Ståle.

— Vocês não ouviram isso? — sussurrou ela.

— O quê?

Ela levantou um dos pés e olhou para Bjørn.

— Esse som de alguma coisa se esmigalhando.

Beate deu sua risada surpreendentemente leve e fina, enquanto Bjørn, com um suspiro profundo, pegava a folha do bloco de anotações e se agachava outra vez.

— Olha só — disse ele.

— O quê?

— Não são migalhas. — Bjørn se inclinou para a frente e olhou embaixo da mesa de jantar. — Chiclete velho. O resto dele está grudado embaixo da mesa. Acho que está tão ressecado que alguns pedaços já se soltaram e caíram.

— Talvez seja do assassino — sugeriu Ståle, bocejando. — As pessoas colam chiclete embaixo dos assentos no cinema e no ônibus, mas não embaixo da própria mesa de jantar.

— Teoria interessante — disse Bjørn, segurando um pedaço perto da janela. — A gente provavelmente poderia encontrar o DNA da saliva dentro de um chiclete desses depois de meses. Mas esse deve estar completamente ressecado.

— Vamos, Sherlock. — Katrine sorriu. — Mastigue o chiclete e diga de qual marca...

— Chega, pessoal — interrompeu Beate. — Para fora, já.

Arnold Folkestad pousou a caneca de chá na mesa e olhou para Harry. Coçou a barba ruiva, da qual Harry já o vira tirar agulhas de abeto ao chegar ao trabalho. Ele percorria de bicicleta o trajeto de sua casinha em algum lugar no meio da floresta, mas ainda inexplicavelmente perto do centro, até ali. Mas Arnold tinha deixado claro que os colegas que o rotulassem como ativista ambiental por causa de sua barba comprida, sua bicicleta e a casa na floresta estavam enganados. Pois ele era apenas um excêntrico pão-duro que gostava de silêncio.

— Você deve pedir a ela que se contenha — disse Arnold baixinho, para que ninguém mais no refeitório os escutasse.

— Eu estava pensando em pedir a você que fizesse isso — comentou Harry. — Seria mais... — Ele não encontrou a palavra. Não sabia se ela existia. No caso, ficava em algum lugar entre "correto" e "menos constrangedor para todas as partes".

— Harry Hole tem medo de uma menininha que está caidinha por seu professor? — Arnold Folkestad deu uma risadinha.

— ... Mais correto e menos constrangedor para todas as partes.

— Você mesmo vai ter que resolver isso, Harry. Olha, ela está ali... — Arnold fez um gesto em direção ao pátio do lado de fora da janela do refeitório. Silje Gravseng estava sozinha a alguns metros de distância de um grupo de estudantes que conversava e ria. Ela olhou para o céu e acompanhou algo com os olhos.

Harry suspirou.

— Talvez eu espere um pouco. Estatisticamente falando, esse tipo de paixonite pelo professor passa logo em cem por cento dos casos.

— Falando em estatística... Ouvi dizer que esse paciente que Hagen tinha sob vigilância no Hospital Universitário morreu de causas naturais.

— É o que dizem.

— O FBI tem umas estatísticas sobre isso. Eles analisaram todos os casos em que as testemunhas-chave da acusação morreram no período entre a convocação oficial como testemunha e o início do julgamento. Em ações graves, em que o réu corre o risco de passar mais de dez anos na prisão, 78 por cento das testemunhas morreram de causas não naturais. Com base nessa estatística, várias testemunhas passaram por uma nova necropsia, e aí o número subiu para 94 por cento.

— Então?

— Noventa e quatro é um percentual alto, não acha?

Harry fitou o pátio. Silje ainda estava olhando para o céu. O sol brilhava em seu rosto virado para cima.

Ele praguejou baixinho e esvaziou a xícara de café.

Gunnar Hagen se balançava em uma das cadeiras com encosto de ripas de madeira do escritório de Bellman enquanto olhava surpreso para o chefe de polícia. Tinha acabado de lhe contar sobre o pequeno grupo que ele havia criado, contrariando diretamente a ordem do seu superior. E sobre o plano que eles tinham inventado de montar uma armadilha em Berg. O espanto era causado pelo fato de que o humor de Bellman, já excepcionalmente bom, parecia não ter sido estragado por isso.

— Excelente — exclamou Bellman, batendo palma. — Finalmente algo proativo. Mande o plano e o mapa para mim, para que a gente possa pôr mãos à obra!

— A gente? Você quer dizer que vai pessoalmente...

— Sim, acho natural eu assumir a liderança a partir de agora, Gunnar. Uma ação dessa magnitude significa decisões de alto nível...

— É apenas uma casa e um homem que...

— Então é certo que eu, como líder, devo me envolver quando há tanta coisa em jogo. É extremamente importante que a ação seja mantida em segredo. Entende?

Hagen fez que sim. Em segredo se não desse certo, pensou ele. Se, pelo contrário, fosse bem-sucedida, e a prisão fosse amplamente divulgada, então Mikael Bellman poderia ganhar os louros, contar à imprensa que ele pessoalmente estivera no comando da ação.

— Entendido — disse Hagen. — Então vou começar. Portanto entendo que o grupo da Sala das Caldeiras também pode continuar seu trabalho, não?

Mikael Bellman riu. Hagen se perguntou o que poderia ter ocasionado essa mudança de humor. O chefe de polícia parecia dez anos mais novo, dez quilos mais magro e não tinha a ruga de preocupação que carregava na testa como um corte profundo desde o dia em que assumiu o cargo.

— Não abuse, Gunnar. Gostei da ideia, mas isso não significa que aprovo o fato de meus subordinados contrariarem as minhas ordens.

Hagen se retraiu, mas mesmo assim tentou encarar o olhar zombeteiro e frio de Bellman.

— Até nova ordem, estou proibindo todas as atividades do seu grupo, Gunnar. Vamos ter a conversa necessária depois dessa ação. E, se nesse meio-tempo, eu ficar sabendo que vocês fizeram alguma busca de dados ou deram algum telefonema que envolva esse caso...

Sou mais velho que ele e sou um homem melhor, pensou Gunnar Hagen, mantendo os olhos erguidos e sabendo que a mistura de teimosia e vergonha pintava seu rosto de vermelho.

O galão dourado na farda é algo meramente decorativo, lembrou-se.

Então baixou o olhar.

Era tarde. Katrine Bratt tinha os olhos fixos no relatório à sua frente. Não deveria estar fazendo isso. Beate tinha acabado de ligar avisando que Hagen havia lhe pedido que suspendessem a investigação; ordens diretas de Bellman. Por isso, Katrine deveria estar em casa. Deitada na cama com uma grande caneca de chá de camomila e um homem que a amava, ou então vendo um seriado de TV que ela adorava. Não sentada ali na Sala das Caldeiras lendo relatórios de homicídios e à procura de possíveis falhas, indícios de algo que não se encaixava no caso e conexões vagas. E essa conexão na qual estava pensando era tão vaga que beirava a idiotice. Ou será que não? Tinha sido relativamente fácil acessar os relatórios do homicídio de Anton Mittet por meio do sistema de arquivos de dados da própria polícia. A relação concisa do que encontraram no carro fora igualmente detalhada e monótona. Por que será que ela parou justamente nessa única frase? Entre as possíveis pistas encontradas no carro de Mittet, havia um raspador de gelo e um isqueiro embaixo do assento do motorista, além de um chiclete grudado na parte de baixo do assento.

Os dados de contato da viúva de Anton Mittet, Laura Mittet, constavam do relatório.

Katrine hesitou, e então digitou o número. A voz da mulher que atendeu soou cansada, entorpecida por remédios. Katrine se apresentou e fez sua pergunta.

— Chiclete? — repetiu Laura Mittet devagar. — Não, ele nunca mascava chiclete. Ele tomava café.
— Tinha mais alguém que dirigia o carro e que mascava...
— Ninguém nunca dirigiu aquele carro além de Anton.
— Obrigada — disse Katrine.

19

Era noite e havia luz atrás dos vidros da cozinha da casa amarela de madeira em Oppsal, onde Beate Lønn tinha acabado de perguntar ao filho como tinha sido o dia dele. Em seguida, ela falou com a sogra, e elas concordaram que, se o menino ainda tossia e tinha febre, era melhor adiar a viagem de volta para casa por alguns dias — os avós adorariam ficar mais tempo com o neto em Steinkjer. Beate recolheu o saco plástico com restos de comida da lixeira embaixo da pia e o enfiou em um saco de lixo maior, branco. E então o telefone tocou. Era Katrine. Ela foi direto ao ponto.

— Um chiclete estava colado embaixo do banco do motorista do carro de Mittet.

— Certo...

— Ele foi recolhido, mas não encaminhado para análise de DNA...

— Eu também não teria feito isso se ele estava grudado embaixo do banco do motorista. Era de Mittet. Veja, se fosse para testar indiscriminadamente cada coisinha que se encontra em uma cena de crime, esperaríamos tanto tempo...

— Mas Ståle tem razão, Beate! As pessoas não colam chicletes embaixo de sua própria mesa de jantar. Nem no banco do próprio carro. De acordo com a esposa, Mittet não tinha o hábito de mascar chiclete. Não havia outras pessoas além dele que usavam o carro. Eu acho que quem colou o chiclete fez isso ao se inclinar sobre o banco do motorista. E, segundo o relatório, o assassino provavelmente estava sentado no banco do passageiro e se inclinou sobre Mittet na hora de prender suas mãos ao volante com as algemas descartáveis. O carro foi parar no rio, mas, de acordo com Bjørn, o DNA da saliva no chiclete pode...

— Tudo bem, entendo aonde você quer chegar — interrompeu Beate. — Você deve ligar para alguém da equipe de investigação de Bellman e avisar.

— Mas você não está entendendo? — disse Katrine. — Isso pode nos levar direto ao assassino.

— Sim, acho que entendo aonde você quer chegar com essa informação também, e isso só vai nos ferrar. Eles nos tiraram do caso, Katrine.

— Eu posso simplesmente dar uma passada lá no depósito de provas e mandar aquele chiclete para análise de DNA — insistiu Katrine. — Cruzar o resultado com o registro. Se não tiver nenhuma correspondência, ninguém precisa saber nada. Se tiver um resultado, pronto! Solucionamos o caso, e ninguém vai dizer porra nenhuma sobre como fizemos isso. E, sim, estou sendo egoísta agora. Pelo menos dessa vez, somos nós que podemos levar os louros, Beate. Nós. *Eu e você*. As mulheres. A gente merece isso, caramba.

— É tentador, sim, e não vai prejudicar a investigação dos outros, mas...

— Nada de "mas"! Pra variar, a gente também tem que se permitir um pouco de ambição. Ou você quer ver Bellman ali, com aquele sorriso presunçoso, sendo elogiado por nosso trabalho mais uma vez?

Houve um silêncio. Longo.

— Você diz que ninguém precisa ficar sabendo de nada, mas toda requisição de possíveis provas periciais na Sala de Evidências deve ser registrada no guichê na hora da retirada. Se descobrirem que mexemos nas provas do caso Mittet, isso vai chegar à mesa de Bellman imediatamente.

— Humm, entendi. Mas, se não estou enganada, a chefe da Perícia Técnica, que obviamente precisa analisar provas fora do horário de funcionamento do depósito, tem sua própria chave.

Beate soltou um gemido alto.

— Prometo que não vai ter problema — apressou-se a dizer Katrine. — Escuta, vou dar uma passada aí agora, pego a chave emprestada, encontro o chiclete, corto um pedacinho minúsculo, ponho tudo de volta bonitinho, e amanhã de manhã o pedaço estará no Instituto de Medicina Forense para análise. Se eles perguntarem, vou dizer que se trata de algo bem diferente. E aí? Tudo bem?

A chefe da Perícia Técnica avaliava os prós e os contras. Não era muito difícil. Não era "tudo bem" coisa nenhuma. Ela tomou fôlego para responder.

— Como Harry dizia — acrescentou Katrine —, *é só meter a bola no gol, caramba.*

Rico Herrem estava na cama vendo TV. Eram cinco horas da manhã, mas ele ainda estava se adaptando ao fuso horário e não conseguia dormir. O programa era uma reprise do que estava sendo exibido no dia anterior, quando ele chegou. Um dragão-de-komodo se movia de modo desajeitado em uma praia. A língua comprida de lagarto saiu depressa da boca e se recolheu outra vez. Ele seguia um búfalo-asiático, no qual tinha dado uma mordida aparentemente inofensiva. Seguia-o fazia vários dias. Rico diminuiu o volume, e tudo que se ouvia no quarto de hotel era o barulho do ar-condicionado, que não conseguia resfriar o quarto o suficiente. Rico sentira o resfriado já no avião. Típico. O ar-condicionado e uma roupa um pouco leve demais em um avião a caminho dos trópicos, e as férias se transformam em dor de cabeça, catarro e febre. Mas ele tinha bastante tempo, não voltaria para casa tão cedo. Para quê? Ele estava em Pattaya, o paraíso de todos os tarados e foragidos da justiça. Tudo o que Rico desejava, ele tinha ali, bem do lado de fora do hotel. Pela tela antimosquito da janela, ele ouvia o trânsito e as vozes que falavam sem parar numa língua estranha. Tai. Ele não entendia uma palavra. Não precisava. Porque elas estavam ali para ele, não o contrário. Ele as tinha visto no caminho do aeroporto para o hotel. Enfileiradas na frente dos clubes de strip-tease. As jovens. As muito jovens. E nos becos, atrás das bandejas com as quais vendiam chicletes, as muito, muito jovens. Elas ainda estariam ali quando ele tivesse se recuperado. Rico tentou ouvir as ondas batendo, embora soubesse que o hotel barato onde estava hospedado ficava longe demais da praia. Mas a praia também estava lá fora. Ela e o sol escaldante. E os drinques e os outros *farangs* que tinham o mesmo propósito que ele e podiam lhe dar algumas dicas. E o dragão-de-komodo.

Naquela noite ele tinha sonhado com Valentin outra vez.

Rico estendeu a mão para pegar a garrafa d'água na mesa de cabeceira. Tinha o gosto de sua própria boca, de morte e de contágio.

Ele recebia jornais noruegueses publicados há apenas dois dias, os quais subiam com o café da manhã ocidental que ele mal tocava. Ainda não lera nada sobre Valentin ter sido preso. Não era muito difícil entender o porquê. Afinal, Valentin não era mais Valentin.

Rico tinha cogitado fazer alguma coisa. Ligar, entrar em contato com aquela agente da polícia, Katrine Bratt. Contar a ela que Valentin havia mudado. Rico tinha visto que, na Tailândia, era possível fazer esse tipo de coisa por alguns milhares de coroas em uma clínica particular. Deveria telefonar para Bratt, deixar uma mensagem anônima de que Valentin foi visto nas proximidades da Peixaria e de que ele tinha passado por cirurgia plástica. Sem exigir nada em troca. Apenas para ajudá-los a pegá-lo. Ajudar a si mesmo a poder dormir sem sonhar com ele.

O dragão-de-komodo tinha se posicionado a alguns metros da poça onde o búfalo-asiático se deitara na lama refrescante, aparentemente indiferente ao monstro carnívoro de três metros de comprimento, que só ficava ali, à espreita.

Rico sentiu o enjoo subir e moveu as pernas para se levantar da cama. Os músculos doíam. Merda, isso era uma gripe mesmo.

Ele voltou do banheiro com a bile ainda queimando na garganta e duas decisões tomadas: procuraria uma daquelas clínicas para conseguir alguns remédios fortes que não eram usados na Noruega. Assim que conseguisse isso e se sentisse um pouco melhor, ligaria para Bratt. Daria a ela uma descrição. E então poderia dormir em paz.

Ele aumentou o som no controle remoto. Uma voz entusiasmada explicou em inglês que por muito tempo se acreditou que o dragão-de-komodo matava com a saliva infectada por uma bactéria que era injetada na corrente sanguínea da vítima na hora da mordida. Agora, no entanto, descobriram que o lagarto de fato tinha glândulas com um veneno que impedia a coagulação do sangue da vítima, e assim ela sangrava lentamente até a morte em decorrência de uma ferida que parecia inofensiva.

Rico estremeceu. Fechou os olhos para dormir. Rohypnol. Ele chegou a pensar nisso. Que não tinha nada a ver com gripe, mas abstinência. E Rohypnol deveria ser algo que eles praticamente ofereciam no serviço de quarto em Pattaya. Ele arregalou os olhos de repente. Não conseguiu respirar. Num instante de pânico puro e absoluto, Rico se contorceu, debatendo-se, como se lutasse contra um agressor invisível. Era exatamente como na Peixaria, não havia oxigênio no quarto. Então seus pulmões conseguiram o que queriam, e ele desabou na cama.

Fitou a porta.

Estava trancada.

Não havia mais ninguém ali. Ninguém. Só ele.

20

Katrine subiu a ladeira na noite escura. Atrás dela, uma lua pálida e anêmica estava baixa no céu, mas a fachada da sede da polícia não refletia nada do parco luar — pelo contrário, apenas o engolia como um buraco negro. Ela olhou de relance para o relógio de pulso, compacto e objetivo, que pertencera a seu pai, um policial que havia caído em desgraça e que tinha a alcunha certeira de Rafto de Ferro. Onze e quinze.

Ela puxou com força a porta da frente da sede da polícia, com sua estranha escotilha e seu peso hostil. Como se a desconfiança já começasse ali.

Acenou na direção do guarda-noturno que estava escondido do lado esquerdo, mas que podia observá-la. Entrou no saguão. Foi até a recepção, a essa altura sem ninguém, e seguiu para o elevador, que a levou até o subsolo. Saiu e caminhou no piso de concreto à luz esparsa, ouvindo seus próprios passos enquanto ficava à escuta de outros.

Durante o expediente, a porta de ferro normalmente se abria para um balcão. Katrine pescou a chave que Beate lhe dera, enfiou-a na fechadura, girou-a e abriu a porta. Entrou. Escutou.

Em seguida, trancou a porta.

Acendeu a lanterna, levantou o tampo do balcão e seguiu para dentro do depósito. A escuridão parecia tão densa que a luz da lanterna era quase insuficiente para localizar as fileiras de estantes largas com prateleiras cheias de caixas de plástico fosco, dentro das quais mal se vislumbravam os objetos guardados. Uma pessoa metódica deveria ser a responsável pela organização do lugar, pois as caixas estavam tão alinhadas nas prateleiras que os corredores formavam uma superfície totalmente regular. Katrine andou depressa enquanto lia os números dos casos, que estavam colados nas caixas. A numeração era cronológica e corria da extremidade esquerda do depósito até o centro, onde as caixas se tornavam casos prescritos. As provas armazenadas eram então devolvidas aos donos ou destruídas.

Quando Katrine estava quase chegando aos fundos do depósito, na fileira do meio, o feixe de luz recaiu sobre a caixa que ela estava procurando. Ficava na prateleira mais baixa e raspou no piso de concreto no instante em que Katrine a puxou para fora. Ela abriu a tampa. O conteúdo batia com o relatório. Um raspador de gelo. Uma capa de assento. Um saquinho plástico com alguns fios de cabelo. Um saquinho plástico com um chiclete. Ela pôs a lanterna no chão, abriu o saquinho, tirou o conteúdo com uma pinça e estava prestes a cortar um pedaço quando sentiu uma corrente no ar úmido.

Ela olhou para o antebraço, que era iluminado pelo feixe de luz, e viu a sombra dos pelos finos e pretos arrepiados. Então ergueu os olhos, agarrou a lanterna e a direcionou para a parede. Logo embaixo do teto havia um respiradouro. Mas era apenas uma pequena abertura, e seria improvável que ele sozinho tivesse provocado a corrente de ar.

Katrine ficou à escuta.

Nada. Absolutamente nada, só o latejar de seu sangue nos ouvidos.

Ela voltou a se concentrar no pedaço ressecado de chiclete. Cortou uma pequena lasca com o canivete suíço que havia trazido. E ficou paralisada.

Estava vindo da porta, tão distante que o ouvido não conseguia identificar o que era. O chacoalhar de uma chave? O tampo do balcão batendo? Talvez não, talvez apenas alguns ruídos comuns em edifícios grandes.

Katrine desligou a lanterna e prendeu a respiração por um instante. Piscou para a escuridão como se ela pudesse ajudá-la a ver alguma coisa. Tudo estava em silêncio. O silêncio da...

Ela tentou não concluir aquele pensamento.

Em vez disso, tentou alimentar outro pensamento, aquele que faria seu coração desacelerar: o que era a pior coisa que poderia acontecer? Ser pega em flagrante por ter ido um pouco além de suas obrigações, receber uma advertência, possivelmente ser mandada de volta para Bergen? Chato, mas não exatamente uma razão para seu coração bater feito um martelo dentro do peito.

Ela esperou, à escuta.

Nada.

Ainda nada.

Foi então que ela se deu conta. Do breu. Se alguém de fato estivesse ali dentro, obviamente teria acendido a luz. Ela riu de si mesma, sentindo o coração diminuir o ritmo. Acendeu a lanterna outra vez, pôs as provas de volta na caixa e empurrou-a para seu lugar. Fez questão de deixá-la perfeitamente alinhada com as outras e começou a caminhar para a saída. Um pensamento lhe ocorreu. Um pensamento repentino, que a pegou de surpresa. Estava ansiosa para ligar para ele. Pois era isso que iria fazer. Ligar e contar o que tinha feito. Ela parou de repente.

O feixe de luz tinha acabado de passar por alguma coisa.

Seu próximo impulso foi o de continuar andando; uma voz sussurrante e covarde lhe dizia que deveria sair dali o mais rápido possível.

Mas ela direcionou a lanterna para trás.

Uma irregularidade.

Uma das caixas estava ligeiramente desalinhada.

Ela se aproximou mais. Iluminou a etiqueta.

Harry pensou ter ouvido uma porta bater. Tirou os fones que tocavam o novo álbum de Bon Iver, que até então tinha feito jus à badalação. Escutou. Nada.

— Arnold? — chamou.

Nenhuma resposta. Estava acostumado a ficar sozinho nessa ala da Academia de Polícia a essa hora. Naturalmente, alguém da limpeza poderia ter esquecido alguma coisa. Mas uma rápida olhada no relógio constatou que já era tarde da noite. Harry olhou para a esquerda, para a pilha de trabalhos não corrigidos na mesa. A maioria dos estudantes havia impresso os trabalhos no grosseiro papel reciclado da biblioteca, o qual soltava tanto pó que Harry voltava para casa com as pontas dos dedos amareladas como nicotina, e Rakel o mandava lavar as mãos antes de tocá-la.

Ele olhou pela janela. A lua estava grande e redonda no céu, sendo refletida nos vidros e telhados dos prédios na região de Kirkeveien e Majorstuen. Ao sul, ele viu o contorno verde cintilante do edifício da KPMG ao lado do cinema Colosseum. A vista não era imponente nem bela nem mesmo pitoresca. Mas era a cidade onde ele vivera e trabalhara a vida inteira. Certas manhãs, em Hong Kong, ele chegou a misturar um pouco de ópio num cigarro e o levou para o telhado de Chungking a fim de ver o sol nascer. Ficou sentado ali na escuridão, esperando que a cidade que logo sairia da escuridão fosse a sua. Uma cidade modesta, com prédios baixos e acanhados, não aquelas temíveis torres de aço. Queria ver as colinas suaves e verdejantes de Oslo, em vez das íngremes encostas negras e intimidadoras de Hong Kong. Ouvir o barulho de um bonde chacoalhando e freando, ou do navio dinamarquês que adentrava o fiorde e apitava entusiasmado após mais uma travessia entre Fredrikshavn e Oslo.

Harry olhou para os papéis que estavam bem no meio do círculo de luz da lâmpada de leitura, a única luz acesa no escritório. Obviamente, ele poderia ter levado tudo para Holmenkollveien. Café, um rádio tagarelando, o cheiro do bosque entrando pela janela aberta. Claro. Mas ele tinha tomado a decisão de não refletir sobre a razão pela qual preferia ficar ali sozinho a ficar em casa sozinho. Provavelmente porque sabia qual seria a resposta. Porque em casa ele não estaria só. Não completamente. A fortaleza tingida de preto com três fechaduras na porta e grades em todas as janelas não conseguia impedir a entrada dos monstros. Os fantasmas estavam nos cantos escuros e o perseguiam com suas órbitas oculares vazias. O telefone vibrou em seu bolso. Ele o pegou e viu a mensagem de texto na tela luminosa. Era de Oleg e não continha nenhuma letra, apenas uma sequência de números. 665.625. Harry sorriu. É claro que faltava muito para o lendário recorde mundial de Stephen Krogman em 1999, com 1.648.905 pontos no Tetris, mas fazia tempo que Oleg estava desbancando os recordes pessoais de Harry naquele jogo ligeiramente antiquado. Ståle Aune certa vez tinha dito que havia um limite no qual as pontuações no Tetris passavam de impressionantes a apenas tristes. E que Oleg e Harry já tinham passado desse limite havia séculos. Mas ninguém sabia do outro limite que eles tinham cruzado. O da morte. Oleg, numa cadeira ao lado da cama de Harry. Harry, febril, enquanto o corpo lutava contra as lesões que as balas de Oleg lhe infligiram. Oleg chorando enquanto o corpo tremia de abstinência. Pouca coisa foi dita naquele momento, mas Harry tinha uma vaga lembrança de que a certa altura eles seguraram a mão um do outro com tanta força que doeu. E essa imagem, de dois homens que se agarram um ao outro, que não querem se soltar, sempre ficaria com ele.

Harry digitou *Me aguarde* e enviou a mensagem. Duas palavras para responder a um número. Era o suficiente. O suficiente para saber que o outro estava ali. Poderia demorar semanas até a próxima vez. Harry pôs os fones de ouvido de volta e buscou a música que Oleg tinha lhe enviado pelo Dropbox sem qualquer comentário. A banda era The Decemberists e era mais a cara de Harry do que de Oleg, que preferia coisas mais pesadas. Harry ouviu uma guitarra Fender solitária com o som limpo e potente que só é obtido com um amplificador valvulado, sem nenhuma caixa, ou talvez com uma *boa* caixa, e se debruçou sobre o próximo trabalho. O estudante tinha respondido que, após um aumento súbito na taxa de homicídios na década de 1970, o número se estabilizou no novo patamar. Havia cerca de cinquenta homicídios na Noruega por ano, ou seja, aproximadamente um por semana.

Harry notou que o ar tinha ficado denso. Que ele deveria abrir uma janela.

O estudante lembrou que 95 por cento dos casos eram solucionados. Portanto, concluiu que no decorrer dos últimos vinte anos deveria haver por volta de cinquenta homicídios não solucionados. Nos últimos trinta anos, setenta e cinco.

— Cinquenta e oito.

Harry teve um sobressalto na cadeira. A voz atingiu o cérebro antes do perfume. De certa forma, o médico tinha explicado isso, pois seu olfato, mais especificamente suas células olfativas, fora danificado pelos anos de tabagismo e alcoolismo. Mas esse perfume em especial ele conseguiu identificar imediatamente. Chamava-se Opium, era produzido por Yves Saint-Laurent e estava no banheiro de casa, em Holmenkollveien. Ele arrancou os fones de ouvido.

— Cinquenta e oito nos últimos trinta anos — disse ela. Estava maquiada, usando um vestido vermelho e descalça. — Mas a estatística da Kripos não inclui os cidadãos noruegueses mortos no exterior. Nesse caso, é preciso recorrer ao Instituto Nacional de Estatística. E aí o número é 72. O que indica que o percentual de casos solucionados na Noruega é mais alto. Algo que o chefe de polícia usa com frequência a seu favor.

Harry empurrou sua cadeira para longe dela.

— Como você entrou aqui?

— Sou a representante da turma, e a gente ganha uma chave. — Silje Gravseng se sentou na beirada da mesa. — Mas a questão é que a maioria dos homicídios no exterior são assaltos, por isso podemos supor que o agente não conhece a vítima. — O vestido subiu, Harry notou os joelhos e as coxas bronzeados. Ela deveria ter passado férias em algum lugar ensolarado havia pouco tempo. — E para esse tipo de homicídio o percentual de casos solucionados na Noruega é mais baixo do que em outros países. É tão baixo que é assustador, por sinal. — Ela inclinou a cabeça sobre um dos ombros, e os cabelos loiros e úmidos caíram sobre o rosto.

— Ah, é? — disse Harry,

— É. Na verdade, só quatro investigadores na Noruega solucionaram cem por cento dos seus casos. E você é um deles...

— Não sei se isso está certo — protestou Harry.

— Mas eu sei. — Ela sorriu para ele, semicerrando os olhos, como se o sol vespertino estivesse batendo em seu rosto. Balançou os pés descalços, como se estivesse sentada na borda de um píer. Olhou bem nos olhos de Harry, como se fosse capaz de fazer seus globos oculares saírem das órbitas.

— O que você está fazendo aqui a essa hora? — perguntou ele.

— Estava na sala de treinamento. — Ela indicou a mochila no chão e dobrou o braço direito. Um bíceps alongado e definido. Ele lembrou que o instrutor de luta corporal tinha comentado que ela era capaz de derrotar muitos dos rapazes.

— Treinando sozinha a essa hora da noite?

— Tenho que aprender tudo o que preciso saber. Mas talvez você pudesse me ensinar como dominar uma suspeita?

Harry olhou para o relógio.

— Escuta, você não deveria...

— Dormir? Mas não consigo dormir, Harry. Só penso...

Ele olhou para ela. Silje estava fazendo beicinho. Pôs o dedo indicador nos lábios vermelhos. Ele sentiu certa irritação começando a crescer dentro de si.

— Que bom que você pensa, Silje. Continue fazendo isso. Agora eu posso continuar com... — Ele fez um gesto indicando a pilha de papéis.

— Você não me perguntou em que eu fico pensando, Harry.

— Três coisas, Silje. Sou seu professor, não seu confessor. Você não tem nenhum direito de estar nesta ala do prédio sem permissão. E, para você, eu sou Hole, não Harry, ok?

Ele sabia que sua voz tinha sido mais severa do que o necessário e, ao erguer os olhos novamente, ele descobriu que os dela eram redondos e grandes, quase pasmados. Ela tirou o dedo dos lábios. O beicinho desapareceu. E, quando falou de novo, sua voz era apenas um sussurro.

— Eu penso em você, Harry.

E deu uma risada alta e estridente.

— Agora chega, Silje.

— Mas eu te *amo*, Harry.

Outra risada.

Será que ela estava drogada? Bêbada? Será que veio direto de uma festa?

— Silje, não...

— Harry, sei que você é comprometido. E sei que há regras para professores e estudantes. Mas sei o que a gente pode fazer. A gente pode ir para Chicago. Onde você fez o curso do FBI sobre assassinatos em série. Eu posso me inscrever, e você pode...

— Chega!

Harry ouviu o eco de seu grito lá fora no corredor. Silje havia se retraído como se ele tivesse tentado bater nela.

— Agora vou acompanhá-la até a porta, Silje.

Ela piscou sem compreender.

— Qual é o problema, Harry? Eu sou uma das mais bonitas do curso. Eu poderia ficar com quem eu quisesse nessa escola. Incluindo os professores. Mas me guardei para você.

— Qual é...

— Você quer saber o que tenho embaixo desse vestido, Harry?

Ela pôs um dos pés descalços em cima da mesa e afastou as coxas. Harry foi tão rápido ao tirar o pé dela dali de cima que Silje não teve nem tempo de reagir.

— Meus pés são os únicos que têm permissão para ficar em cima da minha mesa, muito obrigado.

Silje desmoronou. Escondeu o rosto nas mãos, passando-as pela testa, a cabeça. Parecia tentar se esconder atrás de seus braços longos e musculosos. Chorou. Soluçou baixinho. Harry a deixou ficar assim até os soluços cessarem. Ele fez menção de pôr uma mão em seu ombro, mas mudou de ideia.

— Escuta, Silje, talvez você tenha tomado alguma coisa. Tudo bem, esse tipo de coisa pode acontecer com qualquer um. Minha sugestão é a seguinte: você sai daqui agora, a gente finge que isso nunca aconteceu e não fala sobre isso com ninguém.

— Você tem medo de que alguém fique sabendo de nós dois, Harry?

— Não existe "nós dois", Silje. Escuta, estou te dando uma chance...

— Você está pensando que se alguém descobrir que você está transando com uma aluna...

— Não estou transando com ninguém. Estou pensando no que é melhor para você.

Silje baixou o braço e ergueu a cabeça. Harry se assustou. A maquiagem escorria feito sangue negro de seus olhos, que brilhavam, selvagens. O repentino sorriso voraz de predador o fez pensar num bicho que ele tinha visto uma vez em um daqueles documentários sobre a natureza.

— Você está mentindo, Harry. Você está transando com aquela cadela da Rakel. E você não pensa em mim. Não do jeito que você está falando, seu hipócrita maldito. Mas você pensa em mim, sim. Como um pedaço de carne que você pode comer. Que você *vai* comer.

Ela deu um passo na direção dele. Harry estava sentado ali, afundado na cadeira com as pernas esticadas, como era de costume. Olhou para ela com aquela sensação de fazer parte de uma cena; não, de estar em uma cena que ele já tinha visto, que já havia sido representada. Ela se inclinou para a frente graciosamente, apoiou a mão no joelho dele e foi subindo, subindo, em direção ao cinto. Ela encostou o corpo no dele, a mão se enfiando embaixo da camiseta. A voz ronronou:

— Hum, que belo tanquinho, professor.

Harry pegou a mão e torceu o pulso enquanto se levantava da cadeira. Silje começou a gritar assim que ele posicionou seu braço junto às costas e forçou-a a baixar a cabeça. Então ele a virou para a porta, pegou sua mochila e a conduziu para fora da sala.

— Harry! — gemeu ela.

— Essa é mais uma manobra de imobilização que os policiais usam muito — disse Harry, levando-a escada abaixo. — É bom saber disso para as provas finais. Quer dizer, se você chegar às provas finais. Porque espero que entenda que está me obrigando a relatar isso aos meus superiores.

— Harry!

— Não porque eu me sinta assediado, mas porque talvez você não possua a estabilidade mental que a profissão de policial exige, Silje. Vou deixar essa avaliação a critério da diretoria. Então acho melhor você se preparar para convencê-los de que isso foi somente um passo em falso. Parece justo para você?

Ele abriu a porta da frente com a mão livre e, assim que a empurrou para fora, ela se virou e o encarou. Era um olhar tão cheio de raiva e ferocidade que só confirmou o que Harry já tinha pensado a respeito de Silje Gravseng: ela provavelmente era o tipo de pessoa que não deveria circular por aí revestida da autoridade policial.

Harry a viu cambalear pelo portão e atravessar a praça em direção ao Chateau Neuf, onde um estudante fumava um cigarro, querendo dar um tempo da música que pulsava lá dentro. Ele estava encostado num poste de luz, jaqueta militar estilo cubano da década de 1960. Olhou para Silje com indiferença forçada até ela passar, e então se virou, observando-a de modo insolente.

Harry ficou parado no corredor. Disse alguns palavrões bem alto. Sentiu a pulsação desacelerar. Pegou o telefone, ligou para um dos contatos de sua lista, que era tão reduzida que todos estavam registrados apenas com uma letra.

— Arnold.

— Aqui é Harry. Silje Gravseng apareceu no meu escritório. Dessa vez, passou dos limites.

— Ah, é? O que houve?

Harry fez um resumo para o colega.

— Isso não é nada bom, Harry. Possivelmente é pior do que está imaginando.

— Ela devia estar drogada, parecia ter vindo de uma festa. Ou então tem algum problema que a faz perder o controle de seus impulsos e a noção da realidade. Mas preciso de um conselho sobre como devo proceder. Sei que deveria fazer uma denúncia, mas...

— Você não está entendendo. Você ainda está perto da saída?

— Estou — respondeu Harry com surpresa.

— O guarda deve ter ido para casa. Tem mais alguém aí perto?

— Mais alguém?

— Qualquer pessoa.

— Bem. Tem um sujeito na praça em frente ao Chateau Neuf.

— Quer dizer que ele a viu ir embora?

— Sim.

— Perfeito! Vá até ele agora. Converse com ele. Pegue seu nome e endereço. Distraia-o até eu chegar aí e encontrar você.

— O quê?

— Vou explicar depois.

— Eu vou no bagageiro da sua bike, então?

— Preciso admitir que eu meio que tenho um carro aqui em algum lugar. Estarei aí em vinte minutos.

— Bom... hãã... dia? — murmurou Bjørn Holm, semicerrando os olhos para ver o relógio, sem saber se ainda estava sonhando.

— Você estava dormindo?

— De forma alguma — disse ele, encostando a cabeça na cabeceira e pressionando o telefone contra o ouvido. Como se isso pudesse trazê--la um pouco mais para perto.

— Eu só queria avisar que consegui um pedaço do chiclete que estava grudado embaixo do banco do carro de Mittet — anunciou Katrine Bratt. — Pensei que poderia ser do assassino. Mas é claro que é uma possibilidade remota.

— É — disse Bjørn.

— Você quer dizer foi perda de tempo?

Bjørn achou que ela parecia decepcionada.

— A investigadora aqui é você — respondeu ele, logo se arrependendo de não ter dito algo mais animador.

Na pausa que se seguiu, ele se perguntou onde ela estava. Em casa? Ela também tinha ido para a cama?

— Bem... — Ela suspirou. — Aconteceu algo curioso lá no depósito.

— É mesmo? — perguntou Bjørn, e notou que estava exagerando no entusiasmo.

— Enquanto eu estava lá, tive a impressão de que alguém entrou e saiu da sala. É claro que posso estar enganada, mas, a caminho da saída, tive a impressão de que alguém havia mexido nas prateleiras e mudado uma das caixas de provas de posição. Conferi a etiqueta...

Bjørn Holm imaginou que ela estava deitada; a voz tinha aquela suavidade preguiçosa.

— Era do caso René Kalsnes.

Harry trancou a porta pesada e deixou a luz suave da manhã do lado de fora.

Passou pela escuridão fria da casa feita de toras de madeira até chegar à cozinha. Desabou em uma cadeira. Desabotoou a camisa. Tinha demorado bastante.

O sujeito da jaqueta militar ficou com cara de assustado quando Harry se aproximou dele, pedindo que lhe fizesse companhia até um colega da polícia aparecer.

— É cigarro normal, sério — disse ele, estendendo-o a Harry.

Assim que Arnold chegou, pegaram o depoimento assinado do estudante e entraram num Fiat empoeirado de modelo indeterminado. Seguiram direto para o Departamento de Perícia Técnica, onde ainda havia gente trabalhando por causa dos assassinatos de policiais. Ali, despiram Harry, e, enquanto alguns pegaram sua roupa e sua cueca para fazer a análise, dois dos técnicos verificaram seus órgãos genitais e suas mãos com luz especial e papel autocolante. Depois, deram-lhe um copinho de plástico vazio.

— Vai com tudo, Hole. Se couber. O banheiro fica lá no fundo do corredor. Pense em algo agradável, ok?

— Hum.

Harry mais sentiu do que ouviu o riso contido no instante em que saiu dali.

Pense em algo agradável.

Harry manuseou a cópia do laudo que estava em cima da mesa da cozinha. Ele o havia pedido a Hagen. De forma particular. Discreta. Em grande parte, consistia em termos médicos em latim. Mas ele compreendeu alguns. O suficiente para entender que Rudolf Asaiev teve uma morte tão misteriosa quanto sua vida. E, na falta de indícios de algum crime, tiveram de concluir que foi um AVC. Derrame. O tipo de coisa que acontece.

Como investigador de homicídios, Harry poderia contar a eles que esse tipo de coisa não acontece. Uma testemunha-chave não morre "por acaso". O que foi que Arnold tinha dito? Que, em 94 por cento dos casos, se alguém tinha algo a perder com o depoimento do falecido, tratava-se de homicídio.

A parte paradoxal era que o próprio Harry constava entre os que tinham algo a perder se Asaiev tivesse dado seu depoimento. Muito a perder. Então, por que se importar? Por que não se sentir aliviado e se contentar em levar a vida adiante? De certa forma, havia uma resposta simples a essa pergunta: ele tinha um erro de fabricação.

Harry jogou o laudo para o outro lado da mesa comprida de carvalho. Tomou a decisão de destruí-lo no dia seguinte. Agora ele precisava dormir.

Pense em algo agradável.

Harry se levantou, tirou a roupa a caminho do banheiro. Posicionou-se embaixo do chuveiro, ajustou a temperatura da água, escaldante. Sentiu o formigamento e o ardor na pele, sua punição.

Pense em algo agradável.

Ele se enxugou, deitou embaixo dos lençóis limpos e brancos na cama de casal, fechou os olhos para dormir mais rápido. Mas os pensamentos alcançaram sua mente antes do sono.

Ele tinha pensado nela.

Na hora em que ele estava lá dentro do cubículo do banheiro com os olhos fechados, concentrando-se, tentando pensar em algo agradável, ele tinha pensado em Silje Gravseng. Em sua pele macia e bronzeada, nos lábios, na respiração quente em seu rosto, na fúria selvagem no olhar dela, no corpo musculoso, nas curvas, em toda aquela beleza perversa da juventude.

Caralho!

A mão dela em seu cinto, na barriga. O corpo se aproximando dele. A manobra de imobilização. A cabeça dela quase no chão, os gemidos em protesto, as costas arqueadas, o traseiro levantado para ele, gracioso como o de uma corça.

Caralho, caralho!

Ele se sentou na cama. Rakel lhe deu um sorriso caloroso na foto da mesinha de cabeceira. Caloroso, sábio e inteligente. Mas será que ela realmente sabia? Se ela pudesse passar cinco segundos em sua mente, se visse quem ele era de verdade, será que ela teria saído correndo dali horrorizada? Ou será que todos somos igualmente doentes dentro de nossas cabeças? Será que a diferença reside apenas em quem solta o monstro que existe dentro de si e quem não faz isso?

Ele tinha pensado nela. Tinha pensado que estava fazendo exatamente o que ela havia lhe pedido para fazer, ali, na mesa do escritório, derrubando a pilha de trabalhos dos alunos, que esvoaçaram pela sala como borboletas amareladas, colando na pele suada dos dois, folhas grosseiras com letras pretas dissertando sobre tipos de homicídios: crimes sexuais, homicídios motivados por drogas, crimes passionais, familicídios, crimes de honra, assassinatos motivados por ganância. Ele havia pensado nela enquanto estava ali dentro do banheiro. E tinha enchido o copinho até a borda.

21

Beate Lønn bocejou, pestanejou e olhou pela janela do bonde. O sol da manhã tinha começado o seu trabalho de expulsar, com seu calor, a névoa matinal sobre o Frognerparken. As quadras de tênis orvalhadas estavam vazias. Com a exceção de um velhinho magricela que parecia distraído no saibro de uma delas, onde ainda não haviam pendurado a rede. Ele olhou fixamente para o bonde. Coxas magras despontando de um short, tênis ultrapassados, uma camisa de escritório azul abotoada errado, a raquete arrastando no chão. Está aguardando o parceiro que não vem, pensou Beate. Talvez porque eles tenham combinado de se enfrentar no ano passado, e agora o parceiro já havia morrido. Beate sabia como ele estava se sentindo.

Ela vislumbrou a silhueta do Monólito assim que passaram pela entrada principal do parque e pararam no ponto.

Ela mesma tinha procurado um parceiro naquela noite, depois de Katrine buscar a chave da Sala de Evidências. Era por isso que ela estava nesse bonde, desse lado da cidade. Ele era um homem comum. Era assim que ela o classificava. Não o tipo de homem com quem uma mulher poderia sonhar, mas o tipo de que você precisa de vez em quando. Os filhos dele estavam com a ex, e, agora que seu filho estava na casa da avó em Steinkjer, os dois tinham tempo e oportunidade de se encontrarem com mais frequência. Mesmo assim, Beate percebeu que ela impunha limites. Que, na verdade, era mais importante para ela saber que ele estava ali, que ele era uma possibilidade, do que passarem tempo juntos. De qualquer forma, ele nunca substituiria Jack, mas não importava. Ela não queria um substituto, queria isso. Algo diferente, algo sem compromisso, algo que não lhe custaria muito se lhe fosse tirado.

Beate olhou pela janela, para o bonde que vinha na direção contrária e estava parando ao lado deles. No silêncio, ela ouviu o ruído baixo dos fones de ouvido da menina do banco ao lado e reconheceu uma música pop irritante dos anos 1990. Da época em que ela era a menina mais quieta da Academia de Polícia. Pálida, e com uma tendência infeliz de corar se alguém apenas olhasse em sua direção. Mas, felizmente, poucos tinham feito isso. E os que o faziam se esqueciam dela no instante seguinte. Beate Lønn tinha aquele tipo de rosto e carisma que a transformava em um não acontecimento, um peixe de aquário, um Teflon visual.

Mas ela se lembrava deles.

De todos, sem exceção.

E por isso ela era capaz, como agora, de olhar para os rostos no bonde ao lado e se lembrar de quem ela já tinha visto e quando. Talvez no mesmo bonde no dia anterior, talvez no pátio de uma escola vinte anos atrás, talvez nas imagens de um assalto a banco captadas por uma câmera de vigilância, talvez numa escada rolante da Steen & Strøm, onde Beate tinha ido comprar uma meia-calça. E não adiantava se eles tivessem ficado mais velhos, se tivessem mudado o corte de cabelo, deixado a barba crescer, colocado Botox ou silicone; era como se o rosto, o *verdadeiro* rosto deles, transparecesse, como se fosse uma constante, algo único, um código de DNA. E essa era sua bênção e sua maldição; o que alguns psiquiatras chamavam de síndrome de Asperger, outros, de uma pequena lesão cerebral que seu giro fusiforme, a parte responsável pelo reconhecimento facial no cérebro, tentava compensar. E que outros ainda, mais esclarecidos, não chamavam de nada. Simplesmente constatavam que ela reconhecia todos os rostos.

E por isso não era nada incomum para Beate Lønn o fato de que seu cérebro já estava tentando identificar o rosto do homem do outro bonde.

A única coisa incomum era que ela não conseguiu de imediato.

Apenas um metro e meio os separava, e ele tinha chamado sua atenção porque estava escrevendo no vidro embaçado, ou seja, com o rosto virado diretamente para ela. Beate já o tinha visto antes, mas não conseguia ligar aquele rosto a um nome.

Talvez fosse o reflexo do vidro, talvez uma sombra que pairasse sobre seus olhos. Estava a ponto de desistir quando o bonde em que ela estava começou a se movimentar. A luz recaiu sobre o homem de um modo diferente, e ele ergueu os olhos, encarando-a.

Um choque elétrico percorreu o corpo de Beate Lønn.

Era o olhar de um réptil.

O olhar frio de um assassino que ela conhecia.

Valentin Gjertsen.

E ela também sabia o motivo de não tê-lo reconhecido logo. O motivo de ele ter conseguido se manter escondido.

Beate Lønn se levantou do assento. Tentou sair, mas a garota ao lado estava de olhos fechados, balançando a cabeça ao ritmo da música. Beate lhe deu um empurrãozinho, e a moça olhou irritada para ela.

— Saia — disse Beate.

A menina ergueu os olhos e franziu a sobrancelha fina feito um risco de lápis, mas não se mexeu.

Beate arrancou os fones de ouvido dela.

— Polícia. Vou descer.

— Estamos em movimento.

— Tire sua bunda gorda daí agora!

Os outros passageiros voltaram os olhares para Beate Lønn. Mas ela não corou. Não era mais a jovem da Academia de Polícia. Sua figura continuava igualmente delicada, a pele pálida a ponto de ser quase translúcida, o cabelo sem cor e seco como macarrão cru. Mas aquela Beate Lønn não existia mais.

— Pare o bonde! Polícia! Pare!

Ela abriu caminho até o condutor do bonde e a porta de saída. Ouviu o chiado agudo dos freios. Mostrou o distintivo ao condutor, esperando com impaciência. Eles pararam com um último solavanco, e os passageiros em pé deram um passo para a frente, segurando-se, enquanto as portas se abriam com um estrondo. Beate saiu num pulo, contornou correndo a frente do bonde e percorreu o trilho que dividia a avenida. Sentiu o orvalho da grama passar pelo tecido fino dos sapatos, viu o outro bonde dar partida, ouviu o ruído baixo e crescente nos trilhos, correu o quanto pôde. Não havia motivo para pressupor que Valentin estivesse armado, e Valentin nunca conseguiria escapar num bonde lotado, com ela exibindo seu distintivo e gritando para todo mundo que ele estava preso. Se ela ao menos conseguisse alcançar aquele maldito bonde... Correr não era seu forte. Foi o que o médico que a diagnosticou com síndrome de Asperger lhe disse, que pessoas como ela em geral eram desajeitadas.

Ela deu uma escorregada no chão molhado, mas conseguiu se manter de pé. Faltavam apenas alguns metros. Ela alcançou a parte de trás do bonde. Bateu nele. Gritou, abanando o distintivo no ar, torcendo para que o condutor do bonde a visse pelo retrovisor. Talvez ele o fizesse. E visse uma mulher que tinha perdido a hora para chegar ao trabalho e que balançava desesperadamente o passe mensal. O barulho do trilho se tornou ainda mais alto, e o bonde foi se afastando dela.

Beate parou, observou o bonde desaparecer em direção a Majorstuen. Virou-se e viu seu próprio bonde desaparecer na direção de Frogner.

Xingou baixinho, pegou o celular, atravessou a rua, encostou-se na cerca de tela das quadras de tênis e digitou um número.

— Holm.

— Sou eu. Acabo de ver Valentin.

— O quê? Tem certeza?

— Bjørn...

— Desculpa. Onde?

— No bonde que passa pelo Frognerparken a caminho de Majorstuen. Você está no trabalho?

— Estou.

— É o bonde número 12. Descubra para onde vai e o intercepte. Valentin não pode escapar.

— Tudo bem, vou descobrir em quais pontos ele para e mandar uma descrição de Valentin para as viaturas de patrulha.

— É aí que está.

— Aí que está o quê?

— A descrição. Ele mudou.

— O que você quer dizer?

— Cirurgia plástica. E uma bem radical, a ponto de ele ser capaz de circular por Oslo despercebido, por exemplo. Me mande uma mensagem depois dizendo onde conseguiram parar o bonde; então vou até lá e o identifico.

— Entendido.

Beate pôs o telefone de volta no bolso. Só agora percebeu o quanto estava sem fôlego. Ela encostou a cabeça na cerca de tela. Na sua frente, o trânsito da manhã passava lentamente, como se nada tivesse acontecido. Como se o fato de um assassino ter sido encontrado não fizesse diferença nenhuma.

— Onde estão todos?

Beate se afastou da cerca e se virou para a voz decrépita.

O velhinho olhava para ela com ar de curiosidade.

— Onde está todo mundo? — repetiu ele.

E, ao ver a dor em seu olhar, Beate teve que engolir depressa o nó na garganta.

— Você acha... — disse ele, balançando a raquete. — Que estão na outra quadra?

Beate fez um gesto lento de concordância.

— Devem estar, sim — afirmou ele. — Eu não deveria estar aqui. Eles estão na outra quadra. Estão me aguardando lá.

Ele foi caminhando oscilante para o portão. Por um instante, Beate ficou ali observando suas costas estreitas.

Então ela começou a andar depressa em direção a Majorstuen. Mesmo que sua cabeça trabalhasse a mil por hora, pensando em qual seria o destino de Valentin, de onde ele estaria vindo e o quão próximos estavam de prendê-lo, ela não conseguia se livrar da voz sussurrante do velho.

Estão me aguardando lá.

Mia Hartvigsen olhou para Harry Hole.

Ela estava de braços cruzados, ligeiramente de costas para ele. Em torno da patologista havia grandes bacias azuis de plástico com diversas partes do corpo humano. Os estudantes já tinham saído da sala do Instituto de Anatomia, que ficava no térreo do Hospital Universitário, quando aquele eco do passado entrou com o laudo da necropsia de Asaiev debaixo do braço.

A hostilidade da linguagem corporal não era porque Mia Hartvigsen antipatizava com Hole, mas porque ele trazia problemas. Como sempre. Na época em que trabalhava como investigador, Hole sempre fora sinônimo de trabalho extra, prazos extremamente apertados e uma grande chance de acabar sendo exposta ao ridículo por deslizes que nem eram culpa sua.

— Estou dizendo que já fizemos a necropsia de Rudolf Asaiev — disse Mia. — Fomos bastante meticulosos.

— Não foram meticulosos o suficiente — disse Harry, deixando o laudo em cima de uma das mesas de metal polido onde os estudantes tinham acabado de fazer cortes em carne humana. Um braço musculoso despontava debaixo de uma manta, decepado na altura do ombro. Harry leu as letras da tatuagem desbotada no braço. *Too young to die*. Bem. Talvez fosse de um dos motoqueiros de Los Lobos que tinha sido eliminado pela faxina de Asaiev.

— E o que faz você acreditar que não fomos meticulosos o suficiente, Hole?

— Em primeiro lugar, o fato de que não conseguiram estabelecer a causa da morte.

— Você sabe muito bem que é possível que o corpo simplesmente não nos forneça qualquer indício do que aconteceu. Isso não quer dizer que ele não tenha morrido de causas naturais.

— Nesse caso, o mais natural seria alguém tê-lo matado.

— Sei que ele era uma potencial testemunha-chave, mas uma necropsia segue certos procedimentos fixos que não se deixam influenciar por tais circunstâncias. Encontramos aquilo que encontramos e mais nada, a patologia não é uma ciência de achismo.

— Por falar em ciência... — disse Hole e se sentou na mesa. — Ela se baseia em testar hipóteses, não é? Você cria uma teoria e depois a testa para afirmar se é verdadeira ou falsa. Certo?

Mia Hartvigsen balançou a cabeça. Não porque Hole não estava certo, mas porque não gostava do rumo que a conversa estava tomando.

— Minha teoria é a seguinte. — Harry tinha um sorriso de inocência simulada; parecia um garoto que quer convencer a mãe de que deveria ganhar uma bomba atômica de presente de Natal. — Asaiev foi morto por uma pessoa que sabe exatamente como vocês trabalham e o que é preciso para não deixar vestígios.

Mia mudou de posição. Virou-se totalmente de costas para ele.

— Então?

— Então, como você teria feito isso, Mia?

— Eu?

— Você conhece todos os truques. Como você enganaria a si mesma?

— Sou suspeita?

— Por enquanto.

Ela se conteve ao ver que ele estava sorrindo.

— Arma do crime?

— Seringa — disse Hole.

— Ah, é? Por quê?

— Algo a ver com anestésicos.

— Tudo bem. Podemos rastrear quase todas as substâncias, em especial quando temos acesso ao corpo tão rápido, como aconteceu nesse caso. A única possibilidade que vejo...

— Diga.

Ele sorriu como se já tivesse conseguido o que queria. Cara irritante. Do tipo que você não sabe se quer dar um tapa na cara ou um beijo.

— Injeção de ar.

— O que seria isso?

— O truque mais antigo e ainda o melhor que existe. Você injeta uma seringa com ar suficiente para que uma bolha impeça o fluxo de sangue por tempo suficiente para que ele não chegue a uma parte vital do corpo, como coração ou cérebro. Um coágulo se forma no corpo sem a ajuda de qualquer substância. Então a pessoa morre. É algo bem rápido e que não deixa vestígios. Caso encerrado.

— Mas a picada da agulha seria visível.

— Se for feita com uma agulha fina, apenas um exame extremamente minucioso de todas as áreas da pele poderá revelar a marca da picada.

Hole se animou. O garoto tinha desembrulhado o presente pensando que era uma bomba atômica. Mia esperou ansiosamente.

— Mas então vocês precisam examinar...

— Já fizemos isso. — Foi um tapa na cara. — Cada milímetro. Conferimos até a mangueira de gotejamento intravenoso, pois é possível criar bolhas de ar ali também. Não havia sequer uma picada de mosquito em lugar nenhum. — Ela viu a luz febril se apagar nos olhos de Harry. — Sinto muito, Hole, mas a gente sabia que a morte era suspeita. — Ela enfatizou *era*. — Agora preciso preparar a próxima aula, então talvez...

— Que tal um lugar onde não há pele — sugeriu Hole.

— O quê?

— E se ele injetou a agulha em algum outro ponto? Nos orifícios. Na boca, no ânus, nas narinas, nos ouvidos.

— Interessante, mas o nariz e as orelhas não são regiões tão irrigadas e não serviriam a esse propósito. O ânus é uma possibilidade, mas a chance de isolar órgãos vitais é menor nessa região, e você precisa conhecer muito bem a anatomia humana para encontrar um vaso sanguíneo às cegas. A boca seria uma ideia, já que possui vasos a uma distância pequena do cérebro, o que causaria uma morte rápida e segura, mas nós sempre a verificamos. E ela é cheia de mucosas; uma picada de agulha levaria a um inchaço que seria facilmente detectável.

Mia olhou para Harry. Percebeu como seu cérebro ainda buscava algo, mas ele meneou a cabeça, resignado.

— Foi legal revê-lo, Hole. Apareça se estiver atrás de alguma outra coisa.

Ela se virou e foi até uma das bacias para mergulhar no álcool um braço lívido, com os dedos abertos.

— Atrás... de alguma outra coisa — ela ouviu Harry dizer e soltou um suspiro profundo. Um cara *muito* irritante. Virou-se. — Ele pode ter injetado a agulha na parte de trás — continuou Hole.

— De trás do quê?

— Você disse que era melhor injetar o ar a uma distância pequena do cérebro. Por trás. Na parte de trás. Seria fácil esconder a picada na parte de trás...

— Na parte de trás do quê...? — Ela parou. Viu para onde ele estava apontando. Fechou os olhos e suspirou outra vez.

— Desculpe — disse Harry. — Mas estatísticas do FBI mostram que, no caso de potenciais testemunhas, o percentual de morte por homicídio aumentou de 78 por cento para 94 por cento depois de uma nova necropsia.

Mia Hartvigsen meneou a cabeça. Harry Hole. Problema. Trabalho extra. Grandes chances de ser exposta ao ridículo por deslizes que você não cometeu.

— Aqui — disse Beate Lønn, e o táxi encostou no meio fio.

O bonde estava parado no ponto do café Welhavens. Uma viatura encontrava-se estacionada na frente dele; havia duas atrás. Bjørn Holm e Katrine Bratt estavam encostados no Volvo Amazon.

Beate pagou e saiu do carro.

— E aí?

— Três agentes estão dentro do bonde e não deixaram ninguém sair. Estávamos só esperando você.

— Está escrito 11 nesse bonde, eu disse 12...

— Eles trocam o número depois da parada de Majorstukrysset, mas é o mesmo bonde.

Beate se apressou até a porta, bateu com força e mostrou o distintivo. A porta se abriu com um bufo, e ela entrou. Cumprimentou o agente uniformizado que estava ali. Ele segurava uma Heckler & Koch P30L.

— Siga-me — disse ela, e começou a percorrer o interior do bonde lotado.

Os olhos de Beate se detinham em todos os rostos enquanto ela abria caminho pelo vagão. Sentiu o coração bater mais rápido ao avistar e reconhecer os rabiscos no vidro embaçado. Ela fez um sinal para o agente antes de se dirigir ao homem no assento.

— Por favor! Você.

O rosto que se virou para ela tinha espinhas vermelhas e inflamadas e uma expressão aterrorizada.

— Eu... Eu não fiz por querer, juro. Esqueci o passe em casa. Não vou fazer isso nunca mais, juro.

Beate fechou os olhos e disse um palavrão baixinho. Fez um gesto para que o agente a seguisse. Ao chegarem ao final do vagão, ela pediu ao condutor que abrisse as portas de trás e saiu.

— E aí? — perguntou Katrine.

— Sumiu. Pergunte a todos se o viram. Daqui a uma hora vão ter se esquecido dele, se é que já não esqueceram. Assim como antes, ele é um homem de 40 e poucos anos, por volta de um metro e oitenta de altura, olhos azuis. Mas agora os olhos estão um pouco puxados, ele tem cabelo castanho curto, as maçãs do rosto salientes e marcantes e os lábios finos. Ninguém toca no vidro onde ele escreveu. Pegue as impressões digitais e tire fotos. Bjørn?

— Sim?

— Você vai percorrer todos as paradas daqui até Frognerparken, converse com gente que trabalha nas lojas no nível da rua, pergunte se conhecem alguém que confere com a descrição. Quando as pessoas pegam um bonde a essa hora da manhã, geralmente é uma rotina. Elas estão indo para o trabalho, escola, academia, o café que frequentam sempre...

— Nesse caso, temos mais chances — disse Katrine.

— É, por isso é preciso tomar cuidado, Bjørn. Avalie se as pessoas com quem você vai conversar seriam capazes de alertá-lo. Katrine, veja se conseguimos um pessoal para ficar no bonde amanhã de manhã. Além de alguns homens para ficar nos bondes que saem daqui em direção a Frognerparken durante o resto do dia de hoje, para o caso de Valentin pegar o mesmo caminho de volta. Ok?

Enquanto Katrine e Bjørn iam até os outros policiais para distribuir as tarefas, Beate se aproximou do lugar onde o tinha visto. Olhou para a janela. Os riscos que ele desenhara no vidro embaçado haviam escorrido. Era um padrão recorrente, semelhante a um filete. Uma linha vertical seguida de um círculo. Depois de uma fileira havia outra, formando uma matriz quadrada.

Talvez não fosse importante.

Mas, como Harry costumava dizer: "Talvez não seja importante ou relevante, mas tudo significa *alguma coisa*. E a gente começa a procurar onde há luz, onde se vê *alguma coisa*."

Beate pegou o celular e tirou uma foto da janela. Lembrou-se de uma coisa.

— Katrine! — chamou.

Katrine a ouviu e deixou Bjørn dando as instruções.

— Como foi ontem à noite?

— Deu tudo certo — respondeu Katrine. — Entreguei o chiclete para análise de DNA hoje de manhã. Fiz o registro com o número de um caso de estupro arquivado. Estão priorizando os assassinatos dos policiais, mas prometeram fazer uma análise o mais rápido possível.

Beate pareceu pensativa. Passou a mão pelo rosto.

— O que significa "o mais rápido possível"? Não podemos ficar paradas e deixar algo que *possivelmente* é o DNA do assassino acabar no final da fila só para que a gente receba todo o crédito.

Katrine pôs uma mão no quadril e voltou seu olhar na direção de Bjørn, que gesticulava para os policiais.

— Conheço uma das funcionárias de lá — mentiu. — Vou ligar para ela e fazer um pouco de pressão.

Beate olhou para ela. Hesitou. Assentiu.

— Você tem certeza de que não *queria* apenas que fosse Valentin Gjertsen? — perguntou Ståle Aune. Ele foi até a janela e olhou para a rua movimentada embaixo do consultório. Para as pessoas que corriam de um lado para o outro. Para as pessoas que poderiam ser Valentin Gjertsen. — Alucinações visuais são comuns em casos de privação de sono. Quantas horas você dormiu nos últimos dois dias?

— Vou fazer as contas — respondeu Beate Lønn. Pelo modo como ela falou, Ståle logo percebeu que ela não precisava fazer isso. — Estou ligando porque ele desenhou uma coisa na janela do bonde. Você recebeu a foto?

— Recebi — respondeu Aune. Ele tinha acabado de iniciar a sessão de terapia quando viu o celular se acender na gaveta aberta da mesa ao receber a mensagem de Beate.

Veja a foto. Urgente. Vou ligar.

E ele sentiu um prazer quase perverso ao olhar para o rosto espantado de Paul Stavnes, dizer que ele simplesmente *precisava* atender àquela ligação e ver que o paciente tinha entendido tudo o que estava nas entrelinhas: o telefonema é muito mais importante do que suas lamúrias.

— Você certa vez me falou que, ao analisar desenhos feitos por sociopatas, os psicólogos conseguem dizer algo sobre o subconsciente deles.

— Bem, o que eu comentei é que a Universidade de Granada, na Espanha, desenvolveu um método para analisar transtornos psicopatológicos de personalidade por meio da arte. Mas nesse caso os indivíduos recebem instruções sobre o que devem desenhar. E, de qualquer forma, isso parece mais escrita do que desenho — disse Ståle.

— É mesmo?

— Eu pelo menos vejo "is" e "os". O que é muito mais interessante do que um desenho.

— Como assim?

— De manhã cedo, num bonde, ainda meio sonolento, o que você escreve é guiado pelo subconsciente. E o subconsciente gosta de códigos e enigmas. Algumas vezes são incompreensíveis, outras são surpreendentemente simples, até banais. Tive uma paciente que morria de medo de ser estuprada. Tinha um sonho recorrente; nele, ela era despertada no momento em que o cano do canhão de um tanque de guerra atravessava a janela de seu quarto e só parava no pé de sua cama. E na frente do buraco do cano do canhão havia um papelzinho onde estavam escritas as letras P e N e o número 15. Talvez pareça estranho que ela mesma não tenha entendido aquele código de uma simplicidade infantil, mas o cérebro muitas vezes camufla aquilo em que realmente estamos pensando. Por comodidade, sentimento de culpa, medo...

— O que os "is" e "os" significam?

— Pode ser que ele se sinta entediado quando pega o bonde. Não me superestime, Beate. Estudei psicologia na época em que o curso era para aqueles que não tinham inteligência suficiente para se tornarem médicos ou engenheiros. Mas me deixe pensar um pouco mais e te dou um retorno, estou com um paciente agora.

— Tudo bem.

Aune desligou e olhou para a rua outra vez. Havia um estúdio de tatuagem do outro lado, a cem metros em direção à Bogstadveien. O bonde número 11 passava por aquela rua, e Valentin tinha uma tatuagem. Uma tatuagem que poderia identificá-lo. A não ser que ele a tivesse removido. Ou a modificado em um estúdio de tatuagem. O desenho poderia ser completamente alterado ao acrescentar alguns traços. Como, por exemplo, fazer um semicírculo junto a uma linha vertical, formando um D. Ou uma linha cortando um círculo, transformando-o na letra Ø. Aune soprou na janela.

Ouviu um pigarro irritado atrás dele.

Ele desenhou uma linha vertical e um círculo no vidro embaçado, como tinha visto na foto.

— Eu vou me recusar a pagar o preço total da sessão se...

— Quer saber, Paul? — disse Aune, exagerando na pronúncia tipicamente norueguesa do nome. Ele acrescentou o semicírculo e a linha diagonal. Leu. DØ, a palavra "morrer" em norueguês. Apagou tudo. — A sessão vai ser gratuita hoje.

22

Rico Herrem sabia que ia morrer. Sempre soube. A novidade era que ele sabia que ia morrer nas próximas trinta e seis horas.

— Antraz — repetiu o médico tailandês. Com o "r" pronunciado de forma correta e sotaque americano. O cara de olhos puxados devia ter estudado medicina lá. Foi lá que ele buscou qualificações para trabalhar nessa clínica particular, que com certeza só atendia estrangeiros residentes no país e turistas. — Lamento.

Rico respirou dentro da máscara de oxigênio; até isso era difícil. Trinta e seis horas. Ele tinha dito isso, trinta e seis horas. Havia perguntado se Rico queria que entrassem em contato com alguém da família. Se pegasse um voo imediatamente, talvez a pessoa conseguisse chegar a tempo. Ou um sacerdote cristão. Ele era católico?

O médico deve ter visto pela expressão de Rico que era preciso uma explicação mais detalhada.

— Antraz é uma doença provocada por uma bactéria. Está alojada em seus pulmões. Você provavelmente a inalou há alguns dias.

Rico ainda não estava entendendo.

— Se ela tivesse entrado em seu organismo por meio da digestão ou por contato com a pele, talvez fosse possível salvá-lo. Mas nos pulmões...

Bactéria? Ele ia morrer por causa de uma bactéria? O que ele tinha inalado? Onde?

A pergunta do médico ecoou seus pensamentos.

— Alguma ideia de onde inalou isso? A polícia vai querer saber para prevenir outras pessoas de contraírem a bactéria.

Rico Herrem fechou os olhos.

— Por favor, tente se lembrar, Sr. Herrem. Talvez o senhor possa salvar outras vidas.

Outras. Mas não a própria vida. Trinta e seis horas.

— Sr. Herrem?

Rico quis fazer um gesto com a cabeça para indicar que estava ouvindo, mas não conseguiu. Ouviu a porta se abrir. O som de vários pares de sapatos. A voz ofegante de uma mulher falando baixinho:

— Kari Farstad, da embaixada da Noruega. Viemos assim que possível. Ele vai...

— A circulação sanguínea está muito prejudicada. Ele vai entrar em choque em breve.

Onde? Na comida que comeu quando o táxi parou naquele restaurante nojento de beira de estrada entre Bangkok e Pattaya? Naquele buraco fedorento que eles chamavam de privada? Ou no hotel, através do ar-condicionado? Não era assim que as bactérias muitas vezes se espalhavam? Mas o médico tinha dito que os primeiros sintomas eram os mesmos de um resfriado, e esses ele já apresentava no avião. Mas, se essas bactérias circularam pelo avião, deveria ter mais gente doente. Ele ouviu a voz da mulher, mais baixa e em norueguês dessa vez:

— Antraz. Meu Deus, eu achava que isso só existia em armas biológicas.

— Não. — Voz de homem. — Fiz uma busca no Google no caminho. *Bacillus anthracis*. Pode ficar no solo durante anos, é uma praga resistente que se espalha ao formar esporos. Esses esporos foram encontrados naquele pó das cartas que algumas pessoas receberam nos Estados Unidos há alguns anos, lembra?

— Você acha que alguém enviou uma carta com antraz para ele?

— Ele pode ter pegado isso em qualquer lugar, porém o mais comum é que tenha tido contato próximo com gado. No entanto, é provável que a gente nunca fique sabendo.

Mas Rico sabia. Soube naquele momento, com uma clareza repentina. Ele conseguiu levar a mão em direção à máscara de oxigênio.

— Você localizou algum parente próximo? — perguntou a voz da mulher.

— Sim — respondeu o homem.

— E?

— Disseram que ele podia apodrecer onde estava.
— Entendi. Pedófilo?
— Não. Mas a lista é longa. Olha, parece que ele está se mexendo.

Rico havia conseguido tirar a máscara e tentou falar. Mas só saiu um sussurro rouco. Repetiu as palavras. Viu que a mulher tinha cachos loiros e olhava para ele com uma mistura de preocupação e repugnância.

— Doutor, é...?
— Não, não é contagioso entre humanos.

Não contagioso. Era apenas ele, então.

O rosto da mulher se aproximou. E mesmo moribundo, ou talvez justamente por isso, Rico Herrem inalou avidamente o perfume dela. Aspirou o perfume como ele tinha aspirado o ar na luva de lã naquele dia, na Peixaria. Tinha respirado dentro da luva, sentido o cheiro de lã úmida e de algo com gosto de cal. Pó. O outro homem estava com um lenço na boca e no nariz. Não para esconder o rosto. Esporos levíssimos que voam pelo ar. *Talvez fosse possível salvá-lo. Mas nos pulmões...*

Ele se esforçou. Com muito custo, articulou as palavras. Quatro palavras. Teve tempo de ele pensar que aquelas eram suas últimas palavras. Então, assim como uma cortina que cai no fim de um patético e penoso espetáculo de quarenta e dois anos de duração, uma grande escuridão desceu sobre Rico Herrem.

A chuva forte e brutal martelava o teto do carro, como se quisesse entrar à força, e Kari Farstad sentiu um arrepio. Sua pele tinha uma camada constante de suor, mas diziam que isso melhoraria quando a estação chuvosa chegasse ao fim, em novembro. Ela queria chegar logo ao apartamento da embaixada; detestava as viagens a Pattaya, e essa não era a primeira. Afinal, não tinha escolhido essa carreira para trabalhar com lixo humano. Muito pelo contrário. Havia imaginado coquetéis com pessoas interessantes e inteligentes e conversas refinadas sobre política e cultura, tinha esperado que o trabalho lhe trouxesse grande desenvolvimento pessoal e maior compreensão de questões importantes, em vez de problemas insignificantes. Do tipo como conseguir um bom advogado para um molestador norueguês ou possivelmente sua extradição para uma prisão norueguesa com padrão de hotel três estrelas.

A chuva parou, tão de repente quanto começou, e eles passaram voando por entre nuvens de vapor de água que pairavam sobre o asfalto quente.

— O que você disse que Herrem falou mesmo? — perguntou o primeiro-secretário.

— Valentin — respondeu Kari.

— Não, a outra coisa.

— Era difícil de escutar. Uma palavra mais longa, alguma coisa parecida com cômoda.

— Cômoda?

— Algo assim.

Kari olhou para as seringueiras ao longo da rodovia. Ela queria ir para casa. Para casa de verdade.

23

Harry se apressou pelo corredor da Academia de Polícia e passou pelo quadro de Frans Widerberg.

Ela estava na porta da sala de ginástica. Pronta para lutar, com a roupa justa de treino. De braços cruzados e encostada no batente, ela o seguiu com os olhos. Harry quis fazer um cumprimento com a cabeça, mas alguém chamou "Silje!", e ela desapareceu lá dentro.

No segundo andar, Harry deu uma passada no escritório de Arnold.

— Como foi a aula?

— Tudo bem. Mas com certeza sentiram saudades de seus exemplos arrepiantes, ainda que irrelevantes, do chamado mundo real — disse Arnold, e continuou a massagear seu pé doente.

— De qualquer forma, obrigado por ter me substituído.

Harry sorriu.

— Não há de quê. O que houve de tão importante?

— Tive que ir ao Instituto de Patologia Forense. A médica-legista de plantão concordou em desenterrar o cadáver de Rudolf Asaiev e realizar uma nova necropsia. Usei aquela sua estatística do FBI sobre testemunhas mortas.

— Fico feliz em ter ajudado. Aliás, você está com visita de novo.

— Não...

— Não é nem a Srta. Gravseng nem seus ex-colegas. Eu disse que ele poderia aguardar na sua sala.

— Quem...

— Acho que é alguém que você conhece. Já ofereci café.

Harry encontrou o olhar de Arnold. Fez um breve gesto de cabeça e saiu.

O homem que estava sentado na cadeira na sala de Harry não havia mudado muito. Tinha alguns quilinhos a mais, um rosto ligeiramente mais flácido e um toque de grisalho nas têmporas. Mas ainda tinha a franja de garoto que combinava com o nome Júnior, um terno que parecia ser emprestado e o olhar cortante e ágil capaz de ler uma página de um documento em quatro segundos e recitar cada palavra na sala de audiências se fosse necessário. Em resumo, Johan Krohn era o equivalente jurídico de Beate Lønn, o advogado que saía vitorioso mesmo quando todas as leis da Noruega estavam ao lado do adversário.

— Harry Hole. — A voz era aguda, jovem, e o homem se levantou, estendendo a mão. — Quanto tempo — disse em inglês.

— Não o suficiente — retrucou Harry, e apertou a mão que lhe era oferecida, pressionando o dedo de titânio contra o dorso da mão dele. — Você sempre foi sinônimo de más notícias, Krohn. O café está bom?

Krohn apertou a mão de Harry com força. Os quilinhos a mais deveriam ser músculos.

— Seu café está bom. — Sorriu com um ar de entendido. — Minhas notícias, como sempre, são ruins.

— Ah, é?

— Não tenho o costume de comparecer pessoalmente, mas nesse caso quero ter uma conversa cara a cara antes que qualquer coisa seja registrada por escrito. Trata-se de Silje Gravseng, que é sua estudante.

— Minha estudante — repetiu Harry.

— Não é verdade?

— De certa forma, sim. Mas você faz soar como se ela pertencesse a mim.

— Vou me esforçar para me expressar da forma mais clara possível — disse Krohn, franzindo os lábios num sorriso. — Ela veio direto até mim, em vez de ir à polícia. Com medo de que vocês abafassem o caso.

— Vocês?

— A polícia.

— Não sou...

— Você fez parte do quadro da polícia durante anos, e, como funcionário da Academia de Polícia, você faz parte da instituição. A questão é que ela teme que a polícia tente convencê-la a não denunciar esse estupro. E que a longo prazo isso acabe prejudicando a carreira dela na polícia, caso se recuse a fazer isso.

— Do que você está falando, Krohn?

— Ainda não estou sendo claro? Você estuprou Silje Gravseng aqui nesta sala ontem à noite, pouco antes da meia-noite.

Krohn observou Harry no intervalo que se seguiu.

— Não que seja algo que possa ser usado contra você, Hole, mas sua falta de surpresa visível é bastante eloquente e reforça a credibilidade da minha cliente.

— A credibilidade dela precisa de reforço?

Krohn juntou as pontas dos dedos.

— Espero que você esteja ciente da gravidade desse caso, Hole. Caso esse estupro seja denunciado e venha à tona, sua vida vai virar de ponta-cabeça.

Harry tentou visualizá-lo com a toga de advogado. As alegações finais. O dedo indicador acusatório contra Harry no banco dos réus. Silje enxugando uma lágrima com valentia. As expressões de indignação dos jurados, boquiabertos. A frieza da plateia. A fricção inquieta das pontas dos lápis dos ilustradores dos jornais contra o bloco de papel.

— A única razão pela qual sou eu quem está aqui, em vez de dois policiais prontos para algemá-lo e levá-lo por esses corredores diante de seus colegas e de seus alunos, é que isso terá um custo para minha cliente também.

— E qual seria?

— Você com certeza entende isso. Ela ficará marcada para sempre como a mulher que mandou um colega para a prisão. Uma delatora, como dizem. Pelo que entendi, esse tipo de coisa não é apreciada nos quadros da polícia.

— Você assistiu a muitos filmes, Krohn. Os policiais gostam quando casos de estupro são solucionados, não importa quem seja o culpado.

— E o processo judicial será um desgaste para a jovem, obviamente. Sobretudo com a época de exames importantes se aproximando. Como ela não teve coragem de ir direto à polícia e precisou refletir antes de me procurar, muitas das provas técnicas e biológicas se perderam. E isso significa que os trâmites poderão se estender por mais tempo do que seria o caso em outras circunstâncias.

— E que provas vocês têm mesmo?

— Hematomas. Arranhões. Um vestido rasgado. E, se eu pedir que passem o pente-fino nesta sala em busca de pistas forenses, tenho certeza de que vamos encontrar vestígios do tecido desse mesmo vestido.

— Se?

— Pois é. Não trago apenas más notícias, Harry.

— Ah, não?

— Tenho uma alternativa a lhe oferecer.

— Um pacto com o diabo, imagino.

— Você é um homem inteligente, Hole. Sabe que não temos provas absolutamente conclusivas. E isso é muito comum em casos de estupro, não? Fica a palavra de um contra a palavra do outro, e os dois saem perdendo. De um lado, a parte lesada é vista como licenciosa, suspeita de fazer falsas acusações; do outro, todos pensam que a parte absolvida escapou sem ter a punição que merece. Dada essa potencial situação, Silje Gravseng apresentou seu desejo, uma sugestão a que não hesito em aderir. E deixe-me por um momento sair do meu papel de advogado da vítima, Hole. Meu conselho é que você também concorde com ela. Pois a alternativa é seguir com a denúncia. Ela deixou isso bem claro.

— Ah, é?

— Sim. Como futura policial e agente da lei nesse país, ela vê como sua clara obrigação fazer com que os estupradores sejam punidos. Mas, para sua sorte, não necessariamente por um tribunal.

— Quanta firmeza de princípios.

— Se eu fosse você, seria um pouco menos sarcástico e um pouco mais grato, Hole. Eu *poderia* recomendar uma denúncia à polícia.

— O que vocês querem, Krohn?

— Resumidamente, que você renuncie a seu cargo aqui na Academia de Polícia e nunca mais trabalhe na polícia ou vinculado a ela. E que Silje possa continuar a estudar aqui em paz, sem sua interferência. O mesmo se aplica quando ela começar a trabalhar. Uma palavra depreciativa da sua parte, e o acordo será rescindido, e o estupro, denunciado.

Harry apoiou os cotovelos na mesa e se inclinou para a frente, abaixando a cabeça. Massageou a testa.

— Vou redigir um documento que funcionará como um acordo extrajudicial — prosseguiu Krohn. — Sua renúncia em troca do silêncio dela. Pressupõe-se que o acordo seja mantido em segredo por ambas as partes. De qualquer forma, você dificilmente poderá prejudicá-la caso divulgue esse acordo, pois todos compreenderão a escolha dela.

— Enquanto eu vou parecer culpado por tê-lo aceitado.

— Considere isso uma mitigação de danos, Hole. Um homem com sua experiência pode facilmente mudar de ramo. Agente em uma companhia de seguros, por exemplo. Eles pagam melhor do que a Academia de Polícia, pode acreditar em mim.

— Acredito em você.

— Muito bem. — Krohn pegou o celular. — Como está sua agenda nos próximos dias?

— Posso fazer isso amanhã se for o caso.

— Muito bem. No meu escritório às duas da tarde. Você lembra o endereço?

Harry fez que sim.

— Excelente. Tenha um ótimo dia, Hole!

Krohn levantou-se da cadeira. Exercícios aeróbicos, flexões e supinos, chutou Harry.

Assim que o advogado saiu, Harry conferiu a hora. Era quinta-feira, e nesse fim de semana Rakel chegaria um dia antes. Pousaria às cinco e meia da tarde, e ele tinha se oferecido para buscá-la no aeroporto — o que ela, depois de dizer "não, você não precisa" duas vezes, como era de costume, tinha aceitado com gratidão. Ele sabia que ela amava os quarenta e cinco minutos de carro do aeroporto até a casa. A conversa. A calma. O começo de uma noite agradável. A voz empolgada dela explicando o que *realmente* significava o fato de que apenas as nações poderiam ser signatárias do estatuto do Tribunal Internacional de Haia. Falando sobre o poder judicial da ONU ou a falta dele, enquanto a paisagem passava ondulante por eles lá fora. Ou eles conversavam sobre Oleg, sobre como ele estava indo, diziam que estava melhor a cada dia, que o velho Oleg estava voltando. Sobre os planos dele. Estudar direito. Academia de Polícia. Sobre a sorte que tiveram. E sobre como a felicidade era frágil.

Falavam sobre tudo, sem rodeios. Quase tudo. Harry nunca disse nada sobre o medo que sentia. O medo de prometer algo que ele não sabia se seria capaz de cumprir. O medo de não conseguir ser a pessoa que ele queria e precisava ser para eles. O medo de também não saber se aqueles dois poderiam ser isso para ele. O medo de não saber como alguém seria capaz de fazê-lo feliz.

O fato de ele estar ali agora, com ela e Oleg, era algo excepcional, algo em que ele não acreditava às vezes, um sonho maravilhoso do qual ele esperava acordar a qualquer momento.

Harry passou a mão pelo rosto. Talvez estivesse se aproximando agora. O despertar. A luz cortante e impiedosa da manhã. A realidade. Em que tudo ficaria como antes. Frio, duro e solitário. Harry se encolheu.

Katrine Bratt olhou para o relógio. Nove e dez. Lá fora, talvez fosse uma noite de primavera surpreendentemente amena. Ali no porão, era uma noite de inverno fria e úmida. Ela olhou para Bjørn Holm, que coçava suas costeletas ruivas. Para Ståle Aune, que rabiscava num bloco de papel. Para Beate Lønn, que disfarçava um bocejo. Eles estavam sentados em volta de um computador cuja tela era preenchida pela foto que Beate tinha tirado da janela do bonde. Falaram um pouco sobre o que estava escrito ali e concluíram que, mesmo entendendo o que significava, provavelmente não os ajudaria a pegar Valentin.

Então Katrine mais uma vez relatou a eles a sensação de que alguém havia estado no depósito das provas.

— Deve ter sido alguém que trabalha lá — disse Bjørn. — Mas tudo bem, é um pouco estranho que eles não tenham acendido a luz.

— Aquela chave do depósito é fácil de copiar — comentou Katrine.

— Talvez não sejam letras — disse Beate. — Talvez sejam números.

Eles se viraram para ela. Seus olhos ainda estavam direcionados para a tela do computador.

— Uns e zeros. Não "is" e "os". Como num código binário. Um significa "sim" e zero significa "não", não é isso, Katrine?

— Não sou programadora, mas, sim, é isso mesmo. Já me explicaram que o número um deixa a energia elétrica passar, enquanto o zero a bloqueia.

— Um significa ação, zero significa não fazer nada — disse Beate.

— Fazer. Não fazer. Fazer. Não fazer. Um. Zero. Fileira após fileira.

— Como as pétalas de um malmequer — disse Bjørn.

Ficaram em silêncio; tudo o que se ouvia era a ventoinha do computador.

— A matriz termina em zero — disse Aune. — Não fazer.

— Se é que ele terminou — lembrou Beate. — Ele teve que descer do bonde.

— Às vezes, assassinos em série simplesmente param de matar — disse Katrine. — Desaparecem. E nunca mais são vistos.

— Isso é uma exceção à regra — retrucou Beate. — Zero ou não zero, quem realmente acha que o assassino de policiais não tem a intenção de matar? Ståle?

— Katrine tem razão, às vezes eles param. Mas temo que esse vá continuar.

Katrine fez menção de dizer sem rodeios o que estava pensando. Que ela temia justamente o contrário; que, agora que eles estavam tão perto, o assassino pararia de matar, desapareceria do mapa. Que o risco valia a pena. Sim, era horrível pensar isso, mas ela estaria disposta a sacrificar mais um colega para prender Valentin. Era uma ideia doentia, mas nem por isso ela deixava de existir. Era tolerável perder mais um policial, de fato era. Deixar Valentin escapar, por outro lado, não. E ela moveu os lábios para proferir um sortilégio silencioso: só mais uma, seu desgraçado. Ataque só mais uma vez.

O celular de Katrine tocou. Pelo número, ela viu que era do Instituto de Medicina Forense e atendeu.

— Olá. Verificamos o pedaço de chiclete daquele caso de estupro.

— E? — Katrine sentiu o sangue correr mais rápido por seu corpo. Deviam esquecer todas as teorias toscas; aqui havia uma prova concreta.

— Infelizmente, não encontramos nenhum material de DNA.

— O quê? — Aquilo era um balde de água fria. — Mas... mas deve estar cheio de saliva?

— Isso acontece às vezes, infelizmente. É claro que podemos verificar mais uma vez, mas com esses homicídios dos policiais...

Katrine desligou.

— Não encontraram nada no chiclete — disse aos outros, baixinho.

Bjørn e Beate fizeram um gesto de compreensão. Katrine pensou ter detectado certo alívio na expressão de Beate.

Alguém bateu na porta.

— Sim? — gritou Beate.

Katrine olhou fixamente para a porta de ferro, convencida de que era ele. O homem alto, loiro. Ele tinha mudado de opinião. Tinha vindo salvá-los desse tormento.

A porta de ferro se abriu. Katrine praguejou. Era Gunnar Hagen.

— Como estão indo?

Beate recostou-se na cadeira e se espreguiçou.

— Nada de Valentin no bonde número 11 ou 12 hoje à tarde, e os interrogatórios não nos trouxeram nada de útil. Temos gente no bonde agora à noite, mas a esperança é maior de ele aparecer amanhã de manhã.

— O grupo de investigação andou perguntando sobre os agentes no bonde. Eles querem saber o que está acontecendo, se tem a ver com os homicídios dos policiais.

— Os boatos correm depressa — disse Beate.

— Um pouco depressa demais — concordou Hagen. — Isso vai chegar aos ouvidos de Bellman.

Katrine olhou para a tela. Padrões. Afinal, esse era seu forte, foi assim que ela encontrou a pista do Boneco de Neve aquela vez. Então. Um e zero. Dois números formando um par. Dez, talvez? Um par de números que se repetia muitas vezes. Muitas vezes. Muitas...

— Por isso vou informá-lo sobre Valentin esta noite.

— E quais serão as consequências para o nosso grupo? — perguntou Beate.

— O fato de Valentin ter aparecido num bonde não é nossa culpa, a gente precisou agir. Ao mesmo tempo, o grupo concluiu seu trabalho. Averiguou que Valentin está vivo e nos deu um suspeito. E, se não conseguirmos prender ele agora, ainda existe a possibilidade de ele aparecer em Berg. Agora outras pessoas assumem o comando, pessoal.

— Que tal *poli-ti*? — perguntou Katrine.

— Como? — disse Hagen com voz suave.

— Ståle disse que os dedos escrevem o que está se passando no subconsciente. Valentin escreveu vários números dez, um depois do outro. *Poli* significa muitos. Dez em norueguês é *ti*, ou seja, *poli-ti*.

Politi, polícia. Nesse caso, isso pode significar que ele está planejando matar mais policiais.

— Do que ela está falando? — perguntou Hagen, dirigindo-se a Ståle.

Ståle Aune deu de ombros.

— Estamos tentando interpretar essas coisas que ele rabiscou na janela do bonde. Eu mesmo cheguei à conclusão de que ele escreveu *DØ*, ou seja, morrer. Mas e se ele simplesmente gosta de uns e zeros? O cérebro humano é um labirinto quadridimensional. Todos já estiveram lá, ninguém sabe o caminho.

Ao passar pelas ruas de Oslo a caminho da quitinete de propriedade da polícia em Grünerløkka, Katrine não prestou atenção à vida a sua volta, às pessoas sorridentes e animadas, ansiosas para celebrar a primavera curta, o fim de semana curto, a vida antes de ela acabar.

Ela sabia agora. A razão pela qual eles se preocuparam tanto com esse "código" idiota. Porque eles desejavam desesperadamente que as coisas fossem coerentes, que fizessem sentido. E o mais importante: porque eles não tinham nada. Por isso tentavam tirar leite de pedra.

Os olhos de Katrine estavam fixos na calçada à sua frente, e ela batia as solas dos sapatos no asfalto no mesmo ritmo do sortilégio que repetia sem parar:

— Mais uma vez, seu desgraçado. Ataque mais uma vez.

Harry agarrou o cabelo comprido. Ainda negro e brilhante e tão grosso e macio que ele tinha a sensação de estar segurando uma corda. Puxou-o em sua direção, viu a cabeça dela se inclinar, olhou para as costas esguias e arqueadas, a coluna vertebral sinuosa feito uma serpente sob a pele quente e suada. Deu outra estocada. O gemido dela parecia um rosnado baixo que vinha lá do fundo do peito, um som furioso, frustrado. Às vezes eles faziam amor com calma, silenciosos, preguiçosos, como se dançassem juntos uma música lenta. Outras vezes parecia uma briga. Como essa noite. Quando o tesão dela só aumentava o tesão dos dois. Era como tentar apagar uma fogueira com gasolina; o fogo só se espalhava, ficava fora de controle, e às vezes ele chegava a pensar "meu Deus, isso não vai acabar bem".

O vestido dela estava no chão ao lado da cama. Vermelho. Ela ficava tão linda de vermelho que era quase um pecado. Descalça. Não, ela não estivera descalça. Harry se inclinou, inspirou seu cheiro.

— Não pare — gemeu ela.

Opium. Rakel tinha lhe contado que o cheiro acre era o suor produzido pela casca de uma árvore árabe. Não, não era suor, eram lágrimas. As lágrimas de uma princesa que fugiu para a Arábia por causa de um amor proibido. A princesa Myrrha. Mirra. Sua vida teve um final triste, mas Yves Saint-Laurent pagou uma fortuna por suas lágrimas.

— Não pare, segure...

Ela tinha pegado a mão dele e agora apertava-a em torno da própria garganta. Ele a pressionou com cuidado. Sentiu os vasos sanguíneos e os músculos enrijecidos em seu pescoço delgado.

— Mais forte, mais...

Sua voz desapareceu no instante em que ele fez o que ela pediu. Sabia que havia acabado de interromper o fluxo de oxigênio para o cérebro. Esse era o barato dela, era algo que dava prazer a ele porque ele sabia que ela sentia prazer com aquilo. Mas alguma coisa era diferente agora. A ideia de que ela estava em seu poder. De que ele podia fazer o que quisesse com ela. Ele olhou para o vestido. O vestido vermelho. Sentiu algo crescer dentro de si, algo que ele não era capaz de conter. Fechou os olhos e evocou a imagem dela. De quatro, o rosto ligeiramente voltado para trás, o cabelo mudando de cor, e ele viu quem ela era. Os olhos se reviraram, e o pescoço tinha hematomas, que se tornaram visíveis quando as lanternas da equipe de perícia se acenderam.

Harry tirou a mão do pescoço de Rakel abruptamente, mas ela já tinha chegado ao orgasmo. Seu corpo estava rígido, e ela estremecia feito uma corça segundos antes de tombar no chão. E então ela morreu. Desmoronou com a testa no colchão, e um soluço ressentido escapou de seus lábios. Ela ficou deitada assim, prostrada, como se estivesse em oração.

Harry saiu dela. Rakel soltou um gemido, virou-se e olhou para ele com ar acusador. Normalmente, ele só saía quando ela estava pronta para se separar dele.

Harry a beijou rapidamente na nuca, saiu da cama e pegou a cueca Paul Smith que ela havia comprado para ele em algum aeroporto.

Encontrou o maço de Camel na calça Wrangler que estava pendurada sobre a cadeira. Saiu do quarto e desceu a escada até a sala. Sentou-se numa poltrona e olhou pela janela. Lá fora, a noite estava em sua hora mais escura, porém não tão escura que não fosse possível divisar a silhueta da colina de Holmenkollen contra o céu. Acendeu um cigarro. Logo depois, ouviu o ruído dos pés de Rakel atrás de si. Sentiu sua mão acariciar seu cabelo e sua nuca.

— Tem alguma coisa errada?
— Não.

Ela se sentou no braço da cadeira e pressionou o nariz na curva do pescoço de Harry. Sua pele ainda estava quente e cheirava a Rakel e paixão. E as lágrimas da princesa Mirra.

— Opium — disse ele. — Um nome e tanto para um perfume.
— Você não gosta dele?
— Gosto, sim. — Harry soprou fumaça em direção ao teto. — Mas é bem... marcante.

Rakel ergueu a cabeça. Olhou para ele.

— E só agora você diz isso?
— Não pensei nisso antes. Nem agora, na verdade. Antes de você me perguntar.
— É por causa do álcool?
— O quê?
— O álcool no perfume, é isso que...?

Ele fez que não com a cabeça.

— Aconteceu alguma coisa... — observou ela. — Conheço você, Harry. Está inquieto, agitado. Olha o jeito como você está fumando. Parece que o cigarro é a última gota de água do universo.

Harry sorriu. Passou a mão pela pele arrepiada das costas de Rakel. Ela o beijou de leve no rosto.

— Então, se não é o álcool, deve ser outro tipo de abstinência.
— Que outro tipo?
— A abstinência da polícia.
— Ah, essa.
— São os assassinatos dos policiais, né?
— Beate veio aqui para tentar me convencer. Ela disse que tinha falado com você antes.

Rakel fez que sim.

— E que você tinha dado a entender que estava tudo bem — continuou Harry.

— Eu falei que era uma decisão sua.

— Você esqueceu nossa promessa?

— Não, mas não posso forçá-lo a cumprir uma promessa, Harry.

— E se eu tivesse dito sim e me juntado à investigação?

— Então você teria quebrado sua promessa.

— E as consequências?

— Para nós três, você, Oleg e eu? Grande probabilidade de as coisas darem errado. Para a investigação dos assassinatos dos três policiais? Grande probabilidade de encontrarem uma solução para o caso.

— Pode ser. A primeira coisa é certa, Rakel. A segunda é altamente improvável.

— Talvez. Mas você sabe muito bem que a gente pode dar errado, independentemente de você voltar a ser policial ou não. Há muitas variáveis. E uma delas é você ficar subindo pelas paredes por não poder fazer aquilo que sei que é sua verdadeira vocação. Ouvi falar de homens que se separaram justamente às vésperas da temporada de caça no outono.

— Para caçar alces. Não galinhas sem pena, né?

— É, é preciso dar crédito a eles.

Harry inspirou. Suas vozes eram abafadas, calmas, como se estivessem fazendo a lista de compras no supermercado. Era assim que os dois conversavam, pensou ele. Ela era assim. Ele a puxou para si. Sussurrou em seu ouvido:

— Eu quero ficar com você, Rakel. Ficar com vocês.

— É mesmo?

— É, porque isso é bom. É a melhor coisa que já fiz. E você sabe como eu sou, você lembra o diagnóstico de Ståle. Personalidade aditiva, beirando o transtorno obsessivo-compulsivo. Álcool ou caça, tanto faz; os pensamentos começam a girar constantemente em torno das mesmas coisas. Se eu enveredar por esse caminho, não vai ter volta, Rakel. E não quero isso. Quero ficar *aqui*. Merda, eu me sinto tentado só pela gente estar falando nisso! Não estou fazendo isso por você e Oleg, estou fazendo isso por mim mesmo.

— Calma, calma... — Rakel passou a mão pelo cabelo dele. — Vamos falar sobre outra coisa então.

— Vamos. Então disseram que Oleg talvez saia antes do previsto?

— Sim. Não há mais sintomas de abstinência. E parece mais motivado do que nunca. Harry?

— Sim.

— Ele me contou o que aconteceu naquela noite.

A mão dela continuou a acariciá-lo. Harry queria que ela ficasse ali para sempre.

— Que noite?

— Você sabe. A noite em que o médico te remendou todinho.

— Ah, ele contou, então?

— Você tinha me falado que foi baleado por um dos traficantes de Asaiev.

— O que de certa forma é verdade. Oleg era um deles.

— Eu preferia a versão antiga. Aquela em que Oleg aparecia no local do crime depois, via a gravidade de seus ferimentos e corria em disparada ao longo do rio Akerselva até o pronto-socorro.

— Mas você nunca acreditou totalmente nisso, né?

— Oleg me contou que entrou direto no consultório de um dos médicos e usou aquela pistola Odessa para ameaçá-lo e forçá-lo a ir junto com ele.

— O médico o perdoou assim que viu meu estado.

Rakel meneou a cabeça.

— Ele queria me contar o restante também, mas disse que não se lembra muito daqueles meses.

— A heroína tem esse efeito.

— Mas eu pensei que você talvez pudesse preencher as lacunas agora. O que você acha?

Harry inspirou. Esperou um segundo. Soltou a fumaça.

— Prefiro dizer o mínimo possível.

Ela puxou o cabelo dele.

— Eu acreditei em vocês naquela época porque *queria* acreditar naquilo. Meu Deus. Oleg atirou em você, Harry. Ele deveria estar na prisão.

Harry fez que não com a cabeça.

— Foi um acidente, Rakel, mais nada. Já deixamos tudo isso para trás, e, enquanto a polícia não encontrar a pistola Odessa, ninguém pode ligar Oleg ao assassinato de Gusto Hanssen ou a qualquer outra coisa.

— O que você quer dizer? Oleg foi absolvido desse assassinato. Você está dizendo que ele tinha algo a ver com isso?

— Não, Rakel.

— Então, o que você não está me dizendo, Harry?

— Você tem certeza de que quer saber, Rakel? De verdade?

Ela olhou longamente para ele sem responder.

Harry aguardou. Espiou pela janela. Olhou para os contornos da colina que emoldurava aquela cidade sossegada e segura onde nada acontecia. Na verdade, aquela colina era a borda da cratera de um vulcão adormecido, sobre o qual a cidade tinha sido construída. Dependendo do ponto de vista. Do que se sabia.

— Não — sussurrou ela no escuro. Pegou a mão dele e levou-a ao seu rosto.

Era absolutamente possível viver feliz na ignorância, pensou Harry. Era só uma questão de repressão. De reprimir o fato de que uma pistola Odessa estava ou não trancada num armário. De reprimir a ideia de que os assassinatos de três policiais não eram sua responsabilidade. De reprimir o olhar de ódio de uma estudante rejeitada com um vestido vermelho puxado até a cintura. Não era?

Harry apagou o cigarro.

— Vamos dormir?

Às três horas da madrugada, ele acordou com um sobressalto.

Tinha sonhado com ela outra vez. Sonhou que entrou num quarto e a viu. Ela estava deitada em um colchão sujo no chão e cortava o vestido vermelho com uma grande tesoura. Ao lado dela, havia uma TV portátil que exibia sua imagem com um atraso de alguns segundos. Harry olhou em volta, mas não conseguiu ver nenhuma câmera. Então ela colocou a lâmina brilhante na parte interna da coxa branca, abriu as pernas e sussurrou:

— Não faça isso.

Harry tateou atrás de si e encontrou a maçaneta da porta, mas ela estava trancada. Logo ele descobriu que estava nu e começou a andar na direção dela.

— Não faça isso.

O som parecia um delay de dois segundos da TV.

— Só preciso da chave para sair daqui — disse ele, mas sua voz estava distorcida, como se estivesse falando embaixo d'água, e ele não sabia se ela o tinha ouvido. Então ela enfiou dois, três, quatro dedos na vagina, e ele logo observou a mão delgada entrar por inteiro. Deu um passo na direção dela. E então a mão saiu outra vez; agora segurava uma pistola. Apontada para ele. Uma pistola brilhante que pingava, com um cabo que saía de dentro da vagina feito um cordão umbilical.

— Não faça isso — disse ela, mas Harry já estava ajoelhado à sua frente, inclinando-se e sentindo a pistola fria e agradável na testa. Em resposta, ele sussurrou:

— Faça, sim.

24

As quadras de tênis estavam vazias quando o Volvo Amazon de Bjørn Holm estacionou em frente ao Frognerparken e à viatura parada diante da entrada principal.

Beate saiu do carro bem alerta, embora quase não tenha pregado o olho durante a noite. Era difícil dormir na cama de um estranho. Sim, ela ainda pensava nele como um estranho. Conhecia seu corpo, mas sua mente, seus hábitos, sua maneira de pensar ainda eram um mistério que ela não sabia se tinha paciência ou interesse suficiente para desvendar. Portanto, todas as manhãs que ela acordava na cama dele, perguntava-se novamente: "Você vai continuar com isso?"

Dois policiais à paisana que estavam encostados na viatura vieram na direção dela. Beate viu que havia duas pessoas uniformizadas no carro e uma terceira no banco de trás.

— É ele? — perguntou ela, sentindo o coração bater acelerado.

— É — disse um dos policiais à paisana. — Ótimo retrato falado, ele é a cópia perfeita.

— E o bonde?

— A gente mandou o bonde seguir viagem, estava abarrotado. Mas pegamos o nome de uma mulher, pois houve um tumulto.

— Como assim?

— Ele tentou escapar quando mostramos os distintivos e dissemos que ele deveria vir com a gente. Pulou para o corredor muito rápido e conseguiu usar um carrinho de bebê para bloquear o caminho. Gritou que era para o bonde parar.

— Carrinho de bebê?

— Pois é, dá pra acreditar? Uma insanidade...

— Infelizmente, acho que ele já cometeu coisas piores.

— Estou me referindo a levar um carrinho de bebê no bonde no horário de pico da manhã.

— Entendi. Mas enfim vocês conseguiram capturá-lo?

— A dona do carrinho de bebê ficou gritando e puxando o braço dele, então consegui acertar um soco. — O policial sorriu contente e mostrou o punho direito com os nós ensanguentados. — Não há necessidade de ficar sacando a arma quando isso aqui funciona, né?

— Muito bem — disse Beate, tentando parecer sincera. Ela se agachou e olhou para o banco de trás do carro, mas só viu a silhueta de um homem sob sua própria imagem refletida no sol da manhã. — Alguém pode baixar o vidro?

Ela tentou respirar com calma enquanto o vidro se abaixava silenciosamente.

Beate o reconheceu de imediato. Ele não olhou para ela, mas para a frente, fitando a manhã de Oslo com o olhar semicerrado, como se ainda estivesse no sonho do qual não queria ter sido acordado.

— Vocês revistaram ele? — perguntou Beate.

— Contato imediato de terceiro grau. — O policial à paisana sorriu ironicamente. — Ele não estava portando arma.

— Vocês procuraram por drogas? Verificaram os bolsos e esse tipo de coisa?

— Bem, não. Por que a gente faria isso?

— Porque esse aí é Chris Reddy, também conhecido como Rebite, condenado várias vezes por tráfico de anfetamina. Como ele tentou fugir, vocês podem ter certeza de que está com alguma mercadoria. Então, tirem a roupa dele.

Beate Lønn virou-se e foi andando para o Volvo Amazon.

— Achei que ela lidasse com impressões digitais — Beate ouviu o agente à paisana dizer a Bjørn Holm, que havia se posicionado ao lado deles. — Não que conhecesse traficantes.

— Ela conhece todos os que têm registro nos arquivos da Polícia de Oslo — disse Bjørn. — Verifiquem um pouco melhor da próxima vez, ok?

Bjørn entrou no carro, ligou o motor e olhou para ela. Beate sabia que estava com cara de rabugenta, sentada daquele jeito, de braços cruzados e olhando irritada pelo para-brisa.

— A gente pega ele no domingo — disse Bjørn.

— Vamos torcer por isso — disse Beate. — Tudo pronto em Bergslia?

— A equipe Delta fez sondagens na área, e eles escolheram suas posições. Dizem que foi fácil por causa de toda a mata em volta. Mas estão nas casas vizinhas também.

— E todos que estavam no grupo de investigação naquela época foram informados?

— Todos. Todos vão ficar perto do telefone o dia inteiro e avisar imediatamente se receberem alguma ligação.

— Isso se aplica a você também, Bjørn.

— E a você. Aliás, por que Harry não fez parte de um caso de homicídio tão grande? Afinal, ele era inspetor da Divisão de Homicídios naquela época.

— Bem, ele estava indisposto.

— De porre?

— Onde está Katrine?

— Ela foi escalada para um posto um pouco afastado no bosque de Berg, com boa vista para a casa.

— Quero contato contínuo com ela por celular enquanto estiver lá.

— Vou avisar a ela.

Beate conferiu o relógio. Eram nove e dezesseis. Seguiram pela Thomas Heftyes Gate e pela Bygdøy Allé. Não porque era o caminho mais curto até a sede da polícia, mas porque era o mais bonito. E porque fazia o tempo passar mais depressa. Beate conferiu o relógio mais uma vez: nove e vinte e dois. Faltava um dia e meio para o início do dia D. Domingo.

Seu coração ainda estava acelerado.

Ou melhor, já estava acelerado.

Johan Krohn deixou Harry esperando na recepção durante os quatro minutos habituais depois do horário combinado. Deu instruções claramente desnecessárias à sua secretária e só então se dirigiu aos dois homens que estavam sentados ali.

— Hole — disse ele, estudando rapidamente o rosto do ex-policial, como se fizesse um diagnóstico de seu estado de espírito antes de estender a mão. — Vejo que trouxe seu próprio advogado?

— Este é Arnold Folkestad — apresentou Harry. — É um colega, e pedi que me acompanhasse para que eu tivesse uma testemunha de tudo o que for dito e acordado.

— Muito sábio — elogiou Johan Krohn, sem nada em seu tom de voz ou em seus gestos que indicasse que estava sendo sincero. — Vamos então.

Krohn seguiu na frente, olhando de relance para um relógio de pulso supreendentemente feminino, e Harry entendeu o recado: sou um advogado muito requisitado que tem pouco tempo para dedicar a esse caso relativamente insignificante. O escritório era grande e cheirava a couro, que Harry supôs vir dos volumes encadernados do Diário de Justiça da Noruega, os quais dominavam as prateleiras em ordem cronológica. E a um perfume que ele sabia de onde vinha. Silje Gravseng estava sentada numa cadeira meio virada para eles, meio virada para a sólida mesa de Johan Krohn.

— Espécie em risco de extinção? — perguntou Harry, passando uma das mãos pelo tampo da mesa antes de se sentar.

— Teca normal — disse Krohn, assumindo sua posição de comando atrás da floresta tropical.

— Normal ontem, em risco de extinção amanhã — comentou Harry, fazendo um breve aceno para Silje Gravseng. Ela respondeu fechando e abrindo as pálpebras lentamente, como se sua cabeça fosse imóvel. O cabelo estava preso num rabo de cavalo tão apertado que os olhos ficavam ainda menores do que o habitual. Ela usava um tailleur que facilmente a fazia passar por uma das funcionárias do escritório de advocacia. Parecia calma.

— Vamos direto ao assunto? — disse Johan Krohn, unindo as pontas dos dedos, como de costume. — A Srta. Gravseng alegou ter sido estuprada em sua sala na Academia de Polícia por volta da meia-noite na data em questão. Por enquanto as provas são arranhões, hematomas e um vestido rasgado. Tudo isso foi fotografado e pode ser apresentado como prova no tribunal.

Krohn olhou para Silje como que para conferir se ela estava aguentando a pressão antes de continuar:

— É certo que o exame médico no Centro de Assistência a Vítimas de Estupro não indicou contusões nas partes íntimas, mas de qualquer forma isso raramente acontece. Mesmo em ataques brutais, isso ocorre em apenas quinze a trinta por cento dos casos. Não há vestígio de sêmen na vagina, já que o senhor teve presença de espírito suficiente para ejacular fora, mais precisamente no abdômen da Srta. Gravseng, antes de deixá-la pôr a roupa, arrastá-la até a saída e dispensá-la. Pena que ela não tenha tido a mesma presença de espírito de guardar um pouco do sêmen como prova, mas em vez disso passou horas no chuveiro chorando e se esfregando para tirar todos os vestígios da violação. Talvez não tenha sido inteligente, mas é uma atitude muito compreensível e uma reação normal para uma moça tão jovem.

A voz de Krohn havia adquirido um leve tremor de indignação, que Harry imaginou não ser genuíno, mas sim uma maneira de mostrar a eles os efeitos daquela explanação num possível processo judicial.

— Mas o pessoal do Centro de Assistência a Vítimas de Estupro deve descrever a reação psicológica da vítima em algumas poucas linhas. Nesse caso, estamos falando de profissionais com longa experiência no assunto, e consequentemente o tribunal atribuirá importância a tais descrições. E, podem crer, nesse caso as observações psicológicas sustentam a causa da minha cliente.

Um sorriso quase escusatório passou rapidamente pelo rosto do advogado.

— Mas, antes de entrar em mais detalhes sobre as provas, gostaria de saber se já avaliou minha proposta, Hole. Se chegou à conclusão de que essa oferta é o melhor a ser feito. Em consideração a todas as partes, espero que sim. Estou com o contrato redigido aqui, que obviamente permanecerá confidencial.

Kohn estendeu uma pasta de couro preto a Harry enquanto lançava um olhar expressivo a Arnold Folkestad, que fez um gesto lento com a cabeça.

Harry abriu a pasta e passou os olhos rapidamente pela folha A4.

— Hum. Devo renunciar ao cargo na Academia de Polícia e abrir mão de trabalhar na polícia ou vinculado a ela. E nunca mais falarei com ou sobre Silje Gravseng. Vejo que está pronto para ser assinado.

— Não é nada complicado, é como matemática. Se o senhor já fez seus cálculos e chegou ao resultado correto...

Harry fez um gesto com a cabeça. Fitou Silje Gravseng, que estava imóvel como uma estátua e lhe dirigiu um olhar pálido e inexpressivo.

Arnold Folkestad pigarreou baixinho, e Krohn olhou para ele de modo gentil enquanto ajeitava o relógio de pulso num gesto casual. Arnold apresentou uma pasta de papelão amarelo.

— O que é isso? — perguntou Krohn, franzindo a sobrancelha e recebendo a pasta.

— Nossa proposta de acordo — anunciou Folkestad. — Como o senhor verá, sugerimos que Silje Gravseng saia da Academia de Polícia imediatamente e nunca se candidate a um emprego na polícia ou vinculado a ela.

— O senhor está brincando...

— E que nunca mais tente entrar em contato com Harry Hole.

— Isso é um ultraje.

— Em contrapartida, e em consideração a todas as partes envolvidas, deixaremos de instaurar um processo penal por essa tentativa de chantagem contra um funcionário da Academia de Polícia.

— Nesse caso, está decidido: nos veremos no tribunal — disse Krohn, conseguindo fazer com que o clichê não soasse como um clichê. — E, mesmo que vocês se deem mal no final, estou com muita vontade de conduzir pessoalmente esse caso.

Folkestad deu de ombros.

— Então temo que o senhor fique um tanto desapontado, Krohn.

— Vamos ver quem vai ficar desapontado. — Krohn já estava em pé e tinha abotoado um dos botões do paletó, indicando que estava pronto para a próxima reunião, mas captou o olhar de Harry. Ele hesitou.

— O que vocês querem dizer?

— Se o senhor não se importar, sugiro que leia os documentos que embasam nossa proposta de acordo — disse Folkestad.

Krohn abriu a pasta outra vez. Folheou. Leu.

— Como o senhor está vendo — continuou Folkestad —, sua cliente frequentou as aulas na Academia de Polícia sobre estupro, as quais, entre outras, descrevem as reações psicológicas típicas de vítimas de estupro.

— Isso não significa...

— Permita-me pedir ao senhor que guarde suas objeções para o final e passe para a próxima página. Lá o senhor encontrará um depoimento assinado de uma testemunha ainda não oficial, um estudante universitário que estava bem do lado de fora do portão, por onde ele viu a Srta. Gravseng sair da Academia de Polícia no horário em questão. Ele descreve que ela parecia mais zangada do que assustada. Não há nenhum comentário sobre um vestido rasgado. Pelo contrário, ele diz que ela parecia vestida e ilesa. E admite tê-la avaliado com atenção. — Ele se virou para Silje Gravseng. — Um elogio à senhorita, imagino...

Ela continuou tão imóvel quanto antes, mas as faces estavam ficando rubras, e os olhos piscavam depressa.

— Conforme o senhor pode verificar, Harry Hole se aproximou dele no máximo um minuto, ou seja, sessenta segundos depois de a Srta. Gravseng ter passado por ele. Hole permaneceu ali, com a testemunha, até que eu chegasse e o levasse ao Departamento de Perícia Técnica, o que consta... — Folkestad indicou — ... na próxima página, aí, isso mesmo.

Krohn leu e tornou a se recostar na cadeira.

— Aí está explicado que Hole não apresenta nada daquilo que se esperaria de alguém que tenha acabado de cometer um estupro. Nenhuma pele embaixo das unhas, nenhuma secreção genital ou pelo pubiano de outras pessoas nas mãos ou na genitália. E isso não se encaixa no depoimento da Srta. Gravseng sobre arranhões e penetração. Hole tampouco tinha qualquer sinal em seu corpo que indicasse que ela teria lutado contra ele de alguma forma. A única coisa seriam dois fios de cabelo na roupa, mas isso está dentro do esperado, levando em consideração que ela praticamente se deitou sobre ele. Veja a página três.

Krohn folheou sem erguer os olhos. O olhar percorreu a página. Depois de três segundos, os lábios pronunciaram um palavrão, e Harry entendeu que o mito era verdade; ninguém na área de direito na Noruega era capaz de ler uma página A4 mais rápido que Johan Krohn.

— Enfim, se o senhor conferir o volume de ejaculação de Hole, medida apenas meia hora após o alegado estupro, temos 4 milímetros. Uma primeira ejaculação produz normalmente algo entre 2 e 5 milímetros de sêmen. Uma segunda ejaculação, dentro da mesma meia hora, produziria menos de dez por cento disso. Resumindo, a não ser que os testículos de Harry Hole sejam absolutamente fora do comum, ele não teve nenhuma ejaculação dentro do horário alegado pela Srta. Gravseng.

No silêncio que se seguiu, Harry ouviu a buzina de um carro lá fora, alguém gritando e então risadas e xingamentos altos. O trânsito estava parado.

— Não é nada complicado — disse Folkestad, ensaiando um sorriso dentro da barba. — É como matemática. Então, se o senhor já fez seus cálculos...

O som hidráulico dos freios quando o pé do motorista se ergue do pedal. E o estrondo da cadeira no momento em que Silje Gravseng se levantou abruptamente, e, em seguida, a batida da porta atrás dela.

Krohn ficou sentado bastante tempo com a cabeça curvada. Quando ele a ergueu novamente, seus olhos fitaram Harry.

— Sinto muito — lamentou ele. — Como advogados de defesa, temos que aceitar que nossos clientes mentem para salvar a própria pele. Mas isso aqui... Eu deveria ter feito uma leitura melhor da situação.

Harry deu de ombros.

— Você não a conhece.

— Não — disse Krohn. — Mas conheço você. *Deveria* conhecer você depois de tantos anos, Hole. Vou convencê-la a assinar o acordo de vocês.

— E se ela se recusar?

— Vou explicar a ela as consequências de fazer uma falsa acusação. E de uma expulsão oficial da Academia de Polícia. Ela não é idiota, sabem?

— Sei — disse Harry, suspirando e se levantando. — Sei.
Do lado de fora, o trânsito estava andando outra vez.

Harry e Arnold Folkestad subiam a Karl Johans Gate.
— Obrigado — disse Harry. — Mas ainda queria saber como você avaliou a situação tão rápido.
— Tenho certa experiência com TOC.
Arnold sorriu.
— Como?
— Transtorno obsessivo-compulsivo. Quando uma pessoa com tendência a ter TOC coloca algo na cabeça, ela não tem limite. A ação em si se torna mais importante do que as consequências.
— Sei o que é TOC, tenho um amigo psicólogo que me acusou de estar quase lá. O que eu quis dizer é como você soube tão depressa que a gente precisava arranjar uma testemunha e ir direto ao Departamento de Perícia Técnica.
Arnold Folkestad riu baixinho.
— Não sei se posso contar isso, Harry.
— Por que não?
— O que posso dizer é que já vi um caso parecido. Uma pessoa foi espancada por dois policiais e estava prestes a denunciá-los. Mas eles se anteciparam com uma manobra parecida com a que fizemos. As provas foram manipuladas; um deles queimou as evidências que seriam desfavoráveis aos dois. E o que sobrou foi o suficiente para que o advogado do homem o aconselhasse a esquecer a denúncia, porque não conseguiriam chegar a lugar algum. Imaginei que a mesma coisa iria acontecer agora.
— Do jeito que você está falando, parece que eu de fato estuprei ela, Arnold.
— Desculpe. — Arnold riu. — Eu meio que esperava que algo desse tipo fosse acontecer. A menina é uma bomba prestes a explodir; nossos testes psicológicos deveriam tê-la desqualificado antes de sua admissão.
Eles atravessaram a Egertorget. Imagens passavam rapidamente pelo cérebro de Harry. O sorriso de uma namorada risonha de sua

juventude. O cadáver de um soldado do Exército de Salvação em frente ao caldeirão de Natal. Uma cidade cheia de recordações.

— Então, quem eram os dois policiais?

— Alguém que ocupa um cargo importante.

— É por isso que não quer me contar? E você fez parte do esquema? Está com peso na consciência?

— Todos que não têm coragem de pagar o preço imposto pela justiça deveriam ter a consciência pesada.

— Hum. Um policial com histórico de violência e um gosto pessoal por queimar provas. Não há muitos por aí. Por acaso estamos falando de um cara chamado Truls Berntsen?

Arnold Folkestad não disse nada, mas o tremor que percorreu seu corpo redondo e baixo foi resposta suficiente para Harry.

— A sombra de Mikael Bellman. Foi isso que você quis dizer com cargo importante, não?

Harry cuspiu no asfalto.

— Vamos falar de outra coisa, Harry?

— Vamos, sim. Vamos almoçar no Schrøder.

— No Schrøder? Eles têm... hum, almoço?

— Têm hambúrguer. E lugar para sentar.

— Isso parece familiar, Rita — disse Harry para a garçonete, que tinha acabado de servir a eles dois hambúrgueres queimados cobertos com fatias pálidas de cebola frita.

— Nada muda aqui, você sabe — disse ela, sorrindo, e deixou os dois.

— Truls Berntsen, pois é — continuou Harry, e deu uma olhada por cima do ombro. Ele e Arnold estavam praticamente sozinhos no salão simples que ainda parecia bastante impregnado de fumaça, apesar de a lei antifumo estar em vigência há muitos anos. — Acho que ele opera como queimador de arquivos da polícia há anos.

— Ah, é? — Folkestad olhou com ceticismo para o cadáver de animal à sua frente. — E Bellman?

— Ele era responsável pelo combate às drogas naquela época. Sei que tinha um acordo com certo Rudolf Asaiev, que vendia uma droga parecida com heroína chamada violino. Bellman deu o monopólio de Oslo a Asaiev em troca de sua ajuda para maquiar o tráfico de drogas na cidade, esconder os viciados que viviam nas ruas e as mortes por overdose. E isso fez com que Bellman deixasse uma boa impressão.

— Tão boa que ele conquistou o cargo de chefe de polícia?

Harry mastigou o primeiro pedaço de hambúrguer com hesitação e deu de ombros, como que para indicar um "talvez".

— E por que você não disse o que sabe? — Arnold Folkestad cortou com cautela aquilo que esperava ser carne. Desistiu e olhou para Harry, que, por sua vez, fitou-o com um olhar inexpressivo e continuou mastigando. — Por que não fez justiça?

Harry engoliu o pedaço de hambúrguer, pegou o guardanapo e limpou os cantos da boca.

— Eu não tinha provas. Além disso, eu não era mais policial. Não era da minha conta. Também não é da minha conta agora, Arnold.

— Imagino que não. — Folkestad espetou um pedaço com o garfo, ergueu-o e contemplou-o. — Não que eu tenha algo a ver com isso, Harry, mas se isso não é da sua conta, e você não é mais policial, por que o Instituto de Medicina Forense enviou um laudo da necropsia desse Rudolf Asaiev para você?

— Hum. Você viu o laudo?

— Só porque tenho o hábito de pegar a correspondência para você quando passo pelos escaninhos do correio. E também porque a administração abre todas as correspondências. E obviamente porque sou curioso por natureza.

— O que você está achando da comida?

— Ainda não experimentei.

— Experimente. Ela não morde.

— Digo o mesmo para você, Harry.

Harry sorriu.

— Eles procuraram atrás do globo ocular. Encontraram o que a gente estava procurando. Um pequeno furo em um grande vaso sanguíneo. Alguém pode, por exemplo, ter virado um pouco o globo ocular de Asaiev enquanto ele estava em coma e, ao mesmo tempo, ter enfiado uma agulha no canto do olho, injetando bolhas de ar. O resultado seria cegueira imediata, seguida de um derrame cuja causa não poderia ser rastreada.

— Agora você realmente abriu meu apetite — constatou Arnold Folkestad, fazendo uma careta e largando o garfo outra vez. — Você está dizendo que tem provas de que alguém matou Asaiev?

— Nada disso. Como eu disse, é impossível comprovar a causa da morte. Mas a picada mostra como *pode* ter acontecido. Obviamente, o enigma é como alguém teve acesso ao quarto do hospital. O guarda alegou que não viu ninguém passar durante o período em que a injeção pode ter sido dada. Nem médicos nem pessoas não autorizadas.

— O mistério do quarto fechado.

— Ou algo mais simples, como a possibilidade de o policial ter deixado seu posto ou caído no sono e, por motivos compreensíveis, não ter admitido isso. Ou de ele próprio estar envolvido no assassinato, direta ou indiretamente.

— Se ele deixou o posto ou adormeceu, o assassinato seria baseado em circunstâncias imprevistas, e acho que não acreditamos nisso, não é?

— Não, Arnold, não acreditamos nisso. Mas ele pode ter sido induzido a deixar seu posto. Ou ter sido dopado.

— Ou ter sido subornado. Você precisa chamá-lo para um interrogatório!

Harry fez que não com a cabeça.

— Por que não, meu Deus?

— Em primeiro lugar, não sou mais policial. Em segundo lugar, ele está morto. Era o policial assassinado naquele carro perto de Drammen.

Harry pegou a xícara de café e tomou um gole.

— Puta merda! — Arnold tinha se inclinado sobre a mesa. — E em terceiro lugar?

Harry fez um sinal para Rita indicando que queria a conta.

— Eu disse que havia alguma coisa em terceiro lugar?

— Você falou "em segundo lugar" em vez de "e em segundo lugar". Como se a lista continuasse.

— Bem, preciso melhorar meu norueguês.

Arnold inclinou a cabeça grande e desgrenhada um pouco para o lado, e Harry viu a pergunta no olhar do colega. Se esse é um caso que você não quer desvendar, por que está me contando isso?

— Vamos, coma — disse Harry. — Tenho que dar aula.

O sol desceu no céu pálido, pousou suavemente no horizonte e tingiu as nuvens de laranja.

Truls Berntsen estava no carro, escutando o rádio da polícia enquanto esperava o cair da noite e as luzes na casa lá em cima se acenderem. Esperava vê-la. Só um vislumbre de Ulla seria o suficiente.

Algo estava acontecendo. Ele percebeu isso pela comunicação; havia algo fora do normal, do rotineiro. Mensagens breves, enérgicas, surgiam de vez em quando, como se tivessem recebido ordem de não usar o rádio mais do que o necessário. Deduzia isso não pelo que era dito, mas pelo que não era dito. Frases entrecortadas, que aparentemente só diziam respeito a vigilância e transporte, mas sem citar endereços, horários ou nomes de pessoas. Diziam que no passado a frequência da polícia era a quarta rádio local mais popular de Oslo, mas isso foi antes de ela ter sido criptografada. Mesmo assim, naquela noite eles estavam falando como se morressem de medo de revelar alguma coisa.

De novo. Truls aumentou o volume.

— Zero, um. Delta, dois, zero. Tudo calmo.

Delta, a tropa de elite. Uma ação armada.

Truls pegou o binóculo. Apontou-o para a janela da sala. Era mais difícil vê-la na casa nova, com o terraço diante da sala de estar. Na casa antiga, ele podia ficar na mata e olhar diretamente para dentro da sala. Podia vê-la sentada sobre os pés no sofá. Descalça. Afastando os cachos loiros do rosto. Como se soubesse que estava sendo observada. Tão linda, que ele tinha vontade de chorar.

O céu sobre o fiorde de Oslo passou de laranja a vermelho e, depois, a violeta.

Na noite em que havia estacionado em frente à mesquita de Åkebergveien, o céu estava preto. Ele tinha ido até a sede da polícia, colocado o crachá para o caso de encontrar algum guarda, entrado no saguão e subido a escada até a Sala de Evidências. Abrira a porta com a cópia da chave que ele tinha havia três anos. Colocara os óculos de visão noturna. Tinha passado a fazer isso depois que a luz acesa despertou suspeitas em um vigia noturno durante um de seus trabalhos para Asaiev. Ele havia agido rápido: encontrara a caixa de provas pela data, abrira o saquinho da bala 9 milímetros que tinha sido retirada da cabeça de Kalsnes e a substituíra pela que levara no bolso de seu casaco.

A única coisa estranha tinha sido a sensação de não estar sozinho.

Ele olhou para Ulla. Será que ela também tinha essa sensação? Será que era por isso que ela às vezes erguia os olhos do livro e espiava pela janela? Como se tivesse alguém ali fora. Alguém que a esperava.

Eles falaram no rádio outra vez.

Ele soube do que estavam falando.

Entendeu o que eles planejavam.

25

O dia D estava chegando ao fim.

Havia um chiado baixo no walkie-talkie.

Katrine Bratt se contorceu no colchonete fino. Ergueu o binóculo mais uma vez e olhou para a casa de Bergslia. Escura e silenciosa. Do mesmo jeito que estivera durante quase vinte e quatro horas.

Alguma coisa tinha que acontecer. Em três horas seria outro dia. O dia errado.

Ela tremeu de frio. Mas poderia ter sido pior. Quase dez graus durante o dia e nada de chuva. Entretanto, depois que o sol se pôs, a temperatura baixou, e ela começou a sentir frio, mesmo usando uma segunda pele de inverno e o casaco de pena de ganso que, de acordo com o vendedor, "aguentava até o pior inverno do Polo Norte". Naquele exato momento, ela só queria algo mais quente do que aquilo. Um homem, por exemplo, para ficar bem agarradinho...

Não havia ninguém dentro da casa; eles não podiam correr o risco de serem vistos entrando ou saindo. Eles estacionavam longe mesmo para fazer o reconhecimento da área, circulando sorrateiramente a uma boa distância da casa. Nunca mais de duas pessoas juntas, e sempre à paisana.

O posto designado a Katrine ficava em um pequeno outeiro no bosque de Berg, afastado de onde o pessoal da equipe Delta estava alocado. Ela conhecia as posições deles, mas, mesmo olhando com o binóculo para os locais onde estavam, não via nada. Só sabia que havia quatro snipers, cada um cobrindo um lado da casa, além de onze pessoas prontas para um ataque imediato, que estariam dentro da casa em, no máximo, oito segundos.

Katrine conferiu o relógio outra vez. Faltavam duas horas e cinquenta e oito minutos.

Pelo que sabia, o assassinato original tinha acontecido no final do dia, mas era difícil determinar a hora da morte de um corpo que foi cortado em pedaços que não pesavam nem dois quilos. Em todo caso, os horários dos assassinatos dos policiais até agora conferiam com os dos crimes originais, então o fato de que nada tinha acontecido ainda era de certa forma esperado.

Nuvens se aproximavam a oeste. A previsão não era de chuva, mas ia ficar mais escuro, pior para enxergar. Por outro lado, a temperatura talvez ficasse um pouco mais amena. É claro que ela deveria ter trazido um saco de dormir. O celular vibrou. Katrine atendeu.

— O que está acontecendo? — Era Beate.

— Nada a relatar — respondeu Katrine, coçando a nuca. — Apenas que o aquecimento global é um fato consumado. Tem mosquitinhos aqui. Em março.

— Você quer dizer pernilongos?

— Não, mosquitinhos. São... bem, temos muitos deles em Bergen. Recebeu algum telefonema interessante?

— Não. Aqui só tem Cheetos, Pepsi e Gabriel Byrne. O que você acha, ele é um coroa enxuto ou já está um pouquinho velho?

— Coroa enxuto. Você está assistindo àquela série *In Treatment*?

— Primeira temporada. Terceiro DVD.

— Não pensei que você fosse do tipo que se entregasse a calorias e DVDs. Calças de moletom?

— Com elástico superfolgado. Preciso aproveitar a oportunidade de ter uma experiência hedonista quando meu pequeno não está em casa.

— Vamos trocar?

— Nem pensar. Preciso desligar para o caso de o príncipe telefonar. Qualquer coisa, me avise.

Katrine deixou o telefone ao lado do walkie-talkie. Ergueu o binóculo e olhou para a rua na frente da casa. Ele poderia vir por qualquer caminho. Era improvável que pulasse as cercas dos dois lados dos trilhos onde o metrô havia acabado de passar com estrépito, mas, se viesse por Damplassen, ele poderia optar por uma das muitas trilhas que cruzavam o bosque. Poderia atravessar os jardins dos vizinhos, especialmente se o céu ficasse nublado e a noite, mais escura. No entanto, se estivesse seguro de si, não tinha por que ele não chegar pela rua. Uma pessoa subiu a ladeira pedalando uma bicicleta velha. Perdeu um pouco o equilíbrio, talvez não muito sóbria.

O que será que Harry estava fazendo naquele momento?

Ninguém sabia ao certo o que Harry fazia, nem quando se estava sentado diante dele. Harry, o misterioso. Não era como os outros. Não como Bjørn Holm, que era totalmente transparente. Ontem ele havia lhe contado que escutaria todos os álbuns de Merle Haggard enquanto aguardava ao lado do telefone. Comeria almôndegas caseiras de carne de alce da Skreia. E, quando ela torceu o nariz, ele falou que, quando o caso chegasse ao fim, ele a convidaria para experimentar as almôndegas de alce de sua mãe com batata frita e mostraria a ela os segredos da música country californiana dos anos 1950. Provavelmente ele só ouvia isso. Não era de se estranhar que o cara fosse solteiro. Ele pareceu ter se arrependido do convite quando Katrine educadamente o recusou.

Truls Berntsen estava passando por Kvadraturen. Como fazia praticamente todas as noites agora. Dirigia para cima e para baixo, para um lado e para o outro. Dronningens, Kirkegata, Skippergata, Nedre Slottsgate, Tollbugata. Essa tinha sido sua cidade. E seria sua cidade de novo.

No rádio da polícia, continuavam tagarelando. Códigos destinados a ele, Truls Berntsen; era a ele que queriam excluir. E aqueles idiotas achavam que estavam conseguindo isso, que ele não estava entendendo nada. Mas eles não o enganavam. Truls Berntsen ajustou o retrovisor, olhou de relance para a arma de serviço que estava em cima da jaqueta no banco da frente. Como sempre, aconteceria o contrário. Ele os enganaria.

As mulheres nas calçadas o ignoravam; reconheciam o carro e sabiam que ele não ia contratar seus serviços. Um jovem de maquiagem e calça bem justa girou em torno de um poste com uma placa de proibido estacionar como se fosse uma barra de striptease, projetando o quadril e fazendo beicinho para Truls, que reagiu mostrando o dedo médio.

A escuridão parecia ter ficado um pouco mais densa. Truls se inclinou na direção do para-brisa e ergueu os olhos. Uma camada de nuvens se aproximava a oeste. Ele parou no sinal vermelho. Fitou o banco outra vez. Ele os tinha enganado diversas vezes, e estava prestes a fazer isso de novo. Essa era sua cidade, ninguém poderia tirá-la dele.

Truls colocou a pistola de volta no porta-luvas. A arma do crime. Fazia muito tempo, mas ele ainda podia visualizar seu rosto. René Kalsnes. O rosto frágil e afeminado de bicha. Truls bateu a mão no volante com força. Fique verde, caralho!

Primeiro, ele o havia espancado com seu cassetete.

Depois, tinha empunhado a arma de serviço.

Mesmo no rosto ensanguentado e desfigurado, Truls vira a súplica, ouvira a voz que implorava, chiada, semelhante ao pneu furado de uma bicicleta. Sem palavras. Sem chance.

Ele tinha colocado a arma no nariz do cara, puxado o gatilho, sentido a explosão, do jeito que acontece nos filmes. Então havia empurrado o carro para o precipício e ido embora. Mais adiante, limpara o cassetete e o jogara na floresta. Tinha outros em casa, no armário do quarto. Armas, óculos de visão noturna, colete à prova de balas, até um fuzil Märklin — que para eles ainda se encontrava no depósito de provas e apreensões.

Truls desceu para os túneis, passando pelas entranhas de Oslo. O partido de direita, que defendia o uso de veículos particulares em vez do transporte público, tinha chamado os túneis recém-construídos de artérias vitais da capital. Um representante do partido ambientalista retrucou, chamando-os de intestinos da cidade; talvez fossem necessários, mas de qualquer forma transportavam merda.

Ele dirigiu pelas saídas e rotatórias sinalizadas no melhor estilo de Oslo: era necessário ser nativo para não cair nas pegadinhas das placas de trânsito. Então chegou à parte alta, a zona leste da cidade. Seu bairro. No rádio, eles não paravam de cacarejar. Uma das vozes foi abafada por um ruído. O metrô. Aqueles idiotas. Será que achavam que ele não era capaz de decifrar seus códigos infantis? Eles estavam em Bergslia. Do lado de fora da casa amarela.

Harry estava deitado de costas olhando para a fumaça do cigarro, que lentamente se espiralava em direção ao teto do quarto, formando figuras e rostos. Ele sabia quais. Era capaz de chamá-los pelo nome, um por um. A Sociedade dos Policiais Mortos. Soprou neles para que desaparecessem. Ele tinha tomado uma decisão. Não sabia exatamente quando isso havia acontecido, só sabia que mudaria tudo.

Por um tempo Harry tinha tentado se convencer de que talvez não fosse tão sério, de que estava exagerando, mas ele havia sido alcoólatra por tantos anos que reconhecia o falso desdém dos tolos. Assim que dissesse o que diria agora, tudo mudaria no relacionamento com a mulher que estava deitada ao seu lado. Ele estava com medo. Ensaiou as frases. Era preciso dizê-las já.

Harry respirou fundo, mas ela foi mais rápida.

— Posso dar uma tragada? — murmurou Rakel, chegando ainda mais perto dele. A pele nua tinha o calor de uma estufa de cerâmica, pelo qual ele ansiava nos momentos mais inesperados. Estava quente embaixo do edredom, frio em cima. Roupa de cama branca, sempre branca — nada ficava frio daquele jeito.

Ele estendeu o cigarro Camel para ela. Viu como Rakel o segurou de seu modo desajeitado, sugando as bochechas enquanto olhava de soslaio para o cigarro, como se fosse mais seguro ficar de olho nele. Pensou em tudo o que ele tinha.

Tudo o que tinha a perder.

— Quer que eu leve você ao aeroporto amanhã? — perguntou.

— Não precisa.

— Sei disso. Mas minha aula é mais tarde.

— Então me leve.

Ela o beijou no rosto.

— Com duas condições.

Rakel se virou de lado e olhou para ele, curiosa.

— A primeira é que você nunca pare de fumar como uma adolescente numa festa.

Ela riu baixinho.

— Vou me esforçar. E a segunda?

Harry engoliu em seco. Sabia que, no futuro, poderia pensar naquilo como o último momento feliz de sua vida.

— Estou esperando...

Merda, merda.

— Estou pensando em quebrar uma promessa — disse ele. — Uma promessa que eu fiz a mim mesmo, mas que temo que envolva você também.

Ele sentiu mais do que ouviu a respiração de Rakel mudar na escuridão, se tornar curta, rápida. Assustada.

Katrine bocejou. Olhou para o relógio. Para o ponteiro luminoso dos segundos, que fazia a contagem regressiva. Nenhum dos policiais que fizeram parte da equipe de investigação do caso original tinha relatado qualquer telefonema.

Ela deveria ter sentido a tensão aumentar conforme o prazo final se aproximava, mas era o contrário; já estava tentando superar a decepção, forçando-se a focar em pensamentos positivos. No banho quente que ela tomaria assim que chegasse ao apartamento. Na cama. No café do dia seguinte, um novo dia com novas possibilidades. Pois sempre havia novas possibilidades, tinha que haver.

Ela vislumbrou os faróis dos carros no anel rodoviário 3. A vida da cidade seguia seu curso com uma inexorabilidade incompreensível. A escuridão estava ainda mais densa depois de as nuvens terem cerrado uma cortina diante da lua. Katrine estava prestes a se virar, mas gelou. Um som. Um estalido. Um galho. Bem ali.

Ela prendeu a respiração por um instante e escutou. Seu posto de observação era cercado de árvores e de um matagal denso, afinal era importante que ela não fosse vista de nenhuma das trilhas pelas quais o assassino poderia chegar à casa. Mas não havia galhos nas trilhas.

Mais um estalido. Mais próximo. Katrine abriu a boca instintivamente, como se o sangue que já estava sendo bombeado mais depressa por suas veias precisasse de mais oxigênio.

Ela esticou a mão para pegar o walkie-talkie. Mas não chegou a alcançá-lo.

Ele devia ter se movimentado rápido como uma flecha, mesmo assim a respiração que ela sentiu na nuca era bastante tranquila, e a voz sussurrante perto de seu ouvido parecia imperturbada, quase alegre:

— E então, o que está acontecendo aqui?

Katrine se virou para ele e soltou o ar num sibilo prolongado.

— Nada.

Mikael Bellman pegou o binóculo de Katrine e observou a casa lá embaixo. — A Delta está posicionada em dois pontos na linha do trem, bem ali, não é?

— É. Como ...?

— Recebi uma cópia do mapa da operação — explicou Bellman. — Foi assim que encontrei esse posto de observação. Bem escondido, devo admitir. — Ele deu um tapa na própria testa. — Por essa eu não esperava! Pernilongos em março.

— Mosquitinhos.

— Você está errada — disse Mikael Bellman, ainda com o binóculo nos olhos.

— Bem, nós dois estamos certos. Mosquitinhos são de fato pernilongos, só que muito menores.

— Você está errada ao dizer que...

— Alguns dizem que são tão pequenos que não sugam o sangue das pessoas, mas de outros insetos. Ou seus fluidos corporais. — Katrine sabia que estava falando por puro nervosismo, mas não sabia por que estava tão nervosa. Talvez por aquele homem ser o chefe de polícia. — Afinal, insetos não têm...

— ... não está acontecendo nada. Um carro acabou de parar na frente da casa. Alguém está vindo em direção à casa.

— E se um mosquitinho... O que você disse?

Ela arrancou o binóculo dele. Chefe de polícia ou não, esse era seu posto. E ele estava certo. Sob a luz dos postes da rua, ela viu uma pessoa que já tinha passado pelo portão e seguia pelo caminho de cascalho rumo à escada que levava à porta. A pessoa estava vestida de vermelho e carregava algo que Katrine não conseguia identificar.

Ela sentiu a boca secar. Era ele. Estava acontecendo. Estava acontecendo *agora*. Ela pegou o celular.

— E não é com a consciência tranquila que eu quebro essa promessa — disse Harry, fixando o olhar no cigarro que recebera de volta. Torceu para que tivesse sobrado o suficiente para no mínimo uma boa tragada. Ele ia precisar disso.

— E qual é a promessa? — A voz de Rakel soou baixa, desamparada. Solitária.

— É uma promessa que fiz a mim mesmo... — continuou Harry, pondo os lábios em torno do filtro. Inalou. Sentiu o gosto da fumaça, o fim do cigarro que por algum motivo tinha um gosto tão diferente do começo. — ... de que eu nunca iria pedir a você que se casasse comigo.

No silêncio que se seguiu, ele ouviu o farfalhar das folhas das árvores no vento lá fora, como um público entusiasmado, pego de surpresa, tecendo comentários aos burburinhos.

A resposta dela veio logo. Parecia uma mensagem de walkie-talkie.

— Repita.

Harry pigarreou.

— Rakel, você quer casar comigo?

O sopro do vento tinha ido embora. E ele pensou que tudo o que restava era silêncio, calma. Noite. E, nela, Harry e Rakel.

— Você não está brincando comigo?

Ela havia se afastado dele.

Harry fechou os olhos. Ele estava em queda livre.

— Não estou brincando.

— Certeza absoluta?

— Por que eu iria brincar com isso? Você *quer* que seja brincadeira?

— Em primeiro lugar, é fato que você tem um péssimo senso de humor, Harry.

— Concordo.

— Em segundo lugar, eu preciso pensar em Oleg. E você também tem que fazer isso.

— Quando penso em casar com você, Oleg é um ponto positivo.

— Em terceiro lugar, mesmo que eu quisesse, o casamento tem algumas implicações jurídicas. Minha casa...

— Eu estava pensando em separação de bens, isso sim. Não vou dar a você de bandeja minha imensa fortuna. Não prometo muita coisa, mas prometo o divórcio mais indolor de todos os tempos.

Ela deu uma risadinha.

— Mas a gente está bem do jeito que está, não é, Harry?

— Sim, temos tudo a perder. E em quarto lugar?

— Em quarto lugar não é assim que se pede alguém em casamento, Harry. Na cama, fumando.

— Bem, se você quiser que eu me ajoelhe, preciso colocar a calça primeiro.

— Sim.

— "Sim" para eu colocar a calça? Ou "sim" para...

— Sim, seu bobo! Sim! Quero me casar com você.

A reação de Harry foi automática, fruto de uma longa vida como policial. Ele se virou para o lado e olhou para o relógio. Viu as horas. Onze e onze da noite. Era o que constaria na hora de escrever o relatório. O horário em que chegou ao local do crime, da prisão, do tiro.

— Meu Deus — murmurou Rakel. — O que estou dizendo?

— O prazo para anular sua resposta expira em cinco segundos — disse Harry e se virou para Rakel.

O rosto dela estava tão perto do seu que tudo o que ele via era o leve brilho de seus olhos bem abertos.

— O tempo acabou — disse ela. — Que sorriso é esse?

E agora Harry o sentiu, o sorriso que só se espalhava pelo rosto feito um ovo recém-quebrado na frigideira.

Beate estava deitada com os pés sobre o braço do sofá, vendo Gabriel Byrne se mexer desconfortavelmente na cadeira. Ela chegou à conclusão de que eram os cílios e o sotaque irlandês. Os cílios de um Mikael Bellman, a pronúncia de um poeta. O homem com quem ela estava se encontrando não tinha nada disso, mas esse não era o problema. Ele era meio esquisito. Para começar, a questão da intensidade; ele não tinha entendido por que não poderia visitá-la se ela estava sozinha naquela noite. Seria perfeito para ele, afinal. E havia também sua história: ele lhe contara coisas que ela aos poucos descobriu serem inconsistentes.

Ou talvez esse tipo de coisa não fosse de estranhar; as pessoas gostavam de causar uma boa impressão e tendiam a exagerar um pouco.

Talvez fosse o contrário, talvez ela fosse meio esquisita. Afinal, ela havia tentado buscar informações sobre ele no Google. Sem encontrar nada, optou então por procurar informações sobre Gabriel Byrne. Leu com interesse que ele tinha trabalhado como fixador de olhos de ursos de pelúcia e, só depois, numa página da Wikipédia, encontrou o que realmente estava procurando. Cônjuge: Ellen Barkin (1988–1999). Por um instante, ela pensou que Gabriel era viúvo, enlutado, assim como ela, antes de entender que provavelmente apenas o casamento tinha falecido. E que, nesse caso, Gabriel estava solteiro havia mais tempo que ela. Ou talvez a Wikipédia estivesse desatualizada?

Na tela, a paciente dava em cima dele sem qualquer inibição. Mas Gabriel não se deixou impressionar. Só lhe deu um sorriso breve e atormentado, fixou o olhar meigo nela e disse algo trivial que, saindo de sua boca, mais parecia um poema de Yeats.

Uma luz acendeu na mesa, e seu coração parou.

O telefone. Ele estava tocando. Poderia ser ele. Valentin.

Ela pegou o telefone, olhou para o número que aparecia no visor. Suspirou.

— Oi, Katrine?

— Ele está aqui.

Beate ouviu pela agitação da colega que realmente era verdade, que o peixe estava mordendo a isca.

— Diga...

— Ele está no topo da escada.

Na escada! Era mais que morder a isca. Era prisão na certa. Meu Deus, a casa estava toda cercada.

— Ele só está parado ali, hesitando.

Ela ouviu a agitação pelo som do walkie-talkie ao fundo. Peguem ele já, peguem ele já. Katrine respondeu suas preces.

— Foi dada ordem de ação agora.

Beate ouviu outra voz dizer algo no fundo. A voz era conhecida, mas ela não conseguiu identificá-la.

— Estão invadindo a casa agora — disse Katrine.

— Detalhes, por favor.

— A Delta. Vestidos de preto. Armas automáticas. Meu Deus, estão correndo...

— Menos cor, mais informação.

— Quatro homens estão correndo pelo caminho de cascalho. Estão apontando a luz para ele para cegá-lo. Os outros devem estar escondidos, aguardando para ver se ele tem reforço. Ele soltou o que tem nas mãos...

— Ele está puxando uma arm...?

Um som alto e estridente. Beate gemeu. A campainha.

— Ele não conseguiu, já estão em cima dele. Estão derrubando ele. Isso!

— Ao que parece, estão revistando o suspeito. Estão segurando alguma coisa.

— Arma?

A campainha outra vez. Com força, insistente.

— Parece um controle remoto.

— Que bom! Uma bomba?

— Não sei. Mas agora está com a polícia. Estão sinalizando que a situação está sob controle. Espera...

— Preciso atender a campainha. Já ligo de volta.

Beate levantou do sofá e se apressou até a porta. Pensou em como explicar a ele que isso não era aceitável, que estava falando sério quando disse que queria ficar sozinha.

E, enquanto abria a porta, pensou no quanto havia progredido. Desde a menina quieta, tímida e rejeitada, que estudou na mesma academia de polícia que seu pai, até a mulher que não apenas sabia o que queria, mas fazia o que era preciso para consegui-lo. Tinha sido um caminho longo e, às vezes, árduo, mas a recompensa valia cada passo dado.

Ela olhou para o homem diante dela. A luz refletida por seu rosto atingiu as retinas, transformando-se numa impressão visual, alimentando o giro fusiforme com os dados.

Atrás dela, ouviu a voz tranquilizadora de Gabriel Byrne; ela teve a impressão de ouvi-lo dizer: "Não entre em pânico."

O cérebro já havia reconhecido o rosto à sua frente.

Harry sentiu o orgasmo se aproximando. A dor doce, tão doce, os músculos das costas e do abdômen se enrijecendo. Ele afastou todos os seus pensamentos e abriu os olhos. Fitou Rakel, que estava com o olhar vidrado no dele. A veia protuberava de sua testa. O corpo e o rosto estremeciam a cada vez que ele dava uma nova estocada. Parecia que ela queria dizer alguma coisa. E ele notou que esse não era o olhar atormentado, ressentido que ela lhe dirigia antes de gozar. Era algo diferente, um terror que ele só se lembrava de ter visto uma vez, mas também nesse mesmo quarto. Ele se deu conta de que ela segurava seu pulso, de que tentava soltar a mão que envolvia seu pescoço.

Ele esperou. Não soube o porquê, mas não soltou a mão. Sentiu a resistência do corpo dela, viu os olhos começarem a esbugalhar. Então a soltou.

Ouviu o som sibilante quando ela respirou.

— Harry... — A voz de Rakel estava rouca, irreconhecível. — O que você estava fazendo?

Ele olhou para ela. Não tinha resposta.

— Você... — Ela tossiu. — Você não pode segurar meu pescoço por tanto tempo!

— Desculpe — disse ele. — Acabei me empolgando.

Foi quando ele sentiu aquilo se aproximar. Não o orgasmo, mas algo parecido. Uma dor doce, tão doce no peito que subiu pela garganta e se espalhou até os olhos.

Ele se deixou tombar ao lado dela. Enterrou o rosto no travesseiro. Sentiu as lágrimas brotarem. Virou o rosto para o outro lado. Respirou fundo, tentando não se render. Que diabos estava acontecendo com ele?

— Harry?

Ele não respondeu. Não conseguiu.

— Tem alguma coisa errada, Harry?

Ele fez que não com a cabeça.

— Só cansaço — disse ele para o travesseiro.

Harry sentiu quando Rakel colocou a mão em sua nuca, afagando-o com ternura, antes de se aconchegar às suas costas.

E Harry teve o pensamento que ele sabia que lhe ocorreria mais cedo ou mais tarde: como poderia pedir a alguém que ele tanto amava que dividisse sua vida com uma pessoa como ele?

Katrine estava boquiaberta, escutando a comunicação furiosa no walkie-talkie. Atrás dela, Mikael Bellman soltou um palavrão baixinho. Não era um controle remoto que o homem da escada tinha na mão.

— É apenas uma máquina de cartão — chiou uma voz ofegante.

— E o que ele tem na bolsa?

— Pizza.

— O quê?

— Parece que o cara é um entregador de pizza, caralho. Disse que trabalha para a Pizzaekspressen. Recebeu uma encomenda para esse endereço há quarenta e cinco minutos.

— Ok, estamos verificando.

Mikael Bellman se inclinou para a frente e apanhou o walkie-talkie.

— Mikael Bellman aqui. Ele mandou o entregador como isca. Isso significa que ele está na área, está vendo o que está acontecendo. Temos cães?

Pausa. Chiados.

— U05 aqui. Sem cães. Mas eles podem chegar aqui em quinze minutos.

Bellman falou outro palavrão em voz baixa antes de apertar o botão do walkie-talkie.

— Traga os cães. E um helicóptero com holofotes e visão térmica. Câmbio.

— Ok. Requisição de helicóptero. Mas acho que não possui equipamento de visão térmica.

Bellman fechou os olhos e sussurrou "idiota" antes de responder:

— Tem visão térmica instalada, sim. Se ele estiver no bosque, vamos encontrá-lo. Use todo o pessoal para criar um cerco ao norte e ao oeste do bosque. Se ele fugir, vai ser por esse caminho. Qual é o número do seu celular, U05?

Bellman soltou o botão e fez gestos para Katrine, que estava com o celular a postos. Digitou os números conforme U05 os dizia. Estendeu o telefone a Bellman.

— U05? Falkeid? Escute aqui, estamos prestes a perder esse jogo e temos pouca gente para uma busca eficiente no bosque, por isso o jeito é tentar um tiro no escuro. Já que ele pelo visto suspeitou que a gente estaria aqui, pode ser que tenha acesso a nossas frequências também. Está certo que não temos visão térmica, mas, se ele acreditar que temos isso e que vamos colocar o cerco ao norte e a oeste, aí... — Bellman escutou. — Exatamente. Posicione seu pessoal no lado leste. Mas deixe uns dois aí para o caso de ele querer entrar na casa.

Bellman desligou e devolveu o telefone.

— O que você acha? — perguntou Katrine. O display do telefone se apagou, e era como se a luz refletida nas listras brancas sem pigmentação do rosto dele pulsasse no escuro.

— Eu acho que ele passou a perna na gente — disse Mikael Bellman.

26

Eles saíram de Oslo às sete da manhã.
No sentido contrário, o trânsito na hora do rush estava parado e silencioso. Tão silencioso quanto dentro do carro, onde os dois cumpriam o pacto que tinham feito havia muitos anos de não ter nenhuma conversa desnecessária antes das nove.

Quando eles passaram pelo pedágio na entrada da rodovia, começou a cair um leve chuvisco, que os limpadores de para-brisa mais pareceram absorver do que limpar.

Harry ligou o rádio, ouviu mais um noticiário, mas nada da notícia que deveria ter estado em todos os veículos de comunicação logo de manhã. A prisão em Berg, a notícia de que um suspeito no caso dos homicídios dos policiais fora detido. Depois do noticiário esportivo, que falou sobre o jogo da seleção norueguesa contra a Albânia, eles colocaram um dueto de Pavarotti com alguma estrela do pop, e Harry se apressou a desligar o rádio outra vez.

Nas colinas de Karihaugen, Rakel pôs uma das mãos em cima da mão de Harry, a qual, como de costume, estava na alavanca de câmbio. Ele esperava que ela dissesse alguma coisa.

Logo os dois ficariam afastados durante toda uma semana de trabalho, e Rakel ainda não tinha feito qualquer comentário sobre seu pedido de casamento da noite anterior. Será que ela estava arrependida? Ela nunca dizia nada que não fosse sincero. Na saída para Lørenskog, lhe ocorreu que ela talvez pensasse que *ele* estava arrependido. Que, se eles fingissem que nada tinha acontecido, se afundassem o assunto num oceano de silêncio, então tudo estaria bem. Na pior das hipóteses seria lembrado como um sonho absurdo. Merda, talvez ele *tivesse* sonhado. Na época em que fumava ópio, já aconteceu de ele falar com as pessoas sobre algo, certo de que aquilo tinha acontecido, e só receber olhares indagadores como resposta.

Na saída de Lillestrøm, ele quebrou o pacto:

— O que você acha de junho? Dia 21 é um sábado.

Ele lançou um olhar rápido para ela, mas o rosto de Rakel estava virado para o outro lado; ela olhava a paisagem. Silêncio. Merda, ela estava se arrependendo. Ela...

— Junho está bom — disse ela. — Mas tenho quase certeza de que dia 21 é uma sexta. — Ele ouviu o sorriso em sua voz.

— Algo grande ou...

— Ou só a gente e os padrinhos?

— O que você acha?

— Você pode decidir, mas no máximo dez pessoas. Não temos aparelho de jantar para um número maior que isso. E, com cinco convidados para cada um, você poderá convidar toda a sua lista de contatos do celular.

Ele riu. Isso poderia dar certo. Ainda poderia dar errado, mas pelo menos era *possível* que desse certo.

— E, se você estiver pensando em Oleg como padrinho, ele já estará ocupado — disse ela.

— Tudo bem.

Harry estacionou em frente ao terminal de desembarque e beijou Rakel com a tampa do porta-malas ainda aberta.

No caminho de volta, ligou para Øystein Eikeland. O taxista, companheiro de bar e único amigo de infância de Harry, parecia estar de ressaca. Por outro lado, Harry não sabia como era a voz dele quando estava sem beber.

— Padrinho? Porra, Harry, estou emocionado. Você está pedindo isso a *mim*. Porra, que honra!

— Vinte e um de junho. Tem alguma coisa marcada na agenda?

Øystein achou graça da piada. A risada se transformou em tosse. Que se transformou no som de líquido gorgolejando de uma garrafa.

— Estou emocionado, Harry. Mas a resposta é não. O que você precisa é de alguém que possa ficar em pé na igreja e fazer um discurso com dicção razoável no jantar. E o que eu preciso é de uma boa companheira à mesa, bebida de graça e zero responsabilidade. Prometo vestir meu melhor terno.

— Mentira, você nunca vestiu um terno, Øystein.

— Deve ser por isso que eles duram tanto, então. Pouco usados. Assim como seus amigos, Harry. Você poderia ligar de vez em quando, sabe.

— Até poderia.

Eles se despediram, e Harry foi dirigindo lentamente em direção ao centro enquanto pensava na reduzida lista de candidatos restantes para padrinho ou madrinha. Havia, mais precisamente, apenas mais uma candidata. Ele discou o número de Beate Lønn. Caiu na caixa postal depois de cinco toques, e ele deixou uma mensagem.

O trânsito avançou feito uma lesma.

Ele discou o número de Bjørn Holm.

— Olá, Harry.

— Beate já chegou?

— Está doente hoje.

— Beate? Ela nunca está doente. Algum resfriado?

— Não sei. Ela mandou uma mensagem de texto para Katrine ontem à noite. Doente. Você ficou sabendo de Berg?

— Ah, tinha esquecido isso — mentiu Harry. — Então?

— Ele não atacou.

— Uma pena. Continuem trabalhando. Vou tentar a casa dela.

Harry desligou e discou o número do telefone fixo de Beate.

Depois de o telefone tocar durante dois minutos sem ser atendido, Harry olhou para o relógio e viu que tinha bastante tempo até a aula começar. Oppsal ficava no caminho, e ele não se atrasaria se desse uma passada lá. Pegou a saída perto de Helsfyr.

Herança da mãe de Beate, a casa fazia Harry se lembrar do lugar onde passara sua infância em Oppsal; uma típica construção de madeira da década de 1950, um caixote para a classe média emergente que achava que um pomar de macieiras não era mais um privilégio exclusivo da elite.

Com exceção do ronco de um caminhão de lixo que ia de lixeira em lixeira desde o início da rua, tudo estava em silêncio. Todos estavam no trabalho, na escola, no jardim de infância. Harry estacionou o carro, entrou pelo portão, passou por uma bicicleta de criança presa por uma corrente, uma lixeira com sacos de lixo pretos saltando para fora, um balanço. Subiu a escada pulando os degraus até um par de tênis da Nike que ele reconheceu. Apertou a campainha embaixo da placa de cerâmica com o nome de Beate e do filho.

Aguardou.

Tocou a campainha mais uma vez.

No andar de cima, havia uma janela aberta que ele supôs ser de um dos quartos. Chamou o nome dela. Talvez ela não estivesse escutando por causa do pistão de aço do caminhão de lixo que se aproximava, comprimindo e esmagando os resíduos ruidosamente.

Girou a maçaneta da porta. Aberta. Ele entrou. Chamou no andar de cima. Nenhuma resposta. E não conseguiu mais ignorar a apreensão que já sabia estar ali fazia algum tempo.

Desde que a notícia não veio.

Desde o momento em que ela não atendeu o celular.

Ele subiu depressa, passando de um quarto para outro.

Vazios. Intocados.

Desceu correndo a escada e seguiu na direção da sala. Ficou parado na soleira da porta, olhando em volta. Sabia exatamente por que não queria entrar ali, mas não quis concluir o pensamento.

Não quis dizer a si mesmo que estava olhando para um possível local de crime.

Ele estivera ali antes, mas teve a sensação de que a sala parecia mais nua agora. Talvez fosse a luz da manhã, talvez fosse só o fato de Beate não estar ali. Seus olhos pararam na mesa. Um celular.

Ele ouviu o ar sair chiando do peito e percebeu o quanto estava aliviado. Beate tinha dado uma saidinha ao mercado, havia deixado o celular, sem se dar ao trabalho de trancar a porta. Tinha ido à farmácia do shopping para comprar um remédio para dor de cabeça ou um antitérmico. É, devia ser isso. Harry pensou nos tênis da Nike na escada. E daí? Uma mulher deveria ter mais de um par de tênis, não é? Era só esperar alguns minutos, e ela estaria de volta.

Harry mudou de posição. O sofá parecia convidativo, mas ele ainda não queria entrar. Baixou o olhar. Havia uma área mais clara no chão em torno da mesa de centro, diante da TV.

Pelo visto, ela havia tirado o tapete.

Recentemente.

Harry sentiu uma coceira dentro da camisa, como se tivesse acabado de rolar suado e pelado na grama. Ele se agachou. Havia um leve cheiro de amônia no piso de parquet. Se ele não estivesse enganado, esse tipo de piso não se dava muito bem com amônia. Harry se levantou, endireitando as costas. Andou a passos largos pelo corredor e entrou na cozinha.

Vazia, arrumada.

Abriu o armário alto ao lado da geladeira. Era como se as casas construídas nos anos 1950 seguissem as mesmas regras tácitas sobre onde guardar os alimentos, onde deixar as ferramentas, os documentos importantes e os produtos de limpeza. Eram eles que Harry procurava. No fundo do armário, encontrou o balde com o pano de chão cuidadosamente dobrado na borda. Na primeira prateleira, havia três panos para tirar pó, um rolo aberto e um fechado de sacos de lixo brancos. Uma embalagem de sabão líquido Krystal. E uma lata onde estava escrito "Cera Bona". Ele se inclinou e leu o rótulo.

Para pisos de parquet. Não continha amônia.

Harry se levantou devagar. Ficou totalmente parado e escutou. Farejou.

Ele estava enferrujado, mas tentou digerir e relembrar o que tinha visto. A primeira impressão. Em suas aulas, ele havia ressaltado diversas vezes que, para um investigador, as primeiras ideias que surgiam no local de um crime muitas vezes eram as mais importantes e as mais corretas; era a coleta de informações enquanto os sentidos ainda estavam aguçadíssimos, antes de serem embotados e contrariados pelos dados dos peritos.

Harry fechou os olhos, procurando ouvir o que a casa tentava lhe dizer, que detalhe ele tinha deixado passar, aquele que lhe contava o que precisava saber.

Mas, se a casa estivesse falando alguma coisa, certamente estava sendo abafada pelo barulho do caminhão de lixo bem diante da porta da frente aberta. Ele ouviu as vozes dos homens do caminhão, o portão que se abriu, uma risada alegre. Despreocupada. Como se nada tivesse acontecido. Talvez nada tivesse acontecido. Talvez Beate logo passasse pela porta, fungando enquanto amarrava o cachecol ainda mais apertado no pescoço; sorriria surpresa, mas feliz de vê-lo. E ficaria ainda mais surpresa e feliz quando ele lhe perguntasse se queria ser sua madrinha de casamento. Aí ela iria rir e ficar muito vermelha, como acontecia quando alguém apenas olhava para ela. A menina que, em certa época, costumava se fechar dentro da Casa da Dor, a sala de vídeo da sede da polícia, onde ela ficava doze horas ininterruptas e onde, com toda certeza, identificava assaltantes mascarados que haviam sido filmados com as câmeras de vigilância dos bancos. Que se tornou chefe da Perícia Técnica. Uma chefe querida. Harry engoliu em seco.

Parecia o esboço de um discurso funerário.

Pare com isso, ela vai chegar logo! Ele respirou fundo. Ouviu o portão bater, o pistão do caminhão de lixo ser acionado.

Então lhe ocorreu. O detalhe. Aquilo que não era coerente.

Ele olhou dentro do armário. Um rolo pela metade com sacos de lixo brancos.

Os sacos de lixo da lixeira eram pretos.

Harry correu.

Correu pelo corredor, saiu pela porta, foi em direção ao portão. Correu tudo o que era capaz, embora seu coração ainda batesse mais rápido.

— Pare!

Um dos lixeiros ergueu os olhos. Já estava com um pé na caçamba do caminhão de lixo, que já seguia seu curso, indo para a próxima casa. Para Harry, o ruído triturante das mandíbulas de aço parecia sair de sua própria cabeça.

— Pare essa porra!

Ele pulou a cerca e pousou com os dois pés no asfalto da rua. O lixeiro reagiu imediatamente: desligou o botão vermelho para desligar o pistão e bateu o punho na lateral do caminhão, que logo parou e soltou um bufo irritado.

O triturador emudeceu.

O lixeiro arregalou os olhos.

Harry foi lentamente até ele e olhou na mesma direção, para dentro da bocarra de ferro. Deveria ter um cheiro pungente, mas Harry nem percebeu. Ele só olhou para os sacos de lixo meio esmagados e rasgados de onde pingava e escorria um líquido, e para o metal que estava sendo tingido de vermelho.

— Puta merda, tem gente que não bate bem — murmurou o lixeiro.

— O que foi? — Era o motorista. A cabeça dele se esgueirou para o lado de fora da janela.

— Parece que alguém jogou o cachorro fora outra vez! — gritou o colega. E olhou para Harry. — É seu?

Harry não respondeu, só subiu na borda do caminhão e entrou na bocarra semiaberta do triturador.

— Ei! Você não pode fazer isso! É perig...

Harry se desvencilhou do homem. Escorregou no líquido vermelho, bateu o cotovelo e a lateral do rosto no chão derrapante de aço e sentiu o sabor e o cheiro familiar de sangue. Conseguiu se pôr de joelhos e abriu bruscamente um dos sacos.

O conteúdo caiu do saco e deslizou pela caçamba inclinada.

— Puta merda! — exclamou o lixeiro atrás dele.

Harry rasgou o segundo saco. E o terceiro.

Ouviu o lixeiro saltar da caçamba e o vômito que esguichou no asfalto.

No quarto saco ele encontrou o que estava procurando. As outras partes do corpo poderiam ter sido de qualquer pessoa. Mas não essa. Não esse cabelo loiro, não esse rosto pálido que nunca mais iria corar. Não esses olhos vazios e arregalados que haviam reconhecido tudo o que eles algum dia já tinham visto. O rosto estava despedaçado, mas Harry não tinha dúvida. Ele tocou um dos brincos, fundido de um botão de uniforme.

Doía tanto, tanto, que ele não conseguia respirar. Doía tanto que ele precisou se encolher feito uma abelha moribunda com o ferrão arrancado.

E então ouviu um som sair de seus lábios, como se viesse de um estranho, um uivo prolongado que ecoou pela vizinhança pacata.

Parte Quatro

27

Beate Lønn foi enterrada no cemitério de Gamlebyen, ao lado do pai. Ele não tinha sido enterrado ali porque era o cemitério de sua comunidade, mas porque era o mais próximo da sede da polícia.

Mikael Bellman ajustou a gravata. Segurou a mão de Ulla. Seu assessor de relações públicas havia recomendado que ela o acompanhasse. Sua situação como líder se tornara tão precária depois do último assassinato que ele precisava de ajuda. Primeiro, o assessor tinha explicado a importância de ele, na posição de chefe de polícia, demonstrar um envolvimento mais pessoal, mais empatia, pois até então ele havia se apresentado de modo profissional demais. Ulla fez sua parte. Claro que sim. Deslumbrante no traje de luto escolhido a dedo. Ela era uma boa esposa para ele, era mesmo. Ele não se esqueceria disso. Não por um bom tempo.

O padre não parava de falar sobre o que ele chamava de "questões mais importantes", sobre o que acontece quando morremos. Mas era claro que as questões mais importantes não eram essas, e sim o que tinha acontecido antes de Beate Lønn morrer, e quem a matou. Ela e outros três policiais nos últimos seis meses.

Essas eram as questões mais importantes para a imprensa, que passara os últimos três dias elogiando a brilhante chefe do Departamento de Perícia Técnica e criticando o novo chefe de polícia, que evidentemente era inexperiente demais.

Essas eram as questões mais importantes para o Conselho Municipal de Oslo, que o convocara para uma reunião apenas para questionar seu modo de lidar com os casos de homicídio.

E essas eram as questões mais importantes para a equipe de investigação, tanto a oficial quanto o pequeno grupo que Hagen tinha formado sem sua autorização — mas que ele havia aceitado, pois pelo menos estavam trabalhando com uma pista concreta: Valentin Gjertsen. O ponto fraco da teoria de que esse fantasma estaria por trás dos assassinatos era que se baseava numa única testemunha, que alegou tê-lo visto com vida. E essa testemunha agora se encontrava no caixão junto ao altar.

Os relatórios da equipe de perícia, da investigação e do Instituto de Medicina Forense não continham detalhes suficientes para se ter um panorama completo do que aconteceu, mas o que sabiam era coerente com os relatórios antigos do homicídio de Bergslia.

Portanto, presumindo-se que o restante foi idêntico ao caso anterior, Beate Lønn tinha sofrido a pior morte imaginável.

Não havia vestígios de anestésico nas partes do corpo que foram examinadas. O laudo do Instituto de Medicina Forense continha as expressões "hemorragia maciça na musculatura e no tecido subcutâneo", "alteração e reação inflamatória no tecido", o que, em outras palavras, significava que Beate Lønn estivera viva não apenas quando partes relevantes de seu corpo foram decepadas, mas, infelizmente, também por algum tempo depois.

As superfícies dos cortes indicavam que o esquartejamento teria ocorrido por meio de uma serra sabre, não uma serra tico-tico. Os peritos criminais supunham que uma lâmina bimetálica fora usada, isto é, uma lâmina de 14 centímetros com dentes finos capazes de cortar ossos. Segundo Bjørn Holm, essa lâmina era a que os caçadores de sua terra chamavam da "lâmina do alce".

Provavelmente Beate Lønn tinha sido esquartejada na mesa de centro, já que era de vidro e foi lavada depois. O assassino provavelmente tinha levado amônia e sacos de lixo pretos, uma vez que não havia nada disso no local do crime.

No caminhão de lixo, encontraram também restos de um tapete ensopados de sangue.

O que não encontraram foram impressões digitais, pegadas de sapatos, tecidos, fios de cabelo ou outro material de DNA que não pertencessem às pessoas da casa.

Nenhum sinal de arrombamento.

Katrine Bratt explicou que Beate Lønn tinha desligado o telefone porque a campainha estava tocando.

Parecia pouco provável que Beate, de livre e espontânea vontade, tivesse deixado algum estranho entrar, muito menos no meio da operação. Portanto, estavam trabalhando com a teoria de que o assassino havia forçado sua entrada ameaçando-a com uma arma na mão.

E, claro, havia outra teoria. A de que não se tratava de um estranho. Pois Beate Lønn tinha um trinco de segurança na porta maciça, a qual estava cheia de arranhões. Isso indicava que era usado regularmente.

O olhar de Bellman percorreu as fileiras. Gunnar Hagen. Bjørn Holm e Katrine Bratt. Uma senhora idosa com um garotinho que ele supôs ser o filho de Lønn; a semelhança saltava à vista.

Outro fantasma, Harry Hole. Rakel Fauke. Morena, com aqueles olhos escuros, reluzentes, quase tão linda quanto Ulla — era incrível que um cara como Hole tivesse conseguido conquistá-la.

E um pouco mais para trás, Isabelle Skøyen. Naturalmente, o Conselho Municipal teria que enviar um representante; do contrário, a imprensa certamente chamaria atenção para o fato. Antes de entrar na igreja, ela o chamou num canto, e, ignorando Ulla, que aguardava inquieta, perguntou por quanto tempo ele pretendia deixar de atender seus telefonemas. Mikael respondeu novamente que estava tudo acabado. E ela o observou como quem olha um inseto antes de pisar nele, dizendo que era ela quem decidia quando as coisas acabavam. E que ele descobriria isso em breve. Ele sentiu o olhar de Isabelle às costas quando foi até Ulla e lhe ofereceu o braço.

Fora isso, os bancos eram ocupados pelo que Mikael supunha ser uma mistura de parentes, amigos e colegas de profissão, a maioria deles de uniforme. Bellman entreouviu o que diziam uns aos outros na tentativa de se consolarem da melhor forma possível: que não havia outros sinais de tortura e que era de se esperar que a perda de sangue tenha feito Beate perder a consciência rapidamente.

Por uma fração de segundo, seu olhar encontrou o de outra pessoa e seguiu adiante como se não a tivesse visto. Truls Berntsen. Que diabos ele estava fazendo ali? Ele não era exatamente amigo de

Beate Lønn. Ulla apertou sua mão de leve, olhou para ele com ar de interrogação, e ele lhe deu um rápido sorriso. Tudo bem, na morte todos devemos ser solidários.

Katrine estava enganada. Suas lágrimas ainda não haviam se esgotado.

Esse pensamento, o de que não lhe restavam mais lágrimas, já tinha lhe ocorrido algumas vezes desde que Beate foi encontrada. Mas elas ainda estavam ali. Eram espremidas de um corpo já dolorido por longas crises de choro convulsivo.

Chorou até o corpo se render e ela vomitar. Chorou até dormir de pura exaustão. E chorou desde a hora que acordou. E agora estava chorando de novo.

Durante o sono, os sonhos a atormentaram, assombrando-a com seu pacto com o diabo. O pacto segundo o qual ela estava disposta a sacrificar um colega em troca da prisão de Valentin. Aquele que ela havia ratificado com o sortilégio: mais uma vez, seu desgraçado. Ataque só mais uma vez.

Katrine soltou um soluço alto.

O soluço alto fez Truls Berntsen se sobressaltar. Ele estivera prestes a adormecer. Merda, o tecido de seu terno barato era tão liso contra o banco polido da igreja que ele corria o risco de escorregar e cair.

Fixou os olhos no altar. Jesus com aqueles raios saindo da cabeça. Parecia um farol. O perdão dos pecados. Realmente, o que fizeram foi um golpe de mestre. A religião estava se tornando menos popular; de fato era complicado seguir todos os mandamentos enquanto as pessoas tinham dinheiro suficiente para cair em tentação. Então eles tiveram essa ideia de que ter fé era o suficiente. Uma ideia tão eficaz para o volume de negócios quanto o cartão de crédito; parecia até que a salvação tinha se tornado gratuita. Mas, assim como no caso da compra a crédito, as coisas saíram dos eixos: as pessoas não se importavam, pecavam até não poder mais, porque ter fé era o suficiente, por assim dizer. Então, lá por volta da Idade Média, precisaram se tornar mais rigorosos, cobrar as dívidas. Por isso inventaram o inferno e aquela história toda de que a alma iria queimar nele. Pronto! Os clientes se assustaram de tal forma que voltaram para a Igreja, e, dessa vez, acertaram as contas. A Igreja ficou milionária, e foi bem merecido, pois tiveram um trabalho absurdo. Essa era a opinião sincera de Truls sobre a questão, mesmo que ele acreditasse que não havia nada depois da morte, que as coisas acabavam ali, sem o perdão dos pecados e o inferno. Mas, se estivesse errado, ele estava ferrado, isso era óbvio. Deveria haver limites para o que poderia ser perdoado, e Jesus dificilmente teria imaginação suficiente para conceber algumas das coisas que Truls tinha feito.

Harry olhou para o nada. Estava em outro lugar. Na Casa da Dor, com Beate, e ela apontando para as imagens, dando explicações. Só despertou quando ouviu Rakel sussurrar:

— Você precisa ajudar Gunnar e o pessoal, Harry.

Ele estremeceu. Olhou para ela com ar interrogativo.

Rakel fez um gesto em direção ao altar, onde os outros já se posicionavam nas laterais do caixão. Gunnar Hagen, Bjørn Holm, Katrine Bratt, Ståle Aune e o irmão de Jack Halvorsen. Hagen havia explicado a Harry que ele ficaria do lado oposto ao do cunhado de Beate, que era o segundo mais alto deles.

Harry se levantou e caminhou a passos largos pela nave central.

Você precisa ajudar Gunnar e o pessoal.

Era como um eco do que ela tinha dito na noite anterior.

Harry trocou acenos de cabeça imperceptíveis com os outros. Assumiu o lugar vago.

— No três — disse Hagen baixinho.

As notas se sucederam no órgão, ganhando intensidade.

Então eles carregaram Beate Lønn para fora, para a luz.

Depois do enterro, o Justisen ficou abarrotado de gente.

Dos alto-falantes retumbou uma música que Harry já tinha ouvido naquele mesmo lugar. "I Fought the Law", de Bobby Fuller Four. Com a continuação otimista "... E a lei ganhou".

Ele tinha levado Rakel até a estação para pegar o trem expresso do aeroporto e, nesse ínterim, vários de seus ex-colegas já tinham tido tempo de encher a cara. Por ser um observador sóbrio, Harry reparou no consumo quase frenético, como se estivessem a bordo de um navio prestes a afundar. De várias mesas, eles gritavam em uníssono junto com Bobby Fuller que a lei tinha ganhado.

Harry fez um sinal para a mesa onde estavam Katrine Bratt e as outras pessoas que haviam carregado o caixão. Indicou que iria ao banheiro e voltaria logo. Ele já estava mijando quando um homem chegou ao seu lado. Ele ouviu o zíper se abrir.

— Esse é um lugar para policiais. — O homem fungou. — O que você está fazendo aqui, porra?

— Estou mijando — respondeu Harry sem erguer os olhos. — E você? Está aqui para eliminar provas?

— Não se meta comigo, Hole.

— Se eu tivesse me metido com você, você não estaria circulando por aí, Berntsen.

— Toma conta da sua vida — resmungou Truls Berntsen, e apoiou a mão livre na parede acima do mictório. — Posso colocar um homicídio nas suas costas, você sabe disso. Aquele russo no Come As You Are. Todos da polícia sabem que foi você, mas eu sou o único que pode provar isso. E é por isso que você não deve se meter comigo.

— O que sei, Berntsen, é que o russo era um traficante que estava tentando acabar comigo. Mas, se você acha que tem melhores chances que ele, fique à vontade. Afinal, você já espancou policiais.

— O quê?

— Você e Bellman. Um policial gay, não foi?

Harry ouviu o som do jato de Berntsen se extinguir imediatamente.

— Você andou bebendo de novo, Hole?

— Hum. — Harry abotoou a calça. — Parece ser uma boa temporada para aqueles que odeiam a polícia.

Ele foi até a pia. Viu no espelho que Berntsen ainda estava totalmente travado. Harry lavou as mãos, enxugou-as. Foi em direção à porta. Ouviu Berntsen sibilar baixinho:

— Não se meta comigo, só digo isso. Se você acabar comigo, acabo com você também.

Ele voltou ao bar. Bobby Fuller estava acabando. E uma ideia ocorreu a Harry. O quanto nossas vidas eram cheias de coincidências aleatórias. Em 1966, quando Bobby Fuller foi encontrado morto em seu carro, ensopado em gasolina, e alguns achavam que ele tinha sido morto pela polícia, o cantor estava com 23 anos. A mesma idade de René Kalsnes.

Uma nova música começou. Supergrass com "Caught by the Fuzz". Harry sorriu. Gaz Coombes cantava que tinha sido pego pela polícia, que eles queriam que ele se tornasse um delator, e, vinte anos mais tarde, a polícia cantava a música como homenagem a si mesma. Sinto muito, Gaz.

Os olhos de Harry percorreram o bar. Pensou na longa conversa que ele e Rakel tiveram no dia anterior. Sobre tudo que se podia contornar, evitar, na vida. E sobre as coisas das quais não dava para fugir. Porque *era* a vida, o sentido da existência. Todo o resto — o amor, a paz, a felicidade — girava em torno daquilo, tinha aquilo como base. Foi ela quem começou a conversa, quem explicou que ele não tinha opção. A sombra da morte de Beate era tão extensa que já encobria aquele esperado dia de junho, independentemente da intensidade com que o sol viesse a brilhar. Ele não tinha opção. Por eles dois. Por todo mundo.

Harry abriu caminho até a mesa onde estavam as pessoas que carregaram o caixão.

Hagen se levantou e puxou a cadeira que eles ainda reservavam para ele.

— Então?

— Estou dentro — disse Harry.

Truls ainda estava de pé junto ao mictório, meio paralisado pelo que Harry tinha dito. *Parece ser uma boa temporada para aqueles que odeiam a polícia.* Será que ele sabia de alguma coisa? Besteira! Harry não sabia de nada. Ele não tinha como saber! Se soubesse, não teria blefado daquele jeito, como uma provocação. Mas ele sabia da bicha da Kripos, o cara que eles tinham espancado. E como alguém poderia saber disso?

O cara deu em cima de Mikael, tentou beijá-lo dentro de uma sala de reunião. Mikael achou que alguém poderia ter visto aquilo. Eles enfiaram um capuz nele lá embaixo, na garagem. Truls tinha dado os golpes. Mikael havia apenas observado tudo. Como sempre. Só tinha intervindo quando ele estava prestes a passar dos limites, dizendo que ele deveria parar. Não. Já havia passado dos limites. O sujeito ainda estava estirado no chão quando eles foram embora.

Mikael ficou morrendo de medo. Achou que tinha ido longe demais, que o cara poderia estar ferido, que ele talvez pensasse em denunciá-los. Então aquele foi o primeiro serviço de Truls como queimador. Eles usaram o giroflex para correr a toda a velocidade até o Justisen, onde abriram caminho até o bar dizendo que precisavam pagar por duas cervejas sem álcool que lhes foram servidas meia hora atrás. O barman assentiu, dizendo que era bom ver gente honesta por ali, e Truls lhe deu uma gorjeta tão generosa que teve certeza de que o barman não iria esquecê-lo. Pegou o recibo com data e horário marcado, foi com Mikael até o Departamento de Perícia Técnica, onde um calouro estava de serviço. Truls sabia que ele estava louco por um cargo como investigador. Explicou a ele que provavelmente alguém tentaria botar a culpa por uma agressão neles, e ele precisava verificar se estavam limpos. O calouro fez um exame rápido e superficial em suas roupas e disse que não encontrou nem DNA nem sangue. Em seguida, Truls levou Mikael para casa e depois voltou para a garagem. O viado não estava mais lá, mas a trilha de sangue indicava que ele tinha conseguido se arrastar até a saída sozinho. Talvez não fosse tão sério, então. De qualquer forma, Truls limpou o lugar e depois foi até o edifício Havnelager. Lá, lançou o cassetete ao mar.

No dia seguinte, um colega ligou para Mikael dizendo que o viado havia entrado em contato com eles do hospital e dito que estava pensando em denunciá-los por agressão física. Então Truls foi até o hospital, esperou o médico fazer sua ronda diária e disse ao sujeito que não havia provas contra eles e que sua carreira estaria arruinada caso ele abrisse o bico ou aparecesse na sede de polícia novamente.

Não viram nem ouviram mais nada sobre o sujeito na Kripos. Graças a ele, Truls Berntsen. Foda-se Mikael Bellman. Truls tinha salvado aquele filho da puta. Pelo menos até agora. Pois Harry Hole sabia do caso. E ele era imprevisível. Poderia se tornar perigoso. Perigoso demais.

Truls Berntsen olhou para a própria imagem no espelho. O terrorista. Em pessoa.

E ele mal tinha começado.

Saiu do banheiro e se juntou aos outros. A tempo de ouvir as últimas frases do discurso de Mikael Bellman:

— ... que a gente tenha a mesma força que Beate Lønn teve. Cabe a nós agora provar isso. Apenas dessa forma podemos honrar sua memória do jeito que ela gostaria que a honrássemos. Vamos pegar esse cara. *Skål!*

Truls olhou para o amigo de infância enquanto todos erguiam os copos, como guerreiros que erguem suas lanças ao comando de seu líder. Viu seus rostos brilharem, sérios, determinados. Viu Bellman fazer um gesto de assentimento, como se eles tivessem chegado a um acordo. Viu que ele estava emocionado, emocionado com o momento, com suas próprias palavras, com o impacto delas, com o poder que exerciam sobre os outros do salão.

Truls voltou ao corredor dos banheiros, posicionou-se ao lado dos caça-níqueis, colocou uma moeda no orelhão e pegou o fone. Discou o número da Central de Operações.

— Polícia.

— Tenho uma denúncia anônima. É sobre a bala que foi encontrada no caso René Kalsnes. Sei de que arma foi disp... disp... — Truls tentou falar rápido, sabia que a chamada era gravada e que eles poderiam escutá-la depois. Mas a língua não queria acompanhar o cérebro.

— Então você deveria falar com os investigadores da Divisão de Homicídios ou da Kripos — interrompeu o atendente da Central de Operações. — Mas todos eles estão num enterro hoje.

— Eu sei! — disse Truls, percebendo que estava falando numa voz desnecessariamente alta. — Só queria registrar a denúncia agora.

— Você sabe?

— Sei. Escuta...

— Estou vendo pelo seu número que está ligando do Justisen. Eles devem estar todos aí.

Truls olhou para o telefone e se deu conta de que estava bêbado. De que tinha dado um terrível passo em falso. Se isso se tornasse um processo e eles soubessem que a chamada era proveniente do Justisen, seria só uma questão de convocar as pessoas que estiveram presentes, ouvir a gravação e perguntar se alguém reconhecia a voz. E isso seria um risco grande demais.

— Era só brincadeira — disse Truls. — Sinto muito, a gente exagerou um pouco na cerveja aqui.

Ele desligou. Passou direto pelo salão sem olhar para os lados. Mas, ao abrir a porta e sentir a rajada de chuva, deteve-se. Virou-se. Viu Mikael com a mão no ombro de um colega. Viu um grupo em volta de Harry Hole, o bêbado. Uma mulher até o abraçou. Truls se virou novamente. Observou a chuva.

Suspenso. Excluído.

Ele sentiu uma mão no ombro. Ergueu os olhos. O rosto estava turvo, como se ele estivesse olhando-o através da água. Será que ele estava tão bêbado assim?

— Não tem problema — disse o rosto com voz meiga, enquanto a mão apertava seu ombro. — Põe pra fora, todos estamos assim hoje.

Truls reagiu instintivamente, afastando a mão com um empurrão e saindo em disparada. Andou com passos pesados pela rua, sentindo a chuva ensopar os ombros da jaqueta. Vão pro inferno. Vão todos pro inferno.

28

Alguém tinha colado um papel na porta de metal cinza. SALA DAS CALDEIRAS.

Lá dentro, Gunnar Hagen constatou que eram sete horas da manhã e que todos os quatro estavam presentes. A quinta pessoa não viria, e sua cadeira estava vazia. O novo integrante havia trazido uma cadeira de uma das salas de reunião dos andares superiores da sede da polícia.

Gunnar Hagen examinou cada um com atenção.

Bjørn Holm parecia ter levado uma surra do dia anterior, assim como Katrine Bratt. Ståle Aune estava impecavelmente vestido, como de costume, com seu paletó de tweed e gravata-borboleta. Gunnar Hagen estudou o novo integrante com atenção especial. O chefe da Divisão de Homicídios tinha saído do Justisen antes de Harry Hole, e, àquela altura, ele ainda estava se limitando à ingestão de água e café. Mas agora Harry estava sentado ali, afundado na cadeira, pálido, com a barba por fazer e de olhos fechados, e Hagen não tinha certeza de se ele havia resistido à bebida. O grupo precisava do investigador Harry Hole. Ninguém precisava do alcoólatra.

Hagen olhou para a lousa branca onde eles em conjunto fizeram um resumo do caso para Harry. Os nomes das vítimas ao longo de uma linha do tempo, os locais dos crimes, o nome Valentin Gjertsen, setas entre os homicídios anteriores, as datas.

— Enfim... — prosseguiu Hagen. — Maridalen, Tryvann, Drammen, e o último na casa da vítima. Quatro policiais que participaram da investigação de homicídios anteriores não solucionados, mortos na mesma data dos crimes originais, e, em três casos, no mesmo local. Três dos homicídios originais eram tipicamente crimes sexuais. E embora sejam distantes um do outro do ponto de vista cronológico, estabeleceu-se uma ligação entre eles já naquela época. A exceção é Drammen, onde a vítima era um homem, René Kalsnes, e não havia sinal de abuso sexual. Katrine?

— Se supormos que Valentin Gjertsen estava por trás de todos os homicídios originais e dos homicídios dos quatro policiais, Kalsnes é uma exceção interessante. Ele era homossexual, e as pessoas com quem Bjørn e eu conversamos na boate de Drammen descrevem-no como um interesseiro promíscuo, que não só arrumava parceiros mais velhos perdidamente apaixonados, que ele explorava, mas também oferecia sexo aos clientes na boate sempre que surgia a oportunidade. Topava qualquer coisa se tivesse dinheiro envolvido.

— Ou seja, uma pessoa cujo comportamento e profissão pertencem ao grupo de risco número um quando se trata de assassinato — disse Bjørn Holm.

— Exatamente — concordou Hagen. — Mas isso torna mais provável que o assassino também seja homossexual. Ou bissexual. Ståle?

Ståle Aune pigarreou.

— Em geral, estupradores como Valentin Gjertsen têm uma sexualidade complexa. O que excita uma pessoa desse tipo muitas vezes tem mais a ver com a necessidade de controle, o sadismo e a transgressão de limites do que o gênero e a idade da vítima. Mas também pode ser que o assassinato de René Kalsnes seja um homicídio puramente passional. O fato de não haver sinal de abuso pode indicar isso. Assim como a raiva. Dentre os homicídios originais, ele é o único que foi espancado por um objeto contundente, da mesma forma que os policiais.

Houve silêncio, e todos olharam para Harry Hole, que tinha afundado na cadeira até ficar semideitado, ainda com os olhos fechados e as mãos entrelaçadas sobre o abdômen. Por um momento, Katrine Bratt pensou que ele estivesse dormindo, mas então Harry pigarreou.

— Encontraram alguma ligação entre Valentin e Kalsnes?

— Por enquanto, não — respondeu Katrine. — Nenhum contato telefônico, nenhum uso de cartão de crédito na boate de Drammen ou qualquer outro rastro eletrônico que indique que Valentin se aproximou de René Kalsnes. E nenhum conhecido de Kalsnes ouviu falar de Valentin ou viu alguém parecido com ele. Isso não significa que eles não tenham...

— Claro que não — disse Harry, fechando os olhos bem apertados. — Só queria saber.

O silêncio recaiu na Sala das Caldeiras. Todos tinham os olhos fixos em Harry.

Ele abriu um olho.

— O que foi?

Ninguém respondeu.

— Não vou me levantar agora e andar sobre a água ou transformar água em vinho — disse ele.

— Não precisa — observou Katrine. — Basta você fazer com que esses quatro cegos consigam enxergar.

— Também não vou conseguir fazer isso.

— Achei que um líder deveria fazer seu pessoal acreditar que tudo é possível — disse Bjørn Holm.

— Líder? — Harry sorriu e se endireitou na cadeira. — Você contou a eles sobre minha posição, Hagen?

Gunnar Hagen pigarreou.

— Harry não tem mais o status ou a autoridade de um policial, por isso ele foi convocado como um consultor externo, assim como Ståle. Isso significa, por exemplo, que ele não pode pedir mandados de busca e apreensão, não pode portar arma ou fazer prisões. E também significa que não pode chefiar uma unidade policial operacional. De fato é importante que respeitemos isso. Imaginem se pegarmos Valentin, com os bolsos cheios de provas, e o advogado de defesa descobrir que não seguimos o regulamento...

— Esses consultores... — disse Ståle Aune enquanto enchia o cachimbo, fazendo uma careta. — Ouvi dizer que os honorários que cobram por hora são capazes de fazer os psicólogos parecerem idiotas. Então vamos aproveitar seu tempo aqui. Diga algo inteligente, Harry.

Harry deu de ombros.

— Agora mesmo — prosseguiu Ståle Aune com um sorriso sarcástico e colocou o cachimbo ainda apagado na boca. — Porque nós já dissemos as coisas mais inteligentes que temos a oferecer. E faz um tempo que estamos empacados.

Harry olhou para as próprias mãos por um momento. Enfim tomou fôlego.

— Não sei se é muito inteligente, ainda é uma ideia muito vaga, mas o que pensei foi o seguinte... — Ele ergueu a vista e encontrou quatro pares de olhos muito atentos. — Sei que Valentin Gjertsen é um suspeito. O problema é que não o encontramos. Por isso proponho que encontremos um novo suspeito.

Katrine Bratt não acreditou no que estava ouvindo.

— O quê? Vamos suspeitar de alguém que *não* acreditamos ter cometido os crimes?

— Nós não "acreditamos" — disse Harry. — Nós verificamos as diferentes probabilidades. E as avaliamos levando em consideração os recursos necessários para refutar ou confirmar a suspeita. Consideramos menos provável que haja vida na lua do que no planeta Gliese 581d, que fica a uma distância perfeita do sol, de modo que a água não congela nem ferve. Mesmo assim, verificamos a lua primeiro.

— O quarto mandamento de Harry Hole — disse Bjørn Holm. — "Comece a procurar onde há luz." Ou será que é o quinto?

Hagen pigarreou.

— Temos ordens de encontrar Valentin, todo o restante cabe à equipe principal de investigação. Bellman não nos dará permissão para nada além disso.

— Com todo respeito, foda-se Bellman — disse Harry. — Não sou mais inteligente do que vocês, mas sou novo no caso e isso nos dá uma chance de ver a situação com outros olhos.

Katrine bufou.

— Esse negócio de "não sou mais inteligente" foi só da boca pra fora.

— Pode ser, mas por enquanto vamos fingir que não — disse Harry sem pestanejar. — Então, vamos começar do zero. Motivo. Quem quer matar um policial que não conseguiu solucionar um caso? Pois é esse o denominador comum aqui, não é? Digam.

Harry cruzou os braços sobre o peito, afundou na cadeira outra vez e fechou os olhos. Aguardando.

Bjørn Holm foi o primeiro a quebrar o silêncio.

— Parentes das vítimas.

Katrine deu sua contribuição.

— Vítimas de estupro que a polícia não levou a sério ou que não tiveram seus casos investigados a fundo. O assassino pune os policiais por não terem solucionado outros crimes sexuais.

— René Kalsnes não foi estuprado — lembrou Hagen. — E se eu achasse que meu caso não tinha sido investigado o suficiente, eu me limitaria a matar os policiais que deveriam ter solucionado o meu caso específico, não todos os outros.

— Continuem a dar sugestões, a gente pode derrubar as teorias depois — disse Harry. — Ståle?

— Pessoas que foram condenadas injustamente — sugeriu Aune. — Elas cumpriram a pena, foram estigmatizadas, perderam a autoestima e o respeito dos outros. Os lobos que foram excluídos da alcateia são os mais perigosos. Eles não sentem nenhuma responsabilidade, só ódio e amargura. E estão dispostos a correr riscos para se vingar, já que sua própria vida foi desvalorizada de alguma forma. Como animais de bando, eles sentem que não têm muito a perder. Infligir sofrimento àqueles que infligiram sofrimento a eles é o que os faz sair da cama de manhã.

— Terroristas em busca de vingança, então — disse Bjørn Holm.

— Ótimo — disse Harry. — Vamos verificar todos os casos de estupro em que não consta uma confissão do condenado e que não foram óbvios. E nos quais a pena já foi cumprida, e a pessoa em questão está solta.

— Ou talvez não seja o próprio condenado — disse Katrine. — Pode ser que o condenado ainda esteja preso ou tenha se matado em desespero. E que a namorada, o irmão, ou o pai tenha se encarregado da vingança.

— Amor — disse Harry. — Ótimo.

— Porra, você não está falando sério — interveio Bjørn.

— O quê?

— Amor? — Sua voz soava metálica, o rosto estava distorcido numa careta estranha. — Você não pode estar falando sério que essa carnificina tem algo a ver com *amor*?

— Posso, sim — respondeu Harry, afundando na cadeira de novo e fechando os olhos.

Bjørn se levantou, com o rosto vermelho.

— Um psicopata, um assassino em série que, por amor, faz... — a voz falhou e ele fez um gesto em direção à cadeira vazia — ... isso.

— Olhe para si mesmo — disse Harry e abriu um olho.

— Hein?

— Olhe para si mesmo e pense no que está sentindo. Você está furioso, você está com ódio, você quer ver o culpado na forca, morrendo, sofrendo, não quer? Porque você, assim como nós, amava a mulher que se sentava ali. Por isso, a mãe do ódio é o amor, Bjørn. E é o amor, não o ódio, que o torna disposto a fazer qualquer coisa, empenhar todos os esforços para colocar a mão no culpado. Sente-se.

Bjørn se sentou. E Harry se levantou.

— É isso que me chama atenção nesses assassinatos também. Os esforços para reconstruir os homicídios originais. Os riscos que o assassino se dispõe a correr. O trabalho envolvido. Tudo isso faz com que eu não tenha tanta certeza de que seja pura sede de sangue ou ódio que está por trás desses crimes. O assassino sedento de sangue mata prostitutas, crianças ou outras presas fáceis. Aquele que odeia sem amor nunca se torna muito extremo em seus esforços. Minha opinião é de que a gente deve procurar alguém que ama mais do que odeia. E a questão então é: com base no que sabemos sobre Valentin Gjertsen, será que ele realmente tem a capacidade de amar tanto assim?

— Talvez — respondeu Gunnar Hagen. — Não sabemos tudo sobre ele.

— Hum. Qual é a data do próximo caso de homicídio não solucionado?

— Tem um intervalo agora — disse Katrine. — Maio. Um caso de dezenove anos atrás.

— Falta mais de um mês — observou Harry.

— Pois é, e também não se tratou de um crime sexual, pareceu mais uma briga de família. Por isso tomei a liberdade de verificar um caso de desaparecimento que, na verdade, parece ter sido um homicídio. Uma moça sumiu aqui em Oslo. Relataram o desaparecimento à polícia depois de ela não ter sido vista por mais de duas semanas. Ninguém deu parte do desaparecimento antes porque ela havia enviado mensagens para alguns amigos dizendo que tinha comprado uma passagem barata de última hora para um lugar bem ensolarado e que estava precisando de um tempo. Várias pessoas responderam à mensagem, mas, por sua vez, não tiveram resposta, por isso concluíram que ela precisava dar um tempo do telefone também. Depois de ser notificada do desaparecimento, a polícia verificou as listas de passageiros de todas as companhias aéreas, mas ela não tinha viajado em nenhuma delas. Resumindo, a mulher desapareceu sem deixar vestígios.

— E o telefone? — perguntou Bjørn Holm.

— O último sinal para a estação de base foi no centro de Oslo, e parou aí. Pode ter sido a bateria que descarregou.

— Hum. — disse Harry. — Aquela mensagem de texto. Avisando que ela estava doente...

Bjørn e Katrine assentiram lentamente.

Ståle Aune suspirou.

— Podem explicar melhor, por favor?

— Ele quer dizer que a mesma coisa aconteceu com Beate — esclareceu Katrine. — Eu recebi uma mensagem dizendo que ela estava doente.

— É mesmo — disse Hagen.

Harry assentiu.

— Pode ser que ele verifique o registro de mensagens para ver com quem as vítimas se comunicaram recentemente, e então ele manda um recado breve pelo celular para adiar as buscas.

— E isso torna as pistas periciais no local do crime muito mais difíceis de serem encontradas — acrescentou Bjørn. — Ele conhece o jogo.

— Em que data as mensagens foram enviadas?

— No dia 25 de março — respondeu Katrine.

— É hoje — observou Bjørn.

— Hum. — Harry esfregou o queixo. — Temos um possível crime sexual e uma data, mas não um local. Quais investigadores cuidaram do caso?

— Não foi aberta uma investigação, já que o caso foi classificado como um desaparecimento e nunca passou a ser considerado um assassinato. — Katrine olhou para as anotações. — Mas no fim das contas tudo foi transferido para a Divisão de Homicídios e atribuído a um dos inspetores. Você, aliás.

— Eu? — Harry franziu a testa. — Costumo me lembrar dos meus casos.

— O caso foi parar na sua mesa logo depois do Boneco de Neve, mas você fugiu para Hong Kong e não apareceu mais. Você mesmo acabou parando na lista de pessoas desaparecidas.

Harry deu de ombros.

— Tudo bem. Bjørn, dê uma conferida na Divisão de Pessoas Desaparecidas para ver o que eles têm sobre o caso. E peça a eles que fiquem em alerta caso alguém toque a campainha ou caso alguém receba algum telefonema misterioso ao longo do dia, ok? Acho que devemos ficar de olho nesse caso, mesmo sem um cadáver ou um local do crime. — Harry bateu palma. — Então, quem é que faz o café aqui?

— Hã — disse Katrine, e simulou uma voz grave e rouca. Afundou na cadeira, esticou as pernas à sua frente, fechou os olhos e esfregou o queixo. — Acho que deve ser o consultor novato.

Harry comprimiu os lábios e fez que sim. Pela primeira vez desde que Beate foi encontrada, houve risadas na Sala das Caldeiras.

A gravidade da situação pairava pesada sobre a sala de reuniões da Prefeitura.

Mikael Bellman estava sentado à extremidade da mesa mais distante da porta; o presidente do Conselho Municipal, à cabeceira oposta. Mikael sabia o nome da maioria dos secretários; foi uma das primeiras coisas que ele tinha feito como chefe de polícia: decorar nomes. E rostos. "Você não pode jogar xadrez sem conhecer as peças", tinha lhe dito o chefe de polícia anterior. "Você precisa saber o que eles podem e não podem fazer."

Esse fora o conselho bem-intencionado de um funcionário experiente. Mas por que justamente aquele ex-chefe de polícia recém-aposentado estava sentado ali, naquela hora, naquela sala de reuniões? Será que ele fora convocado como uma espécie de consultor? Independentemente da experiência que ele tivera com o jogo de xadrez, dificilmente havia jogado com peças como aquela loira alta que estava a dois lugares de distância do presidente do Conselho Municipal. Era ela que estava com a palavra naquele momento. A rainha. A secretária municipal de Assuntos Sociais. Isabelle Skøyen. Aquela que decidia quando os relacionamentos acabavam. Sua voz tinha o timbre frio e burocrático de alguém que sabe que uma ata está sendo lavrada.

— É com crescente inquietação que estamos vendo como o Distrito Policial de Oslo parece incapaz de impedir esses assassinatos de seus próprios policiais. Há algum tempo a mídia naturalmente tem colocado uma forte pressão sobre nós, exigindo medidas radicais. Porém, ainda mais importante é o fato de que os habitantes da cidade também perderam a paciência. Simplesmente não podemos aceitar a falta de confiança cada vez maior em nossas instituições, neste caso, mais especificamente, na polícia e no Conselho Municipal. E já que essa área é minha responsabilidade, tomei a iniciativa de convocá-los informalmente, de modo que o Conselho Municipal possa se posicionar a respeito do plano de contingência do chefe de polícia, cuja existência pressupomos, e então avaliar as alternativas.

Mikael Bellman estava suando. Ele detestava suar de uniforme. Tentara captar o olhar de seu antecessor, em vão. Que diabos ele estava fazendo ali?

— E acho que devemos ter a atitude mais aberta e inovadora possível ao tratarmos das alternativas — recitou a voz de Isabelle Skøyen. — Afinal, entendemos que esse caso pode ser um desafio grande demais para um jovem chefe de polícia recém-nomeado. É lamentável que uma situação que exige experiência e prática surja tão cedo em sua gestão.

A melhor coisa, obviamente, seria que esse caso tivesse parado na mesa de seu antecessor, dada sua longa experiência e suas numerosas façanhas. Tenho certeza de que todos nesta sala teriam desejado isso, incluindo os dois chefes de polícia em questão.

Mikael Bellman se perguntou se estava ouvindo o que achava que estava ouvindo. Ela quis dizer... Ela estava prestes a...?

— O que você diz, Bellman?

Mikael Bellman pigarreou.

— Peço desculpas por interrompê-lo, Bellman — disse Isabelle Skøyen, colocando os óculos de leitura Prada na ponta do nariz e franzindo os olhos para uma folha à sua frente. — Estou lendo a ata da última reunião que tivemos sobre esses homicídios, e nela você disse: "Posso garantir ao Conselho Municipal que esse caso está sob controle e que estamos confiantes em um breve desfecho." — Ela tirou os óculos outra vez. — Para não desperdiçar o nosso tempo e o seu, que pelo visto é curto, talvez seja bom você pular as repetições e nos dizer quais medidas pretende adotar agora, resoluções que sejam diferentes e mais eficientes que as anteriores.

Bellman empertigou-se na esperança de que a camisa se desgrudasse das costas. Suor maldito. Vaca maldita.

Eram oito horas da noite e, ao entrar na Academia de Polícia, Harry sentiu que estava cansado. Obviamente, sua capacidade de pensar com muita concentração por muito tempo estava enferrujada. Eles nem tinham feito grande progresso. Leram relatórios já vistos, cogitaram ideias já mencionadas uma dúzia de vezes, andaram em círculos, deram murro em ponta de faca, na esperança de que ela mais cedo ou mais tarde fosse ceder.

O ex-inspetor cumprimentou o faxineiro e subiu rapidamente a escada.

Cansado, embora surpreendentemente desperto. Animado. Pronto para outra.

Ao passar pela sala de Arnold, ele ouviu alguém chamar seu nome. Virou-se e espiou pela fresta da porta. O colega entrelaçou os dedos na parte de trás da cabeça desgrenhada.

— Só queria saber o que você acha de ser um policial de verdade outra vez?

— Acho bom — disse Harry. — Só preciso corrigir as provas de investigação criminal.

— Não se preocupe, estou com as provas aqui — disse Arnold, batendo um dedo no topo da pilha de papel à sua frente. — Só trate de pegar esse cara.

— Ok, Arnold. Obrigado.

— Por sinal, tivemos um arrombamento aqui.

— Arrombamento?

— Na sala de treinamento. O armário foi arrombado, mas só levaram dois cassetetes.

— Puta merda. Entraram pela porta da frente?

— Não há qualquer indício de que a porta tenha sido forçada, o que indica que o ladrão deve trabalhar aqui. Ou alguém que trabalha aqui deixou o invasor entrar ou emprestou a ele seu cartão de acesso.

— Não há como descobrir isso?

Arnold deu de ombros.

— Não temos muita coisa de valor para ser roubada aqui na escola, por isso não gastamos dinheiro do nosso orçamento com procedimentos complexos para entrada e saída de pessoas, câmeras de vigilância e segurança vinte e quatro horas.

— Talvez a gente não tenha armas de fogo, drogas e cofres, mas devemos ter coisas mais fáceis de vender do que cassetetes, não?

Arnold esboçou um sorriso.

— É melhor você conferir se seu computador ainda está lá.

Harry caminhou até sua sala, constatou que tudo parecia intocado e se sentou. Pensou no que iria fazer. Tinha reservado a noite para corrigir as provas, e em casa apenas as sombras o aguardavam. Como uma resposta à pergunta, o celular vibrou.

— Katrine?

— Oi. Eu me lembrei de uma coisa. — Ela parecia animada. — Você lembra que Beate e eu falamos com Irja, a mulher que alugou o apartamento do porão a Valentin?

— Aquela que forneceu os álibis falsos?

— Isso. Ela disse que tinha encontrado algumas fotos que pertenciam a ele. Imagens de estupros e abusos. E que numa das fotos ela reconheceu os sapatos dele e o papel de parede do apartamento do porão.

— Hum. Você quer dizer...

— ... que não é muito provável, mas que *pode ser* o local de um crime. Consegui entrar em contato com os novos proprietários, e eles estão morando com alguns parentes no mesmo bairro enquanto a casa está sendo reformada. E não se importaram de emprestar as chaves e deixar que a gente dê uma olhada.

— Achei que tínhamos concordado em não procurar Valentin agora.

— Achei que tínhamos concordado em procurar onde havia luz.

— Um a zero para você, Bratt. Vinderen fica praticamente aqui do lado. Você tem o endereço?

Harry anotou o local.

— Dá pra ir a pé, vou direto pra lá. Você vai?

— Vou, mas fiquei tão empolgada que esqueci de comer.

— Tudo bem, vá assim que puder.

Eram quinze para as nove quando Harry percorreu o caminho de ardósia em direção à casa deserta. Rente à parede, havia latas de tinta vazias, rolos de plástico e tábuas de madeira que despontavam debaixo de lonas. Ele desceu a pequena escada de pedra, assim como os donos haviam explicado, e continuou seguindo pelo caminho de ardósia até os fundos da casa. Destrancou a porta do apartamento do porão e imediatamente sentiu o cheiro de cola e tinta. Mas também o outro cheiro, aquele que os proprietários tinham comentado e que era um dos motivos pelos quais decidiram fazer a reforma. Eles disseram que não conseguiram identificar de onde vinha, que o cheiro estava na casa inteira. Haviam chamado um inspetor de pragas, mas ele disse que um odor tão forte não poderia ser provocado por um único roedor morto e que, para desvendar o mistério, o jeito seria quebrar o piso e as paredes.

Harry acendeu a luz. O chão do corredor estava coberto de plástico transparente com pegadas cinza de botas de segurança e caixas de madeira com ferramentas, martelos, pés de cabra e brocas manchadas de tinta. Várias tábuas haviam sido retiradas da parede, de modo que o isolamento térmico estava totalmente exposto. Além do corredor, o apartamento do porão era composto por uma pequena cozinha, banheiro e uma sala com uma cortina que a separava do quarto. Pelo visto, a reforma ainda não havia chegado ali, pois o cômodo estava sendo usado para armazenar a mobília dos demais. Para proteger os móveis da poeira da sala, a cortina de miçangas fora puxada para o lado e substituída por uma cortina de plástico grosso e fosco que fez Harry pensar em um abatedouro, em uma câmara frigorífica e em locais de crimes isolados pela polícia.

Ele inalou o cheiro de solventes e podridão. Assim como o inspetor de controle de pragas, concluiu que não se tratava apenas de um roedor morto.

A cama tinha sido empurrada para o canto a fim de dar mais espaço para os móveis, e o cômodo estava tão abarrotado que era difícil ter uma impressão de exatamente como o estupro teria ocorrido e a menina teria sido fotografada. Katrine tinha dito que iria visitar Irja novamente para, se possível, ter acesso às fotos, mas Harry sabia de uma coisa: se esse Valentin era o assassino de policiais, ele não deixaria provas fotográficas contra si mesmo espalhadas por aí. As fotos ou foram destruídas ou escondidas em outro lugar depois que ele se mudou dali. Harry perscrutou o quarto, os olhos percorrendo o chão, as paredes e o teto e retornando para sua própria imagem refletida na janela que dava para a escuridão noturna do jardim. O quarto era um tanto claustrofóbico, mas se realmente fosse um local de crime, não lhe dizia nada. De qualquer forma, muito tempo tinha se passado, muitas outras coisas aconteceram ali. A única coisa que restava daquela época era o papel de parede. E o cheiro.

Harry olhou para cima outra vez, para o teto. Fixou o olhar ali. Claustrofobia. Por que havia essa sensação ali dentro e não na sala? Ele esticou o braço e seu um metro e noventa e dois na direção do teto. As pontas dos dedos o alcançaram. Placas de gesso. Então ele voltou para a sala e fez a mesma coisa ali. Não alcançou o teto.

Em outras palavras, o teto do quarto com certeza havia sido rebaixado. Era algo que se fazia sobretudo na década de 1970 para economizar energia no aquecimento. E entre o antigo teto e o novo havia um espaço. Um espaço para esconder coisas.

Harry foi até o corredor, pegou um pé de cabra de uma das caixas de ferramenta e voltou para o quarto. Ficou paralisado ao direcionar o olhar para a janela. Sabia que o olho responde automaticamente a qualquer movimento. Ele ficou parado durante dois segundos, olhando e escutando. Nada.

Harry voltou a atenção para o teto. Não havia nenhum lugar onde pudesse inserir o pé de cabra, mas com placas de gesso era fácil; você só precisava fazer um buraco grande e depois substituir a placa, usando algum preenchimento e pintando o teto. Ele supôs que isso poderia ser feito em metade de um dia se a pessoa fosse eficiente.

Harry subiu na cadeira e mirou o teto com a ponta do pé de cabra. Hagen tinha razão: caso um investigador sem mandado de busca e apreensão arrancasse um teto sem a autorização do proprietário, o Tribunal certamente invalidaria as provas que eventualmente fossem encontradas.

Harry deu um golpe. A ponta do pé de cabra atravessou o gesso com um gemido morto, e cal branca nevou sobre seu rosto.

Afinal Harry não era policial, somente um consultor civil; não fazia parte da investigação propriamente dita, mas seria responsabilizado e condenado por vandalismo. Harry estava disposto a pagar o preço.

Ele fechou os olhos e inclinou o pé de cabra para trás. Sentiu pedaços de gesso atingirem os ombros e a testa. E o cheiro. Estava ainda mais forte agora. Golpeou com o pé de cabra outra vez, tentando aumentar o buraco. Olhou em volta à procura de algo que poderia ser colocado em cima do assento da cadeira, dando-lhe altura suficiente para enfiar a cabeça dentro do buraco.

Lá estava outra vez. Um movimento perto da janela. Harry saltou da cadeira e foi até a janela. Inclinou-se na direção do vidro e colocou as mãos na lateral do rosto para afastar a luz. Mas tudo que viu lá fora na escuridão foi a silhueta das macieiras. Alguns galhos balançavam de leve. Será que tinha começado a ventar?

Harry se virou para o quarto outra vez, encontrou uma caixa grande de plástico da IKEA e a colocou sobre o assento da cadeira. Porém, quando estava prestes a subir nela, ouviu um som vindo do corredor.

Um clique. Ele ficou parado, à escuta. Não ouviu outros sons. Harry tentou fazer pouco caso daquilo — deviam ser só os ruídos de uma casa velha de madeira ao vento. Ele se equilibrou em cima da caixa de plástico, ergueu o corpo com cuidado, pôs as palmas das mãos no teto e enfiou a cabeça dentro do buraco no gesso.

O fedor era tão intenso que seus olhos imediatamente se encheram de água, e ele teve de prender a respiração. Era um cheiro conhecido. Carne, naquela fase de decomposição em que inalar o gás parece ser nocivo à saúde. Harry só tinha sentido um fedor tão intenso uma vez antes, quando encontraram um cadáver num porão escuro depois de dois anos e perfuraram o plástico no qual estava embrulhado. Não, isso não era um roedor, nem uma família de roedores. Estava escuro no interior, e sua cabeça bloqueava a entrada de luz, mas ele vislumbrou algo bem à sua frente. Ele esperou as pupilas se dilatarem lentamente para aproveitar o pouco que tinha de luz. E aí ele viu. Era uma furadeira. Não, uma serra tico-tico. Mas havia outra coisa mais para dentro. Algo que ele não conseguia enxergar, somente sentia a presença. Algo... Ele sentiu um aperto na garganta. Um som. De passos. Embaixo dele.

Harry tentou tirar a cabeça do buraco, mas ele parecia ter ficado estreito demais, como se estivesse prestes a se fechar em torno de sua garganta, como se quisesse prendê-lo ali dentro com a coisa morta. Ele sentiu o pânico surgir, espremeu os dedos entre o pescoço e a borda quebrada do gesso e arrancou alguns pedaços. Conseguiu tirar a cabeça dali.

Os passos tinham parado.

Harry sentiu a pulsação na garganta. Esperou até ficar totalmente calmo. Tirou o isqueiro do bolso, pôs a mão no buraco e o acendeu. Fez menção de enfiar a cabeça ali outra vez, mas notou uma coisa. A cortina de plástico que separava os dois cômodos. Algo se desenhou nela. Um vulto. Alguém o observava de trás da cortina.

Harry pigarreou.

— Katrine?

Nenhuma resposta.

Os olhos de Harry procuraram o pé de cabra que ele tinha deixado no chão em algum lugar. Encontraram-no. Ele desceu da cadeira tentando não fazer nenhum barulho. Conseguiu pôr um pé no chão, mas ouviu a cortina de plástico sendo aberta bruscamente e constatou que não daria tempo de pegá-lo. A voz soou quase alegre.

— Então nos esbarramos outra vez.

Ele ergueu os olhos. Na contraluz, demorou alguns segundos antes de reconhecer o rosto. Ele praguejou. O cérebro procurou cenários imagináveis para os próximos segundos, mas não encontrou nenhum. Só esbarrou na mesma pergunta: o que diabos vai acontecer agora?

29

Ela estava com uma sacola no ombro, a qual deixou cair. A sacola bateu no chão, fazendo um barulho surpreendentemente alto.

— O que você está fazendo aqui? — perguntou Harry com a voz rouca, pensando que aquilo parecia uma reprise. Assim como a resposta que ela deu em seguida.

— Estava treinando. Artes marciais.

— Isso não é resposta, Silje.

— É, sim — respondeu Silje Gravseng, projetando um dos quadris. Ela estava de jaqueta de treino fina, calça legging preta, tênis e rabo de cavalo e exibia um sorriso dissimulado.

— Acabei de treinar e vi você saindo da escola. Segui você até aqui.

— Por quê?

Ela deu de ombros.

— Para dar mais uma chance a você, talvez.

— Uma chance de quê?

— De fazer o que você quer.

— E o que seria?

— Acho que não preciso dizer, preciso? — Ela inclinou a cabeça para o lado. — Eu percebi seu olhar lá no escritório do Krohn. Você não tem exatamente um rosto indecifrável, Harry. Você quer me comer.

Harry fez um gesto em direção à sacola.

— Seu treino é aquela coisa de ninja com bastão? — A voz de Harry estava rouca por causa da boca seca.

Os olhos de Silje Gravseng percorreram o quarto.

— Algo assim. Temos até uma cama aqui. — Ela pegou a sacola, passou por ele, afastou uma cadeira. Colocou a sacola sobre a cama e tentou mudar de lugar um sofá grande que estava no caminho, mas ele continuou emperrado. Inclinou-se para a frente, agarrou o encosto do sofá e o puxou. Harry olhou para o traseiro dela, onde a jaqueta havia subido, os músculos se tensionando nas coxas. Ouviu-a gemer baixinho: — Você não vai me ajudar?

Harry engoliu em seco.

Merda, merda.

Olhou para o rabo de cavalo loiro que dançava nas costas dela. O tecido que marcava suas nádegas. Silje havia parado de se mover, como se tivesse notado alguma coisa. Como se tivesse notado isso. O que ele pensava.

— Assim? — sussurrou ela. — Você me quer assim?

Ele não respondeu, só sentiu a ereção; a sensação se espalhava de um ponto do baixo-ventre como a dor tardia de um soco no estômago. A cabeça parecia efervescer; bolhas subiam e estouravam com um ruído impetuoso que se tornava cada vez mais alto. Deu um passo para a frente. Parou.

A garota virou a cabeça um pouco, mas baixou os olhos, fitando o chão.

— O que você está esperando? — sussurrou ela. — Você quer... Você quer que eu resista?

Harry engoliu em seco mais uma vez. Ele não estava no piloto automático. Ele sabia o que estava fazendo. E isso era ele. Esse era o tipo de pessoa que ele era. Mesmo que falasse isso em voz alta para si mesmo agora, ia acabar fazendo aquilo. Não era o que ele queria?

— Quero... — ele se ouviu dizer. — Quero que me pare.

Ele a viu erguer o traseiro de leve. Pensou que era como um ritual do mundo animal, que ele talvez estivesse programado para isso de qualquer forma. Ele pôs uma mão na lombar dela, sentiu a pele suada e nua onde a calça legging terminava. Dois dedos embaixo do elástico. Era só puxá-la para baixo. A mão de Silje estava apoiada no encosto, a outra sobre a cama, na sacola. Que estava aberta.

— Vou tentar — sussurrou ela. — Vou tentar.

Harry respirou fundo, trêmulo.

Ele notou um movimento. Foi tão rápido que ele não teve tempo de reagir.

— O que aconteceu? — perguntou Ulla ao pendurar o sobretudo de Mikael no armário.

— O que deveria ter acontecido? — perguntou ele, e esfregou o rosto com as palmas das mãos.

— Vem cá — disse ela.

Ulla levou-o para a sala. Fez com que ele se sentasse no sofá. Posicionou-se atrás dele. Suas mãos percorreram a região entre os ombros e a nuca, e as pontas dos dedos encontraram o meio do trapézio. Ela o apertou. Ele soltou um gemido alto.

— Então? — disse ela.

Bellman suspirou.

— Isabelle Skøyen. Ela sugeriu que o ex-chefe de polícia nos ajude até que o caso dos homicídios de policiais seja solucionado.

— E daí? Isso é tão ruim? Você mesmo disse que precisam de mais recursos.

— Na prática, isso significa que ele atuaria como chefe de polícia enquanto eu serviria o café. Seria um voto de desconfiança, algo que eu não poderia aceitar, você não entende?

— Mas é apenas temporário, não é?

— E depois? Quando o caso estiver solucionado com ele à frente da polícia, não eu? O Conselho Municipal vai dizer que agora que tudo acabou eu posso assumir outra vez? Ai!

— Desculpe, mas a tensão está neste ponto mesmo. Tente relaxar, querido.

— É a vingança dela, você sabe, né? Mulheres rejeitadas... Ai!

— Ih, acertei de novo?

Mikael se desvencilhou das mãos da esposa.

— O pior é que não posso fazer nada. Ela é muito boa nesse jogo, eu sou apenas um principiante. Se eu pelo menos tivesse um pouco de experiência, um tempo para formar algumas alianças, entender quem deve favores a quem...

— Você deve usar as alianças que tem — disse Ulla.

— Todas as alianças importantes estão do lado dela. Políticos filhos da mãe, eles não pensam em resultados como nós. Para eles, tudo é contado em votos, nas *aparências* para os eleitores idiotas.

Mikael baixou a cabeça. As mãos dela voltaram às suas costas. Mais suaves dessa vez. Massagearam-no, acariciaram seu cabelo. E, assim que ele estava prestes a deixar os pensamentos fluírem, irem para bem longe, eles pareceram colocar o pé no freio e dar meia-volta, parando no que Ulla tinha dito. *Usar as alianças que tem.*

Harry estava cego. Em um movimento automático, havia soltado Silje e se virado. Alguém tinha puxado a cortina de plástico, e ele agora encarava uma luz branca. Protegeu os olhos com a mão.

— Perdão — disse uma voz conhecida, e a luz se abaixou. — Trouxe uma lanterna. Pensei que você não...

Harry soltou o ar dos pulmões com um gemido.

— Caralho, Katrine, você me assustou! Quero dizer... assustou a gente.

— Ah, pois é.. A estudante... Eu me lembro dela da Academia de Polícia.

— Eu saí da Academia. — A voz de Silje soou completamente impassível, quase como se ela estivesse entediada.

— Ah, é? Então o que vocês estão...

— Mudando os móveis de lugar — disse Harry, fungando depressa e apontando para o buraco no teto. — Estou tentando encontrar algo mais estável para me apoiar.

— Tem uma escada logo ali fora — disse Katrine.

— É mesmo? Vou buscá-la. — Harry passou por Katrine e atravessou a sala. Merda, merda, merda, merda.

A escada estava encostada na parede externa, entre as latas de tinta.

Havia um silêncio total quando ele voltou. Afastou a cadeira e posicionou a escada embaixo do buraco. Nada indicava que alguém tinha falado alguma coisa. Duas mulheres de braços cruzados e rostos inexpressivos.

— Que fedor é esse? — perguntou Katrine.

— Passe a lanterna — disse Harry, subindo na escada. Arrancou mais um pedaço do teto de gesso, enfiou primeiro a lanterna e depois a cabeça dentro do buraco. Conseguiu pegar a serra tico-tico verde. A lâmina estava quebrada. Ele a segurou entre dois dedos e a estendeu a Katrine. — Cuidado, pode ter impressões digitais.

Ele direcionou a lanterna mais para dentro do buraco. Olhou bem. O cadáver estava meio de lado, espremido entre o teto e o forro. Harry pensou que merecia mesmo ficar ali inalando o fedor de morte e carne putrefata; não, ele merecia ser a carne putrefata. Afinal ele, Harry Hole, era um homem doente, um homem muito doente. Se não fosse morto ali, naquele instante, ele precisaria de ajuda. Porque estivera prestes a fazer aquilo, não? Ou será que teria parado? Ou será que a ideia de que ele *talvez* tivesse parado era algo que havia criado para, pelo menos, ter o benefício da dúvida?

— Você está vendo alguma coisa? — perguntou Katrine.

— Estou, sim — disse Harry.

— Precisamos da equipe de perícia?

— Depende.

— Depende do quê?

— Se a Divisão de Homicídios vai querer investigar essa morte.

30

— É bem complicado falar sobre isso — confessou Harry, apagando o cigarro no peitoril. Deixou a janela que dava para a Sporveisgata aberta e voltou para a cadeira. Quando ele ligou para Ståle Aune às seis horas da manhã e falou que estava ferrado de novo, o psicólogo disse que ele poderia ir ao consultório antes do primeiro paciente, às oito.

— Você já veio aqui para falar sobre assuntos difíceis antes — disse Ståle.

Desde que Harry conseguia se lembrar, Ståle sempre foi o psicólogo a quem os policiais da Divisão de Homicídios ou da Kripos recorriam na hora do aperto. Não só porque tinham seu número de telefone, mas porque era um dos poucos que conheciam o dia a dia deles. E eles sabiam que podiam confiar em Ståle para guardar segredo.

— Sim, só que antes era sobre a bebida — disse Harry. — Agora é... algo totalmente diferente.

— É?

— Você não acha?

— Como a primeira coisa que você fez foi ligar para mim, acho que você pensa que talvez seja mais do mesmo.

Harry suspirou, se inclinou para a frente na cadeira e apoiou a testa nas mãos entrelaçadas.

— Talvez. Sempre tive a sensação de que eu escolhia os piores momentos possíveis para beber. Que eu sempre tinha uma recaída quando precisava me manter alerta. Como se houvesse um demônio dentro de mim e ele quisesse que tudo fosse para o inferno. Que *eu* fosse para o inferno.

— É isso que os demônios fazem, Harry.

Ståle disfarçou um bocejo.

— Nesse caso, o demônio em questão fez um bom trabalho. Eu quase estuprei uma garota.

Ståle não estava mais bocejando.

— O que você está dizendo? Quando foi isso?

— Ontem à noite. É uma ex-aluna da Academia de Polícia. Ela apareceu enquanto eu estava revistando o apartamento em que Valentin morou.

— Ah, é? — Ståle tirou os óculos. — Você encontrou alguma coisa lá?

— Uma serra tico-tico com uma lâmina quebrada. Deve ter ficado ali durante anos. É claro que os operários podem ter esquecido aquilo ali quando rebaixaram o teto, mas já estão conferindo a lâmina para ver se ela bate com o que foi encontrado em Bergslia.

— Mais alguma coisa?

— Não. Sim. Um texugo morto.

— Texugo?

— É. Parece que estava hibernando lá.

— Rá-rá-rá! Nós tivemos um texugo em casa, mas felizmente ele ficava no jardim. A mordida deles é bem assustadora. Esse aí morreu durante a hibernação, então?

Harry ergueu um dos cantos da boca.

— Se você estiver interessado, posso colocar a equipe forense no caso.

— Desculpe, eu... — Ståle meneou a cabeça e pôs os óculos novamente. — Essa moça chegou e você se sentiu tentado a estuprá-la, foi isso?

Harry ergueu as mãos sobre a cabeça.

— Acabo de pedir em casamento a mulher que eu amo mais que tudo no mundo. A única coisa que quero é que a gente tenha uma vida boa juntos. E aí parece que, assim que acabo de pensar nisso, aquele demônio surge e... e... — Ele baixou as mãos outra vez.

— Por que você parou?

— Porque estou aqui inventando demônios e sei o que você vai dizer. Que estou me eximindo de toda a responsabilidade.

— E não está?

— Sem dúvida. É o mesmo cara, mas com roupas novas. Achei que ele se chamava Jim Beam. Achei que ele se chamava "a mãe que morreu muito cedo" ou "a pressão do trabalho". Ou testosterona ou "predisposição genética ao alcoolismo". E tudo isso talvez seja verdade, mas, se você tirar a roupa dele, ele continua sendo Harry Hole.

— E você está me dizendo que Harry Hole estava prestes a estuprar uma jovem ontem à noite.

— Sonho com isso faz tempo.

— Com estupro? De modo geral?

— Não. Com essa moça. Ela me pediu para fazer isso.

— Para estuprá-la? Então, estritamente falando, não é estupro, é?

— Da primeira vez, ela só me pediu que transasse com ela. Ela me provocou, mas eu não podia, ela era aluna da escola. Depois eu comecei a fantasiar o estupro. Eu... — Harry passou a mão pelo rosto. — Eu não pensei que pudesse ter isso dentro de mim. Não um estuprador. O que está acontecendo comigo, Ståle?

— Então, você tinha vontade e oportunidade de estuprar, mas optou por não fazer isso?

— Alguém chegou e nos interrompeu. E sei lá se era estupro ou não, ela me convidou para uma brincadeira, um faz de conta. Mas eu estava pronto para desempenhar o papel naquela encenação, Ståle. Pronto de verdade.

— Tudo bem, mas ainda não vejo estupro nenhum.

— Talvez não no sentido legal, mas...

— Mas o quê?

— Mas, se a gente tivesse começado e ela tivesse me pedido que parasse, não sei se eu teria parado.

— Você não sabe?

Harry deu de ombros.

— Você tem um diagnóstico, doutor?

Ståle conferiu o relógio.

— Preciso que você me conte um pouco mais. Só que agora meu primeiro paciente está aguardando.

— Não tenho tempo de fazer terapia, Ståle, temos um assassino à solta.

— Nesse caso — começou o terapeuta, balançando o corpo para a frente e para trás na cadeira —, você deve se contentar com um palpite. Você me procurou porque sente algo que não consegue identificar, e o motivo pelo qual não consegue identificá-lo é que essa sensação tenta se disfarçar como uma coisa que não é. Porque é algo que você *não* quer sentir. É uma negação clássica, assim como os homens que se recusam a admitir que são homossexuais.

— Mas eu não estou negando que sou um estuprador em potencial! Estou perguntando isso a você sem rodeios.

— Você não é estuprador coisa nenhuma, Harry, uma pessoa não se torna um estuprador da noite para o dia. Acho que isso pode ter a ver com uma das duas coisas. Ou talvez as duas. Essa menina pode despertar uma espécie de agressividade em você. E você precisa ter o controle da situação. Ou, para usar a linguagem leiga, sexo como punição. Estou perto?

— Hum. Talvez. E o que era a outra coisa?

— Rakel.

— Como?

— O que está deixando você assim não é nem estupro nem essa moça, mas o fato de ser infiel. De ser infiel a Rakel.

— Ståle, você...

— Calma. Você me procurou porque precisa que alguém diga claramente o que você já percebeu. Em alto e bom som. Porque você mesmo não consegue admitir isso; você não quer sentir isso.

— Sentir o quê?

— Esse medo aterrador de assumir um compromisso com ela. Você está em pânico com a ideia do casamento.

— Estou? Por quê?

— Ouso dizer que te conheço um pouco depois de todos esses anos, então acho que, no seu caso, isso tem a ver com o medo de se sentir responsável por outras pessoas. Você tem experiências ruins com isso...

Harry engoliu em seco. Sentiu algo crescer no peito, como um câncer que avança rapidamente.

— ... Você começa a beber quando as pessoas ao seu redor dependem de você, porque não aguenta a responsabilidade. Você *quer* que as coisas deem errado; é como um castelo de cartas que está quase pronto, mas a pressão é tão grande que você não aguenta. Então, em vez de continuar a montá-lo e ver se vai dar certo, você o derruba. Acaba derrotado de uma vez. E acho que é a mesma coisa que você está fazendo agora. Você quer trair Rakel o mais rápido possível porque está convencido de que isso vai acontecer de qualquer forma. Você não suporta o tormento prolongado, então toma uma atitude e derruba o maldito castelo de cartas, que é como você vê seu relacionamento com Rakel.

Harry quis dizer alguma coisa, mas o tumor tinha chegado à garganta e bloqueava as palavras. Por isso, limitou-se a uma.

— Destrutivo.

— Sua atitude básica é *construtiva*, Harry. Você só tem medo. Medo de que seja doloroso demais. Para você e para ela.

— Sou um covarde, é isso que você está dizendo?

Ståle olhou longamente para Harry. Respirou fundo como se fosse corrigi-lo, mas pareceu mudar de ideia.

— Você é um covarde, sim. Você é um covarde porque acho que é isso que você quer. Você *quer* ficar com Rakel, você quer estar no mesmo barco que ela, você quer navegar ou afundar junto com ela. É sempre assim nas raras vezes em que você faz promessas, Harry. Como é mesmo aquela música?

Harry murmurou algo sobre não voltar atrás e não desistir.

— É isso aí, isso é você.

— Isso sou eu — repetiu Harry baixinho.

— Pense nisso, e aí a gente se fala depois da reunião na Sala das Caldeiras hoje à tarde.

Harry fez que sim e se levantou.

Lá fora, no corredor, um cara inquieto estava sentado, suando, com roupa de academia. Ele olhou para o relógio e, em seguida, para Harry.

Harry seguiu pela Sporveisgata. Não tinha dormido bem e também não havia tomado café da manhã. Precisava de alguma coisa. Pensou bem. Precisava de uma bebida. Afastou a ideia e entrou no café pouco antes da Bogstadveien. Pediu um espresso triplo. Entornou o café no balcão e pediu mais um. Ouviu uma risada baixa atrás de si, mas não se virou. Tomou o segundo espresso devagar. Pegou o jornal que estava ali. Viu a chamada na primeira página e o abriu.

Roger Gjendem especulava que o Conselho Municipal, à luz dos homicídios de policiais, faria uma reestruturação na sede da polícia.

Ståle deixou Paul Stavnes entrar e tornou a ocupar o lugar atrás da mesa, enquanto o paciente ia até um canto da sala para se trocar e vestir uma camisa limpa que estava na mochila. Ståle aproveitou a oportunidade para bocejar, abrir a primeira gaveta e posicionar o celular de modo que ele pudesse vê-lo com facilidade. Então ergueu os olhos. Olhou para as costas nuas de seu paciente. Depois que Stavnes começou a ir de bicicleta para as sessões, era rotina ele trocar de camisa dentro do consultório. Como sempre, virado de costas. A única diferença era que a janela onde Harry tinha fumado ainda estava aberta. A luz incidiu nela de tal forma que Ståle Aune pôde ver o peito nu de Paul Stavnes no reflexo.

Stavnes vestiu a camisa com um movimento rápido e se virou.

— Essa questão do horário deve ser...

— ... mais respeitada — completou Ståle. — Concordo. Não vai acontecer de novo.

Stavnes ergueu os olhos.

— Algum problema?

— De modo algum, só levantei um pouco mais cedo que de costume. Você poderia deixar a janela aberta? Para entrar um pouco de ar.

— Já está *muito* arejado aqui dentro.

— Como preferir.

Stavnes estava prestes a fechar a janela, mas se deteve. Olhou um bom tempo para ela. Virou-se devagar para Ståle. Um sorrisinho se formou em seu rosto.

— Está com dificuldade de respirar, Aune?

Ståle Aune conhecia as dores no peito e no braço. Sintomas típicos de um infarto. Mas isso não era um infarto. Era pavor puro e simples.

Ele se forçou a falar com calma, manter o tom baixo.

— Da última vez falamos sobre você tocando "Dark Side of the Moon". Seu pai entrava no quarto e desligava o amplificador, e você via a luz vermelha desaparecer, e aí a menina em quem você estava pensando morria.

— Eu disse que ela emudecia — respondeu Paul Stavnes, irritado.

— Não que ela morria, isso é outra coisa.

— De fato — disse Ståle Aune, e esticou a mão com cuidado em direção ao celular que estava na gaveta. — Você gostaria que ela falasse?

— Não sei. Você está suando. Não está bem, doutor?

Mais uma vez, aquele tom de voz zombeteiro, aquele sorrisinho nojento.

— Estou bem, obrigado.

Os dedos de Ståle pousaram no celular. Precisava fazer o paciente falar para que ele não ouvisse o som das teclas enquanto digitava a mensagem.

— Ainda não falamos de seu casamento. O que você pode dizer sobre sua esposa?

— Não muito. Por que você quer falar sobre ela?

— Uma relação próxima. Afinal, você parece não gostar das pessoas que são próximas de você. "Desprezo" foi a palavra que você mesmo usou.

— Você prestou atenção em *alguma* coisa? — Risada breve, ressentida. — Desprezo a maioria das pessoas porque são fracas, bobas e têm azar. — Nova risada. — Em três chances, você errou três vezes. Me diga, você conseguiu ajudar o X?

— Quem?

— O policial. O policial gay que tentou beijar o outro tira no banheiro. Ele se recuperou?

— Provavelmente, não. — Ståle Aune continuou pressionando as teclas, amaldiçoando seus dedos gordos de salsicha, que pareciam ainda mais inchados por causa da tensão.

— Então, se você acha que sou como ele, por que pensa que pode me ajudar?

— X era esquizofrênico, ele escutava vozes.

— E você acha que eu estou melhor do que ele?

O paciente riu com amargura, e Ståle continuou digitando a mensagem. Escrevia enquanto Paul Stavnes continuava a falar, procurando disfarçar os cliques com o som dos sapatos arrastando no chão. Uma letra. Mais uma. Malditos dedos. Assim. Ele se deu conta de que o paciente tinha parado de falar. O paciente Paul Stavnes. Sabe-se lá de onde ele tinha tirado aquele nome. É sempre possível arranjar um novo nome. Ou se livrar de um antigo. Tatuagens eram mais difíceis. Sobretudo se eram grandes e cobriam o peito inteiro.

— Sei por que está suando, Aune — disse o paciente. — Você por acaso viu aquela imagem refletida na janela quando eu me troquei, não é?

Ståle Aune sentiu as dores no peito se tornarem mais fortes, como se o coração não conseguisse decidir entre bater mais rápido ou parar de vez. Torceu para que a expressão em seu rosto parecesse tão desorientada quanto pretendia.

— O quê? — disse ele em voz alta para abafar o clique na hora em que apertou o botão de enviar.

O paciente puxou a camisa até o pescoço.

Do peito do homem, um rosto encarou Ståle Aune com um grito mudo.

O rosto de um demônio.

— Diga — disse Harry, segurando o telefone ao ouvido enquanto esvaziava a segunda xícara de café.

— A serra tico-tico tem as impressões digitais de Valentin Gjertsen — disse Bjørn Holm. — E a superfície de corte da lâmina confere; é a mesma lâmina que foi usada em Bergslia.

— Então Valentin Gjertsen é o Serrador — concluiu Harry.

— Parece que sim. O que me surpreende é que ele tenha escondido a arma do crime em sua própria casa em vez de jogá-la fora em algum lugar.

— Ele estava planejando usá-la outra vez.

Harry sentiu o telefone vibrar rapidamente. Uma mensagem de texto. Ele olhou para a tela. O remetente era S, ou seja, Ståle Aune. Harry leu. Leu mais uma vez.

valentin está aqui sos

— Bjørn, mande viaturas para o consultório de Ståle em Sporveisgata. Valentin está lá.

— Alô? Harry? Alô?

Mas Harry já estava correndo.

31

— É sempre um incômodo ser desmascarado — disse o paciente. — Mas às vezes é pior ser aquele que desmascara.

— Que desmascara o quê? — perguntou Ståle, engolindo em seco. — É uma tatuagem, e daí? Não é nenhum crime. Muitas pessoas têm... — ele fez um gesto na direção do rosto demoníaco — ... tatuagens como essa.

— Têm mesmo? — perguntou o paciente, e puxou a camisa para baixo outra vez. — Foi por isso que você quase caiu duro no chão quando a viu?

— Não sei do que você está falando — disse Ståle, a voz estrangulada. — Vamos continuar a falar sobre o seu pai?

O paciente soltou uma gargalhada.

— Sabe de uma coisa, Aune? Quando vim aqui pela primeira vez, não consegui decidir se estava orgulhoso ou decepcionado por você não me reconhecer.

— Reconhecer?

— Nós já nos encontramos antes. Fui acusado de abuso sexual, e você foi chamado para avaliar se eu era mentalmente são ou não. Você deve ter tido centenas de casos desse tipo. Bem, você só conversou comigo durante quarenta e cinco minutos. Mesmo assim, eu de certa forma queria ter te impressionado.

Ståle o encarou. Será que já havia feito uma avaliação psicológica do homem que estava diante dele? Era impossível se lembrar de todos, mas, mesmo assim, costumava se lembrar pelo menos dos rostos.

Ståle o observou. As pequenas cicatrizes embaixo do queixo. Claro. Ele tinha imaginado que eram vestígios de um simples *facelift*, mas

Beate dissera que Valentin Gjertsen certamente havia feito uma cirurgia plástica de maiores proporções.

— Porque você me deixou impressionado, Aune. Você me *compreendeu*. Você não ficou assustado com os detalhes, só continuou a ir mais fundo. Fez perguntas sobre as coisas certas. Sobre as coisas ruins. Como um bom massagista que sabe exatamente onde está o nó. Você encontrou a dor, Aune. E é por isso que voltei. Esperei que você fosse capaz de reencontrar a maldita ferida, de tirar o pus de dentro dela. Você é capaz disso? Ou perdeu o tesão, Aune?

Ståle pigarreou.

— Não consigo fazer isso se você mente para mim, Paul.

— Ah, mas não estou mentindo, Aune. Só a parte sobre o trabalho e a esposa. Todo o resto é verdade. Bem, e o nome, claro. De resto...

— Pink Floyd? A menina?

O homem diante dele abriu os braços e sorriu.

— E por que está me contando isso agora, Paul?

— Você não precisa mais me chamar assim. Pode me chamar de Valentin se quiser.

— Val... o quê?

O paciente deu uma breve risada.

— Sinto muito, mas você é um péssimo ator, Aune. Você sabe muito bem quem eu sou. Você soube disso no instante em que viu minha tatuagem refletida na janela.

— E por que eu saberia disso?

— Porque eu sou a pessoa que vocês todos estão procurando. Valentin Gjertsen.

— Todos? Procurando?

— Você esqueceu que eu fui obrigado a ficar aqui escutando enquanto você conversava com algum policial sobre os rabiscos de Valentin Gjertsen na janela de um bonde? Eu reclamei disso e ganhei a sessão, lembra?

Ståle fechou os olhos por alguns segundos. Afastou todos os pensamentos. Disse a si mesmo que Harry logo estaria ali; era impossível que ele tivesse ido muito longe em tão pouco tempo.

— Aliás, foi por isso que comecei a vir de bicicleta para nossas sessões em vez de pegar o bonde — acrescentou Valentin Gjertsen. — Imaginei que o bonde seria vigiado.

— Mas você continuou vindo?

Valentin deu de ombros e enfiou a mão na mochila.

— É quase impossível alguém te reconhecer andando de bicicleta com capacete e óculos de ciclismo, sabe? E afinal você não suspeitava de nada. Você tinha decidido que eu era Paul Stavnes e *ponto final*. E eu precisava dessas sessões, Aune. Realmente sinto muito que elas tenham de acabar...

Aune arfou ao ver a mão de Valentin Gjertsen sair da mochila. A luz cintilou no aço.

— Você sabia que isso se chama faca de sobrevivência? — perguntou Valentin. — Um nome um pouco inapropriado no seu caso. Mas ela pode ser usada para muitos fins. Isso, por exemplo... — ele passou a ponta do dedo pela parte superior e dentada da lâmina — ... é algo que a maioria das pessoas não entende para que serve, elas só acham que tem um aspecto assustador. E quer saber? — Ele deu aquele seu sorriso feio outra vez. — Elas têm razão. Se você passar a faca pela garganta assim... — ele fez o gesto — ... ela se engancha na pele e rasga tudo. Aí as outras ranhuras rasgam aquilo que está por dentro. Por exemplo, um vaso sanguíneo. E no caso de uma artéria principal... garanto a você que é um espetáculo e tanto. Mas não se preocupe. Você não vai sentir nada, eu prometo.

Ståle sentiu vertigens. Estava quase torcendo para que fosse o infarto.

— Então só falta uma coisa, Ståle. Tudo bem se eu te chamar de Ståle agora que estamos chegando ao fim? Pois bem, qual é o diagnóstico?

— Dia... dia...

— O diagnóstico. De origem grega, significa "discernimento", não é? O que há de errado comigo, Ståle?

— Não... Eu não sei, eu...

O movimento que se seguiu foi tão rápido que Ståle Aune não teve tempo de mexer um dedo sequer, mesmo que tentasse. Valentin saiu do seu campo de visão, e, quando o psicólogo escutou sua voz novamente, ela veio de trás de sua cadeira, bem perto de sua orelha.

— Claro que sabe, Ståle. Você lidou com pessoas como eu durante toda sua vida profissional. Não exatamente como eu, claro, mas pessoas que se parecem comigo. Pessoas que têm um defeito de fabricação.

Ståle não olhava mais para a faca. Ele a sentia. Encostada em sua papada trêmula, enquanto respirava com dificuldade pelo nariz. Parecia quase sobrenatural que um ser humano pudesse se mover tão rápido. Ele não queria morrer. Queria viver. Não havia espaço para qualquer outro pensamento.

— Não... não há nada de errado com você, Paul.

— Valentin. Exijo respeito, Ståle. Estou aqui prestes a verter todo o seu sangue, e meu pau está ficando duro. E você ainda diz que não há nada de errado comigo? — Ele riu no ouvido do psicólogo. — Vamos, o diagnóstico.

— Doido varrido.

Os dois levantaram a cabeça. Olharam para a porta, de onde veio a voz.

— A sessão acabou. Você pode pagar na saída, Valentin.

A figura alta e de ombros largos que preenchia o vão da porta entrou. Ele trazia alguma coisa consigo, e Ståle demorou um segundo para entender o que era. A barra de ferro que ficava acima do sofá da recepção.

— Não se meta, policial — vociferou Valentin, e Ståle sentiu a faca pressionar a pele.

— As viaturas estão a caminho, Valentin. Acabou. Solte o doutor.

Valentin fez um gesto em direção à janela aberta para a rua. — Não estou ouvindo sirenes. Dê o fora ou eu mato o nosso doutor agora mesmo.

— Acho que não — disse Harry Hole, erguendo a barra de ferro. — Sem ele, você não tem escudo nenhum.

— Nesse caso, o doutor vem comigo — ameaçou Valentin, e Ståle sentiu que seu braço era imobilizado em suas costas, o que o forçou a se levantar.

— Me leve no lugar dele — pediu Harry.

— Por que eu faria isso?

— Porque sou um refém melhor. Ele provavelmente vai entrar em pânico e desmaiar. Além do mais, não precisa se preocupar com o que eu vou fazer se me deixar aqui.

Silêncio. Da janela, eles ouviram um som fraco. Talvez uma sirene distante, talvez não. Ståle percebeu que a pressão da faca aliviou.

Então, assim que respirou outra vez, ele sentiu uma pontada. Ouviu o estalido de algo sendo cortado. Algo que agora caía no chão. A gravata-borboleta.

— Se você se mexer... — sibilou a voz em seu ouvido antes de se dirigir a Harry. — Como quiser, policial, mas primeiro solte a barra. Encoste o rosto na parede, afaste as pernas e...

— Conheço o procedimento — disse Harry, soltando a barra. Ele se virou, colocou as palmas das mãos no alto da parede e afastou as pernas.

Ståle sentiu a mão soltar seu braço e, no instante seguinte, viu Valentin atrás de Harry, dobrando o braço dele nas costas e pondo a faca em seu pescoço.

— Vamos logo, bonitão.

E então passaram pela porta.

Ståle finalmente respirou fundo.

Da janela, o som da sirene aumentava e diminuía com o vento.

Harry viu a expressão assustada no rosto da recepcionista quando ele e Valentin passaram por ela sem uma palavra. Na escadaria, Harry tentou descer mais devagar, mas imediatamente sentiu uma dor lancinante na lateral do corpo.

— Essa faca vai perfurar seu rim se você tentar alguma coisa.

Harry apertou o passo. Não tinha percebido o sangue ainda, pois estava na mesma temperatura da pele, mas sabia que ele escorria por dentro da camisa.

Eles chegaram ao andar térreo. Valentin deu um chute para abrir a porta e empurrou Harry à sua frente, mas sem que a faca perdesse contato com sua pele.

Estavam na Sporveisgata. Harry ouviu as sirenes. Um homem de óculos escuros acompanhado de um cão veio andando na direção deles. Passou pelos dois sem sequer lhes dirigir um olhar, o som da bengala branca batendo na calçada semelhante ao de uma castanhola.

— Fique aqui — disse Valentin e apontou para uma placa de proibido estacionar, onde uma bicicleta estava presa no poste com uma trava.

Harry se posicionou junto ao poste. Sentiu a camisa pegajosa e a dor que latejava com uma pulsação própria. A faca agora pressionava a lombar. Ouviu o chacoalhar de chaves e do cadeado da bicicleta. As sirenes que se aproximavam. Então a faca desapareceu. Mas, antes de Harry ter tempo de reagir, sua cabeça foi puxada para trás por algo que foi colocado em seu pescoço. Ele passou a respirar com dificuldade e viu estrelas quando sua cabeça bateu no poste. Outro barulho de chaves. Então a pressão no pescoço cedeu e Harry automaticamente ergueu a mão. Conseguiu enfiar dois dedos entre o pescoço e aquilo que o envolvia. Sentiu o que era. Puta merda.

Montado na bicicleta, Valentin deu uma guinada na sua frente. Colocou os óculos de ciclismo, fez uma saudação com dois dedos no capacete e saiu pedalando.

Harry viu a mochila preta desaparecer pela rua. As sirenes não deveriam estar a mais de dois quarteirões de distância. Um ciclista passou por ele. Capacete, mochila preta. Mais um. Sem capacete, mas com mochila preta. Mais um. Merda, merda. As sirenes pareciam estar apenas em sua cabeça. Harry fechou os olhos e pensou no antigo paradoxo grego da lógica segundo o qual algo está se aproximando — um quilômetro, quinhentos metros, duzentos e cinquenta metros, cem metros — mas, como a sequência numérica é infinita, nunca chegará.

32

— Então você ficou lá, preso no poste com uma trava de bicicleta em volta do pescoço? — perguntou Bjørn Holm, incrédulo.

— Um poste com uma porra de uma placa de proibido estacionar — disse Harry, olhando para a xícara de café vazia.

— Irônico — comentou Katrine.

— Tiveram de trazer alguém com um daqueles alicates de cortar arame para me soltar.

A porta da Sala das Caldeiras se abriu, e Gunnar Hagen entrou afobado.

— Fiquei sabendo agora mesmo. E aí?

— Todas as viaturas estão na área à procura dele — disse Katrine. — Cada ciclista será parado e revistado.

— Mesmo que ele já tenha se livrado da bicicleta faz tempo e esteja num táxi ou tenha pegado algum transporte coletivo — disse Harry. — Valentin Gjertsen pode ser muitas coisas, mas bobo ele não é.

O chefe da Divisão de Homicídios desabou ofegante numa cadeira.

— Ele deixou alguma pista?

Silêncio.

Hagen olhou surpreso para a muralha de rostos com expressão de reprovação.

— O que foi?

Harry pigarreou.

— Você está sentado na cadeira de Beate Lønn.

— Estou? — Hagen se pôs de pé num salto.

— Ele deixou a jaqueta de treino — continuou Harry. — Bjørn já entregou a roupa para a Perícia Técnica.

— Suor, cabelos, a coisa toda — completou Bjørn. — Dentro de um ou dois dias, acho que vamos receber a confirmação de que Paul Stavnes e Valentin Gjertsen são a mesma pessoa.

— Algo mais na jaqueta de treino? — perguntou Hagen.

— Nada de carteira, celular, bloco de anotações ou agenda com planos para futuros assassinatos — disse Harry. — Apenas isso.

Num reflexo, Hagen pegou aquilo que Harry jogou em sua direção e deu uma olhada. Um pequeno saquinho plástico fechado, com três cotonetes.

— O que ele ia fazer com isso?

— Matar alguém? — sugeriu Harry laconicamente.

— Mas isso é para limpar os ouvidos — disse Bjørn Holm. — Na verdade, é para coçar os ouvidos, não é? A pele fica irritada, a gente coça mais ainda, a produção de cera aumenta e, de repente, a gente simplesmente *precisa* de mais cotonetes. Heroína para os ouvidos, é isso aí.

— Ou para maquiagem — observou Harry.

— Ah, é? — disse Hagen, estudando o saquinho. — Você quer dizer que ele é... hum, do tipo que usa maquiagem?

— Bem. Ele usa disfarces. Já fez uma cirurgia plástica. Ståle, você viu o sujeito mais de perto; qual é sua opinião?

— Não pensei nisso, mas você pode ter razão.

— Não se precisa de muito rímel e delineador para deixar o rosto um pouco diferente — comentou Katrine.

— Ok — disse Hagen. — Temos algo no nome de Paul Stavnes?

— Pouco — respondeu Katrine. — Não existe nenhum Paul Stavnes nos registros civis com a data de nascimento que ele informou no consultório de Aune. As duas únicas pessoas com esse nome já foram excluídas do caso por delegados locais. E o casal de idosos que mora no endereço que ele informou nunca ouviram falar de ninguém chamado Paul Stavnes ou Valentin Gjertsen.

— Não temos o costume de conferir as informações fornecidas pelos pacientes — explicou Aune. — Ele efetuava o pagamento depois de cada sessão.

— Hotéis — disse Harry. — Pousadas, albergues. Hoje em dia, todos fazem um cadastro dos hóspedes.

— Vou conferir. — Katrine girou na cadeira e começou a digitar algo no computador.

— Esse tipo de coisa está acessível na internet? — perguntou Hagen num tom cético.

— Não — respondeu Harry. — Mas Katrine usa algumas ferramentas de busca que você desejaria que não existissem.

— Ah, é? Por quê?

— Porque elas têm acesso a um nível de codificação em que mesmo os melhores firewalls do mundo são inúteis — explicou Bjørn Holm, olhando por cima do ombro de Katrine enquanto ela digitava freneticamente, os dedos semelhantes a patas de baratas em fuga sobre uma mesa de vidro.

— Como é possível? — perguntou Hagen.

— Elas têm o mesmo nível de codificação dos firewalls — esclareceu Bjørn. — As ferramentas de busca *são* firewalls.

— Não está adiantando — disse Katrine. — Nenhum Paul Stavnes em lugar algum.

— Mas ele tem que morar em algum lugar — disse Hagen. — Podemos verificar se ele está alugando um apartamento com esse nome?

— Duvido de que seja um inquilino comum — respondeu Katrine. — Hoje em dia, a maioria dos proprietários que aluga seus apartamentos verifica os antecedentes de seus locatários. No mínimo, fazem uma busca no Google, conferem as informações do imposto de renda. E Valentin sabe que eles ficariam desconfiados se não o encontrassem em lugar algum.

— Hotéis — disse Harry, que tinha levantado e estava ao lado da lousa. A primeira impressão de Hagen era que havia nela um pequeno diagrama com setas e palavras-chave, mas depois de alguns instantes ele finalmente reconheceu que os rabiscos eram os nomes das vítimas de homicídio. Uma delas só tinha a letra B.

— Você já mencionou hotéis, querido — disse Katrine.

— Três cotonetes — continuou Harry, inclinando-se para Hagen e pegando de volta o saquinho plástico selado. — Não se pode comprar isso no supermercado. Isso fica no banheiro do hotel, junto com o xampu e o condicionador de cortesia. Tente mais uma vez, Katrine. Dessa vez, Judas Johansen.

A busca foi feita em menos de quinze segundos.

— Negativo — disse Katrine.

— Droga! — praguejou Hagen.

— Ainda não acabamos — disse Harry, que estudava o saquinho. — Não tem nenhum fabricante nesse, mas normalmente os cotonetes têm hastes de plástico, e esses são de madeira. Acho que podemos descobrir quem fornece cotonetes desse tipo e para quais hotéis de Oslo.

— Fornecedores de hotéis — disse Katrine, e os dedos de inseto percorreram as teclas outra vez.

— É melhor eu ir — comentou Ståle e se levantou.

— Eu acompanho você até lá fora — disse Harry.

— Vocês não vão conseguir encontrá-lo — disse Ståle quando já estavam do lado de fora da sede da polícia e olhavam para o Botsparken banhado na luz fria da primavera.

— Você quer dizer "nós", né?

— Talvez. — Ståle suspirou. — Sinto que não estou contribuindo muito.

— Não está contribuindo muito? — perguntou Harry. — Você quase nos entregou Valentin sozinho.

— Ele escapou.

— O nome falso dele foi revelado, estamos chegando perto. Aliás, por que você acha que a gente não vai conseguir pegá-lo?

— Você mesmo o viu. O que você acha?

Harry meneou a cabeça.

— Enfim, ele disse que procurou você especificamente porque você já havia feito uma avaliação psicológica dele. Daquela vez, você concluiu que ele era mentalmente são no sentido legal, não?

— Isso mesmo. Mas, como você sabe, pessoas com graves transtornos de personalidade podem ser condenadas.

— O que você estava procurando era esquizofrenia avançada, psicose, esse tipo de coisa?

— Isso.

— Mas ele pode ser maníaco-depressivo ou psicopata. Corrigindo, bipolar tipo 2 ou sociopata.

— A palavra correta no momento é dissocial. — Ståle pegou o cigarro que Harry lhe estendeu.

Harry acendeu os dois cigarros.

— Tudo bem que ele procure você, mesmo sabendo que você trabalha para a polícia. Mas é estranho o fato de ele continuar com as sessões depois de perceber que você estava envolvido na caçada a ele?

Ståle respirou fundo e deu de ombros.

— Devo ser um terapeuta tão brilhante que ele quis correr esse risco.

— Outras sugestões?

— Bem, talvez ele seja o tipo de pessoa que busca emoções fortes. Muitos assassinos em série procuram policiais sob diversos pretextos apenas para estar perto da caçada, para sentir o triunfo ao enganar a polícia.

— Valentin tirou a camisa mesmo sabendo que, muito provavelmente, você sabia da tatuagem. Um grande risco quando se está sendo procurado por homicídio.

— O que você quer dizer?

— Pois é, o que eu quero dizer?

— Você quer dizer que ele tem o desejo inconsciente de ser pego. Que ele me procurou para ser reconhecido. E, como não o reconheci, ele me ajudou de forma inconsciente ao mostrar a tatuagem. Não foi por acaso; ele sabia que eu iria ver aquela imagem refletida.

— E, assim que atingiu o objetivo, ele iniciou uma fuga desesperada?

— A parte consciente assumiu o controle. Isso pode lançar uma nova luz sobre os homicídios dos policiais, Harry. Os assassinatos de Valentin são atos compulsivos que ele inconscientemente quer deter; ele quer a punição, o exorcismo, quer alguém que possa acabar com o demônio que há dentro dele. Então, já que não conseguimos prendê-lo pelos crimes originais, ele faz o que muitos assassinos em série fazem: aumenta o risco. Nesse caso, ele ataca os investigadores que não conseguiram prendê-lo da primeira vez, pois sabe que, quando se trata de homicídios de policiais, absolutamente todos os recursos são empregados. E, finalmente, mostra a tatuagem para alguém que faz parte da investigação. Caramba, acho que você pode ter razão, Harry.

— Hum, não sei se posso ficar com o mérito dessa explicação. Que tal uma mais simples? Valentin não é tão cuidadoso quanto pensamos que ele deveria ser porque não tem tanto a temer quanto pensamos que ele poderia ter.

— Não entendi essa, Harry.

Harry tragou o cigarro. Soltou a fumaça pela boca e a inalou. Tinha aprendido esse truque com um alemão branquelo que tocava *didgeridoo* em Hong Kong: "Solte a fumaça e a inale em seguida, cara. Você consegue fumar o mesmo cigarro duas vezes."

— Vá para casa e descanse um pouco — sugeriu. — Aquilo foi barra-pesada.

— Obrigado, mas o psicólogo aqui supostamente sou eu, Harry.

— Um assassino segurou uma faca afiada no seu pescoço. Lamento, doutor, mas você não vai conseguir tirar isso da cabeça. Os pesadelos já estão fazendo fila, pode apostar. Já passei por isso. Então, converse com um colega. Isso é uma ordem.

— Ordem? — Um movimento no rosto de Ståle indicou um sorriso. — Você é o chefe agora, Harry?

— Você duvidou disso em algum momento? — Harry pegou um objeto no bolso. O celular. — Pois não? — Ele jogou o cigarro fumado pela metade no chão. — Eles encontraram algo.

Ståle Aune observou Harry passar pela porta e desaparecer. Então olhou para o cigarro aceso no asfalto. Pisou nele. Aumentou a pressão. Mexeu um pouco o pé. Sentiu o cigarro sendo esmagado sob a fina sola de couro. Sentiu a raiva subindo. Moveu o pé novamente. Esfregou o filtro, as cinzas, o papel e os restos de fumo no asfalto. Jogou o próprio cigarro no chão e repetiu os movimentos. Dava uma sensação boa e ruim ao mesmo tempo. Ele teve vontade de gritar, de bater em alguém, de rir, de chorar. Tinha saboreado cada nuance daquele cigarro. Ele estava vivo. Estava vivo, porra.

— Hotel Casbah, em Gange-Rolvs Gate — anunciou Katrine antes que Harry tivesse tempo de fechar a porta. — Em geral, as embaixadas usam esse hotel para hospedar os funcionários antes de arranjarem moradias para eles. Preços razoáveis, quartos pequenos.

— Hum. Por que exatamente esse hotel?

— É o único que recebe esses cotonetes e que fica na parte da cidade onde passa o bonde número 12 — informou Bjørn. — Telefonei para lá. Não há nenhum Stavnes, Gjertsen ou Johansen no registro dos hóspedes, mas mandei um fax com o retrato falado que a Beate fez.

— E?

— O recepcionista disse que eles têm um hóspede que corresponde ao retrato, um tal de Savitski, que informou que trabalha na embaixada bielorrussa. Ele costumava ir trabalhar de terno, mas agora começou a usar roupa de treino. E bicicleta.

Harry já estava com o telefone fixo na mão.

— Hagen? A gente precisa da Delta. Agora mesmo.

33

— Então, é isso que você quer que eu faça? — disse Truls, girando o copo de cerveja na mão. Eles estavam no Kampen Bistrô. Mikael tinha dito que era um bom lugar para comer. Que era um lugar badalado da zona leste, frequentado pelas pessoas *certas*, aquelas com mais cultura do que dinheiro, uma turma *cool* com salários baixos o suficiente para manter seu estilo de vida de estudante sem parecer patético.

Truls tinha morado na zona leste a vida inteira e nunca ouvira falar do lugar.

— E por que eu faria isso?

— A suspensão — disse Mikael, colocando o restante da água mineral no copo. — Vou cuidar para que seja revogada.

— Ah, é? — Truls olhou para Mikael com desconfiança.

— Vou, sim.

Truls tomou um gole do copo. Passou o dorso da mão pela boca, apesar de a espuma já ter se assentado fazia tempo. Não tinha pressa.

— Se é tão simples assim, por que não fez isso antes?

Mikael fechou os olhos, respirou.

— Por que não é tão simples assim, mas eu vou dar um jeito.

— Por quê?

— Porque serei um homem arruinado se você não me ajudar.

Truls deu uma risada breve.

— É curioso como as coisas podem mudar de repente. Não é, Mikael?

Mikael Bellman olhou para os lados. O restaurante estava cheio, mas ele o havia escolhido porque era um lugar que os policiais não frequentavam; ele não deveria ser visto na companhia de Truls. Tinha a impressão de que Truls sabia disso. Mas e daí?

— Então, o que vai ser? Posso pedir a outra pessoa.

Truls soltou uma gargalhada.

— Até parece!

Mikael olhou em volta novamente. Não queria pedir a Truls que falasse baixo, mas... Houve um tempo em que Mikael era capaz de prever como Truls reagiria, de manipulá-lo para que fizesse o que ele desejava. Mas agora Truls tinha mudado; algo sombrio, mau e imprevisível havia se apoderado do seu amigo de infância.

— Preciso de uma resposta. É urgente.

— Tudo bem — disse Truls e esvaziou o copo. — A suspensão está ok. Mas preciso de mais uma coisa.

— O quê?

— Uma das calcinhas usadas de Ulla.

Mikael arregalou os olhos. Será que Truls estava bêbado? Ou será que a ferocidade em seus olhos havia se transformado em um traço permanente?

Truls soltou uma gargalhada ainda mais alta e colocou o copo na mesa com um estrondo. Algumas pessoas olharam para eles.

— Eu... — começou Mikael. — Eu vou ver...

— Estou brincando, seu idiota!

Mikael deu uma risada breve.

— Eu também. Isso significa que você vai...

— Caralho, somos amigos de infância ou não?

— Claro que somos. Você não faz ideia do quanto sou grato, Truls.

Mikael se esforçou para abrir um sorriso.

Truls estendeu o braço e pousou a mão com entusiasmo no ombro de Mikael.

— Faço ideia, sim.

Entusiasmo *demais*, pensou Mikael.

Não houve nenhum reconhecimento da área, nenhuma análise das plantas dos corredores em busca de possíveis saídas e rotas de fuga, nenhum cerco para bloquear as ruas por onde os veículos da Delta chegaram. Houve apenas uma breve orientação no caminho para o hotel. Sivert Falkeid vociferava ordens, e os homens fortemente armados na parte de trás da viatura permaneciam calados, o que significava que estavam entendendo as instruções.

Era uma questão de tempo, e o plano mais elaborado do mundo seria inútil se a pessoa procurada não estivesse mais no local.

Harry, que estava à escuta na última fileira do veículo de nove lugares, sabia que eles tampouco tinham o segundo ou o terceiro plano mais elaborado do mundo.

A primeira coisa que Falkeid perguntou a Harry foi se ele achava que Valentin estaria armado. Harry respondeu que uma arma de fogo foi usada no assassinato de René Kalsnes. Além disso, ele acreditava que Beate Lønn havia sido ameaçada com arma.

Ele observou os homens sentados à sua frente. Policiais que se alistaram para participar de missões armadas. Harry sabia o quanto eles ganhavam a mais por isso. Ganhavam pouco. E sabia também o quanto os contribuintes exigiam deles. Exigiam muito. Quantas vezes ele ouvira as pessoas, depois de toda a ação ter sido executada, criticarem a Delta por não ter se exposto a um perigo maior, por não ter uma espécie de sexto sentido que lhe dissesse exatamente o que havia atrás de uma porta fechada, dentro de um avião sequestrado ou de uma floresta, por não invadir um determinado local imediatamente. Para um agente da Delta com uma média de quatro missões armadas por ano, ou seja, por volta de cem missões no decorrer de uma carreira de vinte e cinco anos, esse tipo de estratégia seria pedir para ser morto em serviço. E ser morto era a maneira mais certa de garantir o fracasso de uma missão e de expor os outros agentes ao perigo.

— Só tem um elevador — vociferou Falkeid. — Dois e três, peguem ele. Quatro, cinco e seis subirão pela escada principal. Sete e oito, pela escada de incêndio. Hole, você e eu cobrimos a área externa caso ele escape por uma das janelas.

— Não tenho arma — disse Harry.

— Aqui — disse Falkeid, passando para ele uma Glock 17.

Harry segurou a arma e sentiu seu peso sólido.

Ele nunca entendeu as pessoas que tinham fascínio por armas, assim como nunca entendeu os fissurados por carros ou as pessoas que instalavam um sistema de áudio em casa. Mas ele nunca teve qualquer objeção com relação a segurar uma arma. Só de um ano para cá. Harry pensou na última vez que havia segurado uma pistola. A Odessa no armário. Afastou o pensamento.

— Chegamos — anunciou Falkeid. Eles pararam numa rua pouco movimentada, diante do portão de um edifício de tijolinhos de quatro andares, uma cópia das outras construções da área. Harry sabia que, em algumas delas, moravam pessoas que tinham berço; em outras, os novos-ricos que queriam aparentar ter berço; e outras ainda abrigavam embaixadas, consulados, agências publicitárias, gravadoras e companhias de navegação de pequeno porte. Apenas uma plaqueta discreta no portão indicava que haviam chegado ao lugar certo.

Falkeid olhou para o relógio.

— Comunicação de rádio — disse ele.

Cada um dos agentes da Delta falou seu número, o mesmo que estava pintado em branco na parte da frente do capacete. Baixaram as balaclavas. Apertaram as alças de suas submetralhadoras MP5.

— Contagem regressiva, aí entramos. Cinco, quatro...

Harry não sabia se era a própria adrenalina ou a dos outros, mas sentia um cheiro e um gosto distinto, acre, salgado, como se um projétil tivesse sido disparado por uma pistola de brinquedo.

As portas se abriram, e Harry viu as costas pretas entrarem pelo portão e percorrerem os dez metros até a entrada, onde desapareceram.

Harry partiu atrás deles, ajeitando o colete à prova de balas. A pele embaixo dele já estava molhada de suor. Falkeid saiu do banco do carona depois de pegar a chave do carro. Harry lembrou vagamente um episódio em que os alvos fugiram numa viatura que estava com a chave na ignição. Ele estendeu a Glock para Falkeid.

— Não tenho autorização para atirar.

— Autorização emitida temporariamente por mim agora — disse Falkeid. — É uma situação de emergência. O artigo blá-blá-blá do regulamento da polícia. Talvez.

Harry carregou a pistola e andou a passos largos pelo caminho de cascalho. No mesmo instante, um jovem com uma papada veio em sua direção correndo. O pomo de adão subia e descia, como se ele tivesse acabado de engolir alguma coisa. Harry viu que o nome na pequena placa que ele usava na lapela do paletó preto conferia com o nome do recepcionista com quem tinha conversado ao telefone.

O recepcionista não fora capaz de dizer se o hóspede se encontrava no quarto ou em algum outro lugar do hotel, mas se oferecera para verificar. Harry lhe deu ordens estritas para não fazer isso. Ele deveria apenas continuar com seus afazeres normais e fazer de conta que nada estava acontecendo, assim nem ele nem ninguém sairia ferido. Ver sete homens vestidos de preto e armados até os dentes provavelmente tinha dificultado a parte de fingir que nada estava acontecendo.

— Dei a chave mestra a eles — disse o recepcionista com sotaque acentuado do leste europeu. — Eles falaram para eu sair e...

— Fique atrás do nosso carro — sussurrou Falkeid, e apontou para o carro da polícia com o polegar. Harry deixou os dois e caminhou com a arma empunhada à sua frente. Seguiu para os fundos do edifício, onde um pomar de macieiras se estendia até a cerca da propriedade vizinha. Um homem de idade que estava sentado no terraço lendo o *Daily Telegraph* baixou o jornal e espreitou por cima dos óculos de leitura. Harry apontou para as letras amarelas que formavam a palavra POLITI na frente do colete à prova de balas, pôs o dedo nos lábios, recebeu um breve gesto de compreensão e se concentrou nas janelas do quarto andar. O recepcionista tinha explicado onde ficava o quarto do suposto bielorrusso; era no final do corredor, e a janela dava para os fundos do edifício.

Harry ajustou o fone e aguardou.

Depois de alguns segundos ele ouviu o estrondo surdo e abafado de uma granada de impacto, seguido do tilintar de vidro.

Harry sabia que a pressão do ar não teria grande efeito além de deixar os que estavam no quarto temporariamente surdos. Mas o estrondo combinado ao clarão cegante e ao ataque repentino paralisava até alvos treinados por pelo menos três segundos.

Harry aguardou. Então uma voz abafada soou no fone. Ele já esperava por aquilo.

— Quarto 406 invadido. Ninguém aqui.

Mas o que veio em seguida fez Harry soltar um palavrão em voz alta.

— Parece que ele já esteve aqui e pegou as coisas.

Quando Katrine e Bjørn chegaram, Harry estava de braços cruzados no corredor em frente à porta do quarto 406.

— Bateu na trave? — perguntou Katrine.

— Perdi um gol feito — disse Harry, balançando a cabeça.

Eles entraram no quarto.

— Ele veio direto para cá, pegou tudo e foi embora.

— Tudo? — perguntou Bjørn.

— Tudo menos dois cotonetes usados e duas passagens de bonde que encontramos na lixeira. Além do canhoto desse ingresso de jogo de futebol que acho que nós ganhamos.

— *Nós?* — perguntou Bjørn, e olhou em volta. — O Vålerenga?

— A seleção. Contra a Eslovênia, é o que está escrito.

— A gente ganhou — confirmou Bjørn. — Riise marcou na prorrogação.

— Vocês são doentes. Como podem se lembrar desse tipo de coisa? — perguntou Katrine e fez que não com a cabeça. — Nem me lembro se o Brann ganhou o campeonato ou se foi rebaixado no ano passado.

— Não sou desse tipo — protestou Bjørn. — Só me lembro porque estava empatado quando me chamaram, e Riise...

— Você teria lembrado de qualquer jeito, Rain Man. Você...

— Ei. — Eles se viraram para Harry, que tinha os olhos fixos no ingresso. — Você consegue lembrar o que aconteceu, Bjørn?

— O quê?

— Por que você foi chamado?

Bjørn Holm coçou as costeletas.

— Vamos ver, era no início da noite...

— Não precisa responder — disse Harry. — Foi o assassinato de Erlend Vennesla em Maridalen.

— Foi?

— Foi na noite em que a seleção jogou no Estádio de Ullevål. A data está aqui no ingresso. Às sete da noite.

— Ah... — disse Katrine.

O rosto de Bjørn Holm assumiu uma expressão pesarosa.

— Não diga isso, Harry. Por favor, não diga que Valentin Gjertsen estava naquele jogo. Se ele estava lá...

— ... não pode ser o assassino — concluiu Katrine. — E a gente gostaria muito que ele fosse, Harry. Então, por favor, fale alguma coisa para nos animar agora.

— Ok — disse Harry. — Por que esse ingresso não estava na lixeira com os cotonetes e as passagens de bonde? Por que ele o deixou em cima da mesa se pegou todos os outros pertences? Ele o deixou exatamente no lugar onde sabia que a gente seria obrigado a olhar?

— Ele plantou um álibi — disse Katrine.

— Ele deixou o ingresso para nós; queria que ficássemos do jeito que estamos agora — concluiu Harry. — Hesitantes, em dúvida, paralisados. Mas isso é só o canhoto de um ingresso, não uma prova de que ele estava lá. Pelo contrário, é surpreendente que ele não apenas tenha estado num jogo de futebol, num lugar onde ninguém consegue se lembrar de uma pessoa específica, como também que ele, por motivos inexplicáveis, tenha guardado o ingresso.

— Há o número do assento no ingresso — disse Katrine. — Talvez as pessoas que estavam sentadas ao lado ou logo atrás se lembrem de quem estava ali. Se o assento estava vazio. Posso fazer uma busca pelo número, talvez eu encontre...

— Faça isso — ordenou Harry. — Mas a gente já tentou a mesma coisa com supostos álibis em teatros e cinemas. E o que acaba acontecendo é que depois de três ou quatro dias as pessoas não se lembram de absolutamente nada sobre quem estava sentado ao lado delas.

— Você tem razão — admitiu Katrine, com resignação.

— Jogo da seleção — disse Bjørn.

— Sim? — perguntou Harry antes de entrar no banheiro, prestes a abrir o zíper da calça.

— Os jogos da seleção seguem as regras da FIFA — completou Bjørn. — Hooligans.

— Claro — gritou Harry de trás da porta do banheiro. — Boa, Bjørn! — A porta bateu.

— Do que vocês estão falando? — gritou Katrine.

— Câmeras de segurança — explicou Bjørn. — A FIFA exige que os organizadores tenham câmeras voltadas para o público, para o caso de haver tumultos durante a partida. É uma regra que foi introduzida nos anos 1990, durante a onda dos hooligans, para que a polícia pudesse identificar os arruaceiros e entrar com processo contra eles. Eles simplesmente filmam as arquibancadas durante o jogo inteiro com imagens de resolução tão alta que é possível fazer um zoom em cada rosto para identificação. E a gente tem a seção, a fileira e o número do assento onde Valentin estava sentado.

— Onde ele *não* estava sentado! — gritou Katrine. — Ele não pode estar naquela imagem. Entendeu? Senão estaríamos de volta à estaca zero.

— É claro que eles podem ter apagado as imagens — disse Bjørn. — Afinal, não teve nenhum tumulto naquele jogo, e deve haver alguma norma que estipule até quando é permitido armazenar...

— Se as imagens estiverem em um computador, é preciso fazer mais do que apertar o "delete" para que os arquivos desapareçam.

— As normas para armazenamento de dados...

— Eliminar arquivos permanentemente é igual tentar tirar merda de cachorro da sola do tênis. Como você acha que a gente encontra pornografia infantil nos computadores que os tarados nos entregam de livre e espontânea vontade na certeza de que tudo foi deletado? Pode acreditar, se Valentin Gjertsen estava mesmo no Estádio de Ullevål naquela noite, eu vou encontrá-lo. Qual é mesmo a suposta hora da morte de Erlend Vennesla?

Ouviram a descarga.

— Entre sete e sete e meia da noite — respondeu Bjørn. — Em outras palavras, bem no começo do jogo, logo depois de Henriksen ter feito o gol de empate. Vennesla deve ter escutado a gritaria da torcida lá em Maridalen, afinal não fica longe do estádio.

A porta do banheiro se abriu.

— O que significa que ele pode ter tido tempo de ir direto para o jogo depois do assassinato — constatou Harry enquanto abotoava a calça. — Assim que chegou ao estádio, pode ter feito alguma coisa para que as pessoas se lembrassem dele. Álibi.

— Só para vocês saberem, Valentin *não* estava naquele jogo — afirmou Katrine. — Mas, caso ele tenha estado lá, vou assistir àquele maldito vídeo do começo ao fim e cronometrar todas as vezes em que ele tirou a bunda do assento. Álibi uma ova!

A calmaria pairava naqueles casarões.

A calmaria que precedia a tempestade de Volvos e Audis que logo voltariam para casa depois de um dia de trabalho na Noruega S/A, pensou Truls.

Truls Berntsen apertou a campainha e olhou em volta.

Belo jardim. Muito bem-cuidado. Devia ser o tipo de coisa que um chefe de polícia aposentado tinha tempo de fazer.

A porta se abriu. Ele parecia mais velho. O mesmo olhar azul penetrante, mas a pele do pescoço um pouco mais flácida, com a postura menos ereta. Não era mais tão imponente quanto Truls lembrava. Talvez fosse apenas a roupa desbotada e informal, talvez as pessoas simplesmente ficassem assim quando o trabalho não as mantinha mais em estado de alerta.

— Berentzen, Divisão contra o Crime Organizado. — Truls ergueu o distintivo com a firme convicção de que, se o velho realmente leu "Berntsen", pensaria que foi isso o que ouviu também. Mentira como plano de contingência. Mas o chefe de polícia fez um gesto de assentimento sem olhar para o documento. — Acho que já vi você antes, sim. Como posso ajudar, Berentzen?

Ele não fez menção de convidar Truls a entrar. Para Truls, tudo bem. Ninguém podia vê-los, e o barulho das ruas era mínimo.

— É sobre seu filho, Sondre.

— O que tem ele?

— Estamos com uma operação em andamento para pegar alguns cafetões albaneses e por isso monitoramos o trânsito e tiramos algumas fotos de Kvadraturen. Identificamos alguns dos proprietários dos carros que pararam para pegar prostitutas e pensamos em chamá-los para interrogatórios. Podemos oferecer redução da pena em troca de algumas informações sobre os cafetões. E um dos veículos que fotografamos tem a placa do carro do seu filho.

O chefe de polícia franziu as sobrancelhas grossas.

— O que você está dizendo? Sondre? Impossível.

— Também acho. Mas eu queria consultar o senhor. Se o senhor acha que isso deve ser algum equívoco, que a mulher que entrou no carro dele talvez nem seja prostituta, vamos destruir aquela imagem.

— Sondre tem um casamento feliz. Eu o criei, ele sabe a diferença entre o certo e o errado, pode acreditar.

— Naturalmente, só queria ter certeza de que essa é também a sua avaliação do caso.

— Meu Deus, por que ele procuraria... — o homem diante de Truls fez uma careta como se tivesse mastigado uma uva podre — ... sexo na rua? O risco de contágio. As crianças. De jeito nenhum.

— Então me parece que estamos de acordo e que não há motivo para dar seguimento ao caso. Embora tenhamos razões para suspeitar de que a mulher seja prostituta, seu filho pode muito bem ter emprestado o carro a alguém. Afinal, não conseguimos nenhuma foto do motorista.

— Então vocês nem têm fundamento para abrir um processo. Vocês devem simplesmente esquecer isso aí.

— Muito obrigado, vamos seguir seu conselho.

O chefe de polícia fez um gesto lento com a cabeça enquanto estudou Truls com mais atenção.

— Berentzen, da Divisão contra o Crime Organizado, foi o que você disse?

— Correto.

— Obrigado, Berentzen. Vocês fazem um bom trabalho.

Truls deu um amplo sorriso.

— Fazemos o nosso melhor. Tenha um bom dia.

— O que foi que você disse mesmo? — perguntou Katrine enquanto olhavam fixamente para a tela preta à sua frente. Dentro da Sala das Caldeiras, o ar estava carregado de suor humano evaporado; lá fora, já era de tarde.

— Eu disse que as imagens do público nas arquibancadas provavelmente estariam apagadas por causa das políticas de armazenamento de dados — frisou Bjørn. — Como você está vendo, eu tinha razão.

— E o que *eu* disse?

— Você disse que arquivos eram como merda de cachorro numa sola de tênis — respondeu Harry. — Impossíveis de se remover.

— Eu não usei a palavra *impossível* — protestou Katrine.

Os quatro integrantes da equipe estavam sentados em torno da tela do computador de Katrine. Harry tinha ligado para Ståle e pedido que se juntasse a eles; o terapeuta parecera aliviado.

— Eu disse que era difícil — corrigiu Katrine. — Mas em geral há uma cópia deles em algum lugar. E um bom nerd que sabe tudo de computadores conseguiria encontrá-lo.

— Ou uma boa nerd? — sugeriu Ståle.

— Não — disse Katrine. — Mulheres não sabem estacionar direito, não lembram resultados de futebol e também não se dão ao trabalho de aprender as últimas novidades da informática. Para esse tipo de coisa, é preciso ter homens esquisitos que usam camisetas de bandas e nenhuma vida sexual. É assim desde a Idade da Pedra.

— Quer dizer que você não consegue...

— Tentei explicar várias vezes que não sou uma especialista em computação, Ståle. Minhas ferramentas de busca vasculharam o sistema da Associação Norueguesa de Futebol, mas o que havia ali foi apagado. Temo que, desse ponto em diante, eu seja inútil.

— A gente poderia ter economizado algum tempo se tivessem me escutado — disse Bjørn. — Então, o que a gente faz agora?

— Eu não quis dizer que eu não presto para nada — disse Katrine, ainda se dirigindo a Ståle. — Como podem ver, sou provida de algumas qualidades. Por exemplo, charme feminino, insistência nada feminina e zero vergonha na cara. Essas coisas te dão algumas vantagens na terra dos nerds. O cara que me apresentou a essas ferramentas de busca me colocou também em contato com um indiano do mundo da informática conhecido pelo pseudônimo Side Cut. Há uma hora, liguei para Hyderabad e o coloquei a par do caso.

— E...?

— E vamos dar play no filme — disse Katrine, apertando a tecla Enter.

A tela se iluminou.

Eles não tiraram os olhos da imagem.

— É ele — disse Ståle. — Parece solitário.

Valentin Gjertsen, também conhecido como Paul Stavnes, estava diante deles de braços cruzados. Acompanhava o jogo sem interesse evidente.

— Porra! — exclamou Bjørn em voz baixa.

Harry pediu a Katrine que avançasse o vídeo.

Ela apertou uma tecla. As pessoas em volta de Valentin Gjertsen começaram a fazer movimentos estranhos, entrecortados, enquanto o relógio e o cronômetro no canto inferior direito avançavam depressa. Somente Valentin Gjertsen ficou parado, feito uma estátua morta em meio à agitação.

— Mais rápido — disse Harry.

Katrine obedeceu, e as mesmas pessoas ficaram ainda mais frenéticas, inclinando-se para a frente e para trás, levantando-se, erguendo os braços, desaparecendo da imagem, voltando com uma salsicha ou um café na mão. Nessas ocasiões, vários dos assentos azuis ficaram vazios.

— Um a um no fim do primeiro tempo — observou Bjørn.

Então os assentos foram ocupados outra vez. A movimentação do público era maior ainda. O relógio do canto corria. Movimentos com a cabeça e frustração evidente. Então, de repente, braços no ar. Por uns dois segundos a imagem pareceu congelada. Foi então que as pessoas saltaram das cadeiras em sincronia, comemoraram, pularam, se abraçaram. Todos, menos um.

— O pênalti de Riise na prorrogação — disse Bjørn.

Acabou. As pessoas deixaram os assentos. Valentin continuou imóvel até todos terem ido embora. Então levantou-se bruscamente e desapareceu.

— Acho que ele não gosta de fila — comentou Bjørn.

A tela ficou preta outra vez.

— Então, o que vimos? — perguntou Harry.

— Vimos meu paciente assistindo a um jogo de futebol — respondeu Ståle. — Devo dizer ex-paciente, a não ser que ele apareça na próxima sessão. De qualquer forma, parecia um jogo emocionante para todos, menos para ele. Como conheço sua linguagem corporal, posso dizer com absoluta certeza que a partida não interessou a ele. O que obviamente nos leva à pergunta: por que ir ao jogo, então?

— E ele nem comeu nem foi ao banheiro nem se levantou do assento durante a partida inteira — afirmou Katrine. — Só ficou sentado ali feito uma estátua de sal, o filho da mãe. Isso não é assustador? Como se ele soubesse que nós iríamos verificar essa gravação e não quisesse nos dar nem uma janelinha de dez segundos no seu maldito álibi.

— Se ele ao menos tivesse ligado para alguém... — disse Bjørn. — A gente poderia ampliar a imagem e talvez ver o número que ele digitou. Ou marcar o horário em que ele telefonou e conferir com as chamadas que saíram das estações de base que cobrem o Estádio de Ulleval e...

— Ele não telefonou — disse Harry.

— Mas e se...

— Ele não telefonou, Bjørn. E, independentemente do motivo de Valentin Gjertsen para assistir ao jogo de futebol, o fato é que ele estava lá quando Erlend Vennesla foi morto em Maridalen. E o fato é... — Harry olhou por cima de suas cabeças, para a parede branca e nua.

— ... que voltamos à estaca zero.

34

Aurora estava sentada no balanço olhando para o sol, que se infiltrava entre as folhas das pereiras. Seu pai, pelo menos, teimava em dizer que eram pereiras, mas ninguém jamais tinha visto peras nelas. Aurora tinha 12 anos; era um pouco grande demais para o balanço e um pouco grande demais para acreditar em tudo que o pai dizia.

Quando chegou da escola, ela fez a lição de casa e foi para o jardim. A mãe foi ao mercado. O pai não chegaria em casa para o jantar; tinha voltado a trabalhar até tarde outra vez. Mesmo depois de prometer a ela e à mamãe que agora voltaria para casa no mesmo horário que os outros pais, que não ficaria na polícia à noite, que só trabalharia no consultório e depois iria para casa. Mas, pelo visto, ele tinha começado a trabalhar para a polícia de novo. Nem mamãe nem papai quiseram falar sobre o que ele estava fazendo lá.

Ela encontrou a música que procurava no iPod, na qual Rihanna dizia que, se o cara a quisesse, que viesse dar uma volta com ela. Aurora esticou as pernas compridas à sua frente para dar impulso no balanço. No último ano, suas pernas tinham ficado tão compridas que ela precisava dobrá-las embaixo do balanço ou mantê-las esticadas bem alto no ar para que não batessem no chão. Já estava quase da altura da mãe. Ela inclinou a cabeça para trás, sentiu o peso do cabelo comprido e espesso. Tão bom. Fechou os olhos, sentiu a luz do sol em cima das árvores e das cordas do balanço, ouviu Rihanna cantar, ouviu o galho ranger quando o balanço passou perto do chão. Ouviu outro som também, o do portão se abrindo e de passos no caminho de cascalho.

— Mamãe? — chamou ela. Não queria abrir os olhos. Preferia manter o rosto daquele jeito, voltado para o sol; fazia um calor tão gostoso. Mas não recebeu nenhuma resposta e se deu conta de que não tinha ouvido o carro chegar, aquele grunhido agitado do carrinho azul da mãe, que mais lembrava o barulho de um canil.

Então, ainda de olhos fechados, Aurora pôs os calcanhares no chão para fazer o balanço parar, sem querer sair dessa bolha deliciosa de música, sol e devaneios.

Sentiu uma sombra recair sobre ela, e de repente o calor sumiu, como quando uma nuvem passa diante do sol num dia frio. Aurora abriu os olhos e viu uma figura diante de si. Apenas uma silhueta contra o céu, com um halo em torno da cabeça onde o sol estivera. E por um instante ela piscou, confusa com a ideia que surgiu em sua mente.

Que Jesus tinha voltado. Que ele estava ali, naquele momento. E que isso significava que papai e mamãe estavam errados, que Deus realmente existia, e que havia perdão para todos os nossos pecados.

— Olá, menininha — disse a voz. — Como você se chama?

Jesus falava norueguês.

— Aurora — respondeu a menina, e semicerrou os olhos para ver melhor o rosto. Nada de barba ou cabelo comprido, pelo menos.

— Seu pai está em casa?

— Ele está trabalhando.

— Certo. Você está sozinha em casa, então, Aurora?

Aurora estava prestes a responder. Mas algo a deteve; ela não soube direito o quê.

— Quem é você? — perguntou ela em vez de responder.

— Alguém que precisa falar com seu pai. Mas podemos conversar só nós dois, então. Já que estamos sozinhos, não é?

Aurora não respondeu.

— Que música você está escutando? — perguntou o homem, apontando para o iPod.

— Rihanna — disse Aurora, chegando o assento do balanço um pouco para trás. Não só para sair da sombra do homem, mas para vê-lo melhor.

— Ah — disse o homem. — Tenho vários álbuns dela em casa. Talvez você queira alguns emprestados?

— Eu escuto no Spotify — respondeu ela, constatando que a aparência do homem era relativamente comum; pelo menos não tinha nada que lembrasse Jesus em especial.

— Ah, no Spotify — disse o homem e se agachou, ficando assim mais baixo que ela. Era melhor assim. — Então você pode escutar qualquer música que quiser.

— Quase. Mas só tenho a versão gratuita do Spotify, e aí tem propaganda entre as músicas.

— E você não gosta disso?

— Não gosto que fiquem falando, estraga o clima.

— Sabia que algumas músicas têm partes faladas? É a melhor parte.

— Não — disse Aurora, inclinando a cabeça para o lado, como se quisesse saber por que o homem falava com uma voz tão meiga. Não parecia ser sua voz normal. Era o mesmo tom que Emilie, sua amiga, usava quando ia pedir um favor a Aurora ou uma de suas roupas favoritas. Aurora não gostava de emprestá-las, porque sempre acabava em confusão. Ela nunca sabia onde suas roupas estavam.

— Então você deve escutar um disco do Pink Floyd.

— Quem?

O homem olhou em volta.

— A gente pode entrar e ver no computador, eu posso te mostrar. Enquanto a gente espera o seu papai.

— Você pode soletrar o nome para mim, eu vou lembrar.

— É melhor mostrar. Aí posso beber um copo d'água também.

Aurora olhou para ele. Agora que ele estava agachado diante dela, o sol tinha voltado a bater em seu rosto, mas não a esquentava mais. Curioso. Ela se inclinou para trás no balanço. O homem sorriu. Ela viu algo cintilar entre seus dentes. Como se a ponta da língua tivesse aparecido e sumido outra vez.

— Vamos então — disse ele, e se levantou. Agarrou uma das cordas do balanço na altura de sua cabeça.

Aurora levantou-se do balanço e passou por baixo do braço dele. Começou a caminhar em direção à casa. Ouviu os passos do homem atrás de si. A voz.

— Você vai gostar, Aurora. Prometo.

Meigo como um cordeirinho. Era como seu pai dizia. Talvez ele fosse mesmo Jesus? Bom, Jesus ou não, ela não queria que ele entrasse na casa. No entanto, continuou a caminhar. Afinal, o que ela diria ao pai? Que tinha se recusado a deixar um conhecido seu entrar e beber água? Não, ela não podia fazer isso. Caminhou mais devagar para ter tempo de pensar, inventar uma desculpa para que ele não pudesse entrar. Mas não conseguiu pensar em nada. E, como ela desacelerou o passo, ele chegou mais perto, e Aurora ouviu sua respiração. Pesada, como se ele tivesse ficado ofegante por ter dado os poucos passos do balanço até ali. E seu hálito tinha um cheiro estranho que a fez lembrar de acetona.

Cinco passos até a escada. Uma desculpa. Dois passos. A escada. Vamos lá. Não. Eles tinham chegado à porta.

Aurora engoliu em seco.

— Acho que está trancada — disse ela. — É melhor esperar do lado de fora.

— Ah, é?

Do topo da escada, ele olhou em volta, como se procurasse por seu pai em algum lugar ali atrás das cercas vivas. Ou pelos vizinhos. Aurora sentiu o calor do braço do homem quando ele o estendeu por cima do ombro dela, pegou a maçaneta e a girou. A porta se abriu.

— Olha só! — disse ele, e a respiração tornou-se ainda mais ofegante. Havia um leve tremor em sua voz. — Que sorte a nossa!

Aurora se virou para o vão da porta. Olhou para a semiescuridão da entrada. Só um copo d'água. E essa música falada que não lhe interessava. Ao longe soou o barulho de um cortador de grama. Bravo, agressivo, insistente. Ela passou pela soleira.

— Eu tenho que... — começou ela, mas parou de repente, e, na mesma hora, sentiu a mão dele em seu ombro, como se ele tivesse atravessado o limiar. Sentiu o calor de sua pele no exato ponto em que a alça da camiseta terminava e sua própria pele começava. Sentiu como o próprio coraçãozinho desatou a bater. Ouviu outro cortador de grama. Mas não era o som de um cortador de grama, mas sim o barulho frenético de um pequeno motor. — Mamãe! — gritou Aurora, e se desvencilhou da mão do homem. Passou agachada por ele, pulou todos os quatro degraus da escada e pousou no cascalho.

— Preciso ajudar com as compras.

Ela correu em direção ao portão, tentando ouvir passos atrás de si, mas o ruído do próprio tênis no cascalho era quase ensurdecedor. Quando chegou ao portão de casa, abriu-o bruscamente e viu a mãe sair do pequeno carro azul em frente à garagem.

— Olá, minha querida — disse a mãe, olhando para ela com um sorriso interrogativo. — Nossa, quanta pressa!

— Tem alguém aqui procurando o papai — explicou Aurora, percebendo que o caminho de cascalho era mais longo do que ela pensava. Já estava ofegante. — Ele está nos degraus da entrada.

— Ah, é? — disse a mãe, estendendo-lhe uma das sacolas que estavam no banco de trás. Bateu a porta e passou pelo portão com a filha.

Não havia ninguém nos degraus, mas a porta da casa ainda estava aberta.

— Será que ele entrou? — perguntou a mãe.

— Não sei — respondeu Aurora.

Elas entraram na casa, mas Aurora ficou parada no hall. Permaneceu junto à porta aberta, enquanto a mãe passava pela sala a caminho da cozinha.

— Olá? — Ela ouviu a mãe chamar. — Oi?

Ela voltou para a porta sem as sacolas de compras.

— Não tem ninguém aqui, Aurora.

— Mas ele estava aqui, eu juro!

A mãe olhou surpresa para ela e deu uma risada.

— Claro, minha querida. Por que eu não acreditaria em você?

Aurora não respondeu. Não sabia o que dizer. Como explicar que talvez fosse Jesus? Ou o Espírito Santo? De qualquer forma, alguém que nem todos conseguem ver.

— Ele vai voltar se for algo importante — comentou a mãe, e retornou para a cozinha.

Aurora ficou parada no hall. O cheiro, aquele cheiro adocicado, abafado, ainda estava ali.

35

— Me diga uma coisa, você não tem vida fora daqui?
Arnold Folkestad ergueu os olhos da papelada. Sorriu ao ver o homem alto encostado no batente da porta.

— Não, eu também não tenho uma vida, Harry.

— Já passou das nove da noite e você ainda está aqui.

Arnold achou graça e reuniu os papéis.

— Pelo menos estou indo para casa. Você acabou de chegar e vai ficar aqui por quanto tempo?

— Não muito. — Harry deu um passo até a cadeira de ripas de madeira e se sentou. — Eu pelo menos tenho uma mulher com quem posso passar os fins de semana.

— É mesmo? Eu tenho uma ex-mulher de quem eu posso me *livrar* nos fins de semana.

— Ah, é? Não sabia.

— Uma ex-companheira, de qualquer forma.

— Tem café? O que aconteceu?

— O café acabou. Um de nós teve a péssima ideia de fazer um pedido de casamento. Dali em diante, as coisas só desandaram. Cancelei tudo depois de os convites já terem sido enviados, e aí ela foi embora. Disse que não podia tolerar aquilo. Foi a melhor coisa que aconteceu comigo, Harry.

— Hum. — Harry esfregou os olhos com o dedo médio e o polegar.

Arnold se levantou, tirou a jaqueta do gancho na parede.

— As coisas estão difíceis para vocês lá na Sala das Caldeiras?

— Bem. Tivemos um retrocesso hoje. Valentin Gjertsen...

— Sim?

— Achamos que ele é o Serrador. Mas não foi ele quem matou os policiais.

— Tem certeza?

— Pelo menos não sozinho.

— Pode haver mais de um?

— Katrine sugeriu isso. Mas o fato é que, em 98,6 por cento dos crimes sexuais, o assassino atua sozinho.

— Consequentemente...

— Ela não desistiu. Lembrou que provavelmente foram dois assassinos que mataram a menina perto de Tryvann.

— Esse foi o caso em que as partes do corpo foram encontradas a quilômetros de distância umas das outras?

— Foi. Ela sugeriu que Valentin poderia ter um cúmplice. Que eles poderiam usar isso para confundir a polícia.

— Eles se revezariam para matar e, assim, garantiriam um álibi?

— Exatamente. E de fato isso já aconteceu. Dois estupradores, ex-prisioneiros no Michigan, atuaram juntos nos anos 1960. Eles faziam com que parecesse um caso clássico de assassinatos em série ao criar um padrão comum que eles repetiam sempre. As mortes pareciam cópias de crimes que eles já haviam cometido antes. Ambos tinham suas preferências doentias e acabaram no radar do FBI. Mas, quando um, e depois o outro, apresentou álibis incontestáveis para muitos dos homicídios, os dois naturalmente ficaram acima de qualquer suspeita.

— Espertos. Então, por que você acha que algo parecido não pode ter acontecido nesse caso?

— Noventa e oito...

— ...vírgula seis por cento. Esse modo de pensar não é um pouco limitado?

— Foram suas porcentagens sobre as causas da morte de testemunhas-chave que me fizeram descobrir que Asaiev não teve morte natural.

— Você ainda não fez nada com esse caso?

— Não. Mas esqueça isso por enquanto, Arnold. Os assassinatos dos policiais são mais importantes. — Harry encostou a cabeça na parede.

Fechou os olhos. — Nós dois pensamos de forma um pouco parecida, mas eu estou exausto. Por isso vim aqui simplesmente para perguntar se você poderia me ajudar a raciocinar um pouco.

— Eu?

— Estamos de volta à estaca zero, Arnold. E seu cérebro tem alguns neurônios que o meu claramente não tem.

Folkestad tirou o casaco outra vez, pendurou-o cuidadosamente no espaldar da cadeira e se sentou.

— Harry?

— Sim?

— Você não tem ideia de como me sinto bem agora.

Harry deu um sorriso torto.

— Ótimo. Motivo.

— Motivo. Estaca zero mesmo, hein?

— É onde estamos. Que motivo o assassino poderia ter?

— Vou ver se encontro algum café, Harry.

Harry falou durante a primeira xícara de café inteira e bebeu boa parte da segunda antes de Arnold tomar a palavra.

— Acho que o homicídio de René Kalsnes é importante porque representa a exceção, porque não se encaixa no padrão. Quer dizer, tanto se encaixa quanto não se encaixa. Não se encaixa no padrão dos assassinatos originais, com abuso sexual, sadismo e uso de arma branca. Mas se encaixa no padrão dos homicídios dos policiais porque houve agressão com objeto contundente no rosto e na cabeça.

— Continue — disse Harry, deixando a xícara na mesa.

— Eu me lembro bem do assassinato de Kalsnes — disse Arnold. — Eu estava em São Francisco fazendo um curso para policiais, hospedado num hotel onde todos recebiam *The Gayzette* na porta.

— O jornal dos gays?

— Eles publicaram esse homicídio na primeira página, classificando-o como mais um crime de ódio contra os gays. O interessante foi que nenhum dos jornais noruegueses que eu li naquele dia indicava algo sobre um crime homofóbico. Fiquei me perguntando como esse jornal americano poderia concluir isso tão categoricamente e com tanta rapidez, então resolvi ler a matéria inteira. O jornalista escreveu que o homicídio tinha todos os aspectos clássicos: um gay que, de forma provocadora, exibia sua orientação sexual para o mundo era levado de carro a um lugar distante, onde foi submetido a agressões e violência extrema. O assassino tinha uma arma de fogo, mas para ele não bastava balear Kalsnes; primeiro, precisava destruir seu rosto. Ele precisava dar vazão à homofobia ao destruir aquele rosto belo e excessivamente feminino, entendeu? Foi premeditado, planejado e é um assassinato motivado por homofobia; essa foi a conclusão do jornalista. E, sabe de uma coisa, Harry? Acho que foi uma conclusão razoável.

— Hum. Se foi um homicídio motivado por homofobia, como você diz, ele definitivamente não se encaixa no padrão dos outros. Nada indica que as outras vítimas fossem homossexuais, nem nos assassinatos originais nem entre os policiais.

— Talvez não. Mas há outra coisa interessante aqui. Você disse que o único caso em que todos os policiais mortos estiveram envolvidos de alguma forma foi justamente o homicídio de Kalsnes, não foi?

— Com tão pouca gente na área de homicídios, os investigadores quase sempre são os mesmos, Arnold, então isso não é nenhuma coincidência.

— Mesmo assim, tenho a sensação de que isso é importante.

— Você está viajando.

O homem de barba ruiva fez uma cara de injustiçado.

— Eu disse algo errado?

— Você disse "tenho a sensação". Ainda não chegamos ao ponto em que nossas sensações se tornam uma hipótese.

— Pouca gente chega a esse ponto, né?

— Sim, pouca gente. Continue, mas não se empolgue, ok?

— Você que manda. Mas talvez eu possa dizer que tenho a sensação de que você concorda comigo?

— Talvez.

— Então me arrisco a dizer que vocês devem concentrar todos os recursos em descobrir quem matou o homossexual. O pior que pode acontecer é vocês resolverem pelo menos um caso. Na melhor das hipóteses, vocês solucionam os assassinatos dos policiais também.

— Pode ser. — Harry esvaziou a xícara e se levantou. — Muito obrigado, Arnold.

— Eu que agradeço. Policiais exonerados como eu ficam felizes apenas por serem ouvidos, sabe. Por falar em exoneração, encontrei Silje Gravseng na recepção hoje. Ela estava lá para entregar o cartão de acesso. Parece que ela foi... sei lá, alguma coisa.

— Representante de sala.

— Isso. De qualquer forma, ela perguntou por você. Eu não falei nada. Então ela disse que você era uma fraude. Que seu chefe tinha contado a ela que não é verdade que você resolveu cem por cento dos seus casos. Gusto Hanssen, ela disse. É verdade?

— Hum. De certa forma.

— De certa forma? O que isso significa?

— Que eu investiguei o caso mas nunca cheguei a prender ninguém. Como ela estava?

Arnold Folkestad semicerrou um dos olhos e fitou Harry como se estivesse apontando a mira de uma arma para ele, procurando algo em seu rosto.

— Sei lá. Silje Gravseng é uma menina curiosa, afinal. Ela me convidou para praticar tiro em Økern. Assim do nada.

— Hum. E o que você disse?

— Eu dei a desculpa do meu problema de vista e das tremedeiras, e é verdade. O alvo deve estar a meio metro de distância para que eu tenha alguma chance de acertá-lo. Ela acabou aceitando isso, mas depois fiquei me perguntando... O que ela pretende fazer com prática de tiro agora que não precisa mais passar no teste?

— Bem... Algumas pessoas simplesmente gostam de atirar por atirar.

— O problema é delas — disse Arnold e se levantou. — Mas ela parecia bem, sim.

Harry observou o colega sair mancando. Pensou duas vezes antes de procurar o número de telefone da delegada de Nedre Eiker e ligar para ela. Depois, ficou ruminando as informações que ela lhe passara. Tinha certeza de que Bertil Nilsen não havia participado da investigação do caso René Kalsnes em Drammen, o município vizinho.

No entanto, ele estivera de plantão quando receberam a chamada sobre um carro dentro do rio, perto de Eikersaga, e ele foi verificar, já que não estava claro se o veículo se encontrava dentro dos limites do município ou não. Ela também contou que a polícia de Drammen e a Kripos tinham dado uma bronca neles por Nilsen ter passado de carro pelo chão molhado, onde eles poderiam ter encontrado boas marcas de pneus.

— Portanto é possível dizer que ele teve um efeito indireto sobre a investigação — dissera ela.

Eram quase dez horas da noite, e o sol já havia se posto fazia algum tempo atrás da colina verdejante a oeste quando Ståle Aune estacionou o carro na garagem e percorreu o caminho de cascalho até a casa. Notou que não havia luz acesa nem na cozinha nem na sala. Nada fora do comum; às vezes ela ia para cama cedo.

Ele sentiu o peso do próprio corpo sobre as articulações dos joelhos. Meu Deus, como estava cansado. Tinha sido um dia longo, mas mesmo assim ele torcia para que ela estivesse acordada. Eles poderiam conversar um pouco. E ele poderia se acalmar. Ståle havia seguido a sugestão de Harry e entrara em contato com um colega, que o recebera em sua casa. Havia contado sobre o ataque. Que ele teve certeza de que iria morrer. Tinha feito tudo isso; agora era só dormir. Era só *conseguir* dormir.

Ele destrancou a porta da frente. Viu o casaco de Aurora pendurado no gancho. Mais um casaco novo. Nossa, como a menina crescia. Tirou os sapatos com chutes. Endireitou-se e escutou o silêncio da casa. Não conseguiu identificar o que era, mas parecia que estava mais silencioso do que de costume. Estava faltando um som; evidentemente um som que ele não notava quando estava ali.

Ele subiu a escada até o andar de cima. Mais devagar a cada degrau, como uma lambreta subindo uma ladeira. Precisava começar a fazer exercícios físicos, perder uns dez quilos, por aí. Era bom para o sono, bom para o bem-estar, bom para os longos dias de trabalho, para a expectativa de vida, para a vida sexual, para a autoestima. Em suma, era bom. Mas duvidava de que fosse fazer isso.

Ele passou pelo quarto de Aurora com passos pesados.

Parou, hesitou um pouco. Voltou. Abriu a porta.

Só queria vê-la dormindo, como costumava fazer antes. Logo não seria mais tão natural fazer isso; ele já percebera que ela havia ficado mais consciente desse tipo de coisa, da privacidade. Não que ela não pudesse ficar nua em sua presença, mas ela não desfilava mais tão à vontade por aí. E, quando ele percebeu que isso tinha parado de ser natural para ela, isso também passou a não ser natural para ele. No entanto, ele queria ver sua filha dormir tranquila, segura, protegida de tudo aquilo que ele tinha encontrado lá fora hoje.

Mas ele se conteve. Ia vê-la amanhã no café da manhã.

Ståle suspirou, fechou a porta e entrou no banheiro. Escovou os dentes, lavou o rosto. Despiu-se e levou a roupa para o quarto, onde a colocou sobre a cadeira. Estava prestes a se deitar na cama quando estranhou aquilo outra vez. O silêncio. O que estava faltando? O zumbido da geladeira? O sussurro de uma janela que costumava ficar aberta?

Ele percebeu que não aguentava mais pensar nisso e se enfiou embaixo do edredom. Viu os tufos do cabelo de Ingrid despontarem do cobertor. Fez menção de estender a mão até ela, de acariciar seu cabelo, suas costas, sentir que ela estava ali. Mas a esposa tinha o sono muito leve e detestava ser acordada, ele sabia disso. Esteve a ponto de fechar os olhos, mas mudou de ideia.

— Ingrid?

Nenhuma resposta.

— Ingrid?

Silêncio.

Poderia deixar isso para depois. Ele fechou os olhos outra vez.

— O que houve?

Ele sentiu que ela tinha se virado para ele.

— Nada — murmurou ele. — É só... esse caso...

— Então diga que não quer.

— Alguém tem que fazer isso. — Soou como o clichê que era.

— Então eles não vão encontrar ninguém melhor do que você.

Ståle abriu os olhos. Olhou para ela, acariciou a bochecha quente, redonda. Às vezes — não, mais do que isso —, ninguém no mundo era melhor do que ela.

Ståle Aune fechou os olhos. E ele veio. O sono. A perda da consciência. Os *verdadeiros* pesadelos.

36

O sol da manhã se refletia nos telhados das casas, ainda molhados depois da pancada de chuva.

Mikael Bellman apertou a campainha e olhou em volta.

Jardim muito bem-cuidado. Deveria ser o tipo de coisa que um aposentado tinha tempo de fazer.

A porta se abriu.

— Mikael! Que prazer.

Ele parecia mais velho. O mesmo olhar azul penetrante, porém... bem, mais velho.

— Entre.

Mikael esfregou as solas molhadas dos sapatos no capacho e entrou. Havia algum cheiro na casa que lhe lembrava sua infância, mas ele não conseguia isolar o odor e identificá-lo.

Eles se acomodaram na sala.

— Você está sozinho — observou Mikael.

— Minha mulher está na casa do meu filho mais velho. Precisavam da ajuda da avó, e é fácil persuadi-la. — Ele abriu um largo sorriso. — Na verdade, pensei em entrar em contato com você. O Conselho Municipal não tomou nenhuma decisão, mas acho que sabemos o que eles querem, e seria bom se a gente se reunisse o quanto antes para ver como faremos isso. Estou me referindo à divisão do trabalho e esse tipo de coisa.

— Tem razão — disse Mikael. — Talvez você possa fazer um café?

— Perdão? — As sobrancelhas espessas se ergueram na testa do homem mais velho.

— Se vamos ficar aqui por algum tempo, uma xícara de café seria uma boa, não?

O homem estudou Mikael.

— Sim, claro. Vamos, podemos sentar na cozinha.

Mikael o seguiu. Passou pelo emaranhado de fotos de família que ocupavam mesas e armários. Elas o lembraram das barricadas na praia no Dia D. Eram uma defesa inútil contra ataques externos.

A cozinha tinha passado por uma tentativa pouco convincente de modernização; parecia um meio-termo entre a insistência da nora no que diz respeito aos requisitos mínimos a serem preenchidos por uma cozinha nova e o desejo dos sogros, os moradores, de trocar apenas a geladeira com defeito.

Enquanto o velho pegava um pacote de café em um armário com porta de vidro fosco, tirava o elástico e dosava a quantidade de pó com uma colher medidora amarela, Mikael Bellman se sentou, colocou o gravador na mesa e apertou o play. A voz de Truls soou metálica e fina.

— "Embora tenhamos razões para suspeitar de que a mulher seja prostituta, seu filho pode muito bem ter emprestado o carro a alguém. Afinal, não conseguimos nenhuma foto do motorista."

A voz do ex-chefe de polícia soou mais distante, mas não havia ruído ao fundo, portanto era fácil discernir as palavras.

— "Então vocês nem têm fundamento para abrir um processo. Vocês devem simplesmente esquecer isso aí."

Mikael viu o pó de café ser derramado da colher dosadora quando o velho estremeceu e ficou paralisado, como se alguém tivesse encostado o cano de uma arma em suas costas.

A voz de Truls:

— "Muito obrigado, vamos seguir seu conselho."

— "Berentzen, da Divisão contra o Crime Organizado, foi o que você disse?"

— "Correto."

— "Obrigado, Berentzen. Vocês fazem um bom trabalho."

Mikael apertou o stop.

O velho se virou devagar. Estava com o rosto pálido. Acinzentado, pensou Mikael Bellman. Uma coloração apropriada para aqueles que são declarados mortos. A boca do homem se moveu algumas vezes.

— O que você quer dizer é "o que é isso?" — disse Mikael. — E a resposta é que isso é o ex-chefe de polícia pressionando um funcionário público para impedir que seu filho se torne alvo da mesma investigação e do mesmo processo legal que outros cidadãos deste país.

A voz do velho soou como o vento do deserto.

— Ele nem esteve lá. Conversei com Sondre. O carro está no mecânico desde janeiro porque o motor pegou fogo. É *impossível* ele ter estado lá.

— E isso não é um pouco vergonhoso? — observou Mikael. — Você nem precisava salvar o seu filho, mas agora a imprensa e o Conselho Municipal saberão que você tentou corromper um agente da polícia.

— Não há nenhuma imagem do carro nem da prostituta, né?

— Pelo menos, não mais. Afinal, você ordenou a destruição das provas. E, quem sabe, talvez as imagens tenham sido feitas antes de janeiro? — Mikael sorriu. Não quis sorrir, mas não resistiu.

A cor voltou às faces do velho, juntamente com a voz.

— Você não tem a ilusão de que vai escapar impune dessa, Bellman?

— Não sei. Só sei que o Conselho Municipal não quer ter um homem comprovadamente corrupto atuando como chefe de polícia.

— O que você quer, Bellman?

— Pergunte antes a si mesmo o que *você* quer. Uma vida de paz e tranquilidade com a reputação de um policial bom e honesto? Sim? Você vai ver que não somos tão diferentes, pois é exatamente a mesma coisa que eu quero. Quero exercer meu cargo como chefe de polícia com paz e tranquilidade. Quero solucionar o caso dos assassinatos dos policiais sem que a maldita secretária municipal de Assuntos Sociais estrague isso, e depois quero ter a reputação de um bom policial. Então, como nós dois podemos obter isso?

Bellman esperou até ter certeza de que o velho tinha se recomposto o suficiente para acompanhar seu raciocínio.

— Quero que você explique ao Conselho Municipal que você se inteirou do caso e que está tão impressionado com o profissionalismo com que está sendo conduzido que não vê nenhum motivo para entrar em cena e assumir o controle. Pelo contrário, você acha que isso reduziria as chances de se encontrar uma solução. No entanto, é preciso questionar o discernimento da secretária municipal nesse caso. Afinal, ela deveria saber que o trabalho da polícia precisa ser metódico e de longo prazo, mas temos a impressão de que ela entrou em pânico. Aliás, estamos todos sob pressão nesse caso, e o que se deve exigir de líderes políticos e profissionais é que não percam a cabeça nas situações em que mais precisam dela. Portanto, você deve reforçar que o chefe de polícia atual é quem tem condições de continuar seu trabalho sem interferências, já que, a seu ver, é isso que nos dá maiores chances de um resultado satisfatório.

Bellman tirou um envelope do bolso interno e o passou sobre a mesa.

— Em resumo, é isso que está escrito nesta carta dirigida ao presidente do Conselho Municipal. Você pode simplesmente assinar e enviá-la. Como vê, já está até com selo. Aliás, esta gravação vai ser sua assim que eu receber uma resposta positiva do Conselho Municipal. — Bellman fez um gesto em direção ao bule. — Como é, alguma chance de sair aquele café?

Harry tomou um gole do café e contemplou o panorama de sua cidade.

O refeitório da sede da polícia ficava no último andar e tinha vista para Ekeberg, o fiorde e o novo bairro que estava surgindo em Bjørvika. Mas ele primeiro procurou os antigos pontos de referência. Quantas vezes tinha ficado ali na hora do almoço, tentando ver os casos sob ângulos diferentes, com outros olhos, sob uma nova perspectiva, enquanto o desejo intenso por um cigarro e por uma bebida o atormentava, e ele dizia a si mesmo que não poderia sair para fumar aquele cigarro no terraço sem antes ter pelo menos uma nova hipótese que pudesse ser testada.

Ele sentiu saudades disso, pensou.

Uma hipótese. Que não seja apenas uma especulação, mas que tenha base em algo que pode ser testado.

Levantou a xícara de café. Baixou-a novamente. Nenhum novo gole antes de o cérebro ter captado alguma coisa. Motivo. Eles já deram murro em ponta de faca por tanto tempo que talvez fosse a hora de procurar algo em outro lugar. Um lugar onde havia luz.

Uma cadeira arranhou o chão. Harry ergueu os olhos. Bjørn Holm. Ele colocou a xícara de café na mesa sem que transbordasse, tirou o gorro rastafári e bagunçou o cabelo ruivo. Distraído, Harry observou o movimento. Será que era para arejar o couro cabeludo? Ou para evitar o conhecido visual de cabelo-grudado-na-cabeça que a geração dele tanto temia, mas que a de Oleg parecia gostar? Fios de cabelo da franja colados a uma testa suada sobre óculos de tartaruga. O típico nerd, o punheteiro da internet, o jovem da grande cidade que abraça a imagem de fracassado, o falso papel de excluído. O homem que eles estavam procurando seria assim? Ou será que era um rapaz do campo, com bochechas vermelhas, calça jeans azul-clara, calçados práticos, cabelo cortado no salão mais barato, um daqueles caras educados, cheios de boa vontade, do qual ninguém tinha o que falar? Hipóteses que não podiam ser testadas. Nenhum gole de café.

— Então? — disse Bjørn, e se deu ao luxo de tomar um gole grande.

— Então... — começou Harry. Ele nunca tinha perguntado a Bjørn por que um cara do interior usava um gorro rastafári e não um chapéu de caubói. — Acho que a gente deve analisar mais de perto o homicídio de René Kalsnes. E devemos esquecer o motivo, só olhar para os fatos periciais. Temos a bala que o matou. Nove milímetros. O calibre mais comum do mundo. Quem usa isso?

— Todos. Absolutamente todos. Até a gente.

— Hum. Você sabia que, em tempos de paz, os policiais são responsáveis por quatro por cento de todos os homicídios do mundo? No Terceiro Mundo, esse número aumenta para nove por cento. E isso nos torna a classe profissional mais letal do mundo?

— Nossa — disse Bjørn.

— Ele está brincando — interveio Katrine. Ela puxou uma cadeira até a mesa e colocou uma caneca grande e fumegante de chá diante de si. — Em 72 por cento dos casos em que as pessoas citam estatísticas, trata-se de algo que elas inventaram na hora.

Harry riu.

— Isso tem graça? — perguntou Bjørn.
— É uma piada — disse Harry.
— Como assim? — disse Bjørn.
— Pergunte a ela.

Bjørn olhou para Katrine. Ela sorriu enquanto mexia o chá.

— Não entendi a piada! — exclamou Bjørn, olhando para Harry com ar recriminador.

— Ela acabou de inventar a história dos 72 por cento, não foi?

Bjørn meneou a cabeça, ainda sem compreender.

— Como um paradoxo — disse Harry. — Como o grego que diz que todos os gregos mentem.

— Mas isso não significa que não seja verdade — disse Katrine. — A coisa dos 72 por cento, quero dizer. Então, você acha que o assassino é policial, Harry?

— Eu não disse isso. — Harry riu e entrelaçou as mãos na parte de trás da cabeça. — Só disse...

Ele parou. Sentiu os pelos da nuca se arrepiarem. Os bons e velhos pelos da nuca. A hipótese. Ele olhou para a xícara de café. Ele realmente estava com vontade de tomar aquele gole agora.

— Policial — repetiu ele, ergueu o olhar e descobriu que os outros dois estavam com os olhos fixos nele. — René Kalsnes foi morto por um policial.

— O quê? — disse Katrine.

— Essa é a nossa hipótese. Era uma bala de 9 milímetros, a mesma que se usa nas pistolas de serviço da polícia. Foi encontrado um cassetete não muito longe do local do crime. Também é o único dos assassinatos originais que possui semelhanças diretas com os homicídios dos policiais. Os rostos foram golpeados. A maioria dos assassinatos originais tinham motivação sexual, mas esse foi um crime de ódio. Por que as pessoas sentem ódio?

— Agora você voltou ao motivo, Harry — protestou Bjørn.

— Depressa, por quê?

— Inveja — respondeu Katrine. — Vingança por ter sido humilhado, rejeitado, desprezado, ridicularizado, porque lhe tiraram a esposa, os filhos, o irmão, a irmã, a perspectiva de um futuro, o orgulho...

— Pode parar aí — interrompeu Harry. — Nossa hipótese é que o assassino é alguém ligado à polícia. E com isso como ponto de partida, precisamos desenterrar o caso René Kalsnes e descobrir quem matou ele.

— Tudo bem — concordou Katrine. — Mas, mesmo que haja alguns indícios, não está muito claro para mim por que de repente ficou tão evidente que estamos procurando um policial.

— Alguém pode me dar uma hipótese melhor? Vou fazer a contagem regressiva de cinco, quatro...

Bjørn gemeu.

— Não vamos por esse caminho, Harry.

— O quê?

— Se o restante da sede ficar sabendo que a gente está partindo para uma caça aos nossos próprios colegas...

— Vamos ter que aturar isso — completou Harry. — Nesse momento estamos sem nada e precisamos começar de algum lugar. Na pior das hipóteses, vamos solucionar um velho caso de homicídio. Na melhor das hipóteses, vamos encontrar...

Katrine terminou a frase para ele:

— ... aquele que matou Beate.

Bjørn mordeu o lábio inferior. Finalmente deu de ombros e fez um gesto para dizer que estava dentro.

— Muito bem — disse Harry. — Katrine, você vai conferir os registros das armas de serviço que foram perdidas ou roubadas e verificar se René tinha contato com alguém da polícia. Bjørn, você examina o material da perícia técnica à luz da nova hipótese e vê se algo novo surge disso.

Bjørn e Katrine se levantaram.

Harry acompanhou os dois com o olhar enquanto atravessavam o refeitório rumo à porta. Viu alguns policiais que faziam parte da equipe principal de investigação trocarem olhares em uma mesa. Um deles disse algo, e todos desataram a rir.

Harry fechou os olhos e refletiu. Procurando algo. O que poderia ser, o que tinha acontecido? Fez a mesma pergunta que Katrine fizera: por que de repente ficou tão óbvio que eles deveriam procurar um policial? Pois havia alguma coisa. Ele se concentrou, afastou todos os outros pensamentos; sabia que era como um sonho, ele precisava se apressar antes de aquilo sumir. Lentamente, mergulhou dentro de si, um mergulhador em águas profundas sem nenhuma lanterna, que precisa tatear na escuridão do subconsciente. Captou algo, apalpou aquilo. Tinha a ver com aquela piada de Katrine. Metalinguagem. Autocrítica. Será que o assassino fazia referências a si mesmo? Aquilo escapou, e no mesmo momento ele foi impelido para cima, de volta à luz. Abriu os olhos e os sons voltaram. O tilintar de pratos, conversas, risadas. Merda, merda. Ele quase havia conseguido, mas agora já era tarde. Ele só sabia que aquela piada indicava algo, que ela havia funcionado como um catalisador de algo que estava bem no fundo de sua mente. Uma coisa que ele não captaria agora, mas ele torcia para que viesse à tona sozinha. De qualquer forma, agora tinham alguma coisa, um rumo, um ponto de partida. Uma hipótese que poderia ser testada. Harry tomou um gole profundo da xícara, se levantou e foi em direção ao terraço para fumar aquele cigarro.

Duas caixas de plástico foram entregues a Bjørn Holm no balcão da Sala de Evidências, e ele assinou o controle de inventário.

Pegou as caixas e foi até o Departamento de Perícia Técnica em Bryn. Lá, começou pela caixa do assassinato original.

A primeira coisa que chamou sua atenção foi o projétil encontrado na cabeça de René. Em primeiro lugar, o fato de ele estar tão deformado depois de ter passado por carne, cartilagem e osso — que, afinal, são materiais relativamente macios e flexíveis. Em segundo lugar, o fato de o projétil não estar mais oxidado depois de anos nessa caixa. O tempo não deixava marcas muito evidentes no chumbo, mas ele achou que essa bala parecia estranhamente nova.

Bjørn folheou as fotos do morto na cena do crime. Parou num close da lateral do rosto com o orifício de entrada da bala, o osso zigomático fraturado projetando-se da pele. Havia uma mancha preta no osso branco reluzente. Ele pegou uma lupa. Poderia parecer uma cavidade, como num dente, mas ninguém tem cáries pretas no osso zigomático.

Uma mancha de óleo do carro esmagado? Um pedaço de uma folha podre ou lama seca do rio? Ele pegou o laudo da necropsia.

Encontrou o que buscava.

Uma pequena quantidade de tinta preta no osso zigomático. Origem desconhecida.

Tinta no osso zigomático. Os patologistas forenses geralmente não relatavam mais do que poderiam comprovar; de preferência escreviam até menos.

Bjørn folheou as imagens até encontrar o carro. Vermelho. Logo, não era tinta automotiva.

Bjørn gritou de onde estava sentado:

— Kim Erik!

Seis segundos depois, uma cabeça surgiu no vão da porta.

— Você me chamou?

— Chamei, sim. Você fez parte da equipe de perícia do homicídio de Mittet em Drammen. Vocês encontraram alguma tinta preta?

— Tinta?

— Algo que poderia ser de uma arma contundente se você desse um golpe assim... — Bjørn fez uma demonstração, levantando e baixando a mão fechada como se estivesse em um duelo de pedra, papel e tesoura. — A pele rasga, o osso malar quebra e fica protuberante, mas você continua golpeando as extremidades pontudas do osso, e a tinta da arma se solta.

— Não.

— Ok, obrigado.

Bjørn Holm ergueu a tampa da outra caixa, aquela com o material do caso Mittet, mas percebeu que o jovem perito criminal ainda estava na porta.

— O que foi? — disse Bjørn sem erguer os olhos.

— Era azul-marinho.

— O que era azul-marinho?

— A tinta. E não estava no osso zigomático. Estava no maxilar, na fratura. Analisamos a tinta. É muito comum, usada em ferramentas de ferro. Tem boa aderência e inibe a ferrugem.

— Alguma sugestão sobre que ferramenta poderia ser?

Bjørn viu Kim Erik quase crescer ali na porta. Ele o havia treinado pessoalmente, e agora o mestre perguntava ao aprendiz se ele tinha "alguma sugestão".

— Impossível dizer. É usada em qualquer coisa.

— Ok, era só isso.

— Mas tenho uma sugestão.

Bjørn olhou para o colega, que estava prestes a estourar de tanta vontade de falar. Ele ia longe, o garoto.

— Pode falar.

— Um macaco. Afinal, todos os carros têm um macaco, mas não havia nenhum no porta-malas.

Bjørn fez um gesto de compreensão. Quase não conseguiu dizer a verdade.

— O carro era um Volkswagen Sharan, modelo 2010, Kim Erik. Se você pesquisar, vai ver que é um dos poucos carros que de fato não vêm com um macaco.

— Ah. — O rosto do jovem murchou feito uma bola furada.

— Mas obrigado pela ajuda, Kim Erik.

Com certeza, ele ia longe. Mas só dali a alguns anos, claro.

Bjørn examinou sistematicamente a caixa de Mittet.

Não havia mais nada de estranho nela.

Ele pôs a tampa e foi até o escritório no final do corredor. Bateu na porta aberta. Primeiro, piscou um pouco confuso para a cabeça calva, antes de se dar conta de que era Roar Midtstuen quem estava sentado ali — o perito criminal mais velho e mais experiente de todos. A princípio, Midtstuen não aceitou muito bem a ideia de ter um chefe não apenas mais jovem que ele, mas também uma mulher. No entanto, isso passou conforme ele começou a perceber que Beate Lønn foi uma das melhores coisas que haviam acontecido naquele departamento.

Ele acabara de retornar ao trabalho depois de alguns meses de licença por causa da morte da filha, que tinha sido atropelada por um carro. Ela estava voltando de uma escalada a leste da cidade. Ela e a bicicleta foram encontradas na valeta, mas o motorista desapareceu.

— E aí, Midtstuen?

— E aí, Holm? — Midtstuen girou na cadeira, ergueu e baixou os ombros. Sorriu, tentando demonstrar um ânimo que ele ainda não tinha. Bjørn quase não havia reconhecido o rosto redondo e inchado que retornara ao trabalho. Pelo visto, era um efeito colateral comum dos antidepressivos.

— Os cassetetes da polícia sempre foram pretos?

Como peritos criminais, eles estavam acostumados a perguntas bizarras sobre pequenos detalhes, por isso Midtstuen nem pestanejou.

— Sempre foram de cor escura. — Assim como Bjørn Holm, Midtstuen tinha crescido em Østre Toten, mas só quando os dois conversavam era que os vestígios do sotaque da infância vinham à tona. — Mas pelo que me lembro eles foram azuis em algum momento dos anos 1990. Coisa irritante.

— O quê?

— A gente sempre fica trocando de cor, não conseguimos manter um padrão. Primeiro, as viaturas são brancas e pretas, aí são brancas com listras vermelhas e azuis, e agora são brancas com listras pretas e amarelas. Essa oscilação enfraquece a marca. Por exemplo, no caso daquelas fitas de isolamento em Drammen.

— Que fitas de isolamento?

— Kim Erik estava na cena do crime de Mittet. Lá ele encontrou pedaços de algumas fitas de isolamento da polícia e achou que deveriam ser do outro homicídio cometido naquele local. Ele... Mittet e eu trabalhamos naquele caso, mas eu sempre esqueço o nome do gay...

— René Kalsnes.

— Mas os novatos como Kim Erik não lembram que as fitas de isolamento da polícia naquela época eram brancas e azul-claras. — Midtstuen se apressou a acrescentar, como se tivesse medo de ter dito algo que não deveria. — Mas Kim Erik tem futuro.

— Eu também acho.

— Bom. — A mandíbula de Midtstuen trabalhou enquanto ele mastigava. — Então estamos de acordo.

Bjørn ligou para Katrine assim que retornou ao seu escritório e pediu a ela que passasse no segundo andar da delegacia, raspasse um pouco de tinta dos cassetetes e enviasse a amostra para Bryn.

Mais tarde, Bjørn ficou pensando que tinha ido automaticamente ao escritório no final do corredor, aonde sempre ia buscar respostas. Que ele estivera tão absorto no trabalho que simplesmente havia esquecido que ela não estava mais lá. Que Midtstuen tinha assumido a Perícia Técnica. E, por um breve segundo, pensou que conseguia entender o novo chefe, que conseguia compreender o quanto a ausência de outra pessoa era capaz de sugar o seu âmago, de impossibilitar qualquer atitude, de tornar até o ato de se levantar da cama de manhã algo sem sentido. Ele afastou aquilo. Afastou a imagem do rosto redondo e inchado de Midtstuen. Pois ele tinha a sensação de que haviam encontrado alguma coisa agora.

Harry, Katrine e Bjørn estavam no terraço da Ópera, olhando para as ilhas de Hovedøya e Gressholmen.

A sugestão tinha sido de Harry; ele achou que estavam precisando de ar fresco. Era uma noite amena e nublada; os turistas já haviam debandado fazia tempo, e o terraço de mármore era todo deles. Ele formava uma rampa para dentro das águas do fiorde de Oslo, as quais refletiam as luzes vindas da colina de Ekeberg, do edifício Havnelageret e do ferryboat que estava atracado no cais de Vippetangen e que seguiria para a Dinamarca.

— Analisei mais uma vez todos os assassinatos de policiais — disse Bjørn. — E, além de Mittet, foram encontradas pequenas quantidades de tinta em Vennesla e em Nilsen. É um tipo de tinta que se usa em muitas coisas, incluindo os cassetetes da polícia.

— Muito bem, Bjørn — disse Harry.

— E também temos aqueles restos de fita de isolamento encontrados no local do assassinato de Mittet. Não poderiam ser do homicídio de Kalsnes, eles não usavam aquele tipo de fita na época.

— Eram fitas de isolamento do dia anterior — disse Harry. — O assassino ligou para Mittet e pediu a ele que fosse até o local. Então, ao chegar e ver a fita de isolamento da polícia, Mittet não suspeitou de nada. Talvez o assassino até estivesse usando seu uniforme de policial.

— Merda — esbravejou Katrine. — Passei o dia inteiro conferindo se há alguma ligação entre Kalsnes e os funcionários da polícia e não encontrei nada. Mas tenho certeza de que há alguma coisa aí.

Ela olhou entusiasmada para Harry, que acendeu um cigarro.

— Então, o que a gente faz agora? — perguntou Bjørn.

— Agora vamos apreender as armas de serviço para fazer um exame balístico e ver se uma delas bate com o nosso projétil — respondeu Harry.

— Que armas de serviço?

— Todas.

Eles olharam mudos para Harry.

Katrine perguntou primeiro.

— O que você quer dizer com "todas"?

— Todas as armas de serviço da polícia. Primeiro em Oslo, depois na região leste e, se necessário, no país inteiro.

Nova pausa enquanto uma gaivota soltava um grito rouco na escuridão do céu.

— Você está brincando? — perguntou Bjørn.

O cigarro fez um leve movimento nos lábios de Harry quando ele respondeu.

— Não.

— Isso não é viável, esqueça — objetou Bjørn. — As pessoas acham que demora cinco minutinhos para fazer um exame balístico de uma arma porque é assim que aparece no *CSI*. Até alguns policiais acham isso. O fato é que analisar uma arma demora quase um dia inteiro. Todas? Apenas no distrito policial de Oslo temos... quantos policiais?

— Mil oitocentos e setenta e dois — disse Katrine.

Eles olharam para ela.

Ela deu de ombros.

— Li isso no relatório anual do distrito policial de Oslo.

Eles continuaram olhando para ela.

— A TV não estava funcionando, e eu não consegui dormir, ok?

— De qualquer forma, não temos os recursos. Não é viável.

— O mais importante de tudo é o que você disse sobre os policiais acharem que o teste balístico demora cinco minutinhos — insistiu Harry, soprando a fumaça do cigarro em direção ao céu noturno.

— Ah, é?

— Eles acham que uma operação desse tipo é possível. O que acontece quando o assassino fica sabendo que sua arma de serviço vai ser analisada?

— Seu filho da mãe esperto! — exclamou Katrine.

— O quê? — perguntou Bjørn.

— Ele vai se apressar a notificar a perda ou o roubo da arma — respondeu Katrine.

— E é a partir daí que vamos procurá-la — disse Harry. — Mas pode ser que ele tenha se precavido, por isso vamos começar por obter uma lista das armas de serviço que já foram registradas como perdidas ou roubadas depois do homicídio de Kalsnes.

— Há um problema aqui — disse Katrine.

— Sim — concordou Harry. — Será que o chefe de polícia vai aceitar emitir uma ordem desse tipo? Na prática, isso vai lançar suspeitas sobre todos os policiais. É óbvio que ele vai imaginar as manchetes dos jornais. — Harry desenhou um retângulo no ar com o polegar e o indicador. — "CHEFE DE POLÍCIA SUSPEITA DOS PRÓPRIOS AGENTES." "O COMANDO DA POLÍCIA ESTÁ PERDENDO O CONTROLE?"

— Não parece muito provável — observou Katrine.

— Bem, você pode dizer o que quiser sobre Bellman, mas ele certamente não é bobo e sabe o que é melhor para ele. Precisamos mostrar a ele as probabilidades de o assassino ser um policial e garantir que vamos pegá-lo mais cedo ou mais tarde, com a colaboração dele ou não. Bellman sabe que vai ser ruim para a imagem dele se ficar evidente que, por pura covardia, ele atrasou a solução do caso. Então precisamos explicar a ele que investigar seus próprios agentes mostra a todos que a polícia está disposta a fazer de tudo nesse caso, independentemente da podridão que porventura venha à tona. Isso demonstra coragem, liderança, sabedoria, todas aquelas coisas.

— E você acha que *você* será capaz de convencê-lo disso? — resmungou Katrine. — Se não me engano, Harry Hole está na lista negra do chefe de polícia.

Harry fez que não com a cabeça e apagou o cigarro.

— Deixei essa missão com Gunnar Hagen.

— E quando isso vai acontecer? — perguntou Bjørn.

— Está acontecendo agora — respondeu Harry, olhando para o cigarro. Já estava quase no filtro. Teve vontade de jogá-lo fora, de ver as faíscas percorrendo a trajetória curva na escuridão, batendo na rampa de mármore cintilante até alcançar a água negra e se apagar imediatamente. O que o impedia? A ideia de que poluiria a cidade ou a censura dos espectadores? O próprio ato ou a punição? O russo que ele matou no Come As You Are foi um caso simples, tinha sido legítima defesa; era o russo ou ele. Mas o assassinato não solucionado de Gusto Hanssen... Aquilo tinha sido uma escolha. E mesmo assim, entre todos os fantasmas que o visitavam com regularidade, ele nunca vira o jovem de beleza afeminada e dentes de vampiro. Caso não solucionado, que bobagem.

Harry deu um peteleco no cigarro. O fumo incandescente voou pela escuridão e desapareceu.

37

A luz da manhã era filtrada pelas persianas das janelas surpreendentemente pequenas da Prefeitura de Oslo, onde o presidente do Conselho Municipal tossiu, anunciando o início da reunião.

Em torno da mesa estavam os nove secretários municipais, cada um responsável por uma área, além do ex-chefe de polícia, que fora convocado para dar uma breve orientação sobre como enfrentaria o caso dos homicídios de policiais. As formalidades levaram apenas alguns segundos, com poucas palavras e gestos de assentimento devidamente registrados pelo secretário responsável pela ata.

O presidente então abordou o assunto do dia.

O ex-chefe de polícia ergueu os olhos, captou um gesto encorajador de Isabelle Skøyen e começou:

— Muito obrigado, senhor presidente. Serei breve e não tomarei muito do tempo do Conselho Municipal.

Ele olhou de relance para Skøyen, que pareceu menos entusiasmada com essa introdução pouco promissora.

— Analisei o caso conforme solicitado. Inteirei-me do trabalho da polícia, de seu progresso e gestão, da estratégia desenvolvida e de sua implementação. Ou, para usar as próprias palavras da secretária municipal Skøyen, das estratégias que poderiam ser traçadas, mas certamente não foram implementadas.

A risada de Isabelle Skøyen soou alta e presunçosa, mas logo foi abreviada, talvez por ela descobrir que era a única na sala que estava rindo.

— Usei toda minha competência e longa experiência e cheguei a uma conclusão clara sobre o que deve ser feito.

Ele viu Skøyen fazer um gesto de aprovação; o cintilar de seus olhos a fez parecer um animal. Ele só não conseguiu lembrar qual.

— A solução de um crime específico não indica necessariamente que a polícia é bem-gerenciada. Da mesma forma que a falta de solução não necessariamente indica uma má gestão. Depois de analisar o que a gestão atual e Mikael Bellman em especial fizeram, concluí que eu não teria feito nada diferente. Ou, para me expressar com mais clareza, acho que eu não teria conseguido fazer melhor.

Ele notou que Skøyen estava boquiaberta e, para sua própria surpresa, sentiu certa satisfação sádica ao continuar.

— As técnicas de investigação estão evoluindo, assim como tudo na sociedade, e, pelo que vejo, Bellman e seu pessoal dominam os novos métodos e as inovações tecnológicas de uma maneira que eu e meus contemporâneos provavelmente não teríamos conseguido. Ele tem a total confiança de seu pessoal, é um motivador brilhante e gerencia o trabalho de uma forma que os colegas nos outros países escandinavos consideram exemplar. Não sei se a secretária municipal Skøyen ouviu falar disso, mas Mikael Bellman acaba de ser convidado para dar uma palestra na conferência anual da Interpol, em Lyon, sobre investigação e gestão, com base justamente nesse caso em particular. Skøyen deu a entender que Bellman não estava à altura do cargo, e devo admitir que ele é jovem, sim, para o cargo que exerce. No entanto, ele não é apenas um homem do futuro. É um homem do presente. Em suma, Bellman é exatamente o homem de que vocês precisam nessa situação, senhor presidente do Conselho Municipal. E isso torna minha presença desnecessária. Essa é minha expressa conclusão.

O ex-chefe de polícia se aprumou, juntou as duas folhas com anotações que estavam à sua frente e fechou o primeiro botão do paletó — um paletó folgado de tweed, criteriosamente escolhido, do tipo que os aposentados usam. Arrastou a cadeira para trás, como se precisasse de espaço para se levantar. Viu que Skøyen estava boquiaberta, olhando para ele com uma expressão incrédula. Ele esperou até ouvir o presidente do Conselho Municipal tomar fôlego para dizer algo antes de começar o último ato. O encerramento. A punhalada final.

— E, senhor presidente, se me permitir acrescentar algo, já que isso também diz respeito à competência e capacidade de liderança do Conselho Municipal em casos graves como o dos homicídios dos policiais...

As sobrancelhas grossas do presidente do Conselho Municipal, que normalmente se arqueavam sobre os olhos sorridentes, agora estavam voltadas para baixo, pareciam toldos brancos sobre olhos faiscantes. O ex-chefe de polícia aguardou até que ele lhe desse sinal para continuar.

— Entendo que a secretária municipal se sinta pressionada, afinal é sua área de atuação, e o caso teve uma cobertura descomunal na mídia. Mas, quando uma secretária municipal cede à pressão e age em pânico ao tentar decapitar seu próprio chefe de polícia, deve-se perguntar se talvez a própria secretária municipal não careça da maturidade necessária ao cargo. Entendemos que esse caso pode ser um desafio um tanto excessivo para uma secretária municipal inexperiente. É lamentável que uma situação que exige anos de prática surja tão cedo em seu mandato.

Ele viu o presidente do Conselho Municipal recuar um pouco, como se reconhecesse as palavras.

— A melhor coisa, obviamente, seria que esse caso tivesse parado na mesa da ex-secretária municipal, dada sua longa experiência e numerosos feitos.

Pelo rosto subitamente pálido de Skøyen, ele viu que ela também reconheceu suas próprias frases, ditas contra Bellman na reunião anterior. E ele teve de admitir que, sim, fazia tempo que não se divertia tanto.

— Tenho certeza de que todos nessa sala desejariam isso, incluindo a atual secretária municipal — concluiu ele.

— Obrigado por ter sido tão explícito e sincero — disse o presidente do Conselho Municipal. — Pressuponho que isso significa que o senhor não elaborou nenhum plano de ação alternativo.

O velho fez um gesto com a cabeça.

— Exatamente. Mas há um homem lá fora que tomei a liberdade de convocar em meu lugar. Ele dará a vocês o que pediram.

O ex-chefe de polícia se levantou, fez um breve gesto de despedida e se dirigiu à porta. Tinha a sensação de que o olhar de Isabelle Skøyen perfurava seu paletó de tweed. Mas isso não importava; ele não tinha grandes planos nos quais ela pudesse intervir. E sabia que, além de sua taça de vinho à noite, ele se deliciaria muito com as duas palavrinhas que acrescentou ao manuscrito ontem à noite. Elas continham todo o subtexto de que o Conselho Municipal precisava. A primeira palavra era "tentar" em "tentar decapitar seu próprio chefe de polícia". A outra era "atual" em "atual secretária municipal".

Mikael Bellman levantou da cadeira assim que a porta se abriu.

— Sua deixa — disse o homem do paletó de tweed, passando por ele sem se dignar a lhe dirigir o olhar.

Bellman pensou que estava enganado, mas achou que tinha visto um pequeno sorriso nos lábios do ex-chefe de polícia.

Engoliu em seco, respirou fundo, e entrou na mesma sala de reuniões onde havia pouco tempo fora abatido e esquartejado.

Onze rostos rodeavam a mesa comprida. Dez deles estranhamente esperançosos, quase como a plateia de um teatro no começo do segundo ato, depois de um primeiro ato bem-sucedido. E um rosto estava estranhamente pálido. Tão pálido que ele por um instante não o reconheceu. O rosto da abatedora.

Quatorze minutos mais tarde, ele havia acabado. Apresentara o plano para eles, explicara que a paciência dera resultados, que seu trabalho sistemático havia levado a um avanço na investigação. Esse avanço era gratificante e doloroso ao mesmo tempo, porque poderia indicar que o culpado era alguém da própria corporação. Mas não seria por isso que eles recuariam. Precisavam mostrar à população que estavam dispostos a empenhar todos os esforços, não importando as coisas desagradáveis que fossem reveladas. Precisavam provar que não eram covardes. Ele estava preparado para a tempestade, mas nessas situações o importante era demonstrar coragem, liderança e sabedoria. Não apenas na sede da polícia, mas também na prefeitura. Ele estava pronto para guiar o leme de cabeça erguida, mas precisava da confiança do Conselho Municipal para ir à luta.

Mikael percebeu que o discurso ficou um pouco pomposo no final, mais do que parecera quando Gunnar Hagen o proferiu na sala de sua casa na noite anterior. Mas ele notou que pelo menos alguns dos presentes morderam a isca; algumas mulheres até ficaram com as faces vermelhas, especialmente quando ele mencionou o último ponto, sobre divulgar ao público que todas as armas de serviço do país inteiro seriam comparadas a essa bala. Como um príncipe com um sapato à procura de sua Cinderela, ele seria o primeiro a entregar sua arma para o exame balístico.

Mas o essencial agora não era seu sucesso com as mulheres, mas o que o presidente do Conselho Municipal pensava. E ele tinha aquela expressão indecifrável no rosto.

Truls Berntsen enfiou o telefone no bolso e fez um gesto para a tailandesa, indicando que ela deveria trazer outra xícara de café.

Ela sorriu e desapareceu.

Esses tailandeses eram prestativos. Ao contrário dos poucos noruegueses que ainda serviam as mesas. Eles eram preguiçosos e rabugentos e pareciam incomodados por terem que fazer um trabalho honesto. Nada parecidos com a família tailandesa que tocava esse pequeno restaurante em Torshov; ao menor gesto, eles vinham correndo para atender o cliente. E, quando ele pagava por um mísero rolinho primavera ou um café, eles sorriam de orelha a orelha e faziam reverência com as palmas das mãos juntas, como se ele fosse o grande deus branco. Ele já chegara a pensar em ir para a Tailândia. Mas não agora. Estava prestes a voltar ao trabalho.

Mikael tinha acabado de ligar dizendo que o plano tinha funcionado. A suspensão logo seria revogada. Ele não quis especificar quanto tempo exatamente era o "logo", mas só repetiu isso, "logo".

O café veio, e Truls o bebeu aos golinhos. Não era particularmente bom, mas ele chegara à conclusão de que, na verdade, não gostava daquilo que as outras pessoas chamavam de um bom café. O café deveria ter esse gosto mesmo, deveria ser feito numa cafeteira bem gasta. Era para ter esse gostinho de filtro de papel, de plástico e da gordura velha, queimada dos grãos. Talvez por isso ele era o único freguês a essa hora; as pessoas tomavam seu café em outros lugares e passavam ali mais tarde para um jantar barato ou para levar comida para viagem.

A tailandesa foi se sentar à mesa do canto, onde o restante da família estava reunida em torno do que ele imaginava ser as contas do lugar. Ele escutou o burburinho na estranha língua deles. Não entendeu uma palavra sequer, mas gostava daquilo. Gostava de ficar perto deles. De fazer um gesto indulgente quando eles lhe dirigiam um sorriso. De sentir que quase fazia parte dessa comunidade. Será que era por isso que frequentava esse lugar? Truls afastou a ideia. Focou no problema outra vez.

A segunda coisa que Mikael tinha mencionado.

A apresentação das armas de serviço.

Ele tinha dito que seriam verificadas como parte da investigação dos homicídios dos policiais e que ele mesmo, para mostrar que a ordem se aplicava a todos sem exceção, entregara sua própria pistola para exame balístico naquela manhã. E Truls teria de fazer o mesmo o mais rápido possível, ainda que estivesse suspenso.

Com certeza era a bala de René Kalsnes. Eles deveriam ter chegado à conclusão de que ela foi disparada pela arma de um policial.

Ele próprio não estava muito preocupado. Não apenas tinha trocado a bala como há tempos notificara o roubo da pistola que havia usado. Obviamente, ele deixou passar alguns meses, um ano inteiro por sinal, para ter certeza de que ninguém ligaria a arma ao homicídio de Kalsnes. Depois, arrombou a porta do próprio apartamento com um pé de cabra, deixando sinais bem visíveis, e deu parte na polícia. Listou uma série de coisas que sumiram e acabou recebendo mais de 40 mil do seguro. Além de uma nova arma de serviço.

Não era esse o problema.

O problema era a bala que agora estava na caixa de provas. Tinha parecido — como costumam dizer? — uma boa ideia naquela hora. Mas agora ele de repente precisava de Mikael Bellman. Afinal, se Mikael fosse removido do cargo de chefe de polícia, ele não poderia revogar sua suspensão. De qualquer forma, era tarde demais para remediar isso agora.

Suspenso.

Truls riu desdenhosamente da ideia e ergueu a xícara num brinde a si mesmo, à sua própria imagem no reflexo dos óculos de sol que ele tinha deixado à sua frente na mesa. Percebeu que havia soltado uma gargalhada, pois os tailandeses agora lhe dirigiam olhares estranhos.

— Não sei se vou conseguir buscá-la no aeroporto — disse Harry ao passar pelo lugar onde deveria haver um parque, mas onde o Conselho

Municipal, em um instante de insanidade coletiva, tinha erguido um estádio de atletismo que mais parecia uma prisão e que sediaria um evento internacional naquele ano e pouca coisa além disso.

Ele precisou pressionar o celular contra o ouvido para escutá-la em meio aos sons do trânsito na hora do rush.

— Você está proibido de ir me buscar — disse Rakel. — Você tem coisas mais importantes a fazer agora. Aliás, eu estava pensando se não seria melhor passar o fim de semana aqui. Te dar um pouco de espaço.

— Espaço para quê?

— Para ser o inspetor Hole. É gentil da sua parte fingir que eu não te atrapalharia, mas nós dois sabemos como você fica quando está em uma investigação.

— Quero que você venha. Mas se você não quiser...

— Quero ficar com você o tempo *todo*, Harry. Eu algemaria você no pé da mesa para não deixar você sair, é isso que quero. Mas acho que o Harry com quem quero dividir minha vida não está em casa neste momento.

— Gosto da ideia das algemas. E eu não vou a lugar algum.

— Temos todo o tempo do mundo. Ok?

— Ok.

— Tá bom.

— Tem certeza? Porque, se isso for deixá-la mais feliz, posso implorar mais um pouco. Faço isso com prazer.

A risada dela. Era o suficiente.

— E Oleg?

Ela contou como ele estava; Harry sorriu algumas vezes. Gargalhou.

— Agora preciso desligar — disse ele quando estava na frente do Schrøder.

— Tudo bem. Aliás, que reunião é essa?

— Rakel...

— Sei que eu não devo ficar perguntando, mas é muito chato aqui. Oi?

— Oi?

— Você me ama?

— Eu te amo.

— Estou escutando o barulho do trânsito. Isso significa que você está num lugar público dizendo em voz alta que me ama?

— Sim.
— As pessoas estão virando a cabeça para olhar para você?
— Não reparei.
— Seria infantil da minha parte pedir a você que faça isso de novo?
— Seria.
Outra risada. Meu Deus, ele faria qualquer coisa para ouvir aquela risada.
— Então?
— Eu te amo, Rakel Fauke.
— E eu te amo, Harry Hole. Amanhã nos falamos.
— Mande lembranças a Oleg.
Eles desligaram. Harry abriu a porta e entrou.
Silje Gravseng estava sozinha na mesa do fundo perto da janela. A velha mesa fixa de Harry. A saia e a blusa vermelhas se destacavam, feito sangue fresco, dos velhos quadros da capital na parede atrás dela. Só a boca era mais vermelha.
Harry se sentou do outro lado da mesa.
— Olá — disse ele.
— Olá — disse ela.

38

— Obrigado por ter vindo tão rápido — disse Harry.
— Cheguei há meia hora — disse Silje, e fez um gesto para o copo vazio diante dela.
— Eu estou...? — começou Harry e deu uma olhada no relógio.
— De jeito nenhum. Eu é que não consegui esperar.
— Harry?
Ele ergueu os olhos.
— Olá, Rita. Nada hoje.
A garçonete desapareceu.
— Está com pressa? — perguntou Silje. Ela estava ereta na cadeira, os braços cruzados embaixo do busto, o rosto alternando entre a beleza dos traços de boneca e algo que beirava à feiura. A única coisa constante era a intensidade do olhar. Harry tinha a sensação de que era possível notar cada mudança minúscula de humor naquele olhar. Que ele mesmo deveria estar cego. Pois tudo que ele via era a intensidade, mais nada. O desejo de algo que ele não sabia o que era — afinal, não era só aquilo que ela queria, uma noite, uma hora, dez minutos de sexo simulando um estupro, não era tão simples assim.
— Eu queria falar com você porque você deu plantão no Hospital Universitário.
— Já falei com a equipe de investigação sobre isso.
— Sobre o quê?
— Sobre se Anton Mittet me contou alguma coisa antes de ser morto. Se ele brigou com alguém ou tinha um caso com alguém do

hospital. Mas eu disse a eles que isso não era um homicídio isolado cometido por um marido ciumento, era o assassino de policiais. Tudo se encaixava, né? Já li muito sobre assassinatos em série, como você provavelmente percebeu durante as aulas.

— Não tivemos nenhuma aula sobre assassinatos em série, Silje. O que eu queria saber é se você viu alguém chegar e sair enquanto estava lá, se notou alguém ou algo que não estava de acordo com os procedimentos, algo que você estranhou. Enfim, algo que...

— ... que não deveria estar lá? — Ela sorriu. Dentes brancos, novos. Dois deles levemente tortos. — Isso é coisa da sua aula. — Estava mais inclinada para a frente do que o necessário.

— Então? — perguntou Harry.

— Você acha que o paciente foi assassinado e que Mittet estava envolvido nisso? — Ela inclinou a cabeça um pouco para o lado e ergueu de leve os braços cruzados, e Harry se perguntou se ela estava fingindo ou se era tão segura de si. Ou se simplesmente era uma pessoa muito perturbada que tentava imitar o que acreditava ser um comportamento normal, mas nunca conseguia. — Sim, é isso que você pensa. E você acha que Mittet foi morto depois porque ele sabia demais. E que o assassino disfarçou o crime para que fosse encaixado na série de assassinatos de policiais?

— Não. Se ele tivesse sido morto por esse tipo de gente, o corpo teria sido lançado ao mar com algo pesado nos bolsos. Por favor, pense bem, Silje. Concentre-se.

Ela respirou fundo, e Harry evitou olhar para seu peito arfante. Silje tentou fixar o olhar no dele, mas ele se esquivou ao curvar a cabeça e coçar a nuca. Aguardou.

— Não, não houve nada — disse ela, por fim. — Tudo era igual o tempo todo. Chegou um novo enfermeiro anestesista lá, mas ele parou de vir depois de uma ou duas vezes.

— Ok — disse Harry, e pôs a mão no bolso da jaqueta. — Você já viu a pessoa à esquerda na foto?

Ele colocou uma folha impressa com uma foto na mesa diante dela. Ele a encontrara na internet. Google Imagens. Mostrava um jovem Truls Berntsen à esquerda de Mikael Bellman na frente da delegacia local de Stovner.

Silje estudou a foto.

— Não, nunca vi esse sujeito no hospital. Mas esse do lado direito...

— Você o viu lá? — interrompeu Harry.

— Não, não, só queria saber se não é...?

— Sim, é o chefe de polícia — disse Harry. Ele fez menção de pegar a foto de volta, mas Silje pôs a mão em cima da dele.

— Harry?

Ele sentiu o calor da palma macia contra o dorso da mão. Esperou.

— Eu já vi esses dois. Juntos. Qual é o nome do outro?

— Truls Berntsen. Onde?

— Eles estavam juntos no estande de tiro de Økern não faz muito tempo.

— Obrigado — disse Harry, afastando a mão e a foto. — Então não vou tomar mais seu tempo.

— Tenho tempo de sobra agora, Harry. E a culpa é sua.

Ele não respondeu.

Ela deu uma breve risada. Inclinou-se mais para a frente.

— Não foi só por isso que você me pediu para vir, foi? — A luz do pequeno abajur da mesa dançou em seus olhos. — Sabe o que eu acho, Harry? Que você me fez ser expulsa da escola para poder ficar comigo sem ter problemas com a diretoria. Então, por que não me diz o que você *realmente* quer?

— O que eu realmente queria, Silje...

— Que pena que sua colega apareceu da última vez que a gente se viu, justamente na hora que...

— ... era perguntar sobre o hospital...

— Moro em Josefines Gate, mas você com certeza já descobriu isso.

— ... O que aconteceu na última vez que nos vimos foi um grande erro meu, eu pisei na bola, eu...

— Fica a onze minutos e vinte e três segundos daqui a pé. Exatamente. Cronometrei o tempo que levei para vir até aqui.

— ... não posso. Não quero. Eu...

— Vamos? — Ela fez menção de se levantar.

— ... vou me casar na primavera.

Ela afundou outra vez na cadeira. Olhou para ele.

— Você vai... se casar? — Mal foi possível ouvir sua voz no salão barulhento.

— Vou.

Suas pupilas se contraíram. Como uma estrela-do-mar que alguém cutucou com uma vara, pensou Harry.

— Com ela? — sussurrou ela. — Com Rakel Fauke?

— Esse é o nome dela, sim. Mas, casado ou não, você sendo estudante ou não, está fora de cogitação que algo aconteça entre nós. Por isso lamento toda a... situação.

— Casar... — Ela repetiu isso com voz de sonâmbula e olhou para Harry como se ele não estivesse ali.

Harry fez que sim. Sentiu algo vibrar no peito. Achou por um instante que era o próprio coração antes de entender que seu telefone estava tocando no bolso interno do paletó.

Ele o pegou.

— Harry.

Escutou a voz. Segurou o celular diante de si como se tivesse algo de errado com o aparelho.

— Repita — disse ele, pondo o telefone ao ouvido outra vez.

— Falei que achamos a arma — disse Bjørn Holm. — E, sim, é dele.

— Quantas pessoas sabem disso?

— Ninguém.

— Tente manter essa informação em segredo pelo tempo que puder.

Harry desligou e digitou outro número.

— Preciso ir — disse ele a Silje, e enfiou uma nota embaixo do copo. Viu a boca pintada de vermelho se abrir, mas levantou-se e se retirou antes de ela ter tempo de falar qualquer coisa.

Ao sair, ele já estava falando com Katrine do outro lado da linha. Repetiu o que Bjørn tinha lhe contado.

— Você está brincando — disse ela.

— Por que você não está rindo, então?

— Mas... mas isso é simplesmente inacreditável.

— Com certeza é por isso que a gente não está acreditando — disse Harry. — Encontre o erro.

E, pelo telefone, ele ouviu as dez patas de inseto começarem a correr pelo teclado.

Aurora caminhava sem pressa com Emilie até o ponto de ônibus. Começava a escurecer, e o tempo estava daquele jeito que parece que vai chover a qualquer momento e acaba não chovendo. Aquilo era bem irritante, pensou ela.

Disse isso a Emilie, que respondeu "é", mas Aurora percebeu que ela não estava entendendo.

— Se a chuva começasse a cair logo, em algum momento ela iria parar, não é? — perguntou Aurora. — É melhor que chova logo do que você ficar com medo de que vá chover.

— Eu gosto de chuva — disse Emilie.

— Eu também. Só um pouco. Mas... — Ela desistiu.

— O que aconteceu no treino?

— Como assim?

— Arne deu bronca em você porque você não cobriu a lateral.

— Eu estava um pouco distraída, só isso.

— Não. Você ficou totalmente parada olhando para a arquibancada. Arne diz que a defesa é o mais importante no handebol. E que cobrir a lateral é o mais importante na defesa. Logo, cobrir a lateral é o mais importante no handebol.

Arne diz um monte de besteira, pensou Aurora. Mas não disse nada em voz alta. Sabia que Emilie também não iria entender isso.

Aurora havia perdido a concentração porque tinha certeza de ter visto o homem na arquibancada. Não foi muito difícil avistá-lo, pois as únicas outras pessoas na arquibancada eram os meninos que aguardavam impacientes sua vez de usar a quadra depois do treino das meninas. Mas tinha sido ele, ela estava quase certa disso. O homem que apareceu no jardim. Que perguntou por seu pai. Que queria que ela ouvisse uma banda cujo nome ela havia esquecido. Que queria água.

Então ela ficou paralisada, o outro time marcou um gol, e Arne, seu treinador, interrompeu o jogo e deu uma bronca nela. E, como sempre, ela ficou triste. Tentou se manter firme, não conseguia deixar de ficar triste com coisas tão bobinhas e detestava isso, mas foi em vão. Seus olhos simplesmente se encheram de lágrimas. Ela as enxugou com a munhequeira e passou-a na testa em seguida para dar a impressão de que estava apenas enxugando o suor. E, assim que Arne terminou e ela olhou para a arquibancada outra vez, ele tinha sumido. Da mesma forma que aconteceu na última vez. Mas dessa vez tinha acontecido tão depressa que ela ficou em dúvida se realmente o viu ou se aquilo foi apenas fruto da sua imaginação.

— Ah, não — disse Emilie quando leram a tabela dos horários no ponto de ônibus. — O 149 só chega daqui a vinte minutos. Mamãe fez pizza para a gente jantar. Agora vai ficar *gelada*.

— Que pena — disse Aurora e continuou lendo. Ela não gostava muito de pizza nem de passar a noite na casa das amigas. Mas era o que todo mundo fazia agora. Todo mundo passava a noite na casa de todo mundo, era como uma ciranda da qual você tinha que participar. Era isso ou ser totalmente excluída. E Aurora não queria ser excluída. Pelo menos não totalmente.

— Emilie — disse ela, olhando para o relógio —, aqui diz que o 131 chega daqui a um minuto, e eu lembrei que esqueci a escova de dente. O 131 passa na frente da minha casa, então posso passar lá primeiro e ir de bicicleta para sua casa depois.

Ela viu que Emilie não gostou da ideia. Não gostou da ideia de ficar ali na escuridão da noite, na quase chuva que nunca se tornaria chuva, de pegar sozinha o ônibus para casa. E ela já devia suspeitar de que, tão logo Aurora chegasse em casa, inventaria uma desculpa para não dormir na casa dela.

— Tá bom — concordou Emilie, contrariada, mexendo na sacola esportiva. — Mas a gente não vai te esperar para comer a pizza, viu?

Aurora viu o ônibus fazer a curva no começo da subida. O 131.

— E a gente pode dividir a escova de dente — disse Emilie. — Afinal, somos amigas.

Não somos amigas, pensou Aurora. *Você* é a Emilie, é amiga de todas as meninas da sala. Emilie, que tem as melhores roupas e o nome mais popular da Noruega, que nunca briga com ninguém porque é sempre muito legal e que nunca fala mal de ninguém — pelo menos não se a pessoa estiver por perto. E eu sou apenas a Aurora, aquela que faz o que precisa ser feito, mas não mais que isso, para poder ficar junto com vocês porque não tem coragem de ficar totalmente sozinha. Aquela que vocês acham esquisita, mas também inteligente e autoconfiante o suficiente para que não tenham coragem de fazer bullying.

— Vou chegar à sua casa antes de você — disse Aurora. — Prometo.

Harry estava sentado na modesta arquibancada, apoiando a cabeça nas mãos e olhando para a pista.

Havia chuva no ar, e ela poderia começar a cair a qualquer momento; o Estádio de Valle Hovin não tinha nenhuma cobertura.

Ele tinha o estádio pequeno e feio só para si. Sabia que seria assim, já que atualmente os shows ali eram bem raros e faltava muito para a temporada de patinação no gelo começar, quando o estádio ficava aberto para quem quisesse ir até ali treinar. Foi nesse estádio que ele viu Oleg dar suas primeiras passadas. Aos poucos, ele foi evoluindo até se tornar um patinador de velocidade promissor. Ele torcia para ver Oleg ali de novo em breve. Cronometrar suas voltas sem que ele soubesse. Notar o progresso e a estagnação. Dar força quando as coisas estavam difíceis, mentir sobre condições ruins ou lâminas cegas e agir de modo contido quando as coisas iam bem, sem deixar que sua animação transparecesse demais. Fazer o papel de um rolo compressor, ajudando a nivelar o terreno, os altos e baixos. Oleg precisava disso; do contrário, dava vazão às próprias emoções sem qualquer inibição. Harry não sabia muito sobre patinação de velocidade, mas sabia bastante sobre o que Ståle chamava de controle afetivo. A capacidade de se consolar. Era uma das coisas mais importantes no desenvolvimento de uma criança, mas nem todos desenvolvem essa habilidade no mesmo grau. Ståle era da opinião de que Harry, por exemplo, precisava de mais controle afetivo. Que faltava a ele a capacidade que as pessoas comuns têm de fugir daquilo que é ruim, de esquecer, de focar em algo mais agradável, mais leve. Que ele tinha encarregado o álcool dessa tarefa. O pai de Oleg também era alcoólatra; bebeu até acabar com a própria vida e o patrimônio da família em algum lugar de Moscou. Talvez esse fosse um dos motivos pelos quais Harry sentia tanto carinho pelo menino. Eles tinham isso em comum, a falta de controle afetivo.

Harry ouviu passos no piso de concreto. Alguém se aproximava na escuridão, vindo do outro lado da pista. Ele deu uma tragada forte no cigarro para que a ponta incandescente mostrasse onde ele estava sentado.

O outro pulou a cerca e subiu os degraus de concreto da arquibancada com passos leves e ágeis.

— Harry Hole — disse o homem e parou dois degraus abaixo dele.

— Mikael Bellman — respondeu Harry. No escuro, as listras esbranquiçadas de acromatose no rosto pareciam se iluminar.

— Duas coisas, Harry. É melhor que isso seja importante, eu e minha mulher tínhamos planejado uma noite aconchegante em casa.

— E a segunda coisa?

— Apague isso aí. Cigarro faz mal à saúde.

— Agradeço a preocupação.

— Pensei na minha saúde, não na sua. Apague o cigarro agora, por favor.

Harry esfregou a ponta do cigarro no concreto e o colocou de volta no maço enquanto Bellman se sentava a seu lado.

— Um ponto de encontro diferente, Hole.

— O único lugar que frequento além de Schrøder. E é mais deserto.

— Um pouco deserto demais, se me permite dizer. Por um instante, eu me perguntei se você poderia ser o assassino de policiais, tentando me induzir a vir até aqui. Ainda estamos achando que é um policial, né?

— Definitivamente — disse Harry, e sentiu que já estava com saudades do cigarro. — Já encontramos a arma.

— Já? Que rapidez, nem sabia que vocês tinham começado a coletar...

— Não precisamos. A primeira arma já foi um acerto.

— O quê?

— Sua arma, Bellman. Os tiros disparados no teste correspondem perfeitamente à bala do caso Kalsnes.

Bellman soltou uma gargalhada que ecoou pelas arquibancadas.

— Isso é uma espécie de trote, Harry?

— Isso é você quem tem que me dizer, Mikael.

— Para você, eu sou o chefe de polícia ou Sr. Bellman, Harry. Aliás, você pode cortar o "senhor". E eu não tenho que dizer coisa nenhuma. O que está acontecendo?

— É isso que você tem que... Perdão, "deve" fica melhor? É isso que você deve me dizer, chefe de polícia Bellman. Se não teremos que, e agora o uso de "ter que" é intencional, convocá-lo para um interrogatório formal. E tenho certeza de que todos nós queremos evitar isso. Estamos de acordo?

— Vá direto ao ponto, Harry. Como isso pode ter acontecido?

— Vejo duas possibilidades — disse Harry. — E a primeira e mais óbvia é que você atirou em René Kalsnes, chefe de polícia Bellman.

— Eu... eu...

Harry viu a boca de Mikael Bellman se mover enquanto a luz parecia pulsar nas listras de acromatose, como se ele fosse um animal exótico de águas profundas.

— Você tem um álibi — disse Harry.

— Tenho?

— Quando recebemos o resultado, incumbi Katrine Bratt do caso. Você estava em Paris na noite em que René Kalsnes foi morto.

Bellman finalmente fechou a boca.

— Eu estava?

— Ela conferiu a data. Seu nome aparece na lista de passageiros da Air France no voo de Oslo a Paris e também no registro de hóspedes do Hotel Golden Oriole na mesma noite. Você conhece alguém que possa confirmar que estava lá?

Mikael Bellman piscou, como se quisesse enxergar melhor. A aurora boreal em sua pele desapareceu. Ele fez um gesto lento com a cabeça.

— Pois é, o caso Kalsnes. Aconteceu no dia em que eu fui fazer uma entrevista de emprego na Interpol. Certamente eu poderia conseguir algumas testemunhas lá, a gente até saiu para jantar à noite.

— Então resta saber onde sua arma estava naquela data.

— Em casa — disse Mikael Bellman com toda certeza. — Trancada. A chave estava no chaveiro que eu levei comigo.

— Isso pode ser provado?

— Provavelmente não. Você disse que via duas possibilidades nesse caso. Deixe-me adivinhar que a outra é que os caras de balística...

— Na verdade, as mulheres estão em maioria agora.

— ... cometeram um erro e confundiram a bala do homicídio com uma das minhas, ou algo assim?

— Não. O projétil de chumbo que estava na caixa na Sala de Evidências é proveniente da sua pistola, Bellman.

— O que você quer dizer?

— Com o quê?

— Com a expressão "a bala que estava na caixa na Sala de Evidências" e não "a bala que foi encontrada no crânio de Kalsnes".

Harry fez um gesto com a cabeça.

— Agora estamos chegando perto, Bellman.

— Perto do quê?

— A outra possibilidade que vejo é que alguém substituiu a bala que estava na Sala de Evidências por uma bala da sua pistola. Tem outra coisa que não bate com aquela bala. O modo como ela foi esmagada indica que ela atingiu algo muito mais duro do que uma pessoa de carne e osso.

— Entendi. O que você acha que ela atingiu, então?

— A placa de aço atrás do alvo, no estande de tiro de Økern.

— Que diabos fez você ter essa ideia?

— Eu quase diria que não é uma ideia, mas um fato, Bellman. Mandei as meninas da balística irem lá para fazer mais um teste com sua arma. E quer saber? A bala de teste ficou idêntica à da caixa de provas.

— E como você adivinhou especificamente qual foi o estande de tiro?

— Não é óbvio? É onde os policiais disparam a maioria dos tiros que não são destinados a atingir pessoas.

Mikael Bellman meneou a cabeça.

— Tem algo mais. O que é?

— Bem — disse Harry, puxando o maço de Camel e oferecendo-o a Bellman, que fez que não com a cabeça —, pensei em quantos queimadores eu conheço na polícia. E só consegui me lembrar de um. — Harry pegou o cigarro fumado pela metade, acendeu-o e deu uma longa tragada. — Truls Berntsen. E quis o destino que eu encontrasse uma testemunha que viu vocês treinando juntos recentemente no estande de tiro. As balas caem numa caixa depois de atingirem a placa de aço. Seria simples pegar uma bala dali depois de você ter ido embora.

— Você está suspeitando de que o nosso colega Truls Berntsen plantou provas falsas contra mim, Harry?

— Você não está?

Bellman parecia querer dizer algo, mas mudou de ideia. Ele deu de ombros.

— Não sei o que Berntsen anda fazendo, Hole. E, para ser sincero, acho que você também não sabe.

— Bem, não sei o quanto você está sendo sincero, mas sei algumas coisas sobre Berntsen. E ele sabe algumas coisas sobre você também, não?

— Não faço ideia do que você está insinuando, Hole.

— Com certeza faz, sim. Mas há pouca coisa que possa ser provada, suponho, então vamos deixar pra lá por enquanto. O que quero saber é: quais são as intenções de Berntsen?

— Sua tarefa é investigar os assassinatos dos policiais, Hole, não se aproveitar dessa situação para iniciar uma caça às bruxas contra mim ou Truls Berntsen.

— É isso que estou fazendo?

— Não é segredo para ninguém que você e eu tivemos nossas desavenças, Harry. Acho que você vê essa situação como uma chance de revidar.

— E você e Berntsen? Alguma desavença aí? Foi você quem o suspendeu por suspeita de corrupção.

— Não, foi o Conselho de Pessoal. E esse mal-entendido está sendo resolvido.

— Ah, é?

— Na verdade, foi minha culpa. Foi dinheiro meu que entrou na conta dele.

— Seu?

— Ele construiu o terraço da minha casa, e eu o paguei em dinheiro, que ele depositou diretamente na conta. Mas eu cobrei o dinheiro de volta por causa de uma falha na construção. Foi por isso que ele não declarou o valor ao fisco. Afinal, ele não queria pagar imposto sobre um dinheiro que não era dele. Mandei as informações para o Departamento de Crimes Financeiros ontem.

— Falha na construção?

— Umidade ou coisa assim, o cheiro não está nada bom. Quando o Departamento de Crimes Financeiros estranhou o valor de origem desconhecida, Truls pensou que me colocaria numa situação constrangedora se dissesse de onde tinha vindo o dinheiro. De qualquer forma, isso já foi resolvido.

Bellman puxou a manga da jaqueta para cima, e o mostrador de um relógio TAG Heuer reluziu no escuro.

— Se você não tiver outras perguntas sobre a bala da minha pistola, tenho mais o que fazer, Harry. O que deve ser seu caso também. Precisa preparar aulas, por exemplo.

— Bem, estou dedicando todo meu tempo a isso agora.

— Você *dedicava* todo seu tempo a isso.

— O que quer dizer?

— Que precisamos economizar onde for possível. Por isso vou ordenar, com efeito imediato, que o pequeno grupo alternativo de investigação de Hagen corte todas as despesas com consultores externos.

— Ståle Aune e eu. É metade do grupo.

— Cinquenta por cento dos custos com pessoal. Já estou me parabenizando pela decisão. Mas, levando em consideração que o grupo está seguindo um rumo tão equivocado, estou avaliando a possibilidade de cancelar todo o projeto.

— Você tem tanta coisa a temer, Bellman?

— Não é preciso ter medo quando você é o rei da selva, Harry. E, afinal de contas, eu sou...

— ... o chefe de polícia. É mesmo. O chefão.

Bellman se levantou.

— Ainda bem que compreendeu. E sei que, a partir do momento que vocês começam a comprometer funcionários de confiança como Berntsen, não se trata mais de uma investigação séria, mas sim de uma vingança pessoal regida por um ex-policial bêbado e ressentido. Como chefe de polícia, é meu dever proteger a reputação da força policial. Então, você sabe o que respondo quando me perguntam por que arquivamos o caso de homicídio daquele russo que teve a carótida perfurada por um saca-rolhas no Come As You Are? Respondo que as investigações são importantes, que esse caso está longe de ser arquivado, mas não é prioridade no momento. E, mesmo que qualquer um com a mínima ligação com a polícia conheça os boatos sobre quem está por trás dele, finjo que não ouvi nada. Pois sou o chefe de polícia.

— Isso é para ser uma ameaça, Bellman?

— Eu preciso ameaçar um professor da Academia de Polícia? Tenha uma boa noite, Harry.

Harry viu Bellman caminhar pela arquibancada em direção à cerca enquanto abotoava o casaco. Sabia que deveria ficar quieto. Era uma carta que ele tinha decidido deixar na manga até o momento que precisasse dela. Mas agora as ordens eram que ele desistisse de tudo, então não havia mais nada a perder. Era tudo ou nada. Ele esperou até Bellman ter passado uma perna sobre a cerca.

— Você chegou a conhecer René Kalsnes, Bellman?

Bellman ficou paralisado no meio do movimento. Se eles alguma vez tivessem dividido uma conta de restaurante, comprado ingressos on-line para o mesmo filme no cinema, ocupado assentos próximos um do outro num avião ou num trem, Katrine teria descoberto. Mas ela havia cruzado os dados de Bellman e Kalsnes e não conseguiu resultado algum. No entanto, Bellman ficou paralisado. Ficou ali parado com uma perna de cada lado da cerca.

— Por que uma pergunta tão idiota, Harry?

Harry deu uma tragada no cigarro.

— Muita gente sabia que René Kalsnes fazia sexo com homens por dinheiro se a oportunidade surgisse. E você já assistiu à pornografia gay.

Bellman continuou parado; evidentemente ele havia se comprometido. Harry não conseguiu ver a expressão de seu rosto na escuridão, somente as listras de acromatose que reluziam da mesma forma que o mostrador do relógio há alguns instantes.

— Kalsnes era conhecido como um cínico ganancioso sem qualquer moral — disse Harry, olhando para a ponta acesa do cigarro. — Imagine um homem casado, que ocupa um cargo importante, sendo sujeito à chantagem de alguém como René. Talvez ele tivesse algumas fotos dos dois fazendo sexo. Parece um motivo para um homicídio, não? Entretanto, René pode ter dito algo sobre o ho-

mem casado a outras pessoas, e alguém mais tarde poderia revelar o motivo do assassinato. Então o homem casado precisa arranjar alguém que cuide do assunto. Alguém que ele conhece muito bem, de quem sabe muitos podres, alguém em quem ele confia. Obviamente, o assassinato é cometido enquanto o homem casado tem um álibi perfeito; por exemplo, um jantar em Paris. Mas, depois, os dois amigos de infância acabam brigando. O assassino de aluguel é suspenso do cargo, e o homem casado se recusa a dar um jeito na situação, embora ele como chefe de fato tenha esse poder. Então o assassino arranja uma bala da pistola do homem casado e a coloca na caixa de provas. Ou como pura vingança ou como um meio de pressão para que o homem casado lhe dê o cargo de volta. Afinal, para quem não conhece a arte de um queimador, não será fácil eliminar essa bala. Aliás, você sabia que Truls Berntsen informou a perda de sua arma de serviço um ano depois da morte de Kalsnes? Encontrei o nome dele numa lista que recebi de Katrine Bratt faz umas duas horas.
— Harry inalou. Fechou os olhos para que a chama do cigarro não atrapalhasse sua visão noturna. — O que você tem a dizer sobre isso, chefe de polícia Bellman?

— Digo muito obrigado, Harry. Obrigado por ter me ajudado a decidir sobre o desmantelamento do grupo inteiro. Será feito logo pela manhã.

— Isso significa que você afirma nunca ter encontrado René Kalsnes?

— Não me venha com essas técnicas de interrogatório, Harry. Fui eu quem trouxe elas da Interpol para a Noruega. Qualquer um pode ver pornografia gay on-line acidentalmente, estão em todo lugar. E não precisamos de grupos de investigação que usam esse tipo de coisa como pistas válidas numa investigação séria.

— Não foi acidental, Bellman, você pagou pelos filmes com seu cartão de crédito e fez o download deles.

— Você não está escutando? Você não tem curiosidade sobre certos tabus? Quando você faz o download de uma imagem de um assassinato, isso não quer dizer que você seja um assassino. Se uma mulher fica fascinada com a ideia de estupro, isso não significa que ela quer ser estuprada! — Bellman já havia passado a outra perna por cima da cerca. Estava do outro lado agora. Livre do obstáculo. Ajustou o casaco. — Só um último conselho, Harry. Não faça nada contra mim. Para seu próprio bem. O seu e o da sua mulher.

Harry viu as costas de Bellman desaparecerem na escuridão, ouviu apenas os passos pesados que lançavam ecos abafados nas arquibancadas. Harry soltou a ponta do cigarro no chão e pisou em cima. Com força. Como se quisesse atravessar o concreto.

39

Harry encontrou o Mercedes surrado de Øystein Eikeland no ponto de táxi do lado norte da Estação Central de Oslo. Os táxis estavam estacionados em círculo e pareciam uma caravana formando uma barreira defensiva contra os apaches, o fisco, os concorrentes e outros que viessem tomar o que consideravam ser deles por direito.

Harry sentou no banco da frente.

— Muito movimento hoje?

— Não tirei o pé do freio por um segundo — disse Øystein, comprimindo os lábios em torno de uma guimba microscópica e soprando a fumaça no retrovisor, por onde via a fila crescer atrás dele.

— Quantos passageiros você pega por noite nesse carro? — perguntou Harry, pegando seu próprio maço de cigarros.

— Tão poucos que estou cogitando ligar o taxímetro agora. Ei! Você não sabe ler? — Øystein apontou para o aviso de proibido fumar na tampa do porta-luvas.

— Preciso de um conselho, Øystein.

— Meu conselho é não, não se case. Rakel é uma boa mulher, mas casamento é mais problema do que diversão. Escute uma velha raposa.

— Você nunca foi casado, Øystein.

— É justamente isso que estou falando. — O amigo de infância mostrou os dentes amarelos no rosto magro e balançou a cabeça, fazendo o rabo de cavalo fino chicotear o encosto.

Harry acendeu o cigarro.

— E eu ainda perguntei se você queria ser o padrinho...

— O padrinho precisa ter juízo, Harry, e, para mim, um casamento sem tomar um porre faz tão pouco sentido quanto água tônica sem gim.

— Tudo bem, mas não se trata de conselho matrimonial.

— Então fale logo, Eikeland está escutando.

O fumo queimou a garganta de Harry. As mucosas não estavam mais acostumadas com dois maços num dia só. Ele sabia muito bem que Øystein tampouco seria capaz de lhe dar conselhos nesse caso. Pelo menos não bons conselhos. Sua lógica simples e seus princípios deram origem a um estilo de vida tão disfuncional que só poderia ser atraente para pessoas muito particulares. Os pilares de Eikeland eram álcool, solteirice, mulheres de quinta categoria, um intelecto interessante que infelizmente não era aproveitado, certo orgulho e instinto de autopreservação — os quais, apesar de tudo, o faziam passar mais tempo dirigindo o táxi do que bebendo — e a capacidade de gargalhar da vida e do demônio, algo que até Harry admirava.

Harry tomou fôlego.

— Estou suspeitando de que um policial esteja por trás dos assassinatos dos policiais.

— Então coloque ele atrás das grades — disse Øystein, tirando um fragmento de fumo da ponta da língua. Parou de repente. — Você disse os assassinatos de policiais? *Os* assassinatos de policiais?

— Isso mesmo. O problema é que se eu prender esse homem, ele vai me levar junto.

— Como assim?

— Ele pode provar que fui eu que matei o russo no Come As You Are.

Øystein fitou os olhos arregalados no espelho.

— Você deu cabo de um russo?

— Então, o que eu faço? Pego o homem e afundo junto com ele? Nesse caso, Rakel ficará sem marido e Oleg ficará sem um pai.

— Concordo plenamente.

— Concorda com o quê?

— Concordo que você deve usar eles como desculpa. De modo geral, é bem inteligente ter esse tipo de pretexto filantrópico na manga; você dorme muito melhor assim. Eu sempre apostei nisso. Você lembra quando a gente roubava frutas no pé, e eu caía fora e deixava o Tamancão sozinho lá? Ele não corria muito rápido com aqueles quilos e aqueles sapatos. Eu dizia a mim mesmo que Tamancão precisava de mais surras do que eu, que ele tinha que tomar jeito e tomar o rumo certo. Pois era para lá que ele realmente queria ir, para a terra dos certinhos, né? Enquanto eu, eu queria ser bandido. De que adiantaria para mim ser castigado por causa de umas míseras maçãs?

— Não estou jogando a culpa em outras pessoas nesse caso, Øystein.

— Mas e se esse cara continuar matando outros policiais enquanto você sabe que poderia ter detido ele?

— É justamente essa a questão — disse Harry, soprando fumaça no aviso de proibido fumar.

Øystein observou o amigo por um tempo.

— Isso não, Harry...

— Não o quê?

— Não... — Øystein baixou um pouco a janela do seu lado e jogou fora com um peteleco a guimba de cigarro, um pedacinho de papel Rizla umedecido com saliva. — Não quero ouvir. Não faça isso.

— Bem, a maior covardia seria não fazer nada. Falar para mim mesmo que não tenho nenhuma prova definitiva, o que de certa forma é verdade. Deixar passar. Mas será que um homem pode viver com isso na consciência, Øystein?

— Sem dúvida. Mas justamente nessas coisas você é esquisito, Harry. Será que *você* consegue viver com isso?

— Normalmente não. Mas, como já disse, agora há outras coisas a serem consideradas.

— Outros policiais não podem prender esse cara?

— Ele vai usar tudo que sabe sobre todo mundo na corporação para negociar uma redução da pena. Já eliminou provas para o crime organizado e já foi investigador de homicídios, conhece todos os truques. Além disso, vai ser salvo pelo chefe de polícia, porque os dois sabem demais um sobre o outro.

Øystein pegou o maço de cigarros de Harry.

— Sabe o que eu acho, Harry? Para mim, parece que você veio até aqui para ter minha bênção para matar esse cara. Tem mais alguém que sabe disso?

Harry fez que não com a cabeça.

— Nem meu grupo de investigação.

Øystein tirou um cigarro e o acendeu com seu isqueiro.

— Harry.

— Diga.

— Porra, você é o cara mais sozinho que eu conheço.

Harry olhou para o relógio, logo seria meia-noite. Semicerrou os olhos, fitando o para-brisa.

— E isso é uma escolha sua. Você é estranho — continuou Øystein.

— De qualquer forma — disse Harry, abrindo a porta —, obrigado pelo conselho.

— Que conselho?

A porta bateu.

— Que conselho, porra? — gritou Øystein em direção à porta e à figura curvada que rapidamente desapareceu na escuridão de Oslo. — E que tal um táxi para casa, seu pão-duro desgraçado?

A casa estava escura e silenciosa.

Harry estava sentado no sofá, olhando para o armário.

Ele não tinha dito a ninguém que suspeitava de Truls Berntsen.

Ligou para Bjørn e Katrine, contando que teve uma breve conversa com Mikael Bellman. O chefe de polícia tinha álibi para a noite do homicídio, o que indicava algum erro ou que a prova havia sido plantada, e por enquanto eles deveriam manter segredo sobre o fato de a bala ter saído da pistola de Bellman. Mas não disse nada sobre o que os dois tinham discutido.

Nenhuma palavra sobre Truls Berntsen.

Nenhuma palavra sobre o que precisava ser feito.

Era assim que tinha de ser; era o tipo de caso que exigia que você agisse sozinho.

A chave estava escondida na prateleira dos discos.

Harry fechou os olhos. Tentou fazer uma pausa, tentou não escutar o diálogo que dava voltas em sua cabeça, mas era impossível. As vozes começavam a gritar assim que ele relaxava. Que Truls Berntsen era louco. Que isso não era uma suposição, mas um fato. Nenhuma pessoa sã é capaz de cometer essa carnificina contra seus próprios colegas.

Não que fosse um caso isolado; era só observar todos os episódios nos Estados Unidos envolvendo pessoas que tinham sido demitidas ou humilhadas de alguma forma e depois voltavam ao local de trabalho para atirar em seus colegas. Omar Thornton matou oito ex-colegas de trabalho no armazém de distribuição de cerveja depois ter sido demitido por roubar bebida. Wesley Neal Higdon matou cinco depois de ter levado uma bronca do chefe. Jennifer San Marco disparou seis tiros fatais nas cabeças dos colegas da agência dos Correios depois que o gerente a mandou embora, justamente por sua insanidade.

A diferença residia no grau de planejamento e capacidade de execução. Então, qual era o grau de loucura de Truls Berntsen? Será que ele era louco o suficiente para que a polícia rejeitasse suas alegações de que o próprio Harry Hole havia matado uma pessoa num bar?

Não.

Não se ele tivesse provas. Provas não poderiam ser declaradas insanas.

Truls Berntsen.

Harry pensou bem.

Tudo batia. Mas será que o mais importante se encaixava? O motivo. O que Mikael Bellman tinha dito? Se uma mulher tem fantasias com estupro, isso não significa que ela quer ser estuprada. Se um homem tem fantasias violentas, isso não significa...

Merda! Merda! Pare!

Mas não parou. Não teria paz até encontrar uma solução para o problema. E só existiam duas maneiras de resolvê-lo. Uma era a maneira antiga. Aquela pela qual seu corpo inteiro clamava naquele momento. Uma dose de álcool. Aquela dose que se multiplicava, obscurecia, anestesiava. Aquela era a maneira temporária. A maneira ruim. A outra era a maneira definitiva. A necessária. A que eliminava o problema. A alternativa do diabo.

Harry se levantou num pulo. Não havia álcool na casa; desde que ele se mudara para lá nunca mais houve álcool em casa. Ele começou a andar de um lado para o outro. Parou. Olhou para o velho armário de canto. O móvel o lembrou de algo. De um armário de bebidas que, a certa altura, ele tinha fitado exatamente dessa forma. O que o impedia? Quantas vezes ele já vendera sua alma por uma recompensa menor que essa? Talvez essa fosse a questão. Nas outras vezes tinha sido por trocados, uma atitude justificada por uma raiva moral. Mas dessa vez a motivação era... suja. Ele queria salvar a própria pele também.

Mas ele a ouvia lá de dentro, ela sussurrava para ele. *Pegue-me, use--me. Use-me do modo que devo ser usada. E dessa vez vou dar conta da tarefa. Não vou deixar um colete à prova de balas me enganar.*

Ele levaria meia hora de carro dali até o apartamento de Truls Berntsen em Manglerud. Aquele apartamento com um arsenal que ele mesmo já tinha visto. Revólveres, algemas, máscara antigás. Cassetete. Então, por que adiar isso? Afinal, ele sabia o que precisava ser feito.

Mas será que fazia sentido? Será que realmente foi Truls Berntsen quem matou René Kalsnes a mando de Mikael Bellman? Havia pouca dúvida de que Truls era louco, mas será que Mikael Bellman também era?

Ou será que não passava de um quebra-cabeça que seu cérebro tinha montado apenas com as peças à sua disposição, forçando-as a se juntar porque ele queria, desejava, *exigia* uma imagem, qualquer imagem que fizesse sentido, uma resposta, a sensação de que as coisas estavam se encaixando.

Harry tirou o celular do bolso e pressionou o A.

Demorou mais de dez segundos antes de ele ouvir um grunhido.

— Alô?

— Alô, Arnold, sou eu.

— Harry?

— Sim. Você está no trabalho?

— É uma hora da manhã, Harry. Estou na cama, como uma pessoa normal.

— Desculpa. Você quer voltar a dormir?

— Já que está perguntando, sim.

— Tudo bem, mas agora que está acordado mesmo... — Ele ouviu um gemido do outro lado. — Tenho uma dúvida a respeito de Mikael Bellman. Afinal, você trabalhou na Kripos enquanto ele estava lá. Você chegou a notar algo que pudesse indicar que ele se sentisse sexualmente atraído por outros homens?

Um longo silêncio se seguiu. Harry ouviu a respiração regular de Arnold e o barulho de um trem sobre os trilhos. Pela acústica, ele entendeu que Arnold estava com a janela escancarada; parecia mais estar do lado de fora do que dentro de casa. Ele deveria estar acostumado com os ruídos, não deveriam atrapalhar seu sono. E lhe ocorreu de repente, não como uma revelação, mas como uma ideia súbita, que talvez fosse assim com esse caso também. Que eles deveriam tentar ouvir os ruídos, os ruídos costumeiros que eles não escutavam e que, portanto, não os despertavam.

— Adormeceu, Arnold?

— Não, mas a ideia é tão nova para mim que preciso pensar a respeito. Então. Se eu tentar lembrar e colocar as coisas num contexto novo, eu... Mesmo assim, não consigo... Mas é óbvio...

— O que é óbvio?

— Bem, Bellman sempre andava com aquele cão de guarda.

— Truls Berntsen.

— Exatamente. Os dois... — Nova pausa. Novo trem. — Não, Harry, não consigo vê-los como um casal gay, se é que você me entende.

— Entendo. Peço desculpas por ter te acordado. Boa noite.

— Boa noite. Pensando melhor, espere um pouco...

— Sim.

— Tinha um cara na Kripos. Eu havia esquecido isso totalmente, mas certa vez entrei no banheiro, e ele e Bellman estavam junto das pias, e os dois estavam com os rostos bem vermelhos. Como se algo tivesse acontecido, entende? Lembro que pensei alguma coisa na hora, mas não dei muita importância àquilo. Mas o cara sumiu da Kripos logo depois.

— Qual era o nome dele?

— Não lembro. Talvez eu possa descobrir, mas não agora.

— Obrigado, Arnold. Durma bem.

— Obrigado. O que está acontecendo?

— Nada de mais — disse Harry. Desligou e deixou o celular cair dentro do bolso outra vez.

Abriu a outra mão.

Olhou para a prateleira dos discos. A chave estava na altura do W.

— Nada de mais — repetiu ele.

Ele tirou a camiseta a caminho do banheiro. Sabia que a roupa de cama era branca, limpa e fria. Que o silêncio do lado de fora da janela aberta seria total, e o ar noturno teria o frescor perfeito. Que ele não conseguiria dormir um segundo.

Depois de se deitar, Harry ficou escutando o vento. Ele assobiava. Assobiava no buraco da fechadura de um armário de canto preto antiquíssimo.

A plantonista da Central de Operações recebeu a notificação sobre o incêndio às quatro e seis da manhã. Ao ouvir a voz agitada do bombeiro, ela automaticamente supôs que era um incêndio de grandes proporções, algo que talvez exigisse um desvio no trânsito, que talvez houvesse pessoas feridas ou mortas. Por isso, primeiro ficou um pouco surpresa quando o bombeiro disse que, na verdade, a fumaça tinha ativado o alarme de incêndio num bar de Oslo, já fechado àquela hora, e que o incêndio se extinguira sozinho antes de eles chegarem. Sua surpresa foi ainda maior quando o bombeiro pediu a eles que viessem imediatamente. Ela percebeu que aquilo que inicialmente tinha interpretado como agitação na voz do bombeiro era medo. A voz tremia como a de alguém que com certeza tinha visto muita coisa no trabalho, mas nada que pudesse tê-lo preparado para aquilo.

— É só uma menininha. Devem ter dado alguma coisa para ela, tem garrafas vazias de destilados no balcão.

— Onde você está?

— Ela... ela está totalmente carbonizada. Está amarrada ao cano.

— Onde você está?

— Está em volta do pescoço. Parece um cadeado de bicicleta. Estou falando que vocês precisam vir.

— Sim. Mas onde...

— Kvadraturen. O lugar se chama Come As You Are. Meu Deus, ela é só uma menina...

40

Ståle Aune foi despertado por um som às seis e vinte e oito. Por algum motivo, ele primeiro pensou que era o telefone tocando, antes de se dar conta de que, na verdade, era o despertador. Deveria ter sido alguma coisa em seu sonho. Mas como não acreditava muito mais na interpretação dos sonhos do que na psicoterapia, Ståle não fez nenhuma tentativa de se lembrar deles. Apenas bateu no despertador e fechou os olhos para aproveitar os dois minutos antes de o outro despertador começar a tocar. Em geral, era nessa hora que ele ouvia os pés descalços de Aurora batendo no chão e disparando em direção ao banheiro para ocupá-lo primeiro.

Silêncio.

— Onde está Aurora?

— Ela está dormindo na casa da Emilie — murmurou Ingrid com a voz sonolenta.

Ståle Aune se levantou. Tomou banho, fez a barba, tomou o café da manhã com sua mulher em silêncio enquanto ela lia o jornal. Ståle tinha aperfeiçoado a técnica de ler de ponta-cabeça. Ele pulou a parte sobre os assassinatos de policiais; não havia nenhuma novidade ali, apenas especulações.

— Ela não vai passar em casa antes de ir para a escola? — perguntou Ståle.

— Ela levou o material.

— Ah, sim. Tudo bem ela passar a noite na casa de uma amiga quando tem aula no dia seguinte?

— Não, isso não é bom. Você deveria intervir.

Ela virou a página do jornal.

— Você sabe o que a falta de sono faz com o cérebro, Ingrid?

— O estado norueguês financiou seus estudos durante seis anos para você saber, Ståle; portanto, acho que seria um desperdício do imposto que eu pago se eu também soubesse.

Ståle sempre sentira uma mistura de irritação e admiração pela capacidade de Ingrid de dar respostas inteligentes àquela hora. Ela o nocauteava antes das dez da manhã. Ele não era capaz de ganhar um round sequer até perto do meio-dia. Na verdade, ele só tinha alguma esperança de acertar um ou outro golpe nela depois das seis da tarde.

Ele pensou nisso ao sair de ré da garagem e dirigir rumo ao consultório da Sporveisgata. Não sabia o que seria dele se não tivesse uma mulher que lhe desse uma surra diária. E, se Ståle não tivesse tanto conhecimento de genética, consideraria um mistério o fato de os dois terem sido capazes de fazer uma criança tão amável e sensível como Aurora. Mas ele logo esqueceu o assunto. O trânsito estava lento, porém não mais lento que de costume. O mais importante era a previsibilidade, não o tempo que passava ali. Haveria uma reunião na Sala das Caldeiras ao meio-dia; antes disso, ele tinha três pacientes.

Ståle ligou o rádio.

Ouviu a notícia ao mesmo tempo que o telefone tocou, e soube instintivamente que havia uma conexão.

Era Harry.

— A gente precisa adiar a reunião, houve um novo homicídio.

— A menina de que estão falando no rádio?

— Sim. Pelo menos temos quase certeza de que seja uma menina.

— Vocês não sabem quem é?

— Não. O desaparecimento não foi informado à polícia.

— Quantos anos ela deve ter?

— Impossível afirmar, mas, baseado no tamanho e na estrutura corporal, eu chutaria algo entre 10 e 14 anos.

— E vocês acham que tem a ver com nosso caso?

— Sim.

— Por quê?

— Porque ela foi encontrada no local do crime de um homicídio não solucionado. Um bar chamado Come As You Are. E porque... —

Harry tossiu. — Porque ela estava presa a um cano com um cadeado de bicicleta em volta do pescoço.

— Meu Deus!

Ele ouviu Harry tossir mais uma vez.

— Harry?

— Sim.

— Você está bem?

— Não.

— Tem alguma... Tem alguma coisa errada?

— Tem.

— Além da parte do cadeado de bicicleta? Entendo que aquilo...

— Ele jogou bebida alcoólica nela antes de atear fogo. As garrafas vazias estão em cima do balcão. Três garrafas, todas da mesma marca. Embora ele tivesse muitas outras à sua disposição.

— É...

— Sim, Jim Beam.

— ... sua marca.

Ståle ouviu Harry gritar algo para alguém, algo sobre não tocar em nada. E então ele voltou:

— Você quer vir para ver a cena do crime?

— Tenho um paciente. Depois, talvez.

— Tudo bem, você que sabe. Vamos ficar aqui por algum tempo.

Eles desligaram.

Ståle tentou se concentrar novamente no trânsito. Percebeu que sua respiração estava mais forte, sentiu as narinas se dilatarem, o peito arfar. Sabia que hoje seria um terapeuta ainda pior do que de costume.

Harry saiu para a rua movimentada, onde pessoas, bicicletas, carros e bondes passavam apressados. A claridade o fez piscar depois de ter passado tanto tempo na escuridão lá dentro. Olhou para a vida fervilhando sem sentido, sem fazer ideia de que, a alguns metros dali, a morte, igualmente sem sentido, estava sentada numa cadeira de aço com um assento de plástico derretido e assumia a forma de um corpo reduzido a carvão preto, o corpo de uma menina que eles não tinham ideia de quem era. Quer dizer, Harry *tinha* uma ideia, mas não ousou concluir o pensamento. Respirou algumas vezes e concluiu o pensamento mesmo assim. Então ligou para Katrine, que ele tinha mandado de volta à Sala das Caldeiras para pesquisar coisas no computador.

— Nenhuma menina foi dada como desaparecida? — perguntou ele.

— Não.

— Ok. Então confira quais são os investigadores de homicídio que têm filhas na faixa etária de 8 a 16 anos. Comece com aqueles que participaram do caso Kalsnes. Se houver alguém, ligue para eles e pergunte se viram a filha hoje. Seja gentil.

— Pode deixar.

Harry desligou.

Bjørn saiu do bar e se posicionou a seu lado. Sua voz era baixa, suave, como se estivessem sentados numa igreja.

— Harry?

— Sim?

— É a coisa mais horrível que já vi.

Harry fez que sim. Ele estava ciente de algumas das coisas que Bjørn já tinha visto, mas sabia que era verdade.

— O desgraçado que fez isso aqui... — disse Bjørn, levantando as mãos. Deu um rápido suspiro, fazendo um som de impotência e deixando as mãos caírem outra vez. — Ele merecia levar chumbo.

Harry fechou os punhos dentro dos bolsos do casaco. Sabia que aquilo também era verdade. Ele merecia uma bala. Uma, duas ou três balas de uma Odessa que estava num armário em Holmenkollveien. Não agora; ele deveria ter sido baleado ontem à noite. Quando um ex-policial covarde simplesmente foi dormir porque decidiu que não poderia ser carrasco sem ter plena consciência de seus próprios motivos — se ele o faria por causa das vítimas potenciais, por causa de Rakel e Oleg, ou apenas por sua própria causa. Bem. A menina lá dentro não lhe perguntaria sobre motivo; para ela e para seus pais já era tarde demais. Merda, merda!

Ele conferiu o relógio.

A essa altura, Truls Berntsen sabia que Harry estava atrás dele. Estava preparado. Ao escolher esse local de crime, ele o havia convidado a participar do jogo, ele o havia recrutado. Ele o humilhara usando seu veneno, Jim Beam, e aquele cadeado de bicicleta do qual metade da força policial já ouvira falar. Pois o grande Harry Hole estivera preso a uma placa de proibido estacionar em Sporveisgata com aquela coleira de cachorro.

Harry respirou fundo. Ele tinha a opção de abrir o jogo, contar tudo sobre Gusto, Oleg e os russos mortos, e depois fazer uma batida no apartamento de Truls com a Delta. Se Berntsen escapasse, ele poderia criar uma frente ampla para sua busca, desde a Interpol até a menor delegacia do país. Ou...

Harry começou a tirar o maço amarrotado de Camel. Empurrou-o de volta. Estava cansado de fumar.

... Ele poderia fazer exatamente o que aquele desgraçado estava pedindo.

Foi só no intervalo depois do segundo paciente que Ståle voltou a refletir sobre o assunto.

Pensou em duas coisas.

A primeira era que ninguém tinha notificado o desaparecimento da menina. Uma menina entre 10 e 14 anos. Se ela não apareceu em casa à noite, os pais deveriam ter sentido sua falta. Deveriam ter entrado em contato com a polícia.

A segunda era que a vítima poderia estar relacionada aos homicídios dos policiais. Até então, o assassino só tirara a vida de investigadores, mas a essa altura ele já sentira a necessidade típica dos assassinos em série. O que se poderia fazer contra uma pessoa que fosse pior do que tirar a vida dela? Simples, acabar com sua prole. Com seus filhos. Então, a pergunta nesse caso era: de quem era a vez agora? Evidentemente não era a vez de Harry, ele não tinha filhos.

E foi aí que o suor frio brotou repentina e descontroladamente de todos os poros do corpo volumoso de Ståle Aune. Ele agarrou o celular que estava na gaveta aberta, encontrou o telefone de Aurora e ligou.

Tocou oito vezes antes de cair na caixa postal.

Claro que ela não responderia; estava na escola, onde, conforme ditava o bom senso, não era permitido deixar o celular ligado.

Como era o sobrenome de Emilie? Afinal, ele o ouvira várias vezes, mas essa era a área de Ingrid. Ele cogitou telefonar para ela, mas decidiu não deixá-la preocupada sem necessidade, preferindo procurar por "acampamento escolar" em sua caixa de mensagens. Como esperado, achou um monte de e-mails do ano passado enviados pelos pais dos colegas de turma de Aurora. Leu por alto os nomes na esperança de uma revelação. Que logo veio. Torunn Einersen. Emilie Einersen, era até fácil de lembrar. A melhor parte era que havia uma lista com números de telefone. Ele pressionou as teclas do celular e percebeu que os dedos tremiam. Era difícil acertar, devia ser um sinal de que havia tomado mais ou menos café do que o habitual.

— Torunn Einersen.

— Olá, aqui é Ståle Aune, o pai de Aurora. Eu... hum, só queria saber se correu tudo bem essa noite.

Pausa. Pausa longa demais.

— Ela passou a noite aí... — acrescentou ele. E para ter certeza absoluta: — Com Emilie.

— Ah, entendi. Não, Aurora não dormiu aqui em casa. Eu lembro que elas tinham comentado alguma coisa, mas...

— Pelo visto, estou enganado — disse Ståle, ouvindo a tensão na voz.

— Não é fácil saber quem está passando a noite na casa de quem esses dias. — Torunn Einersen riu. No entanto, ela parecia apreensiva por ele, pelo pai que não sabia onde a própria filha havia passado a noite.

Ståle desligou. A camisa já estava ficando molhada.

Telefonou para Ingrid. Caiu na secretária eletrônica. Deixou uma mensagem pedindo que ela ligasse para ele. Então se levantou e saiu correndo. A paciente que estava aguardando, uma mulher de meia-idade que fazia terapia por motivos absolutamente incompreensíveis para Ståle, ergueu os olhos.

— Temos que cancelar hoje... — Ele quis dizer o nome dela, mas não lembrou qual era antes de descer a escada, passar pela porta e sair correndo pela Sporveisgata em direção ao carro.

Quando a maca coberta passou por eles e foi colocada dentro da ambulância que estava à espera, Harry se deu conta de que segurava com força o copinho de papelão com café. Ele olhou com cara feia para o bando de curiosos que se aglomeravam ali.

Katrine havia ligado. Ainda não tinham dado parte de nenhum desaparecimento, e ninguém no grupo de investigação do caso Kalsnes tinha uma filha entre 8 e 16 anos. Portanto, Harry pediu a ela que continuasse a busca entre os demais policiais.

Bjørn saiu do bar. Tirou as luvas de látex e o capuz do macacão inteiriço branco.

— Nenhuma novidade com relação ao DNA? — perguntou Harry.

— Não.

A primeira coisa que Harry tinha feito ao chegar ao local do crime fora colher uma amostra de tecido e enviá-la em uma viatura para o Instituto de Medicina Forense. Uma análise completa de DNA demorava algum tempo, mas poderiam conseguir um perfil inicial relativamente rápido. E era só disso que precisavam. Todos os investigadores e todos os peritos criminais tinham seus perfis de DNA arquivados no registro, caso houvesse contaminação de uma cena de crime. No último ano, eles também registraram os policiais que chegavam primeiro a uma cena de crime e até os que não eram policiais, mas que possivelmente fariam parte da investigação no local. Era um cálculo simples de probabilidade: com apenas os primeiros três ou quatro dígitos de um total de onze, eles teriam eliminado a grande maioria dos policiais em questão. Com cinco ou seis, todos. Quer dizer, se Harry estivesse certo, todos menos um.

Harry conferiu o relógio. Ele não sabia o motivo, não sabia se tinham algum compromisso, só sabia que estavam com pressa. Que *ele* estava com pressa.

Ståle Aune estacionou o carro em frente ao portão da escola e ligou o pisca-alerta. Começou a correr, ouvindo o som dos próprios passos ecoando nos prédios em torno do pátio. O som solitário da infância. O som de chegar atrasado à aula. Ou o som das férias de verão quando todos já haviam saído da cidade, o som de ser deixado para trás, abandonado. Ele abriu bruscamente a porta pesada e apressou-se pelo corredor; nenhum eco agora, apenas sua respiração ofegante. Ali estava a porta da sala de aula dela. Será que era a porta certa? Ele sabia tão pouco sobre o dia a dia da filha... Tinha visto a jovem tão pouco nesses últimos seis meses. Havia tantas coisas sobre ela que ele queria saber. Passaria mais tempo com a filha a partir de agora. Tomara que, tomara que...

Os olhos de Harry percorreram o bar.

— A fechadura da porta dos fundos foi aberta com uma gazua — disse o policial atrás dele.

Harry fez um gesto de compreensão. Ele já havia visto os arranhões em torno da fechadura.

Gazua. Coisa de policial. Foi por isso que o alarme não havia disparado.

Harry não viu nenhum sinal de resistência, nenhum objeto derrubado, nada jogado no chão, nenhuma cadeira ou mesa fora do lugar onde provavelmente foi colocada no final da noite. O proprietário estava sendo interrogado. Harry tinha dito que não precisava falar com ele. Não que não *queria* falar com ele. Não dera nenhuma razão especial para isso. Por exemplo, a de que não queria ser reconhecido.

Harry olhou para uma das cadeiras do bar, lembrando-se de que estivera sentado ali àquela noite com um copo intocado de Jim Beam à sua frente. O russo que chegou por trás, tentando enfiar a lâmina da faca siberiana em sua carótida. A prótese de titânio do dedo de Harry que o impediu. Atrás do balcão, o dono assustado só ficou olhando enquanto Harry lutava para pegar o saca-rolhas em cima do balcão. O sangue que tingiu o chão, como se uma garrafa de vinho tinto tivesse sido derrubada.

— Nenhuma pista por enquanto — disse Bjørn.

Harry assentiu. Claro que não. Berntsen havia tido o lugar só para si, pôde passar ali o tempo que quisesse. Ajeitar tudo antes de embebê--la... A palavra veio contra sua própria vontade: mariná-la.

Então ele acendeu o isqueiro.

Soaram as primeiras notas de "She", de Gram Parson, e Bjørn pôs o celular ao ouvido.

— Sim? Resultado compatível no registro? Espere...

Ele pegou um lápis e o Moleskine de sempre. Harry suspeitou que Bjørn gostava tanto da pátina na capa que apagava as anotações quando o bloco estava cheio e o usava de novo.

— Não, não tem antecedentes criminais; é alguém que já trabalhou com homicídios. Sim, a gente infelizmente estava contando com isso. E qual é o nome dele?

Bjørn tinha colocado o bloco de anotações sobre o balcão do bar, estava pronto para escrever. Mas a ponta do lápis parou.

— Qual é o nome do pai?

Harry ouviu pela voz do colega que algo estava errado. Terrivelmente errado.

Assim que Ståle Aune abriu violentamente a porta da sala de aula, os seguintes pensamentos vieram à sua mente: ele tinha sido um péssimo pai, ele não sabia se a turma de Aurora tinha uma sala de aula fixa e, se tivesse, ele não sabia se essa ainda era a sala dela.

Passaram-se dois anos desde a última vez que estivera ali, num dia em que a escola abriu suas portas à comunidade e todas as turmas fizeram uma exposição de desenhos, maquetes, figuras de argila e outras coisas que não o deixaram muito impressionado. Um pai melhor naturalmente teria ficado admirado.

As vozes emudeceram, e os rostos se viraram para ele.

No silêncio, ele percorreu os rostos jovens e meigos. Os rostos incólumes, imaculados, que ainda não tinham vivido o suficiente; rostos que teriam a chance de se moldar, de ganhar novos traços, de, com o decorrer dos anos, se tornar rígidos e se transformar na máscara que eles seriam futuramente. Na máscara que ele era. Sua filha.

Seus olhos encontraram rostos que ele já tinha visto em uma foto da turma, em festas de aniversário, em raros jogos de handebol, em festas de encerramento do ano letivo. A alguns ele podia atribuir um nome; à maioria, não. Continuou procurando aquele rosto único, enquanto o nome dela se formava, subindo pela garganta como um lamento: Aurora. Aurora. Aurora.

Bjørn deixou o celular cair dentro do bolso. Ficou imóvel ali ao lado do balcão, de costas para Harry. Balançou a cabeça lentamente. E depois se virou. O sangue parecia ter se esvaído do rosto. Estava pálido.

— É alguém que você conhece bem — disse Harry.

Bjørn fez um gesto de confirmação, parecendo um sonâmbulo. Engoliu em seco.
— Não é possível...

— Aurora.
Os rostos enfileirados olharam boquiabertos para Ståle Aune. O nome dela saiu de sua boca como um suspiro. Como uma prece.
— Aurora — repetiu ele.
Na extremidade do campo de visão, ele viu o professor vir em sua direção.

— O que não é possível? — perguntou Harry.
— A filha dele — disse Bjørn. — Simplesmente não é possível.

Os olhos de Ståle estavam banhados em lágrimas. Ele sentiu uma mão no ombro. Viu um vulto à sua frente, vindo ao seu encontro, os contornos se dissolvendo como que num espelho de um parque de diversões. Mesmo assim, ele achava que o vulto se parecia com ela. Parecia Aurora. Como psicólogo, ele obviamente sabia que aquilo não passava de uma fuga do cérebro, era a maneira do ser humano de lidar com o insuportável, de mentir. Ver o que queria ver. Mesmo assim, ele sussurrou o nome.
— Aurora.
Ele poderia até jurar que a voz era de sua filha.
— Aconteceu alguma coisa...
Ele também ouviu a última palavra da frase, mas não teve certeza se foi dita por ela ou se seu cérebro a havia completado.
— ... papai?

— Por que não é possível?
— Porque... — disse Bjørn olhando para Harry como se ele não estivesse ali.
— Sim?
— Porque ela já está morta.

41

Era uma manhã sossegada no cemitério de Vestre. Tudo o que se ouvia era o barulho distante dos carros na Sørkedalsveien e o ruído dos bondes que transportavam as pessoas para o centro da cidade.

— Roar Midtstuen, pois é — disse Harry, dando passos largos entre as lápides. — Há quantos anos ele está com vocês mesmo?

— Ninguém sabe direito — disse Bjørn, tentando acompanhar o ritmo. — Desde o início dos tempos.

— E a filha dele morreu num acidente?

— Nesse verão. É completamente louco. Não pode ser verdade. Eles só têm a primeira parte do código de DNA, ainda há uma chance de quinze por cento, mais ou menos, de que seja o DNA de outra pessoa, talvez...

Ele quase esbarrou em Harry, que parou de repente.

— Bem — disse Harry, agachando-se e enfiando os dedos na terra diante da lápide com o nome de Fia Midtstuen. — Essa chance acabou de cair para zero. — Ele levantou a mão, e terra recém-escavada escorreu entre seus dedos. — Ele desenterrou o cadáver, transportou-o até o Come As You Are e ateou fogo nele.

— Que m...

Harry ouviu o choro na voz do colega. Não olhou para ele. Deixou-o em paz. Esperou. Fechou os olhos, escutou. Um pássaro cantou uma música que não fazia sentido para os ouvidos humanos. O vento, despreocupado e sibilante, empurrou as nuvens. Um bonde seguiu rumo a oeste. O tempo passou, mas será que ele ainda tinha para onde ir? Harry abriu os olhos outra vez. Pigarreou.

— Vamos pedir a eles que desenterrem o caixão e confirmem isso antes de ligarmos para o pai.

— Eu cuido disso.

— Bjørn, é melhor assim. Não foi uma jovem que foi queimada viva. Ok?

— Sinto muito, mas estou cansado. E Roar já sofreu o suficiente, por isso... — Ele abriu os braços num gesto de impotência.

— Está tudo bem — disse Harry e se levantou.

— Aonde você vai?

Harry olhou para a frente, para a rua e a linha do bonde. As nuvens se deslocaram, vindo de encontro a ele. Vento do norte. E ali estava ela outra vez. A sensação de saber algo de que ele ainda não tinha se dado conta, algo que estava submerso nas águas escuras de seu ser, algo que não queria subir até a superfície.

— Preciso resolver uma coisa.

— Onde?

— Uma coisa que eu andei adiando por um tempo.

— Tá bom. Aliás, tem uma coisa que eu queria saber.

Harry olhou para o relógio e fez um breve gesto com a cabeça.

— Quando você falou com Bellman ontem, ele disse o que achava que poderia ter acontecido com a bala.

— Ele não fazia ideia.

— E você? Você costuma ter pelo menos uma hipótese.

— Hum. Preciso ir.

— Harry?

— Sim?

— Não... — Bjørn sorriu sem graça. — Não faça nenhuma bobagem.

Katrine Bratt estava reclinada na cadeira olhando para a tela. Bjørn Holm tinha acabado de ligar avisando que haviam encontrado o pai, um tal de Midtstuen, que participara da investigação do caso Kalsnes, mas a filha já estava morta — essa era a razão pela qual ela não o havia encontrado entre os policiais com filhas bem jovens. E, como isso deixou Katrine temporariamente sem ter o que fazer, ela fez uma verificação no histórico de buscas do dia anterior. Não havia nenhum resultado relacionando Mikael Bellman a René Kalsnes. Quando ela pesquisou com quais pessoas Bellman tinha mais resultados em comum, três nomes se destacaram. Em primeiro lugar estava Ulla Bellman. Em seguida, vinha Truls Berntsen. E em terceiro lugar, Isabelle Skøyen. Era natural que a esposa estivesse no topo da lista, e talvez não fosse de estranhar o fato de a secretária municipal de Assuntos Sociais estar em terceiro lugar. Afinal, ela vinha acima dele na hierarquia, era sua superiora.

Mas o que chamou sua atenção foi Truls Berntsen.

Pelo simples motivo de que surgiu um link para uma notificação interna do Departamento de Crimes Financeiros endereçada ao chefe de polícia, redigida na sede da polícia, pedindo permissão para iniciar uma investigação de corrupção com base em uma quantia em dinheiro sobre a qual Truls Berntsen não quis prestar esclarecimentos.

Ela não encontrou nenhuma resposta, portanto imaginou que Bellman tivesse respondido oralmente, não por escrito.

O que ela achou estranho foi o fato de o chefe de polícia e um policial aparentemente corrupto manterem contato tão frequente por meio de telefone e mensagem de texto, usarem cartões de crédito no mesmo lugar ao mesmo tempo, viajarem no mesmo horário em aviões e trens, fazerem check-in na mesma data no mesmo hotel, estarem juntos no mesmo estande de tiro. Quando Harry lhe pediu para fazer uma análise aprofundada sobre Bellman, ela descobriu que o chefe de polícia tinha assistido a pornografia gay na internet. Será que Truls Berntsen poderia ser seu amante?

Katrine olhou para a tela por algum tempo.

E daí? Talvez isso não significasse nada.

Ela sabia que Harry havia tido um encontro com Bellman na noite anterior, no Estádio de Valle Hovin, onde o confrontou com a questão de sua bala. E, antes de ir embora, Harry murmurou algo sobre ter um palpite de quem poderia ter trocado aquela bala na Sala de Evidências. Quando ela perguntou, Harry simplesmente respondeu: "A sombra."

Katrine ampliou a busca para cobrir mais do passado.

Leu os resultados.

Bellman e Berntsen andaram juntos feito carne e unha ao longo da carreira, que evidentemente se iniciara na Delegacia de Stovner depois que se formaram na Academia de Polícia.

Ela conseguiu uma lista dos outros funcionários da época.

Passou o olhar pela tela. Deteve-se num nome. Digitou um número que começava com 55.

— Até que enfim, Srta. Bratt! — bradou a voz, e ela percebeu como era libertador ouvir o autêntico sotaque de Bergen outra vez. — A senhorita deveria ter aparecido aqui para um exame já faz tempo!

— Hans...

— Dr. Hans. Por favor tire a blusa, Bratt.

— Pode parar — alertou ela, e sentiu que estava sorrindo.

— Peço que não confunda a ciência médica com investidas sexuais indesejadas no local de trabalho, Bratt.

— Alguém me disse que você está de volta ao Departamento de Segurança Pública?

— Isso mesmo. E onde você está atualmente?

— Em Oslo. Por sinal, estou verificando uma lista aqui que diz que você trabalhou na Delegacia de Stovner na mesma época de Mikael Bellman e Truls Berntsen?

— Foi logo depois da Academia de Polícia, e foi só por causa de uma mulher, Bratt. Já contei a você sobre ela?

— Provavelmente.

— Mas depois de terminar com ela, terminei com Oslo também. — Ele entoou uma canção: — *Vestland, Vestland über alles...*

— Hans! Quando você trabalhou com...

— Ninguém trabalhava *com* aqueles rapazes, Katrine. Ou você trabalhava para eles ou você trabalhava contra eles.

— Truls Berntsen está suspenso.

— Até que enfim. Deve ter espancado alguém de novo, né?

— Espancado? Ele espancava os detentos?

— Pior que isso, ele espancava policiais.

Katrine sentiu os pelos do braço se arrepiarem.

— Ah, é? Quem?

— Todos que davam em cima da mulher de Bellman. Afinal, Beavis Berntsen era loucamente apaixonado pelos dois.

— O que ele usava?

— O que você quer dizer?

— Para espancar os caras.

— Como eu poderia saber? Um objeto bem duro, imagino. Pelo menos foi isso que pareceu no caso daquele jovem que veio do norte e que teve a ideia idiota de dançar um pouco perto demais da Sra. Bellman na nossa festa de fim de ano.

— Que jovem que veio do norte?

— Ele se chamava... vamos ver... algo com R. Rune. Não, Runar. Runar, foi isso. Runar... vamos ver... Runar...

Vamos lá, pensou Katrine enquanto os dedos percorriam o teclado.

— Sinto muito, Katrine, faz tanto tempo. Talvez se você tirar a blusa?

— Muito tentador, mas acabei de encontrar o sobrenome aqui. Só tinha um Runar na Delegacia de Stovner naquela época. Tchau, Hans...

— Espere! Uma mamografia não deve ser...

— Preciso ir, seu doente.

Ela desligou. Dois cliques no nome. Aguardou o resultado da busca enquanto olhava atentamente para o sobrenome. Havia algo familiar nele. Onde ela o tinha visto? Katrine fechou os olhos, murmurando o nome para si mesma. Era incomum demais para ser uma coincidência. Abriu os olhos novamente. Os resultados estavam ali. Havia muita coisa. Bastante. Histórico médico. Internações por abuso de drogas. E-mails entre o diretor de uma das instituições de dependentes químicos de Oslo e o chefe de polícia. Overdose. Mas a primeira coisa que lhe chamou a atenção foi a foto. Os olhos puros, de um tom azul inocente, que a fitavam. De repente Katrine se deu conta de onde ela os tinha visto antes.

Harry abriu a porta de casa, entrou sem tirar os sapatos e seguiu a passos largos até a prateleira dos discos. Enfiou o dedo entre *Bad as Me*, do Waits, e *A Pagan Place*, que, ele tinha colocado com ressalvas no início da série de discos da banda The Waterboys, pois era uma edição remasterizada de 2002. De qualquer forma, era o lugar mais seguro da casa, pois nem Rakel nem Oleg jamais escolheriam escutar por livre e espontânea vontade um disco com Tom Waits ou Mike Scott como vocalistas.

Ele pegou a chave. Cromada, pequena e oca, muito leve. Mesmo assim ela pesava em sua mão enquanto ele caminhava até o armário de canto. Harry a inseriu no buraco da fechadura e a girou. Esperou. Sabia que não haveria volta depois que ele tivesse aberto aquela porta, depois que a promessa tivesse sido quebrada.

Foi preciso usar força para abrir a porta emperrada do armário. Ele entendeu que era só madeira velha se soltando do caixilho, mas o som parecia um suspiro profundo que saía de dentro da escuridão. Como se ela entendesse que finalmente estava livre. Livre para criar o inferno na Terra.

Cheirava a metal e óleo.

Ele inspirou. Tinha a sensação de enfiar a mão num ninho de cobras. Os dedos tatearam a prateleira antes de encontrar a pele fria e escamosa de aço. Ele agarrou a cabeça do réptil e o tirou dali.

Era uma arma feia. De uma feiura fascinante. Uma obra-prima da engenharia russa em sua forma mais brutalmente eficaz; aguentava tanto o tranco quanto uma Kalashnikov.

Harry sopesou a pistola.

Sabia que era pesada, e mesmo assim parecia leve. Leve, agora que a decisão tinha sido tomada. Soltou o ar outra vez. O demônio estava livre.

— Olá — disse Ståle, e fechou a porta da Sala das Caldeiras. — Você está sozinho?

— Estou — disse Bjørn em sua cadeira, olhando para o telefone.

Ståle se sentou.

— Onde...?

— Harry teve que resolver alguma coisa. Katrine já tinha saído quando eu cheguei.

— Parece que você teve um dia difícil.

Bjørn deu um sorriso apagado.

— Você também, Dr. Aune.

Ståle passou a mão pela cabeça.

— Sim e não. Acabo de vir de uma sala de aula, onde abracei minha filha e chorei com a sala inteira como plateia. Aurora diz que isso vai traumatizá-la pelo resto da vida. Tentei explicar a ela que, em geral, os filhos felizmente nascem com força o suficiente para suportar o peso que é o amor exagerado dos pais, e que, do ponto de vista darwiniano, ela deve sobreviver a isso também. Tudo porque ela passou a noite na casa da Emilie. Mas há duas Emilies na sala, e eu liguei para a mãe da Emilie errada.

— Você não recebeu a mensagem? A gente adiou a reunião de hoje? Foi encontrado um corpo. Uma menina.

— Pois é, sei disso. Foi feio, pelo que entendi.

Bjørn fez um gesto lento com a cabeça. Apontou para o telefone.

— Vou ligar para o pai agora.

— Você está com medo, naturalmente?

— Sim, estou.

— Você fica se questionando por que o pai será castigado dessa forma? Por que ele vai perder a menina duas vezes? Uma já não basta?

— É mais ou menos isso.

— A resposta é porque o assassino se vê como o vingador divino, Bjørn.

— Ah, é? — Bjørn dirigiu um olhar vazio ao psicólogo.

— Você conhece aquela passagem da Bíblia? "O Senhor é Deus zeloso e vingador! O Senhor é vingador! Seu furor é terrível! O Senhor executa vingança contra os seus adversários e manifesta o seu furor contra os seus inimigos." É uma tradução antiga, mas você está entendendo, não está?

— Sou um simples rapaz de Østre Toten, que mal frequentou a igreja e...

— Andei pensando em uma coisa, por isso vim aqui agora. — Ståle se inclinou para a frente na cadeira. — O assassino é um vingador, e Harry tem razão: ele mata por amor, não por ódio, lucro ou prazer sádico. Alguém tirou algo dele que ele ama, e agora ele está tirando das vítimas o que elas amam mais que tudo. Pode ser a própria vida. Ou algo que eles estimam ainda mais: um filho.

Bjørn assentiu.

— Com certeza Roar Midtstuen daria a vida para ter a filha de volta, sim.

— Então o que precisamos procurar é alguém que perdeu algo que amava. Um vingador sem amor. Porque esse... — Ståle Aune fechou a mão direita — ... esse é o único motivo forte o suficiente nesse caso, Bjørn. Você entende?

— Acho que sim. Mas agora preciso ligar para Midtstuen.

— Faça isso, vou deixá-lo em paz.

Bjørn esperou Ståle sair e depois digitou o número para o qual tinha olhado por tanto tempo que parecia estampado em sua retina. Ele respirou fundo enquanto aguardava o telefone ser atendido, contando os toques. Perguntou-se quantas vezes ele devia deixar tocar antes de desligar.

Então, de repente, ouviu a voz do colega.

— Bjørn, é você?

— Sou eu. Você tem meu número na sua lista?

— Claro.

— Bem. Então. É que tem uma coisa que preciso te dizer.

Pausa.

Bjørn engoliu em seco.

— É sobre sua filha, ela...

— Bjørn — interrompeu a voz com severidade —, antes de você continuar, não sei do que se trata, mas estou notando que é algo sério. E não posso suportar mais um telefonema sobre Fia. Daquela vez foi do mesmo jeito. Ninguém teve coragem de me olhar nos olhos, todos só ligavam. Como se assim fosse mais fácil. Você pode fazer o favor de vir até aqui? Só para me olhar nos olhos enquanto diz o que quer que queira me dizer? Bjørn?

— Claro — disse Bjørn Holm, surpreso. Ele nunca ouviu Roar Midtstuen ser tão franco sobre sua própria fragilidade. — Onde você está?

— Faz exatamente nove meses hoje, portanto coincidentemente estou a caminho do lugar onde ela morreu. Vou deixar algumas flores, pensar...

— Só me explique onde fica que estou indo já.

Katrine Bratt desistiu de encontrar uma vaga para estacionar. Tinha sido mais fácil achar o número de telefone e o endereço, que estavam na internet. Mas depois de quatro tentativas sem que ninguém atendesse e sem que a ligação caísse na caixa postal, ela requisitou um carro e foi até Majorstuen, mais especificamente à Industrigata, uma rua de mão única com um mercadinho, umas duas galerias de arte, pelo menos um restaurante, uma loja de molduras, mas, pelo jeito, nenhuma vaga para estacionar.

Katrine tomou a decisão: subiu com o carro na calçada, desligou o motor e colocou um papel no para-brisa mostrando que ela era policial. Sabia que isso significaria muito pouco para os agentes do Departamento de Trânsito, os quais, de acordo com Harry, eram a única coisa que se interpunha entre a civilização e o caos total.

A pé, ela voltou pelo mesmo caminho que tinha percorrido de carro, indo em direção à histeria de compras da Bogstadveien. Parou em frente a um prédio em Josefines Gate; ela já tinha ido parar ali depois de umas duas festas na época da Academia de Polícia. O distrito policial de Oslo era dono do prédio e alugava apartamentos modestos para os estudantes da Academia de Polícia. Katrine achou o nome que estava procurando no painel de campainhas, apertou uma delas e aguardou enquanto observava a fachada simples de quatro andares. Apertou a campainha mais uma vez. Aguardou.

— Ninguém em casa?

Ela se virou, sorrindo automaticamente. Estimou que o homem deveria estar na casa dos 40, um coroa bem conservado. Alto, com o cabelo penteado, camisa de flanela. Levi's 501.

— Sou o zelador.

— E eu sou Katrine Bratt, da Divisão de Homicídios. Estou procurando Silje Gravseng.

Ele olhou para o distintivo que ela apresentou e avaliou-a descaradamente dos pés à cabeça.

— Ah, Silje Gravseng — disse o zelador. — Parece que ela saiu da Academia, então não deve ficar aqui por muito mais tempo.

— Mas ela ainda está morando aqui?

— Está, sim. No 412. Quer que eu deixe uma mensagem?

— Quero, sim. Peça a ela que ligue para esse número. Quero conversar sobre Runar Gravseng, o irmão dela.

— Ele fez alguma coisa errada?

— Acho difícil. Ele está internado numa instituição psiquiátrica e fica sempre sentado no meio do quarto, pois acredita que as paredes são pessoas que vão espancá-lo até a morte.

— Nossa.

Katrine pegou o bloco de anotações e começou a escrever seu nome e seu número.

— Pode dizer a ela que se trata dos homicídios dos policiais.

— Pois é, ela parece obcecada por eles.

Katrine parou de escrever.

— Como assim?

— Ela usa eles como papel de parede no quarto. Recortes de jornal sobre policiais mortos, quero dizer. Não que seja da minha conta; os estudantes podem pendurar o que quiserem nas paredes, mas não deixa de ser um pouco... assustador, né?

Katrine olhou para ele.

— Como você disse que se chama?

— Leif Rødbekk.

— Escute, Leif. Você acha que eu poderia dar uma olhada no quarto dela? Gostaria de ver os recortes.

— Por quê?

— Posso?

— Claro. É só me mostrar o mandado de busca.

— Infelizmente, não tenho...

— Estou brincando com você — disse ele, com um sorriso. — Venha comigo.

Um minuto mais tarde estavam no elevador, subindo para o quarto andar.

— Consta do contrato de aluguel que eu posso entrar no quarto desde que tenha avisado de antemão. Atualmente, estamos conferindo todos os radiadores para ver se têm poeira grudada, porque um deles pegou fogo na semana passada. Tentamos avisar antes de entrar, mas Silje não atendeu o telefone. Tudo bem, agente Bratt? — Outro sorriso brincalhão. Sorriso de lobo, pensou Katrine. Tinha algum charme. Se ele tivesse se permitido usar o nome próprio dela no final da frase, era óbvio que teria queimado o filme, mas ele tinha certo tato. O olhar dela procurou seu dedo anelar. O ouro estava fosco. A porta do elevador se abriu, e ela o seguiu pelo corredor estreito até ele parar diante de uma das portas pintadas de azul.

Ele bateu na porta, esperou. Bateu outra vez. Esperou.

— Então vamos entrar — disse e girou a chave na fechadura.

— Você está sendo muito solícito, Rødbekk.

— Leif. E é um prazer ajudar. Não é todo dia que me deparo com... — ele abriu a porta para Katrine, mas se posicionou de um jeito que, para ela entrar, teria de se espremer contra ele; ela lhe dirigiu um olhar de repreensão — ... um caso tão sério — concluiu, com um sorriso nos olhos, e se afastou para o lado.

Katrine entrou. Os alojamentos dos estudantes da Academia de Polícia não haviam mudado muito desde sua época. De um lado, o quarto tinha uma copa-cozinha e uma porta que dava para o banheiro; do outro, uma cortina, atrás da qual, pelo que Katrine se lembrava, estava a cama. Mas a primeira coisa que chamou sua atenção foi que havia entrado no quarto de uma menina; não era uma mulher adulta que morava ali. Silje Gravseng deveria sentir muitas saudades de algo no passado. O sofá do canto estava cheio de ursinhos, bonecas e diversos bichos de pelúcia de origem desconhecida. As roupas que estavam espalhadas sobre as mesas e cadeiras tinham cores fortes, e o cor-de-rosa era o tom predominante. Nas paredes havia fotos, um zoológico humano de jovens rapazes e moças superproduzidos que Katrine desconhecia, mas imaginava serem de boy bands ou do Disney Channel.

A segunda coisa que chamou sua atenção foram os recortes de jornal em preto e branco entre as imagens glamorosas de cores fortes. Eles davam a volta no quarto inteiro, mas se concentravam mais na parede em cima da tela do iMac da escrivaninha.

Katrine chegou mais perto, mas já havia reconhecido a maioria; eram os mesmos recortes que eles tinham na parede da Sala das Caldeiras. Foram afixados com tachinhas e não tinham nenhuma outra anotação além das datas escritas com caneta esferográfica.

Ela afastou suas primeiras impressões, e outro pensamento lhe ocorreu: não era de estranhar que uma estudante da Academia de Polícia se interessasse por um caso tão importante.

Ao lado do teclado, na escrivaninha, havia jornais recortados. E entre eles um cartão-postal com a foto de um pico no norte da Noruega, um local que ela reconhecia: Svolværgeita, em Lofoten. Ela pegou o cartão-postal e olhou o verso, mas ele não tinha selo nem destinatário nem assinatura. Ela já havia colocado o cartão de volta no lugar quando o cérebro finalmente processou o que seus olhos tinham registrado quando procuraram por uma assinatura. Uma palavra escrita em letras maiúsculas no fim do texto. POLÍCIA. Ela pegou o cartão mais uma vez, agora segurando-o pelas beiradas, e o leu desde o início.

> Eles acham que os policiais foram mortos porque alguém os odeia. Eles ainda não entenderam que é o contrário, que foram mortos por alguém que ama a polícia e sua missão sagrada: capturar e punir os anarquistas, os niilistas, os ateístas, os infiéis, os descrentes, todas as forças destrutivas. Eles não sabem que estão caçando um apóstolo da justiça, alguém que precisa punir não apenas os vândalos, mas também os que falharam à sua responsabilidade, os que, por preguiça ou indiferença, não fazem jus ao padrão, os que não merecem fazer parte da POLÍCIA.

— Sabe de uma coisa, Leif? — disse Katrine sem tirar os olhos da caligrafia microscópica, caprichosa, quase infantil, desenhada em caneta azul. — Eu realmente gostaria de ter um mandado de busca.
— Ah, é?
— Acho que vou conseguir um, mas você sabe como é esse tipo de coisa, pode ser que leve algum tempo. E até lá o que quero pode não estar mais aqui.
Katrine ergueu os olhos, fitando-os nele. Leif Rødbekk retribuiu o olhar. Não como numa paquera, mas em busca de uma confirmação. De que aquilo era mesmo importante.
— E sabe de uma coisa, Bratt? Lembrei que preciso dar uma passada no porão; os eletricistas estão trocando os quadros de distribuição de energia lá. Você consegue se virar sozinha aqui?
Ela sorriu para ele. E, quando ele sorriu para ela, Katrine não soube dizer que tipo de sorriso era.
— Vou me esforçar — respondeu ela.
Assim que ouviu a porta bater atrás de Rødbekk, Katrine apertou a tecla de espaço no iMac. A tela se iluminou. Ela levou o cursor até o Finder e digitou "Mittet". Nenhum resultado. Tentou mais uns dois nomes que constavam da investigação, locais de crimes e "assassinatos de policiais", mas sem resultados.

Ou seja, Silje Gravseng não tinha usado o iMac. Menina esperta.

Katrine tentou abrir as gavetas da escrivaninha. Trancadas. Estranho. Que menina de 20 e poucos anos tranca as gavetas do próprio quarto?

Ela se levantou, foi até a cortina e a abriu.

Como esperado, havia uma cama ali.

E duas grandes fotografias na parede em cima dela.

Katrine só tinha visto Silje Gravseng duas vezes; a primeira delas quando foi procurar Harry na Academia de Polícia. Mas a semelhança familiar entre a loira Silje Gravseng e a pessoa da foto saltava tanto aos olhos que Katrine tinha certeza de quem ela era.

Quanto ao homem da outra foto, não havia dúvida alguma.

Silje deveria ter conseguido uma foto de alta resolução na internet e ter feito uma ampliação. Cada cicatriz, cada sulco e cada poro da pele do rosto destruído estavam evidentes. Mas era como se não fossem visíveis, como se desaparecessem no brilho dos olhos azuis e no olhar furioso de quem tinha acabado de se dar conta da presença do fotógrafo e de avisar que aquela câmera não tinha nada a fazer em sua cena de crime. Harry Hole. Foi sobre essa foto que meninas na fileira da frente no auditório comentaram.

Katrine dividiu o quarto em quadrados imaginários e começou pelo canto superior esquerdo. Seu olhar percorria o chão e subia pelas paredes até o próximo quadrado, assim como ela tinha aprendido com Harry. E lembrou o ensinamento dele: "Não procure *alguma coisa*, só procure. Se você procurar alguma coisa, as outras coisas vão ficar mudas. Deixe todas elas falarem com você."

Depois de perscrutar o quarto, ela se sentou em frente ao iMac outra vez. Pensou com a voz dele ainda sussurrando em sua mente: "Quando terminar e achar que não encontrou nada, você precisa inverter o pensamento e deixar as outras coisas falarem com você. As coisas que *não* estão ali, mas que deveriam estar. A faca do pão. As chaves do carro. O paletó de um terno."

Foi o último exemplo que fez Katrine descobrir o que Silje Gravseng estava fazendo naquele momento. Ela havia conferido todas as roupas no armário, no cesto de roupa suja no pequeno banheiro e nos ganchos ao lado da porta, mas não encontrou a roupa que Silje Gravseng estava usando na última vez que Katrine a tinha visto, junto com Harry no apartamento alugado por Valentin. Roupa de treino preta dos pés à cabeça. Katrine se lembrou de que ela a fizera pensar em uma fuzileira naval numa missão noturna.

Silje tinha saído para correr. Treinar. Como havia feito para conseguir passar nas provas de admissão na Academia de Polícia. Para entrar lá e fazer o que deveria fazer. Harry tinha dito que a motivação dos homicídios era amor, não ódio. O amor por um irmão, por exemplo.

Foi o nome que chamou a atenção de Katrine. Runar Gravseng. Quando ela foi pesquisar mais a fundo, muita coisa surgiu. Entre elas, os nomes de Bellman e Berntsen. Em reuniões com o chefe da reabilitação, Runar Gravseng tinha dito que fora espancado por um homem mascarado enquanto trabalhava na Delegacia de Stovner, e esse foi o motivo da licença médica, do pedido de demissão e da crescente dependência química. Gravseng alegou que o autor do crime era um tal de Truls Berntsen e que o motivo da agressão era que ele tinha dançado juntinho demais com a mulher de Mikael Bellman na festa de fim de ano da delegacia. O chefe de polícia se recusou a levar adiante as acusações infundadas de um viciado desnorteado, e o chefe da instituição concordou com ele, dizendo que só queria repassar a informação.

Katrine ouviu o barulho do elevador lá fora no corredor no mesmo instante em que seus olhos encontraram algo que despontava de baixo do gaveteiro da escrivaninha, algo que havia lhe escapado. Ela se abaixou. Um cassetete preto.

A porta se abriu.

— Os eletricistas estão fazendo o conserto?

— Estão — respondeu Leif Rødbekk. — Parece que você está pensando em usar isso.

Katrine deu um tapinha com o cassetete na palma da mão.

— Um objeto interessante para se ter num alojamento estudantil, não acha?

— Sim. Fiz a mesma pergunta quando fiz um reparo da torneira do banheiro na semana passada. Ela disse que era para treinar para a prova final. E para o caso de o assassino de policiais aparecer. — Leif Rødbekk fechou a porta. — Encontrou alguma coisa?

— Isso. Já viu ela sair com ele?

— Umas duas vezes, sim.

— Sério? — Katrine se reclinou para trás na cadeira. — A que hora do dia?

— À noite, claro. Toda produzida, com salto alto, cabelo recém-lavado e cassetete.

Ele riu baixinho.

— Por que...

— Ela disse que era para se proteger dos estupradores.

— Ela carrega um cassetete pra cima e pra baixo à noite por causa disso? — Katrine sopesou o objeto na mão; ele a lembrou da parte de cima de uma chapeleira da IKEA. — Seria mais fácil evitar os parques.

— Pelo contrário. Ela *ia* para os parques. Era para lá que ela queria ir.

— O quê?

— Ela ia até Vaterlandsparken. Queria treinar luta corporal.

— Ela queria que os tarados fossem lá fazer uma tentativa e aí...

— Aí ela espancava eles pra valer, sim. — Leif Rødbekk arreganhou o sorriso de lobo enquanto encarava Katrine de forma tão direta que ela não soube à qual das duas ele se referiu ao dizer: — Que garota...

— Pois é — disse Katrine e se levantou. — E agora preciso encontrá-la.

— Está com pressa?

Se Katrine sentiu algum incômodo com a pergunta, ele não chegou à sua consciência até ela ter passado pelo zelador e saído do quarto. Ao descer as escadas, ela pensou que não, não estava tão desesperada assim. Mesmo que aquele lerdo por quem ela estava esperando nunca se mexesse.

Harry passou pelo Svartdalstunnel. As luzes do túnel deslizaram sobre o capô e o para-brisa. Ele não tinha ultrapassado o limite de velocidade, não havia necessidade de chegar rápido. A pistola estava no banco a seu lado. Estava carregada, e no pente tinha doze balas Makarov 9 × 18 milímetros. Mais que o suficiente para o que ele ia fazer. Era só uma questão de ter estômago para aquilo.

A coragem ele tinha.

Ele nunca havia atirado em alguém a sangue-frio. Mas era um trabalho que precisava ser feito. Era simples assim.

Ele mudou a posição das mãos no volante. Reduziu a marcha ao sair do túnel para a luz do dia e começou a subida rumo a Ryenkrysset. Sentiu o telefone vibrar, conseguiu pegá-lo com uma das mãos. Olhou de relance para a tela. Era Rakel. Um horário pouco comum para ela ligar; havia um acordo tácito de que eles só deveriam ligar um para o outro depois das dez da noite. Não podia falar com ela agora. Estava agitado demais; ela iria perceber isso, fazer perguntas. E ele não queria mentir. Não queria mais mentir.

Harry esperou o telefone parar de tocar, depois desligou o aparelho e o colocou ao lado da arma. Pois não tinha mais o que pensar; já havia pensado em tudo. Deixar espaço para a dúvida a essa altura seria começar de novo, percorrer o mesmo longo caminho e acabar exatamente no ponto em que ele estava. A decisão fora tomada, recuar era compreensível, mas não admissível. Merda, merda! Ele bateu no volante. Pensou em Oleg. Em Rakel. Isso ajudou.

Contornou a rotatória, pegou a saída em direção a Manglerud. Em direção ao prédio de Truls Berntsen. Sentiu a calma chegando. Finalmente. Ela sempre vinha quando ele sabia que tinha cruzado o limiar e que era tarde demais, quando já estava em queda livre e seus pensamentos conscientes cessavam, transformando tudo em movimentos automáticos e específicos, em algo rotineiro. Mas fazia muito tempo, e ele sentia isso agora. Tivera dúvidas se ainda levava jeito ou não. Bem, ele levava jeito.

Ele dirigiu o carro calmamente pelas ruas. Inclinou-se para a frente e olhou para o céu lá em cima, onde nuvens cor de chumbo se aproximavam, como uma armada que ataca de surpresa com intenções desconhecidas. Ele se recostou no assento. Viu os prédios altos se avultarem sobre os telhados das casas mais baixas.

Não precisou olhar para a pistola para verificar se estava ali.

Não precisou pensar no que faria ao chegar lá; ele se lembrava de como era.

Não precisou verificar seus batimentos cardíacos para saber que a pulsação estava tranquila.

E por um momento ele fechou os olhos e visualizou o que estava por vir. Então ele veio, aquele sentimento que ele já tivera algumas vezes em sua vida de policial. O medo. O mesmo medo que ele podia intuir nos criminosos que perseguia. O medo que o assassino sente de sua própria sombra.

42

Truls Berntsen ergueu os quadris e inclinou a cabeça para trás, pressionando-a contra o travesseiro. Fechou os olhos, grunhiu baixinho e gozou. Sentiu os espasmos agitarem seu corpo. Em seguida ficou imóvel, entrando e saindo de um estado onírico. Ao longe, um alarme de carro disparou — ele imaginou que vinha do grande estacionamento. Fora isso, um silêncio retumbante reinava lá fora. Era curioso pensar que havia mais silêncio ali, um local que abrigava inúmeros mamíferos morando uns em cima dos outros, do que nas florestas mais perigosas, pois nelas o menor ruído poderia significar que você tinha se tornado uma presa. Ele ergueu a cabeça e encarou os olhos de Megan Fox.

— Foi bom pra você também? — sussurrou ele.

Ela não respondeu. Mas os olhos não se desviaram, o sorriso não murchou, a linguagem corporal convidativa continuava a mesma. Megan Fox, a única coisa em sua vida que era constante, fiel e confiável.

Truls se inclinou até a mesinha de cabeceira, pegou o rolo de papel higiênico, se limpou e encontrou o controle remoto do DVD. Ergueu-o em direção a Megan, que tremeu levemente na imagem congelada da tela plana de 50 polegadas na parede, uma Pioneer daquele tipo que precisaram parar de fabricar porque era cara demais, boa demais em relação ao preço que poderiam cobrar. Truls conseguiu a última, comprada com o dinheiro que ele recebeu para destruir as provas contra um piloto de avião que tinha feito contrabando de heroína para Asaiev. O fato de que havia depositado o restante do dinheiro diretamente em sua conta bancária tinha sido uma idiotice, claro. Asaiev, ele poderia ter colocado Truls em maus lençóis. E a primeira coisa que Truls pensou ao ouvir que Asaiev estava morto foi que agora ele estava livre. Tudo estava zerado, ninguém poderia pegá-lo.

Os olhos verdes de Megan Fox brilharam para ele. Verde-esmeralda.

Ele já havia pensado nisso, que deveria comprar esmeraldas para ela. Que Ulla ficava bem de verde. Por exemplo, com a blusa verde que ela às vezes usava quando estava lendo no sofá de casa. Ele até chegou a dar uma passada numa joalheria. O lojista avaliou Truls rapidamente, estipulou seu quilate e seu valor e então lhe explicou que esmeraldas com qualidade para lapidação eram mais caras que diamantes e talvez fosse uma boa ideia cogitar outra pedra — se realmente tinha que ser verde, que tal uma opala elegante? Ou talvez uma pedra com cromo, pois era o cromo que conferia a cor verde à esmeralda, não havia mistério.

Não havia mistério.

Truls saiu da loja fazendo uma promessa a si mesmo. A próxima vez que alguém o contratasse como queimador, ele sugeriria um assalto a essa joalheria. E que alguém tacasse fogo nela. Como tinha acontecido com a menininha no Come As You Are. Ele ouvira sobre o incêndio no rádio da polícia enquanto circulava pela cidade, tinha até cogitado dar um pulo lá para ver se poderia ajudar. Afinal, sua suspensão já fora revogada. Mikael tinha dito que só faltavam algumas formalidades antes que ele pudesse comparecer ao trabalho outra vez. Os planos contra Mikael tinham sido postos de lado agora; eles com certeza conseguiriam retomar a amizade e tudo ficaria como antes. Sim, agora ele finalmente teria a chance de se juntar à corporação, de dar duro, de contribuir. De pegar aquele maldito assassino de policiais, aquele doente. Se tivesse a oportunidade, Truls iria pessoalmente... Sim. Ele lançou um olhar para a porta do armário ao lado da cama. Ali dentro ele tinha armas suficientes para liquidar cinquenta tipos daquele.

A campainha tocou.

Truls suspirou.

Alguém queria alguma coisa com ele. A experiência indicava que era uma das quatro opções. 1) Ele deveria se tornar testemunha de Jeová e aumentar suas chances de ir para o Paraíso. 2) Deveria doar dinheiro a alguma campanha beneficente organizada por algum presidente africano que construía sua fortuna com o dinheiro das arrecadações. 3) Deveria abrir a porta do prédio para um bando de jovens que alegaria ter esquecido a chave, mas que na verdade só estava a fim de arrombar o depósito no porão. 4) Um dos chatos do conselho do condomínio pediria a ele que descesse para participar de algum mutirão que Truls havia esquecido. Nenhuma das alternativas era motivo suficiente para que ele levantasse da cama.

A campainha tocou pela terceira vez.

Até as testemunhas de Jeová se contentavam com dois toques.

Talvez fosse Mikael; talvez ele quisesse falar sobre coisas que não deveriam ser ditas em uma linha telefônica comum. Por exemplo, como poderiam combinar seus depoimentos caso houvesse mais interrogatórios sobre o dinheiro na conta.

Truls refletiu um pouco sobre isso.

E então resolveu sair da cama.

— Aqui é Aronsen do Bloco C. Você é o dono de uma Suzuki Vitara prata, certo?

— Certo — disse Truls para o interfone. Deveria ser um Audi Q5 2.0, transmissão manual com seis marchas. Aquela deveria ter sido a recompensa pelo último trabalho para Asaiev. A última parcela depois de ter entregado aquele investigador inconveniente, Harry Hole. Mas, em vez disso, ele tinha um carro japonês que era motivo de piadas.

— Você está escutando o alarme?

Truls ouviu o alarme mais nitidamente agora através do interfone.

— Que merda! — exclamou ele. — Vou ver se a chave desliga o alarme daqui da varanda.

— Se eu fosse você, desceria imediatamente. Eles quebraram o vidro e estavam arrancando o rádio quando cheguei. Acho que devem estar à espreita para ver o que vai acontecer.

— Que merda! — repetiu Truls.

— Não há de quê, fico feliz em ajudar — disse Aronsen.

Truls enfiou os tênis, verificou que estava com a chave do carro e então pensou um pouco. Voltou ao quarto, abriu a porta do armário, pegou uma das pistolas, uma Jericho 941, e a enfiou no cós da calça. Parou. Sabia que a imagem congelada poderia queimar a tela da TV de plasma se ele a deixasse daquele jeito por muito tempo. Mas só daria um pulo rápido lá fora. Então se apressou pelo corredor. Estava silencioso ali.

O elevador estava parado em seu andar, por isso ele entrou depressa, apertou o botão do térreo, lembrou que não tinha trancado a porta, mas não deteve o fechamento das portas. Só demoraria alguns minutos.

Meio minuto depois ele saiu na noite límpida e fresca de março em direção ao estacionamento, que ficava na área entre os prédios. Apesar disso, os carros eram arrombados com frequência. Eles deveriam colocar mais postes de luz; o asfalto preto engolia tudo o que havia de luminosidade, e era muito fácil ficar xeretando os carros depois do anoitecer. Ele teve problemas para dormir à noite depois da suspensão; afinal tinha o dia inteiro para dormir, bater punheta, dormir, bater punheta, comer, bater punheta. E em algumas noites ele havia ficado na varanda com os óculos de visão noturna e o fuzil Märklin na esperança de avistar algum dos ladrõezinhos lá embaixo, no estacionamento. Infelizmente, não apareceram. Ou felizmente. Ele não era nenhum assassino, porra.

Obviamente, houve aquele cara do Los Lobos, o clube dos motoqueiros, que ele sem querer perfurou com uma broca. Mas aquilo tinha sido totalmente sem querer. E ele já havia se transformado em um terraço em Høyenhall.

Também teve aquele pulo que ele deu na penitenciária de Ila para espalhar o boato de que Valentin Gjertsen estava por trás dos homicídios de Maridalen e Tryvann. Não que tivessem certeza absoluta de que ele era o culpado, mas, se não fosse, havia motivos de sobra para que aquele filho da mãe apodrecesse ainda mais na cadeia. No entanto, ele não tinha como adivinhar que aqueles loucos iriam acabar com o cara. Se é que Valentin tinha realmente morrido. A comunicação no rádio da polícia outro dia indicava algo diferente.

O mais próximo que Truls esteve de um assassinato foi naturalmente com aquele viadinho todo maquiado de Drammen. Mas foi algo que precisava ser feito, a culpa era dele. Era dele, e foda-se quem dissesse outra coisa. Mikael entrou em contato com Truls para dizer que havia recebido um telefonema. Um cara disse que sabia que ele e um colega tinham espancado aquela bicha que trabalhava na Kripos. Ele tinha provas. E agora queria dinheiro para não fazer uma denúncia. Cem mil coroas. Ele queria receber o dinheiro num lugar deserto nos arredores de Drammen. Mikael disse a Truls que ele precisava cuidar disso; afinal, ele que tinha exagerado e era o culpado por aquela situação. Quando entrou no carro para encontrar o cara, Truls sabia que estava sozinho nessa empreitada. Totalmente sozinho. E que sempre fora assim.

Ele seguiu as indicações, percorreu algumas estradas de chão desertas nos arredores de Drammen e parou numa área de manobra diante de um penhasco junto ao rio. Aguardou cinco minutos. Aí o carro chegou. Parou, mas sem desligar o motor. E, conforme o combinado, Truls tinha trazido o envelope marrom com o dinheiro. Ele foi até o carro, cujo vidro lateral desceu. O cara estava usando um gorro de lã, e um lenço de seda cobria seu rosto até o nariz. Truls se perguntou se o cara era retardado; o carro dificilmente tinha sido roubado, e as placas eram totalmente visíveis. Além do mais, Mikael já rastreara o telefonema; tinha sido feito de uma boate de Drammen, onde provavelmente não havia muitos funcionários. Seria fácil encontrá-lo.

O cara abriu o envelope, contou o dinheiro. Pelo visto, se atrapalhou na contagem, começou outra vez, franziu a testa com irritação, ergueu os olhos.

— Não são cem mi...

O golpe acertou a boca, e Truls sentiu o cassetete afundar quando os dentes quebraram. O segundo golpe atingiu o nariz. Fácil. Cartilagem e ossos finos. O terceiro fez um barulho suave e triturante ao atingir a testa logo acima das sobrancelhas.

Então Truls contornou o carro e se sentou no banco do carona. Esperou um pouco até o cara recuperar a consciência. Assim que isso aconteceu, uma breve conversa se seguiu:

— Quem...?

— Um deles. Que prova você tem?

— Eu... eu...

— Isso aqui é uma Heckler & Koch, e ela está ansiosa para falar. Então, qual de vocês dois vai falar primeiro?

— Não...

— Fale logo então.

— O cara que vocês espancaram. Ele me contou. Por favor, eu só preciso...

— Ele falou os nossos nomes?

— O quê? Não.

— Então como você sabe quem somos?

— Ele só contou a história. Aí eu conferi as descrições com uma pessoa na Kripos. E tinha que ser vocês dois. — Soou como o chio de um aspirador que está sendo desligado quando o cara se viu no retrovisor. — Meu Deus! Você acabou com o meu rosto!

— Cale a boca e fique parado. A pessoa que você disse que a gente espancou, ele sabe que você está nos chantageando?

— Ele? Não, de jeito nenhum, ele nunca iria...

— Você é o namorado dele?

— Não! Ele pode achar que sou, mas...

— Mais alguém que sabe?

— Não! Juro! Só me deixe ir embora, prometo que não...

— Então ninguém sabe que você está aqui agora.

Truls saboreou a expressão boquiaberta do sujeito enquanto as implicações daquilo que tinha dito penetravam o cérebro a duras penas.

— Sim! Sim, tem mais gente que...

— Você não mente muito mal — disse Truls, colocando o cano na testa do cara. A pistola parecia surpreendentemente leve. — Mas também não mente muito bem.

Então Truls apertou o gatilho. A escolha não foi difícil, pois não havia escolha. Foi só uma daquelas coisas que precisavam ser feitas. Pura sobrevivência. O cara tinha informações incriminadoras contra eles, algo que, mais cedo ou mais tarde, ele encontraria um jeito de usar. Pois hienas como ele eram assim mesmo, covardes e submissas cara a cara, mas gananciosas e pacientes; se deixam humilhar, abaixam a cabeça e aguardam, mas atacam assim que você vira as costas.

Em seguida, ele limpou o assento e todos os lugares onde tinha deixado impressões digitais, enrolou o lenço na mão ao soltar o freio de mão e deixar o carro no ponto morto. Empurrou-o penhasco abaixo. Escutou o silêncio estranho enquanto o carro caía, seguido de um estrondo oco e o ruído de metal sendo destruído. Olhou para o carro que estava no rio lá embaixo.

Ele se desfez do cassetete com a maior rapidez e eficiência possível. Depois de dirigir um bom trecho pela estrada de chão, abriu a janela e o jogou entre as árvores. Dificilmente seria encontrado, mas se fosse, não haveria impressões digitais ou DNA que pudessem ligá-lo ao homicídio ou a ele próprio.

A arma era mais complicada. Poderiam estabelecer uma conexão entre a bala e a pistola e, portanto, com ele.

Por isso esperou até passar pela ponte de Drammen. Dirigiu devagar e viu a pistola caindo, seguindo lentamente até o ponto em que o rio encontra as águas do fiorde. Um lugar onde ela nunca seria encontrada, sob dez ou vinte metros de profundidade. Água salobra. Água híbrida. Não totalmente salgada nem totalmente doce. Não totalmente errada nem totalmente certa. A morte em seu limite. Mas ele leu em algum lugar que havia espécies de animais que tinham se especializado em sobreviver nessas águas. Espécies tão desvirtuadas que não conseguiam viver na mesma água que era necessária para as formas de vida normais.

Truls apertou o botão do alarme antes de chegar ao estacionamento, e o alarme se calou imediatamente. Não via ninguém, nem ali fora nem nas varandas que o cercavam, mas Truls imaginou que podia ouvir o suspiro coletivo dos prédios: "Até que enfim, porra! Cuide melhor de seu carro; você poderia ter um daqueles alarmes com tempo limitado, seu idiota."

De fato, o vidro lateral estava quebrado. Truls enfiou a cabeça. Não viu nenhum sinal de que o rádio fora roubado. O que Aronsen quis dizer com... E quem era Aronsen? Bloco C, poderia ser qualquer um. Qualquer...

O cérebro de Truls chegou à conclusão uma fração de segundo antes de ele sentir o aço na nuca. Sabia instintivamente que era aço. O aço do cano de uma pistola. Sabia que não havia nenhum Aronsen. Nenhum bando de jovens arrombando carros.

A voz sussurrou bem perto do ouvido:

— Não se vire, Berntsen. E, quando eu enfiar a mão na sua calça, não se mexa. Olha só, um belo abdome definido...

Truls sabia que estava em perigo; ele só não sabia que tipo de risco estava correndo. A voz desse Aronsen tinha algo familiar.

— Começou a suar agora, Berntsen? Ou você está gostando? Mas eu só estou atrás disso aqui. Uma Jericho? Você estava pensando em usar ela para quê? Atirar na cabeça de alguém? Como fez com René?

Agora Truls Berntsen sabia exatamente o tipo de risco que estava correndo.

Risco de vida.

43

Rakel estava junto à janela da cozinha, segurando o telefone com força e olhando mais uma vez para o lusco-fusco. Ela poderia estar enganada, mas pensou ter visto um movimento em meio aos abetos do outro lado da entrada de veículos.

No entanto, ela sempre via algo se mover no escuro.

Essa era a sequela permanente. Não pense nisso. Fique com medo, mas não pense nisso. Deixe o corpo fazer seu jogo bobinho, mas o ignore do mesmo jeito que se ignora uma criança inconveniente.

Ela mesma estava bem-iluminada pela lâmpada da cozinha; portanto, se realmente houvesse alguém lá fora, ele poderia estudá-la com atenção. Mas ela continuou ali. Tinha de praticar, não podia deixar o medo decidir o que ela faria, onde ela ficaria. Essa era sua casa, seu lar, caramba!

A música soou no andar de cima. Ele tinha colocado um dos velhos CDs de Harry. Um daqueles que ela também gostava. Talking Heads. *Little Creatures.*

Ela olhou para o telefone outra vez, ansiosa para que ele tocasse. Tinha ligado para Harry duas vezes, mas ele não havia atendido. Eles pensaram que aquela seria uma surpresa agradável. A notícia da clínica havia chegado no dia anterior. Foi antes do tempo, mas eles decidiram que Oleg estava pronto. Ele ficou superentusiasmado, e foi sua ideia não dizer nada. Simplesmente iriam para casa e, assim que Harry chegasse do trabalho, eles apareceriam e... surpresa!

Foi essa a expressão que ele usou: surpresa!

Rakel havia tido suas dúvidas. Harry não gostava de ser surpreendido. Mas Oleg fora insistente. Harry tinha que aprender a lidar com a felicidade repentina. Então ela concordou.

Mas agora já estava arrependida.

Rakel afastou-se da janela e deixou o telefone na mesa da cozinha ao lado da xícara de café de Harry. Normalmente, ele arrumava tudo com extrema meticulosidade antes de sair de casa. Ele deveria estar muito estressado com esse caso dos assassinatos de policiais. Ultimamente, não tinha mencionado Beate Lønn em suas conversas noturnas, um indício de que andava pensando nela.

Rakel se virou bruscamente. Não foi sua imaginação dessa vez, ela ouviu algo. Sapatos que faziam um ruído seco no cascalho. Ela voltou para a janela. Fitou os próprios olhos na escuridão, que parecia ficar mais densa a cada segundo.

Ficou paralisada.

Tinha um vulto. Ele acabou de se separar do tronco em que se encostara. E estava vindo na sua direção. Uma pessoa vestida de preto. Estava ali fazia quanto tempo?

— Oleg! — gritou Rakel, sentindo o coração disparar. — Oleg!

Ele diminuiu o volume da música no andar de cima.

— Que foi?

— Desça aqui! Já!

— Ele está chegando?

Sim, pensou ela. Ele está chegando.

O vulto que se aproximou da casa era menor do que ela havia presumido. Ele se moveu em direção à porta da frente, e, quando se posicionou sob a luz das lâmpadas externas, ela viu, para sua surpresa e alívio, que era uma mulher. Não, uma moça. Pelo visto, com roupa de treino. Três segundos depois, a campainha tocou.

Rakel hesitou. Olhou para Oleg, que tinha parado no meio da escada e agora olhava para ela com ar interrogativo.

— Não é o Harry — disse Rakel, dando um rápido sorriso. — Eu abro. Pode subir de novo.

Ao ver a jovem que estava ali fora, Rakel sentiu seu coração desacelerar. Ela parecia amedrontada.

— Você é a Rakel — disse ela. — A namorada de Harry.

Rakel pensou que esse começo talvez devesse inquietá-la. Uma moça bonita que, numa voz levemente trêmula, se referiu a seu futuro marido.

Talvez ela devesse conferir se, embaixo da roupa justa de treino, não haveria uma barriguinha incipiente.

Mas ela não estava preocupada, e não conferiu nada. Só fez que sim com a cabeça.

— Sou eu.

— E eu sou Silje Gravseng.

A moça olhou para Rakel com expectativa, como se esperasse uma reação, como se pensasse que seu nome significaria algo para ela. Ela notou que a menina estava com as mãos nas costas. Certa vez um psicólogo lhe contou que as pessoas que ocultavam as mãos tinham algo a esconder. Sim, ela pensou. As mãos.

Rakel sorriu.

— Então, como posso ajudá-la, Silje?

— Harry é... *foi* meu professor.

— Ah, foi?

— Tem uma coisa que preciso contar sobre ele. E sobre mim.

Rakel franziu o cenho.

— É mesmo?

— Posso entrar?

Rakel hesitou. Ela não queria outras pessoas na sua casa. Era para ser só Oleg, ela e Harry, quando ele chegasse. Os três. Mais ninguém. Muito menos alguém que tivesse algo a contar sobre ele. E sobre si mesma. E aí foi inevitável. O olhar procurou involuntariamente a barriga da moça.

— Não vai demorar, Sra. Fauke.

Senhora. O que Harry tinha contado sobre ela? Rakel avaliou a situação. Percebeu que Oleg tinha aumentado o volume da música outra vez. Então abriu a porta.

A moça entrou, se abaixou e começou a desamarrar o tênis.

— Não precisa — disse Rakel. — Seja rápida, tudo bem? Estou um pouco ocupada.

— Tudo bem — concordou a jovem, e sorriu. Só agora, na luz forte do hall de entrada, Rakel viu que o rosto dela tinha uma camada de suor brilhante. Ela seguiu Rakel até a cozinha. — A música... Harry está em casa?

Rakel percebeu agora. A inquietação. A moça automaticamente relacionou Harry à música. Será que ela sabia que esse era o tipo de música que ele escutava? Ou — a ideia veio rápido demais para que tivesse tempo de afastá-la — esse era o tipo de música que ele e essa menina haviam escutado juntos?

A moça se sentou à mesa grande. Apoiou as palmas das mãos no tampo, alisando-o. Rakel vigiou seus movimentos. Alisando-o como se já conhecesse a sensação do toque na madeira áspera, rústica; como se soubesse o quanto era agradável. Seus olhos estavam fixos na xícara de café de Harry. Será que ela...

— O que você queria me contar, Silje?

A moça deu um sorriso triste, quase doloroso, sem tirar os olhos da xícara.

— Ele realmente não falou nada sobre mim, Sra. Fauke?

Rakel fechou os olhos por um instante. Isso não estava acontecendo. Ela confiava nele. Abriu os olhos outra vez.

— Diga o que quer dizer como se ele não tivesse me contado nada, Silje.

— Como quiser, Sra. Fauke. — A menina ergueu os olhos da xícara e a encarou. Eram olhos de um azul quase anormal, inocentes feito os de uma criança. E cruéis como os de uma criança, Rakel pensou.

— Eu vim contar sobre o estupro.

Rakel de repente teve dificuldade de respirar, como se alguém tivesse acabado de aspirar todo o ar do ambiente, como se tivesse usado uma dessas bombas de sucção para embalar edredons a vácuo.

— Que estupro? — ela conseguiu perguntar.

A noite estava caindo quando Bjørn Holm finalmente encontrou o carro.

Ele tinha saído da rodovia principal perto de Klemetsrud e seguido a leste na B155, mas pelo visto tinha passado pela placa para Fjell. Foi no caminho de volta, depois de ter percebido que precisava fazer um retorno, que ele notou a placa. A estradinha era ainda menos movimentada, e, a essa altura, com a noite caindo, ela parecia absolutamente deserta. A floresta densa dos dois lados já dava a impressão de avançar sobre ele quando se deparou com as lanternas traseiras de um carro na beira da estrada.

Ele desacelerou e olhou no retrovisor. Apenas escuridão atrás, apenas um par de lanternas vermelhas à sua frente. Bjørn estacionou atrás do carro e desligou o motor. Saiu. Um pássaro deu um pio oco e melancólico em algum lugar dentro da floresta. Roar Midtstuen estava agachado à margem da estrada, iluminado por seus próprios faróis.

— Você veio — disse Roar Midtstuen.

Bjørn agarrou o cinto e puxou a calça para cima. Era algo que ele fazia agora — não sabia como isso havia começado. Aliás, sabia, sim. Seu pai costumava puxar a calça para cima como uma forma de introduzir uma fala importante, ou uma ação. Ele começou a ficar igual ao pai. Só que raramente tinha algo importante a dizer.

— Então, foi aqui que aconteceu — comentou Bjørn.

Roar fez que sim. Olhou para o buquê de flores que ele tinha colocado no asfalto.

— Ela foi escalar com os amigos. No caminho de volta para casa, parou aqui para fazer xixi no mato. Disse que os outros poderiam ir na frente. Eles acham que ela saiu correndo do mato e pulou em cima da bicicleta. Ansiosa para alcançar os outros, né? Ela era uma menina empolgada, sabe... — Ele já precisava lutar para manter a voz sob controle. — Mas ela deve ter voltado para a pista meio sem equilíbrio e então... — Roar ergueu os olhos como que para mostrar de onde o carro tinha vindo — ... não havia marcas de pneus na pista. Ninguém lembrou como era o carro, ainda que ele tenha passado pelos amigos de Fia logo depois. Mas eles estavam entretidos conversando sobre os roteiros de escalada. Eles disseram que com certeza vários carros tinham passado por eles, pois percorreram um bom pedaço antes de se darem conta de que Fia devia tê-los alcançado havia tempo, de que algo devia ter acontecido.

Bjørn fez que sim. Pigarreou. Queria acabar logo com aquilo. Mas Roar não lhe deu uma chance.

— Não me deixaram participar da investigação, Bjørn. Porque eu era o pai. Em vez disso, colocaram novatos no caso. E, quando finalmente entenderam que não era um caso fácil, que o motorista de fato não se entregaria, já era tarde demais para entrar com a artilharia pesada. As pistas estavam frias; a memória das pessoas, um livro em branco.

— Roar...

— Péssimo trabalho policial, Bjørn. Nada mais, nada menos. A gente dá duro por essa corporação a vida inteira, dá tudo que a gente tem, e aí, quando a gente perde a coisa mais preciosa que tem, o que recebe de volta? Nada. É uma traição do caralho. — Bjørn observou as mandíbulas do colega; quando ele falava, a musculatura relaxava e se tensionava. Pensou que aquele chiclete estava levando uma surra e tanto. — Isso me faz sentir vergonha de ser policial. Assim como no caso Kalsnes. Péssimo trabalho do começo ao fim. A gente deixa o assassino escapar, e depois ninguém responde por isso. Ninguém responsabiliza ninguém. Um desastre, Bjørn.

— A menina que foi encontrada carbonizada no Come As You Are hoje de manhã...

— Anarquia. É isso que é. Alguém precisa assumir a responsabilidade. Alguém.

— Era Fia.

No silêncio que se seguiu, Bjørn ouviu o pássaro piar novamente, mas em outro local dessa vez. Ele devia ter mudado de lugar. Uma ideia lhe ocorreu. Era outro pássaro. Poderiam ser dois. Da mesma espécie. Que piavam um para o outro.

— O caso de estupro envolvendo Harry e eu. — Silje fitou Rakel com um olhar tranquilo, como se tivesse acabado de dizer a previsão do tempo.

— Harry estuprou você?

Silje sorriu. Um sorriso breve, não mais que uma contração dos músculos, que não teve tempo sequer de chegar aos olhos antes de desaparecer. Junto com todo o restante, a firmeza, a indiferença. E, no lugar do sorriso, os olhos lentamente se encheram de lágrimas.

Meu Deus, pensou Rakel. Ela não está mentindo. Rakel abriu a boca em busca de oxigênio; estava convencida de que a menina talvez fosse louca, mas dizia a verdade.

— Eu estava tão apaixonada por ele, Sra. Fauke. Achei que nós tínhamos sido feitos um para o outro. Por isso fui até a sala dele. Eu tinha me produzido. E ele entendeu tudo errado.

Rakel observou a primeira lágrima se soltar dos cílios e cair no rosto jovem e de pele macia. Rolou pela face. Umedecendo a pele, deixando-a rosada. Ela sabia que havia um rolo de papel-toalha na bancada logo atrás dela, mas não o pegou. De jeito nenhum.

— Harry não costuma entender tudo errado — disse Rakel, e ficou surpresa com o tom de sua própria voz. — E ele não é um estuprador. — A calma e a convicção. Perguntou a si mesma quanto tempo iriam durar.

— Agora é você que não está entendendo — disse Silje, sorrindo em meio às lágrimas.

— Não estou?

Rakel tinha vontade de dar um soco no rosto presunçoso, mimado.

— Sim, Sra. Fauke, é você quem está enganada agora.

— Diga o que você veio dizer e vá embora.

— Harry...

Rakel sentiu um ódio intenso ao ouvir o nome dele saindo da boca da jovem e automaticamente olhou em volta em busca de algo que pudesse silenciá-la. Uma frigideira, uma faca de pão cega, fita isolante, qualquer coisa.

— Ele achou que eu tinha ido até lá para perguntar sobre um trabalho. Mas ele se enganou. Eu tinha ido para seduzi-lo.

— Sabe de uma coisa? Já entendi que você fez isso. E agora você está dizendo que conseguiu o que queria, mas que ainda assim é estupro? Então, o que aconteceu? Você disse um "não, não" excitado e pretensamente pudico até que, na verdade, ele se tornasse um "não" sério, e Harry deveria ter entendido isso antes de você mesma?

Rakel ouviu como a retórica de repente soou como o discurso de um advogado de defesa, um discurso que ela já tinha ouvido muitas vezes em casos de estupro e que ela odiava com todas as forças, mas que era aceito nos tribunais. Só que não era apenas retórica: era o que ela sentia, tinha que ser isso, não poderia ser diferente.

— Não — disse Silje. — O que quero contar é que ele *não* me estuprou.

Rakel piscou. Teve que voltar a fita alguns segundos para ter certeza de que havia entendido certo. *Não* estuprou.

— Eu ameacei denunciá-lo por estupro porqu... — a menina usou o nó do dedo indicador para secar as lágrimas, mas os olhos imediatamente se enchiam de novo — ... porque ele disse que iria relatar ao conselho da escola o meu comportamento inapropriado. O que ele tinha todo o direito de fazer. Mas eu fiquei desesperada, tentei me antecipar a ele acusando-o de estupro. Agora queria contar a ele que pensei melhor, que estou arrependida do que fiz. Que foi... sim, que é, um crime. Falsa acusação. O artigo 168 do Código Penal. Pena de oito anos.

— Correto — disse Rakel.

— Ah, é. — Silje sorriu novamente em meio às lágrimas. — Esqueci que você é formada em Direito.

— Como você sabe disso?

— Ah — disse Silje, chorando. — Sei muito sobre a vida de Harry. Eu meio que estudei ele. Ele era meu ídolo, e eu era uma menina boba. Até investiguei os homicídios dos policiais por conta própria, achei que poderia ajudá-lo. Comecei um breve relato para explicar a Harry como tudo se encaixava. Eu, uma estudante que não sabe de nada, queria explicar a Harry Hole como pegar o assassino de policiais. — Silje forçou outro sorriso enquanto meneava a cabeça.

Rakel pegou o rolo de papel-toalha atrás de si e o estendeu a ela.

— E você veio aqui para dizer isso para ele?

Devagar, Silje fez que sim.

— Se eu telefonasse, sei que ele desligaria na minha cara. Por isso resolvi fazer minha corrida nas redondezas e ver se ele estava em casa. Notei que o carro não estava e pensei em ir embora, mas aí vi você na janela da cozinha. E pensei que na verdade seria ainda melhor falar diretamente com você. Que isso seria a melhor prova de que eu estou falando sério, de que não tenho segundas intenções ao vir aqui.

— Eu vi que você estava lá fora.

— Pois é. Tive que pensar muito. Para criar coragem.

Rakel sentiu a raiva mudar de direção, migrar da menina confusa e apaixonada com os olhos arregalados para Harry. Ele não tinha dito uma palavra sequer! Por que não?

— Foi bom você ter vindo, Silje. Mas agora talvez seja melhor você ir.

Silje fez que sim. Levantou-se.

— Tenho esquizofrenia na família — disse ela.

— Ah, é?

— É. Acho que eu talvez não seja totalmente normal. — E acrescentou num tom de voz maduro: — Mas é assim mesmo.

Rakel a acompanhou até a porta.

— Vocês não vão me ver mais — disse ela assim que chegou ao lado de fora da casa.

— Boa sorte, Silje.

Rakel ficou parada de braços cruzados na soleira olhando para a moça, que corria em direção à rua. Será que Harry não disse nada porque achou que ela não iria acreditar nele? Porque, apesar de tudo, haveria uma sombra de dúvida?

Então veio o próximo pensamento. Será que ela existiria, essa sombra de dúvida? Eles se conheciam a fundo? Uma pessoa *realmente* era capaz de conhecer outra a fundo?

O vulto vestido de preto com o rabo de cavalo loiro dançando nas costas desapareceu muito antes do barulho dos tênis no cascalho.

— Ele a desenterrou — disse Bjørn Holm.

Roar Midtstuen estava sentado com a cabeça baixa. Coçou a nuca, onde os pelos curtos despontavam como as cerdas de uma escova. A escuridão caiu, a noite, furtiva e inaudível, se aproximou dos dois, que continuavam sentados no feixe de luz do farol do carro de Midtstuen. Enfim, Midtstuen disse algo, e Bjørn teve que se inclinar para a frente para ouvir o que ele falou.

— Minha única filha. — Depois, um breve gesto com a cabeça. — Acho que ele fez o que precisava fazer.

Primeiro, Bjørn pensou que tinha ouvido errado. Então se deu conta de que não era aquilo que Midtstuen queria dizer, de que uma palavra tinha sido trocada, perdida ou colocada no lugar errado da frase. Ainda assim a frase era tão distinta e clara que parecia natural. Que parecia verdadeira. O assassino de policiais apenas fazia o que precisava fazer.

— Vou buscar o restante das flores — disse Midtstuen, e se levantou.
— Certo.

Bjørn olhou para o pequeno buquê que estava ali no chão, enquanto o outro homem saía do feixe de luz e contornava o carro. Ainda pensando nas palavras que Midtstuen tinha usado, ele ouviu o porta-malas se abrir. Minha única filha. Isso o fez lembrar de sua crisma e do que Aune tinha dito sobre o assassino ser um deus. Um deus vingador. Mas Deus também tinha se sacrificado. Tinha sacrificado o próprio filho. Tinha pendurado-o numa cruz. Tinha deixado-o ali para que todos pudessem vê-lo. Para que pudessem imaginar o sofrimento. Tanto do Filho quanto do Pai.

Bjørn visualizou Fia Midtstuen na cadeira. Minha única filha. Eram dois. Ou três. Eram três. Como foi que o padre tinha chamado aquilo mesmo?

Bjørn ouviu um tinido no porta-malas e pensou que as flores deveriam estar embaixo de algo de metal.

A trindade. Era isso. O terceiro era o Espírito Santo. O fantasma. O demônio. Aquele que eles nunca viam, que apenas surgia aqui e ali na Bíblia e desaparecia outra vez. A cabeça de Fia Midtstuen fora presa ao cano para que ela não desmoronasse, para que o cadáver ficasse exposto. Assim como o crucificado.

Bjørn Holm ouviu passos atrás de si.

Que foi sacrificado, morto pelo próprio pai. Pois era assim que a história tinha que ser. Quais haviam sido as palavras?

"Ele fez o que precisava fazer."

Harry fitou Megan Fox. Seu belo corpo tremia um pouco, mas seu olhar era fixo. O sorriso não murchou. O convite que seu corpo fazia continuava de pé. Ele pegou o controle remoto e desligou a TV. Megan Fox sumiu, mas, ao mesmo tempo, permaneceu ali. A silhueta da estrela de cinema estava marcada na tela de plasma.

Tinha sumido, mas ainda estava ali.

O olhar de Harry vagou pelo quarto de Truls Berntsen. Então ele foi até o armário, onde sabia que Berntsen guardava seu tesouro. Em tese, uma pessoa poderia caber ali dentro. Harry empunhou a Odessa. Andou na ponta dos pés, bem rente à parede, e abriu a porta com a mão esquerda. Viu que a luz se acendeu automaticamente ali dentro.

Fora isso, nada aconteceu.

Com um movimento rápido, Harry espiou pela fresta da porta do armário e recuou. Deu tempo de ver o que precisava. Ninguém ali. Então ele se posicionou no vão da porta.

Truls havia substituído os itens que Harry tinha pegado da última vez que estivera ali: o colete à prova de balas, a máscara antigás, a MP5, a arma de controle de multidões. Ele ainda tinha as mesmas armas, pelo que pôde ver. Mas estava faltando uma no meio do armário, onde havia o contorno de uma pistola logo embaixo de um gancho para pendurá-la.

Será que Truls Berntsen descobriu que Harry estava a caminho, entendeu qual era seu propósito, pegou uma pistola e fugiu do apartamento? Sem se preocupar em trancar a porta ou desligar a TV? Se fosse o caso, por que ele simplesmente não ficou de tocaia lá dentro?

Harry já havia percorrido o apartamento inteiro e sabia que não havia ninguém ali. Depois de ter passado pela cozinha e pela sala, ele fechara a porta como se tivesse ido embora. Então se instalara no sofá de couro com a Odessa destravada e a postos e com a vista livre para a porta do quarto, mas de forma que não pudesse ser visto pelo buraco da fechadura.

Se Truls estivesse lá dentro, quem se mostrasse primeiro estaria na pior situação. Tudo pronto para um duelo. Por isso ele havia esperado. Imóvel, com a respiração calma e profunda, inaudível, e com a paciência de um leopardo.

Só depois de quarenta minutos sem que nada tivesse acontecido, ele entrara no quarto.

Harry se sentou na cama. Será que deveria ligar para Berntsen? Isso o deixaria alerta, mas pelo visto ele já sabia que Harry estava à sua procura.

Harry pegou o celular e ligou o aparelho. Esperou até estar com sinal e digitou o número que tinha decorado antes de sair de Holmenkollen fazia quase duas horas.

Depois de três tentativas sem que ninguém atendesse o telefone, ele desistiu.

Então ligou para o seu contato na companhia telefônica. E foi atendido em dois segundos.

— O que você quer, Hole?

— Uma busca nas estações de base. Um tal de Truls Berntsen. O telefone dele é da polícia, então com certeza é cliente de vocês.

— Não podemos continuar fazendo isso.

— É uma missão oficial.

— Então siga o protocolo. Entre em contato com o promotor de justiça, encaminhe o caso para o chefe da Divisão de Homicídios e nos ligue de novo quando estiver com a autorização.

— É urgente.

— Escute, não posso continuar dando...

— É sobre os assassinatos dos policiais.

— Então não deve demorar muito para você conseguir a autorização do chefe, Harry.

Harry soltou um palavrão baixinho.

— Sinto muito, Harry, preciso manter meu emprego. Se descobrirem que estou rastreando policiais sem autorização... Qual é o problema de consegui-la?

— A gente se fala.

Harry desligou. Ele tinha duas chamadas não atendidas e três SMS. Deveriam ter sido enviados enquanto o telefone estava desligado. Ele abriu as mensagens. A primeira era de Rakel.

Tentei ligar. Estou em casa. Faço uma comida gostosa se me avisar a que horas vai chegar. Trouxe uma surpresa. Alguém que quer ganhar de você no Tetris.

Harry leu a mensagem mais uma vez. Rakel estava em casa. Com Oleg. Seu primeiro impulso foi correr para o carro imediatamente. Desistir dessa empreitada. Ele tinha se enganado, não era para ele estar ali naquele momento. Por outro lado, porém, sabia que era exatamente isso — um primeiro impulso. Uma tentativa de fugir do inevitável. A segunda mensagem era de um número que ele não reconheceu.

Preciso falar com você. Está em casa? Silje G.

Ele a apagou. O número do telefone da terceira mensagem, ele reconheceu na hora.

Acho que está me procurando. Encontrei a solução para o nosso problema. Me encontre no local do crime de G. o mais rápido possível. Truls

44

Ao cruzar o estacionamento, Harry notou um carro com o vidro quebrado. A luz do poste cintilou nos cacos de vidro no asfalto. Era um Suzuki Vitara. Berntsen tinha circulado por aí num carro daqueles. Harry digitou o número da Central de Operações.

— Harry Hole. Preciso conferir o proprietário de uma placa.

— Todos podem fazer isso pela internet hoje em dia, Hole.

— Então você pode fazer isso para mim, né?

Ele recebeu um grunhido em resposta e leu a placa. O resultado veio em três segundos.

— Um tal de Truls Berntsen. Endereço...

— Tudo bem.

— Alguma denúncia?

— O quê?

— O carro esteve envolvido em alguma coisa? Parece ter sido roubado ou arrombado, por exemplo?

Pausa.

— Alô?

— Não, parece ótimo. Apenas um mal-entendido.

— Mas...

Harry desligou. Por que Truls Berntsen não havia saído com o carro? Ninguém que tivesse um salário de policial pegava táxi em Oslo. Harry tentou visualizar a rede do metrô de Oslo. Havia uma linha de metrô que passava a apenas cem metros de distância. A estação de Ryen. Ele não ouviu nenhum trem. Deveriam passar pelo subterrâneo. Harry piscou na escuridão. Ele tinha acabado de ouvir outra coisa.

O som crepitante dos pelos da nuca se arrepiando.

Ele sabia que era impossível ouvir esse som, mesmo assim foi tudo o que chegou aos seus ouvidos. Ele pegou o celular outra vez. Digitou K.

— Finalmente — respondeu Katrine.

— Finalmente?

— Você não viu que eu tentei ligar para você?

— Ah, é? Você parece ofegante.

— Eu estava correndo, Harry. Silje Gravseng.

— O que tem ela?

— Ela tem recortes dos assassinatos dos policiais pendurados pelo quarto inteiro. Ela tem um cassetete que, segundo o zelador, é usado para espancar estupradores. E ela tem um irmão que está no manicômio depois de ter sido agredido por dois policiais. E ela é doida, Harry. Doida varrida.

— Onde você está?

— No Vaterlandsparken. Ela não está aqui. Acho que a gente deve emitir um alerta.

— Não.

— Não?

— Não é ela que estamos procurando.

— O que você quer dizer? Motivo, oportunidade, estado mental. Tudo está ali, Harry.

— Esqueça Silje Gravseng. Quero que você confira uma estatística para mim.

— Estatística! — Ela gritou tão alto que o fone chiou. — Estou aqui com metade dos registros de crimes sexuais entulhados em cima de mim enquanto procuro uma possível assassina de policiais, e você quer que eu confira uma *estatística*? Vá se foder, Harry Hole!

— Verifique a estatística do FBI para pessoas que morreram no período entre sua citação oficial como testemunha e o início da ação.

— O que isso tem a ver?

— Só me passe os números, está bem?

— Não, não está bem!

— Então você pode considerar isso uma ordem, Bratt.

— Tudo bem, mas... espere! Quem de nós é o chefe aqui?

— Se você precisa perguntar, não deve ser você.

Antes de desligar, Harry ouviu mais palavrões proferidos com o sotaque de Bergen.

Mikael Bellman estava sentado no sofá com a TV ligada. O telejornal chegava ao fim, já estava na parte dos esportes, e o olhar de Mikael foi da TV para a janela. Para a cidade, que ficava no caldeirão lá embaixo. A reportagem com o presidente do Conselho Municipal havia durado exatamente dez segundos. Ele disse que era comum haver trocas nas pastas do Conselho Municipal, e dessa vez o motivo era uma imensa carga de trabalho nessa pasta específica. Dessa forma, era natural passar o bastão adiante. Isabelle Skøyen voltaria ao cargo de assessora, pois o Conselho Municipal alegava que naquela função ela seria mais bem-aproveitada. Skøyen não queria comentar o assunto, disseram.

Brilhava feito uma joia, sua cidade.

Ele ouviu a porta do quarto de um dos filhos se fechar com delicadeza, e logo em seguida ela se aconchegou no sofá ao lado dele.

— Eles estão dormindo?

— Como pedras — disse Ulla, e ele sentiu a respiração dela no pescoço. — Quer ver TV? — Ela mordeu o lóbulo de sua orelha. — Ou...

Ele sorriu, mas não se mexeu. Saboreou o momento, sentiu como era perfeito. Estar ali, exatamente naquele instante. No topo do mundo. O macho-alfa com as mulheres a seus pés. Uma em seus braços. A outra, neutralizada, inofensiva. Podia dizer o mesmo com relação aos homens. Asaiev estava morto; Truls, restituído como seu capanga; o ex-chefe de polícia, comprometido, de modo que Mikael poderia contar com ele novamente, caso precisasse. E agora ele tinha a confiança do Conselho Municipal, mesmo que demorasse para encontrar o assassino de policiais.

Fazia tempo que ele não se sentia tão bem, tão relaxado. Mikael sentiu as mãos dela. Sabia o que fariam antes que ela mesma tivesse consciência disso. Ela o deixava excitado. Não com aquele fogo que outras pessoas eram capazes de acender — como a mulher que ele havia destruído ou o jovem que tinha morrido em Hausmanns Gate. Mas Ulla sabia deixá-lo com tesão suficiente para transar com ela.

Isso era casamento. E era bom. Era o que bastava, e havia coisas mais importantes na vida.

Ele a puxou para si, enfiou a mão embaixo da blusa verde. A pele nua; era como pôr a palma da mão numa chapa morna. Ela suspirou baixinho. Inclinou-se na direção dele. Na verdade, ele não gostava de beijá-la de língua. Talvez tivesse gostado algum dia, mas não mais. Era algo que ele nunca tinha lhe dito — para que fazer isso se era algo que ela queria e que ele podia suportar? Casamento. Mesmo assim, ele sentiu certo alívio quando o telefone sem fio começou a tocar na mesinha ao lado do sofá.

Ele atendeu.

— Pois não?

— Olá, Mikael.

A voz disse seu nome de um modo tão natural que o primeiro pensamento de Mikael foi que a conhecia, que só precisava de mais alguns segundos para identificá-la.

— Olá — respondeu ele, e se levantou do sofá. Foi em direção ao terraço, afastando-se do som da TV. Afastando-se de Ulla. Era um movimento automático, adquirido ao longo de anos. Em parte, em consideração a ela. Em parte, em consideração a seus próprios segredos.

A voz do outro lado riu baixinho.

— Você não me conhece, Mikael, relaxe.

— Estou relaxado, obrigado. E em casa. Por isso seria bom se fosse direto ao ponto.

— Sou enfermeiro no Hospital Universitário.

Aquilo nunca havia passado pela sua cabeça, pelo menos não que ele pudesse se lembrar. Mesmo assim, era como se já soubesse a continuação de cor. Ele abriu a porta que dava para o terraço e pisou nos ladrilhos frios de pedra sem tirar o telefone do ouvido.

— Eu era o enfermeiro de Rudolf Asaiev. Você se lembra dele, Mikael. É óbvio que se lembra. Afinal, vocês tinham negócios juntos. Ele me fez confidências quando saiu do coma. Ele me contou o que vocês fizeram.

O tempo tinha fechado, a temperatura havia despencado, e os ladrilhos de pedra eram tão frios que machucavam seus pés, apesar das meias. Mesmo assim, Mikael Bellman sentiu as glândulas sudoríparas trabalharem a todo vapor.

— Falando em negócios... Talvez a gente tenha algo a discutir também, não?

— Aonde você quer chegar?

— Eu quero dinheiro para ficar calado, digamos assim.

Devia ser aquele enfermeiro de Enebakk. O que Isabelle contratou para liquidar Asaiev. Ela havia dito que ele aceitaria de bom grado o pagamento em sexo, mas pelo visto não fora o suficiente.

— Quanto? — perguntou Bellman numa tentativa de ser curto e grosso, mas percebeu que não conseguiu soar tão frio quanto desejava.

— Não muito. Sou um homem de hábitos simples. Dez mil.

— Muito pouco.

— Muito pouco?

— Parece ser apenas a primeira prestação.

— Então eu poderia dizer cem mil.

— E por que não faz isso?

— Porque preciso do dinheiro hoje à noite, os bancos estão fechados e você não consegue sacar mais do que dez mil no caixa eletrônico.

Desesperado. Isso era uma boa notícia. Ou será que não? Mikael foi até a beirada do terraço, olhou para a cidade lá embaixo, tentou se concentrar. Era uma daquelas situações em que ele normalmente se saía bem, quando tudo estava em jogo e qualquer passo em falso seria fatal.

— Qual é seu nome?

— Pode me chamar de Dan. Como em Danúbio.

— Ok, Dan. Você entende que o fato de eu estar negociando com você não significa que admito qualquer coisa? Pode ser que eu esteja tentando atrair você para uma armadilha e depois prendê-lo por chantagem.

— Você só está dizendo isso porque tem medo de que eu seja um jornalista que apenas ouviu um boato por aí e agora está tentando enganá-lo para ver se você entrega o jogo.

Droga.

— Onde?

— Estou no trabalho, então você tem que vir aqui. Mas em um lugar discreto. Estarei esperando na ala fechada, não tem ninguém lá agora. Daqui a quarenta e cinco minutos no quarto de Asaiev.

Quarenta e cinco minutos. Ele estava com pressa. Era claro que poderia ser apenas uma precaução; ele não queria que Mikael tivesse tempo de montar uma armadilha. Mas Mikael acreditava em explicações simples. Por exemplo, a de que ele estava diante de um enfermeiro anestesista viciado em drogas que, de repente, descobriu que seu estoque havia acabado. Se fosse o caso, isso poderia facilitar as coisas. Até poderia ser uma chance de encerrar o assunto de vez.

— Tudo bem — disse Mikael, e desligou. Respirou o cheiro estranho, quase sufocante que parecia vir do terraço. Depois entrou na sala e fechou a porta.

— Preciso sair — disse ele.

— Agora? — perguntou Ulla, olhando para ele com aquela expressão magoada que normalmente o levaria a fazer algum comentário irritado.

— Agora. — Ele pensou na pistola no porta-malas do carro. Uma Glock 22, um presente de um colega americano. Sem uso. Sem registro.

— Quando você volta?

— Não sei. Não me espere acordada.

Ele foi em direção ao hall de entrada, sentindo o olhar dela nas costas. Não parou. Não até chegar ao vão da porta.

— Não, não vou me encontrar com *ela*, está bem?

Ulla não respondeu. Só se virou para a TV, fingindo estar interessada na previsão do tempo.

O calor abafado na Sala das Caldeiras fazia Katrine praguejar e suar, mas seus dedos continuavam no teclado do computador.

Onde estava aquela merda daquela estatística do FBI sobre testemunhas mortas? E o que diabos Harry faria com ela?

Ela olhou para o relógio. Suspirou e digitou o número dele.

Ninguém atendeu. Claro que não.

Ela mandou uma mensagem de texto avisando que precisava de mais tempo, que estava vasculhando o site do FBI, mas essa estatística ou era supersigilosa, ou Harry tinha se enganado de alguma forma. Ela jogou o telefone sobre a mesa. Pensou em ligar para Leif Rødbekk.

Não, não ele. Algum outro idiota que estivesse disposto a se dar ao trabalho de transar com ela naquela noite. A primeira pessoa que veio à sua mente a fez franzir o cenho. De onde tinha vindo *aquilo*? Ele era fofo, mas... mas será que ela já vinha remoendo esse pensamento inconscientemente?

Katrine afastou a ideia e se concentrou na tela outra vez.

Talvez não fosse o FBI, talvez fosse a CIA?

Ela digitou novas palavras-chave: *Agência Central de Inteligência, CIA*, testemunha, julgamento, morte. O computador zumbiu. Os primeiros resultados apareceram.

A porta se abriu atrás dela, e ela sentiu a rajada de frio do corredor no subsolo.

— Bjørn? — disse ela, sem desviar os olhos da tela.

Harry estacionou o carro perto da Jakobskirke, na Hausmanns Gate, e caminhou até o número 92.

Parou do lado de fora do edifício e olhou para a fachada.

Havia uma luz fraca no segundo andar, e Harry notou que as janelas agora tinham grades. O novo proprietário devia estar cansado de intrusos entrando pela escada de incêndio nos fundos.

Harry pensou que ficaria mais abalado ao chegar ali. Afinal de contas, esse era o lugar onde Gusto foi morto, onde ele mesmo quase perdeu a vida.

Ele testou o portão. Tudo estava como antes, aberto, passagem livre.

No pé da escada, ele sacou a Odessa, soltou a trava, olhou para cima e escutou enquanto inspirava o cheiro de urina e madeira marinada em vômito. Silêncio absoluto.

Começou a subir os degraus. Tentando não fazer barulho, passou por cima de papel de jornal molhado, caixas de leite e seringas usadas. Ao chegar ao segundo andar, parou diante da porta. Ela também era nova. De metal. Com muitas fechaduras. Só ladrões muito determinados se dariam ao trabalho de tentar abri-la.

Harry não viu nenhuma razão para bater na porta. Não havia motivo para abrir mão de um possível elemento-surpresa. Portanto, ao girar a maçaneta e sentir que a porta se mantinha fechada por suas molas tensionadas, mas não estava trancada, ele segurou a Odessa com as duas mãos e deu um chute na porta pesada com o pé direito.

Entrou rapidamente e foi para a esquerda, para que sua silhueta não fosse vista no vão da porta. As molas fizeram a porta de metal bater com força atrás dele.

Então tudo ficou em silêncio. Só se ouvia um tique-taque baixinho.

Harry piscou, surpreso.

Exceto por uma pequena TV portátil em stand-by com números brancos que mostravam a hora errada numa tela preta, nada tinha mudado no apartamento. Era o mesmo covil decadente de viciados, com colchões e lixo no chão. E parte do lixo estava numa cadeira, olhando para ele.

Era Truls Berntsen.

Pelo menos Harry achava que era Truls Berntsen.

Que algum dia aquilo tinha sido Truls Berntsen.

45

A cadeira de escritório estava posicionada no meio da sala, embaixo da única lâmpada, uma luminária de papel de arroz rasgado que pendia do teto.

Harry constatou que tanto a lâmpada quanto a cadeira e a TV que emitia o tique-taque entrecortado de um eletrodoméstico moribundo deveriam ser dos anos 1970, mas ele não tinha certeza.

A mesma coisa se aplicava ao que estava na cadeira.

Porque não era fácil dizer se de fato era Truls Berntsen — nascido em algum momento da década de 1970, morto no ano corrente — quem estava preso com fita adesiva à cadeira. O homem não tinha rosto. No lugar do rosto, havia uma mistura de sangue vermelho relativamente fresco e sangue preto coagulado, bem como lascas brancas de osso. Uma gosma que teria escorrido pelo corpo se não fosse uma película transparente e apertada de plástico que tinha sido esticada em volta da cabeça, mantendo-a firme no lugar. Filme de PVC, pensou Harry. Carne moída embalada na hora, como se vê no supermercado.

Harry fez um esforço para desviar o olhar. Tentou reter a respiração para ouvir melhor enquanto se mantinha junto à parede. Com a pistola meio erguida, examinou a sala da esquerda para a direita.

Olhou bem para o ângulo que dava para a cozinha, viu a mesma geladeira velha e a bancada, mas alguém poderia estar lá dentro na semiescuridão.

Nenhum som. Nenhum movimento.

Harry esperou. Raciocinou. Se alguém o tivesse atraído para uma armadilha, ele já deveria estar morto.

Harry tomou fôlego. Tinha a vantagem de já conhecer o apartamento, por isso sabia que não havia outros esconderijos além da cozinha e do banheiro. A desvantagem era que precisava se virar de costas para um dos cômodos para verificar o outro.

Ele se decidiu e foi em direção à cozinha. Esticou o pescoço brevemente para dar uma espiada lá dentro, o cérebro processando as informações que recebia. Fogão, pilhas de embalagens de pizza e geladeira. Ninguém ali.

Foi para o banheiro. Por algum motivo, a porta tinha sido retirada, e a luz estava desligada. Ele se posicionou ao lado do vão da porta e apertou o interruptor. Contou até sete. Com um movimento rápido, esticou o pescoço, espiou dentro do cômodo e recuou. Vazio.

Com as costas na parede, deslizou até o chão. Só agora sentia como o coração vinha martelando suas costelas.

Ele ficou sentado assim por alguns segundos. Recompondo-se.

Em seguida, foi até o cadáver na cadeira. Acocorou-se e olhou com atenção para a massa vermelha atrás do plástico. Sem rosto, mas a testa saliente, o queixo proeminente e o corte de cabelo barato não deixavam nenhuma dúvida: era Truls Berntsen.

O cérebro de Harry já havia começado a processar o fato de que ele tinha se enganado. Truls Berntsen não era o matador de policiais.

O próximo pensamento veio imediatamente: pelo menos não o único.

Será que ele estava diante do assassinato de um cúmplice? Ou de um assassino cobrindo seus rastros? Será que Truls "Beavis" Berntsen havia colaborado com uma alma tão doente quanto ele próprio, alguém que tivesse cometido essa atrocidade? Será que Valentin ficou sentado de propósito diante de uma câmera de vigilância no Estádio de Ullevål enquanto Berntsen cometia o assassinato de Maridalen? E, nesse caso, como eles distribuíram os assassinatos entre si? Para quais deles Berntsen tinha conseguido um álibi?

Harry ficou de pé e olhou em volta. Por que havia sido chamado ali? O corpo logo teria sido descoberto de qualquer forma. E havia várias coisas que não faziam sentido. Truls Berntsen nunca estivera envolvido na investigação do assassinato de Gusto. Os trabalhos foram conduzidos por um pequeno grupo constituído por Beate, uns dois peritos e outros dois investigadores que não tiveram muito o que fazer, uma vez que Oleg havia sido detido como o suposto autor do crime poucos minutos depois de eles chegarem ao local. As provas técnicas corroboraram essa suposição. A única...

No silêncio, Harry ainda escutou o tique-taque baixinho. Regular e imutável, feito o mecanismo de um relógio. Ele concluiu o raciocínio.

A única outra pessoa que se deu ao trabalho de investigar esse caso insignificante e banal de homicídio estava na sala naquele exato momento. Ele próprio.

Assim como os demais policiais, ele fora convocado para morrer no mesmo local onde ocorreu seu homicídio não solucionado.

No segundo seguinte, ele estava na porta, tentando girar a maçaneta. E, como ele temia, ela não abria a porta. Era como a fechadura externa de um quarto de hotel. Para a qual ele não tinha um cartão de acesso.

O olhar de Harry percorreu a sala mais uma vez.

Os vidros grossos com grades de aço do lado de dentro. A porta de ferro que tinha se fechado sozinha. Ele havia caído direitinho na armadilha, como o idiota que sempre fora, pego na excitação da caçada.

O tique-taque não tinha ficado mais alto, era só impressão.

Harry olhou para a TV portátil. Para os segundos. Não era a hora errada. Pois não se tratava de um relógio; os relógios não andam para trás.

O mostrador indicava 00:06:10 quando ele entrou no apartamento; agora estava 00:03:51.

Era uma contagem regressiva.

Harry se aproximou, agarrou a TV e tentou erguê-la. Em vão. Deveria ter sido aparafusada ao chão. Ele deu um chute forte na parte superior do aparelho, e a moldura de plástico rachou com um estrondo. Canos de metal, tubos de vidro, fios. Harry certamente não era um especialista, mas já tinha visto o interior de alguns televisores para saber que aquele ali tinha coisas demais. E também já havia visto tantas imagens de explosivos improvisados que reconhecia uma bomba-tubo.

Ele avaliou os fios e desistiu na hora. Um dos caras da equipe antibombas na Delta lhe explicara que aquela história de cortar o fio azul ou o vermelho e depois estar são e salvo era coisa dos bons tempos. Hoje em dia era o inferno digital; se você mexesse em alguma coisa, os contadores eram zerados por meio de Bluetooth, senhas e dispositivos de segurança.

Harry tomou impulso e se lançou contra a porta. Os batentes poderiam ter algum ponto mais frágil.

Não tinham.

Nem as grades das janelas.

Quando endireitou o corpo novamente, os ombros e as costelas doíam. Ele gritou em direção à janela.

Nenhum som entrava, nenhum som saía.

Harry pegou o celular. A Central de Operações. A Delta. Eles poderiam entrar usando explosivos. Ele olhou para o relógio na TV. Três minutos e quatro segundos. Eles mal teriam tempo de anotar o endereço. Dois minutos e cinquenta e nove segundos. Ele olhou para a lista de contatos. R.

Rakel.

Ligaria para ela. Para se despedir. Dela e de Oleg. Para dizer que os amava. Que eles precisavam viver. Viver melhor do que ele tinha vivido. Para ficar junto com eles nos dois minutos finais. Para não morrer sozinho. Ter companhia, compartilhar uma última experiência traumática com eles, deixá-los experimentar a morte, dar a eles um pesadelo que os acompanharia por toda a vida.

— Caralho, caralho!

Harry colocou o celular no bolso outra vez. Olhou em volta. As portas tinham sido retiradas. Para não haver esconderijo algum.

Dois minutos e quarenta segundos.

Harry foi até a cozinha, que constituía a menor parte do cômodo em formato de L. Não era comprida o suficiente — uma bomba-tubo daquele tamanho destruiria tudo ali dentro também.

Ele olhou para a geladeira. Abriu-a. Uma caixa de leite, duas garrafas de cerveja e uma lata de patê de fígado. Por um breve segundo, ele ficou em dúvida entre a cerveja e o pânico antes de escolher o pânico e tirar as prateleiras, as divisórias de vidro e as caixas de plástico. Caíram ruidosamente no chão. Ele se encolheu e tentou se espremer lá dentro. Gemeu. Não conseguia inclinar o pescoço o suficiente para que a cabeça coubesse. Tentou outra vez. Amaldiçoou seus membros compridos enquanto procurava dispô-los da maneira mais ergonômica possível.

Não dava, caralho!

Ele olhou para o relógio na TV. Dois minutos e seis segundos.

Harry conseguiu enfiar a cabeça dentro da geladeira, dobrou os joelhos, mas agora era a coluna que não conseguia se curvar o suficiente. Merda, merda! Ele deu uma risada alta. A oferta de ioga grátis que ele recusara em Hong Kong. Será que esse seria o motivo de sua queda?

Houdini. Ele se lembrou de algo sobre inspirar e expirar e relaxar.

Soltou o ar, tentou não pensar em nada, se concentrar em relaxar. Não pensar nos segundos. Só sentir como os músculos e as juntas ficavam mais maleáveis, mais flexíveis. Sentir como ele se comprimia pouco a pouco.

Era possível.

Era possível, sim, porra! Ele estava dentro da geladeira. Uma geladeira com metal e isolamento suficiente para salvá-lo. Talvez. A não ser que aquela bomba-tubo viesse do inferno.

Ele pôs a mão na porta, lançou um último olhar para a TV antes de pensar em fechá-la. Um minuto e quarenta e sete segundos.

Estava prestes a fechar a porta, mas a mão não lhe obedeceu. Não lhe obedeceu porque o cérebro se recusou a rejeitar o que os olhos tinham visto e sua razão tentava ignorar. Tentava ignorar porque não tinha relevância para a única coisa importante naquele momento — sobreviver, salvar a si próprio. Tentava ignorar porque ele não tinha condições de fazer nada, não tinha tempo, não tinha empatia.

A carne moída na cadeira.

Tinha adquirido dois pontos brancos.

Brancos como o branco dos olhos.

Que o fitavam através do filme de PVC.

O desgraçado estava vivo.

Harry deu um grito e se esforçou para sair da geladeira outra vez. Andou a passos largos até a cadeira, olhando de relance para a tela da TV. Um minuto e trinta e um segundos. Arrancou o filme de PVC do rosto. Os olhos dentro da carne moída piscavam, e ele ouviu uma respiração fraca. Devia ter conseguido um pouco de ar pelo furo que o osso tinha feito no filme.

— Quem fez isso? — perguntou Harry.

Obteve apenas respiração como resposta. A máscara de carne diante dele começou a desmoronar feito cera derretida.

— Quem é ele? Quem é o assassino de policiais?

Apenas respiração.

Harry olhou para o relógio. Um minuto e vinte e seis segundos. Ele poderia levar algum tempo para se espremer dentro da geladeira de novo.

— Vamos, Truls! Eu posso pegar ele.

Uma bolha de sangue começou a crescer onde Harry imaginou estar a boca. Assim que estourou, veio um sussurro quase inaudível.

— Ele estava de máscara. Não falou.

— Que tipo de máscara?

— Verde. Tudo verde.

— Verde?

— Ci... rúr...

— Máscara cirúrgica?

Um leve gesto de cabeça, e os olhos se fecharam.

Um minuto e cinco segundos.

Não conseguiria extrair mais qualquer informação. Ele voltou para a geladeira. Foi mais rápido dessa vez. Bateu a porta, e tudo ficou escuro.

Seu corpo tremia, ele contou os segundos. Quarenta e nove.

O desgraçado iria morrer de qualquer jeito.

Quarenta e oito.

Melhor que o trabalho tivesse sido feito por outro.

Quarenta e sete.

Máscara verde. Truls Berntsen tinha dito a Harry o que ele sabia sem pedir nada em troca. Pelo menos ainda lhe restara um pouco do espírito policial.

Quarenta e seis.

Não adiantava pensar nisso, de qualquer forma não cabia mais de uma pessoa lá dentro.

Quarenta e cinco.

Além do mais, não havia tempo para soltá-lo da cadeira.

Quarenta e quatro.

Mesmo que quisesse, o tempo já tinha se esgotado.

Quarenta e três.

Tudo tinha se esgotado.

Quarenta e dois.

Porra.

Quarenta e um.

Porra, porra!

Quarenta.

Harry abriu a porta da geladeira com um pé e se esgueirou para fora novamente. Abriu bruscamente a gaveta da bancada da cozinha, agarrou algo que deveria ser uma faca de pão, apressou-se até a cadeira e começou a cortar as fitas dos braços.

Fez questão de não olhar para a tela da TV, embora ouvisse o tique-taque.

— Puta que pariu, Berntsen!

Harry o contornou e cortou a fita adesiva que prendia Truls ao espaldar e aos pés da cadeira.

Pôs os braços em torno do tronco dele e o ergueu.

Claro que o desgraçado era pesado!

Harry o puxou e soltou um palavrão, arrastou-o e soltou outro palavrão, sem sequer ouvir as palavras que saíam de sua boca. Torcia apenas para que elas ofendessem o céu e inferno, para que pelo menos um deles mudasse o curso daqueles acontecimentos idiotas, porém inevitáveis.

Ele mirou a geladeira aberta, acelerou e empurrou Truls Berntsen para dentro. O corpo ensanguentado desmoronou e escorregou para fora outra vez.

Harry tentou socá-lo lá dentro, mas não adiantou. Tirou Berntsen da geladeira, deixando rastros de sangue no linóleo do chão, afastou-a da parede, ouviu o plugue se soltar da tomada e deitou-a no chão, entre a bancada e o fogão. Pegou Berntsen e o meteu lá dentro. Em seguida, esgueirou-se para dentro. Usou as duas pernas para empurrá-lo o máximo possível para baixo, para o fundo da geladeira, onde ficava o pesado motor de refrigeração. Deitou-se em cima dele, inspirando o cheiro de suor, sangue e urina, que escapa quando você está sentado numa cadeira e sabe que vai morrer.

Harry tinha torcido para que os dois coubessem lá dentro, uma vez que o problema principal fora a altura e a largura, não a profundidade da geladeira.

Mas agora era a profundidade.

Ele não conseguia fechar a maldita porta.

Harry tentou forçá-la, mas não adiantava. Faltavam no máximo vinte centímetros, mas, se não estivessem hermeticamente fechados, eles não teriam a menor chance. A onda de choque faria o fígado e o baço arrebentarem, o calor queimaria os globos oculares, qualquer objeto no ambiente se transformaria numa bala de fuzil, numa metralhadora dilacerando e despedaçando tudo.

Ele nem precisava tomar uma decisão, já era tarde demais.

O que também significava que era tarde demais para ter algo a perder.

Harry deu um chute na porta da geladeira, pulou para fora, posicionou-se atrás dela e empurrou-a para a posição vertical outra vez. Viu que Truls Berntsen estava se esparramando no chão. Não conseguiu deixar de olhar para a tela da TV. O relógio mostrava 00:00:12. Doze segundos.

— Sinto muito, Berntsen — disse Harry.

Então seus braços envolveram o peito de Truls e o colocaram em posição vertical. Em seguida, Harry entrou de costas na geladeira. Conseguiu colocar a mão para fora, passando por Truls, e quase fechar a porta. Começou a balançar. O pesado motor de refrigeração estava numa posição tão elevada na parte de trás da geladeira que seu centro de gravidade era alto, algo que ele esperava que fosse ajudá-lo.

A geladeira se inclinou para trás. Eles quase tombaram. Truls se apoiou em Harry.

Eles não podiam cair para trás!

Harry fez força na direção contrária, tentou empurrar Truls contra a porta.

Aí a geladeira se decidiu e acabou voltando. Inclinou-se na direção oposta.

Harry teve um último vislumbre da TV no momento em que a geladeira tombou para a frente.

Ele ficou sem ar assim que caíram no chão, sentiu o pânico por não conseguir oxigênio. Mas estava escuro. Totalmente escuro. O peso do motor de refrigeração e da própria geladeira tinha feito o que ele esperava, tinha fechado a porta contra o chão.

Então a bomba explodiu.

E o cérebro de Harry apagou.

Harry piscou na escuridão.

Ele devia ter ficado inconsciente por alguns segundos. Os ouvidos zuniam, e ele tinha a sensação de que alguém havia derramado ácido em seu rosto. Mas estava vivo.

Por enquanto.

Precisava de ar. Harry conseguiu espremer as mãos entre o próprio corpo e o corpo de Truls. Pressionou as costas dele contra o fundo da geladeira e empurrou o máximo que pôde. A geladeira girou e tombou de lado.

Harry rolou para fora. Levantou-se.

A cozinha devastada parecia uma distopia, um inferno cinzento de poeira e fumaça, sem um único objeto que pudesse ser identificado. Até aquilo que tinha sido uma geladeira parecia outra coisa. A porta de metal que dava para o corredor fora arrancada do batente.

Harry deixou Berntsen onde ele estava. Só torceu para que aquele idiota desgraçado estivesse morto. Desceu a escada cambaleando e foi para a rua.

Ficou ali olhando para a Hausmanns Gate. Viu as sirenes das viaturas, mas escutou apenas o zumbido no ouvido, semelhante ao de uma impressora sem papel, um alarme que alguém logo teria de desligar.

Enquanto estava ali, olhando para as viaturas mudas, ele teve o mesmo pensamento que havia lhe ocorrido ao tentar escutar algum som de metrô em Manglerud. Que não conseguia ouvir. Que não conseguia escutar o que deveria ter escutado. Porque não tinha pensado direito. Não até estar ali em Manglerud e refletir sobre as linhas de metrô de Oslo. Finalmente ele tinha se dado conta do que era, daquilo que estava lá no fundo, na escuridão, e não queria subir até a superfície. A floresta. Não havia metrô na floresta.

46

Mikael Bellman parou.

Ficou à escuta e olhou para o corredor vazio.

Parecia um deserto, pensou. Não havia nada em que fixar os olhos, apenas uma luz tremulante, branca, que fundia todos os contornos.

E esse som, a vibração sussurrante das lâmpadas fluorescentes, o calor desértico, como um prelúdio de algo que acaba não acontecendo. É apenas um corredor de hospital sem nada no final. Talvez tudo não passasse de uma miragem: a solução de Isabelle Skøyen para o problema Asaiev, o telefonema uma hora atrás, as notas de mil coroas que ele havia acabado de sacar de um caixa eletrônico no centro da cidade, esse corredor deserto numa ala hospitalar vazia.

Tomara que seja uma miragem, um sonho, pensou Mikael. Começou a andar. A mão que estava dentro do bolso do sobretudo verificou que a Glock 22 estava destravada. No outro bolso, ele tinha o dinheiro. Se a situação exigisse, daria o dinheiro. Se houvesse mais de uma pessoa, por exemplo. Mas ele achava que não. O valor era pequeno demais para ser dividido. O segredo, grande demais.

Bellman passou por uma máquina de café, virou e viu outro corredor com a mesma brancura. Ele também viu a cadeira. A cadeira usada pelos policiais que vigiavam Asaiev não tinha sido tirada dali.

Antes de seguir em frente, Bellman se virou para ter certeza de que ninguém estava atrás dele.

Deu passos longos, pousando as solas dos sapatos no piso com cuidado, quase sem fazer barulho. Verificou as portas conforme passava por elas. Todas estavam trancadas.

Então chegou ali, em frente à porta que ficava ao lado da cadeira. Um impulso repentino o fez colocar a palma da mão esquerda no assento. Frio.

Ele respirou fundo e empunhou a arma. Olhou para a mão. Ela não estava tremendo, estava?

Era melhor em momentos decisivos.

Ele pôs a pistola de volta no bolso e girou a maçaneta da porta, que se abriu.

Não havia motivos para desperdiçar o que poderia ser um elemento-surpresa, pensou Mikael Bellman ao empurrar a porta e entrar no quarto.

O cômodo estava bem-iluminado, mas vazio, com exceção do leito que fora ocupado por Asaiev, posicionado no meio do quarto com uma lâmpada em cima. E também de uma mesa de rodinhas ao lado, da qual cintilavam instrumentos polidos e afiados. Talvez tivessem transformado o quarto numa sala de cirurgia.

Mikael viu um movimento atrás da única janela, e sua mão apertou a pistola no bolso. Ele franziu o cenho. Será que estava precisando de óculos?

Quando finalmente focou e percebeu que era uma imagem refletida, que o movimento estava *atrás* dele, já era tarde demais.

Ele sentiu a mão no ombro e reagiu de imediato, mas a picada no pescoço pareceu cortar instantaneamente a ligação entre a mão que segurava a pistola e o restante do corpo. Antes de a escuridão cair por completo, ele viu o rosto do homem bem próximo ao seu no reflexo preto da janela. Ele usava uma touca verde e uma máscara verde sobre a boca. Parecia um cirurgião. Um cirurgião prestes a operar um paciente.

Katrine estava ocupada demais no computador para estranhar o fato de que não tinha recebido nenhuma resposta da pessoa que havia acabado de entrar na Sala das Caldeiras e ainda estava atrás dela. Mas repetiu a pergunta assim que a porta bateu e bloqueou os ruídos do corredor.

— Aonde você foi, Bjørn?

Ela sentiu a mão tocar seu ombro e sua nuca. Pensou que não era nada mau sentir um toque quente na pele nua do pescoço, a mão gentil de um homem.

— Fui a um local de crime e deixei flores — disse a voz atrás dela.

Katrine franziu a testa, surpresa.

Nenhum arquivo encontrado, era o que estava escrito na tela. Sério? Nenhum arquivo com estatísticas sobre a morte de testemunhas-chave em lugar algum? Ela encontrou o nome de Harry na agenda do celular. A mão tinha começado a massagear os músculos do pescoço. Katrine gemeu, essencialmente para mostrar que estava gostando daquilo. Fechou os olhos e inclinou a cabeça para a frente. O telefone começou a chamar.

— Um pouco mais para baixo. Que local de crime?

— Uma estrada na floresta. Uma menina que foi atropelada. Nunca foi solucionado.

Harry não atendeu. Katrine afastou o celular do ouvido e escreveu uma mensagem. *Nenhum resultado.* Enviou.

— Você demorou — disse Katrine. — O que fez depois disso?

— Ajudei a outra pessoa que estava lá — disse a voz. — Ele entrou em colapso, digamos assim.

Katrine tinha terminado sua tarefa e agora as outras coisas na sala finalmente tinham acesso a seus sentidos. A voz, a mão, o cheiro. Ela se girou devagar na cadeira. Ergueu os olhos.

— Quem é você? — perguntou ela.

— Quem eu sou?

— Sim. Você não é Bjørn Holm.

— Não?

— Não. Bjørn Holm gosta de impressões digitais, balística e sangue. Ele não faz massagem relaxante. Então o que você quer?

Ela viu o rubor brotar no rosto pálido e redondo. Os olhos de bacalhau ficaram ainda mais esbugalhados que de costume. Bjørn afastou a mão depressa e começou a coçar freneticamente uma de suas costeletas.

— Não, não, quer dizer, sinto muito. Não quis... eu só... eu... — O rubor no rosto e o balbucio ficaram ainda mais intensos até que finalmente ele apenas baixou a mão e olhou para ela com uma expressão de desespero e rendição. — Merda, Katrine, isso é patético.

Katrine olhou para ele. Quase começou a rir. Nossa, como ele era bonitinho quando ficava daquele jeito.

— Você veio de carro? — perguntou ela.

Truls Berntsen acordou.

Olhou para cima, olhou ao redor, e tudo era branco e bem-iluminado. Ele não sentia mais dor. Pelo contrário, a sensação era maravilhosa. Maravilhosa. Ele deveria estar morto. Claro que estava morto. Estranho. Ainda mais estranho era o fato de que ele tinha sido enviado por engano para aquele lugar. O lugar bom.

Ele sentiu o corpo virar, como se fizesse uma curva. Talvez sua opinião sobre aquele lugar tivesse sido um tanto precipitada; pelo visto ele ainda estava a caminho. Agora ele ouvia o som também. O lamento distante de uma buzina de neblina. A buzina do barqueiro.

Algo apareceu na sua frente, algo que ofuscou a luz.

Um rosto.

Outro rosto.

— Pode dar mais morfina se ele começar a gritar.

E aí Truls sentiu tudo voltar. As dores. O corpo inteiro doía, a cabeça parecia querer explodir.

Eles entraram em outra curva. Ambulância. Ele estava dentro de uma ambulância, ouvindo o lamento das sirenes.

— Sou Ulsrud, da Kripos — disse o rosto em cima dele. — Sua identidade diz que você é o agente Truls Berntsen?

— O que aconteceu? — sussurrou Truls.

— Uma bomba foi detonada. Explodiu as janelas de toda a vizinhança. Você foi encontrado na geladeira dentro do apartamento. O que aconteceu?

Truls fechou os olhos e ouviu a pergunta sendo repetida. Ouviu o outro, provavelmente um enfermeiro, pedir ao policia! que não pressionasse muito o paciente. Que, além do mais, estava sendo medicado com morfina; portanto, seria capaz de dizer qualquer coisa.

— Onde está Hole? — perguntou Truls.

Ele percebeu que a luz forte era bloqueada outra vez.

— O que você disse, Berntsen?

Truls tentou umedecer os lábios, mas sentiu que eles não estavam mais ali.

— O outro. Ele também estava na geladeira?

— Só havia você na geladeira, Berntsen.

— Mas ele estava lá. Ele... Ele me salvou.

— Se havia mais alguém naquele apartamento, temo que tenha se tornado papel de parede e tinta nova. Tudo lá dentro virou pedacinho. Até a geladeira onde você estava ficou bem destruída, então você tem sorte de estar vivo. Você sabe quem colocou a bomba lá? Precisamos ir atrás dessa pessoa.

Truls fez que não com a cabeça. Pelo menos pensou ter feito o gesto. Não tinha visto o homem. Ele se posicionara atrás de Truls o tempo todo; conduzira-o do seu carro até outro veículo e ficara sentado no banco de trás, apontando o cano da pistola para a nuca de Truls enquanto o policial dirigia. Truls dirigiu até Hausmanns Gate, número 92. Um endereço tão intimamente relacionado ao tráfico de drogas que ele quase tinha esquecido que era também o local de um homicídio. Gusto. Claro. Foi então que ele teve certeza. De que ia morrer. De que era o assassino de policiais que estava atrás dele na escada, passando pela nova porta de metal, de que era ele quem o prendia à cadeira com fita adesiva enquanto o observava por trás da máscara cirúrgica verde. Truls viu quando ele contornou a TV e usou uma chave de fenda. Viu quando o número, que tinha começado uma contagem regressiva na tela da TV assim que a porta se fechou, parou e foi reajustado para seis minutos. Uma bomba. Então o homem vestido de verde pegou o cassetete preto, idêntico àquele que ele mesmo tinha usado, e começou a espancar o rosto de Truls. Concentrado e sem visível deleite ou envolvimento emocional. Golpes leves, não o suficiente para quebrar os ossos, apenas para estourar os vasos sanguíneos de modo que o rosto inchasse em decorrência do líquido que vazava e se acumulava sob a pele. Então ele começou a bater com mais força. Truls perdeu a sensibilidade; só sentia a pele se romper, o sangue escorrendo pelo pescoço e pelo peito, a dor indefinida na cabeça, no cérebro — não, a dor ia ainda mais fundo do que no cérebro — cada vez que o cassetete o atingia. E ele viu o homem vestido de verde, um sineiro dedicado, que, convencido da importância de seu próprio ofício, balançava o badalo contra a parte interna do sino de bronze enquanto os pequenos e breves espirros de sangue traçavam borrões de Rorschach na roupa verde. Ouviu os estalos dos ossos nasais e da cartilagem sendo esmagados, sentiu os dentes quebrarem e encherem a boca, sentiu a mandíbula se soltar, ficar pendurada nas próprias fibras dos nervos e, então, finalmente, tudo ficou preto.

Até que ele acordou de novo para as angústias do Inferno e viu aquele homem sem a roupa de cirurgião. Harry Hole, na frente de uma geladeira.

A princípio ele ficou confuso.

Depois tudo pareceu lógico. Hole desejava se livrar dele, pois Truls conhecia seus muitos pecados a fundo, e queria disfarçar o assassinato como um dos homicídios de policiais.

Mas Hole era mais alto que o outro homem. Sua expressão parecia diferente. E ele estava entrando numa porra de uma geladeira. Estava lutando para entrar. Eles estavam no mesmo barco. Eram apenas dois policiais no mesmo local de crime. Que iriam morrer juntos. Os dois, que ironia! Se não doesse tanto, ele teria dado risada.

Então Hole saiu da geladeira outra vez, conseguiu tirá-lo da cadeira e o arrastou para dentro também. Mais ou menos a essa altura, ele desmaiou novamente.

— Podem me dar mais morfina? — sussurrou Truls, torcendo para que sua voz fosse ouvida acima da sirene infernal, aguardando impacientemente a onda de bem-estar que inundaria seu corpo e acabaria com a dor enervante. Pensou que deveria ter pensado daquela forma por causa da droga. Afinal, aquilo lhe convinha perfeitamente. Mas mesmo assim ele concluiu:

Era muito irritante Harry Hole morrer assim.

Como um maldito herói.

Dando seu lugar a um inimigo, se sacrificando por ele.

E o inimigo era obrigado a viver com o fato de que estava vivo porque um homem melhor que ele optou por morrer em seu lugar.

Truls sentiu o espasmo na lombar, o frio que a dor tentava ofuscar. Morrer por alguma coisa, qualquer coisa, exceto por si mesmo, pelo miserável que você é. Talvez tudo se resumisse a isso, no fim das contas. Nesse caso, foda-se, Hole.

Ele procurou o enfermeiro com os olhos, viu que a janela estava molhada; deveria ter começado a chover.

— Mais morfina, pelo amor de Deus!

47

Karsten Kaspersen, o policial cujo nome era um trava-língua, estava na guarita da Academia de Polícia olhando para a chuva. Ela caía a cântaros na escuridão da noite, tamborilando no asfalto preto reluzente e respingando no portão.

Ele tinha apagado a luz para que ninguém visse que havia alguém ali a essa hora. Por "ninguém" ele queria dizer aqueles que roubavam cassetetes e outros tipos de equipamento. Também tinham sumido alguns dos rolos antigos de fitas de isolamento que eles usavam para treinar os alunos. E, já que não tinha sinais de arrombamento, deveria ser alguém com cartão de acesso. E, sendo alguém com cartão de acesso, a questão não era o desaparecimento de uns simples cassetetes e fitas de isolamento, mas o fato de que havia um ladrão entre eles. Um ladrão que se tornaria um policial em um futuro próximo. E eles não queriam isso de jeito nenhum, não em sua força policial.

Agora ele via alguém se aproximar na chuva. O vulto tinha saído da escuridão perto de Slemdalsveien, passou pelos postes de luz na frente do Chateau Neuf e vinha na direção do portão. Não era um andar que ele reconhecia. Mais parecia um cambaleio. E o cara estava todo torto, mais parecia um navio enfrentando uma tempestade a bombordo.

Mas ele inseriu um cartão no leitor, e no instante seguinte estava do lado de dentro da escola. Kaspersen, que conhecia o jeito de andar de todos que circulavam por essa parte do prédio, se levantou num pulo e saiu. Pois isso não poderia ter qualquer justificativa. Ou você tinha acesso ao prédio ou não, não havia meio-termo.

— Ei! — gritou Kaspersen e saiu da guarita, já se inflando; era próprio do reino animal aparentar ser maior do que seu oponente. Ele não sabia por que isso funcionava, apenas que dava certo. — Quem é você? O que faz aqui? Como conseguiu esse cartão?

O sujeito curvado e encharcado parecia tentar se endireitar. O rosto estava escondido pela sombra do moletom de capuz, mas um par de olhos faiscavam ali dentro, e ocorreu a Kaspersen que era possível sentir seu calor, de tão intenso que era aquele olhar. Ele automaticamente ficou sem ar, e pela primeira vez pensou no fato de que não estava armado. Porra, por que não tinha pensado nisso? Ele deveria ter algo para deter os ladrões.

O sujeito tirou o capuz da cabeça.

Nada de *deter*, pensou Kaspersen. Preciso de algo para me defender.

Pois o sujeito à sua frente não era algo desse mundo. O casaco estava rasgado e tinha furos grandes, e a mesma coisa se aplicava ao rosto.

Kaspersen voltou de costas para a guarita. Imaginando se a chave estaria do lado de dentro da porta.

— Kaspersen.

A voz.

— Sou eu, Kaspersen.

Kaspersen parou. Inclinou a cabeça para o lado. Será que realmente era...?

— Meu Deus, Harry. O que aconteceu com você?

— Só uma explosão. Parece pior do que de fato é.

— Pior? Você parece uma dessas laranjas que as pessoas enfeitam com cravos para o Natal.

— São só...

— Harry. Você está sangrando. Espere aqui, vou buscar curativos.

— Você pode subir no escritório do Arnold? Preciso resolver uma coisa urgente.

— Arnold não está lá agora.

— Sei disso.

Karsten Kaspersen arrastou os pés até o armário de remédios dentro da guarita. E, enquanto pegava curativos, gazes e tesoura, seu subconsciente repassou a conversa, mas toda vez pausando nessa última frase. O modo como Harry Hole tinha falado aquilo. O peso. *Sei disso.* Como se não tivesse se dirigido a ele, Karsten Kaspersen, mas a si mesmo.

Mikael Bellman acordou e abriu os olhos.

E os fechou de novo, bem apertados, assim que a luz chegou às membranas oculares. Ainda assim ele tinha a sensação de que ela queimava um nervo desprotegido.

Ele não conseguia se mexer. Virou a cabeça e tentou olhar ao redor. Ainda estava no mesmo quarto. Olhou para baixo. Viu a fita branca que fora usada para amarrá-lo à cama. Para prender os braços nas laterais do corpo e unir as pernas. Ele era uma múmia.

Já era uma múmia.

Ele ouviu o tilintar de metal atrás de si e virou a cabeça para o outro lado. A pessoa que estava ali e mexia nos instrumentos cirúrgicos usava uma roupa verde e tinha uma máscara na boca.

— Ah, não — disse o homem de verde. — Já passou o efeito da anestesia? Pois é, eu não sou especialista nisso, não sou anestesista. Para falar a verdade, não sou especialista em nada nesse hospital.

Mikael raciocinou, tentou procurar formas de sair dali. Que diabos estava acontecendo?

— Por sinal, achei o dinheiro que você trouxe. Muito gentil da sua parte, mas não preciso dele. E, de qualquer forma, você não tem como pagar pelo que fez, Mikael.

Se ele não era o enfermeiro-anestesista, como sabia da ligação entre Mikael e Asaiev?

O homem de verde pegou um dos instrumentos cirúrgicos e o analisou sob a luz.

Mikael escutou o medo batendo à porta. Ele não o havia sentido ainda, a droga enevoava seu cérebro, mas, assim que o véu anestésico se erguesse por completo, o que se encontrava atrás dele finalmente seria revelado: dor e medo. E morte.

Pois Mikael entendeu tudo agora. Era tão óbvio que ele deveria ter compreendido tudo antes de ter saído de casa. Aquele era o local de um homicídio não solucionado.

— Você e Truls Berntsen.

Truls? Ele achou que Truls tinha algo a ver com a morte de Asaiev?

— Mas ele já recebeu o castigo dele. O que você acha melhor usar para cortar um rosto? Cabo número três com lâmina número dez é para pele e músculos. Ou este aqui, cabo número sete com lâmina número quinze? — O homem vestido de verde segurou dois bisturis aparentemente idênticos. A luz se refletiu na lâmina de um deles, passando por um breve instante pelo rosto e por um dos olhos do homem. E naquele olho Mikael viu algo que reconheceu vagamente.

— O fornecedor não escreveu nada sobre o que seria melhor para esse objetivo específico, sabe.

Havia algo familiar na voz também, não?

— Bem, vamos nos virar com o que temos. Agora, vou ter que prender sua cabeça com fita adesiva, Mikael.

A névoa tinha se dissipado, e agora Mikael o via: o medo.

E o medo o encarava de volta, subindo pela sua garganta.

Mikael respirou com dificuldade ao sentir a cabeça ser pressionada contra o colchão e a fita adesiva ser passada por sua testa. Viu o rosto do outro de ponta-cabeça logo acima do seu. A máscara cirúrgica tinha descido até o pescoço. Lentamente, o cérebro de Mikael inverteu a impressão visual, e a imagem que estava de cabeça para baixo ficou de cabeça para cima. E ele o reconheceu. E entendeu o porquê.

— Você se lembra de mim, Mikael?

Era ele. O gay. O que tentou beijá-lo na época em que trabalhava na Kripos. No banheiro. Alguém entrou. Truls arrebentou a cara dele, e ele nunca mais apareceu. Ele sabia o que o aguardava. Assim como Mikael sabia o que o aguardava agora.

— Pelo amor de Deus. — Mikael sentiu os olhos se encherem de lágrimas. — Eu pedi a Truls que parasse. Ele teria matado você se eu não tivesse...

— ... interferido para salvar a própria carreira e se tornar chefe de polícia.

— Olha, eu posso pagar o que...

— Ah, você vai me pagar, Mikael. Você vai pagar caro pelo que vocês me tiraram.

— Tiramos... O que nós tiramos de você?

— Vocês me tiraram a vingança, Mikael. A punição para o assassino de René Kalsnes. Vocês o deixaram escapar impune!

— Nem todos os casos podem ser solucionados. Você mesmo sabe disso...

Risada. Fria, curta, que chegou ao fim de repente.

— Sei que vocês nem tentaram resolver o caso, é isso que sei, Mikael. Vocês pouco se lixaram, por dois motivos. Primeiro, vocês encontraram um cassetete próximo ao local do crime e ficaram com medo de descobrir, se procurassem com atenção, que um dos seus tinha dado cabo daquele verme, daquela bicha nojenta. E esse foi o segundo motivo, Mikael. René não era tão hétero quanto a polícia quer que a gente seja. Não é, Mikael? Mas eu amava René. Amava. Está escutando, Mikael? Estou dizendo em alto e bom som que eu, um homem, amava aquele cara. Eu queria beijar ele, acariciar o cabelo dele, sussurrar bobagens no ouvido dele. Você acha isso nojento? Mas no fundo você sabe disso, não sabe? Que é uma dádiva poder amar outro homem. É uma coisa que você deveria ter dito a si mesmo antes, Mikael, pois agora é tarde demais; você nunca vai ter essa experiência. Você nunca vai ter o que ofereci a você quando a gente trabalhou na Kripos. Você estava com tanto medo do seu outro eu que ficou com raiva, preferiu enxotar tudo na base da porrada. Preferiu *me* enxotar na base da porrada.

Seu tom de voz tinha aumentado gradualmente, mas agora estava reduzido a sussurro.

— Só que tudo não passava de um medo estúpido, Mikael. Eu também passei por isso, e nunca te castigaria tão duramente quanto agora só por causa disso. A razão pela qual você e todos os outros supostos policiais do caso René receberam a pena de morte é que vocês desonraram a única pessoa que amei. Humilharam sua dignidade humana. Determinaram que o morto nem valia o trabalho que vocês são pagos para fazer. O juramento que prestaram de servir à sociedade e à justiça. Vocês traíram a todos nós, vocês aviltaram a corporação, Mikael. A corporação que é a única coisa sagrada. Ela e o amor. Por isso vocês precisam ser eliminados. Assim como eliminaram meu menino dos olhos. Mas chega de conversa, preciso me concentrar para que a gente consiga fazer isso corretamente. Para sua sorte, e a minha também, existem vários tutoriais na internet. O que você acha disso?

Ele mostrou uma imagem a Mikael.

— Deveria ser uma cirurgia simples, né? Fique tranquilo, Mikael! Ninguém vai escutar você gritando. Mas, se for para berrar desse jeito, vou ter que tapar sua boca com fita adesiva.

Harry se deixou cair na cadeira de Arnold Folkestad. Ela soltou um longo sibilo hidráulico e se retraiu sob seu peso. Ele ligou o computador, e a tela iluminou a escuridão. À medida que o computador carregava o sistema operacional com suspiros e gemidos, Harry leu o SMS de Katrine mais uma vez.

Nenhum resultado.

Arnold havia lhe dito que, de acordo com as estatísticas do FBI, 94 por cento das mortes de testemunhas-chave eram consideradas suspeitas. Foi essa estatística que fez Harry investigar a morte de Asaiev mais a fundo. Mas ela não existia. Era como a piada de Katrine, aquela que havia permanecido em seu córtex cerebral.

"Em 72 por cento dos casos em que as pessoas citam estatísticas, trata-se de algo que elas inventaram na hora."

Harry deveria ter remoído isso por muito tempo. Deveria ter suspeitado de que essa estatística era algo que Arnold tinha inventado naquela hora.

Por quê?

A resposta era simples. Para convencer Harry a analisar mais de perto a morte de Asaiev. Pois Arnold sabia alguma coisa, mas não podia dizer explicitamente o que era, nem como tinha encontrado a informação. Pois isso entregaria seu disfarce. Mas, como policial zeloso que era, obcecado pela ideia de que todos os homicídios deveriam ser solucionados, ele ainda se mostrou disposto a correr esse risco e indicar, indiretamente, a pista a Harry.

Afinal, Arnold Folkestad sabia que a pista não apenas poderia levar Harry ao fato de que Rudolf Asaiev tinha sido assassinado. E também a seu possível assassino. Ela poderia levá-lo a ele próprio, Arnold Folkestad, e a outro homicídio. Porque o único que tinha como saber o que de fato havia acontecido lá no hospital, o único que poderia contar alguma coisa, era Anton Mittet. O policial fracassado, cheio de remorso. E só havia um motivo para que Arnold Folkestad e Anton Mittet, que não se conheciam de forma alguma, de repente tivessem se encontrado.

Harry ficou arrepiado.

Homicídio.

O computador estava pronto para a busca.

48

Harry estava com os olhos fixos na tela do computador. Digitou o número de Katrine mais uma vez. Estava prestes a desligar quando ouviu a voz dela.

— Oi?

Ela estava ofegante, como se tivesse corrido. Mas a acústica indicava que estava dentro de casa. E ele pensou que deveria ter se dado conta disso quando ligou para Arnold Folkestad tarde da noite. A acústica. Ele estava fora de casa, não dentro.

— Você está na academia ou algo assim?

— Academia? — perguntou ela, como se desconhecesse o conceito.

— Só pensei que talvez esse houvesse sido o motivo de você ter demorado a atender o telefone.

— Não, estou em casa. O que foi?

— Ok, fique calma agora. Estou na Academia de Polícia. Acabei de ver o histórico de buscas que uma pessoa fez na internet. Mas não consigo ir além disso.

— O que você quer dizer?

— Arnold Folkestad entrou em sites de fornecedores de equipamentos médicos. Quero saber o porquê.

— Arnold Folkestad? O que tem ele?

— Acho que ele é nosso homem.

— Arnold Folkestad é o assassino de policiais?

Além da pergunta de Katrine, Harry ouviu um som que imediatamente reconheceu como a tosse de fumante de Bjørn Holm. E algo que poderia ser o ranger de um colchão.

— Você e Bjørn estão na Sala das Caldeiras?

— Não, eu disse que eu... A gente... Sim, a gente está na Sala das Caldeiras.

Harry pensou por um instante. E concluiu que, em seus muitos anos na polícia, nunca ouviu alguém mentir tão mal.

— Se você tiver acesso a um computador onde está, tente descobrir se Arnold comprou material médico. E se o nome dele aparece relacionado a algum dos locais de crime ou a alguma investigação. E aí você me liga de volta. Agora passe o telefone para Bjørn.

Ele ouviu Katrine pôr a mão sobre o bocal do telefone, dizer algo, e, em seguida, a voz levemente rouca de Bjørn.

— E aí?

— Vista uma roupa e vá para a Sala das Caldeiras. Consiga uma permissão com o promotor de justiça e solicite à operadora telefônica que localize o celular de Arnold Folkestad. E depois confira as chamadas recebidas por Truls Berntsen hoje à noite, ok? Enquanto isso, vou pedir a Bellman que acione a Delta. Tudo bem?

— Tudo bem. Eu... a gente... quer dizer, você sabe...

— É importante, Bjørn?

— Não.

— Tá bom.

Harry desligou, e no mesmo instante Karsten Kaspersen entrou pela porta.

— Achei iodo e algodão. E uma pinça também. Já dá para tirar os estilhaços.

— Obrigado, Kaspersen, mas os estilhaços me mantêm alerta, então pode deixar essas coisas na mesa.

— Mas caramba, você...

Kaspersen protestou, mas Harry fez um gesto para ele sair enquanto digitava o número do celular de Bellman. Depois de seis toques, caiu na caixa postal. Soltou um palavrão. Procurou Ulla Bellman no computador, encontrou o número de um telefone fixo em Høyenhall. Logo em seguida ele ouviu uma voz suave e melodiosa dizer o sobrenome.

— Aqui é Harry Hole. Seu marido está?

— Não, ele acabou de sair.

— É urgente. Onde ele está?

— Ele não disse.

— Quando...
— Ele não disse.
— Se...
— ... ele aparecer, vou pedir que entre em contato, Harry Hole.
— Obrigado.
Ele desligou.
Forçou-se a esperar. Esperar com os cotovelos na mesa e a cabeça apoiada nas mãos, escutando o sangue pingando sobre as folhas das provas que não foram corrigidas. Contando as gotas como os segundos que tiquetaqueavam.
A floresta. A floresta. Não tem metrô na floresta.
E a acústica indicava que ele estava ao ar livre.
Quando Harry ligou para Arnold Folkestad naquela noite, Arnold afirmou que estava em casa.
Mesmo assim, Harry Hole ouviu o metrô ao fundo.
Era claro que poderia haver razões relativamente inocentes para Arnold Folkestad mentir sobre onde estava. Por exemplo, uma amizade colorida com uma mulher, uma relação que ele queria manter em segredo. E poderia ter sido por acaso que Harry havia telefonado mais ou menos no mesmo horário em que a jovem fora desenterrada no cemitério de Vestre. Onde passa o metrô. Coincidências. Mas o suficiente para que outras coisas também viessem à tona. A estatística.
Harry conferiu o relógio outra vez.
Pensou em Rakel e Oleg. Eles estavam em casa.
Em casa. Onde ele queria estar. Onde ele *deveria* estar. Onde ele nunca estaria. Não completamente, não totalmente, não da forma como ele desejava. Pois era verdade: não era capaz de fazer isso. Em vez disso, possuía outra coisa, uma doença bacteriana carnívora que consumia toda sua vida, a qual nem a bebida conseguia reprimir por completo, e que ele, mesmo depois de todos esses anos, ainda não sabia exatamente o que era. De alguma forma era semelhante à doença que acometia Arnold Folkestad. Um imperativo tão forte e abrangente que nunca poderia justificar tamanha destruição. Então, finalmente, Katrine ligou.

— Ele encomendou uma série de instrumentos cirúrgicos e uma roupa de cirurgião há algumas semanas. Não é preciso ter uma autorização para fazer isso.

— Alguma outra coisa?

— Não, não parece ter ficado muito tempo on-line. Na verdade, tenho a impressão de que ele foi cuidadoso demais.

— Mais alguma coisa?

— Verifiquei se ele já esteve envolvido em alguma agressão física ou algo do tipo. E aí apareceu um prontuário hospitalar de muitos anos atrás.

— Ah, é?

— Sim. Ele foi internado com lesões que, de acordo com o médico, pareciam ter sido provocadas por espancamento, mas o próprio paciente alegou que tinha caído da escada. O médico rejeitou essa explicação, pois havia muitas lesões no corpo inteiro, mas relatou que o paciente era policial e ficava a critério dele avaliar a possibilidade de fazer uma denúncia. Ele também escreveu que o joelho nunca poderia se recuperar totalmente.

— Então ele foi espancado. E quanto aos locais dos crimes do assassino de policiais?

— Quanto a isso, não encontrei nenhuma conexão. Parece que ele não trabalhou em nenhum dos casos originais quando estava na Kripos. No entanto, achei uma conexão com uma das vítimas.

— Ah, é?

— René Kalsnes. O nome dele apareceu por acaso, mas então refinei a busca. Os dois tiveram bastante contato. Viagens aéreas para o exterior, com Folkestad pagando as duas passagens, quartos duplos e suítes registrados no nome dos dois em diversas cidades europeias. Joias compradas em Barcelona e Roma; duvido que Folkestad as tenha usado. Resumindo, parece que os dois...

— ... foram namorados — concluiu Harry.

— Eu diria amantes — disse Katrine. — Quando saíam da Noruega, ficavam em assentos separados, às vezes até em voos diferentes. Quando se hospedavam em hotéis aqui no país, era sempre em quartos individuais.

— Arnold era policial. Ele se sentia mais seguro dentro do armário.

— Mas ele não era o único a paparicar esse René com viagens e presentes.

— Com certeza não. E é fato que os investigadores deveriam ter verificado isso antes.

— Agora você está pedindo demais, Harry. Eles não tinham minhas ferramentas de busca.

Harry passou uma das mãos pelo rosto com cuidado.

— Talvez não. Talvez você tenha razão. Talvez eu esteja sendo injusto ao pensar que o assassinato de um homossexual que levava uma vida promíscua não tenha despertado a boa vontade dos agentes envolvidos.

— Está sendo injusto, sim.

— Tudo bem. Algo mais?

— Por enquanto não.

— Ok.

Harry guardou o celular no bolso. Verificou a hora.

Uma frase passou por sua cabeça, proferida por Arnold Folkestad.

Todos que não têm coragem de pagar o preço imposto pela justiça deveriam ter a consciência pesada.

Era isso que Folkestad estava fazendo com esses assassinatos, com essa vingança? Cobrando o preço imposto pela justiça?

E o que ele tinha dito quando falaram sobre as condições mentais de Silje Gravseng? *Tenho certa experiência com TOC.* Ele sabia exatamente como era colocar algo na cabeça e não ter limites.

Depois de sete minutos, Bjørn ligou.

— Conferiram o registro de chamadas para Truls Berntsen, e ninguém ligou para ele recentemente.

— Hum. Folkestad então foi direto à casa de Truls e o pegou lá. E o telefone de Folkestad?

— De acordo com os sinais das estações de base, ele está ligado e pode ser localizado na área de Slemdalsveien, Chateau Neuf e...

— Merda! — exclamou Harry. — Desligue e ligue para o número dele.

Harry esperou alguns segundos. Então ouviu um zumbido em algum lugar. Vinha do gaveteiro embaixo da mesa. Harry tentou abrir as gavetas. Trancadas. Com a exceção da última, mais funda. Uma tela se iluminou. Harry pegou o telefone e atendeu a ligação.

— Encontrei — disse ele.

— Alô?

— É o Harry, Bjørn. Folkestad é esperto, deixou aqui o telefone registrado no nome dele. Meu palpite é que o aparelho ficou aqui quando os crimes foram cometidos.

— Assim a operadora telefônica não teria registro de onde ele estava nos dias e horários dos assassinatos.

— E seria um indício de que ele estava sentado aqui trabalhando como sempre, caso um álibi fosse necessário. Nem está trancado, então aposto que não vamos encontrar nada nesse aparelho que possa comprometê-lo.

— Você quer dizer que ele tem outro?

— Telefone pré-pago comprado com dinheiro, possivelmente em nome de outra pessoa. Foi esse tipo de telefone que ele usou para ligar para as vítimas.

— E considerando que o celular está aí agora...

— O assassino já deu o ar da graça hoje, sim.

— Mas se ele pretende usá-lo como álibi é estranho que não o tenha buscado. Que não o tenha levado para casa. Se os sinais da operadora mostrarem que ficou na Academia de Polícia a noite inteira...

— Não vai funcionar como um álibi plausível. Há mais uma possibilidade.

— Qual?

— A de que ele ainda não tenha terminado a missão de hoje.

— Meu Deus. Você acha...?

— Não acho nada. Não consigo falar com Bellman. Você pode ligar para Hagen, explicar a situação e perguntar se ele pode autorizar a Delta? Vocês vão dar uma batida na casa de Folkestad.

— Você acha que ele está em casa?

— Não. Mas a gente...

— ... começa a procurar onde tem luz — concluiu Bjørn.

Harry desligou. Fechou os olhos. Quase não ouvia mais o zumbido nos ouvidos. No lugar dele, outro som havia surgido. O tique-taque.

A contagem regressiva dos segundos. Merda, merda! Ele pressionou os nós dos dedos indicadores contra os olhos.

Será que mais alguém teria recebido uma ligação anônima hoje? Quem? E de onde? De um celular pré-pago. Ou de um telefone público. Ou de uma grande central telefônica onde o ramal não aparecia no identificador de chamadas nem ficava registrado.

Harry pensou por alguns segundos.

E então afastou as mãos dos olhos.

Fitou o telefone fixo, grande e preto que estava na mesa. Hesitou. E então pegou o gancho. Recebeu o sinal da central. Apertou a tecla de rediscagem e, com pequenos bipes, o telefone ligou para o último número que foi discado. Ele ouviu o toque. Alguém atendeu.

A mesma voz suave e melodiosa.

— Bellman.

— Perdão, foi engano — disse Harry, e desligou. Fechou os olhos. Merda, merda!

49

A questão não era como nem por quê. O cérebro de Harry tentou excluir tudo o que era desnecessário. Focar na única coisa importante agora. Onde.

Onde Arnold Folkestad poderia estar?

Num local de crime.

Com equipamento cirúrgico.

Assim que Harry chegou à resposta, a primeira coisa que o surpreendeu foi: como ele não tinha percebido isso antes? Era tão óbvio que até um calouro com imaginação mediana teria conseguido estabelecer uma conexão entre as informações e seguir o raciocínio do assassino. Cena de crime. Uma cena de crime onde um homem vestido como cirurgião não chamaria atenção.

Levaria dois minutos de carro da Academia de Polícia até o Hospital Universitário.

Ele poderia chegar a tempo. A Delta, não.

Harry levou vinte e cinco segundos para sair do prédio.

Trinta para ir até o carro, ligar o motor e pegar a Slemdalsveien, que o levaria quase direto ao seu destino.

Um minuto e quarenta e cinco segundos depois, ele estacionou na porta do Hospital Universitário.

Dez segundos depois, já havia passado pela porta giratória e pela recepção. Ouviu um "Ei, você aí!", mas seguiu em frente. Seus passos ecoavam pelas paredes e o teto do corredor. Enquanto corria, levou a mão às costas. Conseguiu pegar a Odessa, que tinha enfiado no cós da calça. Sentiu o pulso cada vez mais acelerado, iniciando a contagem regressiva.

Passou pela máquina de café. Desacelerou para não fazer muito barulho. Parou perto da cadeira ao lado da porta que dava para o local do crime. Muitos sabiam que um chefão das drogas tinha morrido ali dentro, mas poucos estavam cientes de que ele havia sido assassinado. De que aquele quarto era a cena de um crime não solucionado. E, entre essas poucas pessoas, estava Arnold Folkestad.

Harry foi até a porta. Escutou.

Verificou se a arma estava destravada.

O pulso já tinha terminado a contagem regressiva.

Ele ouviu passos correndo do lado de fora do quarto. Vinham para detê-lo. E, antes de Harry Hole abrir a porta de modo inaudível e entrar, ele pensou: aquilo era um sonho muito ruim em que tudo se repetia, uma reprise depois da outra — teria que acabar ali. Ele precisava acordar. Piscar os olhos e se deparar com uma manhã ensolarada, um edredom frio, branco, os braços dela envolvendo-o, firmes, recusando-se a soltá-lo, a deixá-lo ir para outro lugar que não fosse com ela.

Harry fechou a porta com cuidado. Olhou para as costas vestidas de verde que estavam curvadas sobre a cama. Nela havia uma pessoa que ele conhecia. Mikael Bellman.

Harry ergueu a pistola. Pressionou o gatilho para trás. Já imaginava como a rajada de tiros rasgaria o tecido verde, arrebentaria os nervos, esmagaria a medula espinhal, a coluna arqueada antes de tombar para a frente. Mas Harry não queria isso. Ele não queria matar esse homem atirando nele pelas costas. Ele queria matá-lo atirando em seu rosto.

— Arnold — disse Harry, a voz rouca. — Vire-se.

Houve um tilintar na mesa de metal assim que o homem vestido de verde deixou alguma coisa brilhante sobre ela, um bisturi. Ele se virou lentamente. Abaixou a máscara cirúrgica verde. Olhou para Harry.

Harry o encarou de volta. O dedo pressionou o gatilho com mais força.

Os passos do lado de fora finalmente tinham chegado à porta do quarto. Eram várias pessoas. Ele teria que se apressar se quisesse fazer aquilo sem testemunhas. Sentiu a resistência do gatilho desaparecer. Tinha chegado ao olho do furacão, onde tudo estava calmo. A calmaria antes da explosão. Agora. Não. Retraiu o dedo. Não era ele. Não era Arnold Folkestad. Será que ele tinha se enganado? De novo? O rosto diante dele estava sem barba, a boca estava aberta, e os olhos pretos eram de um desconhecido. Será que esse era o rosto do assassino de policiais? Ele parecia tão... confuso. A pessoa que estava com o uniforme verde deu um passo para o lado, e só agora Harry via que, na verdade, era uma mulher.

No mesmo instante, a porta se abriu, e ele foi empurrado para o lado por duas pessoas que também usavam roupas verdes.

— Qual é a situação? — perguntou um dos recém-chegados com voz alta e prepotente.

— Inconsciente — respondeu a mulher. — Pulso baixo.

— Perda de sangue?

— Não há muito sangue no chão, mas pode ter escorrido para dentro do estômago.

— Identifique o grupo sanguíneo e peça três bolsas.

Harry baixou a pistola.

— Sou da polícia — disse ele. — O que aconteceu?

— Saia daqui, estamos tentando salvar uma vida — respondeu o prepotente.

— Eu também — disse Harry, e ergueu a arma outra vez. O homem olhou para ele. — Estou tentando deter um assassino, senhor cirurgião. E a gente não sabe se ele encerrou seus trabalhos por hoje, ok?

O prepotente se afastou de Harry.

— Se for apenas essa lesão, não há grande perda de sangue e nada nos órgãos internos. Ele está em estado de choque? Karen, ajude o policial.

A mulher falou de trás da máscara cirúrgica, sem se afastar da cama.

— Alguém na recepção viu um homem de roupa cirúrgica ensanguentada e máscara sair da ala vazia e ir direto para a rua. Ela achou estranho e mandou alguém lá para conferir. O paciente estava quase morto quando foi encontrado.

— Alguém sabe para onde o homem pode ter ido? — perguntou Harry.

— Dizem que ele simplesmente sumiu.

— Quando o paciente vai recobrar os sentidos?

— Nem sabemos se ele vai sobreviver. Por sinal, você mesmo parece precisar de assistência médica.

— Não há muito mais a ser feito aqui além de colocar um tapa-olho — disse o prepotente.

Não havia mais informação. Mesmo assim, Harry permaneceu ali. Deu dois passos para a frente. Parou. Olhou para o rosto branco de Mikael Bellman. Será que ele estava consciente? Era difícil dizer.

Um dos olhos o encarava.

O outro não estava mais ali.

Havia apenas uma cavidade preta com tendões ensanguentados e filamentos brancos pendurados para fora.

Harry se virou e saiu. Pegou o telefone enquanto caminhava pelo corredor em busca de ar fresco.

— Pois não?

— Ståle?

— Você parece irritado, Harry.

— O assassino de policiais pegou Bellman.

— Pegou?

— Fez uma cirurgia nele.

— O que você quer dizer?

— Ele retirou um dos olhos. E o deixou sozinho para sangrar até a morte. E é o assassino de policiais que está por trás da explosão de hoje. Você com certeza ouviu falar disso no noticiário. Tentou matar dois policiais, inclusive eu. Preciso saber o que ele está pensando, porque não faço a menor ideia, caramba.

Houve um silêncio. Harry esperou. Ouviu a respiração pesada de Ståle Aune. E então, finalmente, a voz outra vez:

— Eu realmente não sei...

— Não é isso que preciso ouvir, Ståle. *Finja* que você sabe, ok?

— Tudo bem, tudo bem. O que posso dizer é que ele está fora de controle. A pressão emocional subiu, ele está prestes a explodir, por isso parou de seguir os padrões. De agora em diante, pode inventar qualquer coisa.

— Então o que você está dizendo é que não faz ideia de qual vai ser o próximo passo?

Mais silêncio.

— Obrigado — disse Harry e desligou. O telefone começou a tocar de novo imediatamente. B de Bjørn.

— Alô?

— A Delta está a caminho do endereço de Folkestad.

— Muito bem! Avise a eles que é possível que ele esteja a caminho agora. E que eles vão ter uma hora antes de a gente dar o alerta geral. Assim ele não vai receber nenhum aviso prévio pelo rádio da polícia ou coisa parecida. Ligue para Katrine e peça a ela que vá até a Sala das Caldeiras, estou indo para lá agora.

Harry chegou na recepção, notou que as pessoas olhavam para ele e se afastavam. Uma mulher soltou um grito, e alguns se agacharam atrás do balcão. No espelho ali atrás, Harry se deparou com sua própria imagem.

Homem de quase dois metros de altura, atingido por uma bomba, com a pistola automática mais horrível do mundo ainda na mão.

— Sinto muito, gente — murmurou ele e saiu pela porta giratória.

— O que está acontecendo? — perguntou Bjørn.

— Nada de mais — respondeu Harry, e ergueu o rosto para a chuva, que, por um instante, aliviou a ardência. — Estou a cinco minutos de casa, então vou dar uma passada lá primeiro para um banho, curativos e roupas limpas.

Eles desligaram, e Harry viu o guarda de trânsito que estava diante de seu carro com o bloquinho na mão.

— Você está pensando em me multar? — perguntou Harry.

— Você está bloqueando a entrada de um hospital, então pode ter certeza que sim — respondeu o guarda sem erguer os olhos.

— Talvez seja melhor você sair da frente então, assim a gente tira o carro do caminho — retrucou Harry.

— Acho que não deve falar comigo como... — começou o guarda, finalmente erguendo os olhos e gelando ao ver Harry e a Odessa. Continuou paralisado quando Harry entrou no carro, enfiou a arma de volta no cós da calça, girou a chave, soltou a embreagem e saiu cantando pneus.

Harry pegou a Slemdalsveien, acelerou, passou por um trem do metrô que vinha na direção contrária. Fez uma oração silenciosa para que Arnold Folkestad estivesse indo para casa, assim como ele.

Entrou na Holmenkollveien. Torceu para que Rakel não tivesse um surto quando o visse. Esperou que Oleg...

Meu Deus, ele não via a hora de encontrá-los. Mesmo agora, desse jeito. Especialmente agora.

Ele desacelerou antes de pegar a rampa da casa.

E então ele freou bruscamente.

Engatou a ré.

Andou devagar para trás.

Olhou para os carros estacionados ao longo da calçada, pelos quais tinha acabado de passar. Parou. Respirou fundo.

Arnold Folkestad de fato estivera a caminho de casa. Assim como ele.

Pois ali, entre dois carros típicos da Holmenkollen, um Audi e uma Mercedes, estava um Fiat antigo.

50

Harry ficou alguns segundos em meio aos abetos, estudando a casa. De onde estava, ele não via nenhum sinal de entrada forçada, nem pela porta com as três fechaduras, nem pelas grades das janelas.

Obviamente, ele não poderia saber com certeza que o Fiat que estava lá na rua era de Folkestad. Muita gente tinha um Fiat. Harry chegou a passar a mão sobre o capô do veículo. Ainda estava quente. Ele deixou seu próprio carro na rua.

Harry se apressou pelas árvores até chegar aos fundos da casa.

Aguardou, ficou à escuta. Nada.

Pé ante pé, passou rente à parede da casa. Espichou-se, olhou pelas janelas, mas não viu nada, só quartos escuros.

Continuou contornando a casa até chegar às janelas iluminadas da cozinha e da sala.

Esticou-se na ponta dos pés e olhou para dentro. Abaixou-se de novo. Suas costas pressionaram as grossas toras de madeira, e ele se concentrou em respirar. Precisava respirar agora. Precisava garantir que o cérebro tivesse o oxigênio necessário para pensar depressa.

Uma fortaleza. E que diabos isso tinha adiantado?

Ele estava com eles.

Eles estavam ali.

Arnold Folkestad. Rakel. E Oleg.

Harry se concentrou em memorizar o que tinha visto.

Eles estavam na antessala, logo atrás da porta da frente.

Oleg, numa das cadeiras de ripa de madeira que estavam posicionadas no meio da sala. Rakel, atrás dele. Ele tinha uma mordaça branca na boca, e Rakel o atava ao espaldar da cadeira.

Alguns metros atrás deles, afundado numa poltrona, estava Arnold Folkestad com uma pistola na mão, evidentemente dando ordens a Rakel.

Os detalhes. A pistola de Folkestad era uma Heckler & Koch, a mesma usada pela polícia. Confiável, não negaria fogo. O celular de Rakel estava na mesa da sala. Nenhum dos dois parecia ferido por enquanto. Por enquanto.

Por que...?

Harry afastou o pensamento. Não havia espaço nem tempo para perguntas; tudo o que importava era como ele iria deter Folkestad.

Já havia constatado que o ângulo impossibilitaria que ele atirasse em Arnold Folkestad sem correr o risco de acertar Oleg e Rakel.

Harry levantou a cabeça sobre o peitoril e a abaixou outra vez.

Rakel tinha quase terminado a tarefa.

Folkestad logo iniciaria a dele.

Ele tinha visto o cassetete — estava encostado na estante de livros ao lado da poltrona. Em breve, Folkestad destruiria o rosto de Oleg da mesma forma que fizera com os outros. Um jovem que nem era policial. E Folkestad deveria supor que Harry já estivesse morto, então a vingança nem fazia sentido. Por que...? Pare! Sem questionamentos.

Ele tinha que ligar para Bjørn. Mandar a Delta ser redirecionada para cá. Eles estavam na floresta do lado errado da cidade. Poderiam facilmente demorar uns quarenta e cinco minutos. Merda, merda! Ele tinha que dar conta disso sozinho.

Harry tentou se convencer de que tinha tempo.

Tinha vários segundos, talvez um minuto.

Mas ele não poderia contar com o elemento-surpresa, não com três fechaduras que precisavam ser abertas. Folkestad iria ouvi-lo e estaria pronto muito antes de ele ter entrado na casa. Com a pistola na cabeça de um deles.

Rápido, rápido! Algo, alguma coisa, Harry.

Ele pegou o celular. Queria mandar uma mensagem para Bjørn. Mas os dedos não lhe obedeciam, estavam rígidos, dormentes, como se o fornecimento de sangue tivesse sido bloqueado.

Não agora, Harry, não gele agora. Isso é um trabalho normal, não são eles, são... vítimas. Vítimas anônimas. São... a mulher com quem você está prestes a se casar e o garoto que te chamava de "pai" quando era pequeno e estava tão cansado que acabava se distraindo. Aquele que você nunca queria decepcionar, mas cujo aniversário esquecia mesmo assim, e isso, só isso, fazia você chorar a ponto de ficar desesperado e precisar enganá-lo. Você sempre tinha que enganá-lo.

Harry piscou na escuridão.

Mentiroso do caralho.

O celular na mesa da sala. Será que ele deveria ligar para o telefone de Rakel, ver se isso faria com que Folkestad se levantasse da poltrona, se deslocasse da linha de fogo que passava por Rakel e Oleg? Deveria atirar nele assim que atendesse o celular?

E se ele não fizesse isso, se continuasse sentado?

Harry olhou mais uma vez. Baixou a cabeça e torceu para que Folkestad não tivesse visto o movimento. Ele tinha se levantado e estava com o cassetete na mão, afastando Rakel. Mas ela ainda insistia em ficar no seu caminho. E, mesmo que Harry conseguisse uma linha de fogo limpa, era pequena a probabilidade de ele, a uma distância de quase dez metros, acertar um tiro que imobilizasse Folkestad imediatamente. Seria necessário ter uma arma de precisão melhor que uma Odessa russa e um calibre mais grosso que um Makarov 9 × 18 milímetros. Ele precisava chegar mais perto, de preferência ficar a dois metros de distância do alvo.

Ele ouviu a voz de Rakel através da janela.

— Faça o que quiser comigo, mas deixe ele em paz! Por favor!

Harry pressionou a parte de trás da cabeça contra a parede, fechou os olhos bem apertados. Faça alguma coisa. Mas o quê? Meu Deus, o quê? Dê uma dica a um maldito pecador, um mentiroso, e ele lhe retribuirá com... com o que quiser. Harry tomou fôlego, sussurrou uma promessa.

Rakel olhou para o homem da barba ruiva. Ele estava logo atrás da cadeira de Oleg. Apoiou a ponta do cassetete no ombro. Na outra mão, segurava a arma que estava apontada para ela.

— Realmente sinto muito, Rakel, mas não posso poupar o rapaz. Ele é o alvo, sabe.

— Mas por quê? — Rakel não estava consciente do choro, apenas das lágrimas que corriam quentes pelo rosto, como uma reação física que não tinha conexão com aquilo que sentia. Ou que não sentia. O entorpecimento. — Por que você está fazendo isso, Arnold? Afinal, isso é... isso é simplesmente...

— Doentio? — Arnold Folkestad ensaiou um sorriso escusatório. — Vocês devem gostar de acreditar nisso. Que todos nós podemos nos divertir com grandiosas fantasias de vingança, mas que nenhum de nós está disposto ou capaz de realizá-las.

— Mas por quê?

— Porque sou capaz de amar, sou capaz de odiar. Quer dizer, agora acho que não sou mais capaz de amar. Substituí o amor por... — ele ergueu o cassetete de leve — ... isso. Honro meu amor. Porque René era mais do que um amante qualquer. Ele era meu...

Folkestad deixou o cassetete no chão, encostado no espaldar da cadeira e pôs a mão no bolso, mas sem baixar o cano da arma um milímetro.

— ... menino dos olhos. Que foi tirado de mim. Sem que nada tenha sido feito.

Rakel fitou o que ele estava segurando. Sabia que deveria ficar chocada, paralisada, assustada. Mas não sentia nada; seu coração havia congelado fazia tempo.

— Mikael Bellman, ele tinha olhos muito bonitos. Por isso tirei dele o que ele tirou de mim. O melhor que ele tinha.

— O olho. Mas por que Oleg?

— Você realmente não entende, Rakel? Ele é uma semente. Harry me contou que ele vai ser policial. E que já traiu seu dever, e isso o torna um deles.

— Dever? Que tipo de dever?

— O dever de prender assassinos e julgá-los. Ele sabe quem matou Gusto Hanssen. Você parece muito surpresa. Dei uma olhada no caso. E é evidente que, se Oleg não o matou, ele sabe quem é o culpado. Qualquer outra coisa é uma impossibilidade lógica. Harry não contou isso a você? Oleg estava lá, no local do crime, quando Gusto foi morto, Rakel. E sabe o que pensei quando vi Gusto nas fotos da cena do crime? Em como ele era lindo. Ele e René eram jovens lindos, com a vida toda pela frente.

— Meu filho também tem a vida toda pela frente! Por favor, Arnold, você não precisa fazer isso.

Assim que ela deu em passo na direção dele, ele ergueu a pistola. Não a apontou para Rakel, mas para Oleg.

— Não fique triste, Rakel. Você também vai morrer. Você não é o alvo, mas uma testemunha que preciso eliminar.

— Harry vai encontrar você. E ele vai matá-lo.

— Sinto muito por ter que causar tanta dor, Rakel, porque eu gosto mesmo de você. Mas acho melhor que você fique sabendo logo. Harry não vai encontrar nada. Porque, infelizmente, ele já está morto.

Rakel olhou incrédula para Folkestad. Ele *realmente* lamentava aquilo. O telefone na mesa se iluminou de repente e apitou. Ela lançou um olhar para o aparelho.

— Parece que você está enganado — disse ela.

Arnold Folkestad franziu o cenho.

— Me dê o telefone.

Rakel o pegou e o estendeu a ele. Ele pressionou a pistola contra a nuca de Oleg enquanto apanhava bruscamente o celular. Leu a mensagem depressa. Lançou um olhar cortante a ela.

— "Não deixe Oleg ver o presente." O que isso quer dizer?

Rakel deu de ombros.

— Pelo menos quer dizer que ele está vivo.

— Impossível. Disseram no rádio que minha bomba tinha explodido.

— Por que você não vai embora, Arnold? Antes que seja tarde demais.

Folkestad piscou, pensativo, enquanto olhava para ela. Ou através dela.

— Entendo. Alguém chegou antes de Harry. Entrou no apartamento. Bum! Claro. — Ele deu uma risada breve. — Harry deve estar voltando de lá agora, né? Não está suspeitando de nada. Posso atirar em vocês primeiro, e aí é só esperar ele entrar por aquela porta.

Ele pareceu repassar a ideia na cabeça. Fez um gesto indicando que havia chegado a uma conclusão. E apontou a pistola para Rakel.

Oleg começou a se mexer na cadeira, tentou pular, os gemidos desesperados abafados pela mordaça. Rakel encarou a arma. Sentiu o coração parar de bater. Como se o cérebro já tivesse aceitado o inevitável e começado a desligar tudo. Não tinha mais medo. Ela queria morrer. Queria morrer por Oleg. Talvez Harry chegasse antes... Talvez ele salvasse Oleg. Pois agora ela sabia de uma coisa. Fechou os olhos. Aguardava algo que não sabia o que era. Um golpe, uma punhalada, uma dor. Escuridão. Ela não tinha nenhum deus para quem rezar.

A fechadura na porta da frente fez um barulho.

Ela abriu os olhos.

Arnold havia abaixado a pistola, e seus olhos estavam fixos na porta.

Uma pequena pausa. Então o ruído começou de novo.

Arnold deu um passo para trás, arrancou a manta da poltrona e a jogou sobre Oleg, cobrindo o rapaz e a cadeira.

— Finja que nada está acontecendo — sussurrou ele. — Se disser uma palavra, meto uma bala na cabeça do seu filho.

Houve um terceiro ruído. Rakel viu Arnold se posicionar atrás da cadeira de Oleg, de modo que a arma não pudesse ser vista da porta.

E então ela se abriu.

E ali estava ele. Alto, com um largo sorriso, casaco aberto e rosto destruído.

— Arnold — gritou ele, radiante de alegria. — Que prazer!

Arnold sorriu.

— Olha o seu estado, Harry! O que aconteceu?

— O assassino de policiais. Uma bomba.

— Sério?

— Nada grave. O que traz você aqui?

— Eu estava passando por aqui e lembrei que precisava discutir algumas coisinhas sobre o planejamento das aulas. Pode vir aqui ver uma coisa, por favor?

— Não antes de dar um abraço apertado nela — disse Harry, abrindo os braços para Rakel, que correu a seu encontro. — Como foi o voo, querida?

Arnold pigarreou.

— Seria bom se você o soltasse, Rakel. Tenho algumas outras coisas a fazer esta noite.

— Agora você está sendo grosseiro, Arnold. — Harry riu, soltou Rakel, afastou-a de si e tirou o casaco.

— Venha até aqui, então — disse Arnold.

— A luz é melhor aqui, Arnold.

— Meu joelho está doendo. Venha até aqui.

Harry se agachou e começou a desamarrar os cadarços dos sapatos.

— Passei por uma explosão hoje, então você vai ter que me desculpar, mas preciso tirar os sapatos primeiro. Esse seu joelho precisa ser usado de qualquer jeito, então traga o planejamento das aulas aqui se estiver com tanta pressa.

Harry olhou fixamente para os sapatos. De onde ele estava até Arnold e a cadeira com a manta havia uma distância de seis a sete metros. Longe demais para alguém que havia admitido que, por causa de sua visão e dos tremores, precisava que o alvo estivesse a meio metro de distância para ter alguma chance de acertá-lo. Além do mais, o alvo agora estava agachado, tornando-se muito menor ao baixar a cabeça e inclinar o tronco para a frente, de modo que ele ficava protegido pelos ombros.

Harry puxou os cadarços, fingindo que estavam difíceis de desamarrar.

Atraindo Arnold. Precisava conseguir atraí-lo até ali.

Porque só havia um jeito. E talvez por isso ele estivesse tão calmo e relaxado de repente. Era tudo ou nada. A aposta já estava feita. O resto estava nas mãos do destino.

Talvez Arnold tivesse sentido essa calma.

— Como você quiser, Harry.

Harry o ouviu atravessar a sala. Ainda se concentrava nos cadarços. Sabia que Arnold tinha passado por Oleg na cadeira — Oleg, que estava totalmente quieto, como se soubesse o que estava acontecendo.

Agora Arnold passava por Rakel.

A hora tinha chegado.

Harry ergueu os olhos. Encarou o olho preto do cano da pistola que o mirava a vinte ou trinta centímetros de distância.

Desde o momento que entrou, ele sabia que um movimento brusco, por menor que fosse, levaria Arnold a começar a atirar. E ele atiraria na pessoa mais próxima primeiro. Oleg. Será que Arnold sabia que Harry estava armado? Que levaria uma arma para o encontro fictício com Truls Berntsen?

Talvez. Talvez não.

De qualquer forma, não fazia diferença. Harry nunca teria tempo de sacar uma arma a essa altura, não importando a facilidade com que a pudesse pegá-la.

— Arnold, por que...

— Adeus, meu amigo.

Harry viu o dedo de Arnold Folkestad apertar o gatilho.

E ele soube que o esclarecimento não viria, aquele que achamos que vamos vislumbrar no fim da jornada. Também não viria a grande revelação, por que nascemos e morremos e qual é o sentido dessas duas coisas. Qual é o sentido do que existe entre elas. Tampouco viria a revelação menos relevante: o que faz com que uma pessoa como Folkestad esteja disposta a sacrificar a própria vida só para acabar com a de outros? Mas, em vez de tudo isso, haveria essa síncope, essa liquidação rápida, esse ponto final banal no meio de uma palavra.

A pólvora queimou com rapidez literalmente explosiva, e a pressão que ela gerou expeliu o projétil do cartucho cromado a uma velocidade de cerca de 360 metros por segundo. O chumbo macio foi moldado pelas ranhuras do cano, que fizeram a bala girar para cruzar o ar de forma mais estável. Mas nesse caso não era necessário. Pois o pedaço de chumbo percorreu apenas alguns poucos centímetros antes de penetrar a pele da cabeça e diminuir a velocidade ao encontrar o crânio. E, quando a bala atingiu o cérebro, a velocidade tinha caído para 300 quilômetros por hora. Primeiro, o projétil destruiu o córtex motor, paralisando todos os movimentos. Em seguida, perfurou o lobo parietal, destruiu as funções dos lobos direito e frontal, passou de raspão pelo nervo óptico e atingiu o interior do crânio no lado oposto. O ângulo de impacto e a baixa velocidade fizeram com que a bala, em vez de atravessar a cabeça e sair, ricocheteasse, atingisse outras partes do crânio a uma velocidade cada vez menor, e enfim parasse. Aí ela já havia feito tanto estrago que o coração tinha parado de bater.

.

51

Katrine estremeceu e se aconchegou no braço de Bjørn. Estava frio na grande nave da igreja. Frio ali dentro, frio lá fora; ela deveria ter colocado uma roupa mais quente.

Eles estavam esperando. Todos na Igreja de Oppsal estavam esperando. Tossindo. Por que as pessoas sempre começavam a tossir quando entravam em uma igreja? Será que alguma coisa naquelas construções irritava as gargantas e faringes? Mesmo num templo moderno de vidro e concreto como esse? Será que era o receio de fazer barulho, sabendo que ele seria ampliado pela acústica, que transformava a tosse numa espécie de ato compulsivo? Ou será que era apenas um modo de liberar outras emoções reprimidas, pondo-as para fora por meio de uma tosse, em vez de desatar a chorar ou rir?

Katrine virou a cabeça. Não havia muita gente, apenas os mais próximos. Um número tão pequeno que a letra inicial da maioria deles estava na lista de contatos de Harry. Ela viu Ståle Aune. Excepcionalmente de gravata. Sua esposa. Gunnar Hagen, também com a esposa.

Ela suspirou. Deveria ter se agasalhado mais. Bjørn, no entanto, não parecia estar com frio. Terno escuro. Não tinha imaginado que ele ficaria tão bem de terno. Ela tirou uma poeirinha de sua lapela. Não que tivesse qualquer poeirinha ali, mas era só um daqueles gestos. Um gesto íntimo de amor. Os macacos que catam piolhos uns dos outros.

O caso foi solucionado.

Por algum tempo, eles ficaram com medo de que o tivessem perdido, de que Arnold Folkestad, agora também conhecido como o assassino de policiais, tivesse conseguido escapar, fugir para o exterior ou encontrar algum esconderijo na Noruega. Nesse caso, teria de ser uma toca funda e escura, pois vinte e quatro horas após o alerta ter sido divulgado, sua descrição e dados pessoais foram tão exaustivamente difundidos por toda a mídia que qualquer pessoa do país com plenas faculdades mentais sabia quem era Arnold Folkestad. Naquela hora, Katrine tinha pensado no quanto eles estiveram próximos da solução no começo da investigação, quando Harry lhe pedira que conferisse as ligações entre René Kalsnes e policiais. Se tivesse ampliado a busca para *ex*-policiais, ela teria descoberto o vínculo entre Arnold Folkestad e o jovem.

Katrine terminou de tirar a poeirinha da lapela de Bjørn, e ele sorriu agradecido para ela. Um sorriso rápido, forçado. Um leve tremor no queixo. Ele iria chorar. Ela percebeu naquele momento que, pela primeira vez, veria Bjørn Holm chorar. E tossiu.

Mikael Bellman acomodou-se discretamente no fim do corredor. Olhou para o relógio.

Ele tinha outra entrevista dali a quarenta e cinco minutos. *Stern*. Um milhão de leitores. Mais um jornalista estrangeiro que queria conhecer a história do jovem chefe de polícia que trabalhou incansavelmente semana após semana, mês após mês, para capturar esse assassino e, no fim, quase se tornou uma vítima. Mais uma vez Mikael faria aquela pequena pausa antes de dizer que o olho que havia sacrificado tinha sido um preço baixo pelo que obteve em troca: impedir que um assassino louco matasse um número ainda maior de seus funcionários.

Mikael Bellman puxou a manga da camisa sobre o relógio. Já deveria ter começado, o que estavam esperando? Ele havia refletido um pouco antes de escolher o terno. Preto, para combinar com a situação e o tapa-olho? O tapa-olho era oportuno: ele contava sua história de forma tão dramática e eficiente que, de acordo com o jornal *Aftenposten*, ele era o norueguês mais retratado na imprensa internacional naquele ano. Ou será que deveria escolher um tom escuro mais neutro que fosse aceitável e não tão conspícuo para a entrevista a seguir? Ele seguiria direto da entrevista para a reunião com o presidente do Conselho Municipal, por isso Ulla votou no tom escuro neutro.

Droga, se não começassem logo, ele chegaria atrasado.

Ele pensou bem. Sentia alguma coisa? Não. O que deveria sentir, na verdade? Afinal de contas, era apenas Harry Hole, não exatamente um amigo próximo nem um de seus funcionários do distrito policial de Oslo. Mas havia a possibilidade de a imprensa estar esperando do lado de fora, e, do ponto de vista das relações públicas, aparecer na igreja obviamente era bom. Pois não tinha como negar o fato de que Hole fora o primeiro a chamar atenção para Folkestad, e, com a nova dimensão que esse caso havia tomado, isso unia Mikael e Harry. E as relações públicas seriam ainda mais importantes do que antes. Ele já sabia qual seria o assunto da reunião com o presidente do Conselho Municipal. O partido havia perdido uma personalidade forte como Isabelle Skøyen e estava de olho em alguém novo. Uma pessoa popular e respeitada, que eles gostariam de ter na equipe, que participasse ativamente do governo da cidade. Ao telefonar para ele, o presidente do Conselho Municipal começou a conversa elogiando a impressão contemplativa que Bellman tinha deixado na entrevista de perfil para a *Magasinet*. E então perguntou se o programa político de seu partido harmonizava com a posição política de Mikael Bellman

Harmonizava.

Governar a cidade.

A cidade de Mikael Bellman.

Pelo amor de Deus, ponham esse órgão para tocar!

Bjørn Holm sentiu Katrine estremecer em seu braço, sentiu o suor frio sob a calça do terno e pensou que seria um dia longo. Um dia longo, antes de ele e Katrine poderem tirar a roupa e irem para a cama. Juntos. Seguirem em frente com a vida. Assim como acontecia com todos aqueles que tinham restado, querendo ou não. E, ao passar os olhos pelas fileiras de bancos, pensou em todos aqueles que *não* estavam ali. Beate Lønn. Erlend Vennesla. Anton Mittet. Fia, a filha de Roar Midtstuen. E Rakel Fauke e Oleg Fauke. Que tinham pagado o preço por terem criado um vínculo com aquele que estava lá na frente, no altar. Harry Hole.

De uma forma estranha, era como se aquele cara lá na frente continuasse a ser o que sempre fora; um buraco negro que sugava tudo o que era bom ao seu redor, que devorava todo o amor que lhe era dado e o que não lhe era dado também.

Na noite anterior, depois de terem ido para a cama, Katrine contou que ela também estivera apaixonada por Harry. Não porque ele merecesse isso, mas porque tinha sido impossível não amá-lo. Tão impossível quanto atrai-lo, prendê-lo, viver com ele. Sim, ela o tinha amado. A paixão passou, o desejo esfriou um pouco, pelo menos ela havia se esforçado para isso. Mas a cicatriz pequena e delicada da breve paixão desiludida que ela compartilhava com várias mulheres sempre estaria ali. Elas o pegaram emprestado por um tempo. E agora acabou. Bjørn pediu a ela que não falasse mais sobre o assunto.

O órgão começou a tocar. Bjørn sempre tivera um fraco por órgãos. O instrumento de sua mãe na sala em Skreia, o B3 de Gregg Allman, harmônios que guinchavam um velho hino a duras penas. Para Bjørn, não importava — era como estar numa banheira de notas quentes e esperar que as lágrimas não o surpreendessem.

Eles nunca prenderam Arnold Folkestad. Ele prendeu a si mesmo.

Folkestad provavelmente havia chegado à conclusão de que sua missão tinha chegado ao fim. E, com isso, sua vida. Portanto, fez a única coisa lógica. Demoraram três dias para encontrá-lo. Três dias de busca desesperada; parecia que o país inteiro tinha se mobilizado. E talvez por isso houve certa sensação de anticlímax quando chegou a notícia de que Folkestad havia sido encontrado na floresta de Maridalen, a apenas algumas centenas de metros do local onde Erlend Vennesla fora morto. Com um buraco pequeno, quase discreto na cabeça e uma pistola na mão. Foi seu carro que os colocou na pista; ele tinha sido visto num estacionamento perto de onde começavam as trilhas de caminhada, um velho Fiat que também estava sendo procurado.

Foi o próprio Bjørn quem chefiou a equipe. Deitado ali de costas, no mato, Arnold Folkestad parecia inocente; lembrava um leprechaun com sua barba ruiva. Ele estava sob um pequeno trecho a seu céu aberto, sem a proteção das árvores que cresciam densas ao redor. Em seus bolsos foram encontradas as chaves do Fiat e da porta explodida em Hausmanns Gate, número 92, uma arma Heckler & Koch normal, além daquela que ele segurava, bem como uma carteira que continha uma foto amassada de um rapaz que Bjørn imediatamente reconheceu como sendo René Kalsnes.

Como tinha chovido ininterruptamente por no mínimo vinte e quatro horas e o cadáver ficara a céu aberto durante três dias, os vestígios a serem analisados não eram muitos. Mas isso não foi um problema, eles conseguiram o que precisavam. A pele em volta do buraco da têmpora direita tinha queimaduras e restos de pólvora queimada, e os exames balísticos constataram que a bala na cabeça provinha da pistola em sua mão.

Portanto, não foi ali que concentraram a investigação; ela de fato começou quando a polícia arrombou a casa dele. Lá encontraram a maior parte do que precisavam para solucionar todos os assassinatos dos policiais. Cassetetes com sangue e cabelo dos mortos, uma serra sabre com o DNA de Beate Lønn, uma pá com restos de terra e barro que eram idênticos ao solo do cemitério de Vestre, algemas descartáveis, fitas de isolamento da polícia do mesmo tipo encontrado perto de Drammen, botas com um padrão igual a uma pegada perto de Tryvann. Eles tinham tudo. Nenhum fio solto. Era só escrever o relatório. O caso estava encerrado. E depois veio aquilo, aquilo que Harry falara tantas vezes, mas que o próprio Bjørn Holm nunca havia sentido: o vazio.

Pois de repente não havia uma continuação.

Não no sentido de passar a linha de chegada, de atracar a um cais ou parar numa plataforma.

Mas no sentido de que os trilhos, a pavimentação, a ponte de repente tinham desaparecido. De que o caminho chegara ao fim, dando início ao precipício do vazio.

Encerrado. Ele odiava essa palavra.

Por isso, quase em desespero, ele tinha mergulhado na investigação dos homicídios originais. E encontrou o que estava procurando: uma conexão entre o assassinato da garota perto de Tryvann, Judas Johansen e Valentin Gjertsen. Um quarto de uma impressão digital não fornecia uma identificação, mas uma probabilidade de trinta por cento não era de se desprezar. Não, não estava encerrado. Um caso nunca se encerrava.

— Vão começar agora.

Era Katrine. Os lábios dela quase tocaram seu ouvido. As notas do órgão ressoaram, tornando-se música, música que ele conhecia. Bjørn engoliu em seco repetidas vezes.

Gunnar Hagen fechou os olhos por um momento e prestou atenção apenas na música; não queria pensar. Mas os pensamentos vieram. O caso estava encerrado. Tudo estava encerrado. Já haviam enterrado aquilo que deveria ser enterrado. No entanto, existia uma coisa, uma coisa que ele não conseguia enterrar, não conseguia pôr debaixo da terra. E que ele ainda não tinha contado a ninguém, porque era algo que não poderia mais ter utilidade. As palavras que Asaiev pronunciara com voz sussurrante e rouca nos segundos em que estivera com ele aquele dia no hospital. "O que você pode me oferecer se eu depuser contra Isabelle Skøyen?" E mais: "Não sei quem é, mas sei que ela colaborou com alguém do alto escalão da polícia."
   As palavras eram os ecos mortos de um homem morto. Alegações impossíveis de serem provadas, cuja investigação poderia ser mais prejudicial do que benéfica a ele, agora que Skøyen estava fora de combate, de qualquer forma.
   Por isso ele guardara a informação consigo.
   Continuaria a guardar a informação consigo.
   Assim como Anton Mittet, no caso daquele maldito cassetete.
   A decisão fora tomada, mas ela ainda o mantinha insone.
   "Sei que ela colaborou com alguém do alto escalão da polícia."
   Gunnar Hagen abriu os olhos outra vez.
   Lentamente, eles percorreram toda a assembleia.

Truls Berntsen estava com a janela da Suzuki Vitara aberta e ouvia a música do órgão da pequena igreja. O sol brilhava no céu sem nuvens. Quente e infernal. Ele nunca tinha gostado de Oppsal. Só vândalos. Já tinha dado muitas surras ali. Já havia apanhado muito. Não tanto quanto em Hausmanns Gate, óbvio. Por sorte, parecera pior do que de fato foi. No hospital, Mikael tinha dito que não havia problema para alguém com um rosto tão feio quanto o seu, e qual poderia ser a gravidade de um traumatismo craniano para quem não tinha cérebro?

Claro que era para ser uma brincadeira, e Truls tinha ensaiado sua risada de grunhido para mostrar que a apreciava, mas o osso maxilar quebrado e o nariz esmagado haviam doído demais.

Ele ainda estava tomando analgésicos fortes, tinha enormes curativos na cabeça e naturalmente estava proibido de dirigir, mas fazer o quê? Não podia só ficar em casa esperando que a tontura passasse e as feridas se fechassem, né? Até Megan Fox tinha começado a entediá-lo, e, além do mais, o médico nem o deixava ver TV. Então era melhor ele ficar ali. Num carro do lado de fora de uma igreja para... para quê? Para mostrar seu respeito por um homem por quem nunca tivera respeito? Um gesto vazio para um idiota desgraçado que nunca soube o que era bom para si mesmo, mas salvou a vida do único homem cuja morte lhe beneficiaria? Porra, Truls Berntsen não conseguia compreender. Mas ele sabia de uma coisa. Estaria de volta ao trabalho assim que se recuperasse. E aí a cidade seria sua de novo.

Rakel inspirou e expirou. Os dedos pareciam úmidos em torno do buquê. Olhou para a porta. Pensou nas pessoas que estavam sentadas lá dentro. Amigos, família, conhecidos. O padre. Não que fossem muitos, mas estavam aguardando. Não podiam começar sem ela.

— Você promete que não vai chorar? — perguntou Oleg.

— Não — respondeu ela, dando um breve sorriso e acariciando o rosto do filho. Ele tinha ficado tão alto. Tão bonito. Bem mais alto do que ela. Ela tivera de comprar um terno escuro para ele, e só quando estavam na loja tirando as medidas foi que ela entendeu que seu próprio filho estava prestes a chegar à altura de Harry. Ela suspirou. — É melhor a gente entrar — disse, enfiando o braço no dele.

Oleg abriu a porta, recebeu um aceno do sacristão, e eles começaram a caminhar pela nave da igreja. Quando Rakel viu todos os rostos se voltarem para ela, sentiu o nervosismo desaparecer. Isso não tinha sido ideia sua, ela fora contra, mas enfim. Foi Oleg quem a convenceu. Ele achou que era certíssimo, que deveria terminar assim. Era exatamente essa palavra que ele havia usado, "terminar". Mas não se tratava sobretudo de um início? O início de um novo capítulo em sua vida? Pelo menos era essa a sensação que Rakel tinha. E de repente lhe parecia certo estar naquele lugar, naquele momento.

E ela sentiu o sorriso se abrindo em seu rosto. Sorriu para todos os outros rostos sorridentes. E por um instante pensou que, se eles ou ela mesma abrissem um sorriso ainda maior, poderia acontecer um grave acidente. E essa ideia, o barulho de rostos se rasgando, se escancarando, algo que deveria fazê-la estremecer, quase a fez gargalhar. Não dê risada, disse ela a si mesma. Não agora. Ela percebeu que Oleg, que até então se concentrara em andar ao compasso dos tons do órgão, tinha pressentido seu estado de espírito, e ela olhou de relance para ele. Encontrou seu olhar surpreso e repressivo. Mas ele logo o desviou; ele viu que sua mãe estava prestes a rir. Ali, naquele momento. E ele achou isso tão inapropriado que quase começou a rir também.

Para concentrar os pensamentos em outra coisa, naquilo que ia acontecer, na solenidade, ele fitou aquele que aguardava lá no altar. Harry. De preto.

Ele estava virado para os dois com um sorriso estampado em seu belo rosto feioso. Empertigado e orgulhoso como um pavão. Quando ele e Oleg ficaram de costas um para o outro na loja Gunnar Øye, o atendente constatara, com sua fita métrica, que só havia uma diferença de três centímetros entre os dois, a favor de Harry. E os dois adolescentes tinham dado um high-five como se aquilo fosse algum tipo de competição e os dois estivessem satisfeitos com o resultado.

Mas, naquele exato momento, Harry parecia relativamente adulto. Os raios de sol de junho que entravam pelo vitral o envolviam numa espécie de luz celestial, e ele parecia mais alto do que nunca. E tão relaxado quanto estivera nos últimos tempos. Primeiro ela não o entendera — como poderia estar tão relaxado depois de tudo o que aconteceu? Mas aos poucos essa calma, essa fé inabalável de que tudo tinha dado certo, a havia contagiado. Nas primeiras semanas depois daquela história com Arnold Folkestad, ela não conseguira dormir, mesmo que Harry estivesse deitado bem pertinho dela, sussurrando ao seu ouvido que o pesadelo havia acabado. Que estava tudo bem. Que eles estavam fora de perigo. Mesmo que ele repetisse as mesmas palavras uma noite após a outra, como um mantra soporífero que ainda assim não era o suficiente. Mas então, aos poucos, ela começou a acreditar nisso. E, depois de mais algumas semanas, começou a ter certeza disso. De que *estava* tudo bem. E ela voltou a dormir, um sono profundo, sem sonhos dos quais pudesse se lembrar. Só acordava quando ele saía furtivamente da cama na luz da manhã, como de costume, pensando que ela não percebia seu movimento, e ela, como de costume, fingia que não percebia nada mesmo, pois sabia o quanto ele ficaria orgulhoso e contente de achar que ela só havia acordado com seu leve pigarro e a bandeja de café da manhã.

Oleg já tinha desistido de manter o mesmo ritmo de Mendelssohn e do organista, e para Rakel era melhor assim. De qualquer forma, ela precisava dar dois passos para cada um dele. Haviam decidido que Oleg teria uma dupla função. Assim que teve a ideia, ela lhe pareceu totalmente natural. Oleg a acompanharia até o altar, a entregaria a Harry e também seria o padrinho da noiva.

Harry, por sua vez, não tinha padrinho ou madrinha. Quer dizer, ele tinha a madrinha que havia escolhido inicialmente. A cadeira do seu lado do altar estava vazia, mas no assento havia uma foto de Beate Lønn.

Enfim, chegaram ao altar. Harry não desgrudou os olhos de Rakel por um só instante.

Ela nunca conseguiu descobrir como um homem com uma frequência cardíaca de repouso tão baixa, que era capaz de ficar dias em seu próprio mundo quase sem falar e sem qualquer necessidade de estímulo externo poderia apertar um botão e, do nada, se tornar consciente de tudo, de cada segundo, cada décimo e centésimo. Com uma voz calma e rouca, ele era capaz de transmitir em poucas palavras mais emoções, informações, surpresa, sabedoria e disparates do que todos os tagarelas que ela já conhecera.

E ainda havia o olhar, que, de sua maneira afável, quase tímida, tinha esse dom de chamar sua atenção, de impor sua presença.

Rakel Fauke ia se casar com o homem que ela amava.

Harry olhou para ela. Ela estava tão linda que lágrimas brotaram em seus olhos. Ele simplesmente não havia esperado isso. Não que ela não estaria linda. Era óbvio que Rakel Fauke ficaria estonteante em um vestido branco de noiva. Mas ele não havia esperado essa reação. Sua preocupação maior era que a cerimônia não demorasse muito e que o padre não desse um sermão tão inspirado, ou de cunho espiritual demais. Tinha pensado que ele mesmo, como era costume em ocasiões emotivas, ficaria imune, impassível, um observador frio e um pouco desapontado diante dos sentimentos dos outros e de sua própria secura. Mas pelo menos ele tinha decidido desempenhar o papel que lhe cabia da melhor forma possível. Afinal, foi ele quem insistiu num casamento na igreja. E agora ele estava ali, com gotas grandes e genuínas de água salgada no canto dos olhos. Harry piscou, e Rakel olhou para ele. Encontrou seu olhar. Não com aquele olhar que diz: "Estou olhando para você e todos os convidados estão vendo isso e estou tentando parecer o mais feliz possível."

Era um olhar de cumplicidade.

De alguém que diz: "Nós vamos dar conta disso, eu e você. Vamos, sim."

Ela estava sorrindo. E Harry se deu conta de que ele também estava sorrindo; não sabia qual dos dois tinha sido o primeiro. Ela tremia um pouco. Ria por dentro, a risada crescia dentro dela tão depressa que era só uma questão de tempo até ela soltar uma gargalhada. A seriedade muitas vezes tinha esse efeito em Rakel. E nele. Portanto, para não rir, ele desviou o olhar para Oleg. Mas o rapaz não tinha muito a oferecer, pois também parecia prestes a explodir numa risada. Salvou-se por um triz ao baixar a cabeça e fechar os olhos bem apertado.

Que time, pensou Harry, orgulhoso, e direcionou o olhar para o padre.

O time que capturou o assassino de policiais.

Rakel tinha entendido a mensagem de texto. *Não deixe Oleg ver o presente.* Inocente o bastante para que Arnold Folkestad não desconfiasse de nada. Clara o bastante para que Rakel entendesse o que ele queria. O velho truque do aniversário.

Por isso, assim que ele entrou, ela o abraçou, pegou aquilo que ele tinha enfiado no cós da calça e então afastou-se de costas com as mãos à sua frente, de modo que Folkestad, que estava atrás dela, não percebesse que ela estava segurando alguma coisa. Uma Odessa carregada e destravada.

O mais preocupante era que até Oleg tinha compreendido. Ele ficou quieto, sabia que não deveria arruinar o plano. E isso só poderia significar que ele nunca caíra no truque do aniversário, mas tampouco revelara isso. Que time.

Foi esse time que conseguiu fazer Arnold Folkestad se aproximar de Harry de tal forma que Rakel pudesse disparar o tiro à queima-roupa em sua têmpora no momento em que ele estava prestes a liquidar Harry.

Era um time vencedor, imbatível, isso sim.

Harry fungou depressa, querendo saber se aquelas enormes gotas filhas da mãe teriam o juízo de se manter no canto dos olhos, ou se ele simplesmente precisaria enxugá-las antes de escorrerem por seu rosto.

Ele apostou na última alternativa.

Ela havia perguntado a Harry por que ele insistia em casar na igreja. Pelo que ela sabia, ele era tão cristão quanto uma fórmula química. E ela, idem, apesar de sua educação católica. Mas Harry respondera que tinha feito uma promessa a um deus fictício ali do lado de fora da casa: se tudo desse certo, ele em troca se entregaria a esse rito único e idiota de se casar diante desse suposto deus. E aí Rakel soltara uma gargalhada, dizendo que não se tratava de fé religiosa, e sim de um jogo, coisa de moleque, que ela o amava, e que tudo bem, eles se casariam na igreja.

Depois de terem soltado Oleg, os três se abraçaram. Por um minuto longo e silencioso, eles ficaram apenas assim, abraçados, tocando um no outro como que para ver se realmente estavam sãos e salvos. Era como se o som e o cheiro do tiro ainda estivessem ali, e eles precisavam esperar aquilo acabar para poder fazer alguma coisa. Em seguida, Harry pediu a eles que se sentassem à mesa da cozinha, e ele serviu o café da cafeteira que ainda estava ligada. Sem querer, Harry se perguntou: se Arnold Folkestad tivesse conseguido matar todos eles, será que teria desligado a cafeteira antes de sair da casa?

Ele se sentou, tomou um gole de sua xícara, lançou um olhar para o corpo que estava no chão a alguns metros de distância deles, e, ao se virar de novo, encontrou uma pergunta no olhar de Rakel. Por que ele já não havia ligado para a polícia?

Harry tomou mais um gole, fez um gesto em direção à pistola Odessa, que estava na mesa, e olhou para ela. Rakel era uma mulher inteligente. Então foi só uma questão de tempo. E ela logo chegou à mesma conclusão que ele. No momento em que chamasse a polícia, ele mandaria Oleg para a prisão.

E aí Rakel fez um gesto lento de compreensão. Quando os peritos criminais examinassem a Odessa para conferir se ela batia com o projétil que os legistas tirariam da cabeça de Folkestad, eles imediatamente iriam relacioná-la ao homicídio de Gusto Hanssen; um caso em que a arma do crime nunca fora encontrada. Afinal de contas, não era todo dia, nem todo ano, que alguém era morto por uma bala Makarov 9 × 18 milímetros. E, ao descobrirem que ela era idêntica a uma arma que poderia ter relação com Oleg, ele seria detido outra vez. E dessa vez seria acusado e julgado com base em algo que, para todos da sala de audiência, pareceria uma prova irrefutável e decisiva.

— Façam o que precisam fazer — disse Oleg. Ele já entendera qual era a situação fazia tempo.

Harry assentiu, mas não desviou o olhar de Rakel. Era preciso haver total concordância. Teria de ser uma decisão conjunta. Assim como agora.

O padre já tinha feito a leitura da Bíblia, os presentes se sentaram outra vez e então ele pigarreou. Harry tinha lhe pedido que fizesse um discurso breve. Ele viu os lábios do padre se moverem, viu a calma em seu rosto e se lembrou da mesma calma de Rakel naquela noite. A calma depois de ter fechado os olhos com força para, em seguida, abri-los novamente. Como se quisesse ter certeza de que aquilo não era um simples pesadelo. Então ela suspirou.

— O que podemos fazer? — perguntou ela.

— Queimar as provas — disse Harry.

— Queimar as provas?

Harry fez que sim. Queimar as provas. Como Truls Berntsen fazia. A diferença era que queimadores como Berntsen faziam isso por dinheiro. Só isso.

Então eles puseram mãos à obra.

Ele fez o que tinha de ser feito. *Eles* fizeram o que tinha de ser feito. Oleg colocou o carro de Harry dentro da garagem, enquanto Rakel embalou e amarrou o cadáver em sacos de lixo, e Harry fez uma maca improvisada de lona, corda e dois canos de alumínio. Depois de colocar o corpo no porta-malas, Harry pegou as chaves do Fiat, e ele e Oleg dirigiram os dois carros até Maridalen, enquanto Rakel limpava a casa e eliminava todas as evidências.

Conforme o esperado, não havia ninguém na chuva e na escuridão de Grefsenkollen. Mesmo assim, pegaram uma das trilhas estreitas para terem certeza de que não encontrariam ninguém.

Por causa da chuva, foi escorregadio e cansativo carregar o cadáver; por outro lado, Harry sabia que ela limparia suas pegadas. E, com sorte, também os indícios que poderiam indicar que o cadáver tinha sido transportado até ali.

Demoraram mais de uma hora para encontrar um lugar adequado, um lugar onde as pessoas não se deparariam com o corpo de imediato, mas onde os cães que participavam da caça aos alces o farejariam num futuro não muito distante. Aí teria passado tempo suficiente para que os vestígios periciais estivessem destruídos ou, pelo menos, se tornassem duvidosos. Um período breve o suficiente para que a sociedade não tivesse desperdiçado grandes recursos na caçada humana. Harry quase teve de rir de si mesmo ao se dar conta de que o último quesito realmente era um fator importante. Apesar de tudo, ele também era um produto de sua criação, um animal que fazia parte da manada, um social-democrata vítima de lavagem cerebral que se sentia mal se deixasse a luz acesa durante a noite ou jogasse plástico na natureza.

O padre terminou seu sermão, e uma amiga de Oleg cantou da galeria "Boots of Spanish Leather", de Bob Dylan. A pedido de Harry, com a aprovação de Rakel. O sermão do padre focara mais na importância da cooperação no casamento do que no aspecto divino. E Harry se lembrou de como tiraram Arnold dos sacos de lixo, deitando-o numa posição que parecia lógica para um homem que se enfiara dentro da floresta e pusera uma bala em sua própria têmpora. Harry sabia que nunca perguntaria a Rakel por que ela colocou o cano da pistola bem perto da têmpora direita de Arnold Folkestad antes de apertar o gatilho, em vez de fazer o que nove entre dez pessoas teriam feito: atirar na parte de trás da cabeça ou nas costas.

Obviamente, ela poderia ter feito isso porque tinha medo de que a bala atravessasse Folkestad e atingisse Harry, que ainda estava agachado.

Mas seu cérebro, superágil e prático a ponto de ser assustador, talvez tivesse tido tempo de pensar no que aconteceria depois. Para salvar todos eles, seria necessário um disfarce. Um final alternativo.

Um suicídio. Será que a mulher que agora estava ao seu lado havia tido tempo de pensar que suicidas não atiram na parte de trás da própria cabeça a uma distância de meio metro, mas sim, no caso de serem destros, assim como Arnold Folkestad, na têmpora direita?

Que mulher. Todas as coisas que ele sabia sobre ela. Todas as coisas que ele não sabia sobre ela. Pois, após vê-la em ação, após ter passado meses convivendo com Arnold Folkestad, após ter passado mais de quarenta anos convivendo consigo mesmo, essa era a pergunta que ele era forçado a se fazer: até que ponto é *possível* conhecer uma pessoa?

A música acabou, e o padre deu início aos votos matrimoniais: "Você vai amá-la e honrá-la...?". No entanto, ele e Rakel tinham abandonado a encenação e ainda estavam virados um para o outro, e Harry sabia que nunca a deixaria, não importando o quanto ele precisasse mentir, o quanto era impossível amar uma pessoa até que a morte nos separe. Ele torceu para que o padre logo calasse a boca para ele poder dizer o "sim" que já não cabia mais em seu peito.

Ståle Aune tirou o lenço do bolso do peito e o estendeu à sua mulher.

Harry havia acabado de dizer "sim", e o eco de sua voz ainda pairava sob a abóbada da igreja.

— O que foi? — sussurrou Ingrid.
— Você está chorando, querida — sussurrou ele.
— Não, é você que está chorando.
— Estou?

Ståle Aune conferiu o que ela dizia. Poxa, ele estava chorando mesmo. Não muito, mas o suficiente para que manchas molhadas surgissem no lenço. Ele não chorava lágrimas de verdade, era o que Aurora costumava dizer. Era só uma água rala e invisível que do nada começava a escorrer pelo rosto, sem que ninguém em volta tivesse percebido a situação, o filme, ou a conversa especialmente emocionante. Não passava de um furo numa vedação em um cano ali dentro, e aí a água escorria mesmo, não tinha jeito. Ele queria que Aurora estivesse ali, mas ela estava jogando um torneio que durava dois dias no ginásio de Nadderudhallen e tinha acabado de lhe enviar uma mensagem dizendo que o time havia vencido o primeiro jogo.

Ingrid ajustou a gravata de Ståle e pôs uma das mãos em seu ombro. Ele colocou a mão em cima da mão dela, ciente de que ela havia se lembrado da mesma coisa que ele, de seu próprio casamento.

O caso tinha sido encerrado, e ele escrevera um relatório psicológico no qual refletia sobre o fato de que a arma que Arnold Folkestad usou para atirar em si mesmo fora a mesma usada no homicídio de Gusto Hanssen. Havia diversas semelhanças entre Gusto Hanssen e René Kalsnes: os dois eram jovens de beleza escultural que não tinham escrúpulos em vender serviços sexuais a homens de qualquer idade. Parecia que Folkestad tinha uma tendência a se apaixonar por esse tipo. Não era improvável que alguém com os traços de esquizofrenia paranoica de Folkestad pudesse ter matado Gusto por ciúmes ou por uma série de outras razões baseadas em delírios resultantes de uma psicose profunda, mas não necessariamente perceptível para as pessoas ao seu redor. Nesse ponto, Ståle incluiu as anotações da época em que Arnold Folkestad trabalhava na Kripos e o procurou, queixando-se de ouvir vozes em sua cabeça. Embora os psicólogos há tempos tivessem concordado que isso por si só não era sinônimo de esquizofrenia, Aune pensou que esse era o caso de Folkestad e começou a preparar um diagnóstico que encerraria a carreira dele como investigador de homicídios. Mas nunca foi necessário encaminhar o relatório, já que o próprio Folkestad optou por renunciar ao cargo depois de contar a Aune sobre a cantada que deu em um colega. Ele também não voltou para a terapia, e assim saiu do radar do psicólogo. Mas evidentemente alguns outros fatores poderiam ter sido o estopim da deterioração. Por exemplo, as lesões que ele sofreu na cabeça e que o levaram a ser hospitalizado por um longo período. Numerosas pesquisas mostravam que até lesões cerebrais mais leves causadas por pequenas pancadas poderiam ocasionar mudanças comportamentais como o aumento da agressividade e a diminuição no controle de impulsos. Por sinal, as lesões pareciam semelhantes às que ele, mais tarde, infligiria a suas vítimas. E um segundo possível estopim foi a perda de René Kalsnes, por quem, de acordo com os depoimentos das testemunhas, ele estivera loucamente apaixonado. Não era de se estranhar que Folkestad tivesse terminado o que ele entendia como sua missão ao tirar a própria vida. A única coisa curiosa foi que ele não deixou nada, por escrito ou oralmente, que justificasse o que havia feito — era comum que a megalomania fosse seguida de uma necessidade de ser lembrado, compreendido, declarado genial, admirado e de receber seu merecido lugar na história.

No entanto, o relatório psicológico foi bem-recebido. Segundo Mikael Bellman, foi a última peça de que precisavam para concluir o quebra-cabeça.

Mas Ståle Aune suspeitava de que um outro aspecto fosse mais importante para eles. Com esse diagnóstico, ele pôs um fim àquilo que, de outra forma, poderia se tornar uma discussão dolorosa e problemática: como era possível que alguém da própria polícia estivesse por trás da carnificina? De fato, Folkestad era apenas um ex-policial, mas mesmo assim. O que isso dizia sobre os policiais enquanto categoria profissional e sobre a cultura da corporação?

Agora poderiam enterrar o debate, pois um psicólogo havia atestado que Arnold Folkestad era louco. A loucura não tem justificativa. A loucura simplesmente existe, uma espécie de desastre natural que não surge de lugar algum, é o tipo de coisa que acontece. E depois é só seguir em frente, pois o que se pode fazer?

Era assim que Bellman e os outros pensavam.

Mas não era assim que Ståle Aune pensava.

Mas ele deixaria isso de lado por enquanto. Ståle estava de volta ao consultório em tempo integral, embora Gunnar Hagen tenha dito que gostaria muito de ter a equipe da Sala das Caldeiras como um grupo fixo de prontidão, quase como a Delta. Katrine já recebera uma proposta para um cargo permanente como investigadora da Divisão de Homicídios e disse que iria aceitar. Ela alegou que tinha vários bons motivos para se mudar de sua imponente e linda cidade de Bergen para a miserável capital.

O organista pisou fundo nos pedais, e Ståle conseguiu ouvir o ranger do mecanismo. Então vieram as notas. E depois os noivos. Agora, recém-casados. Eles não precisavam acenar para todos os lados; o número de pessoas na igreja era tão pequeno que era possível vislumbrar todos num único olhar.

A festa seria no Schrøder. Era óbvio que o bar preferido de Harry não era exatamente o que se associaria a uma festa de casamento, mas, de acordo com Harry, a escolha foi de Rakel, não dele.

Os convidados se viraram para ver os noivos, que passavam pelos bancos vazios no fundo da igreja e seguiam em direção à porta. Em direção ao sol de junho, pensou Ståle. Em direção ao dia. Ao futuro. Os três, Oleg, Rakel e Harry.

— Ah, Ståle — disse Ingrid, estendendo o lenço novamente a ele.

Aurora estava sentada no banco de reservas e ouviu pela torcida que suas colegas de time tinham marcado mais um gol.

Era o segundo jogo hoje que elas iriam ganhar, e ela lembrou a si mesma que deveria enviar uma mensagem para o papai. Ela mesma não se importava muito se ganhassem ou perdessem, e sua mãe com certeza não ligava. Mas seu pai sempre reagia como se ela fosse uma nova campeã mundial toda vez que ela o informava sobre uma vitória no torneio regional feminino sub-13.

Como Emilie e Aurora tinham jogado quase a primeira partida inteira, elas puderam descansar na maior parte do segundo jogo. Aurora começou a contar os espectadores na arquibancada do outro lado da quadra, e só faltavam duas fileiras. Obviamente, a maioria era de pais e jogadores dos outros times que participavam do torneio, mas ela pensou ter visto um rosto conhecido lá em cima.

Emilie lhe deu uma cutucada.

— Você não está prestando atenção no jogo?

— Estou, sim. Eu só... Você está vendo aquele homem lá em cima na terceira fileira? Aquele que está sentado sozinho. Você já viu ele?

— Não sei, está muito longe. Você queria ter ido ao casamento?

— Não, é coisa de adulto. Preciso fazer xixi, vamos ao banheiro?

— No meio do jogo? E se a gente tiver que entrar em quadra?

— É a vez da Charlotte ou da Katinka. Vamos, vem comigo.

Emilie olhou para ela. E Aurora sabia o que ela estava pensando. Que Aurora não costumava pedir a alguém que fosse junto com ela ao banheiro. Não costumava pedir companhia para ir a lugar algum.

A menina hesitou. Virou-se para a quadra. Olhou para o treinador que estava de braços cruzados na lateral. Fez que não com a cabeça.

Aurora pensou se seria possível esperar até o fim do jogo, quando as outras meninas iriam em bando para os vestiários e banheiros.

— Já volto — sussurrou ela e se levantou, seguindo para a escada. Ao chegar a ela, virou-se e olhou para a arquibancada. Procurou o rosto que ela pensou ter reconhecido, mas não o encontrou. Então desceu os degraus correndo.

Mona Gamlem estava sozinha no cemitério da Igreja de Bragernes. Ela viajou de Oslo a Drammen e, ao chegar, demorou a encontrar a igreja. Precisou pedir orientação para achar o túmulo. A luz do sol fez os cristais da pedra em torno do nome dele cintilarem. Anton Mittet. Era mais brilhante agora do que quando estava vivo, pensou ela. Mas ele a tinha amado. Sim, ela sabia disso. Mona pôs um chiclete de menta na boca. Pensou no que ele tinha dito ao levá-la para casa depois do plantão do hospital pela primeira vez e de eles se beijarem: que ele gostou do sabor de menta de sua língua. E no terceiro encontro, quando estacionaram na frente da casa dela e ela se inclinou sobre ele, desabotoou sua braguilha e, antes de começar, discretamente tirou o chiclete de menta, colando-o embaixo do banco dele. Depois ela pegou outro chiclete antes de eles se beijarem outra vez. Pois ela precisava ter gosto de menta, era esse gosto que ele queria. Ela sentia sua falta. Sem ter esse direito, o que tornava tudo ainda pior. Mona Gamlem ouviu o ruído de passos no caminho de cascalho atrás de si. Talvez fosse ela. A outra. Laura. Mona Gamlem começou a andar sem se virar, tentou piscar para afastar as lágrimas dos olhos, tentou se manter no caminho de cascalho.

A porta da igreja se abriu, mas Truls ainda não tinha visto ninguém sair.
Ele olhou para a revista que estava no banco do carona. *Magasinet*. Entrevista com Mikael Bellman. O feliz homem de família, com a mulher e os três filhos. O chefe de polícia humilde e sábio que diz que a solução do caso do assassino de policiais não teria sido possível sem o apoio de sua esposa Ulla em casa. Sem todos os seus excelentes colegas na sede da polícia. E mais um caso também fora solucionado. Pois o laudo balístico mostrou que a pistola Odessa que Arnold Folkestad usou para se matar era a mesma que tinha assassinado Gusto Hanssen.
Truls riu da ideia. Isso não fazia sentido nem aqui nem na China. Com certeza, Harry Hole estivera em ação com seus truques. Truls

não fazia ideia de como ou por que, mas pelo menos isso significava que, a partir de agora, Oleg Fauke estava livre de suspeita e não precisava mais se preocupar. Não seria de estranhar que Hole conseguisse colocar o rapaz na Academia de Polícia também.

Tudo bem, Truls não criaria empecilhos; uma queima de provas daquele tipo inspirava respeito. De qualquer forma, não foi por causa de Harry, Oleg ou Mikael que ele tinha guardado a revista.

Foi por causa da foto de Ulla.

Foi só uma recaída temporária, pois ele se livraria da revista depois. Ele se livraria dela.

Truls pensou na mulher com quem tivera um encontro em um café no dia anterior. Ele a conhecera pela internet. É claro que ela não chegava aos pés de Ulla ou Megan Fox. Um pouco velha demais, um quadril um pouco grande demais e falava um pouco demais. Mas, fora isso, ele gostou dela. Será que uma mulher poderia ter algo de bom mesmo tirando nota zero nos quesitos idade, cara, quadril e capacidade de calar a boca?

Ele não sabia. Mas gostou dela.

Ou melhor, gostou do fato de ela aparentemente ter gostado *dele*.

Talvez seu rosto destruído a tivesse deixado com pena, só isso. Ou talvez Mikael tivesse razão: ele era tão pouco atraente que não tinha perdido nada com uma pequena reforma.

Além disso, alguma coisa dentro dele havia mudado. Ele não sabia exatamente o que, mas alguns dias ele acordava se sentindo novo. Pensando de uma maneira nova. Era até capaz de falar com as pessoas à sua volta de outra forma. E elas pareciam perceber isso. Pareciam tratá-lo de um modo diferente também. Um modo melhor. E isso o encorajava a dar mais um passo minúsculo nessa nova direção que ele não sabia aonde ia dar. Não que ele tivesse encontrado a salvação ou coisa parecida. A diferença era pequena. E alguns dias ele não sentia nada novo.

De qualquer modo, Truls pensou que ligaria para ela outra vez.

O rádio da polícia chiou. Antes das palavras, ele ouviu pela voz que era algo importante, algo diferente dos congestionamentos cansativos, dos arrombamentos de porões, das brigas domésticas e de bêbados violentos. Um cadáver.

— Parece homicídio? — perguntou o chefe de operações.

— Eu diria que sim. — Havia na resposta uma tentativa de manter um tom lacônico, indiferente, algo que, segundo a percepção de Truls, a turma mais nova se empenhava em fazer. Não que não existissem exemplos na velha guarda. Embora Hole não estivesse mais entre eles, suas máximas ainda continuavam bem vivas. — A língua dela... Acho que é a língua dela. Foi decepada e enfiada na... — O jovem policial não resistiu, a voz falhou.

Truls sentiu o ânimo chegar. O coração acelerar um pouco com as batidas revigorantes.

A coisa parecia feia. Junho. A jovem tinha olhos bonitos. E ele imaginou que tivesse peitos relativamente grandes por baixo de toda a roupa. Sim, poderia ser um belo verão.

— Você tem o endereço?

— Alexander Kiellands, número 22. Droga, tem um monte de tubarões por aqui.

— Tubarões?

— Sim, numas pranchas de surfe ou coisa parecida. A sala está cheia deles.

Truls engatou a marcha da Suzuki. Ajustou os óculos de sol, pisou no acelerador e soltou a embreagem. Alguns dias eram novos. Outros, não.

O banheiro feminino era no final do corredor. Assim que a porta bateu atrás de Aurora, ela pensou em como tudo ficou em silêncio. Os ruídos das pessoas lá na arquibancada cessaram, e só havia ela.

A menina se trancou apressadamente em um dos cubículos, abaixou o short e a calcinha e se sentou no assento frio de plástico.

Pensou no casamento. Preferia estar lá. Ela nunca tinha visto ninguém se casar antes, não de verdade. Perguntou-se se ela mesma se casaria um dia. Tentou visualizar a cena: ela, do lado de fora de uma igreja, rindo, enquanto se esquivava dos grãos de arroz, vestido branco, uma casa e um trabalho de que gostava. Um garoto com quem ela teria filhos. Ela tentou imaginá-lo.

A porta se abriu, e alguém entrou no banheiro.

Aurora estava num balanço num jardim e o sol batia em seus olhos, portanto não viu o garoto. Ela torcia para que ele fosse legal. Do tipo que entendia pessoas como ela. Um pouco parecido com o papai, mas não tão distraído. Não, pensando melhor, *igualmente* distraído.

Os passos eram pesados demais para serem de uma mulher.

Aurora esticou a mão para pegar o rolo de papel higiênico, mas parou. Ela queria respirar, mas não havia nada ali. Não havia ar. Ela sentiu um nó na garganta.

Eram pesados *demais* para serem de uma mulher.

Os passos haviam parado agora.

Ela olhou para baixo. Na fresta grande entre a porta e o chão, ela viu uma sombra. E pontas de sapatos longos e bicudos. Como botinas de caubói.

Aurora não soube dizer se eram os sinos do casamento ou as batidas do coração que ressoavam em sua cabeça.

Harry saiu da igreja para os degraus da escada. Semicerrou os olhos diante do sol forte de junho. Ficou assim, de olhos fechados, por um instante enquanto ouvia os sinos da igreja ecoarem por Oppsal. Sentiu como tudo estava em ordem, em harmonia no mundo. Sabia que as coisas deveriam terminar ali, daquele jeito.

Este livro foi composto na tipologia Sabon
LT Std, em corpo 11/15, e impresso em
papel off-white no Sistema Cameron da
Divisão Gráfica da Distribuidora Record.